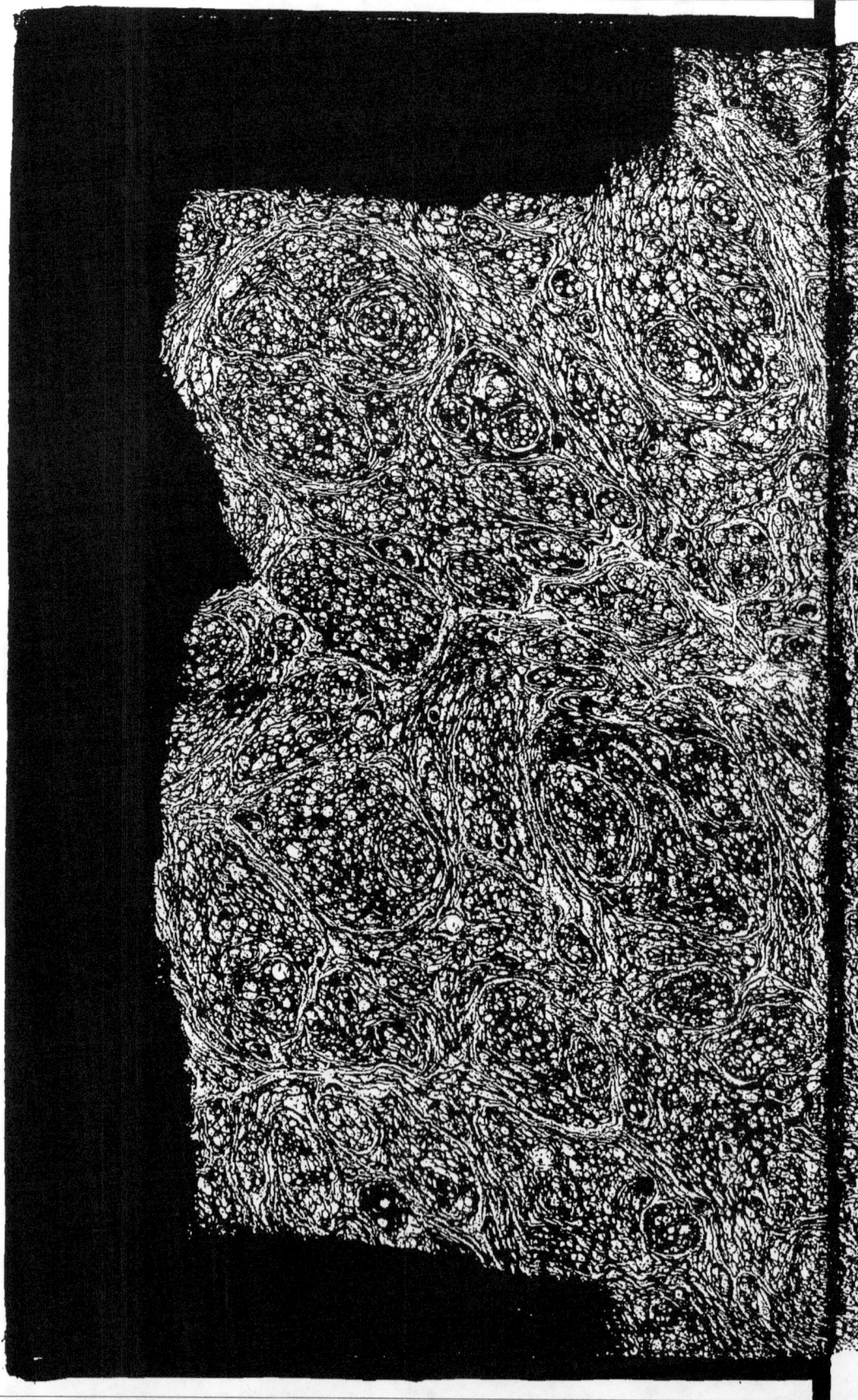

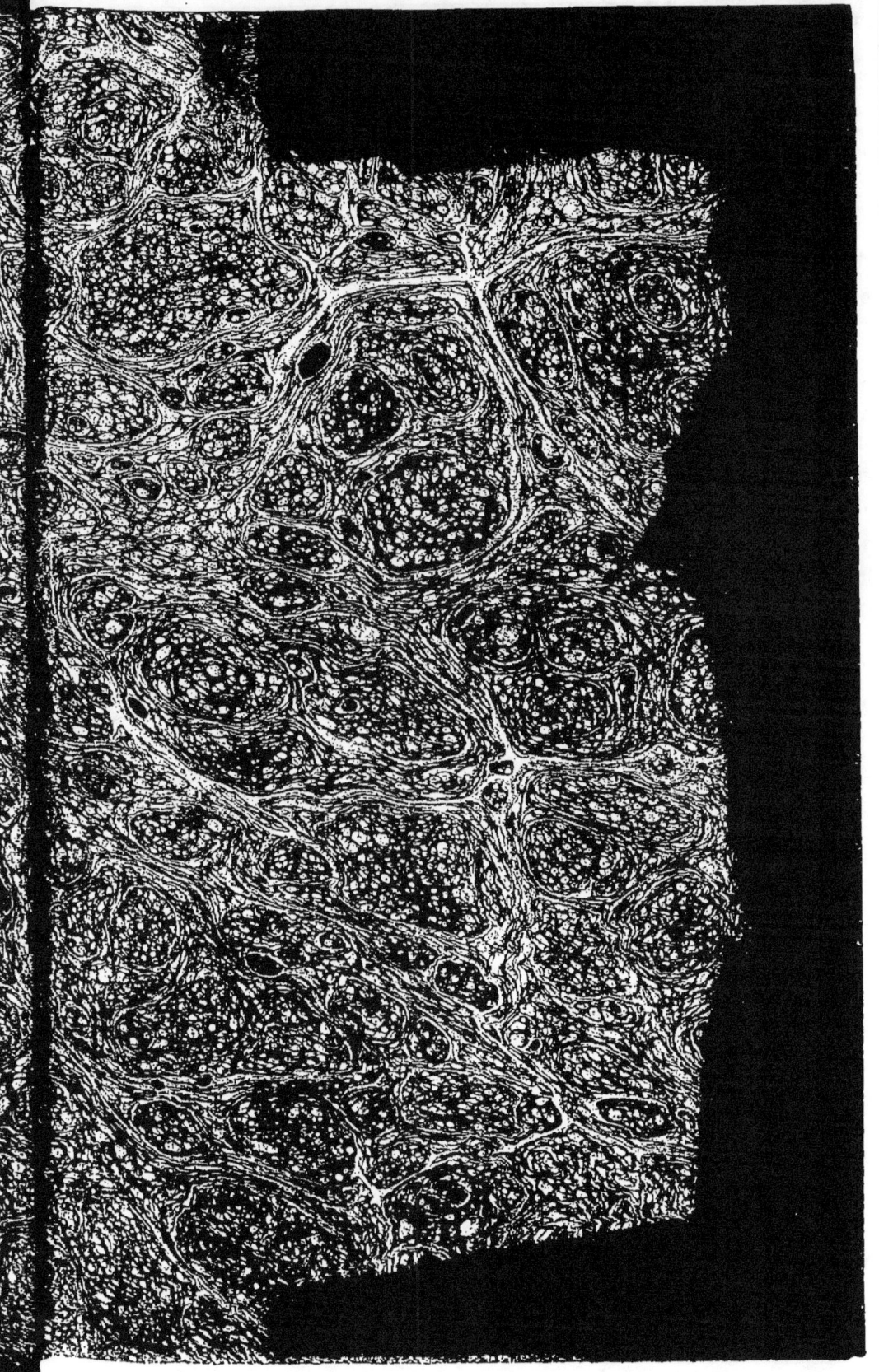

X mgo. 1100.
G. a. J. a.

(C.)

9533

GRAMMAIRE ITALIENNE,

COMPOSÉE d'après les meilleurs Auteurs et Grammairiens d'Italie, et suivant l'Usage le plus correct de parler et d'écrire de nos jours;

PAR VINCENT PERETTI,

PROFESSEUR DE LANGUE ITALIENNE.

Le lingue, se non sono dalla stabilità degli scritti de' buoni autori sostenute, elle se ne vanno sempre, per la incostanza del volgo che le favella, della lor bellezza perdendo.   BUOMMÁTTEI.

Si les écrits des bons auteurs ne servent pas aux langues de règles sûres, qui fixent l'inconstance des peuples qui les parlent, elles dégénèrent insensiblement et par degrés de leur beauté primitive.

TROISIÈME ÉDITION,

Revue, corrigée et augmentée par l'Auteur : les deux premières ont été faites à Londres en 1795 et en 1798.

A PARIS,

De l'Imprimerie d'EBERHART, rue des Mathurins S.-Jacques, n° 335.

SE TROUVE

CHEZ { L'AUTEUR, rue des Filles-St.-Thomas, N°. 23 ; FRANCART, quai des Augustins, N°. 18 ; ET AUTRES LIBRAIRES.

Prix de la Grammaire brochée . . . . 5 francs.

AN 1803.

*Pour éviter toute sorte de contre-façon, le présent
Ouvrage sera revêtu de la signature suivante.*

Vincenzo Corvetti.

Se vend à Metz,
Chez DEVILLY, Libraire,
rue du Petit-Paris.

AVANT-PROPOS.

S'IL est vrai qu'il faut avoir des égards pour ceux qui nous ont
ouvert une carrière quelconque dans l'étude des sciences et des arts,
il n'est pas moins certain que notre condescendance pour eux ne
doit pas être aveugle. Il doit nous être libre d'examiner leurs ouvrages, et de les rapeller à leurs principes; car ce n'est qu'au temps,
ce n'est qu'à la réflexion et aux recherches continuelles, que nous
sommes redevables du progrès des sciences. Il paroit que la nature
elle-même, par la sage lenteur de ses productions, veut nous apprendre que l'art, qui fait profession de l'imiter, ne sauroit la sur-
passser en ce point.

Il y a un siècle que l'on a vu paroître en France la Grammaire
Italienne de Vénéroni. Elle jouit depuis ce temps d'une préférence
exclusive sur tous les ouvrages de ce genre chez l'étranger. Cependant
il faut avouer que son mérite n'est que relatif, et qu'un tel jugement
n'ayant été prononcé que par des nations à qui la langue Italienne
est naturellement étrangère, ce jugement, dis-je, devient en quelque
façon suspect et douteux, tant que l'on ne sera pas à même de
prouver, 1°. que les règles contenues dans cette Grammaire sont
d'accord avec celles qui ont été données par les Grammairiens classiques de la Toscane, et avec la bonne manière de parler; 2°. qu'elle
à toute l'étendue qui convient à un ouvrage de ce genre.

C'est là précisément ce que personne ne s'est encore donné la
peine d'examiner, et c'est là aussi en quoi consistent les deux défauts
essentiels de cet ouvrage. Dans le nombre presqu'incalculable d'éditions qu'on a faites de cette Grammaire pendant un siècle, on a
tâché, il est vrai, de remédier au premier par des corrections, des
additions, et même par des interprétations; comme si Vénéroni
eût jamais joui, en Italie, de quelque considération en fait de langue.
Parmi les additions, il y en a eu de bonnes, de médiocres, d'inu-
tiles et même de mauvaises. L'ignorance et la présomption de quel-

A 2

ques éditeurs ont été telles, qu'on a vu paroître des éditions qui ont été bien au-dessous de celles qui les avoient précédées.

Toutes ces corrections passagères n'ont pas encore rectifié, selon moi, la partie de la prononciation, celle des noms et des verbes; elles n'ont point facilité l'étude épineuse des verbes irréguliers en *ere* bref; et, qui plus est, elles ont encore moins rempli le vide qui se trouve dans la syntaxe de cet auteur. Pour pallier ce dernier défaut dont le remède est si laborieux, pour avoir l'air de présenter au lecteur un volume convenable à une Grammaire, on a eu soin d'y insérer un tas de contes, de lettres, de proverbes, de synonymes des divinités poétiques, de longs morceaux de poésie et autres compilations. Ainsi s'est formé un gros volume, où le lecteur cherche en vain son objet principal. Ici on a fait comme ceux qui, dans un banquet, ne donneroient pour tout dîner qu'un dessert très-copieux.

Après avoir examiné avec attention, pendant dix ans, les défauts que je reproche à la Grammaire de Vénéroni, après en avoir comparé les préceptes avec ceux de nos meilleurs Ecrivains, il m'a paru qu'un pareil ouvrage n'étoit guère susceptible de corrections ni d'additions. Enfin, pour ne pas multiplier les pièces sur un vieil habit qui demande plutôt d'avoir recours à l'aune du marchand, j'ai cru devoir en composer une de ma façon.

Lorsque je publiai ma Grammaire à Londres en 1795, et dans la seconde Edition que j'en fis en 1798, je fus jaloux de convaincre le public des raisons qui m'avoient déterminé à secouer un joug si pesant, et à m'écarter d'une route semée de tant d'obstacles. Je la fis précéder de ces remarques sur celle de Vénéroni. Les remarques, non moins que la Grammaire, reçurent du Public un accueil favorable : elles obtinrent aussi les suffrages des Journaux littéraires de cette Capitale (1). Il en sera de même, j'espère, de cette première

___

(1) Voici comment s'exprime à ce sujet le Journal Littéraire, qui a pour titre: *British Critic*, for octob. art. 61, pag. 442 : *Both in France and England the Grammar of* VENERONI *, has long enjoyed the most extensive reputation, has been printed and reprinted with augmentations and comments and has been considered as the standard-book for instruction, in the Italian language. Other Grammars indeed have been published, but no one has succeeded in supplanting that. M. Peretti, who appears to have studied his own language very critically and certainly, has produced an extensive and useful Grammar, objects to Veneroni, that his fame is confined in France and England, where his merits can be less properly appreciated and by no means extends to Italy. He undertakes also to convict him of several faults. His remarks directed*

Edition que j'en fais à Paris. Si cet Ouvrage ne se présente pas décoré du nom de *Vénéroni*, au moins il aura pour appui l'autorité de *Bembo*, de *Salviati*, de *Buommattei*, de *Cinonio*, de *Corticelli*, &c., sans omettre les Ecrivains classiques, qui toujours ont été regardés en Toscane, dans le reste de l'Italie, et par-tout ailleurs, comme les maîtres souverains de notre langue, et qui seuls ont servi de guide à mes travaux.

Après avoir réuni les matériaux qui devoient servir à la construction de mon édifice, je m'appliquai à leur donner de l'ordre. L'expérience m'avoit appris, que le moyen facile et même agréable

---

against that *Author* extend to *fifty-one pages and are many of them important... We consider the book as a valuable present to the students in Italian.* C'est-à-dire : « La Grammaire de *Vénéroni* a » joui long-temps de la plus haute considération en France et en Angleterre. Elle a été » imprimée et réimprimée avec des augmentations et des commentaires : elle a été regardée » comme l'ouvrage unique pour l'étude de la langue Italienne. On a publié, il est vrai, » d'autres grammaires, mais pas une n'a été en pouvoir de la supplanter. M. *Peretti*, qui » nous paroît connoître parfaitement sa langue et l'avoir étudiée à fond, vient de publier » une grammaire assez étendue, et d'une grande utilité. Il oppose à *Vénéroni* que sa répu- » tation est bornée à la France et à l'Angleterre, où son mérite ne peut être apprécié » avec justesse ; qu'elle ne s'étend pas jusqu'en Italie : il lui reproche même plusieurs » fautes. Les remarques qu'il fait contre cet auteur, et dont plusieurs sont de la plus » grande importance, renferment plus de 50 pages. Nous regardons cet ouvrage comme » un cadeau précieux fait aux amateurs de la langue Italienne. » —— Le même journal, en parlant du cours de thèmes, (qui va suivre immédiatement l'édition de cette Gram- maire,) s'exprime ainsi : *For August 1797*, art. 68, pag. 212 : *We remark with pleasure in our eighth volume (pag. 442) the masterly manner in which this Grammarian combated the errors of Venéroni, and we bore testimony to his qualifications for the task he then undertook. The present publication (Cours de thèmes) is a kind of sequel to the Grammar and gives an excellent illustration of the comparative idioms of the French and Italian languages. A similar work in English would be of great use to students who may not be sufficiently qualified in French to take advantage of this, etc.* Savoir : « Nous avons remarqué avec plaisir dans notre huitième » volume (pag. 442) la manière victorieuse dont ce Gramairien a combattu les erreurs » de *Vénéroni*, et nous lui donnâmes alors des preuves de l'avantage avec lequel il avoit » rempli sa tâche. Le présent ouvrage (le Cours de Thèmes) est une espèce de conti- » nuation de la Grammaire, où il compare heureusement les idiomes françois avec ceux » qui sont propres à la langue italienne. Un pareil ouvrage écrit en anglais, serait d'un » très-grand avantage aux étudians, qui, faute d'une connoissance suffisante du françois, » ne sauroient pas en profiter... Dans les annotations qui accompagnent les thèmes, » on trouve quelque chose de tout-à-fait raisonnable et de singulièrement instructif. » —— M. *Agostino Isola*, professeur de langue Italienne à l'université de Cambridge, dans la lettre qu'il adressa à ce propos à l'Auteur, qui est datée du 6 avril 1795, dit : *Mi duole moltissimo, che in vece della francese non sia stata esposta (la grammatica) in lingua Inglese, perchè m'avrebbe data un' opportunità d'introdurla nell' università, ed al medesimo tempo un' occasione di demostrarle in effetto, quanto grande sia la stima, che ho concepito della sua opera, la quale, per motivo di merito, non dubito che non debba esser preferita ad ogni altra, etc.* C'est-à-dire : « Je suis très-fâché, qu'au lieu d'être composée (la Grammaire) en » François, elle ne l'ait pas été en Anglois, parce que j'aurois profité de cette occasion » pour l'introduire dans l'université, et vous montrer d'une manière effective l'estime » que j'ai conçue de votre ouvrage, dont le mérite, je n'en doute pas, doit lui faire » donner une préférence exclusive, etc. » —— On trouve à-peu-près les mêmes expressions dans le journal intitulé : *Monthly Review, Append. to the 16 volume, page 531.*

d'étudier une langue, et de bien en classer les préceptes dans la mémoire, ne s'obtient que par la méthode, c'est-à-dire, par le passage que l'on fait des idées simples et élémentaires à celles qui ont une liaison naturelle et immédiatement progressive avec les premières : ainsi je mis toute mon application à exposer les règles avec précision et avec clarté. A cet effet, j'ai fait remarquer par des numéros, comment les articles, en se joignant aux prépositions, conservent les inflexions qui sont propres à leur nombre et à leur genre : j'ai fait observer la grande analogie qui se trouve avec les noms qui se terminent en *co* ou en *go*, leurs diminutifs et superlatifs, et les verbes en *care* et en *gare*, qui tous reçoivent généralement dans leurs altérations la lettre H, lorsqu'ils sont suivis de l'*e* ou de l'*i*. De plus j'ai réuni en six classes très-faciles, tous les verbes irréguliers terminés en *ere* bref; qui, jusqu'à présent, ont apporté une difficulté presqu'insurmontable aux Etudians, par le désordre des treize articles, dans lesquels ils étoient compris. Je ne dirai rien du jour que j'ai jetté dans les pronoms conjonctifs, de la nouvelle étendue que j'ai donnée à la syntaxe Italienne. Le lecteur sage et impartial en sera le juge. Tout ce que je pourrois ajouter ici ne serviroit qu'à allonger une préface que peu de personnes se donnent la peine de lire.

Je commencerai donc mon Ouvrage par les Remarques, qui seront suivies des prélimaires sur la Grammaire et sur les parties du discours. Je parlerai ensuite de la prononciation Italienne, qui servira comme d'une Introduction prochaine à l'étude de la Grammaire.

REMARQUES

S U R

LA GRAMMAIRE DE VENERONI.

JE divise ces remarques en trois parties. J'examinerai 1°. les règles
que cet Auteur a données sur la prononciation Italienne ; 2°. celles
qui regardent les noms, les verbes et la syntaxe en général. 3°. Je
finirai par la revue d'une partie du Vocabulaire portatif, qui se trouve
à la fin de sa Grammaire.

N. B. Ceux qui voudront se convaincre de la vérité des citations
que je vais faire de la Grammaire de Vénéroni et qui donnent lieu
à mes remarques, sont priés de faire usage de l'Edition de Paris,
publiée en 1787 par la Compagnie des Libraires, avec approbation
et privilége. C'est la quatrième depuis celle de Bâle, par M. *Placardi.*

PREMIÈRE PARTIE.

Remarques sur les Règles de Vénéroni, touchant la prononciation.

I. — VÉNÉRONI, en parlant de la lettre C, pages 31 &
32, enseigne que *ce, ci,* se prononcent en Italien comme on pro-
nonceroit en François *tche, tchi* ; que *ge, gi,* ont le son de *dge,
dgi* ; & que, par conséquent, il faut prononcer *Cecità, Cesare,
gelo, oggi,* comme *tchétchità, tchésaré, dgelo, odgi.* Au sujet de
ce, ci, la glose ajoute que, *pour parler selon la délicatesse Italienne,
il faut faire sonner le T de tchésare, tchétchità, si doucement, que
l'on ne connoisse pas si l'on prononce un T ou un D.*

REMARQUE. — De tous les sons de la prononciation Italienne,
ce, ci, ge, gi, sont les seuls qui ne peuvent se rendre en François
par aucune combinaison de lettres. Le célèbre Benedetto Buommattei enseigne que c'est en poussant la langue contre les dents
que l'on forme le son de D T ; *battendo la lingua ne' denti si forma*
D T. Mais quand je prononce, comme font tous les Italiens, *ce,
ci, ge, gi,* ma langue n'a rien à faire aux dents ; par conséquent
le T est tout-à-fait étranger à la prononciation du C, comme le
D à celle du G. La preuve en est que, quand je prononce T,
je ne puis pas m'empêcher de porter ma langue contre les dents
de devant ; & en prononçant *ce, ci,* ma langue se lie si doucement avec le palais, sans que les dents s'en mêlent, qu'elle forme

un son qui ressemble beaucoup au ramage entrecoupé du rossignol, & que Salvini appelle *lene e impaniato*. Par une opération semblable, & prononçant le D (puisque l'articulation du T & du D est la même dans les deux langues), je pousse ma langue presque sous mes dents ; &, pour prononcer le g, j'éloigne ma langue des dents, je la presse avec un peu de force contre le palais, & je la recule encore plus que je n'ai fait en prononçant le C. Donc le T & le D n'ont rien à faire dans la prononciation de *ce, ci, ge, gi*. Ce n'est pas là un problème que j'annonce ; c'est une expérience qui est à la portée de tous ceux qui connoissent la vraie prononciation de ces syllabes.

Il paroît que le Commentateur même de Vénéroni sentoit en quelque façon ce que je viens de dire, & qu'il n'étoit pas trop satisfait de son auteur, lorsqu'il a ajouté *qu'il faut prononcer le T de* TCHÉSARE *si doucement, que l'on ne connoisse pas si l'on prononce un T ou un D*. Si je lui demandois quelle espèce de son est celui que l'on ne connoît pas si c'est un T ou un D, il me répondroit probablement que c'est le son de C. Et que diroit-il, si je lui demandois ensuite quel est le son de *ce*, puisqu'il en est question ? Il ne faut pas s'étonner si la glose est obscure, quand le texte est hasardé.

II. — En parlant de la lettre S, Vénéroni dit, pag. 34 & 35, « que l'S entre deux voyelles se prononce *ʒa, ʒe, ʒi, ʒo*, à l'ex- » ception seulement de ces deux mots, *cosa*, chose, *rosa*, rose, où » elle prend un son doux, comme s'il y avoit *coça, roça* : que les » Siciliens, les Napolitains, & les Florentins, prononcent la lettre » S, lorsqu'elle se trouve entre deux voyelles, comme les pre- » mières syllabes de *salut, sévère* ; & que, suivant cette pronon- » ciation, ils disent *casa, palese, bisogna, glorioso, confuso uso* : que » cette prononciation est condamnée & rejetée à Rome & à Sienne, » qui sont les deux villes où l'on parle le mieux Italien ; & que » c'est de là qu'est venu le proverbe, *Lingua Toscana in bocca Ro-* » *mana*. Il conclut, suivant sa règle, qu'il faut prononcer les » exemples susdits, comme si l'on écrivoit *caʒa, paleʒe ; biʒogna,* » *glorioʒo uʒo*. »

REMARQUE. — Elle est de toute fausseté la règle par laquelle Venéroni attribue à toutes les S intermédiaires le son de l'S dure (1) ou du Z François, à la seule exception de *cosa* & de *rosa*. Eût-il au moins consulté les auteurs qui font le véritable texte de notre langue, & il auroit trouvé qu'Anton Maria Salvini, dans ses notes sur la Grammaire de Buommattei, (trat. 3, cap. 15,) parmi les exemples des mots qui ont des S intermédiaires avec un son doux,

---

(1) Les Italiens appellent S douce celle qui se prononce comme l'S en *souvenir, salut,* et ils donnent le nom d'S dure à l'S qui a le son du Z François, ou de l'S en *raison, user*.

rapporte la première S de *disusata*, qui cependant est placée entre, deux voyelles : *disusata*, *La prima S molle*, *la seconda dura*. Buommattei, (ib.) en parlant du conte fait par Philostrate, fait mention de plusieurs autres : l'on en trouve aussi d'autres exemples dans les grammairiens modernes. S'il eût consulté l'usage correct de la langue, il eût appris entre autres que, comme l'S douce distingue l'S de *rosa*, rose, de celui de *rosa*, rongée, ainsi elle qualifie encore mieux l'S de *raso*, satin, de celle de *raso*, rasé, qui est la seule marque distinctive de ces derniers mots.

Mais il ne s'agit pas ici d'ajouter sept ou huit mots à l'exception de Vénéroni ; car les S douces intermédiaires sont en bien plus grand nombre ; &, si les grands auteurs se sont contentés de donner la distinction des S, en y ajoutant quelques exemples sans aller plus loin, c'est que pour les détails ils s'en sont rapportés à l'usage du pays où l'on parle correctement, puisqu'ils écrivoient pour les Italiens, & que les Italiens n'ignorent pas le modèle sur lequel ils doivent se former.

La manière dont Vénéroni confond la prononciation des Siciliens & des Napolitains avec celle des Florentins, est digne du proverbe dont il se sert pour mettre le sceau de l'authenticité à tout ce qu'il dit ; & les mots qu'il apporte pêle-mêle, pour exemples de la prononciation des Florentins, sont une preuve marquée que son opinion étoit quelquefois hasardée, & qu'il ne se possédoit pas assez, toutes les fois qu'il s'agissoit de soutenir ce qu'il avoit avancé ; car quoique les Florentins prononcent *casa*, *palese*, *glorioso*, avec l'S douce, c'est un fait qu'il n'en est pas de même à l'égard d'*uso* & de *bisogna*. Je me contenterois de passer sous silence une pareille doctrine, sans m'en occuper davantage, s'il n'étoit question que d'indiquer les écarts de Vénéroni : mais, comme il s'agit du modèle de la bonne prononciation, l'article devient trop intéressant, & l'on me permettra d'ajouter encore quelques remarques sur un point si essentiel.

Mais comme je pourrois être soupçonné d'esprit de parti ou de rivalité dans cette affaire, je crois devoir prévenir mes lecteurs, que, quoiqu'Italien, je ne suis ni Toscan, ni Romain : que l'amour que j'ai porté dès mon enfance à ma langue, m'a engagé à passer dix ans à Florence. J'aurois préféré au séjour de Florence, celui de Rome, si le sentiment des Italiens, en ce qui concerne la pureté de la langue & la bonne prononciation eût été favorable à cette dernière ville. Après tout, j'ai été à Sienne, à Rome, à Naples, pendant cinq ans. J'aime trop la vérité, pour ne pas la dire. Je connois assez l'opinion publique, & la prononciation des villes en question, pour en parler sûrement. Cela supposé, je dis qu'à Florence aussi bien qu'à Sienne, on donne à une grande partie des S intermédiaires un son doux ; & que la prononciation contraire de ʒa, ʒe, ʒi, ʒo, n'a jamais été adoptée par les Siennois, mais plutôt par les Lombards : que si les Romains en conviennent, leur union ne pourra jamais rien ajouter à la chose. Car les Italiens ne reconnoissent de prononciation plus pure que celle de Toscane, qui a toujours été réputée comme la meilleure école : de là vient le mot *Toscaneggiare*, parler Toscan, qui retentit dans toutes les écoles & sociétés de personnes lettrées, & qui n'est qu'un synonyme de *parler la langue Italienne dans toute sa pureté*. Cela est bien plus vrai que le prétendu proverbe, *lingua Toscana in bocca Romana*, que Vénéroni a fait circuler dans l'étranger, & dont je n'ai jamais entendu faire mention en Italie ; mais qui, enfanté par un esprit de parti, peut avoir obtenu quelque crédit auprès des personnes trop prévenues peut-être en faveur de leur pays.

On me dira que ce proverbe, tel qu'il est, ne dispute pas aux Toscans le mérite de l'élégance et de la propriété des termes, mais celui de la prononciation.

Je réponds que la Toscane, outre le mérite de la bonne diction, a encore celui de la prononciation, 1°. par une raison bien simple, et qui coule de la nature de la chose ; car il seroit bien étonnant que la Toscane eût fourni les auteurs classiques à l'Italie, et, ce qui est plus fort, eût porté la langue Italienne à sa dernière perfection, comme elle fit dans le grand Vocabulaire de la Crusca, en déterminant les mots et les phrases propres, sans en savoir la vraie prononciation. Pourquoi donc les savans Académiciens qui l'ont si souvent fixée dans les mots, ont-ils osé le faire, sans consulter la prononciation Romaine, ou sans s'y rapporter ? Ils ignoroient sans doute le proverbe que Vénéroni a débité en France. 2°. L'aveu commun des grammaires Italiennes & des Italiens s'y oppose ; car une des grammaires qui font le texte de la langue, autant à Rome que par-tout ailleurs, est celle de Benedetto Buommattei. Or Buommattei, étant Florentin, décidoit toujours ses questions suivant la prononciation Toscane, puisqu'il n'en avoit pas d'autre. C'est pour cela que, parlant du différent son de l'I précédé du *ch*, il dit : « Chez nous il se prononce, etc. » Je dis chez nous, car je ne saurois observer les prononciations des » autres peuples d'Italie, lesquelles sont en trop grand nombre et » trop différentes ; et nous ne parlons pas de toutes les langues. » *E dico appresso di noi perchè e' non mi basta l'animo d' osservare le pronunzie degli altri popoli, perchè son troppe e troppo varie ; e noi non parliamo di tutte le lingue.* Trat. 3, cap. 11. (1)

---

(1) Salvini, en parlant du célèbre Trissino, qui avoit écrit un plan sur le moyen d'exprimer les différens sons de l'O fermé et de l'O ouvert, et du dictionnaire de Spatafora, dans lequel l'auteur marque à force d'accens les différens sons des lettres, dit que ces écrivains n'étoient pas sûrs en ce point, et qu'ils ne désignoient pas la légitime prononciation Toscane, parce que l'un étoit de Vicence (dans l'état de Venise), et l'autre Sicilien. *Nè egli (Spatafora) nè il Trissino Vincentino per tutto sono sicuri, e non rappresentano sempre la legitima Toscana pronunzia.* Annot. al capit. 7, trat. 5.

Ce principe est si juste en lui-même, qu'il est adopté par les autres nations d'Italie : en preuve de quoi je n'alléguerai parmi les grammairiens modernes que le témoignage de Corticelli, membre de l'Académie de la Crusca, dont la Grammaire, qui a pour titre *Regole ed Osservazioni sopra la Lingua Toscana*, a été si souvent imprimée en Italie, & a mérité les éloges de Benoît XIV. Il est à remarquer que cet auteur étoit de Boulogne, et par conséquent de l'état de Rome. Cependant, quand il parle de la manière de prononcer les lettres b, c, d, g, p, t, il dit : » *Les autres Italiens....prononcent....mais comme la* » *prononciation des Florentins est autorisée par le bon siècle,* (1) *il paroît* » *qu'elle doit être préférée à toute autre. Gli altri Italiani...pronunziano....* » *ma essendo* LA PRONUNZIA DE' FIORENTINI AUTORIZZATA DAL » BUON SECOLO, *sembra doversi all' altre preferire.* » Et en parlant de la prononciation des syllabes longues et des brèves, il ne rougit pas de corriger celle de son pays sur la prononciation des Toscans. » Chez » nous, dit-il, aussi bien que chez les Latins, la voyelle qui est suivie » de deux consonnes est longue : cependant l'usage des Toscans » porte à cela quelques exceptions, comme, par exemple, en *arista* » *polizza*, que l'on prononce avec l'accent sur la première. Pareille- » ment en Toscane, *fiocine*, etc. » *Presso di noi, come presso i Latini,* » *la vocale a cui seguono due consonanti è lunga. Pure l' uso de' Toscani* » *porta in ciò qualche eccezione, come, per cagion d'esempio, in* ARISTA, » *che significa schiena di majale, e si pronunzia coll' accento in sulla prima.* » *Così pure* POLIZZA--*parimente in Toscana* FIOCINE, » etc. Voilà le jugement que les Italiens portent sur la prononciation Toscane. Enfin, outre que le prétendu proverbe *Lingua Toscana*, etc. est démenti par des autorités irréfragables et généralement par l'aveu des Italiens, il est encore composé de deux idées naturellement disparates, de sorte qu'il est étonnant que plusieurs personnes d'esprit, parmi les étrangers, s'y soient laissées prendre. Car, depuis quand a-t-on entendu dire, que pour bien parler une langue, il faut en apprendre l'élocution dans un pays et la prononciation dans l'autre? Comme s'il n'appartenoit pas au pays qui est en possession de la pureté de la langue, de donner aux mots la vraie prononciation, ainsi qu'il appartient au sol de donner la forme aux plantes qu'il produit. Et n'est-ce pas là l'absurdité que présente le proverbe de Vénéroni *Lingua Toscana in bocca Romana?*

Si, à tout ce que je viens de dire, on ajoute l'anecdote suivante, on pourra douter, que Vénéroni, qui voit si clair au travers des moindres nuances des différentes prononciations d'Italie, ait jamais été dans

_____

(1) *Le bon siècle.* C'est ainsi que les Italiens appellent le quatorzième siècle, où parurent Boccace, le Dante, Pétrarque, etc. qui, par leurs sublimes ouvrages portèrent la langue Italienne à son plus haut point. J'ai cru devoir me servir de cette expression commune aux Italiens, pour distinguer le *bon siècle* de celui de la restauration des lettres après le quinzième siècle.

cette contrée. Car on lit dans *le Nouveau Dictionnaire Historique*, ce qui suit : VÉNÉRONI (*Jean*), *né à Verdun, s'appeloit* VIGNERON. *Mais, comme il avoit étudié l'Italien, et qu'il vouloit en donner des leçons à Paris, il se dit Florentin, et il* ITALIANISA *son nom*, etc.

Avant que d'achever cet article, je ne crois pas hors de propos de donner en abrégé une juste idée de la langue Italienne en Italie, suivant les différentes contrées qui la composent.

1°. De tous les états d'Italie, il n'y a que la Toscane où la langue soit généralement pure dans la capitale et dans les provinces; et il paroît que la nature voulant conserver ce précieux dépôt à l'Italie, y a contribué, en la bornant par des montagnes d'un côté, et de l'autre par la mer. Il n'en est pas de même dans l'état de Rome, où il y a presqu'autant de nuances dans la prononciation et dans les termes, qu'il y a de provinces. Aucune capitale ne tient plus à la Toscane par sa position que Lucques : cependant on y observe déjà quelques fautes remarquables de langue. La différence est encore plus sensible quand on entre en Toscane par Boulogne, et que l'on en sort par le Siennois à Acquapendente, ou du côté de Cortone vers Pérouse. On voit par là que Vénéroni fait un grand saut sur la carte, quand il cherche à rapprocher la prononciation de Rome de celle de Sienne; car Sienne n'est qu'à douze lieues de Florence, et est à quarante-deux de Rome. D'ailleurs la lenteur de la prononciation Romaine ne donne lieu à aucun parallèle avec la légèreté et la netteté de celle de Sienne et de Florence. Les autres capitales s'éloignent de la pureté de la langue en raison de leur distance de la Toscane.

2°. L'Italien commence à se parler en Piémont, et va jusqu'au bout de l'Italie et de ses îles; car par-tout dans les écoles, dans les actes publics, dans les lettres, dans les affiches, dans la chaire, etc. on ne se sert que de la langue Italienne. Malgré cela, le dialecte que le peuple parle à Turin, à Gênes, à Milan, à Parme, à Venise, à Boulogne, à Naples, etc. est tel que les uns n'entendroient pas les autres, s'ils n'avoient pas recours à leur langue commune. C'est pour cela qu'un étranger qui sait la langue Italienne entendra, et se fera entendre de tout le monde quoiqu'il ignore les idiomes des différens peuples. On peut remarquer ici que, parmi les dialectes moins épurés, les Italiens aiment beaucoup le Vénitien.

3°. Je me permets d'ajouter que ceux qui disent que la langue Françoise est une langue universelle, doivent distinguer soigneusement le nord et le midi de la France. Je demeure d'accord que la langue Françoise a un grand cours dans le Nord : mais il est d'expérience que, sorti du Piémont, à mesure que l'on avance en Italie, la langue Françoise ne se parle plus. On doit en dire de même des Echelles du Levant, des côtes d'Afrique, où la langue Italienne peut généralement suppléer à la langue naturelle du pays. Faute de cette distinction, plusieurs voyageurs se sont trouvés fort embarassés dans ces pays (1).

4°. Enfin, si l'on me demande si la prononciation Florentine est exempte des moindres fautes ; je dirai que, comme il arrive que l'on trouve quelque chose à desirer dans les meilleurs tableaux de Raphaël où du Titien, sans qu'ils en soient moins estimés ; ainsi les Italiens en général n'aiment pas l'aspiration que les Florentins donnent au *ca*, *co*, *cu*, de *casa*, *duca*, *cocomero*, *cuculiare*, etc. qu'ils prononcent comme *hasa*, *duha hohomero*, *huhuliare*, etc. avec l'H très-aspirée ; et, par cette seule raison, les Italiens préfèrent, en quelque façon, la prononciation Siennoise à la Florentine. Cependant ce défaut n'est remarquable que dans le vulgaire de Florence, et ne doit pas nous faire oublier toutes les autres qualités requises à la parfaite prononciation que l'on remarque chez eux, pour leur préférer celle des Romains. Les défauts sont de différentes espèces ; et il y en a qui peuvent se lier avec l'ouvrage le plus parfait dans son genre, et cela en est un. On se moqueroit de quelqu'un qui préféreroit les poëmes de Silius Italicus ou d'Ausone à l'Enéïde de Virgile, parce que leurs poésies sont exemptes des petites lacunes que l'on rencontre dans ce dernier. L'aspiration que le vulgaire des Florentins donne aux syllabes susdites, vient d'un excès de légèreté et de netteté de leur prononciation. En effet, la prononciation des syllabes *ca*, *co*, *cu*, se forme en liant le corps de la langue au palais ; et de toutes les articulations, c'est la plus lourde et celle qui fatigue le plus la poitrine, quand on presse un peu trop la langue. Il n'est donc pas étonnant que leur prononciation, qui est si douce et si légère, cherche à s'écarter, même avec un peu d'excès, de la dureté de cette pression. (2) C'est-là plutôt l'excès de la douceur que de la dureté à laquelle ces syllabes amènent naturellement quand on y insiste avec un peu de force. Mais il est temps de donner lieu aux autres remarques.

III. — Vénéroni, p. 30, dit : « Remarquez que la voyelle U devient consonne, quand elle commence une syllabe avec une autre » voyelle, et alors on la prononce comme en françois. Exemple, » *Vaso*, *vero*, *vostro*, *virtù*, vase, vrai, votre, vertu. »

REMARQUE. — De quelque façon que Vénéroni tourne le V des mots qu'il nous apporte pour exemple, il n'en pourra jamais faire

_____

(1) Messieurs de Port-Royal donnent même plus d'étendue à ce que je viens de dire, dans la préface de leur Gram. Italienne. Cette langue (disent-ils en parlant de la langue Ital.) a tant de charmes, qu'elle s'est presque fait recevoir en autant de provinces que la Latine. L'on parle Italien dans la Grèce, dans les Iles du Levant, et à la Porte du Grand-Seigneur, à la Cour de l'Empereur, et à celle du Roi de Pologne, et de la plupart des Princes d'Allemagne : et tous ces peuples trouvent cette langue beaucoup plus belle et plus avantageuse pour se bien expliquer, que leurs langues naturelles. La France même, etc.

(2) Assai commune regola è questa della nostra pronontia, il fuggire OLTRE MODO la fatica e l'aspreʒʒe, e cercare allo'ncontro l'agevoleʒʒa e la dolceʒʒa nell'esprimer le voci sue. Salviati, lib. 3, capit. 1, partic. 12.

que des V consonnes; et la métamorphose, dont il parle, n'est qu'un pur jeu de mots; car nous n'avons que deux U, l'U voyelle, qui se prononce toujours comme *ou* en françois, et le V consonne, qui a toujours le son que l'on donne en françois au V de *vase*, *vrai*; et quoique, dans les anciens alphabets italiens, il n'y eût que l'U voyelle, l'on ne distinguoit pas moins dans la prononciation l'U voyelle du V consonne, comme je suis en état de le prouver. Mais la monotonie de la lettre mettant des entraves à la bonne prononciation, les grammairiens ont cru devoir distinguer le son par la lettre. Cette opération ayant précédé de long-tems (1) Vénéroni, puisqu'il en fait usage, devoit lui suffire pour qu'il se tînt à l'orthographe déjà établie; et par ce moyen, il auroit epargné à ses lecteurs l'embarras d'une règle, qui non-seulement ne sert de rien pour la pratique, mais qui est encore fausse en elle-même; car si l'U voyelle devenoit consonne *quand il commence une syllabe avec une autre voyelle*, il s'ensuivroit qu'il faudroit écrire et prononcer *Vomo* au lieu d'*Uomo*, *Vovo* au lieu d'*Uovo*, *Vopo*, et non *Uopo*, puisque ces mots tombent sous sa règle : ce qui est absurde.

IV. — Vénéroni (p. 30): « Quand on trouve deux VV entre » deux voyelles, on n'en prononce qu'un, parce que les deux font » une consonne. Ex. *Avvenire*, prononcez *avenire* ». Il répète la même règle à la page 37, *dans son recueil des syllabes, et des mots* les plus difficiles : « VV prononcez V »; et il y donne ces mots pour exemples, *avvenire*, *inavvertenza*, *avvezzo*.

REMARQUE. — C'est un principe incontestable de la prononciation Italienne, que l'on doit faire sonner les consonnes doubles ou simples, telles qu'elles sont écrites; que l'orthographe ne peut jamais se séparer de la prononciation, ni la prononciation de l'orthographe; & par conséquent, que deux consonnes font deux, & non un, en calcul grammairien, aussi bien qu'en calcul arithmétique. *Il vero, e primiero e general fondamento dello scriver correttamente, è che la scrittura seguiti la pronunzia.* Salviati, *Avvert. lib. iii. capit.* 2, *partic.* 5. « On ne double les consonnes, que quand on veut dou- » bler le son, » dit Bembo. *La consonnante allora si raddoppia che noi vogliamo raddoppiare il suono di lei.* Vénéroni lui-même a reconnu cette vérité en disant à la page suivante, que *toute consonne double doit se faire sentir à la prononciation;* ce qu'il répète au chap. 1, de l'Orthog. pag. 196 ; & je ne sais pas comment il a pu s'en écarter au point d'en faire une règle tout-à-fait contraire. Ce qui met le comble de l'évidence à ce que je viens de dire, c'est, que Buommattei apporte un des mots cités par Vénéroni, ainsi épelés :

_____

(1) Salvini nous assure que, de son temps, l'V consonne étoit déjà distingué de l'U voyelle. *Già l'V consonante si è posta in uso distinta dall'U voente.* — Annot. al trat. 3, cap. 7, della Gram. del Buom.

av-vez-zot-ti (trat. 4, cap. 6.) Or les enfans même savent que, de la jonction de la syllabe *av* à la suivante *vez*, résulte le double son des consonnes VV (1). Si Vénéroni, avant que d'écrire sa grammaire, eût jeté un coup-d'œil sur celle de Buommattei, je suis sûr qu'il auroit été assez juste pour m'épargner cette remarque.

V. — Vénéroni dit, (pag. 31.) « Il faut prononcer double la consonne initiale des mots qui se prononcent joints au mot précédent, lorsque la dernière voyelle du précédent est longue, comme *avrò pur caro*, prononcez *avrò p-pur caro*. »

REMARQUE. — 1°. La voyelle finale accentuée est brève, & non longue, comme je l'ai prouvé dans le traité de l'accent, pag. 37 & seq. — 2°. Si l'on appuie davantage sur une consonne initiale, ce n'est pas seulement parce qu'elle est précédée d'une consonne brève ou longue, mais parce que l'accent Toscan demande, qu'en joignant la douceur à la force de la prononciation, on donne plus d'énergie à une simple consonne initiale, qui par sa position languiroit & ne feroit pas assez d'impression dans l'oreille de l'auditeur. Cela a lieu, non-seulement dans le cas dont parle Vénéroni, mais encore pour les consonnes initiales des mots qui commencent le discours, et qui par conséquent ne peuvent être précédées d'aucune voyelle accentuée, ni se joindre à un mot précédent. Ce que je viens de dire des consonnes initiales d'un discours, doit se dire quelquefois aussi des consonnes initiales qui sont précédées d'un monosyllabe non accentué. C'est ainsi qu'au commencement d'un discours on prononcera *carissime donne*, en insistant sur le *c* de *carissime :* pareillement en *sì* FECE *e sì* DISSE, *che tutti si rachetarono*, & en *va a cassa*, l'on donnera comme un double son à l'*F* de *fece* & au *D* de *disse*, & au *C* de *casa*, comme si c'étoit écrit *ccarissime*, *ffece*, *ddisse*, *ccasa*. Au contraire, on doit prononcer tout simplement l'*F* & le *D* en *sì* FECE *e sì* DISSE *di molte cose*. Ce sont-là les exemples, & la doctrine de SALVIATI, *lib. iii, cap. 1, partic. 38, degli Avvert. della lingua*. Le double son, dont je viens de parler, n'a, ni peut avoir, le son des doubles consonnes qui se trouvent au milieu des mots, mais se forme en insistant un tant soit peu sur la consonne en question ; &, la manière dont Vénéroni représente cette prononciation, en séparant deux consonnes par un trait d'union *p-pur*, est plutôt faite pour apprendre à bégayer, que pour donner le vrai son de la consonne. — La régle de Vénéroni est donc fautive : 1°. En ce qu'elle contient un principe hazardé au sujet de la voyelle qu'il appelle longue. 2° Parce qu'il ne donne à sa règle que la moitié de l'étendue qu'elle doit avoir. 3°. Parce qu'il représente mal la prononciation de la con-

---

(1) Voyez Salvini, disc. Acad. tom. III. disc. 31.

sonne initiale. J'observe que toute cette dispute ne roule que sur une pure délicatesse de la prononciation Toscane.

VI = « La lettre N (dit-il, pag. 34) avant les consonnes B, M, » P, se prononce M. Ainsi *con poco*, avec peu ; *in marmo*, sur le » marbre, *gran beltà*, grande beauté ; prononcez, *com poco*, *im* » *marmo*, *gram beltà*. »

REMARQUE. = Il est vrai, comme observe Salvini, que, dans les *mots composés*, l'N qui se trouve devant les lettres labiales, se change en M, & que cela se fait par la force naturelle des organes ; mais ce changement ne se fait que dans les mots composés, & jamais dans les mots divisés ; & si alors le son change, c'est qu'on y a changé la lettre. Ce changement se fait non-seulement de la lettre N en M, mais encore de l'M en N. En effet on lit, en Boccace, *sommene venuto*, au lieu de S O N M E N E *venuto*, g. 3, n. 1. & 9. 2. n. 5. ANDIANNE *là e* LAVERENLO *spacciata-mente*, au lieu de *andiamne* & *laveremlo*. Mais, tant que les mots sont divisés, ils conservent toujours la lettre qui leur est propre, & le son naturel de la lettre. Il faut remarquer en outre qu'il n'y a point de règle générale à donner sur cette matière, & que l'usage des meilleurs écrivains peut seul nous autoriser à faire de pareilles compositions dans les mots. « Toutes les fois que l'on unit les deux » mots » (dit Buommattei, *trat. 7 delle Parole Composte*, cap. 19) » *ils doivent s'écrire en un seul mot*; & les dernières syllabes, en s'unis-» sant, doivent suivre l'ordre général des syllabes non finales, ou » intermédiaires. Par exemple, ce mot *pambollito*, pain bouilli, doit » s'écrire par une N, *pan bollito*, étant divisé. » On fait de même d'autres mots, en les augmentant, diminuant, ou changeant, suivant *l'usage*, le besoin, & *l'exactitude de la prononciation ; secondo l'uso e 'l bisogno e l'osservazione della pronunzia*. Ce changement (ajoute Corticelli, ib. lib. iii. cap. 9, oss. 5,) ne se fait pas seulement dans l'N qui s'unit à une des labiales, mais il se fait aussi quelquefois à l'M qui précède un C où un L ; & cela sert à donner un ton plus agréable aux mots, comme *amianci*, aimons-nous, au lieu *d'amiamci ; farenlo*, nous le ferons, au lieu de *faremlo*. C'est aussi pour donner un son plus coulant aux mots, que nous sommes autorisés d'ajouter ou d'ôter une lettre à certains mots composés (Buom. ib.) en disant, par exemple, *oltracciò*, pour *oltr'. a ciò*, *sotterra* à la place de *sotto terra*, sous terre, &c. Mais est-ce pour ajouter de l'agrément à la prononciation que Vénéroni a laissé les mots divisés dans les exemples qu'il nous donne dans sa règle ? Que l'on essaie donc de les analyser, en faisant une petite pause entre ces mots, ou entre les suivans, qui ne sont pas moins compris dans sa règle ; & que l'on prononce *un bel cane*, un beau chien, *un mammone*, espèce de singe, *un mulo*, un mulet, *un pa-pavero*, un pavot. Le résultat de la règle & de la pause sera,

que

que l'on doit prononcer *um-bel cane*, *um-mammone*, *um-mulo*, *um-papavero*, en faisant sonner séparément du B, de l'M, & du P, l'M d'*um*. Or je défie que l'on me trouve un seul Italien qui de bonne foi approuve cette prononciation.

Je conclus que la règle, telle qu'elle est présentée par Vénéroni, contient quatre fautes contre les préceptes de la Grammaire Italienne. La première, en ce qu'elle attribue le son d'*M* à toutes les *N* suivies des lettres B, M, P; la seconde, parce qu'elle change le son de la lettre sans changer la lettre; la troisième, parce qu'elle fait changer la lettre sans la composition, ou sans la réunion des deux mots; la quatrième, parce que pas un de ses exemples n'est autorisé par les bons écrivains.

VII. — Vénéroni, p. 35, dit : « La syllabe TI, que les Latins » prononcent *Si*, doit être prononcée en Italien comme *tsi*. Exemple, » *Natione*, nation, *gratia*, grace; lisez *natsione*, *gratsia*. » Actuellement ces mots s'écrivent par un Z. Et dans son recueil (p. 37) : » *Ti*, prononcez *tsi*; *natione*, *ostinatione*, *giuriditione*, *attione*. »

REMARQUE. —— Vénéroni fonde sa règle sur une orthographe entièrement proscrite; car les mots qu'il nous apporte pour exemple, et tous leurs semblables, doivent s'écrire par un Z, et non par un T. Buommattei avoit fait, long-temps avant lui, un chapitre exprès à ce sujet, dont le titre est : » Si l'on peut se servir du T au lieu du Z; » *se il T possa adoprarsi per Z*; et il conclut que non. (*Trat. 3, cap. 17.* (1) Le même auteur répond ensuite à ceux qui veulent autoriser (ce que Vénéroni ne manque pas de nous indiquer) l'orthographe contraire par la prononciation des Latins, 1°. Que les règles de la langue Latine et de la langue Italienne ne sont pas les mêmes : *La lingua nostra ha le sue regole distinte dalla Latina* : 2°. Que la prononciation des Latins sur ce point étoit incertaine, et que les grammairiens de son temps n'étoient pas d'accord sur le son qu'il falloit donner à ces deux mots Latins *litium* et *peripetia*, c'est-à-dire, si ces mots devoient se prononcer en Latin par un T ou par un Z, tandis que Vénéroni nous assure que les Latins prononcent la syllabe *TI* par *Si*, ce qui n'étoit pas en question ; et cela sans s'occuper du *ti* ou du *tsi*, dont Buommattei fait mention. Mais pour donner encore plus de jour à cette matière, je dis que, dès le milieu du XIV.ᵐᵉ siècle, Danté, Bocace, Pétrarque, employoient déjà le Z pour indiquer le son de *ts*. Après ce temps, qui mérita le nom du *bon siècle*, les Italiens négligèrent leur langue, et s'étant adonnés à cultiver la langue Latine pour se distinguer du commun du peuple, ils affectoient dans leurs écrits les phrases et l'orthographe Latine à un tel point, que la langue Italienne tomba en décadence, et perdit son ancienne splendeur. Mais après l'an 1500, Poliziano, Bembo, Casa, Arioste, Trissino, Buommattei, et plusieurs autres grands hommes, réparèrent les pertes que la langue

(1) *Il servirsi del T in vece della Z, scrivendo per esempio* oratione (*in vece di* orazione)*, è è meritamente in disuso.* -— Corr. Ortog. lib. 3. cap. 2.

B

avoit faites, soit dans le style, soit dans l'orthographe, et lui rendirent sa première beauté. Comment donc Vénéroni a-t-il pu se replon-
ger dans la mauvaise orthographe des bas siècles que lui-même désa-
voue, et ne pas faire usage de la seule lettre autorisée à désigner le
son en question, qui est le Z ? Il auroit certainement bien fait de
laisser de côté son article qui a pour titre *De la syllabe Ti ;* et il eût
mieux fait d'avertir son lecteur, dans l'article suivant de la lettre Z,
que, si par hasard on rencontre dans les livres le T à la place du Z
dans les mots ci-dessus et dans leurs semblables, il faut corriger ce
défaut d'orthographe par la prononciation ; et que cela doit se faire,
non pas parce que *ti* a le son de *tsi*, mais parce que ce T tient mal-à-
propos la place du Z, auquel seul convient le son de *is*; et que du
reste TI se prononce comme le TI François en *tison*.

VIII. ⸗ Vénéroni fait revivre encore la vieille orthographe à l'article de la lettre H, en donnant pour exemple de l'H non-aspirée les
mots *hora, honore, humano,* qui cependant doivent s'écrire sans H,
comme il l'avoue lui-même. Il auroit pu se servir pour exemple des
mots orthographiés, dont il fait mention au même endroit, savoir,
ho, hai, j'ai, tu as; et son article auroit été sans doute plus juste et
plus court. 2°. Quoique *duoi* soit vieilli dans la prose, il lui donne
cependant la première place dans les noms numéraux, et il dit, *deux,*
duoi, et due, 3°. Il fait la même chose en donnant le futur de l'indicatif, et l'imparfait du subjonctif du verbe *avere.* Car il pose ainsi son
futur : io *averò* ou *avrò, tu averai* ou *avrai,* etc. en donnant toujours
la préférence au futur, qui n'est plus en usage. Il est vrai qu'après
cela on lit un N. B. qui annonce qu'*averò, averai, averà, averemo,*
averete, averanno, ne se disent plus par les bons auteurs modernes, non
plus qu'*averei, averesti,* etc. Mais cette note n'empêche pas qu'on
lise l'imparfait tout isolé, de la manière qui n'est plus d'usage, c'est-
à-dire, *averei, averesti, averebbe,* etc. au lieu d'*avrei, avresti, avrebbe,*
etc. Je ne dirai pas si cette manière d'écrire est plus propre à faciliter
l'étude de la langue, ou à mettre de la confusion dans les idées.

IX. — Vénéroni (pag. 35 et 36), en parlant des Z qui ont le son
de *ds*, met de ce nombre les mots qui s'écrivent avec un Z en Italien et en François, comme *ʒona,* zone, etc. comme aussi les suivans,
mezzo, roʒʒo, ʒibetto, ʒendado, manʒa, ʒenʒero, ʒigrino, et ʒiffera,
chiffre. Après cela il ajoute : *Tous les autres Z simples ou doubles se pro-*
noncent comme TS.

REMARQUE. — 1°. On me permettra d'observer que le mot *ʒiffera*
n'est pas Italien, et *chiffre,* se dit *cifra* ou *cifera.* 2°. Vénéroni nous
assure que, parmi les Z doubles ou simples, il n'y a que ceux qui
conservent le Z dans les deux langues, et les huit autres mots dont il
fait mention, qui aient le son de *ds*, tandis qu'il y en a plus de cinquante qui ne sont pas compris dans sa règle, et qui cependant se
prononcent par *ds*. Tels sont les deux Z de *ʒanʒára,* cousin (insecte),
et ses dérivés; *ruʒʒare,* fôlatrer, avec ses dérivés, *gonʒo,* sot, *orʒo.*

orge, *zotico*, homme grossier, *zerbino*, *zerbinetto*, damoiseau, *rezzo*, ombre, *razzo*, fusée, *zebibbo*, raisin sec. On peut ajouter à ceux-ci *verzino*, *verzicare*; *ronzino*, *sozzo*, *sozzura*, *sozzare*, etc. *suzzare*, *zánzero*, *lezzo*, *verzotto*, *lezzone*, *bazzotto*, *bozzina*, *dozzina*, *dozzinale*, *buzzo*, *buzzone*, *romanzo*, *fronzuto*, ainsi que plusieurs verbes terminés en *izzare* et en *ezzare*, comme *utilizzare*, *preconizzare*, *volgarizzare*, *canonizzare*, *battezzare*, *olezzare*, et autres.

CONCLUSION

Des Remarques sur les Règles de la Prononciation de Vénéroni.

X. — COMME les célèbres artistes ont coutume de réunir toutes les règles et les finesses de leur art dans une pièce que l'on appelle leur chef-d'œuvre; ainsi Vénéroni a trouvé le moyen de renfermer dans une période toutes les règles de la prononciation. Pour ne rien perdre d'un morceau *qu'il suffit de bien lire* (dit-il, p. 39), *pour saisir l'accent et tous les sons de la langue Italienne*, je vais le rapporter tel qu'il existe (p. 40, 41). Cependant on voudra bien me permettre de marquer de numéros, les syllabes dont le son s'oppose aux remarques que je viens de faire sur les règles de la prononciation données par Vénéroni.

ITALIEN.

Ciascheduno sa che, come non v' è cosa che più dispaccia a Dio che l'ingratitudine ed inosservanza de' suoi precetti, così non v' è niente che cagioni maggiormente la desolazione di questo universo, che la cecità e superbia degli huomini chi sprezzano la gran potenza di Dio, la pazzia de' gentili, l'ignoranza ed ostinazione de' Giudei e Schismatici.

PRONONCIATION.

1
Tchiaskedouno sà ké, come non
2   3
v' è c — coça ké pioù dispiatchia
a Dio kè l'ingratitoudiné ed inos-
4
servantsa dé suoi pretchétti, coçi
5   6
none v' è n-niente ké cadjioni
7
madjiormenté la désolatsioné di
8
quoésto ouniverso, ké la tchét-
9
chità é souperbia deilli ouomini ki
10   11
sprédsano la gram potentsa di Dio,
12
la patsia dé dgentili, l'ignorantsa
13   14
ed ostinatsione dé djoudei é chiſ-
15
matitchi.

B 2

Chacun sait que, comme il n'y a point de chose qui déplaise plus à Dieu que l'ingratitude et le mépris de ses commandemens, de même il n'y a rien qui cause davantage la désolation de cet univers, que l'aveuglément et l'orgueil des hommes qui méprisent la grande puissance de Dieu, la folie des Gentils, l'ignorance et l'obstination des Juifs et des Schismatiques.

REMARQUE. — 1°. Je pense que si Vénéroni eût partagé la période en deux, par le moyen des alinéa, il auroit épargné au lecteur le dégoût qui résulte de deux pensées qui ne se lient guère ensemble : mais on me dira que ce n'est pas un modèle de rhétorique que Vénéroni nous présente ici, mais un modèle de prononciation ; ainsi je passe à la prononciation, et je dis : 2°. il n'est pas vrai que *tous les sons de la langue italienne soient contenus* dans cet exemple ; car je ne trouve nulle part le son de *ghe, ghi*, dont il a cependant parlé dans ses règles. 3°. Il passe aussi sous silence le son de l'O fermé, qui est très-important, et quoiqu'il y en ait deux dans l'*one* des mots *desolazione* et *ostinazione*, il n'en fait pas mention. Il paroît que Vénéroni s'en croyoit dispensé par la table des O ouverts et des O fermés (p. 29 et 30), où il met au rang des O fermés le premier O de *collo*, (avec le,) qui cependant doit se prononcer ouvert. Mais nous allons voir dans les règles de la prononciation, que les O fermés ont une bien plus grande étendue que celle que Vénéroni leur donne dans sa table ; et il y a toute apparence qu'il n'y a pas fait attention ; car dans cette seule période, il y en a trois autres dans les mots *come*, *cagioni, maggiormente*, qui devoient recevoir à-peu-près le son d'*ou*, comme l'*u* de *ciascheduno*.

4°. Il s'y trouve encore trois autres fautes dans ces trois mots, *huomini, chi, sprezzano*. La première est dans le mot *huomini*, qui doit s'écrire sans *h* ; la seconde dans *chi*, car il devoit dire *che* ; la troisième dans la manière de prononcer les *zz* de *sprezzano* par *ds*, qui doivent se prononcer *ts* ; et d'ailleurs cette prononciation ne s'accorde pas même avec sa règle, p. 34 et 36, dont j'ai parlé au N°. précédent. Je remarque une autre faute dans le mot *schismatici*, que Vénéroni fait lire *chismatici* ; car *chi* a le son du *ki*, et non celui du *chi* des Fançois. On peut ajouter à la faute de prononciation, que *schismatique* se dit en Italien *scismatico*, et non *schismatico*. 5°. Les numéros, dont j'ai marqué la période prononcée, annoncent le nombre des fautes en prononciation, suivant ces remarques : l'application n'en est pas difficile. Dans ce nombre n'est pas comprise l'omission des O fermés. Si j'osois dire que l'abrégé des règles de la prononciation de Vénéroni contient, tout calculé, vingt-une faute en huit lignes, je pourrois scandaliser et indisposer ses partisans ; mais je n'ai rien avancé au hasard. Dire la vérité est un devoir rigoureux : ceux qui sont sans prévention me sauront gré de ma franchise ; car l'expérience m'a prouvé que, de tous ceux qui ont formé leur prononciation exclusivement sur les règles de Vénéroni, pas un n'est parvenu à bien prononcer l'Italien, pour ne rien dire de l'habitude presqu'irrémédiable, qui accompagne toujours les premières impressions, suivant la pensée d'Horace, qu'un vase a de la peine à perdre l'odeur de la première liqueur.

« *Quo semel imbuta recens servabit odorem,*
» *Testa diu.* »

SECONDE PARTIE.

Remarques sur les Règles de Vénéroni, touchant les Noms, les Verbes et la Syntaxe.

XI. — Aux pages 80 et 81, Vénéroni enseigne que l'on ne peut pas se servir de l'article défini avant les pronoms possessifs qui sont suivis d'un nom de parenté qui est au singulier. Il a donné la même règle à ce sujet (p. 52), en parlant de la préposition *con*, avec. Ainsi il assure qu'il faut dire, *mio padre*, *di mio fratello*, *a mia sorella*, *mia madre*, *mio marito*, *mio zio*, *con mia madre*, etc. et qu'il n'est pas permis de dire, *il mio padre*, *del mio fratello*, *alla mia sorella*, *la mia madre*, etc. Enfin, il conclut que, quoiqu'on trouve dans quelques auteurs ANCIENS et MODERNES l'article défini avant les noms de parenté au singulier, comme *il mio fratello*, *la mia sorella*, *il vostro cugino*, *del suo zio*, *della sua zia*, on ne peut ni ne doit les imiter, selon le proverbe qui dit, *Tu vivendo bonos, scribendo sequare peritos.*

REMARQUE. — S'il est vrai que l'on met quelquefois l'article indéfini avant les pronoms possessifs qui sont suivis d'un nom de parenté, qui est au singulier, et sur-tout avant les noms de *padre*, père, & *madre*, mère ; il n'est pas moins sûr que l'on peut se servir de l'article défini dans ce même cas. L'exclusion totale que Vénéroni, appuyé par ses commentateurs, donne à l'article défini, est tout-à-fait arbitraire, erronée, et contraire, non-seulement aux auteurs anciens et modernes, mais encore à l'usage de parler et d'écrire correctement de nos jours.

Il est surprenant que ni Vénéroni, ni aucun de ses commentateurs, n'aient fait attention à la doctrine reçue sur ce point dans les écoles d'Italie, c'est-à-dire, 1°. que les pronoms possessifs, *mio*, *tuo*, etc. quand ils se trouvent avant les noms des choses très connues ou fort intimes à celui qui les possède, comme *mari, femme, frère, sœur, oncle, neveu, beau-frère, fils, usage, plaisir*, etc. peuvent s'employer avec, ou sans article ; 2°. que les noms même de *père* et de *mère* ne peuvent pas se passer de l'article toutes les fois que le pronom possessif est placé après le nom. Exemple : *mon père* ; IL *padre mio* : *ma mère,* LA *madre mia. I pronomi* MIO, TUO, SUO, NOSTRO, VOSTRO, LORO, *mentre sono avanti a certi nomi di cose assai note, e, di chi le possiede, intrinseche, come marito, moglie, fratello, sorella, zio, nipote, cognato, figliuolo, stato, costume, errore, piacere, faccende, etc. ricevono e scacciano l' articolo facilmente : dicendosi*, IL *mio marito, etc.* Buom. trat. 10, cap. 6, *delle voci che s' usano e con articolo e senza.* Et au chap. suivant, il assure que même les noms *padre* et *madre* doivent être précédés de l'article toutes le fois que le pronom les suit : *Mentre detti pronomi son dopo.* La preuve complète de ce que je viens d'observer se lit dans les passages suivans, tirés du Décameron de Bocace.

Introd. — *L' un fratello, l' altro abbandonava.... e spesse volte la donna* IL SUO MARITO. — Gior. 2, Nov. 3 : *Veggendovi cotesti panni indosso, li quali* DEL MIO MARITO *morto furono.* — *Con grandissima festa lei,* E 'L SUO GENERO *ricevette.* — Ib. N. 5 : *Me* CON LA MIA MADRE *piccola fanciulla lasciò.* — Ib : *Possessioni e case ci ha date, e dà continuamente* AL MIO MARITO. — Ib. N. 6 : IL MIO PADRE, *disse Giannotto, posso io omai sicuramente manifestare.* — Ib : *Se tu qui,* LA TUA MADRE *vedessi.* — Ib : *De' puerili lineamenti del viso* DEL SUO FIGLIUOLO. — Ib. N. 8 : *La sanità* DEL VOSTRO FIGLIUOLO *non è nell' ajuto de' medici.* — G. 4, N. 5 : *Il quale (Gerbino)* DAL SUO AVOLO *con diligenza allevato.* — Ib. N. 8 : *Non ista bene a me d' attendere ad altro uomo, che* AL MIO MARITO. — G. 5, N. 5 : *Conoscendo lei esser* LA SUA FIGLIUOLA. — Ib. N. 7 : *Avvisò, se vivo fosse* IL SUO FIGLIUOLO, *dovere di cotal età essere.* — Ib : *Dove Teodoro* LA SUA FIGLIUOLA *per moglie volesse.* — G. 7, N. 4 : *Tenete* IL VOSTRO FIGLIUOLO *per la grazia di Dio, sano.* — Ib : *Ed avendo tra i costumi* DEL SUO MARITO *conosciuto, lui dilettarsi del bere.* — Ib : *Il mio marito.*

G. 8, N. 8. — LA SUA MOGLIE. — Ib. DELLA *sua moglie.* — Ib. IL *tuo marito.*

On peut ajouter à ces passages les suivans : *Comándoti, che tu incontanente vadi* PER LO TUO *padre.* Nov. Ant., Nov. 100. — *Veggendo Arrigo, che,* IL SUO PADRE *Federigo facea ciò che potea di contrario a* S. Chiesa, *presene conscienza,* Gio. Villani, lib. 5. — *Per esser tornato* IL SUO MARITO *di podesteria.* Franco Sacchetti, Nov. 109. — *Che* IL MIO MARITO *non mi tormenti per questa botte.* Ibid. — *Uccise* IL SUO FRATEL CUGINO. Bembo Asol. lib. 1. — *Facendo io poca stima dei comandamenti* DELLA MIA MADRE, etc. Firenzuola Apul.

Je remplirois plusieurs pages d'exemples tirés des meilleurs auteurs, soit anciens, soit modernes, si Vénéroni et ses commentateurs ne m'en épargnoient pas la peine, en ajoutant qu'on *trouve dans quelques auteurs anciens et modernes, l'article défini avant les noms de parenté au singulier.* Pourquoi donc a-t-il établi le contraire ? La raison que Vénéroni nous en donne, est d'une espèce unique. C'est un proverbe Latin qui détruit entièrement sa thèse ; c'est-à-dire, que, *comme pour bien vivre, il faut suivre l'exemple des gens de bien, ainsi, pour bien écrire, il faut imiter les savans.* Mais, quels sont donc les savans que nous devons imiter, si l'on en exclut les auteurs anciens et modernes?

XII. — Vénéroni, (p. 51,) en parlant de la préposition *in, dans,* enseigne que, lorsque *dans* est avant un pronom possessif féminin, on peut exprimer *dans* par *in,* en transposant le pronom possessif à la fin de la phrase, comme *dans votre maison, in casa vostra; dans ma chambre, in camera mia.* — 2°. A la page 56 il fait le catalogue des noms terminés en *i* au singulier et au pluriel; et il met de ce nombre *la frasi,* la phrase, en nous assurant que la langue italienne n'a que dix-sept noms terminés en *i* au singulier. — 3°. A la page suivante des noms en *o,* il met *migliajo,* millier, *pajo,* paire, *stajo,* boisseau, *uovo,* œuf, dans la classe des noms qui reçoivent l'*a* et l'*i* au pluriel.

REMARQUE. — 1°. La règle que Vénéroni étend à tous les féminins n'a guère d'application qu'aux exemples cités; car on n'a jamais lu, ni entendu dire, *in lettera vostra,* dans votre lettre, au lieu de *nella vostra lettera; in sedia mia,* dans ma chaise, au lieu de *nella mia sedia; in terra nostra,* dans notre terre, au lieu de *nella nostra terra,* etc. etc. J'ajoute que cette règle ne va pas jusqu'aux pluriels des féminins, pas même de ceux qu'il nous donne pour exemples; & on ne pourroit pas dire, *in case vostre, in camere mie.* Cela se fait sentir, sans autre preuve, à ceux qui ont quelque connoissance de la langue italienne. C'est donc une exception que Vénéroni devoit nous donner ici, et non pas une règle générale. — 2°. La phrase se dit en italien *la frase,* et l'on ne trouvera nulle part *la frasi* pour le singulier; car ce nom ne prend l'*i* qu'au pluriel. — 3°. Si Vénéroni eût mieux réfléchi, avant de fixer le nombre des noms terminés en *i,* il auroit ajouté à son catalogue *brindisi,* (salutation qu'on fait en buvant,) *metropoli,* metropole, *perifrasi,* périfrase, *sinderesi,* synderèse, *pari,* égal, *parentesi,* parenthèse, et autres qui ont l'*i* tant au singulier qu'au pluriel. — 4°. Les grammaires italiennes placent les noms *migliajo, pajo, stajo, uovo,* au nombre des hétéroclites, qui n'ont qu'un seul pluriel en *a.* Voyez cette Grammaire, chap. 1, §. 5.

XIII. — ☞ Un des commentateurs de Vénéroni enseigne, à la p. 59, que le pluriel des noms terminés en *io* se forme en retranchant l'*o* final, toutes les fois que la terminaison *io* ne fait qu'une syllabe; que, si elle se trouve partagée en deux syllabes, il faut deux *i* pour faire le pluriel, comme, *vario,* divers, *incendio,* incendie, *tempio,* temple, et *natio.*

REMARQUE. Quoique la règle proposée par le commentateur soit généralement vraie; cependant les trois premiers exemples qu'il en apporte, sont en contradiction avec la règle; car *vario* et *tempio* ne sont composés que de deux syllabes et ont l'accent sur la première. Il en est de même d'*incendio,* qui, n'étant composé que de trois syllabes, l'accent tombe sur l'*e* et non pas sur l'*i* d'*io.* De pareils galimatias sont faits pour confondre la tête aux étudians. Que si l'on dit *tempj, varj*, *incendj* au pluriel, cela est pour une autre raison que je touche au §. 10ᵐᵉ., règle 3ᵐᵉ., en parlant des noms. *Natio* a vraiment l'accent sur l'*i*; et le commentateur auroit pu y ajouter *calpestio*, *zio* ou autres, dont j'ai donné le catalogue dans le traité sur l'accent italien, qui précède le livre qui a pour titre : *Guida alla pronunzia e all' intelligenza dell' Italiano*, imprimé à Londres, 1798:

XIV. — ☞ Le commentateur nous assure, (p. 93,) *que si l'on veut parler mieux, et avec moins de difficulté dans les interrogations, il ne faut point exprimer* (en italien) *les pronoms personnels*

REMARQUE. — 1°. Pour ce qui regarde la difficulté dont parle la glose, je dis qu'il n'y en a point; car, dans l'interrogation, on place les pronoms personnels en italien comme en françois; et l'on dit, *Que ferai-je? che farò io? non avete voi?* etc. — 2°. On ne peut non plus affirmer *que l'on parle mieux* en supprimant les pronoms; car, outre que les meilleurs auteurs s'en sont servis, il y a des cas où le pronom personnel doit s'exprimer, pour faire sentir dans le discours l'opposition ou la comparaison des personnes. Cependant il est essentiel de remarquer (et c'est ce dont le commentateur devoit s'occuper) que toutes les fois que l'on supprime le pronom personnel dans l'interrogation, et précisément en parlant, il est nécessaire de faire sentir l'interrogation par l'inflexion de la voix, et que sans cela l'interrogation se réduiroit à une simple proposition affirmative ou négative, suivant que la demande contient une affirmation ou négation. Ainsi, par exemple, si, en parlant de quelqu'un, je prononce d'un ton uniforme et ordinaire, *Ha male? non è ricco? est-il malade? n'est-il pas riche*, sans supléer au défaut du pronom personnel *egli*, par le son de ma voix, je ne ferai qu'affirmer qu'un tel est malade, ou qu'il n'est pas riche.

XV. — A la page 142 on lit : *Règle nouvelle et générale pour apprendre en un moment tous les verbes irréguliers en* ERE *bref*. Tel est le titre. On lit ensuite : « Nous avons dans la philosophie un axiome, qui dit que » *frustra fit per plura quod potest fieri per pauciora*. C'est sur cet axiome » que je me suis réglé pour réduire tous les verbes irréguliers en *ere* » bref en une seule règle, afin d'éviter l'embarras des autres gram- » maires, et de rendre plus facile la langue italienne, qui a été em- » brouillée par ceux qui ont voulu se mêler, et se mêlent encore, de » l'enseigner sans la savoir. »

2°. Un de ses commentateurs, à l'article des verbes terminés en *dere*, p. 149, dit que, quoique *cedere* soit un verbe régulier, cependant ses composés n'en suivent pas la règle, puisqu'ils font le passé défini en *ssi*, et le participe en *sso* : ex. *succedere*, *successi*, *successo*; *concedere*, *concessi*, *concesso*.

REMARQUE. — L'avantage qui résulte de la règle générale de Véroni n'est pas assez grand, pour lui donner de l'humeur contre ceux qui, sans donner la même règle, se sont contentés, peut-être, d'en

détailler les conjugaisons ; car, quoique ces verbes aient généralement
le passé en *si*, et le participe en *so* ou en *to* (et c'est en quoi consiste
sa règle générale), cependant les terminaisons en sont si incertaines
dans la formation des passés et des participes, que, pour la pratique,
il est nécessaire de venir au détail de ces différens verbes, pour en
donner une juste connoissance. En effet, qui est-ce qui, par l'application de cette seule règle, peut conclure que *rispondere* fait *risposi*, *risposto*; *cuocere*, *cossi*, *cotto*; *attendere*, *attesi*, *atteso*, etc.? C'est-à-dire,
qui est-ce qui peut définir le passé en *si* plutôt qu'en *ssi*, et le participe en *to* plutôt qu'en *tto*? Vénéroni a senti cette vérité, et c'est par
cette raison qu'il divise ensuite les verbes terminés en *ere* bref en treize
classes; et il finit par donner le détail de la conjugaison de chacun de
ces verbes, dont il remplit seize pages avec une théorie très-épineuse,
sur la formation de leurs passés et de leurs participes, qui est bien plus
difficile que les conjugaisons mêmes. Est-ce donc là *une règle générale
faite pour apprendre* EN UN MOMENT *tous les verbes irréguliers en* ERE
bref? Et la répétition qu'il fait des verbes en *ucere* (p. 156), après en
avoir donné toute la conjugaison à l'article des verbes terminés en
cere (p. 146), seroit-elle une conséquence de l'axiome Latin, dont
il fait mention, savoir, qu'il *ne faut pas se servir de trop de détours pour
dire une chose que l'on peut énoncer en peu de mots*!

Après cela, je trouve bien extraordinaire la manière dont Vénéroni
donne plusieurs infinitifs des verbes terminés en *ere* bref, si je la compare avec les conjugaisons de Buommattei.

Vénéroni (p. 156) fait un article sur les verbes en *ucere*, et il parle
ensuite des verbes *producere*, *inducere*, *adducere*, *seducere*, etc. Et
(p. 146) il donne l'option de *conducere* ou *condurre*, en donnant la première place à *conducere*. — Buommattei (trat. 12, *del verbo*, cap. 23,
dont le titre est, *De' verbi addurre, condurre, e altri simili*) nous avertit
que ces verbes se disoient anciennement *conducere*, *adducere*, etc.

Vénéroni (p. 153) fait un article des verbes en *ncre*, et il y met
poncre, *porre*, mettre, etc. Buommattei (ib. cap. 21) fait un chapitre
sur le verbe *porre*, et il y parle de ses dérivés; et (cap. 40) il dit
poncre, MODERNAMENTE *porre*, nouvellement *porre*.

Vénéroni (p. 152) fait un article des verbes en *here*, où il place
trahere et ses dérivés. Il ajoute que de *trahere* se forme *traere*, et que de
ce dernier vient *trarre*. Je n'ai rien à opposer à la terminaison en *here*
de Vénéroni, parce qu'elle n'existe nulle part, pas même dans le Vocabulaire de *La Crusca*.

Or, en lisant ce parallèle, on diroit que Vénéroni vivoit à trois
siècles de nous, ou au moins cent ans avant Buommattei; cependant
c'est tout le contraire; car Vénéroni vivoit dans un temps où la
Grammaire de Buommattei étoit répandue dans toute l'Italie, et elle
jouissoit de la réputation dont elle jouit encore de nos jours. Je
ne m'arrêterai pas à faire des reproches à Vénéroni d'avoir mal posé

les infinitifs de ces verbes, en faisant usage des infinitifs qui étoient vieillis cent ans avant lui ; je suis seulement surpris qu'il n'ait pas su profiter de la manière de les poser, qui étoit communément reçue de son temps en Italie.

Le verbe *piovere*, *pleuvoir*, qui se termine en *ere* bref, devoit aussi trouver sa place parmi les anomales, puisque, loin de se terminer en *si*, il fait *piovvi* au passé. — Le verbe *bevere*, *boire*, (plus communément *bere*,) que Vénéroni place parmi les réguliers de la seconde, demandoit aussi un peu plus d'explication de sa part ; car le passé de *bevere* est *bevetti*, et non *bevei*, et le passé de *bere* est *bevvi*, suivant le Vocabulaire de La Crusca et Ben. Buommattei, trat. 12, cap. 40. — Quoiqu'il ne soit pas question à présent des verbes en *ere* long, je me permets d'observer ici que l'alternative que Vénéroni donne (p. 39) d'*ho rimaso*, ou *sono rimaso*, au passé indéfini de *rimanere*, n'est pas reçue par les Italiens ; et *je suis resté* se dit *sono*, et jamais *ho rimaso*.

Enfin, le commentateur auroit mieux fait de ne pas excepter les verbes *succedere*, *concedere*, et de les laisser joints aux verbes réguliers de la seconde ; car, quoique *successi*, *successo*, *concessi*, *concesso*, aient été employés par quelques anciens écrivains, il est pourtant sûr que, suivant les meilleurs auteurs, et l'usage le plus adopté, ils prennent *etti* plutôt qu'*essi* au passé, et *uto* mieux qu'*esso* au participe. « *Concedo*, *cedo*, *procedo*, *succedo*, e simili, si trovano presso ad an-» tichi scrittori, e presso ancora a'poeti coll' uscita regolare nel prete-» rito, *concessi*, e col participio *concesso*, etc. ma ne' migliori scrittori » e nel miglior uso, hanno la terminazione come i verbi della se-» conda, cioè *concedetti*, *succedetti*, etc. e il participio *conceduto*, *pro-* » *ceduto*, *succeduto*. » Corticelli, *delle Parti del Oraz.* cap. 37. — « *Conceduto*, ha *concedetti*; conciosiachè *concesso*, che alcuna » volta si legge, della lingua non è, ed è solo del verso. » Bembo, *lib. ii. della Volgar Lingua*.

XVI. — Il y a deux choses à observer qui intéressent directement la conjugaison des verbes.

1°. Vénéroni, après avoir donné la seconde conjugaison régulière du verbe *credere*, ajoute (p. 113) : « Conjuguez de même les verbes » suivans, qui sont les seuls verbes en *ere* qui suivent la règle de » *credere* ». Il en donne ensuite une liste de dix-sept, et il finit en disant que *tous les autres verbes en* ERE *sont irréguliers*.

Je remarque que cette liste est fautive, parce que Vénéroni n'y a pas compris les verbes suivans, qui ne peuvent pas se placer parmi les irréguliers, savoir :

Premère, presser, qui fait *premei* ou *premetti*, *premuto*.
Rendere, rendre, —— *rendei* ou *rendetti*, *renduto*.
Battere, battre, —— *battei*, —— *battuto*.
Empiere, remplir, et ses dérivés, *empiei*, —— *empiuto*.
Tondere, tondre, —— *tondei*, —— *tonduto*.

2°. Vénéroni affiche une contradiction évidente à l'égard des verbes de la troisième conjugaison terminés en *ire* ; car, après avoir donné le verbe *sentire* comme modèle de la troisième, il ajoute tout de suite après (p. 117), « Conjuguez de même les verbes suivans, qui sont » les seuls verbes en *ire* qui suivent la règle de *sentire* ». Ces verbes sont au nombre de vingt, y compris les verbes *morire*, mourir, *salire*, monter, *uscire*, sortir, *udire*, entendre. Après cela il fait (p. 157) un chapitre des verbes irréguliers de la même conjugaison, qui commence ainsi : « Il y a dans la troisième conjugaison six verbes plus » irréguliers que les autres, qui sont, *dire*, dire, *morire*, mourir, » *salire*, monter, *udire*, entendre, *venire*, venir, *uscire*, sortir ». Il donne ensuite la conjugaison de chacun de ces verbes. En un mot, Vénéroni, après avoir mis les verbes *morire*, *salire*, *uscire*, *udire*, au nombre des réguliers, les place ensuite, et avec plus de raison, dans la classe des irréguliers. — J'ajoute que les verbes *aprire*, *coprire*, *soffrire*, ne peuvent pas davantage avoir place dans le catalogue des réguliers ; car ces trois verbes ont le participe en *erto*, et non en *ito*. On voit par-là que la multiplicité des éditions n'améliore pas toujours les livres.

— XVII. Au chap. 1, du Traité de l'Orthog. je lis, ☞ « Remar- » quez, comme une règle générale, qu'il faut doubler les consonnes » au commencement des mots composés, comme *abbattere*, *affan-* » *nare*, *appoggiare*, etc. »

REMARQUE. — 1°. Je souhaiterois bien qu'on me dît de quelle préposition et de quel verbe est composé le mot *affannare*, que le commentateur nous donne pour exemple des mots composés. — 2°. Je dis que cette règle ne peut pas se regarder comme générale ; car ou la glose parle de la répétition des consonnes de la même espèce, ou des consonnes différentes. Or, de quelque côté que l'on prenne la règle, elle n'est rien moins que générale, et cela à cause de l'in-finité d'exceptions auxquelles elle est sujette. Car dans le premier cas nous avons *combaciarsi*, *combattere*, *compatire*, *comprendere*, *concedere*, *conchiudere*, *condonare*, et un grand nombre de mots composés qui ne doublent pas la même consonne : dans le second cas, (qui paroît être celui de la glose,) outre le verbe *difendere*, qu'on y apporte pour exception de la règle générale, il y a une très-grande quantité de mots composés dont les consonnes ne se doublent point dans la jonction de la préposition au verbe. Tels sont *decapitare*, *decantare*, *decidere*, *dedurre*, *degenerare*, *deporre*, *riporre*, *dinudare*, *depredare*, *di-tergere*, *dibattere*, *dilungarsi*, *dimettere*, *diradicare*, *divagare*, *esalare*, *esaltare*, *esacerbare*, *inabilitare*, *inalberare*, *inoculare*, *inasprire*, *inon-dare*, *rifare*, *ridire*, *ridomandare*, etc. etc., et tant d'autres dont je pourrois remplir des pages. Donc la règle ne peut pas se proposer comme générale.

XVIII. — (Ib. p. 19.) Vénéroni dit : « La lettre *j* n'est jamais

» consonne en italien. C'est pour cette raison qu'on écrit *gesuita*, et
» non pas *jesuita*, *giudice*, et non *judice* ». Il avoit déjà dit, à l'article de l'*y consonne*, p. 33 : *Ce caractère y n'est pas consonne en italien;*
on l'emploie pour séparer trois voyelles de suite.

REMARQUE. — Le caractère y a été ajouté il y a quelques siècles
à l'alphabet italien, principalement pour désigner le son d'une lettre,
qui au commencement et au milieu des mots est toujours une vraie
consonne, quoiqu'on puisse s'en servir à la fin des mots pour indiquer
deux *i* voyelles; ce qui cependant se fait à volonté. En effet, Buommattei enseigne (trat. 3. delle Lettere, cap. 8) que l'*y*, tout consonne
qu'il est, sert quelquefois de voyelle. Mais il prouve invinciblement
que l'*y* est de sa nature consonne, au traité 5ᵉ de *de' Dittongi*, où
il fait la question, si ces mots *noja*, *baje*, *sajo*, contiennent une diphtongue; et il répond que la diphtongue étant formée par l'union de
plusieurs voyelles sous un même accent, cette union ne peut pas
se faire dans les mots énoncés, à cause que l'*y* consonne s'y oppose.
Il dit de même de l'*y* de *jeri* — 2°. Je passe sous silence la contradiction qu'il affiche entre le titre et sa doctrine; et je me contente de
lui demander, comment peut-il se faire que l'*y*, par exemple, de *noja*
sépare deux voyelles, s'il est lui-même une voyelle ? En un mot,
si l'on peut séparer la continuation des voyelles par une voyelle ?
— Enfin, les exemples qu'il apporte ne prouvent pas davantage sa
proposition; car si l'on dit *gesuita*, et non pas *jesuita*, *giudice*, et non
judice, c'est parce que ces mots ne sont pas Italiens. L'on écrit cependant, et l'on prononce, *juris-patronato*, *jurisperito*, *juridico*; et autres
avec l'*y* consonne.

XIX. — Ib. traité premier de l'Orthog. chap. 1. » On écrit *dopo*
« par un P en vers, et en prose par deux, comme *doppo*; mais à pré-
« sent on écrit indifféremment *dopo* ou *doppo* en prose. » 2°. A la page
suivante : « Quand le z remplace la syllabe latine *ti*, il doit être
« doublé, comme *dizzionario*, *lezzione*, *concezzione*, *corruzzione*. »

REMARQUE. — D'une personne qui parleroit ainsi, *On écrit dopo*
etc. *mais à présent on écrit* doppo, ne diroit-on pas qu'elle est sujette à
des distractions ? Cependant, comme mon but n'est pas de m'arrêter
aux mots, je dis qu'il faut toujours écrire *dopo* par un seul P, et que
l'indifférence que l'auteur attache à l'écrire par deux, est tout-à-fait
abusive, et contraire au Vocabulaire de la Crusca, et à celui qui est
en usage dans toutes les écoles d'Italie, savoir le Vocabulaire de
Turin. Il en est de même des mots *dizzionario*, *lezzione*, *concezzione*,
corruzzione, qui doivent s'écrire par un seul z, c'est-à-dire, *dizionario*,
etc. Mais ce que je trouve de plus singulier dans cette doctrine, c'est le
principe et l'application qu'il en fait à ses exemples. « Quand le z, »
dit-il, « remplace la syllabe latine *ti*, il doit être doublé comme
» *dizzionario*, *lezzione*, *concezzione*, *corruzzione*. » Car, où trouver le
ti dans les mots Latins *conceptio*, *corruptio*, à moins qu'il ne voulût

nous faire dire en Latin *conceſtio*, *corruſtio* ? J'ai déjà remarqué ailleurs que Vénéroni n'est pas toujours fort heureux dans ses étymologies Latines.

XX. — Vénéroni, dans la syntaxe des verbes (p. 223), enseigne que *se bene*, quoique, ne reçoit que l'indicatif, et jamais le conjonctif.

REMARQUE. — Le Vocabulaire de Turin dit que *se bene* régit l'indicatif et le subjonctif. *Se bene e sebbene serve allo 'ndicativo e al soggiuntivo*.

Au chap. 7, des prép. Vénéroni attribue à quelques prépositions des cas qui ne leur conviennent pas, et il en omet plusieurs qui leur sont propres, ainsi qu'il suit.

1°. « Joignant la muraille, *rasente del*, *al*, *il muro*, génitif, datif, » accusatif. » — REMARQUE. Quoique *rasente* reçoive l'accusatif, et quelquefois le datif, on ne voit pas cependant qu'il ait été employé avec le génitif *del*.

2°. « Entre, *fra*, *tra*, accusatif, datif. » — REMARQUE. *Fra*, *tra*, sont usités avec l'accusatif, mais jamais avec le datif : cela est assez connu.

3°. » Contre, *contro del*, *contra' l*, gén., accusatif. » REMARQUE. — *Contro* reçoit aussi le datif *al*. *Niuna altra medicina essere contro* alle *pestilenze migliore*. Boc. Introd.

4°. « Après, *dopo*, gén. et accus. » — REMARQUE. *Dopo* reçoit aussi le datif : *Dopo a questo*. Boc. 9, 3, n. 3.

5°. « Devant, auparavant le, *prima del*, *avanti il*, gén. acc. » — REMARQUE. Quoique cette préposition reçoive quelquefois le génitif, outre l'accusatif, elle reçoit encore plus souvent le datif. Ex. *Camminando adunque il novello Abate, ora avanti, e ora appresso* ALLA *sua famiglia*. Boc. g. 2, n. 3. et g. 1. n. 6. *Che egli dovesse ogni mattina....* AVANTI A *lui presentarsi*. G. 2, n. 3, DAVANTI AL *Papa*; et Passavanti, f. 12, *Non volete porti dietro a te, acciocchè Iddio non ti ponga* AVANTI A *se*.

6°. » Près, proche, *presso*, *vicino*, *appresso*, gén. et datif. » — REMARQUE. Cette préposition reçoit aussi l'accusatif. Boc. g. 16, n. 9. *In fin* PRESSO LE *donne di Ripole il condusse*; et g. 1, n. 6. *Emilia la quale* APPRESSO LA *fiammetta sedea*.

7°. « Sous la table, *sotto la tavola*, ou *della*, gén. acc. » — REM. Cette préposition reçoit aussi le datif. SOTTO AD UN *solo re*, sous un seul roi. Boc. fiam. lib. 2.

XXI. — Vénéroni, dans son traité *des différentes significations des verbes*, nous en propose quelques-unes qui ne sont pas propres, comme p. 243, *far capolino*, attrapper par finesse. — REM. *Far capolino* ne signifie pas attrapper une personne, mais regarder adroitement par derrière une porte, un rideau, etc. pour voir, ou pour espionner, ce que fait un autre, pour avoir le plaisir de l'attrapper sur le fait. La signification de cette phrase ne va pas plus loin.

2°. P. 247, ib. *Volerla con uno*, en vouloir à quelqu'un. — REM. En vouloir à quelqu'un se dit *averla*, et non pas *volerla con uno*.

3°. P. 243. *Star giù*, s'asseoir ; *State giù*, asseyez-vous. — REM. *Giù* signifie, il est vrai, un lieu bas, mais non pas une chaise, ou autre chose faite pour s'asseoir. Cette expression est tout-à-fait basse.

On peut ajouter ici quelques autres manières dont Vénéroni se sert en plusieurs endroits de sa Grammaire ; comme, (p. 211,) *il Signore Presidente*, *del Signore Principe*, *al Signore Duca*, et autres qui ne conviennent pas du tout à une grammaire, qui doit être le modèle du bon langage ; car on doit dire *Signor*, et non *Signore*, avant les noms de qualité ou les noms propres qui ne commencent point par une S impure.

XXII. — Vénéroni met au nombre des licences poétiques, et insère dans le chapitre particulier qu'il en a fait, plusieurs mots qui sont très-bien reçus en prose : tels sont,

1°. *Bea*, qu'il boive, au lieu de *beva*. — REM. *Bea* est le seul subjonctif du verbe anomal *bere*, comme *beva* du verbe *bevere*, boire.

2°. *Bei*, beaux, au lieu de *belli*. — REM. *Beaux* se dit en prose *belli*, *bei*, ou *be'*. Boc. 9, 15, N. 10. *Le portò cinquecento* BE' *fiorin d'oro* ; il lui porta cinq cents beaux florins d'or.

3°. *Debbo*, je dois, au lieu de *devo*. — REM. Buommattei, dans ses conjugaisons, met *debbo* ou *deggio*, et point *devo* ; et les conjugaisons regardent la prose.

4°. *Diè*, il donna, au lieu de *diede*. — REM. *Il donna* se dit en prose *diede*, *diè*, ou *dette*.

5°. *Fra*, frère, au lieu de *frate*. — REM. Jamais personne que Vénéroni n'a fait cette distinction ; et lui-même se sert souvent de ces mots dans sa Grammaire, laquelle cependant n'est pas écrite en poésie.

6°. Aux mots ci-dessus, on peut ajouter les suivans : *Chino*, penché, au lieu de *chinato*. *Concio*, accommodé, au lieu de *conciato*. *Han*, ils ont, au lieu de *hanno*. *Avea*, il avoit, au lieu de *aveva*. *Havvi*, il y a, au lieu de *vi ha*. *Ir*, *ite*, aller, allez, au lieu de *andare*, *andate*. *Seggo*, *seggono*, je m'assieds, ils s'asseient, au lieu de *sedo*, *sedono*. *Sì*, tant, et *sì*, au lieu de *così*. *Sulla*, sur la, au lieu de *sopra la*. *Tronco*, coupé, au lieu de *troncato*. *Veggio* ou *veggo*, je vois, au lieu de *vedo*. *Ve n'*, je vous en, au lieu de *ve ne* ; car *ve ne* avant une voyelle se dit, même dans le discours familier, *ve n'*, et non *ve ne*. Or, tous ces mots, et autres, que Vénéroni place au nombre des licences poétiques, sont très-proprement usités en prose, et quelques-uns d'entre eux ne sont que les plus propres.

XXV. — Je prévois que mes remarques ne seront pas bien reçues de quelques personnes un peu trop prévenues en faveur de la Grammaire de Vénéroni. Je m'abstiendrai donc de détailler d'autres choses qui m'y paroissent répréhensibles, comme plusieurs de ses définitions ; par exemple, celle du nom (p. 4). *Le nom sert à nommer quelque chose* ; celle de l'article, qu'il définit *un mot très-court*, etc. Je ne dirai rien des mots et des phrases impropres qui sont répandues dans ses dialogues et dans ses contes : je ne ferai pas mention du peu de précision qui règne dans ses règles, de leur répétition monotone, ni de la redite, qu'il fait dans ses recueils, des noms et des verbes, et cela dans la même page : enfin, je ne parlerai point de la confusion qui résulte des remarques, et des additions si multipliées, et faites par tant de commentateurs, lesquelles, loin de contribuer à l'unité de la grammaire, la rendent semblable à une statue formée de pièces rapportées ; et je me bornerai à donner un essai des mots non Italiens que l'on trouve dans le Vocabulaire portatif qui est à la suite de sa Grammaire. Je n'y comprendrai pas les mots vieillis ou poétiques qui ne peuvent avoir lieu dans un dictionnaire portatif ; tels que

Attujare,	offusquer,	au lieu	d'*offuscare,*
Avversare,	opposer,	pour	*opporre.*
Colere,	honorer,	pour	*onorare.*
Colletto,	recueilli,	au lieu de	*raccolto,*
Disconfidenza,	défiance,	pour	*diffidenza,*
Flagarre,	brûler,	pour	*bruciare, ardere.*
Imprentare,	imprimer,	pour	*imprimere, stampare,* etc.

Je ne ferai, dis-je, mention que des mots qui ne sont pas reçus dans la langue Italienne, ou dont il change la signification. En voici une liste tirée de la première partie de son Vocabulaire, et qui n'en contient qu'une portion.

TROISIÈME PARTIE.

Remarques sur le Vocabulaire portatif, qui est à la suite de la Grammaire de Vénéroni.

Voc. *Abbianchire*, blanchir. — Rem. *Abbianchire* n'est pas Italien, et *blanchir* se dit *imbiancare.*

Voc. *Abbujare*, s'obscurcir. — Rem. *S'obscurcir* ne peut se rendre en Italien que par le verbe réfléchi *abbujarsi. Abbujare* signifie changer de propos, ou ne plus parler d'une chose. — *Vocab. della Crusca.*

Voc. *Accozzare,* heurter. — Rem. *Accozzare,* signifie *réunir, mettre ensemble,* et non pas *heurter,* qui se dit *urtare* ou *cozzare.*

Voc. *Aco,* aiguille. — Rem. *Aiguille* se dit *ago,* et non *aco.*

Voc. *Acorajo,* peloton. — Rem. *Agorajo,* et non *acorajo,* signifie peloton.

Voc. *Acquajo,* gouttière. — Rem. *Gouttière* est une sorte de canal, par où coule l'eau par-dessus les toîts, et se dit en Italien *grondaja. Aquajo* ne signifie que le vase ou le canal par où passent les eaux que l'on jette de la cuisine.

Voc. *Adoppiato,* endormi — Rem. *Endormi* se dit *addormentato* ;

et *adoppiato* ne convient qu'à celui qui est endormi par la force de l'o-
pium, ou d'une boisson qui contient de l'opium.

Voc. *Affasciare*, emmaillotter. — Rem. *Emmaillotter*, qui signifie
mettre un enfant dans son maillot, se dit *fasciare*. *Affasciare* veut dire
faire des fagots.

Voc. *Agazzare*, mettre en fureur. — Rem. *Agazzare* n'est pas
Italien, et *mettre en fureur* se dit *aizzare*.

Voc. *Amicare*, devenir ou se faire ami. — Rem. *Devenir ou se
faire ami* ne peut se rendre que par le réciproque *amicarsi*.

Voc. *Anguria*, melon d'eau. — Rem. *Melon d'eau* se dit en Italien *cocomero*, et non *anguria*.

Voc. *Ansare*, respirer. — Rem. *Respirer* se dit *respirare*; et an-
sare signifie respirer avec de la peine.

Voc. *Appiattare*, se cacher. = Rem. *Se cacher* ne peut s'exprimer
en Italien que par le récip. *appiattarsi*, ou mieux *nascondersi*.

Voc. *Arcolo*, dévidoir. — Rem. *Dévidoir*, se dit *arcolajo*, et non
arcolo.

Voc. *Arezzo*, ombrage frais. — Rem. *Arezzo* ne signifie en Italien qu'une ville de Toscane de ce nom; et *ombrage frais* se dit
rezzo.

Voc. *Arrancidire*, devenir rance. Rem. Aucun de nos bons dictionnaires n'autorise le mot *arrancidire*; et *devenir rance* se dit *divenir
rancido*.

Voc. *Arzilla*, argile. — Rem. *Argille* se dit en Italien *argilla*, et non
arzilla.

Voc. *Asolo*, boutonnière. — Rem. *Asolo* signifie respiration, et au
figuré soulagement; et boutonnière se dit *occhiello*.

Voc. *Aucellare*, tromper. — Rem. *Aucellare* n'est pas Italien: *uccel-
lare* signifie chasser aux oiseaux; et, au figuré, *se moquer de quelqu'un*.

Voc. *Avvedere*, s'appercevoir. = Rem. *S'appercevoir* se dit *avvedersi* récip. et non *avvedere*.

Voc. *Avventurati*, volontaires d'armée. — Rem. *Avventurati*, pl.
d'*avventurato*, signifie heureux; et un volontaire d'armée se dit un
avventuriere, plur. *avventurieri*.

Voc. *Avviare*, s'acheminer. — Rem. *S'acheminer* est verbe réciproque, et se dit *Avviarsi*.

Voc. *Bacicare*, baiser. = Rem. *Baiser* se dit *baciare*; et le fré-
quentatif de *baciare* est *baciucchiare*, et non *bacicare*.

Voc. *Ballarino*, danseur. — Rem. *Danseur* se dit *ballerino*, et non
ballarino.

Voc. *Baltresca*, échaffaud. — Rem. *Baltresca* n'est pas Italien; et
échaffaud se dit *palco*.

Voc. *Barbaria*, barbarie. Rem. Le mot François *barbarie* se dit en
Italien *barbarie*, avec l'accent sur le second *a*; et *barbaria* n'est pas
Italien.

Voc.

Voc. *Barbiera*, boutique de barbier. — Rem. *Barbiera* signifie la femme, et non pas la boutique du barbier, laquelle se dit *barberia*, avec l'accent sur l'*i*.

Voc. *Bascello*, cosse de légumes. — Rem. *Bascello* n'est pas Italien; et la cosse de légumes se dit *baccello*.

Voc. *Beccaria*, boucherie. — Rem. *Beccheria*; et non *beccaria*.

Voc. *Berlengare*; se régaler. — Rem. *Berlingare*, et non *berlengare*, signifie babiller, après avoir bien mangé et bu.

Voc. *Briccolare*, lancer. — Rem. *Briccolare* ne signifie pas simplement *lancer*; mais lancer avec la machine qui étoit en usage dans l'ancien temps, qui s'appeloit *briccola*.

Voc. *Bricocolo*, abricot. — Rem. Le mot *bricocolo* n'est pas reçu, et *abricot* se dit *albicocca*.

Voc. *Brugna*, prune. — Rem. *Prune* se dit *Pruna*, et non *Brugna*.

Voc. *Burico*, âne. — Rem. Ane se dit *asino* ou *ciuccio*. *Burico* est une espèce d'habit ancien. — *Vocab. della Crusca*.

Voc. *Cacafuoco*, un violent. — Rem. *Cacafuoco* n'existe pas.

Voc. *Cacapensieri*, négligent. — Rem. *Cacapensieri* signifie un homme pensif et qui trouve des difficultés en toute chose. *Négligent* se dit *trascurato* ou *negligente*.

Voc. *Cacaceio*, un homme foireux. — Rem. Ce mot n'est pas Italien; et *cacacciano* signifie un homme de rien.

Voc. *Calvire*, devenir chauve. — Rem. On dit *incalvire* ou *farsi calvo*, et jamais *calvire*.

Voc. *A calzoppo*, à cloche-pied. — Rem. Ne peut pas se dire au lieu d'*a piè zoppo*.

Voc. *Camorro*, roupie. — Rem. *Camorro* signifie homme grossier; *roupie* est la petite goutte qui pend au bout du nez.

Voc. *Canarino*, serin. — Rem. On doit dire *canario* ou *passero di Canaria*.

Voc. *Caneva*, cave. — Rem. Le mot *caneva* n'est pas Italien; et il paroît qu'il vouloit dire *canova*; et alors ce mot signifie la chambre où l'on garde la provision de l'huile et d'autres choses à manger, c'est-à-dire, le *cellier*.

Voc. *Canofiena*, escarpolette. — Rem. *Canofiena* n'est pas Italien; et le mot qui répond à *escarpolette* est *altalena*.

Voc. *Cardello*, chardonneret. — Rem. On dit *calderino*, *calderuggio*, *calderello*, *cardellino*, *cardelletto*, et non *cardello*.

Voc. *Carraro*, charretier. — Rem. Ce mot n'est pas Italien; et *charretier* se dit *carrettajo* ou *carrettiere*, et non *carraro*.

Voc. *Carta succhia*, papier qui boit. — Rem. On doit dire *foglio asciugante*.

Voc. *Ceffo*, tête. — Rem. *Tête* se dit en Ital. *capo* ou *testa*. *Ceffo* ne se dit que du museau du chien, etc. ou figurément du visage de l'homme, et jamais de la tête.

G

VOC. *Centena*, centaine. — REM. *Centaine* se dit en Italien *centinajo*, et non *centena*.

VOC. *Colì*, *là*, en ce lieu-là. — REM. *Colì* n'est pas Italien. Il paroît qu'il vouloit dire *Costì*.

VOC. *Colibro*, calibre. — REM. *Calibre* se dit *calibro* (1).

VOC. *Condolere*, se plaindre. — REM. Ce verbe est toujours réciproque, et se dit *condolersi*.

VOC. *Consapevole*, complice. — REM. *Complice*, en François, est celui qui a part au crime ou à l'action d'un autre; et se dit en Italien *complice*. *Consapevole* signifie celui qui est informé d'un évènement ou d'une affaire quelconque; et ce mot répond parfaitement au mot *conscius* des Latins.

VOC. *Coscino*, coussin. — REM. On ne trouve nulle part *coscino*, mais *cuscino*.

VOC. *Crocchio*, murmure. — REM. *Crocchio* signifie une assemblée de personnes qui se trouvent ensemble pour s'amuser honnêtement en parlant. — Vocab.

VOC. *Diffigurare*, défigurer. — REM. *Défigurer* se dit *disfigurare*.

VOC. *Dilontanare*, éloigner. — REM. Il devoit dire *allontanare*; car *dilontanare* n'est pas Italien.

VOC. *Disaggravio*, décharge. — REM. *Sgravio*, et non *disaggravio*.

VOC. *Disbarcare*, débarquer. — REM. *Sbarcare*, et non *Disbarcare*.

VOC. *Dispegnare*, dégager. — REM. *Disimpegnare*, et non *dispegnare*.

VOC. *Druzzolare*, rouler. — REM. *Rouler* se dit *Rotolare*. Il vouloit dire peut-être *sdrucciolare*, qui signifie *glisser*.

VOC. *Egeno*, nécessiteux. — REM. *Nécessiteux* se dit *necessitoso*, et non *egeno*, qui n'est qu'un mot Latin.

VOC. *Elvezzi*, Suisses. — REM. Les Italiens appellent les Suisses *gli Svizzeri*.

VOC. *Eventilare*, vanner. — REM. *Vanner* se dit en Ital. *vagliare*, et le mot *eventilare* ne signifie rien.

VOC. *Fangosità*, crotte. — REM. *Crotte* se dit *fango*, et non *fangosità*.

VOC. *Fenestra*, fenêtre. — REM. *Fenêtre* se dit *finestra*.

VOC. *Fenestraro*, vitrier. — REM. *Vitrier* se dit *vetrajo*. Le mot *fenestraro* n'a et ne peut avoir autre existence que celle que Vénéroni, ou ses continuateurs, lui donnent ici; car si ce mot existoit, il signifieroit celui qui fait des fenêtres. Or il n'y a que les maçons et les

---

(1) *Nota*. L'ordre alphabétique nous prouve que ces fautes ne sont pas de simple orthographe, mais de langue; car je ne comprends pas dans ce recueil les fautes que l'on pourroit attribuer à l'orthographe.

ménuisiers qui font des fenêtres, quoique le vitrier leur donne le complément.

Voc. *Ferneticàre*, être en frénésie. — Rem. *Farneticare*, et non *ferneticare*.

Voc. *Fiamminghine*, hors-d'œuvre. — Rem. *Hors-d'œuvre* se dit *scioperato*, etc.; mais *fiamminghine* n'est pas connu.

Voc. *Fiasco*, bouteille. — Rem. *Fiasco* veut dire *flaccon*; et *bouteille* se dit *bottiglia*.

Voc. *Figliaccio*, filleul. — Rem. *Filleul* se dit *figlioccio*, et non *figliaccio*, lequel mot, s'il existoit, signifieroit un mauvais fils, suivant la règle des augmentatifs.

Voc. *Fracassèa*, fricassée. — Rem. *Fricassée* se dit *fricassèa*.

Voc. *Frasi*, frase. — Rem. *Frasi* n'est que le pluriel de *frase*.

Voc. *Gallinaro*, poulailler. — Rem. *Poulailler* se dit *pollajuolo*; et *Gallinarò* n'est pas reçu.

Voc. *Gelavermi*, verglas. — Rem. *Verglas* se dit *brinà* ou *brinatà*.

Voc. *Gentildonna*, demoiselle. — Rem. Sous le nom de *demoiselle* on entend communément une fille non mariée, et *gentildonna* désigne une dame de qualité, sans aucun rapport particulier à une fille. *Gentildonna*, *donna nobile*. — Vocab. della Crusca.

Voc. *Governaglio*, timon. — Rem. *Gouvernail* ou *timon* se dit *timone* ou *governale*, et non *governaglio*.

Voc. *Graffio*, remords. — Rem. *Graffio* signifie *égratignure*; et *remords* répond à *rimorsi*, pluriel de *rimorso*.

Voc. *Granmercé*, grand merci. — Rem. Il faut dire *gran mercè*. — Voyez le Vocab, et la Rem. N°. 6.

Voc. *Grattare*, gratter, chatouiller. — Rem. *Chatouiller* n'est pas plus synonyme de *gratter* en François qu'en Italien; et *chatouiller* se dit *solleticare*, *far il solletico*, *diletticare*, et jamais *grattare*.

Voc. *Gratulare*, féliciter. — Rem. *Féliciter quelqu'un* se dit *congratularsi con uno*; et *gratularsi* seroit Italien; mais ce verbe est toujours réciproque.

Voc. *Impoderàrsi*, se rendre maître. — Rem. Le verbe *impadronirsi*, qui signifie *se rendre maître*, est connu de tout le monde : mais *impoderarsi* est un verbe inconnu. Il faut en dire de même de

Voc. *Impoderoso*, sans pouvoir. — Rem. On dit en Ital. *impotente* ou *senza potere*.

Voc. *Inabilìre*, rendre habile. — Rem. On dit *abilitare*, et jamais *inabilire*; et *inabilitare* signifie *rendre inhabile*.

Voc. *Incontrare*, rencontrer, aller au-devant. — Rem. *Aller au-devant* se dit *andare all'incontro*; et non *incontrare*; car on rencontre une personne par hasard, et on va au-devant d'elle exprès; ce qui répond parfaitement aux deux verbes *incontrare* et *andar all'incontro*.

Voc. *Incuria*, négligence. = Rem. *Incuria* est un mot Latin; et *négligence* se dit *negligenza*.

C 2

VOC. *Inginocchiare*, agenouiller. — REM. Ne s'emploie que comme verbe réciproque, *inginocchiarsi*.

VOC. *Intochiato*, vermoulu. — REM. *Vermoulu* se dit *intarlato*; et *intochiato* n'est pas Italien.

VOC. *Lapis*, crayon. — REM. *Crayon* se dit *tocca lapis*, et non *lapis*.

VOC. *Lattone*, laiton. — REM. *Laiton* se dit *ottone*, et non *lattone*.

VOC. *Lebetico*, vent sud-ouest. — REM. On doit dire *lebeccio*, et non *lebetico*.

VOC. *Legnaro*, menuisier, marchand de bois. — REM. *Legnaro* n'est pas Italien, et il faut dire *legnajuolo*.

VOC. *Levame*, levain. — REM. *Levain* se dit *liévito*, jamais *levame*.

VOC. *Mammona*, une grosse maman. — REM. *Mammona* ne signifie autre chose en Ital. *que le faux dieu des richesses*.

VOC. *Manizza*, manchon. — REM. Le mot *manizza* n'est pas Italien, et *manchon* se dit *manicotto*.

Comme je n'ai en vue que de donner un essai, et non la correction, du Dictionnaire Portatif qui est à la suite de la Grammmaire de Vénéroni, je crois en avoir fait assez, et l'on ne me saura pas mauvais gré si je m'en tiens-là. L'on pourra, par cet extrait, juger du reste. Il faut pourtant avouer qu'il est bien étonnant, qu'après plusieurs bons dictionnaires et très-connus, que nous avons dans la langue Italienne, on ait vu paroître de nos jours un dictionnaire farci de mots forgés. Ceux qui voudront vérifier la sincérité de mes Remarques, n'ont qu'à comparer les mots ci-dessus rapportés avec le Vocabulaire de La Crusca, ou avec le Vocabulaire Italien et Latin, appelé *le Vocabulaire de Turin*, qui est en usage dans toutes les écoles d'Italie.

FIN DES REMARQUES.

DE LA GRAMMAIRE,

ET

DES PARTIES DU DISCOURS.

L<small>A</small> Grammaire est *l'art de parler et d'écrire correctement*. Pour bien apprendre une langue, il faut se former une idée juste des différentes parties qui la composent, et que l'on appelle *parties du discours*.

Il y a, il est vrai, neuf différens mots qui concourent à former le discours, savoir, *l'article, le nom, le pronom, le verbe, le participe, la préposition, l'adverbe, la conjonction*, et *l'interjection* : mais il n'est pas moins vrai, que le nom et le verbe en doivent être regardés comme les parties essentielles et principales. Car je puis former plusieurs phrases par le seul moyen du nom et du verbe, et je ne parviendrai jamais à exprimer un seul sentiment par la réunion des sept autres parties, si le nom et le verbe ne s'y trouvent au moins sous-entendus. En outre, c'est au nom et au verbe que *le participe et l'adverbe* doivent leur existence, et ce n'est que pour servir aux différens cas du nom et du pronom, que *l'article* et *la préposition* ont lieu dans le discours. *La conjonction* lie ensemble le nom et le verbe, et quelquefois les parties du discours qui en dépendent; et *l'interjection* elle-même, qui se présente si isolée dans le discours, perdroit toute sa force, si, comme nous allons le voir, on n'y sous-entendoit un verbe.

L'<small>ARTICLE</small> est comme le gouvernail du nom, parce qu'il en dirige les différens cas; et quoiqu'il en annonce aussi le nombre et le genre, il ne fait cela que dépendamment du genre et du nombre qui conviennent au nom. Car si je mets l'article masculin *il* (le) devant *tempo*, temps, et l'article féminin *la* (la) devant *donna*, femme; ou si je dis au pluriel *i tempi*, les temps; *le donne*, les femmes; l'article n'est masculin ou féminin, singulier ou pluriel, que parce que le nom est tel, et parce que l'article, de même qu'un simple adjectif, reçoit le genre et le nombre du nom. Je ne parle ici que de l'article défini, et je m'en rapporte, pour le reste, au chapitre du nom.

L<small>E</small> <small>PRONOM</small> n'est que le représentatif d'un ou de plusieurs noms substantifs : ex. *io*, je; *egli*, il; *esse*, elles, etc. Je parle ici du pronom relatif d'un ou de plusieurs noms; car le pronom absolu n'est d'ordinaire qu'un neutre indéclinable qui peut avoir du rapport à

C 3

toute une phrase, comme *lo*, le ; *questo*, *quello*, cela : ce que les Latins exprimoient par *id* ou *illud*.

LE PARTICIPE est un mot qui, étant né du verbe, est susceptible des accidens de l'adjectif ; savoir, du genre et du nombre, comme *amato*, aimé ; *amati*, aimés ; *amata*, aimée ; *amate*, aimées. Le participe se nomme ainsi, parce qu'il participe du nom et du verbe.

Passons maintenant aux parties indéclinables.

LA PRÉPOSITION annonce la figure que le nom, ou son représentant le pronom, et même le verbe, aiment à faire dans le discours ; car la préposition désigne tantôt l'union de deux ou plusieurs noms : ex. *Pietro è* CON *Paolo*, Pierre est *avec* Paul : — tantôt la privation d'une chose quelconque : ex. *Pietro è* SENZA *denari*, Pierre est *sans* argent : — quelquefois l'existence du nom en quelque endroit, comme *Pietro è* IN *prigione*, Pierre est *en* prison, etc. La préposition a quelque ressemblance avec l'article, parce qu'elle sert aussi à indiquer le cas du nom : mais elle fait cela d'une manière bien souvent plus vague que l'article ; car il arrive que la même préposition régit différens cas, comme nous le verrons dans la Syntaxe ; et, pour les indiquer, elle est d'ordinaire obligée d'avoir recours aux articles qui la suivent dans la composition. Le mot *préposition* est formé du Latin *præ*, qui signifie *avant*, et de *position* ; et cela à cause que la préposition se place ordinairement avant le nom.

L'ADVERBE est un mot indéclinable, qui, joint à certaines parties du discours, comme au verbe, à l'adjectif, etc. en exprime les accidens ou les qualités. Au verbe, comme *sto* BENE, je me porte *bien* ; à un adjectif, comme *Iddio è* INFINITAMENTE *giusto*, Dieu est *infiniment* juste, etc. Le mot *adverbe* signifie *joint au verbe*, et il se dit ainsi, parce qu'il accompagne le plus souvent le verbe, et il est à son égard ce qu'est l'adjectif à l'égard du substantif.

LA CONJONCTION sert à joindre les différentes parties de l'oraison : elle aide de plusieurs manières à la continuation du discours : car, parmi les conjonctions, quelques-unes lient tout simplement le discours, comme *e*, et ; d'autres font cela par oppositon, comme *ma*, mais ; *per altro*, cependant ; *quantunque*, quoique ; *nondimeno*, néanmoins. Il y en a qui lient le discours par supposition, ou en marquant une condition : ex. *se*, si ; *purchè*, pourvu que ; *se pur non*, à moins que. D'autres en l'augmentant, comme *in oltre*, de plus ; *ancóra*, encore, etc., etc.

Enfin, L'INTERJECTION est un mot qui ne se lie avec aucune autre partie du discours, et qui, tout seul, contient un sentiment, comme *oimè* ! hélas ! *ajuto*, à l'aide ; *animo su via* ! allons, courage ! *oibo* ! fi ! etc. Le mot *interjection* vient du Latin *interjicere*, qui signifie *jeter au milieu*.

Donc, me dira-t-on, il y a une partie du discours qui n'a que peu à faire au nom, et rien au verbe. = Je réponds que cela n'est pas : au contraire, l'interjection contient presque toujours l'ellipse du verbe. Ainsi, au mot *animo*, courage, il faut sous-entendre le verbe *fate*, prenez; à *ajuto*, à l'aide, on sous-entend *correte in*, courrez, *venite in*, venez. *Oimè* est composé de deux mots; de *oi*, qui équivaut à *dolore*, douleur, et de *me*, moi; comme si l'on disoit *dolore è a me*, douleur est à moi; où il y a l'ellipse du verbe *è* et du mot *a*. Que s'il y a des interjections, dont on ne sauroit indiquer la réticence, comme *oibo* ! fi ! au lieu de les regarder comme de cette partie du discours, il vaudroit peut-être mieux dire, que ces mots sont de simples signes, dont nous faisons souvent usage, pour indiquer les différentes passions de notre ame.

Après avoir donné une idée générale des sept parties secondaires du discours, je vais parler à présent du nom et du verbe.

Du Nom Substantif et Adjectif, et de leur Déclinaison.

Le nom est *une partie déclinable ou variable du discours, qui désigne un être quelconque ou ses qualités.* Cette définition comprend le nom substantif et l'adjectif. Si le nom représente tout seul une chose qui a une existence complette en elle-même, comme *uomo*, homme; *acqua*, eau; *foglia*, feuille; ou bien un être purement spirituel, comme *anima*, âme; *angelo* ange; ou même une qualité prise en abstrait, comme *vertu*, vice, bonté, méchanceté, vitesse, etc. ce nom, dis-je, s'appelle substantif; car une qualité abstraite forme un substantif, auquel, par conséquent, on peut joindre un adjectif. Aussi dit-on, *una virtù rara, grande, débole*, une vertu rare, grande, foible, etc.

Que si le nom ne désigne qu'une qualité adjointe qui peut ou ne peut pas être dans le substantif, alors le nom s'appelle *adjectif*. Ainsi un homme peut être *grand* ou *petit*, *bon* ou *méchant*; l'eau peut être *fraîche* ou *chaude*; *douce* ou *salée*; la feuille *verte* ou *sèche*, etc.; et les qualités que l'on attribue à l'homme, à l'eau, à la feuille, sont des adjectifs, comme tout ce qui est susceptible de qualités est un substantif. Il s'ensuit de là, 1.º que l'adjectif ne peut rester tout seul dans le discours, à moins qu'il ne fasse sous-entendre son substantif, comme *il dotto*, le savant, où l'on sous-entend *uomo* homme. 2º. Que l'adjectif, étant comme le suivant du substantif, doit s'accorder en cas, en genre, et en nombre, avec son substantif. Enfin j'observe, que les substantifs, qui ne servent qu'à désigner les qualités inhérentes du substantif principal, peuvent être regardés comme des adjectifs, puisqu'ils en font l'office; comme *una statua d'oro*, une statue d'or; *una tavola di marmo*, une table de marbre; *un capo di legno*, une tête de bois. Car les Latins, de ces sub-

C 4

stantifs sécondaires *d'oro*, *di marmo*, *di legno*, faisoient de vrais adjectifs, et disoient *statua aurea* pour *statua d'oro*, etc.

Tout nom, tant substantif qu'adjectif, a un cas, un genre, un
nombre. Ces trois nuances du nom, qui en forment la déclinaison, se
connoissent dans la langue Grecque et Latine par les différentes inflexions des lettres finales du même nom. C'est par ces inflexions ou
terminaisons que les Italiens aussi bien que les François expriment
ordinairement le genre et le nombre : mais ils sont obligés d'avoir
recours aux articles pour désigner le cas. Car, les noms Italiens et
François, n'ayant pas, comme les noms Grecs et Latins, une inflexion qui en particularise les cas, se trouveroient, faute d'article,
dépourvus de cas, sans lesquels l'oraison ne sauroit se soutenir. Il est
donc surprenant, que *l'Abbé Girard*, grammairien d'ailleurs si respectable, ait pu avancer, que les noms n'ont point de cas. Son opinion,
à la vérité, a été citée et suivie par plusieurs autres écrivains, mais
cela ne doit étonner personne ; car on aime généralement mieux à
copier qu'à réfléchir. Je conclus que, comme il n'y a point de nom
sans déclinaison, ainsi il n'y a point de déclinaisons sans cas. Dans
les délinaisons le cas est annoncé par l'article : dans l'oraison il l'est
aussi souvent par les prépositions, qui ne remplissent jamais mieux
cet office, que lorsqu'elles se trouvent jointes à l'article. Je dis donc :

1°. *Il*, *le*, article masculin, désigne le cas nominatif et l'accusatif du singulier ; et *i*, *les*, sert aux mêmes cas du pluriel. La monotonie
des articles, dans ces deux cas, ne donnera pas lieu à l'équivoque, si
l'on fait attention, que le nominatif fait toujours l'action, et que l'accusatif la reçoit. Ainsi dans cet exemple *il sole illumina la terra*, le soleil éclaire la terre, le soleil faisant l'action, est nominatif, et la
terre, qui la reçoit, est accusatif. Dans cet autre, *le nubi offuscano il
sole*, les nuages obscurcissent le soleil, les nuages font l'action, et le
soleil, au contraire, la reçoit. Tous les autres cas sont distingués en
Italien, chacun par l'article qui lui est propre, même le génitif et
l'ablatif, quoiqu'en François ces deux derniers se trouvent semblables, comme l'on peut voir dans les déclinaisons. *Le vocatif* n'a, ni ne
peut avoir, régulièrement aucun article, à cause qu'il s'adresse directement aux personnes et en Syntaxe figurée, aux choses, ainsi
que l'impératif dans les verbes. Quand le discours est animé, on fait
souvent précéder au vocatif la particule O.

L'article masculin *il*, le, n'est qu'une syncope de *l'ille* des Latins : il
en est de même du pluriel *i*, anciennement *li* qui vient de *illi*, pluriel de
ille. Ainsi l'article féminin *la* et son pluriel *le* sont formés de *illa*, pluriel
illæ. Je viens d'observer, que l'article de l'accusatif ne diffère point de
celui du nominatif ; et, pour ce qui regarde le génitif, le datif, et
l'ablatif, ils sont composés de *di*, *a*, *da*, et des articles du nominatif ; savoir, masc. *il*, plur. *i* ; fém. *la*, plur. *le*. Cette composition
se fait, non pas en conservant les deux mots entiers, mais plutôt

suivant certaines modifications adaptées au génie de la prononciation Italienne. C'est ainsi que *del*, *dello*, *dell'*, (du) équivalent à *di*, *il* ; *al*, *allo*, *all'*, (au), à *a il* ; *dal*, *dallo*, *dall'*, (du), à *da il*. Pareillement *dei* ou *de'*, (des), au pluriel, tient lieu de *di i* ; *ai* de *a i*, etc. On doit dire la même chose des articles féminins, où *della*, *alla*, *dalla*, représentent *di la*, *a la*, *da la*, ainsi que, au pluriel, *delle*, *alle*, représentent *di le*, *a le*, *da le*.

Il s'ensuit de ces principes, que, ces trois mots DI, A, DA, sont comme les germes des articles définis, qui servent aux trois cas obliques ; savoir, au génitif, au datif et à l'ablatif, dans les deux nombres et dans les deux genres. Ces mêmes mots sont invariables étant séparés de l'article *il* ou *la*, et servent à annoncer, tout seuls, les cas des noms qui n'ont point d'article au nominatif, et ils désignent ces cas, sans définir ni le nombre, ni le genre. C'est par cette raison que nos Grammairiens appellent ces mots *segnacaso*, marque du cas. Ce mot représente parfaitement leur nature : mais, ne trouvant pas en François un mot seul qui lui réponde, je les appellerai désormais *articles indéfinis*. Je n'ignore pas que plusieurs Grammairiens donnent le nom de *prépositions* à ces mots *di*, *a*, *da*, et cela parce qu'ils servent non seulement à indiquer le cas des noms, comme *panno* DI *Francia*, drap *de* France, mais ils s'emploient encore comme de simples prépositions : ex. *è tempo* DI *partire* ; il est tems *de* partir. Je pourrois répondre, que ces mots, étant radicalement des articles, doivent être appelés plutôt par leur office principal, que par l'usage accidentel que l'on en fait : toutefois, pour ne pas m'éloigner de la vérité de la chose, et pour m'adapter, autant qu'il m'est possible, au langage des autres Grammairiens, je les appellerai *articles indéfinis* quand ils dirigent le cas du nom, et *prépositions* quand ils en font l'office.

2°. LE GENRE des noms est masculin ou féminin (1). Le genre masculin convient proprement à tous les hommes et aux animaux mâles, comme le féminin est propre aux femmes et aux femelles des animaux. Cependant ce principe est souvent sujet à des exceptions à l'égard des animaux, comme nous le verrons, en parlant des noms. On applique aussi, tantôt le genre masculin, et tantôt le féminin aux choses inanimées, en donnant différens genres à la même chose, suivant la diversité des langages, de sorte que, *il mare*, *l'anello*, *lo studio*, et plusieurs autres noms qui sont masculins en Italien, sont féminins en François ; savoir, *la mer*, *la bague*, *l'étude*. Comme la connoissance de cette différence, qui existe dans les deux langues,

_____

(1) Quoique la langue Italienne n'ait pas de genre neutre, comme seroit le *templum illud* des Latins, elle en a cependant l'équivalent ou plusieurs expressions qui en conservent la nature et le caractère. *Bembo*, *lib. iii. delle prose*. Ainsi Boccace, G. 7, N. 5, dit : *Io mi posi in capo di darti* QUELLO CHE, *andavi cercando*, *e didditi* LO, je me mis en tête de *t* procurer ce que tu cherchois, et j'y ai réussi. Voici l'*illud* et le *id* des Latins. Et G. 2, in fin. *Réputo* OPPORTUNO *mutarci di qui* ; je crois que ce sera bien fait de déloger : ce que l'on diroit *opportunum*.

est nécessaire pour parler correctement l'Italien, je donnerai au § 13ᵐᵉ des règles, pour connoître les noms de cette espèce qui se présentent le plus souvent dans le discours.

3°. LE NOMBRE des noms est singulier ou pluriel. Le singulier ne va jamais au-delà d'un, comme *libro*, livre; et tout ce qui est au-dessus d'un, est un pluriel. Je dois remarquer ici, qu'il y a des noms substantifs appelés *collectifs*, dont le singulier comprend plusieurs individus, comme *pópolo*, peuple; *esército*, armée, etc. et des noms adjectifs de la même nature : ex. *qualche*, quelque; *ogni*, tout, etc. Tous ces noms sont très-remarquables dans la construction Italienne, comme nous le verrons dans la Syntaxe.

LA DIVISION DU NOM en substantif et en adjectif est la principale et la plus intéressante, car tout ce qui existe est substance ou qualité, ou bien quantité attribuée à la substance. Les noms de nombre, étant des accidens de la substance, appartiennent aussi aux adjectifs, et peuvent être appelés adjectifs de quantité : tous les autres sont des adjectifs de qualité.

Les qualités, désignées par l'adjectif, ont différens degrés; savoir, le *positif*, le *comparatif*, et le *superlatif*. Si l'adjectif exprime simplement la qualité, comme *ricco*, riche, il est au positif. L'adjectif est au comparatif, quand, outre la qualité, il exprime comparaison en plus ou moins, ou égalité. Voilà pourquoi la comparaison se fait, en ajoutant au positif l'adverbe d'augmentation *più*, plus, ou celui de diminution *meno*, moins, ou bien l'adverbe d'égalité *quanto*, autant ou aussi que. Ex. Più ou MENO *ricco di mio cugino*, plus *ou* moins riche que mon cousin : *ricco* QUANTO *mio cugino*, aussi riche que mon cousin. Je dois observer ici, qu'il y a quelques mots comparatifs tirés du Latin, qui, suivant le goût de cette langue, contiennent implicitement la comparaison en plus ou moins, comme *migliore*, meilleur; *peggiore*, pire, etc. Le superlatif annonce que la qualité du positif est à son plus haut degré. Ce degré s'appelle *absolu* quand le substantif auquel se rapporte l'adjectif, n'est comparé avec aucun autre substantif, comme *un uomo ricchissimo*, un homme très-riche : que si le substantif auquel se rapporte l'adjectif, doit se présenter comme comparé au plus haut degré avec un ou plusieurs substantifs, le superlatif s'appelle *rélatif*; et alors il est formé du positif précédé de l'article défini et d'un des adverbes de comparaison en plus ou moins, comme *il più* ou *il meno ricco di tutti i fratelli*, le plus *ou* le moins riche de tous les frères. Ces mêmes trois degrés s'appliquent aussi aux adverbes, qui sont regardés comme les adjectifs des verbes, comme nous le verrons mieux dans la Grammaire. Enfin, le nom substantif annonce très-souvent ses qualités, par le moyen de quelques terminaisons additionnelles qui se font au même nom substantif, après en avoir retranché la lettre finale. C'est ainsi que de *cappello*, chapeau, se forme *cappellone*, grand chapeau, *cappellaccio*, grand et vilain chapeau, etc. etc.

Du Verbe.

LE VERBE est une partie du discours qui exprime une action faite ou reçue, ou simplement l'existence ou la situation du sujet. Cette définition convient à toute sorte de verbes. Car si le verbe dénote une action qui part du sujet qui la fait, comme *amo la campagna*, j'aime la campagne, le verbe s'appelle *actif*. Si le verbe désigne une action reçue, comme *sono amato da mio padre*, je suis aimé de mon père, il s'appelle *passif*. Si l'action ne sort point du sujet & ne passe à aucun autre terme, le verbe s'appelle *neutre*, ce qui veut dire ni l'un ni l'autre ; savoir, ni actif ni passif : ex. *penso*, je pense ; *dorme*, il dort. Si l'action du même verbe retombe sur celui ou sur ceux qui la font, le verbe se nomme *réfléchi* ou *réciproque* (1). Cette action est toujours exprimée par quelque pronom *conjoint* (2) : ex. *mi amo*, je m'aime ; *ci amiamo*, nous nous aimons. Enfin, si le verbe s'emploie avec toutes les personnes, il s'appelle *personnel* ; & *impersonnel* s'il ne s'emploie qu'à la troisième personne, comme *bisogna*, il faut.

Or, comme les cas, le genre, et le nombre, concourent à former

---

(1) A l'égard de ceux qui distinguent les verbes réfléchis des réciproques, [*Wailly*, *Gramm. du Verbe*,] parce que, dans les réfléchis, l'action retombe sur un, et dans les réciproques elle se fait entre plusieurs sujets, j'observe que cela peut bien changer le nombre, mais non pas la nature des actions, qui sont toujours réciproques. D'ailleurs ils avouent, que, pour faire la réciprocité et ne pas s'y tromper, il est souvent nécessaire d'y ajouter les mots *réciproquement*, *entre*, ou *mutuellement*. [*Ibid.*] Dans ce cas, dis-je, la réciprocité, étant produite par un adverbe, elle ne peut plus s'attribuer au verbe. Ces deux raisons m'ont déterminé à ne pas séparer deux verbes qui s'accordent dans la nature de leur action.

(2) Les Grammairiens appellent communément *conjonctifs* les pronoms *mi*, *ti*, *si*, *me*, *te*, *se*, etc. ; et moi-même je les ai nommés ainsi dans la première édition de cette Grammaire : mais, ayant fait réflexion, que les terminaisons adjectives en *if* (*ivus* en Latin) signifient *qui sert à*, ainsi que *conjonctif*, qui sert à joindre ; *adjectif*, qui sert à ajouter ; et que ces mots *mi*, *ti*, etc., loin de joindre les verbes, s'y joignent eux-mêmes, de sorte qu'ils ne peuvent avoir lieu dans l'oraison qu'en s'appuyant à un verbe, il m'a paru plus convenable à leur nature et à leur fonction de les nommer *conjoints* que *conjonctifs*. Le pronom relatif, *che* (*que* ou *qui*) est un vrai conjonctif des verbes, puisque son office est de lier deux ou plusieurs verbes ensemble. Ainsi, quand je dis *il Signore* CHE VI *ha parlato è mio cugino*, le Monsieur QUI vous a parlé est mon cousin, CHE, qui, est le véritable conjonctif du verbe *ha parlato* et du verbe *è* ; et *vi* ne tient lieu dans le discours que d'un simple mot joint au verbe *ha parlato*. Il en est de même de cet autre exemple : *il cavallo*, CHE MI *avete venduto*, *zoppica*, le cheval *que* vous m'avez vendu, boite, où *che* (*que*) lie les verbes *avete venduto* et *zoppica* ; et *mi* ne s'y trouve que comme un simple conjoint du verbe *avete venduto*. Le mot *conjoint* est donc préférable au mot *conjonctif*, à cause qu'il représente tout-à-coup à l'esprit la vraie idée de l'emploi de ce pronom. Si quelqu'un m'oppose que ces mots *mi*, *ti*, *lo*, etc, *me*, *te le*, etc. se nomment *conjonctifs*, parce qu'ils servent à joindre à un verbe le nom substantif, qu'ils représentent, je réponds que tout nom doit se joindre à un verbe dans le discours, ou par lui-même ou par le moyen du pronom ; et que le mot *pronom* est plus que suffisant pour désigner et représenter cette jonction. Mais l'on ajoute au mot *pronom* celui de *conjonctif* ou de *conjoint*, pour désigner la place que ces pronoms tiennent dans le discours ; car, comme *les pronoms nominatifs io*, *tu*, *egli*, je, tu, il, etc. dirigent les personnes des verbes ; ainsi *les pronoms conjoints* se lient aux verbes qui les gouvernent ou à l'accusatif, ou à un cas dont on doit supprimer l'article.

la déclinaison des noms ; ainsi la *conjugaison* des verbes est composée de *modes*, de *temps*, de *nombres*, et de *personnes*.

1°. LE MODE est la façon d'être ou de faire à l'égard d'une chose ou d'une personne. Il y a quatre modes, *l'infinitif*, *l'indicatif*, *le subjonctif*, et *l'impératif*. Le mode infinitif annonce le verbe, sans déterminer les personnes et même sans affirmer : ex. *Parlare*, parler ; *aver parlato*, avoir parlé. L'indicatif désigne non-seulement la personne et le temps, ce qui est commun à d'autres modes, mais IL AFFIRME et FORME UN SENS PAR LUI-MÊME. Cette dernière notion de l'indicatif, que je développerai dans la Syntaxe, est de la plus grande importance pour la composition Italienne. L'office d'affirmer et de former un sens complet sont les deux marques caractéristiques qui distinguent le mode indicatif des trois autres. Or, la différence, qui se trouve entre l'infinitif et l'indicatif, se connoît aisément d'après ce que je viens de dire de ces deux modes. Le subjonctif, étant qualifié par les particules *che*, que ; *se*, si ; *quando*, quand ; qui suspendent l'action du verbe, et, par conséquent, le privent de sa forme ou de sa fonction naturelle, il est évident, que ce mode est bien différent de l'indicatif, qui affirme sans suspension. L'impératif a quelque ressemblance avec l'indicatif et le subjonctif, parce que ses personnes se prennent tantôt de l'un et tantôt de l'autre mode : cependant la manière de commander, d'exhorter, ou de supplier, avec laquelle l'impératif s'annonce, fait, que son mode diffère des deux autres. Car l'indicatif, par exemple, *egli parla*, il parle, affirme que quelqu'un parle ; et l'impératif *parla*, parle, n'affirme rien. Pareillement *parli*, qu'il parle, impératif quoiqu'il puisse rester tout seul dans le discours, n'affirme pas. Le même mot, étant regardé comme subjonctif, ni n'affirme ni ne peut avoir aucun sens dans le discours, s'il n'est précédé de quelqu'autre verbe, comme *gli permetto che parli* ; je permets qu'il parle. Les exemples suivans vont éclaircir de plus en plus une théorie si intéressante par ses principes et plus encore par ses conséquences. Si je dis *bisogna* ESSERE *garbato con tutti*, il faut être honnête avec tout le monde, *bisogna*, verbe indicatif, affirme, et donne un sens complet d'un devoir quelconque : au contraire, l'infinitif ESSER *garbato con tutti* ne fait ni l'un ni l'autre. Si, dans cette autre phrase *bisogna che voi siate garbato con tutti*, il faut que vous soyez honnête avec tout le monde, nous séparons l'indicatif *bisogna* du subjonctif *che voi siate garbato con tutti*, cette dernière expression subjonctive, quoique d'ailleurs munie de tout ce qu'il faut pour former une phrase, est vague et ne présente aucun sens, parce qu'elle est séparée de l'indicatif, dont elle dépend. Enfin, si je dis à l'impératif *siate garbato con tutti*, soyez honnête avec tout le monde, je n'affirme pas que la personne, à qui je parle, soit ou ne soit pas honnête, mais je l'exhorte à être telle ; et pour faire d'un seul verbe une phrase qui affirme et forme en même temps un sens complet, je dois avoir recours au mode indicatif, et dire, *voi siete*, ou *voi non siete*, *garbato con tutti*, vous êtes, *ou* vous n'êtes pas, honnête avec tout le monde ; car, le mode indicatif a toujours lieu, soit que l'on affirme que la chose existe, agit, ou que l'on affirme qu'elle n'existe pas, qu'elle n'agit pas, pourvu que le sens soit complet.

Je crois pouvoir tirer deux conséquences des notions que je viens de donner des modes. La première est, que le temps nommé par les Grammairiens *conditionnel*, *indéterminé*, ou *incertain* ; comme *avrei*, *sarei*, *amerei*, etc., j'aurois, je serois, j'aimerois, etc. que ce temps, dis-je, quoique dépourvu de particule conjonctive, peut et doit avoir lieu au subjonctif. La seconde, que le mot *optatif* paroît être la dénomination la plus convenable pour désigner la nature et les fonctions du temps en question.

Les raisons qui m'ont déterminé à placer ce temps au subjonctif, sont les suivantes. 1°. Il répugne à la nature du temps nommé conditionnel d'être indicatif ; car l'indicatif annonce l'action, et le temps conditionnel ne désigne qu'une disposition à l'action. 2°. Il y a des verbes unis à une particule subjonctive, qui, malgré cela, ne sont pas subjonctifs, comme *quando parlavo*, ou *se parlava*, *non m'ascoltavano*, QUAND *ou* SI je parlois, on ne m'écoutoit pas : ainsi il n'est pas surprenant qu'il y ait un temps, qui, quoique dépourvu de la particule subjonctive, appartienne naturellement au subjonctif. En effet, dans notre cas, le mode subjonctif s'annonce plus par l'inclination de l'âme, et par le sens du mot, que par la particule elle-même. 3°. Si le conditionnel présent n'est pas précédé d'une conjonction, il doit pourtant en être suivi d'une manière expresse ou sous-entendue, parce qu'en qualité d'optatif, il annonce toujours un desir non accompli et empêché par quelqu'obstacle ; et c'est par cette raison que la particule conditionnelle doit le suivre : ce qui tient à la nature de ce temps, qui, pour cela, est appelé *temps conditionnel*. 4°. Dans la langue Latine, de laquelle sont dérivées, en grande partie, l'Italienne et la Françoise, le conditionnel présent ne faisoit qu'un, avec l'imparfait du subjonctif ; car les Latins disoient *possem si vellem*, *vellem si possem* ; *potrei se volessi*, *vorrei se potessi* ; *je pourrois si je voulois*, *je voudrois si je pouvois*. Il est donc convenable de placer ce temps au subjonctif.

Et, puisque ce temps annonce naturellement un désir, je ne crois pas pouvoir lui donner un nom qui représente mieux sa nature et ses fonctions que celui *d'optatif* ; car le mot Latin *optare* signifie *désirer*. Que si l'on m'oppose, que ce temps, considéré comme optatif, se confond avec le présent du subjonctif, je réponds que cela n'est pas ; car le temps conditionnel est un optatif présent, et le présent conjonctif, sous le même rapport, n'est que l'optatif du futur. L'on me permettra donc d'employer dorénavant le nom *d'optatif présent* et *d'optatif passé*, au lieu de *conditionnel présent* et de *conditionnel passé*.

2°. Le temps, considéré en lui-même, n'est divisé qu'en présent, passé, et futur; car le présent n'est qu'un point continuellement progressif, dont la progression est toujours remplacée par le passé et précédée du futur. Mais les Grammairiens regardent le temps comme déterminant les actions dans leurs différens degrés d'éloignement ou de rapprochement du présent, et comme participant à leurs modes. Ainsi, par exemple, *l'imparfait* marque une action présente, pendant qu'une autre action s'est faite; et les Toscans qualifient très-bien ce temps, en le nommant *pendente*, pendant. Il en est à-peu-près de même de quelques autres temps qui ne servent qu'à désigner les modifications des actions, et qui d'ailleurs ne sont fondés que sur les trois temps réels; savoir, le présent, le passé, et le futur. — Je dois observer ici, que les Italiens ajoutent à leur infinitif, un futur qui n'a pas lieu en François. Le futur est *esser per avere*, être prêt d'avoir; *esser per amare*, être prêt d'aimer, etc. etc. Ce futur répond au participe en *rus*, *ra*, *rum*, des Latins; *habiturus*, *amaturus*, etc. Je ne sache pas qu'aucun des Italiens qui ont écrit des Grammaires chez l'étranger, ait fait mention de ce temps, qui n'a été omis par aucun de nos Grammairiens.

3°. Le nombre et les personnes concourent à former la conjugaison des verbes, aussi bien que *les modes* et *les temps*. Car il y a dans le verbe deux nombres, *le singulier* et *le pluriel*; et chaque nombre de l'indicatif et du subjonctif a trois personnes. La première personne est celle qui parle: ex. sing. *io cammino*, je marche; pl. *noi camminiamo*, nous marchons. La seconde est celle à qui l'on parle: sing. *tu cammini*, tu marches; pl. *voi camminate*, vous marchez. La troisième est la personne ou la chose dont on parle: sing. *egli* ou *essa cammina*, il ou elle marche; pl. *églino* ou *esse camminano*, ils ou elles marchent.

Appendice aux parties du Discours.

Ceux qui aiment à analyser chaque partie de l'oraison, et l'appeler par le nom qui lui convient, doivent faire attention, que l'on emploie souvent une partie du discours pour une autre; et nous verrons dans la Syntaxe, des conjonctions faire l'office d'une préposition ou d'un adverbe, et des adverbes celui de l'interjection. Il arrive aussi qu'un futur simple se met à la place d'un impératif ou d'un présent, etc. etc. En ce cas, je pense qu'il est bien de nommer ces mots par leur office accidentel, sans pourtant oublier leur office primitif.

Mais rien n'est plus remarquable à ce sujet, que les mots que les Grammairiens François appellent *particules*, et les Italiens *ripieno*, ce qui, rendu mot à mot, signifie *remplissage*. Ces particules ont bien plus d'étendue en Italien qu'en François: elles servent à l'ornement et à l'énergie du discours; et ceux qui ne les connoissent point, ne pourront jamais entendre, comme il faut, nos meilleurs écrivains; et moins encore goûter le génie de notre langue. Buommattei définit le RIPIENO *une particule, qui, quoique non nécessaire au tissu grammatical du discours, sert cependant à orner la phrase et à la netteté du langage.* J'ai donné ici une idée de ces particules, parce que je ne pourrai pas m'empêcher d'en parler dans la seconde partie.

DES LETTRES,

ET

DE LA PRONONCIATION.

L'ALPHABET Italien n'est composé que de vingt-deux lettres (1), qui sont A, B, C, D, E, F, G, H, I, J, L, M, N, O, P, Q, R, S, T, U, V, Z. — Les lettres sont voyelles ou consonnes. Les voyelles sont A, E, I, O, U: elles se nomment *voyelles* parce qu'elles forment, toutes seules, une voix ou un son. Les autres se disent *consonnes* parce qu'elles n'ont de son que par l'union des voyelles.

La bonne prononciation consiste non seulement dans le son des lettres; mais encore dans l'accent qui se trouve dans chaque mot, et qui doit être regardé comme l'âme de la prononciation. Je parlerai ici du son des lettres; et, je donnerai une esquisse sur l'accent, en renvoyant ceux qui désireroient en connoître les règles, au traité que j'ai fait à ce sujet dans l'ouvrage qui a pour titre, *Guida alla Pronunzia e all' intelligenza dell' Italiano.* Londres, 1798.

Règle générale sur la Prononciation — Chaque voyelle conserve, indépendamment des lettres qui la précèdent ou qui la suivent, le son qu'elle a dans l'alphabet. Les consonnes ne sont pas exemptes de cette loi, puisqu'il faut les faire sonner doubles quand il y en a deux, et simples quand il n'y en a qu'une. *Voyez les numéros 5, 6, 7, des Remarques.* Il s'ensuit de là que les deux ou trois voyelles qui ne forment qu'un son, et les E

_____

(1) Les Lettres K, W, X, Y, sont étrangères à la langue Italienne; et, si quelquefois elles se rencontrent dans les livres Italiens, cela se fait pour ne rien changer aux noms propres des langues étrangères qui en font usage.

muets, sont des choses étrangères à la langue Italienne. Ainsi vous ferez entendre distinctement le son de l'A et de l'U dans le mot *autóma*, automate; celui de l'E et de l'U en *Europá*, Europe; de l'O et de l'I en *oimé* hélas! comme vous conserveriez la valeur de chaque voyelle dans les mots *Saül*, *haïr*, *obéir*. Suivant le même principe vous retiendrez le son de l'E et de l'I dans le mot *intendimento*, entendement; vous ferez sonner les deux TT en *dotto*, savant; et vous prononcerez distinctement l'E de *sále*, sel; sans trop y appuyer la voix, parce que l'accent tombe sur l'A, et non sur l'E. Tel est le caractère de notre prononciation, qu'il faut prononcer les mots comme ils sont écrits: que s'il falloit prononcer les mots *automa*, *intendimento*, *dotto*, *sale*, comme *otoma*, *entandimanto*, *doto*, *sal*, on les écriroit comme ces derniers, et non pas comme les premiers. Voilà une règle qui n'a point d'exception, et qui seule comprend les deux tiers de la prononciation Italienne.

Maintenant il me reste à parler du son que les Italiens attachent à leurs lettres voyelles et aux consonnes. Or, comme des lettres sont formées les syllabes, et des syllabes les mots, lesquels ont toujours un accent, je donnerai ensuite quelques notices générales de l'accent Italien.

De la Prononciation des Voyelles.

1°. L'A et l'I se prononcent en Italien comme en François.

2°. L'E — Il y a des *e* ouverts et des *e* fermés. Leur différence consiste dans l'ouverture que l'on fait plus ou moins de la bouche, en les prononçant, sans sortir cependant du son ordinaire de l'*e*. C'est ainsi que l'on donne un son plus libre, aux *e* de *ménsa*, *rémo*, *érba*, *ébano*, *téma* (thême), en prononçant l'*e* ouvert; et on ferme un peu plus la bouche, en concentrant un tant soit peu le son de l'*e* vers l'estomac, lorsqu'on prononce les *e* de *réfe*, *céna*, *ecclesiástico*, *elegante*, *téma* (crainte), etc. Je ne crois pas devoir fatiguer les étudians par une très-longue nomenclature des *e* en question; et cela pour une petite nuance, dont les Toscans mêmes ne demeurent pas toujours d'accord, comme observe Buommattei, *Trat. 3 delle lettere, cap. 7*, où il apporte l'exemple de ces mots *stella*, *empio*, *erta*, *ancella*. Cependant il sera bon d'y faire attention dans les mots, qui, étant composés des mêmes lettres, ont une signification différente. Cela s'obtient par le moyen des bons vocabulaires, qui ne manquent jamais de remarquer cette différence. Au reste, un bon maître, plutôt que la théorie, pourra en faciliter l'exécution. — Pour raison qu'on pourra sentir ci-après, je suis obligé d'intervertir l'ordre des voyelles et de parler de l'*u* avant l'*o*.

3°. De l'U. — L'*u* voyel Toscan a le son de *ou* Français. Par conséquent vous prononcerez l'*u* de *uno*, *muro*, *studio*, etc. comme vous

vous liriez en françois *ouno*, *mouro*, *stoudio*, etc. Cette règle n'a point d'exception. J'observe que les Italiens appellent *u Toscan*, leur *u* voyel, par opposition à l'*u* François, qui s'est glissé parmi quelques nations d'Italie, qui avoisinent la France.

NOTA. L'on passe assez légèrement sur l'*u* qui précède l'*o*, tel qu'en *fuóco*, *buóno*, *giuóco*, *tuóno*, parce que l'accent tombe sur l'*o* : mais l'on appuie sur l'*u* de *sùo*, *tùo*, parce que l'accent y tombe.

4°. DE L'O. Comme il y a des *e* ouverts et des *e* fermés, il y a aussi des *o* ouverts et des fermés. Cependant, la différence qui caractérise les *ó* fermés, étant bien plus remarquable et plus sensible que celle qui se passe entre les *e*, je ne pourrai pas m'empêcher d'en parler plus particulièrement. L'*o* ouvert ne fait aucune difficulté, parce qu'il se prononce comme l'*o* bref François, dans les mots *porter*, *bocage*, *honorer*. L'*o* fermé, dont il est principalement question, a un son qui ressemble beaucoup à celui de l'*ou* François ou de l'*u* Toscan ; et on pourroit dire que c'est le même, pourvu que l'on ne fasse que l'effleurer, et cela avec cette légèreté et cette douceur qui est propre à la prononciation Toscane (1).

RÈGLE. Les mots terminés en ORE, ONE, ONDO, OSO, ONTE, OGNO, et OGNA, OJO, ORGO, ont généralement l'*o* fermé dans les deux nombres et dans les deux genres pour les adjectifs. Ainsi l'on fera sentir le son de l'*o* fermé dans la pénultième syllabe des mots suivans et de leurs semblables. Exemp. *amore*, *candore*, *dolore*,

---

(1) Comme il y a en Italie des nations qui prononcent tous les *o* ouverts, d'autres qui ne leur donnent pas le son qui leur convient, après avoir essuyé plusieurs contestations à ce sujet de quelques Italiens qui préfèrent se tenir à la prononciation qui leur est naturelle, plutôt que de suivre celle qui est la vraie, je crois devoir démontrer que la Règle que je viens de donner sur la prononciation de l'*o* fermé, est la seule qui a été donnée par nos grands maîtres. D'ailleurs la vérité n'est, ni peut être qu'une. CELSO CITTADINI, professeur de langue Toscane dans l'Université de Sienne, lib. 2 *delle origini della volgar Toscana favella*, dit, *non esser l'u Toscano altro che un o chiuso, o si pur simigliantissimo ad esso* ; c'est-à-dire, que l'*u* Toscan n'est autre chose qu'un *o* fermé, ou qu'il lui est tout-à-fait ressemblant. GIAMBULLARI, académicien de la Crusca, s'exprime ainsi dans son ouvrage *della lingua Fiorentina che si parla e scrive in Firenze*, lib. 1, pag. 45 : *l'O ha due suoni diversi, l'uno chiuso e scuro, che tende all' u e senesi nelle prime sillabe di queste parole forma, ponte, monte ; l'altro chiaro ed aperto, che si sente nelle prime di queste altre voglia, porto, morso*. BUOMMATTEI, Trat. 3 *delle lettere*, cap. 7. dit : *l'O ritiene assai del suono dell' u*. SALVIATI et CORTICELLI ont écrit de même, en parlant de l'affinité [*della parentela*] qui se passe entre l'*u* Toscan et l'*o* fermé. — Après cela, on est tout étonné, lorsqu'on lit dans la Grammaire Italienne, écrite en Anglois par M. *Tourner*, que l'*o* fermé a un son tout-à-fait différent de l'*ou* François ou de l'*u* Toscan : *O close has a sound quite different from ou French or u Tuscan*. On ne sait pas bien si l'on doit attribuer une bévue si grossière à l'ignorance ou à un esprit de contradiction. On peut à peu-près dire de même de M. *Zotti*, qui, dans l'édition qu'il fit de *Véneroni* à Londres, 1800, par une opposition formelle aux auteurs classiques de la Toscane, a eu le courage d'assurer son lecteur, que ce n'est pas là le son que les Toscans donnent à l'*o* fermé. Ce qu'il y a encore de plus singulier, c'est que, après une proposition si bizarre, dont ces Messieurs ne donnent, ni ne peuvent donner la moin-

D

sapore ; *canzone*, *ragione*, *barone*, *Catone* ; *giocondo*, *rispondo*, *secondo*, *biondo*, *fronda*, *sponda* ; *glorioso*, *furioso*, *curioso* et *gloriosa*, etc. ; *fronte*, *monte*, *Timoleonte* ; *sogno*, *bisogno*, *vergogna*, *fogna*, *Bologna* ; *ballatojo*, *filatojo* ; *gorgo*, *sobborgo*, *sorgo*, etc. — On peut ajouter à ces terminaisons les mots, qui, venant du latin, ont changé l'*u* latin en *o* Toscan, tels que *colpa*, *dolce*, *fosco*, *gola*, *molto*, *noce*, etc., dont le premier *o* est fermé. Il faut en dire de même du second *o* de *colonna*, quoique les Romains le prononcent ouvert, *ancorchè i Romani lo proferiscano con O aperto*. Celso Cit. Cependant le même auteur remarque, qu'il y a des mots suivis de la lettre *m*, qui en latin se prononcent par *o* ouvert et en Toscan par *o* fermé, comme *pompa*, *Roma*, *pomo*, *nome* et quelques autres.

EXCEPTIONS. 1º. Des mots terminés en *ore*, il faut excepter *cuore*, cœur, dont l'*o* est ouvert. Il en est de même de *sposo*, *sposa*, *riposo*, à l'égard des terminaisons en *oso*. 2º. Lorsque l'*o* de *ojo* est précédé de la lettre *u*, et forme avec elle une seule syllabe, cet *o* se prononce ouvert, comme en *cuojo*, *squarquojo*, etc. La raison en est, que l'*o* fermé ayant un son tout-à-fait semblable à celui de l'*u*, la continuation de deux sons qui sont presque les mêmes, seroit trop désagréable. Par cette même raison l'on prononce *cuore* avec l'*o* ouvert, Nº. 1.

Aux règles générales que je viens de donner, on peut ajouter les mots suivans : *noi*, *voi* (quoique l'on prononce *nostro* et *vostro* avec l'*o* ouvert), *sólo*, *sóle*, *dóve*, *óve*, *cóme*, *siccóme*, *óra*, *ancóra*, *lóro*, *colóro*, *adóro*, *sótto*, *sópra*, *cóntro*, *intórno*, *giórno*, *gióvane*, *móglie*, *pórre* et *córrere* avec leurs dérivés, ont l'*o* fermé sous l'accent. — Pour faciliter la prononciation des *o* fermés, je les distinguerai dans le cours de cette grammaire par un caractère différent des autres qui composent le mot. Ceux qui feront attention aux règles générales et aux différentes observations que j'ai faites à ce sujet, verront, sans beaucoup de peine, disparoître la plus grande difficulté de la prononciation Italienne.

Pour mieux faire connoître l'importance de cette matière, je vais

---

dre preuve, aucun d'eux n'a osé énoncer le son de l'o fermé. Mais, que je leur demande si c'est à l'*a*, à l'*e*, à l'*i* ou à l'*u*, que ressemble la nuance qui caractérise l'o fermé, que répondront-ils ? M. *Zotti*, dans son introduction à la Grammaire de *Vénéroni*, s'en tire par une défaite unique : « Je crois », dit-il, « inutile de fixer des règles qui ne serviroient qu'à » grossir le volume, plutôt que de mettre les étrangers en état *de le bien prononcer* ». Or, puisqu'il ne s'agit que du son de l'o fermé, je lui demande, combien de règles faut-il, ou combien de pages doit-on remplir, pour dire : l'o fermé a un son qui approche plus ou moins de telle voyelle. Que si M. *Zotti* est si ennemi de la prolixité, pourquoi, suivant l'exemple de ses prédécesseurs, a-t-il grossi le volume de la *Mérope de Maffei*, et d'autres additions qui n'ont rien de commun avec la Grammaire ? Voilà, comment l'on se joue quelquefois de ses lecteurs, au lieu de les instruire. Voyez à ce sujet mes remarques *on the Italian Grammar of M. Tourner*, imprimées à Londres, 1802. — J'ajoute que mes règles sur les *o* fermés et même les exemples que j'en donne, sont tirés de *Celso Cittadini*, et qu'elles sont parfaitement d'accord avec la manière de parler de nos jours en Toscane.

donner une table de quelques mots de première nécessité, c'est-à-dire des mots, où la seule prononciation de l'*o* ouvert où de l'*o* fermé caractérise des objets tout-à-fait différens entre eux.

TABLE

DES O OUVERTS.	DES O FERMÉS.
S'*accórse*, il s'apperçut.	*Accórse*, il accourut.
Ancora, ancre.	*Ancóra*, encore.
Corre, cueillir.	*Corre*, il court.
Corso, corse.	*Corso*, cours.
Fora (poët.), il seroit.	*Fora*, il perce.
Foro, barreau.	*Foro*, trou.
Fosse, fossés.	*Fosse*, il fût.
Indotto, ignorant.	*Indotto*, induit.
Ora (poët.), air.	*Ora*, maintenant.
Pérdono, ils perdent.	*Perdóno*, je pardonne *ou* pardon.
Porci, cochons.	*Porci*, nous mettre.
Posta, poste.	*Posta*, placée.
Riposi, les repos, ou subj. de *riposare*.	*Riposi*, je cachai.
Rocca, forteresse.	*Rocca*, quenouille.
Rogo, bucher.	*Rogo*, buisson.
Rosa, rose.	*Rosa*, rongée.
Torta, tordue.	*Torta*, tourte.
Volgo, je tourne.	*Volgo*, populace.
Volto, tourné.	*Volto*, visage.
Voto, vuide.	*Voto*, vœu.

De la Prononciation des Consonnes.

Les François doublent bien souvent dans l'écriture les mêmes consonnes, et ils n'en font sentir qu'une dans la prononciation. Ils écrivent, par exemple *homme*, *lettre*, et ils prononcent *home*, *letre*. Au contraire, la simplicité de la prononciation Italienne demande que l'on fasse entendre les doubles consonnes, comme je l'ai indiqué dans la règle générale. Cela se fait en appuyant un tant-soit-peu sur la voyelle qui les précède. C'est ainsi que l'on prononce *léttera*, *dirébbono*, *cantássero*, etc. De l'inobservance de cette règle, résulte, bien souvent un sens contraire dans le discours, comme l'on peut voir en *cappéllo* chapeau, et *capéllo* cheveu ; *ténnero* ils tinrent, et *ténero* tendre ; *canne* roseau, et *cane* chien ; *avrémmo* nous aurions, et *avrémo* nous aurons, etc. Après avoir rappelé au souvenir de l'étudiant une règle si importante, je vais parler du son qui est propre à certaines consonnes Italiennes ; et lorsque je dis *le son des consonnes*, cela doit

D 2

s'entendre des consonnes liées avec une ou plusieurs voyelles, parce que la consonne, par elle-même, n'a point de son.

Les consonnes se prononcent en Italien comme en François, à l'exception des suivantes :

CE, CI, GE, GI, dont le véritable son ne peut se communiquer que de vive voix ; et il ne faut que des oreilles et des organes naturellement déliés pour le saisir avec beaucoup de facilité. *Voyez la Rem. Nº 1.* Ainsi prononcez avec le maître, *cento, cíntola, cece, cicisbéo, Cicerone.* J'ajoute que les doubles *c* et les doubles *g* qui précédent l'*e* ou l'*i*, conservent le même son que les simples, comme *àccento, accesso, raggi, aggiunta.*

GLI se prononce en Italien comme la dernière syllabe de *fille* ou du mot *bouilli* bien prononcé. (*Voyez la Gram. de Wailly, Rem. 2, à la lettre L.*) — Ainsi prononcez *pigliáre*, prendre ; *figlio*, fils ; *páglia*, paille ; comme en François *pillare, fillio, pailla*, etc. avec l'L mouillée. On doit excepter de la règle le *gli* de *neGLIgentáre*, négliger ; *neGLIgénte*, négligent, etc. et le *gli* de *Angli*, plus communément *Inglesi*, Anglois, qui se prononce précisément comme la syllabe *gli*, dans le mot *négliger.*

GNA, GNE, GNI, GNO, GNU, ont le même son, dans les mots Italiens, que les mêmes lettres et syllabes dans les mots François, ga GNA, ga GNÉ, ma GNIfique, i GNOrant : ex. *cágna*, chienne ; *agnéllo*, agneau ; *cógnito*, connu ; *Giúgno*, Juin ; *ignúdo*, nud ; car les mots *cógnito* et *incógnito* suivent la règle générale.

GUA, GUE, GUI, se prononcent en Italien comme si l'on écrivoit en François *goua, goué, goui* : ce qui n'est autre chose qu'unir l'u Toscan au G : ex. GUArire, guérir ; GUErra, guerre ; GUIdà, guide : prononcez *gouarire, gouerra, gouida.*

L'H au commencement des mots n'a aucun son, et n'est pas même aspirée (1). Elle sert à distinguer plusieurs mots entre eux, comme *ho*, j'ai (verbe), et *o*, ou (conjonction), etc. Cependant quand l'H se trouve au milieu de ces syllabes *che, chi, ghe, ghi*, elle leur donne une inflexion différente, c'est-à-dire, que l'on prononce CHE, CHI, en Italien, comme KÉ, KI, en François ; et GHE, GHI, comme en François le GUE de GUErre et le GUI de GUIde ou de GUIse. C'est pour cela que vous prononcerez les *che, chi, ghe, ghi*, de *chéto, chiamáre, ghermire, ghiáccio*, comme vous faites en François KÉto, KIamare, GUErmire, GUIaccio.

L'J consonne a le même son en Italien que l'Y Grec en *royaume* où

_____

(1) *La H per se medesima niente può ; ma giunge solamente pienezza, e quasi polpa alla lettera, a cui ella, in guisa di servente sta accanto.* [Bembo, *lib. ii. della Volgar Lingua.*] --- *La H è mezza lettera, perciocchè l'altra metà sono il C ed il G, co' quali s'esprime il suono del* CHE *e del* GHE, CHI, GHI. *Fuor de' quai luoghi la* H *nel parlar nostro, per avventura, non si sente giammai.* [Salviati, *lib. iii. cap. 1, part. iv.*] On peut voir par-là combien elle est fautive la prononciation de ceux qui aspirent l'H initiale.

l'i en *faïance*. Ainsi vous prononcerez *jéri*, hier; *ajúto*, aide; comme *yeri*, *ayuto*. *Voyez la Rem. N°. 18*.

Qu sonne en Italien comme *cou* en François; et cela tient aussi à la prononciation de l'u Toscan. Vous prononcerez donc *qui*, ici; *quattro*, quatre; *quando*, quand; *quantunque*, quoique; comme *coui*, *couattro*, *couando*, *couantuncque*, etc.

LA LETTRE S prend tantôt un son doux, tel que l's en *souvenir*, *salut*; tantôt un son dur, comme celui de l's en *raison*, *user*, ou du z François. Salvini appelle le premier s *molle* (doux), parce qu'il siffle, et le second *dura* (dur), parce qu'il se prononce avec un bourdonnement. Les François, au contraire, nomment *doux* l's que nous appelons *dur*, et *dur*, celui que nous nommons *doux*.

1°. L'S initial reçoit un son doux, lorsqu'il est suivi d'une voyelle, comme *sale*, *sédia*, *signore*, *soave*, *súbito*; ou bien d'une de ces consonnes c, f, p, q, t. Ex. *scolare*, *sfacciato*, *spírito*, *squisíto*, *stúdio*. Prononcez *çale*, etc. *çcolare*, etc. En tout autre cas l's initial se prononce dur. Ex. *sbarbato*, *sdegno*, *sgridare*, *sl=ale*, *smisurato*, *snodare*, *sregolato*, *svanire*. Prononcez *zbarbato*, etc. — 2°. On donne toujours un son doux à l's double intermédiaire, comme *fosso*, *dissipare*, *passatempo*; et à l's simple des mots terminés en *oso*, *osa*, comme *glorioso*, *curiosa*, (en cela manquent les Piémontois), à l'exception de *rosa*, rongée, et de quelques autres mots. On doit aussi excepter l's intermédiaire qui est précédé de la voyelle u, et suivi d'une autre voyelle. Ex. *abuso*, *disusato*, *causa*. Prononcez *abuzo*, etc. — Enfin on donne un son dur aux s des mots qui en Latin et en François s'écrivent par un x, comme *esempio*, *eseguire*, *esatto*, *esame*, *esecrábile*, etc. Prononcez *ezempio*, etc.

SCE, SCI, se prononcent comme le *ché* en *chérubin* et le *chi* en *chirurgien*: ex. *scéna*, scène; *sciócco*, sot.

Le z simple ou z double se prononce en général comme TS avec l's doux. Il faut donc prononcer *zóppo*, boiteux; *ragazza*, demoiselle; *pazzo*, fol; comme TSoppo, ragaTSa, paTSo, etc. — La même lettre, soit simple, soit double, se prononce quelquefois, quoique plus rarement, comme DS avec l's dur ou le z François. Tels sont les z de *zerbíno*, damoiseau; de *mézzo*, moyen ou milieu; de *zótico*, grossier: prononcez *dzerbino*, *medzo*, *dzótico*.

Pour déterminer les z qui ont le son de TS ou celui de DZ, je dis, 1°. Que les mots, qui ont le z en François et en Italien, se prononcent en Italien par DZ: ex. *ázimo*, azime; *azzúrro*, azur; *gazzétta*, gazette; *zélo*, zèle, etc.: prononcez *adzimo*, *adzurro*, *gadzetta*, *dzelo*, etc. — 2°. Si l'on en excepte les mots dont je viens de parler, et ceux dont j'ai fait mention au *N°. 2 de la Remarque neuvième*, on peut dire que les autres z, soit doubles soit simples, ont le son de TS.

D.

De l'Accent.

Ce n'est pas assez, pour bien prononcer une langue, que de donner aux voyelles & aux consonnes le son qui leur convient : il faut en outre la parler avec accent. Le bon accent est regardé avec raison comme l'ame & la perfection de toute prononciation ; & comme c'est lui qui qualifie les naturels d'un pays, ainsi il ne laisse appercevoir aucune différence entre eux & un étranger qui l'exprime dans toute sa force.

L'accent est une douce élévation de la voix qui doit se faire sentir sur une des voyelles qui composent le mot, plutôt que sur une autre ; car chaque mot Italien a un accent, & ne peut en avoir plus qu'un, de quelque nombre de syllabes que le mot soit composé. Si l'accent tombe sur la voyelle finale, il s'appelle grave ('), tel que en *amò*, *sentì*, *qualità* : que si il se trouve au commencement ou dans le corps du mot, il se dit aigu, comme *ámo*, *gióvane*, *credévano*. (1) La langue Italienne n'a point d'accent circonflexe.

L'accent final n'apporte guère de difficulté, parce qu'il doit se marquer aussi bien en Italien qu'en François. Cet accent sert non seulement à soutenir la justesse de la prononciation, mais il fixe encore la signification de plusieurs mots, comme l'on peut voir en *calamíta* aimant & *calamità* malheur ; *péro* poirier & *però* cependant ; *méta* but & *metà* moitié ; *ámo* j'aime & *amò* il aima ; *sénti* tu sens & *sentì* il sentit, &c.

Toute la difficulté roule sur l'accent initial ou intermédiaire qui est le plus fréquent & ne se marque point en Italien, & qui cependant doit se faire sentir dans la prononciation. Que si on le trouve marqué dans les exemples précédents & quelquefois dans le cours de cette grammaire, cela est ou pour le mettre en opposition avec l'accent final ou bien pour en faciliter l'exécution aux étudians & les y habituer. Il est vrai que dans les bons vocabulaires & dans les écrivains exacts on trouve régulièrement marqué les accents intermédiaires des mots qui se terminent en *io* & en *ia*, comme *balía* nourrice, *balìa* pouvoir ; ainsi *stropiccio* frottement, & autres noms qui ont l'accent sur l'*i* de *io* : mais à cela près on laisse tous les accents initiaux & les intermédiaires à la

---

(1) Si l'objet de l'adjectif est de désigner la nature de la qualité adjointe au substantif, il me paroit que, au moins en Italien, on devroit appeler *grave* l'accent *aigu*, et appeler *aigu* celui que l'on nomme *grave*. Car l'accent final ou le grave se forme comme par un éclat de la voix, et se fait sentir avec plus de force, que l'accent initial ou intermédiaire : au contraire, ce dernier que l'on appelle aigu a un son plus lent et plus doux, puisque la voix s'y pose pour mieux faire sentir le reste du mot. J'aurois bien volontiers omis cette remarque, si la manière de prononcer ces deux accens n'y étoit pas compromise. Voyez mon Traité dell' accento Italiano, capit 1.

discrétion du lecteur, dit Corticelli. De là vient, que ceux qui ne font pas bien attention au sens de la phrase, sont sujets à lire des contre-sens & a dire, par exemple, *cántino* qu'ils chantent, pour *cantíno* chanterelle; *spiegáti* expliqués, au lieu de *spiegáti* explique-toi; *vestíti* habits ou habillés, pour *véstiti* habille-toi, & vice versa. Pour bien déterminer les accents aigus, il me faudroit répéter ce que j'ai dit à ce sujet, dans le traité de l'accent Italien: mais, crainte d'être à charge au lecteur, par la multiplicité des préceptes, je me contenterai de réunir ici, ce qu'il y a de plus important sur cette matière.

1°. Les François sont portés par leur accent à pousser avec force l'*a*, *i*, *o*, *u*, qui sont à la fin des mots; & ils absorbent dans un son muet l'*e* final qui n'a pas d'accent. Les Italiens, au contraire, ne font sonner avec plus de force, que les voyelles finales accentuées; &, pour celles qui n'ont point d'accent, ils les font entendre nettement, comme lorsqu'ils les lisent dans l'alphabet & disent: *andiámo álla campágna; mangerémo gallíne, piccióni, stárne e fagiáni d'ottima qualità* — 2°. Tous les mots composés de deux syllabes ont l'accent sur la première, toutes les fois qu'ils ne sont point marqués de l'accent grave ou final, ce qui arrive très-rarement. Ex. *áma, créde, ciélo, térra*. = 3°. Dans les mots composés de plus de deux syllabes, l'accent tombe généralement & naturellement sur la pénultième, comme en *amáre, sentíre, precipitáre, soddisfátto, arricchíto,* &c. Je dis *généralement*; car, lorsque la pénultième ou l'avant-pénultième syllabe sont des brèves, elles rejettent l'accent sur la syllabe longue qui les précède immédiatement. La raison de cette transposition est, que l'accent aigu, tant initial qu'intermédiaire, consiste dans un certain repos que la voix prend, en s'élevant très-doucement & que Corticelli appelle *posa*, pause. Or la syllabe brève étant ennemie du repos, il faut que la voix se pose sur une longue. Elle ne peut pas se poser sur la voyelle finale, parce qu'en ce cas l'accent aigu cesseroit d'être tel & deviendroit grave. C'est pour cela que la voix se recule, pour ainsi dire, & va se chercher une syllabe longue où se poser. Ceux qui savent la prosodie Latine, ont un grand secours dans la prosodie Italienne. — 4°. J'ai observé que chaque mot a un accent & ne peut en avoir plus qu'un. J'ajoute à présent que l'accent étant né avec le mot lui-même, il ne peut pas être chassé de son siège primitif par aucun retranchement ou par aucune addition quelconque que l'on y fasse, de sorte que l'on dit *andáre* et *andár*, *esprímere* et *esprimér*, *favoríre* et *favorír*; et dans les mots d'addition: *ámo* et *ámoti* je t'aime; *favoríte* et *favorítemi*; *andò* et *andóssene* il s'en alla.

Pour s'exercer dans une partie si importante de la prononciation Italienne, on aura soin de bien prononcer les mots suivans en

d'insister un peu davantage sur l'accent des mots composés d'un nombre extraordinaire de syllabes ; car , dans ce dernier cas , l'accent sert d'un point d'appui et comme d'un véhicule pour prononcer aisément et même avec grace des mots composés de sept , huit syllabes ou plus , lesquels n'ont guère lieu dans les autres langues. Exemple. *cavállo , generóso , intimoríto , strépito , orríbile , tornársene , instancábile , insuperábile , precipiterébbono , difficilíssimamente , precipitosíssimamente.* C'est sur-tout dans cet accent invisible et qui pourtant doit toujours se faire sentir , que consiste la beauté et l'armonie de la prononciation Italienne. C'est de cet accent bien posé , que parle Salvini. *Annot. al trat. 6 degli Ac. di Buommattei* , où il dit : *quando si parla , s'ha a parlare con accento : il nostro parlare è un cantare* , savoir : lorsque l'on parle , on doit parler avec accent : notre language est un chant.

DE LA GRAMMAIRE

ET

DE SA DIVISION,

LA grammaire ou le discours est composé de plusieurs parties, dont les unes sont déclinables et sujettes à des variations, les autres ne souffrent point de changement, comme nous l'avons vu. Les parties invariables ne présentent aucune difficulté, et l'étude de la grammaire roule principalement sur les parties variables. La base et le fondement de ces dernières est le nom, et l'on peut donner la seconde place au verbe. Car c'est du nom que dépendent les articles, quoiqu'ils en soient comme les avant-coureurs : au nom appartiennent les pronoms, dont ils sont les représentants ; et les participes ne sont tels que par l'influence du nom. Le verbe lui-même ne pourroit pas, peut-être, se dire indépendant du nom, si par la multiplicité et par la noblesse de ses fonctions, il ne nous faisoit oublier son origine. C'est pour cela que je donnerai dans la première partie de la grammaire les déclinaisons des noms et des pronoms, et ensuite les conjugaisons des verbes. Je traiterai dans la seconde, de la manière d'arranger les parties du discours entr'elles, ce qui fait le sujet de la syntaxe. Je vais maintenant exposer conjointement la déclinaison de l'article et du nom, parce que la liaison qui regne entr'eux, ne me permet pas de les séparer.

PREMIERE PARTIE.

§. I.

De l'Article avec un Nom Masculin.

Avant les noms masculins, les Italiens expriment l'article de différentes manières ; et cela se fait suivant les lettres initiales du nom qui les suit immédiatement : ce qui ne contribue pas peu à la douceur de la langue. Car, si le nom commence par une consonne simple ou double, dont la première

n'est pas s, on emploie les articles suivans N°. 1 :
s'il commence par une s suivie d'une autre consonne,
(que l'on appelle s *impure*), on fait usage des articles. N°. 2 : que si le nom commence par une
voyelle, on se sert des articles N°. 3, qui ne different point de ceux du N°. 2, pourvû que l'on en
retranche l'o final au singulier par une apostrophe.
C'est pourquoi les articles N°. 2 et 3 sont les mêmes au pluriel.

Articles Masculins.

	SINGULIER.				PLURIEL.		
	1.	2.	3.			1.	2 et 3.
Nom. Le,	*il*,	*lo*,	*l'*.	Nom. Les,		*i*, (*)	*gli*.
Gén. Du,	*del*,	*dello*,	*dell'*.	Gén. Des,		*dei* ou *de'*,	*degli*.
Dat. Au,	*al*,	*allo*,	*all'*.	Dat. Aux,		*ai* ou *a'*,	*agli*.
Abl. Du *ou par le*,	*dal*,	*dallo*,	*dall'*.	Abl. Des *ou* par les,		*dai* ou *da'*,	*dagli*.

NOTA. — 1°. La différence qui se trouve, en Italien, entre le
génitif et l'ablatif, dont l'A est toujours la marque distinctive dans
les deux nombres. Il en est de même de l'article féminin. — 2°. Je
ne fais pas mention de l'accusatif, parce qu'il ne diffère jamais de
son nominatif; ni du vocatif, lequel n'a point d'article, quoiqu'il
s'emploie quelquefois avec l'interjection O. La même chose doit
s'entendre à l'égard de toutes les déclinaisons qui vont suivre.

Avant que d'unir les articles aux noms, je dois observer, que
le pluriel des noms masculins se forme, généralement parlant, en changeant en I la derniere lettre
du singulier.

Application des trois Articles aux Noms Masculins.

	SINGULIER		PLURIEL	
	1.			
Nom. le temps,	*il tempo.*	Nom. les temps,	*i tempi.*
Gén. du temps,	*del tempo.*	Gén. des temps,	*dei* ou *de' tempi.*
Dat. au temps,	*al tempo.*	Dat. aux temps,	*ai* ou *a' tempi.*
Abl. du temps,	*dal tempo.*	Abl. des temps,	*dai* ou *da' tempi.*

(*) 1°. Les articles *li*, *delli*, *alli*, *dalli*, avant les noms, ne sont guère d'usage.
— 2°. Avant *dei*, dieux, on se sert de l'article N°. 2; savoir, *gli*, *degli*, etc. et
on dit *gli dei*, les dieux, et non pas *i dei*. C'est là le seul nom qui ne suit pas la
règle générale touchant les articles.

SINGULIER.　　　　PLURIEL.

2.

Nom. l'esprit,	*lo spírito.*	Nom. les esprits,	*gli spíriti.*
Gén. de l'esprit,	*dello spírito.*	Gén. des esprits,	*degli spíriti.*
Dat. à l'esprit,	*allo spirito.*	Dat. aux esprits,	*agli spíriti.*
Abl. de l'esprit,	*dallo spirito.*	Abl. des esprits,	*dagli spíriti.*

SINGULIER.　　　　PLURIEL.

3.

Nom. l'ami,	*l'amíco:*	Nom. les amis,	*gli amici.*
Gén. de l'ami,	*dell' amico.*	Gén. des amis,	*degli amíci*
Dat. à l'ami,	*all'amico.*	Dat. aux amis,	*agli amici,*
Abl. de l'ami.	*dall' amico.*	Abl. des amis,	*dagli amici.*

Cette règle pour les articles est invariable tant pour le substantif que pour l'adjectif qui le suit immédiatement ; ainsi l'on déclinera *il freddo inverno*, l'hyver froid, N°. 1 ; et *l'inverno freddo*, N°. 3. — *Il gióvane stordito*, N°. 1, le jeune homme étourdi ; et *lo stórdito giovane*, N.° 2.

PRATIQUE. — Pour s'affermir dans les déclinaisons des noms masculins, il sera bon de s'exercer sur les noms suivans ou autres qui ont rapport aux règles, en leur donnant les articles qui leur conviennent. Exemples pour le N.° 1. Le chant, *il cánto* ; le jardin, *il giardíno* ; le pain, *il páne* ; le cheval, *il càvállo.* — N.° 2. Le bruit, *lo strépito* ; l'état, *lo státo* ; l'écolier, *lo scoláre.* — N.° 3. L'amant, *l'amánte* ; l'habit, *l'ábito* ; la bague, *l'anéllo.* — Après s'être exercé sur les noms simples, on peut leur ajouter un adjectif, et décliner, par exemple, le chant harmonieux, *il canto armonióso* ; le jardin fleuri, *il giardino fiorito* ; le pain appétissant, *il pane saporito* ; le cheval fringant, *il cavallo brióso* ; le grand bruit, *lo strépito grande* ; l'état pitoyable, *lo stato compassionévole* ; l'écolier diligent, *lo scolare diligénte* ; l'amant fol, *l'amante pazzo* ; l'habit neuf, *l'ábito nuóvo* ; la bague précieuse, *l'anello prezióso.*

NOTA. — L'on doit retrancher par une apostrophe l'I de *gli*, *degli*, *agli*, etc. lorsque ces articles sont suivis d'un nom qui commence par un I ; et il faut écrire et prononcer *gl' Italiani*, les Italiens ; *degl' Inglesi*, des Anglois ; *agl' infermi*, aux malades, etc.

§ II.

De l'Article, avec un Nom Féminin.

RÈGLE. — L'article féminin finit en A, et son pluriel se forme en changeant l'A en E. Il en est de

même des noms féminins terminés en A , sans accent (1).

SINGULIER.		PLURIEL.	
Nom. la,	*la.*	Nom. les,	*le.*
Gén. de la,	*délla.*	Gén. des,	*delle.*
Dat. à la,	*alla.*	Dat. aux,	*alle.*
Abl. de la *ou* par la , *dalla.*		Abl. des *ou* par les , *dalle.*	

Cet article se met tout entier avant les noms qui commencent
par une consonne : ex.

SINGULIER.		PLURIEL.	
Nom. la femme ,	*la dónna.*	Nom. les femmes,	*le dónne.*
Gén. de la femme,	*della donna.*	Gén. des femmes,	*delle donne.*
Dat. à la femme ,	*alla donna.*	Dat. aux femmes,	*alle donne.*
Abl. { de / par } la femme, *dalla donna.*		Abl. { des / par les } femmes, *dalle donne.*	

Si le nom féminin commence par une voyelle, on retranche
par une apostrophe l'A final des articles au singulier , et l'on dit
par exemple :

SINGULIER.		PLURIEL.	
Nom. l'âme.	*l'ánima.*	Nom. les âmes,	*le ánime.*
Gén. de l'âme,	*dell' anima.*	Gén. des âmes,	*delle anime.*
Dat. à l'âme,	*all' anima.*	Dat. aux âmes,	*alle anime.*
Abl. { de / par } l'âme , *dall' anima.*		Abl. { des / par les } âmes, *dalle anime.*	

Ou bien, plur. *l'anime, dell' anime,* etc. Car la règle de l'élision
de l'article ne s'étend pas nécessairement au pluriel. Cependant si
le nom commence par E, alors, pour éviter la rencontre des
mêmes lettres , ce qui auroit un son désagréable , on retranche
régulièrement l'E des articles pluriels, et on écrit *l'erbe* , *l'es herbes* ;
l'eleganze, les élégances ; *l'elegie*, les élégies ; au lieu de *le erbe* ,
etc. On écrit pourtant au pluriel *le effigie*, les effigies ; *le età avvenire*, les générations futures ; et cela pour faire sentir le pluriel,
qui , sans l'article tout entier, se confondroit avec le singulier.

PRATIQUE = Pour s'exercer sur la règle, on peut décliner
la cása, la maison ; *la cámera*, la chambre ; *l'ácqua frédda*, l'eau
froide, etc.

_____

(1) Je dis *terminés en A sans accent* ; car les noms terminés par une voyelle
accentuée, appartiennent à la règle du §. IX.

§. III.

De l'Article indéfini, et des Noms qui le reçoivent.

Il n'y a que trois articles indéfinis, qui servent au génitif, au datif, et à l'ablatif, des deux nombres et des deux genres ; savoir :

Gén. de, DI, ou D' avant les voyelles.
Dat. à, A, ou bien souvent AD avant les voyelles
Abl. de, DA.

REGLE — Ces trois Articles s'emploient principalement pour marquer le génitif, le datif et l'ablatif, des noms qui n'ont point d'article au nominatif. Tels sont, 1°. Le nom de Dieu, les noms propres d'anges, d'hommes, de femmes, de villes, de mois. 2°. Les pronoms personnels *me*, me ; *te*, te ; *noi*, nous ; *voi*, vous ; *lui*, lui ; *lei*, elle ; *colui*, il ; *coléi*, elle, etc. Les démonstratifs *questo*, *quel'o*, ce, cet ; *questa*, *quella*, cette : les relatifs *che*, *cui*, que, qui : les pronoms indéfinis *alcuno*, aucun ; *parécchi*, *parécchie*, plusieurs ; *chiunque*, quiconque : les collectifs *quálche*, quelque ; *ógni*, tous : les nombres cardinaux *uno*, *due*, *tre*, etc., un, deux, trois, etc. toutes les fois qu'ils sont employés comme adjectifs, d'une manière qui ne soit pas relative, et plusieurs autres, comme nous le verrons mieux dans la Syntaxe. Voici deux exemples des noms propres, qui peuvent servir de modèle à tous les autres.

Nom. Dieu,	*Dio* ou *Iddio*.	Nom. Londres,	*Londra*.
Gén. de Dieu,	*di Dio*.	Gén. de Londres,	*di Londra*.
Dat. à Dieu,	*a Dio*.	Dat. à Londres,	*a Londra*.
Abl. de Dieu,	*da Dio*.	Abl. de Londres,	*da Londra*.

NOTA. — 1°. Tout nom substantif qui sert à particulariser un autre substantif, qui le précède immédiatement, est sujet à recevoir l'article indéfini ; quoique, dans d'autres circonstances, il se décline avec l'article défini. C'est ainsi que l'on dit *un abito* DI *seta*, un habit de soie ; *una statua* DI *marmo*, une statue de marbre, etc. Que, si le substantif en dépendance est suivi du relatif *che* (que), qui le particularise, alors ce même substantif reçoit l'article défini : ex., *un abito della seta che mi avete venduto* ; un habit de la soie que vous m'avez vendue. — 2°. *Dei*, pluriel de *Dio*, reçoit l'article défini *gli*, *degli*, etc., comme je l'ai remarqué ci-dessus. — 3°. Il est vrai que, le plus souvent, l'article est indéfini en Italien quand il l'est en François, mais cela n'est pas toujours.

§. IV.

De la Liaison des Articles avec les Prépositions.

REGLE. — *Dans* ou *en* se dit en Italien IN ; *avec* se rend par CON, toutes les fois que ces prépositions précédent un nom ou un pronom qui reçoit l'article indéfini : ex. en Dieu, IN *Dio* ; *dans* Londres, IN *Londra* ; *avec* moi, CON *me* ; etc. Que, si ces prépositions précédent un nom qui reçoit l'article défini, IN se change en NE, et s'incorpore avec l'article qui convient au genre, au nombre, et à la lettre initiale du nom qui le suit : et *con* perd ordinairement l'N, et se lie de la même manière avec l'article.

La première partie de la règle, étant assez évidente ; je vais en éclaircir la seconde, par des exemples analogues aux différentes qualités des articles définis ; et je distinguerai par les numéros, comme ci-dessus, les trois articles définis.

		1.	2.	3.
Dans le (sing. masc.)		*nel*,	(*) *nello*,	*nell'*.

	1.	2. et 3.
Dans les (pl. masc.),	*nei* ou *ne'*,	*negli*.

Dans la (sing. fém.), *nella* ; pl. dans les, *nelle*.

Exemples masculins.

Dans le temps,   *nel tempo*.
Dant l'esprit,   *nello spirito*.
Dans l'ami,   *nell' amico*.
Dans les temps,   *nei* ou *ne' tempi*.
Dans les esprits,   *negli spiriti*.
Dans les amis,   *negli amici*.

Exemples Féminins.

Dans la femme,   *nella donna*.
Dans les femmes,   *nelle donne*.
Dans l'âme,   *nell' anima*.
Dans les âmes,   *nelle* ou *nell' anime*

(*) On ne peut pas dire *in il*, *in lo*, etc. au lieu de *nel*, *nello*, etc. ; et si l'on trouve dans quelque poëte, *in la* pour *nella*, ce n'est qu'une licence poétique, qui a très-peu d'exemples. — Quoiqu'il y ait des mots composés qui peuvent s'écrire

Avec le (sing. masc.), *col*, (*) *collo*, *coll'*

Avec les (plur. masc.), *coi* ou *co'* , *cogli*.

Avec la (sing. fém.), *colla* ; plur. *colle*.

Exemples Masculins.

Avec le temps , *col tempo*.

Avec l'esprit, *collo spirito*.

Avec l'ami, *coll' amico*.

Avec les temps , *coi* ou *co' tempi*.

Avec les esprits, *cogli spiriti*.

Avec les amis , *cogli amici*.

Exemples Féminins.

Avec la femme, *colla donna*.

Avec les femmes, *colle donne*.

Avec l'âme , *coll' anima*.

Avec les âmes , *colle* ou *coll' anime*.

PRATIQUE. — Il sera bon de s'exercer à faire l'application de ces prépositions aux noms qui reçoivent l'article indéfini : ex. *dans Paris*, *avec Paris* ; *dans Pierre* , *avec Pierre* , etc. ; et à ceux qui reçoivent l'article défini : ex. *dans le pain, dans les pains* ; *avec le pain, avec les pains; dans le bruit, dans les bruits* ; *avec le bruit, avec les bruits* ; *dans l'habit, dans les habits*; etc. *dans la maison, dans les maisons*; *avec la maison, avec les maisons* ; *dans l'eau , dans les eaux* ; *avec l'eau, avec les eaux* , etc. — **NOTA.** *Paris*, se dit en Italien *Parigi* ; Pierre, *Pietro* ; pain, *pane* ; bruit, *strepito* ; habit, *abito* ; maison , *casa* ; eau, *acqua*.

A ces prépositions, qui tombent si souvent dans le discours, on peut ajouter *sopra* et *su*, sur. Quand on se sert de *sopra*, l'article est séparé ; mais quand on fait usage de *su*, l'article s'y unit, comme dans les prépositions ci-dessus. Exemples :

Sur le livre, *sul libro* ou *sopra il libro*.

Sur l'écueil, *sullo scoglio* ou *sopra lo scoglio*.

---

avec des lettres doubles ou simples , ainsi que *appiè* et *a piè*, *accanto* et *a canto* ; néanmoins je pense avec l'auteur des annotations à l'*Ercolano del Varchi*, et avec *Corticelli*, que l'opinion de ceux qui prétendent que l'on doit écrire en prose *nella*, dans la ; pl. *nelle* ; et en poésie *ne la*, etc. est destituée de fondement: et qu'il faut écrire en prose et en vers *nella, nelle*. Car l'orthographe doit suivre la prononciation ; et ceux qui prononcent bien , font toujours sonner deux L dans les mots en question.

(*) *Con il*, au lieu de *col*, n'est guère d'usage, ainsi que *con i*, au lieu de *coi* ou *co'* : mais on dit *con lo*, *con gli*, *con la*, etc. pour *collo*, *cogli*, *colla*, etc. — CINONIO.

Sur l'arbre, *sull' álbero* ou *sopra l' albero.*
Sur le haut, *sulla cima* ou *sopra la cima.*
Sur l'eau, *sull' acqua* ou *sopra l' acqua.*

On dit, au pluriel, *sui libri* ou *sopra i libri* ; *sugli scogli*, ou *sopra gli scogli*, etc. — Enfin, il y a quelques autres prépositions qui, en se liant avec l'article, participent plus ou moins des inflexions énoncées ci-dessus, comme *per*, pour. Car on peut dire *pel*, *pello*, *pella*, *pelle*, au lieu de *per lo*, *per la*, *per le* ; et *per il* (pour le), même avant une simple consonne, n'est guère en usage. On peut dire au pluriel *pei* ou *pe'*, *pelli* et *pegli*, pour *per i* ; anciennement *per li*. SALVIATI. Ce sont là les altérations les plus remarquables qui ont lieu dans l'union des prépositions avec les articles.

De la Terminaison des Noms Italiens.

Après avoir parlé de différentes modifications dont les articles sont susceptibles avant les noms, ou en se liant avec les prépositions, je vais continuer la partie de la déclinaison des noms, que je n'ai fait qu'ébaucher jusqu'ici.

Les noms Italiens se terminent en une des cinq voyelles ; et ceux qui ont une consonne pour finale, comme *Gabriel*, *David*, *Natan*, sont des noms propres étrangers, lesquels reçoivent souvent l'inflexion Italienne ; car on dit aussi *Gabriello*, *Davidde*, *Natanno.*

NOTA. — 1°. Dans la distribution des règles, je ne suivrai pas l'ordre alphabétique, mais je traiterai d'abord les matières qui exigent plus de développement. — 2°. Pour marcher avec ordre, je vais commencer par les déclinaisons, qui ne regardent que la voyelle finale du nom, et je parlerai dans la suite de celles qui intéressent toute la dernière syllabe du nom, comme les terminaisons en *co*, *go*, *jo*, etc.

§. V.

Des Noms terminés en O.

RÈGLE. Les noms tant substantifs qu'adjectifs qui se terminent en *o*, sont masculins : leurs pluriels se forme en changeant l'*o* en *i*. Ex. *il vento freddo*, le vent froid ; plur. *i venti freddi.* — *La mano*, la main, est le seul (1) nom féminin qui se termine en *o* : plur. *le mani.*

_____

(1) S'il y a quelques noms de femmes terminés en *o*, comme *Calisso*, *Calypso*, nymphe, etc. c'est que ces noms sont Grecs. Il en est de même des noms Latins *Dido*, *imago*, *cartago* et autres, dont on se sert quelquefois en poésie, au lieu de *Didone*, *imagine*, *Cartagine*, et autres qui sont féminins.

Nota

Nota. Les noms suivans sont remarquables par leurs irrégularités. *L'uomo*, l'homme fait au pluriel *gli uomini*, et non *gli uomi*. — Le pluriel de *Dio*, Dieu, est *gli dei* : cependant *Iddio*, Dieu, fait au pluriel *gl'iddii*. — *Mio*, mon, fait au pluriel *miei* ; *tuò*, ton, *tuoi* ; *sùo*, son, *suoi* ; et non *mii*, *tui*, *sui*.

Pour ne pas interrompre l'étude des règles principales, il suffira de lire attentivement les exceptions suivantes, pour être à même de s'y rapporter au besoin.

EXCEPTIONS.

1º. — Il y a des noms terminés en *o*, qui, quoique masculins au sing., deviennent féminins au pluriel, et ils changent l'*o* en *a*. Tels sont,

SING.		PLUR.
Il centindjo,	la centaine.	le centindja.
Il migliàjo,	le millier,	le migliàja.
Il miglio,	le mille,	le miglia.
Il moggio,	le muide,	le moggia.
Lo stajo,	le boisseau,	le staja.
Il pajo,	la paire,	le paja.
L'uovo,	l'œuf,	l'uòva.

2º. — Il y en a qui peuvent recevoir deux terminaisons au pluriel ; savoir, la terminaison masculine en *i* et la féminine en *a*. Les plus remarquables sont,

SINGULIER.		PLURIEL.
l'anello,	la bague,	gli anelli et le anella.
il bràccio,	le bras,	i bracci et le braccia plus communément.
il budello,	le boyau,	i budelli et le budella.
il calcagno,	le talon,	i calcagni et le calcagna.
il ciglio,	le sourcil,	i cigli et le ciglia plus commun.
il castello,	le château,	i castelli et le castella.
il coltello,	le couteau,	i coltelli et le coltella moins commun.
il corno,	la corne,	i corni et le corna plus commun.
il dito,	le doigt,	i diti et le dita plus commun.
il filo,	le fil,	i fili et le fila.
il frutto,	le fruit,	i frutti et le frutta.
il fondamento,	le fondement,	i fondamenti et le fondamenta.
il fuso,	le fuseau,	i fusi et le fusa.
il ginòcchio,	le genou,	i ginocchi et le ginocchia plus com.
il grido,	le cri,	i gridi et le grida plus commun.
il labbro,	la lèvre,	i labbri et le labbra plus commun.
il lenzuólo,	le drap,	i lenzuoli et le lenzuola.
il letto,	le lit,	i letti et le letta moins commun.
il membro,	le membre,	i membri (1) et le membra plus com.

(1) Quand *membro* dénote les personnes qui composent une société quelconque, comme un Parlement, etc. on dit *membri*, et non *membra*.

E

SINGULIER.		PLURIEL.
il muro,	la muraille,	*i muri* et *le mura* plus com.
il mulíno,	le moulin,	*i mulini* et *le mulina*.
l' osso,	l'os,	*gli ossi* et *le ossa* plus com.
il riso,	le ris ,	*i risi* et *le risa* plus com.
lo strido,	le cri perçant,	*gli stridi* et *le strida* plus commun.
il vestimento ,	l'habillement,	*i vestimenti* et *le vestimenta*.
l' urlo,	le hurlement ,	*gli urli* et *le urla* moins com.

3°. Enfin il y en a quelques-uns qui prennent jusqu'à trois terminaisons au pluriel , comme ,

SINGULIER.		PLURIEL.		
il gesto,	l'exploit,	*i gesti* ,	*le geste*,	*le gesta*.
il legno ,	le bois ,	*i legni* ,	*le legne*,	*le legna* (1).
il vestigio,	le vestige ,	*i vestigi* ,	*le vestigie*,	*le vestigia*.

NOTA. — 1°. Les terminaisons du pluriel en A et en E, étant au féminin, il faut que l'adjectif suive le même genre, et dire, par exemple , *le mura alte* ou *i muri alti* , les murailles élevées. — 2°. *Il tempo*, le temps, devient féminin , et il prend une augmentation au pluriel , en parlant seulement *des quatre temps* , qui se disent *le quattro tempora.*

§.　V I.

Des Noms terminés en A.

REGLE. — Les noms terminés en A sont généralement féminins , et changent l'A en E au pluriel : ex. *la donna*, la femme , plur. *le donne ;* ainsi que je l'ai indiqué §. ii. Il en est de même des adjectifs terminés en A, qui doivent s'accorder avec leurs subsantifs ; et comme , par la règle précédente , *il bambino grazioso*, l'enfant gracieux, fait au pl. *i bambini graziosi* ; ainsi, suivant cette règle , *la bambina graziosa*, l'enfant gracieuse, se dira au pluriel *le bambine graziose.*

Cette règle a quelques exceptions , qui sont si générales que l'on pourroit leur donner le nom de règles.

E X C E P T I O N S.

Les noms d'hommes , et quelques autres dérivés du grec , quoique terminés en A, sont masculins, et

---

(1) *Legne* et *legna* sont usités proprement en parlant du bois à brûler : *legno*, plur. *legni*, outre sa signification ordinaire signifie aussi *vaisseau*; et, de nos jours , on se sert du même mot pour exprimer *un carrosse.*

chengent l'A en I au pluriel, suivant la règle des masculins , comme *Pitágora* , *Pythagore* ; *Andréa* , André ; *il clima* , le climat; plur. *i climi* ; *il dogma* , le dogme, pl. *i dógmi* ; *il profeta* , le prophète , plur. *i profeti* ; *il papa* , le pape. plur. *i papi* ; *l' assióma* , l'axiome, plur. *gli assiomi* ; *il poeta* , le poëte, plur. *i poeti* ; *lo scriba* , l'écrivain, plur. *gli scribi*. Il en est de même de *l' assióma* , *l' eremita* , *il copista* , *il legista* , *il tema* , le thème, *l'omicida* , *il pianeta* , *lo stratagemma* , et de plusieurs autres qui font au pluriel *gli assiomi* , *gli eremiti* , *i copisti* , etc.

Nota. — 1°. *Tema* , thème, a été employé par Boccace au féminin, mais de nos jours ce nom ne reçoit que le masculin. Cependant *tema* synonyme de *timore* , crainte, est féminin. — 2°. *Dramma* , drame, poésie de théâtre, est masculin, et on dit *il dramma* ; plur. *i drammi*. *Dramma* est féminin quand ce mot signifie *dragme* , huitième partie d'une once, ou bien sorte de monnoie ancienne. Le même mot s'emploie aussi en Italien pour dénoter la moindre partie d'un corps, et dans ces cas on dit *la dramma* , pl. *le dramme*. — 3°. Suivant le principe indiqué aux exceptions, *il monarca* , le monarque , *il duca* , le duc, *il patriarca* , le patriarche, font au pluriel *i monarchi* , *i duchi* , *i patriarchi* : mais il ne doivent l'addition de l'H au pluriel , qu'à la règle 3 du §. x Il en est de même de plusieurs autres mots semblables. — 4°. *Boja* , bourreau est masculin par la même règle ; et il fait au pluriel *boi* , que quelques-uns écrivent *boj*.

§. VII.

Des Noms terminés en E.

Regle. = Les noms terminés en E, soit masculins, soit féminins, tant substantifs qu'adjectifs, changent l'E en I au pluriel, et conservent l'article qui leur est propre : ex. *il padre* , le père; plur. *i padri* : *la madre* , la mère ; plur. *le madri*.

Les adjectifs terminés en E, comme *grande* (grand ou grande), plur. *grandi* (grands *ou* grandes), sont d'autant plus remarquables, QU'EN SE LIANT AVEC UN SUBSTANTIF MASCULIN OU FÉMININ , ILS GARDENT INVARIABLEMENT LEUR E AU SINGULIER ET LEUR I AU PLURIEL (1). C'est ainsi que l'on dit au sing. masculin *l'uomo grandE* , *nóbilE* , *célébrE* , l'homme grand,

---

(1) Les adjectifs Italiens , terminés en E, suivent la même règle que les adjectifs Latins terminés en *is* ; et comme l'on dit en Latin *hic et hœc facilis* au singulier , et *hi et hœ faciles* au pluriel ; ainsi le singulier italien *fácile* sert aux deux genres du singulier , et, son pluriel *fácili* , aux mêmes genres du pluriel. Je ne dis rien du genre neutre , parce qu'il n'en est pas question ici.

noble, célèbre ; et au singulier féminin, *la donna grande*, *nóbile*, *célebre*, la femme grande, etc, Par le même principe , leur pluriel est *gŭ uomini grandi* , *nóbili* , *célebri*, et *le donne grandi*, *nóbili*, *célebri*. Cette règle demande la plus grande attention, non seulement parce qu'elle a beaucoup d'étendue, mais sur-tout afin de ne pas confondre l'I final des pluriels, dont le singulier est en E, avec les mêmes I des adjectifs pluriels qui ont le singulier terminé en O : car les premiers sont les mêmes au pluriel masculin et au féminin, comme nous venons de le voir ; et ces derniers ne se lient qu'avec un substantif masculin et pluriel, et dépendent de la règle du §. v. Comme tout cela intéresse singulièrement la concordance Italienne, je vais donner un petit exercice, qui réunira les principes que je viens d'établir, aux deux règles précédentes, §. v. et vi. — L'exercice consiste à mettre au pluriel les exemples suivans.

PRATIQUE. — Le jeune homme honnête et agréable, *il giovane onesto e piacévole*. Plur.... — La jeune femme honnête et agréable, *la giovane onesta e piacevole*. Plur.... — Le jardin fertile et délicieux, *il giardíno fértile e delizióso*. Plur.... — La campagne délicieuse et fertile, *la campagna deliziósa e fértile* Plur.... — L'époux fidèle et jaloux, *lo sposo fedéle e geloso*. Plur..... — L'épouse fidèle et jalouse, *la sposa fedele e gelosa*. Plur....

EXCEPTIONS.

1º. Les noms féminins Italiens terminés en IE, *ies* en Latin, comme *la spécie*, l'espèce ; *la superfície*, l'effigie, *la barbárie*, etc., conservent la même terminaison au pluriel, où ils ne sont distingués que par l'article ; car on dit au pluriel *le specie*, etc. Les Latins disoient *species*, *superficies*, *effigies*, etc. au nominatif du singulier et du pluriel. 2º. *La moglie* la femme mariée, fait au plur. *le mogli* : *il bue* le bœuf, plur. *i buoi* et non *i bui*.

§. VIII.

Des Noms terminés en I.

REGLE. — Les noms terminés en I au singulier, sont généralement invariables ou indéclinables, comme *il bríndisi*, santé ou salutation qu'on se fait en buvant ; plur. *i bríndisi* : *la metamórfosi*, la métamorphose ; plur. *le metamórfosi*. Le nombre et le genre de ces noms se connoissent aisément par l'article. — Les noms propres *Parigi*, Paris ; *Nápoli*, Naples ; *Giovanni*, Jean ; etc. et les nombres cardinaux *dieci*, *undici*, etc. dix, onze, etc. suivent la règle générale.

Suivant le même principe le nom *pari*, paire *ou* égal, est des deux genres et des deux nombres ; car on dit *un pari di Francia* , un paire de France ; *i pari di Scozia* , les paires d'Ecosse ; *siamo pari* , nous sommes quittes ; *un pari vostro* , un homme comme vous ; *una pari vostra* , une femme ou une dame comme vous.

§. IX.

De Noms terminés par une Voyelle accentuée.

REGLE. — Les noms terminés par une voyelle accentuée , sont invariables dans les deux nombres , lesquels ne sont distingués que par les articles : ex. *la città* , la ville ; pl. *le città* : *la qualità* , la qualité ; pl. *le qualità* : *il piè* , le pied ; pl. *i piè* : *il dì* , le jour ; pl. *i dì* : *il Lunedì* , le Lundi ; pl. *i Lunedì* : *il falò* , le feu de joie ; pl. *i falò* : *la virtù* , la vertu ; pl. *le virtù*.

NOTA. — 1°. Ces noms sont généralement tronqués ; car *città* vient de *cittade* , *qualità* de *qualitade* , *piè* de *piede* , *virtù* de *virtude* , etc. et quand on les emploie tout-entiers , ils suivent la règle des noms terminés en E , c'est-à-dire *cittade* fait au pluriel *cittadi* ; *qualità* , pl. *qualitadi* ; *piede* , pl. *piedi* ; *virtù* , pl. *virtudi* , etc. Nos anciens écrivains , outre *cittade* et *virtude* , etc. disoient aussi , *cittate* , pl. *cittati* ; *virtute* , pl. *virtuti* , etc. Mais les terminaisons *ate* , pl. *ati* , ne sont guère employées de nos jours que par les poëtes. Il en est de même de *die* au lieu de *dì* , jour.— 2°. Le nom *podestà* , quand il signifie *bailli* , *juge* , est masculin , quoique les anciens lui aient donné quelquefois le genre féminin : mais s'il sert à exprimer les puissances du ciel ou de la terre , il est féminin , et ne s'emploie guère qu'au pluriel ; savoir , *le podestà*. Il suit cependant la règle de la finale accentuée dans les deux cas.

§. X.

Des Noms terminés en CO, GO ; de ceux qui se terminent en JO ou en IO ; et de leurs Féminins.

LA lettre finale du singulier nous a servi jusqu'ici , comme de guide , pour former le pluriel des noms : mais dans les noms terminés en *co, go, jo, io* , toute la syllabe finale prend bien souvent part à la formation du pluriel ; car il y a plusieurs noms terminés en *co* et en *go* qui , dans la formation du pluriel , outre le changement de l'O en I , reçoivent une H avant l'I , et font *chi* , *ghi* , au pluriel ; et , au contraire , la majeure partie des noms terminés en *jo* , et en *io* , en changeant l'O en I au pluriel , perdent la lettre J et I , qui accompagnoient l'O au singulier. Je vais maintenant exposer les règles qui regardent ces noms et leurs féminins.

E 3

Règle 1. — Les noms de deux syllabes, terminés en co ou en go, soit substantifs soit adjectifs, changent co, go, en chi, ghi, au pluriel. Ainsi *giuoco*, jeu; pl. *giuochi* : *bianco*, blanc; pl. *bianchi* : *luogo*, lieu; pl. *luoghi* ; *lungo*, long, pl. *lunghi*, etc. --- Cette règle n'a d'autres exceptions, que ces trois noms terminés en co, savoir *Greco*, Grec; *laico*, laïque; *porco*, porc; qui font au pluriel *Greci*, *laici*, *porci*. --- J'ajoute, que, quoique *mago*, magicien, fasse au plur. *maghi*, on dit cependant *i rè magi*, les rois mages, et non *i re maghi*.

Règle 2. — Les noms terminés en co, et composés de plus de deux syllabes, suivent assez généralement la Règle v. des terminaisons en o, et font *ci* au pluriel, comme *amíco*, ami; *músico*, musicien; *cántico*, cantique; *católico*, catholique; *erético*, hérétique, etc. pluriel *amíci*, *músici*, *cantici*, *católici*, *erétici*, etc. On doit en excepter *antico*, ancien; *Tedesco*, Allemand; *bifólco*, laboureur; *catafalco*, catafalque; qui prennent le *chi* au pluriel, et font *antichi*, *Tedeschi*, etc. --- J'observe que *mendíco*, mendiant; *prático*, expert; *salvático*, sauvage; reçoivent au pluriel l'inflexion en *ci* ou en *chi*; et on peut dire *mendíci* et *mendíchi*, *pratici* et *pratichi*, *salvatici* et *salvatichi*.

Pour ce qui regarde les noms en go de plus de deux syllabes, ils prennent quelquefois *ghi*, comme *albergo*, logis, auberge; pluriel *alberghi* : *Fiammingo*, Flamand; pl. *Fiamminghi* : et ils font souvent *gi*; comme *sparago*, asperges; pl. *sparagi* : *catálogo*, catalogue, pl. *catalogi* : *cronólogo*, chronologicien, pl. *cronólogi* : et autres terminés en *logo*. --- Cependant *dittongo*, diphthongue; *diálogo*, dialogue; *análogo*, analogue; prennent également *gi* ou *ghi* au pluriel; car on dit *dittongi* et *dittonghi*, *diálogi* et *dialoghi*, *análogi* et *analoghi*.

Règle 3. — Les noms féminins terminés en ca ou en ga, quelque soit le nombre de leurs syllabes, reçoivent l'h au pluriel, et ca, ga, se changent toujours en che, ghe : ex. *fresca*, fraîche; pl. *fresche* : *fatica*, fatigue; pl. *fatiche* : *verga*, verge; pl. *verghe*, etc. etc.

Règle 4. — Les noms masculins terminés en jo, changent la syllabe jo en i au pluriel : ex. *mugnájo*, meunier; pl. *mugnái* : *lavatojo*, lavoir; pl. *lavatoi* : *bujo*, obscur; pl. *bui*, etc. --- Les noms féminins, qui se termi-

nent en JA, conservent l'J au pluriel, et changent l'A
final en E, suivant la règle générale du § VI:
ex. *la mugnaja*, la meunière; pl. *le mugnaje: la lavandaja*, la blanchisseuse; pl. *le lavandaje*, etc.

NOTA. — J'exprime le pluriel de *jo* par un I simple plutôt
que par un J consonne, qui, à la fin des mots, tient la place
de deux *ii*, parce que l'orthographe se lie ainsi mieux avec la
prononciation; et en effet on prononce *mugnái, lavatói*, etc. avec
l'accent sur la penultième voyelle. Cependant je ne blâme pas
ceux qui, pour faire connoître que le singulier de ces noms est
en *jo*, emploient au pluriel l'J, pourvu que l'on conserve la prononciation de l'I simple.

RÈGLE 5. — Les noms qui ont le singulier en IO
(sans que l'accent tombe sur l'I d'IO) ne prennent
d'ordinaire qu'un I au pluriel, et sur-tout quand
IO est précédé d'une de ces lettres, C, G, H, L;
ex. *impíccio*, embarras; pl. *impiccî: rággio*, rayon; pl. *rággi:*
òcchio, œil; pl. *occhi: fíglio*, fils; pl. *figli*, etc. — J'ai dit *sans que*
l'accent tombe sur l'I de IO; car quand l'accent y tombe, io se change
toujours en *ii*: ex. *zío*, oncle; pl. *zíi: leggío*, pupître; pl. *leggíi:*
desío, désir; pl. *desíi*, etc. — Les noms féminins en *ia*, de quelque
façon que l'accent tombe, retiennent assez communément l'*i* au
pluriel, et ils n'y changent que l'A en E, suivant la règle générale du § VI: ex. *grázia*, grace; pl. *grázie: cortesía*, courtoisie; pl.
cortesíe. Cependant, comme remarque *Buommattei*, on supprime
souvent au pluriel féminin l'*i* d'*ia* qui se trouve après un C ou un
G; et l'on dit *mancia*, étrenne; pl. *mance*; au lieu de *mancie: fran-*
gia, frange; pl. *frange*, etc.

NOTA. — 1°. Il y a très-peu de noms qui aient l'accent sur l'i
de io; et l'on peut en voir le catalogue *Guida*, pag. 49. Nous avons
vu que *Dío*, Dieu, et *mío*, mon, sont irréguliers, et font au pluriel
dei, miei. — 2°. Si l'on écrit par deux *ii* ou par un *j* le pluriel de *tém-*
pio, temple, et celui de *princípio*, principe; savoir, *témpii, prin-*
cipj; c'est pour distinguer ces mots de *tempi*, pl. de *tempo*, temps; et
de *príncipi*, pl. de *príncipe*, prince.

E 4

§. XI.

Des trois Degrés de l'Adjectif ; savoir, du Positif, du Comparatif, et du Superlatif.

NOUS allons maintenant considérer l'adjectif dans ses degrés d'élévation, qui cependant ne peuvent pas l'exempter de sa dépendance du substantif ; car l'adjectif, soit *positif*, soit *comparatif* ou *superlatif*, doit toujours s'accorder avec son substantif en genre, en nombre, et en cas.

1°. Le *positif* ne fait que particulariser le substantif, comme quand on dit d'un homme, qu'il est bon, *buono*, ou méchant, *cattivo*, etc. Le positif n'est que l'adjectif lui-même.

2°. Le *comparatif* augmente ou diminue une qualité, en la comparant avec une autre, ou bien il établit l'égalité, entre une ou plusieurs qualités. Cela se fait en ajoutant au positif *più*, plus, qui exprime l'augmentation ; *meno*, moins, qui annonce la diminution ; *quanto*, aussi.... que, qui désigne l'égalité. (*Voyez la page* 42.) Je parlerai dans la Syntaxe de la construction du comparatif. J'ajoute que les comparatifs *maggiore*, plus grand ; *minore*, plus petit ; *migliore*, meilleur ; *peggiore*, pire ; étant dérivés du Latin, contiennent les adverbes de comparaison *più*, plus, et *meno*, moins.

3°. Nous avons vu, (pag. 42), que le superlatif est ou *relatif* ou *absolu*. Le relatif se forme en ajoutant au positif un article et un des adverbes de comparaison *più* ou *meno* : ex. *Il più* ou *il meno ricco de' fratelli*, le plus ou le moins riche des frères. Ce superlatif ne présente pas plus de difficulté dans sa déclinaison, que le positif ou l'adjectif lui-même, dont je viens de parler ; car les adverbes *più* ou *meno* sont indéclinables. Je vais donc parler du superlatif absolu.

REGLE. — Le superlatif absolu se forme, en ôtant la dernière lettre du positif, et en y ajoutant ISSIMO, masc. ou ISSIMA, fém. au singulier, et ISSIMI ou ISSIME au pluriel ; et il n'importe que le positif se termine en O, en A ou en E. Cette addition répond au *très* ou au *fort*, qui, en François, font le superlatif absolu. En voici des exemples pour les deux nombres et les deux genres :

POSITIFS.		SUPERLATIFS.		PLURIEL.
Beau,	*bello*,	très-beau,	*bellissimo*,	*bellissimi*,
Laid,	*brutto*,	très-laid,	*bruttissimo*,	*bruttissimi*.
Belle,	*bella*,	très-belle,	*bellissima*,	*bellissime*.
Laide,	*brutta*,	très-laide,	*bruttissima*,	*bruttissime*.
Grand,	*grande*,	très-grand,	*grandissimo*,	*grandissimi*,
Grande,	*grande*,	très-grande,	*grandissima*,	*grandissime*.

PRATIQUE. — Pour se mettre bien au fait de la règle, il est bon de s'exercer à faire superlatifs dans les deux nombres et dans les deux genres, les adjectifs suivans ou autres. *Cattivo*, mauvais *ou* méchant; *freddo*, froid; *caldo*, chaud; *prudente*, prudent; *solenne*, solennel, etc.

Remarques sur les Superlatifs.

1°. *Célebre*, célèbre, doit s'excepter de la règle générale; car il fait *celeberrimo* et non *celebrissimo*. — 2°. Les adverbes forment leurs comparatifs et leurs superlatifs à l'imitation des adjectifs, quoique d'une manière indéclinable; et l'on dit par exemple *félicemente*, heureusement; *più felicemente*, plus heureusement; *felicíssimamente*, très-heureusement. — 3°. Les noms en *co*, *go*, *ca*, *ga*, qui prennent l'H au pluriel, la prennent aussi au superlatif, même au singulier; et ils la gardent dans les deux genres et dans les deux nombres : ex. *bianco*, blanc; très-blanc, *bianchissimo*; pl. *bianchissimi* : *lungo*, long; superl. *lunghissimo*, pl. *lunghissimi*. Leurs féminins sont *bianchissima*, *bianchissime*, etc. etc. — 4°. Les Italiens ont conservé plusieurs superlatifs des Latins, comme *óttimo*, très-bon; *péssimo*, très-mauvais; *mássimo*, très-grand; *mínimo*, très-petit; *ínfimo*, le plus bas. — 5°. L'on met quelquefois le mot ARCI (du Grec αρχι) avant un substantif, un adjectif, un adverbe, un verbe, et même avant un superlatif : et ce mot désigne que la qualité est à son plus haut degré, comme *arcimaéstro* le premier des maîtres; *arcibriccóne*, (Menzini, sat. 1), maître-coquin; *arcibello*, (Redi), très-beau; *arcibeníssimo*, supérieurement bien; *arcimentire*, mentir avec la plus grande impudence du monde. On peut dire de même de *arcivero*, plus que vrai; d'*arciservitore*, et de plusieurs autres mots qui conviennent sur-tout au style familier. — 6°. Les mots *stra*, *tras*, ou *tra*, étant unis à l'adjectif, le mettent au-dessus du superlatif; et, suivant *Salviati*, ces mots viennent de la préposition Latine *trans*, qui signifie *au-delà*. C'est ainsi que *straricco* dénote *riche à l'excès*; *strapagato*, payé outre mesure; *stracontento*, au comble de la joie, etc. La même préposition se lie quelquefois avec les verbes et les substantifs, et porte leur signification au suprême degré d'élévation ou d'excès qui leur convient, comme *strasapere*, savoir au-delà du commun des hommes; *strafare*, faire plus de ce qu'il ne faut; *stradolore*, douleur extrême, etc. Quelquefois on écrit *tras* au lieu de *stra*; et les anciens écrivoient *trarico*, *trapagato*, etc. (Voyez *Salviati*, lib. ii. *Avvert.*)

§. XII.

Des Augmentatifs et des Diminutifs.

SI la langue Italienne n'a pas l'avantage de désigner les cas des noms par leurs terminaisons, comme la langue latine (*pag.* 40), elle surpasse cette dernière par l'abondance des terminaisons qui expriment les qualités bonnes ou mauvaises que l'on peut attribuer aux noms substantifs, ou les différens degrés de ces qualités dans les noms adjectifs, de sorte que l'on voit très-souvent le même mot substantif désigner ses qualités par son inflexion, et le mot adjectif donner, par ce même moyen, différentes nuances aux qualités qu'il annonce. On appelle ces noms *augmentatifs* ou *diminutifs*, parce que, par l'addition de quelques syllabes, non-seulement ils augmentent ou diminuent l'idée qu'ils représentent, mais bien souvent ils l'augmentent ou ils la diminuent, en l'enjolivant ou en la déprimant. La richesse de la langue Italienne sur ce point est telle, que, pour me borner à la brièveté qui convient à une Grammaire, je me contenterai de donner des règles qui s'adaptent à la plus grande partie des noms, et d'indiquer quelques terminaisons qui ne sont pas si fréquentes.

RÈGLE. — Les noms qui reçoivent l'augmentation ou la diminution, perdent leur voyelle finale et se lient avec les terminaisons suivantes : savoir,

1°. ONE, au masculin, ONA, au féminin, servent à donner une idée d'augmentation en grandeur ou en grosseur : ex. *il cappello*, le chapeau ; *il cappellone*, le grand chapeau.

2°. ACCIO au masc., ACCIA au fém. ajoutent au nom l'idée de vilain ou de méchant : quelquefois en expriment aussi la grandeur, ex. *il cappellacio*, le grand vilain chapeau.

3°. INO au masc., INA au fém. diminuent l'idée de la grandeur ou de la grosseur de la chose ; mais en même tems l'enjolivent toutes les fois qu'elle en est susceptible : ex. *il cappellino*, le joli petit chapeau ; *la manina* (de *mano*, main), la jolie petite main. — Il est vrai que, pour achever l'idée de ces diminutifs, on peut y ajouter *bello*, joli ; *bella*, jolie ; et dire *il bel cappellino*, *la bella manina*.

4°. UCCIO, au masc. UCCIA, au fém. représentent communément l'idée d'une chose petite et chétive : ex. *il cappelluccio*, le chapeau petit et chétif ; *la manuccia*, la main petite et mal faite.

Les pluriels de ces noms suivent les règles générales que j'ai énoncées ci-dessus, à l'égard de la formation des pluriels.

PRATIQUE. — Pour s'exercer dans la règle, on peut appliquer ces différens degrés d'augmentation et de diminution aux noms suivans. — MASC. *cavallo*, cheval ; *uccello*, oiseau ; *ragazzo*, jeune garçon ;

piede, pied ; *cane*, chien ; *gatto*, chat. FÉM. *donna*, femme ; *ragazza*, jeune demoiselle ; *gatta*, chatte ; etc.

Les adjectifs reçoivent les inflexions énoncées ci-dessus et autres, et ajoutent, par-là, à leur signification primitive. Ainsi, *carino*, *carina*, diminutifs de *caro*, cher, *cara*, chère, expriment un sentiment d'affection toute particulière ; *grassoccio*, diminutif de *grasso*, gras, annonce un embonpoint agréable et sans excès, par l'addition d'*occio* ; et le Vocabulaire dit, d'un homme bien grand et bon à rien, *uom* GRANDACCIO *e da nulla*. — Les adjectifs qui ne sont guère susceptibles d'enjolivement, comme *semplice*, simple ; *grande*, grand ; *cattivo*, méchant *ou* mauvais, reçoivent leur diminutif en ETTO ou en ELLO, et non en INO : ex. *semplicetto* ou *semplicello*, fém. *semplicetta*, etc. un homme *ou* une femme un peu trop simple : *grandicello* ou *grandetto*, qui est déjà un peu grand ; *cattivello*, petit méchant ; *cattivella*, petite méchante.

Les terminaisons additionnelles en *astro*, *azzo*, *uzzo*, *uolo*, dépriment ordinairement la chose, ainsi que celles des noms collectifs en *ame*, *ume*, *aglia* : ex. *filosofastro*, mauvais philosophe ; *popolazzo* (Boc.), populace ; *donuzzo*, petit cadeau de rien ; *omicciuolo*, vilain petit homme ; *carname*, quantité de chair corrompue ; *gentame* ou *gentaglia*, vilaine gens, etc.

Enfin, ne pouvant pas faire l'application des mêmes degrés à tous les noms, à cause de la grande diversité des inflexions que l'on remarque dans cette partie de la langue Italienne, je me borne à observer,

1°. Comme le génie de la prononciation Italienne demande que l'on fasse l'insertion de l'H après le C ou le G dans les syllabes *co*, *go*, *ca*, *ga*, toutes les fois que l'on substitue E ou I à l'O ou à l'A de ces syllabes ; par cette même raison, lorsque le diminutif des noms terminés en *co* ou en *go*, en *ca* ou en *ga*, se forme par le changement de l'O ou de l'A, en *etto* ou *ino* ; *etta* ou *ina*, on doit insérer l'H avant l'E ou l'I d'*etto*, *ino*, etc. ; et, par exemple, du positif *fresco*, frais, faire le diminutif *freschetto*, fém. *freschetta*, etc. etc. — De ce principe, que je viens de développer incidemment, dépend la formation du pluriel des noms en *co* ; *go*, §. x. de leurs superlatifs §. xi. et de toutes les conjugaisons en *care* et en *garé*.

2°. Les adverbes prennent quelquefois part aux diminutifs et aux augmentatifs. Ex. *bene*, bien, *benino*, assez bien, *benone*, fort bien, qui se dit au familier, au lieu de *benissimo* : *adagio*, doucement ; *adagino*, un peu doucement : pareillement *tantino* est diminutif de *tanto*, tant ; *larghetto* de *largo*, large ; *pochetto* ou *pochino* de *poco*, peu, etc. Ces deux derniers adverbes reçoivent l'H, suivant le principe du numéro précédent. — J'observe que *benone* et *adagino*, et autres semblables augmentatifs et diminutifs, sont fort en usage de nos jours en Toscane dans le discours familier, quoique ils ne soient guère autorisés par les vocabulaires : mais il est bon de les connoître. Je dis cela pour ceux qui ne connoissent la langue que par le moyen des vocabulaires, et qui, ne faisant pas attention aux privileges des langues vivantes, s'érigent en censeurs de tout ce qui ne s'y trouve pas contenu.

3°. Il y a des noms qui reçoivent plusieurs diminutifs : ainsi *librétto*, *libriccíno*, *libricciuólo*, *librettíno*, sont tous diminutifs de *libro*, livre; *porticciuóla*, *porticella*, de *porta*, porte; *vecchíno*, *vecchiétto*, *vecchie-rello*, de *vecchio*, vieillard: *vecchiotto* signifie un vieillard vigoureux; *vecchiuccio*, un vieillard qui est mal dans ses hardes ; *vecchiárdo*, un vieillard coquin. *Poverétto*, *poverino*, *poverello*, sont diminutifs de *póvero*, pauvre ; et à ces diminutifs est attachée une idée de compassion.

4°. Il y a des diminutifs de diminutif, comme *uccéllo*, oiseau; diminutif *uccellino* ou *uccelletto*; plus diminutif encore, *uccellettíno* ou *uccellinúzzo*.

5°. Il y a des noms, qui, étant féminins, changent de genre dans leur augmentation ou diminution, comme *la porta*, la porte; *il por-tóne*, la grande porte. *La casa*, la maison : ses diminutifs sont *casetta*, *casettina*, *casella*, *casellina*; son augmentatif est *casóne*, masc. : *casíno*, masc. se dit d'une maison de délices ou de la maison où la noblesse s'assemble. *Il tavolino* ou *la tavolina* sont diminutifs de *la távola*, la table : son augmentatif est *il tavolóne*. *Il cameríno*, *la camerina*, *lo stanzino*, sont diminutifs de *la cámera* ou de *la stanza*, la chambre. *Lo stanzóne* se dit d'une grande chambre. *La campána*, la cloche.; *il campánone*, la grande cloche; et *Buonarroti*, dans sa comédie *la Fiera*, dit, *Suonate il campanone : ecco il consiglio delle védove che entra*, sonnez la grande cloche : voilà que l'assemblée des veuves va se former.

6°. Enfin il y a des noms plus ou moins irréguliers dans leur diminution ou augmentation, comme les diminutifs de *uomo*, homme; savoir, *omaccíno*, *omicciuólo*, *omiciatto*, *omiciattolo* : ces trois derniers contiennent quelqu'espèce de mépris : *omaccione* se dit pour un homme grand : *omáccio* signfie un vilain homme. — Le diminutif de *orso*, ours, est *orsácchio* ou *orsacchíno*. — Le diminutif d'*amaro*, amer, est *amarétto* ou *amarógnolo* ; de *giallo*, jaune, est *giallétto* ou *giallógnolo*, tirant sur le jaune; de *verde*, verd, est *verdognolo*, *verdícchio*, *verdigno*, tirant sur le verd.

§. XIII.

Du Genre des Noms Italiens. Des Noms qui ont deux Genres.

I. Les noms Italiens se terminent par une des cinq voyelles. Ceux qui se terminent en *i* ou en *u* sont en très-petit nombre ; et, quoiqu'il y ait beaucoup de noms propres Italiens terminés en *i*, ces noms n'apportent aucune difficulté. Nous avons vu que les terminaisons en a des noms substantifs appartiennent assez généralement au féminin. J'ajoute à présent, que les adjectifs terminés en *a* annoncent toujours le genre féminin. Les substantifs et les adjectifs qui se terminent en *o*, sont tous masculins, à l'exception du substantif *la mano*. La principale difficulté, dans cette matière, roule sur les noms substantifs terminés en *e*. Je dis *sur les noms substantifs*, parce que les adjectifs sont du genre commun; car l'on dit *l'uomo e la donna diligente*, *grande*, etc. Or, au sujet des substantifs terminés en *e*, j'observe, 1°. que les noms féminins qui se terminent en François en *eur* et en *ore* en Italien, sont généralement masculins dans notre langue, ainsi qu'en Latin (1). Ex. la fleur *il fiore*, la chaleur *il calore*, la rigueur *il rigore*, etc. 2°. Les noms terminés en *ition* par les François, en *izione* par les Italiens et en *itio* par les Latins, sont communément féminins dans les trois langues. Ex. proposition *proposizione*, ambition *ambizione*, définition *definizione*, etc. On peut ajouter à ces noms, ceux qui se terminent en *ione*, comme *conclusione* conclusion, *ragione* raison, *unione* union. 3°. La langue Italienne diffère de la Latine dans les noms d'arbres qui sont féminins en Latin et masculins en Italien, à l'exception de *quercia*, chêne; *elce*, chêne vert; *vite*, vigne; et *palma*, palmier, qui cependant se dit aussi *dátero*, masc. Car, quand l'arbre et le fruit ont le même nom, (ce qui arrive ordinairement,) nous faisons l'arbre masculin, avec la terminaison en o, et le fruit féminin, avec la terminaison en a, et disons *il pero*, le poirier; *la pera*, la poire; *il melo*, le pommier; *la mela*, la pomme; *il mándorlo*, l'amandier; *la mándorla*, l'amande; *il castagno*, le châtaignier; *la castagna*, la châtaigne, etc. etc. On dit *il noce*, le noyer, et *la noce*, la noix, parce que la terminaison en E est du genre commun, comme nous l'avons vu §. VII. Il faut excepter *il fico*, masc. ou *la ficaja*, fém. dont le fruit est du masculin; savoir, *il fico*, la figue. — J'ajoute que *il método*, la méthode; *il período*, la période; *il sínodo*, le synode, ainsi que *eclisse* ou *eclissi*, éclipse, sont masculins en Italien et féminins en Latin. 4°. Enfin il y a des noms terminés en *e*, qui ne sauroient se rapporter à une règle. Je crois devoir faire mention des plus remarquables, que voici : l'art m. *l'arte* f., le déjeûné *la colezione*, l'été m. *la state* f., le phénix , *la fenice*, le front *la fronte*, l'affaire f. *l'affare* m., la mer *il mare*, la foudre *il fúlmine*, le lièvre *la lepre*, le vernis *la vernice*, le salut, *la salute*,

_____

(1) Ceux qui appellent l'Italien un *Latin corrompu*, parce qu'il a succédé en Italie à la Langue Latine, paroissent ne faire aucune attention à l'origine des langues. Est-ce que le Latin est un Grec corrompu, et le Grec un Phénicien corrompu, parce que ces langues se sont succédées les unes aux autres? Il n'y a de nos jours aucune langue dans le monde connu, qui ne soit formée, en grande partie, d'une ou de plusieurs autres langues. Seront-elles pour cela toutes des langues corrompues?

le sort *la sorte*, le tigre *la tigre*, la malle *il baule*, les mœurs *i còstumi*, la pensée *il pensiere*, et quelques autres.

II. Il y a en Italien quelques noms qui participent entiérement aux deux genres, et que l'on peut employer indifféremment au masculin ou au féminin. Tels sont *fonte*, fontaine; *fine*, fin; *càrcere*, prison; *màrgine*, bord *ou* extrémité: mais quand *màrgine* signifie cicatrice, il n'a que le genre féminin. On peut donc dire *il fonte* et *la fonte*, etc. *Oste*, signifiant *armée*, s'emploie de nos jours plutôt au féminin; suivant *Bocace*, g. 2, n. 7; qu'au masculin, selon *Gio. Villani*, lib. ii. cap 53. — *Dimane*, demain, est masculin: le même mot, signifiant *le point du jour*, est féminin. C'est dans ce dernier sens que *Dante Inf.* c. 33, dit *la dimane*. Ces noms sont les plus remarquables.

Enfin il y a plusieurs noms d'animaux qui conviennent indistinctement au mâle et à la femelle, comme *il tordo*, la grive; *lo scaràfaggio*, l'escarbot; *l'àquila*, l'aigle; *la lepre*, le lièvre: *la ròndine*, l'hirondelle; *l'anguilla*, l'anguille; *la pantera*, la panthère; et quelques autres (*Manni*, *lez.* 4.)

§. XIV.

Des Noms qui manquent de Singulier ou de Pluriel.

NOZZE, nôces; *spezie*, épices *ou* épiceries dont on se sert pour assaisonner; *esequie*, funérailles; *molle*, pincettes à tisonner; *le reni* ou *reni*, les reins; *calzoni*, culotte; *parecchi*, *parecchie*, masc. fém. de plusieurs; *vanni*, mot poëtique au lieu de *penne*, plumes; et tous les nombres cardinaux au-dessus d'*uno*, un; n'ont point de singulier.

Au contraire, *prole*, progenie, *stirpe*, les descendans; *niuno*, *nessuno*, personne ne; *veruno*, aucun; *ognuno*, *ciascuno*, *ciascheduno*, chacun; *qualche*, quelque, *ogni*, chaque, tous; *qualunque*, quelconque; *qualsivoglia*, qui que ce soit, n'ont point de pluriel. Cependant *uno*, un; *alcuno*, quelqu'un, ont les deux nombres et les deux genres.

NOTA — 1°. Ces noms *Dio*, Dieu; *sole*, soleil; *luna*, lune; *fenice*, phénix; quoique singuliers de leur nature, reçoivent le pluriel dans notre langue (1). — 2°. Dans ces mots composés *ventuno*, vingt-et-un, *trentuno*, etc. *uno* ne s'emploie jamais au pluriel; il s'accorde cependant en genre avec son substantif, lequel doit être employé au singulier ou au pluriel, suivant sa position; car il se met au singulier s'il suit le mot numérique, et au pluriel s'il le précéde. Ainsi l'on dira *ventuno* SCUDO, vingt-et-un écu, et SCUDI *ventuno*; *trentuno*

_____

(1) *Al tempo degli* DEI *falsi e bugiardi*. Dante Inf. cant. 1.—*Tepidi* SOLI *e giuochi*, etc. Petr. capit 4. — *Più* LUNE *ha volte il sol*. Dante. — *Più rade che* LE VENICI. — Boc.

GHINE'A, trente-et-une guinée ; et GHINEE *trentuna* (1). (Buommattei.)

§. X V.

Des Noms qui ont plusieurs Terminaisons. Des Élisions particulières à quelques Noms.

IL y a des noms qui reçoivent plusieurs terminaisons sans changer de signification, et d'autres qui, n'ayant qu'une terminaison,
sont sujets à des retranchemens si extraordinaires, qu'ils ne seroient presque plus reconnoissables, à qui n'en seroit pas prévenu.
Ces derniers sont fort usités, et ils intéressent, en quelque façon, la déclinaison des noms : c'est pour cela que j'en parle
ici, quoique je doive parler dans la seconde partie du retranchement ou de l'élision des mots.

1°. Il y a des noms qui ont deux et jusqu'à trois terminaisons
au singulier, quoiqu'ils n'en aient qu'une au pluriel ; et quelques
autres qui doublent leur terminaison au singulier et au pluriel ;
et cela se fait sans s'éloigner des règles générales de la formation
du pluriel. Ainsi, écolier se dit au singulier *scolare* ou *scolaro* ; chevalier, *cavaliere* ou *cavaliero* ; consul, *console* ou *consolo* ; pensée,
pensiere ou *pensiero*. Leger, *métier*, et quelques autres moins remarquables, en reçoivent trois ; car, on dit *leggicre*, *leggieri*, *leggiero* ;
mestiere, *mestieri*, *mestiero*. Leurs pluriels se font en *i*, suivant les
règles données précédemment.

Les noms suivans ont double terminaison au singulier et au
pluriel ; et, nonobstant leurs variations, conservent toujours le
genre féminin dans les deux nombres, en cela bien différens du
pluriel des noms, dont j'ai fait mention N°. 2. §. v.

SINGULIER.		PLURIEL.		
ala,	ale :	ale :	ali :	aîle.
arma,	arme :	arme :	armi:	arme.
canzona,	canzone :	canzone,	canzoni :	chanson.
dote,	dota :	doti,	dote :	dot.
frode,	froda :	frodi,	frode :	fraude.
fronde,	fronda :	frondi,	fronde :	feuille.
lode,	loda :	lodi,	lode :	louange.
macina,	macine :	macine,	macini :	meule de moulin.
redine,	redina :	redini,	redine :	rêne.
scure,	scura :	scuri,	scure :	coignée.
tosse,	tossa :	tossi,	tosse :	toux.
veste,	vesta :	vesti,	veste :	habit.

(1) On lit en Dante NOVANTUNA *rota* ; et en Pétrarque, *rennemi amor anni*
VENTUNO *ardendo*. — Son. 312.

2°. Les mots, *quello*, ce, cet; *bello*, beau; *buono*, bon; *uno*, un; *grande*, grand *ou* grande; *santo*, saint; sont remarquables par le retranchement que l'on fait de leurs syllabes ou de leurs voyelles finales lorsqu'ils sont suivis d'un autre mot.

Car *quello* et *bello* se disent *quel* et *bel* avant un mot qui commence par une consonne qui n'est pas *s* impure : ex. *quel cane*, ce chien; *un bel cavallo*, un beau cheval. Avant une voyelle ils ne perdent que l'*o* : ex. *un bell' uccello*, un joli oiseau; *quell' animale*, cet animal. Le pluriel de *bello* est *bei*, *be'*, *belli*; celui de *quello*, *quei*, *que'*, *quegli*, anciennement *quelli*. *Quei* et *que'*, *bei* et *be'* s'emploient avant les simples consonnes; *quegli* et *belli* avant les voyelles et les *s* impures : ex. *quei* ou *que' cani*, ces chien·; *bei* ou *be' cavalli*, beaux chevaux : mais on doit dire *quegli uomini*, ces hommes; *belli stati*, beaux états, etc.

Buono et *uno* ne perdent l'*o* qu'avant leurs substantifs qui les suivent immédiatement, soit qu'ils commencent par une voyelle ou par une consonne : ex. *buon amico*, bon ami; *buon giovane*, bon jeune homme; *un albero*, un arbre; *un libro*, un livre. Devant l's impure on dit *buono*, *uno*.

Grande perd la dernière syllabe, et se dit *gran* toutes les fois qu'il précède immédiatement son substantif, soit masculin soit féminin, qui n'a point d's impure : ex. *un gran signore*, un grand seigneur; *una gran dama*, une grande dame. Si *grande* ne précède pas immédiatement son substantif, ou s'il est suivi d'une *s* impure, il s'écrit et il se prononce tout entier : ex. grande *e presto versificatore*. Boccac. Grande *strepito*, grand bruit. *Grande*, avant une voyelle, ne peut perdre que l'*e* au singulier, et plus rarement l'*i* au pluriel; savoir, seulement avant un autre *i*. — *Santo* se dit *San* immédiatement avant la consonne d'un nom propre : ex. *San Pietro*, Saint Pierre; *San Paolo*, Saint Paul. Avant une voyelle il se dit *Sant* : ex. *Sant Antonio*, Saint Antoine. En cas d's impure, ou en tout autre cas, il se dit *Santo* : ex. *Santo Stefano*, Saint Étienne; *Zenobio il Santo* (Salvini); *divenir Santo*; *il Santo Padre*, le Saint Père. Boccace.

Les féminins *santa*, *bella*, *quella*, *buona*, *una*, ne sont pas compris dans ces règles; il n'y a à excepter que *grande*.

§. X V I.

Des Noms de Nombres.

LES nombres cardinaux tiennent la première place parmi les noms de nombres; car c'est d'eux que les nombres d'ordre ou ordinaux, *primo*, *secondo*, *terzo*, etc. premier, second, troisième, etc. sont dérivés, aussi bien que les distributifs *diecina*, *ventina*, etc.

dixaine, vingtaine, etc. et les noms de proportion, *il doppio, triplo*, le double, le triple, etc. Avant que j'en donne la description, il est bon de remarquer,

1°. Que les noms cardinaux ou principaux sont toujours pluriels, qu'ils conviennent aux deux genres, et sont généralement invariables ; si l'on en excepte *uno*, un, qui a les deux genres et les deux nombres ; et *mille*, mille, qui au-dessus d'un mille se dit *mila*. Ces noms s'emploient communément comme adjectifs : ex. *otto uómini*, huit hommes ; *otto donne*, huit femmes ; *cento lire*, cent livres : quelquefois comme substantifs, ex. *il quindici*, le quinze ; *il cinquanta*, le cinquante, etc. On dit aussi en jouant, *tre* CINQUI, trois cinq ; *due* SETTI, deux sept ; *quattro* NOVI, quatre neuf, etc. Mais cette manière de s'exprimer ne s'étend guère plus loin. *Cortic. lib. 1. cap. 8.*

2°. Les noms ordinaux sont régulièrement adjectifs, et ils reçoivent les deux nombres et les deux genres : ex. *capo* PRIMO, chapitre premier ; *scena* PRIMA, scène première, etc. Cependant ils sont substantifs quand ils dénotent la partie d'un tout : ex. *un terzo*, un tiers ; *un quarto*, un quart, etc. ; et alors ils s'appellent noms de proportion.

3°. Les noms distributifs sont substantifs et déclinables : ex. *una diecina*, une dixaine ; *due diecine*, deux dixaines ; *un centinajo*, *due migliaja*, etc.

Nombres Cardinaux.

un,	1,	*uno.*
deux,	2,	*due.* (1)
trois,	3,	*tre.*
quatre,	4,	*quattro.*
cinq,	5,	*cinque.*
six,	6,	*sei.*
sept,	7,	*sette.*
huit,	8,	*otto.*
neuf,	9,	*nove.*
dix,	10,	*dieci.*
onze,	11,	*undici.*
douze,	12,	*dodici.*
treize,	13,	*tredici.*
quatorze,	14,	*quattordici.*
quinze,	15,	*quindici.*
seize,	16,	*sedici.*
dix-sept,	17,	*diciassette.*
dix-huit,	18,	*diciotto.*

(1) *Due* se dit très-bien en prose et en vers. *Duoi, duo ; dui, dua*, ou ne sont d'usage qu'en poésie, où ils ne sont pas assez généralement reçus.

F

dix-neuf,	19,	*diciannóve.*
vingt,	20,	*venti.*
vingt-un,	21,	*venti-uno.*
vingt-deux,	22,	*venti-due.*
vingt-trois,	23,	*venti-tre.*
vingt-quatre, etc.	24,	*venti-quattro,* etc.
trente,	30,	*trenta.*
quarante,	40,	*quaranta.*
cinquante,	50,	*cinquanta.*
soixante,	60,	*sessanta.*
soixante-dix,	70,	*settanta.*
quatre-vingt,	80,	*ottanta.*
quatre-vingt-dix,	90,	*novanta.*
cent,	100,	*cento.*
deux cents,	200,	*dugento,* ou *ducento.*
trois cents,	300,	*trecento.*
quatre cents,	400,	*quattrocento.*
cinq cents,	500,	*cinquecento.*
six cents,	600,	*secento,* ou *seicento,* etc.
mille,	1000,	*mille.*
deux mille, etc.	2000,	*due mila,* etc.
million,	1000000,	*milione,* plur. *milioni.*

NOTA. 1°. Onze cents, douze cents se disent en Italien *mille cento, mille ducento,* etc. et non *undici cento, dodici cento,* etc. 2°. *Venti* perd l'*i,* et *trenta, quaranta,* etc. perdent élégamment l'*a* avant *uno* et *otto;* et on dit *ventuno, ventotto, trentuno, quaranotto,* etc. On peut dire de même de la syllabe *to* de *cento,* lorsque ce mot précède *cinquanta;* car on dit *cencinquanta* au lieu de *cento cinquanta,* etc.

Nombres Ordinaux.

premier,	*primo.*
deuxième,	*secóndo.*
troisième,	*terzo.*
quatrième,	*quarto.*
cinquième,	*quinto.*
sixième,	*sesto.*
septième,	*séttimo.*
huitième,	*ottávo.*
neuvième,	*nono.*
dixième,	*decimo.*
onzième,	*undecimo.*
douzième,	*duodecimo.*
treizième,	*tredicésimo.*
quatorzième,	*quattordicésimo.*

quinzième,	quindicesimo.
seizième,	sedicesimo.
dix-septième,	diciassettesimo.
dix-huitième,	diciottesimo.
dix-neuvième,	diciannovesimo.
vingtième,	ventesimo.
vingt-unième, etc.	ventesimo - primo, etc.
trentième,	trentesimo.
quarantième,	quarantesimo.
cinquantième,	cinquantesimo.
soixantième,	sessantesimo.
soixante-dixième,	settantesimo.
quatre-vingtième,	ottantesimo.
quatre-vingt-dixième,	novantesimo.
centième,	centésimo, etc.
millième,	millésimo.

NOTA. 1°. Au lieu d'*undecimo*, *duodecimo*, etc. on dit aussi *decimo primo*, *decimo secondo*, *terzo*, *quarto*, *quinto*, etc. — 2°. En François tous les noms ordinaux peuvent former leurs adverbes; car de *premier* vient *premièrement*, *primieramente*; de *second* se forme *secondement*, *secondariamente*; mais en Italien nous n'avons que ces deux premiers, et *troisièmement*, *quatrièmement*, etc. se rendent par *in terzo luogo*, *in quarto luogo*, etc. On peut aussi faire de même des deux premiers, et dire : *in primo luogo*, *in secondo luogo*.

3°. Les noms distributifs sont *cinquina*, quantité fixé de cinq; *diecina* ou *decina*, dixaine; *dozzina*, douzaine; *ventina*, vingtaine; *trentina*, trentaine; *quarantina*, *cinquantina*, etc.; *centinajo*, centaine, et non *centina*; *migliajo*, millier. Neuvaine, *novena*, se dit communément d'un acte de dévotion qui dure neuf jours : huitaine et quinzaine se rendent par *otto giorni*, *quindici giorni*.

4°. Les noms de proportion, avec division, sont formés des noms ordinaux, employés comme substantifs déclinables, avec l'article : ainsi l'on dit *il terzo*, le tiers ou la troisième partie; *il quarto*, *il quinto*, etc. On peut aussi dire *la terza*, *la quarta*, *la quinta parte*. Quand il y a de la multiplication, on dit *il doppio* ou *il duplo*, le double; *il triplo*, le triple; *il quadruplo*, etc.

§. XVII.

De la Déclinaison des Pronoms.

AVANT que de donner les déclinaisons des pronoms, je dois observer, que le pronom se divise principalement en *possessif*, *démonstratif*, *relatif* et *absolu*; en pronom *indéfini*; et, enfin, en *personnel* et *conjoint* ou *conjonctif*. Le pronom personnel et le conjoint sont

F 2

les plus remarquables dans l'*oraison* ; cependant je leur donne la dernière place, non-seulement parce qu'ils exigent plus de développement maais encore parce qu'il se trouve une très-grande connexion entre ces pronoms et les conjugaisons des verbes qui feront le sujet du chapitre suivant.

1°. LES PRONOMS POSSESSIFS sont,

	MASC.	PLU.	FÉM.	PLU.
Mon *ou* mien,	*Mio,*	*mei.*	*Mia,*	*mie.*
Ton *ou* tien,	*Tuo,*	*tuoi.*	*Tua,*	*tue.*
Son *ou* sien,	*Suo,*	*suoi.*	*Sua,*	*sue.*
Notre,	*Nostro,*	*nostri.*	*Nostra,*	*nostre.*
Votre,	*Vostro,*	*vostri.*	*Vostra,*	*vostre.*
Leurs,	————	*loro.*	————	*loro.*

pluriel des deux genres, est possessif et personnel. Tous ces pronoms s'appellent *possessifs*, parce qu'ils annoncent la possession de quelque chose. Les seuls possessifs remarquables par leur irrégularité sont *miei, tuoi, suoi* et *loro* ; mais *loro* n'a pas lieu au nominatif.

2°. LE PRONOM DÉMONSTRATIF indique et montre, pour ainsi dire, la personne ou la chose. Ce pronom peut servir à démontrer une personne ou une chose qui est ou est censée proche ou éloignée, ou bien à la désigner sans aucun rapport au lieu. La personne relativement la plus proche, s'exprime au singulier masc. par *questi* ou *costui, cotesti* ou *cotestui* ; savoir, *cet homme* ou *celui-ci*, *hic* ou *iste* en latin. Le féminin substantif de *questi* est *questa*, et celui de *costui* est *costei* : *celle-ci*, *hæc* ou *ista* en latin. Ces pronoms, lorsqu'ils expriment par eux-mêmes *cet homme-ci* ou *cette femme-ci* ne peuvent pas s'unir à un nom. — Voici la déclinaison des pronoms substantifs de proximité.

SINGULIER.

Nom. *Questi* ou *costui.*   FÉM. *Questa* ou *costei.*
Gén. *Di questo, di costui.*   *Di questa, di costei.*
Dat. *A questo, a costui.*   *A questa, a costei,* etc.

PLURIEL.

Nom. *Questi* ou *costoro.*   FÉM. *Queste* ou *costoro.*
Gén. *Di questi, di costoro.*   *Di queste, di costoro,* etc.

NOTA. — 1°. Le pluriel de *cotestui* est *cotestoro* ; et, quoique ces deux mots soient surannés, il est cependant bon de les connoître ; car ils ont été employés par nos anciens écrivains. — 2°. *Questo, cotesto* ou *codesto*, ce, ceci, et *questa, cotesta, codesta*, cette, cette-ci, étant employés comme adjectifs démonstratifs, reçoivent la déclinaison en entier, suivant la règle générale des noms terminés en *o*, §. v. et en *a*, §. vi. : ex. Sing. Nom. *Questo libro*, ce livre-ci. Gén. *Di questo libro*, etc. Plur. Nom. *Questi libri*. Gén. *Di questi libri* ; etc.

— On doit dire la même chose du féminin *questa távola*., cette.table-ci.; plur. *queste tavole*, etc. — 3o. *Questo*, *cotesto* ou *codesto*, ceci ou cela (Lat. *istud*), étant employés comme neutres, ne se lient avec aucun nom, et ne vont jamais au pluriel; car le neutre *questo* répond aussi bien à *questa cosa*, cette chose-ci, qu'à son pluriel *queste cose*. Mais *questi* ou *costui*, *questa* ou *costei*; substantifs; *questo*, *questa*, adjectifs; et *questo*, neutre; ne s'emploient que pour indiquer les personnes ou les choses qui sont, ou sont censées, les plus proches.

Le pronom démonstratif des personnes relativement plus éloignées est *quegli* ou *que'* par syncope, ou bien *colui*, cette homme-là, celui-là (Lat. *ille*). Son féminin est *quella* ou *colei*, cette femme-là ou celle-là. Ces pronoms s'emploient comme substantifs, ainsi que je viens de dire de *questi*, etc. La déclinaison de ces pronoms est,

SING. MASC.	SING. FÉM.
Nom. *Quegli*, *quei*, *que'* ou *colui*.	*Quella* ou *colei*.
Gén. *Di colui*, ou *di quello*, etc.	*Di quella*, *di colei*, etc.

PLUR. MASC.	PLUR. FÉM.
Nom. *Quegli*, *que'* ou *coloro*.	*Quelle coloro*.
Gén. *Di quegli*, *di quelli*, *di coloro*, etc.	*Di quelle*, *di coloro*, etc.

Quegli se trouve aussi employé dans les cas obliques du singulier : cependant je préférerois de dire avec Cinonio, *di colui*, etc. au singulier; et cela non-seulement pour faciliter aux étrangers la déclinaison de ce pronom, mais encore pour ôter toute équivoque. Pour la même raison, dans la déclinaison de *questi* ou *costui*, on pourroit préférer *costui* à *questo*, cas oblique. Cependant je ne puis me dispenser de donner aux pronoms les synonymes qui ont été si souvent employés par nos meilleurs écrivains anciens et modernes.

NOTA. — 1o. *Quello*, ainsi que *questo*, peut s'employer comme adjectif démonstratif et comme neutre; il faut appliquer à *quello* tout ce que je viens de dire à ce sujet de *questo*, au No. 2 et 3 de la note précédente. — 2o. Les articles des pronoms démonstratifs sont les indéfinis *di*, *a*, *da*; et leurs terminaisons en *oro*, savoir, *loro*, *costoro*, *coloro*, regardent aussi bien les pluriels masculins que les féminins. — 3o. On lit, quoique rarement, dans le Dante et dans Pétrarque, *esto*, *esti*, *esta*, *este*, au lieu de *questo*, *questi*, *questa*, *queste*.

Enfin le pronom EGLI ou ESSO, *il*, n'est pas moins démonstratif que personnel : mais il désigne la personne ou la chose, sans aucun rapport au lieu plus proche ou plus éloigné de la chose dont on parle. La déclinaison de *esso*, fém. *essa*, est régulière.; et nous allons voir tout-à-l'heure la déclinaison de *egli* dans la classe des personnels. — *Desso*, lui-même; pl. *dessi* : *dessa*, elle-même; pl. *desse*; sont aussi des démonstratifs de personne et même de chose, sans rapport au lieu : mais ces pronoms ne sont employés qu'au nominatif et à l'accusatif.

— Ciò , *ceci* ou *cela* , est un neutre qui tient la place des neutres *questo* ou *quello*, sans cependant annoncer ni approchement, ni éloignement. *Ciò* , ainsi que ces derniers , ne s'emploie qu'au singulier , où il reçoit tous les cas ; savoir, *ciò* , *di ciò* , etc.

30. Le pronom relatif est celui , qui , en s'unissant à un nom ou à un pronom, qui le précède et que l'on appelle antécédent, lie le nom ou le pronom avec les parties du discours qui le suivent. Il y a quatre pronoms relatifs ; savoir, *quale* , *che* , *cui* , *chi*. Ces pronoms s'appellent *relatifs* lorsqu'ils ont un antécédent : ex. Iddio che *solo i cuor degli uómini vede e con*osce (Boc.) , Dieu qui seul voit et connoît les cœurs des hommes. *Che* a ici pour antécédent le nom *Iddio*, et pour cela il est relatif. Les mêmes pronoms étant dépourvus d'antécédent , s'appellent *absolus* : ex. che *dite ?* que dites-vous ? — Quale , étant regardé comme pronom relatif , prend l'article défini des deux genres ; savoir, *il quale* , lequel ; *la quale* , laquelle ; et sa déclinaison est régulière, §. vii. — Che , *que* , *qui* relatif , ne change point de terminaison dans les deux genres ni dans les deux nombres, et (comme relatif) il ne reçoit aucun article ni défini ni indéfini. — Cui , *dont* , *de qui* , *duquel* , ou *de laquelle* , etc , est toujours le même dans les deux nombres et dans les deux genres. Ce pronom ne s'emploie jamais au nominatif ; il prend l'article indéfini dans les cas obliques : il s'emploie souvent même sans cet article, et cela tient au génie de la langue. Ces trois relatifs répondent au *qui* , *quæ* , des Latins ; et puisque, comme relatifs, ils signifient la même chose, je vais en réunir la déclinaison comme il suit :

Sing. Masc.		Sing. Fém.	
Nom.	Il quale , che . . .	La quale , che . . .
Gén.	Del quale , di cui.	Della quale , di cui.
Dat.	Al quale , a cui.	Alla quale , a cui.
Ac.	Il quale , che , cui.	La quale , che , cui.
Abl.	Dall quale , da cui.	Dalla quale , da cui.

Plur. Masc.		Plur. Fém.	
Nom.	I quali , che . . .	Le quali , che . . .
Gén.	Dei quali , di cui.	Delle quali , di cui.
Dat.	Ai quali , a cui.	Alle quali , a cui.
Ac.	I quali , che , cui.	Le quali , che , cui.
Abl.	Dai quali , da cui.	Dalle quali , da cui.

Nous verrons, dans la Syntaxe, que *che* relatif a été employé, par les bons auteurs , dans tous les cas, sans la moindre marque d'article , à l'imitation des Grecs : mais on ne peut pas faire , en prose , un usage régulier de cette manière figurée. Che ne reçoit l'article indéfini *di* , *a* , *da* , que lorsqu'il est employé comme pronom absolu; et alors il signifie *que, quoi, quel, quelle*; ce qui répond au *quid* et au *quod* des Latins : ex. *che dite ?* que dites-vous ? *Di che parlate ?* de quoi parlez vous ? etc. — CHE avec l'article défini, savoir, *il che, del che,* etc. ne s'emploie que comme neutre relatif de chose, jamais de personne, et toujours au singulier : ex. *il che non avviene,* (Boc.) ce qui n'arrive pas; *dal che si conchiude,* d'où l'on peut conclure, etc. — QUALE, *quel, quelle,* exprimant la qualité ou la similitude, ou employé en interrogation, cesse d'être relatif, et reçoit l'article indéfini. Il répond au *qualis,* ou au *quis, quæ, quid* des Latins : ex. *Io mi doleva, considerando* QUALE *amor mi faccea,* (Dante Vit. Nuo.) je ne pouvois voir sans douleur l'état où l'amour me réduisoit. QUALE *asino dà in parete , tal riceve,* (Boc.) tel coup l'âne donne contre la muraille, tel choc il reçoit : QUAL *ricchezza !* QUAL *amore !* quelle richesse ! quel amour !

Enfin CHI, *celui qui, celle qui, qui,* etc. est indéclinable et sans pluriel ; il reçoit l'article indéfini ; savoir, *chi, di chi, a chi, da chi.* Ce pronom répond au *qui, quæ,* ou à l'*ille qui* des Latins : ex. *A niuna persona fa ingiuria* CHI *usa la sua ragione,* (Boc.) *celui qui* fait usage de son droit ne fait tort à personne. Le même pronom s'emploie aussi dans les interrogations d'une manière absolue : ex. *Chi è ?* qui est-ce ? Mais si *celui qui* avoit un antécédent, il ne pourroit plus se rendre par *chi.* Ainsi, *cet homme est* CELUI QUI *m'a volé la bourse* se dira *quegli* ou *questi è l'uomo che m'ha rubato la borsa*; et *chi* ne pourroit pas avoir lieu dans cette phrase et autres semblables.

4°. LE PRONOM INDÉFINI exprime un objet vague et indéterminé, qui dénote une qualité, ou une quantité, ou une différence, qui tient à la généralité, sans la spécifier. Je ne ferai mention ici que des pronoms indéfinis, dont la déclinaison s'éloigne des règles générales des noms, et je m'en rapporterai, pour le reste, à la Syntaxe.

Les pronoms indéfinis les plus remarquables par leurs irrégularités sont OGNI, *chaque, tout*; (Lat. *omnis*) QUALCHE, *quelque*; CHIUNQUE, et QUALUNQUE, *quiconque,* ou *toute personne qui.* Ces pronoms n'ont point de pluriel, prennent l'article indéfini *di, a, da,* et sont des deux genres. Il en est de même de NIUNO, NISSUNO ou NESSUNO, et de VERUNO, *nul, personne né, pas un* : ces derniers pronoms ont le féminin *niuna, nessuna, veruna,* mais point de pluriel. On doit dire de même de CIASCUNO ou CIASCHEDUNO, *chacun*; féminin, *ciascuna, ciascheduna*; et quoique ce pronom ait été employé au pluriel une fois ou deux par Bocace, il n'est pas reçu de nos jours au pluriel. (*Cinoniv.*) — ALTRI, Sing. Nom. étant pris substantivement, signifie *quelqu'un,* (Lat. *aliquis*), et reçoit l'article indéfini. — *Altro,* autre; pl. *altri*; fém. *altra*; pl. *altre,* étant employés comme adjectifs, répondent à l'*alius, alia,* des Latins; et *altro,* neutre, à l'*aliud,* ce qui vaut *altra cosa,* autre chose : ex. *Non dico* ALTRO, je ne dis pas davantage. — ALTRUI, *autrui*, ne se rapporte qu'à l'homme. Ce pronom a tous les cas, excepté le nominatif. (*Vocab. della Crusca.*) Il s'emploie avec l'article indéfini: sa déclinaison est *di altrui*, *ad altrui*, *altrui*, *da altrui*, dans les deux nombres. Que si l'on trouve ce pronom précédé de l'article défini, il faut observer que cet article ne lui appartient pas, mais au nom substantif qui le suit, comme nous le verrons mieux dans la Syntaxe.

NOTA. — *Cadauno*, *cadauna*, *catauno*, etc. au lieu de *ciascuno* ou de *ciascheduno*, quoiqu'employés par quelques modernes, sont des mots surannés. — *Cinonio*, tom. 1. cap. 49, N°. 10.

Du Pronom Personnel et du Conjoint.

LE pronom personnel désigne la personne ou les personnes qui font l'action du verbe. Car, si celui qui parle ne parle que de lui-même, il fait usage de la première personne IO, *je ;* et, s'il joint une ou plusieurs personnes à lui-même, il se sert de NOI, *nous.* Si le discours s'adresse à une personne ou à plusieurs qui font l'action du verbe, celui qui parle se sert de la deuxième personne, au singulier, TU, *tu ;* au plur. VOI, *vous.* Que si l'on parle de l'action ou de l'existence d'une personne ou d'un être quelconque, sans lui adresser la parole, alors on emploie la troisième personne EGLI, *il*, au masculin singulier ; ESSA ou ELLA, *elle*, au féminin singulier ; et au pluriel masculin EGLINO ou ESSI, *ils ;* fémin. ESSE ou ELLENO, *elles.*

NOTA. — Les deux premières personnes du singulier et du pluriel du pronom personnel, savoir, *io* et *tu*, *noi* et *voi*, sont toujours les mêmes dans les deux genres; mais la troisième personne doit suivre, dans les deux nombres, le genre des personnes ou des choses qu'elle représente. Car les troisièmes personnes doivent s'accorder non-seulement avec le genre des personnes, mais encore avec celui d'un être quelconque animé ou inanimé ; et l'on dit aussi bien de l'homme que du cheval et du temps, *egli*, *corre*, il court ; et d'une femme, d'une statue, d'une rose, *essa è bella ;* elle est jolie.

LES PRONOMS CONJOINTS ou CONJONCTIFS sont des mots pronominaux qui s'emploient sans la marque du cas, à la place du datif ou de l'accusatif du pronom personnel, dont il sont formés pour l'ordinaire. Ils se joignent au verbe, et bien souvent ils ne font qu'un seul mot avec lui. Ainsi dans ces mots *parmi*, il me semble: *voi* CI *onorate*, vous nous honorez; MI tient lieu du datif *a me*, à moi : et CI est à la place de *noi*, nous, de même que si l'on disoit *pare a me*, *voi onorate noi.* En un mot, comme les pronoms *personnels* tiennent la place des noms substantifs, ainsi les pronoms *conjoints* représentent les pronoms personnels. Je vais maintenant donner la déclinaison des pronoms personnels, et je placerai vis-à-vis les pronoms conjoints qui les regardent.

1°. Nom.	Je *ou* moi,	*io.*	CONJOINTS.
Gén.	De moi,	*di mé.*	
Dat.	A moi,	*a me.*	Me, *mi* ou *me.*
Ac.	Moi,	*me.*	Me, *mi* ou *me.*
Ab.	De moi *ou* Par moi,	*da me.*	

PLURIEL.

Nom.	Nous,	*noi.*	CONJONTS.
Gén.	De nous,	*di noi.*	
Dat.	A nous,	*a noi.*	Nous, *ci* ou *ce : ne*
Ac.	Nous,	*noi.*	Nous, *ci* ou *ce : ne*
Abl.	De nous *ou* Par nous,	*da noi.*	

N. B. Quoique l'on trouve à la colonne des pronoms conjoints *mi* ou *me*, *ci* ou *ce*, et dans les déclinaisons suivantes *ti* ou *te*, etc. cela ne veut pas dire que l'on puisse employer indifféremment *mi* ou *me*, etc. mais on doit se servir de la terminaison en I, lorsque le conjoint n'est pas suivi d'un autre conjoint; et de la terminaison en E toutes les fois qu'il en est suivi : ex. MI *parla*, il me parle; ME NE *parla*, il m'en parle. De même, *dir*VI, vous dire; *dir*VELO, vous le dire. Cette règle a quelques exceptions, comme nous le verrons dans la Syntaxe.

SINGULIER.

2°. Nom.	Tu *ou* toi,	*tu.*	CONJOINTS.
Gén.	De toi,	*di te.*	
Dat.	A toi.	*a te.*	Te, *ti* ou *te.*
Ac.	Toi,	*te.*	Te, *ti* ou *te.*
Abl.	De toi *ou* Par toi,	*da te.*	

PLURIEL.

Nom.	Vous,	*voi.*	
Gén.	De vous,	*di voi.*	
Dat.	A vous,	*a voi.*	Vous, *vi* ou *ve.*
Ac.	Vous,	*voi.*	Vous, *vi* ou *ve.*
Abl.	De vous *ou* Par vous,	*da voi.*	

Troisième Personne Masculine.

S I N G U L I E R.

Nom.	Il *ou* lui,	*egli*, ou *e', esso.*	C O N J O I N T S.
Gén.	De lui,	*di lui.*	
Dat.	A lui,	*a lui.*	Lui, *gli*, *li* ou *glie.*
Ac.	Lui,	*lui.*	Le, *lo*, *il.*
Abl.	De lui *ou* Par lui, }	*da lui.*	

P L U R I E L.

Nom.	Ils *ou* eux. {	*églino* ou *essi*, *e'* ou *egli.*	
Gén.	D'eux.	*di loro.*	Leur, *loro.*
Dat.	A eux,	*a loro.*	Leur, *loro.*
Ac.	Eux,	*loro.*	Les, *gli* ou *li.*
Abl.	D'eux *ou* Par eux. }	*da loro.*	

NOTA. — 1°. Il faut distinguer soigneusement IL et LO, articles, des mêmes mots, lorsqu'ils sont accusatifs singuliers du pronom conjoint *lui.* C'est dans ce dernier sens qu'on lit G. 4, N. 6, *assai volte in vano* IL *chiamò*, il L'appela plusieurs fois inutilement; et, G. 7, N. 3, *tanto l'afflizione del figliuolo* LO *strinse*, il fut si touché de l'affliction de son fils. — 2°. GLI qui sert de conjoint au datif du singulier et à l'accusatif du pluriel, ne peut pas s'employer au datif du pluriel, comme conjoint, au lieu de *loro*; et l'usage contraire est rejeté comme abusif par le Vocab. de la Crusca, §. 2, et par tous les Grammairiens. Ainsi, par exemple, *il* LEUR (datif pl. masc. ou fém.) *donna les provisions nécessaires* se traduira par *diedè* LORO (datif pl. masc. ou fém.) *le provvisioni necessarie*; et non par GLI *diede*, etc. On pourroit dire aussi, *diede* AD ESSI, m. ou AD ESSE, f. *le provvisioni necessarie.* — 3°. *Elli*, *ellino*, au lieu de *egli*, *eglino*, sont des mots tout-à-fait vieillis.

Troisième Personne Féminine.

S I N G U L I E R.

Nom.	Elle,	*ella* ou *essa*	C O N J O I N T S.
Gén.	D'elle,	*di lei.*	
Dat.	A elle,	*a lei.*	Lui, *le* ou *glie.*
Ac.	Elle,	*lei.*	La, *la.*
Abl.	D'elle *ou* Par elle, }	*da lei.*	

PLURIEL.

Nom.	Ellès,	*élleno* ou *esse*.	
Gén.	D'elles,	*di loro*.	Leur, *loro*.
Dat.	A elles,	*a loro*.	Leur, *loro*.
Ac.	Elles,	*loro*.	Les, *le*.
Abl.	D'elles ou } *da loro*. Par elles, }		

NOTA. — 1°. *Lui* et *lei*, au lieu de EGLI, ESSA, *il*, *elle*, au nominatif, sont rejetés par le Voc. de la Crusca, lequel condamne *Firenzuóla* et *Burchiello*, parmi les auteurs modernes, parce qu'ils en ont fait usage. *Cinónio* et *Bártoli* croient pouvoir autoriser cet usage par des passages tirés des auteurs du bon siecle. *Manni* (lez. 5) prétend que ces passages ne sont pas tirés des bonnes éditions. Cependant *lui* et *lei* sont employés si fréquemment au nominatif, (sauf pourtant l'usage de *egli*, *esso*, *ella*, *essa*), même dans les pays où l'on parle la langue dans toute sa pureté, qu'il peut se faire que l'usage l'emporte sur l'autorité, si ce n'est en écrivant, au moins dans le discours familier, suivant le *quod volet usus* de Horace. — 2°. LORO, pluriel du masculin *egli* et du féminin *ella*, n'est pas reçu au nominatif. Ce pronom suit le verbe et ne se lie jamais avec lui. *Loro* s'emploie souvent au génitif et au datif, sans aucune marque du cas : mais il doit être précédé à l'ablatif de la marque du cas, *da*, ou de quelque préposition. (*Cinonio*). — 3°. Si *lui*, *loro*, précèdent le pronom relatif *che*, *il quale*, etc. et tiennent là place des pronoms démonstratifs *colui*, *coloro*, celui, ceux; alors ils s'emploient très-bien comme nominatifs.

Enfin le pronom SE, *soi*, se rapporte à la troisième personne, et il n'a point de nominatif. Ce pronom est le même dans les deux nombres et dans les deux genres. En voici la déclinaison:

			CONJOINTS.
Gén.	De soi,	*di se*.	
Dat.	A soi,	*a se*.	Se, *si*, *se*.
Ac.	Soi,	*se*.	Se, *si*, *se*.
Abl.	De soi ou } *da se*. Par soi, }		

NOTA. — *Seco*, *meco*, *teco*, se disent très-bien au lieu de *con se*, avec soi; *con me*, avec moi; *con te*, avec toi. Les anciens disoient *nosco* et *vosco* au lieu de *con noi*, avec nous; *con voi*, avec vous: mais ces derniers mots ne sont d'usage à présent qu'en poësie.

EXERCICE sur les Déclinaisons en général.

APRÈS l'exercice particulier que je viens de proposer sur les différentes règles, qui regardent les articles, les noms, etc. ceux qui voudront s'affermir dans la déclinaison de ces parties si intéressantes du discours, peuvent faire l'exercice suivant, qui contient une récapitulation pratique des règles mentionnées jusqu'ici. Pour faciliter la traduction des exemples, je vais indiquer les règles qui y ont rapport; et je donnerai en même temps le vocabulaire des mots. Cependant pour ne pas priver l'étudiant de l'avantage de s'exercer dans les concordances des noms, je n'énoncerai que le singulier masculin des mots adjectifs. Lorsque l'on trouvera à la fin ou au milieu de l'exemple, ces mots : *sing. et plur.* (savoir, *singulier et pluriel*), cela signifie qu'il faut traduire au singulier et au pluriel l'exemple ou la partie de l'exemple qui précède ces mots. — On ne peut donner guère d'exemples sur les pronoms personnels et les conjoints, sans les joindre au verbe, dont il ne sera question que dans le chapitre suivant.

Le jour heureux, très-heureux. *Sing. et plur.*

Jour, *giorno*, §. 1 : heureux, *felice*, §. 7 et 11.

La nuit froide, très-froide ; longue, très-longue. *Sing. et plur.*

Nuit, *notte*, f. §. 7 : froid, *freddo* : long, *lungo* : §. 10 et 11.

De l'enfant (*gén.*) joli et agréable. *Sing. et plur.*

Enfant *bambino* : joli, *vezzoso* : et, *e.* : agréable, *piacevole* : §. 7.

Le bâtiment grand et magnifique. *Sing. et plur.*

Bâtiment, m. *fabbrica*, subst. f. terminé en *ca*, §. 10 : grand, *grande*, §. 7 : magnifique, *magnifico*, §. 10.

Avec l'étude longue et fatigante. *Sing. et plur.*

Avec, *con*; voyez le §. 4 : étude, f. *studio*, subst. m. §. 10 : long, *lungo*, ib. : fatigant, *laborioso*.

L'action renommée (*sing. et plur.*) dans tout le monde.

Action, *azione*, subst. f. §. 7 : renommé, *rinomato* : dans, *in*, §. 4; parce que tout, *tutto*, étant adjectif, ne reçoit que l'article indéfini, ib. : monde, *mondo*.

L'eau douce, très-douce; pure, très-pure. *Sing. et plur.*

Eau, *acqua*, f. doux, *dolce*, §. 7 et 11 : pur, *puro*, §. 5 et 11.

Un grand oiseau sur le haut d'un arbre.

Oiseau, *uccello*, et grand oiseau, se traduit par l'augmentatif, §. 12, N°. 1 : sur, etc. voyez le §. 4 : haut, subst. m. *cima*, subst. f. : arbre, *albero*.

Le petit oiseau dans la haie. *Sing. et plur.*

Oiseau, *uccello*, et petit oiseau se rend par le diminutif, §. 12 : dans la, voyez le §. 9 : haie, *siepe*, f.

La vérité infaillible. *Sing. et plur.*

Vérité, *verità*, §. 9 : infaillible, *infallibile*, §. 7.

La vertu rare (*sing. et plur.*) parmi les hommes.

Vertu, *virtù*, f. §. 6 : rare, *raro* : parmi, *tra* ou *fra* : homme, *uomo*, dont le pluriel est irrégulier, §. 5.

L'endroit frais et délicieux. *Sing. et plur.*

Endroit, *luogo*, §. 10 : frais, *fresco*, ib. : délicieux, *delizioso*.

Le doigt mince et bien fait. *Sing. et plur.*

Doigt, *dito* : mince, *sottile*, § 7 : bien fait; *ben fatto.* — NOTA. Suivant les exceptions du §. 5, *dito* fait au plur. *diti*, m. ou *dita*, f. et il faut que les adjectifs s'y accordent.

Le jeune homme effrayé par ce gros et vilain animal. *Sing. et plur.*

Jeune homme, *giovane*, §. 7 : effrayé, *spaventato* : par, *par*, prép. qui tient la place de l'abl. *de*, s'exprime par *da* et non par *dal*, parce que *questo* ou *quello*, CE, reçoivent l'article indéfini, §. 3. Les adjectifs *gros et vilain* s'expriment ici par l'affixe, *accio*, §. 11, plur. *acci*, §. 10: animal, *animale.*

Tous les lundis à la maison de campagne de mon père, avec ses frères et avec ses sœurs.

Tout, s'il se rend par *tutto*, doit s'accorder en genre et en nombre avec son substantif; mais s'il s'exprime par le collectif *ogni*, qui ne s'emploie jamais au pluriel, alors il faut mettre son substantif au singulier, p. 87: Lundi, *Lunedì*, §. 8: maison de campagne, *villa*: mon, *mio*: père, *padre. Avec ses frères*, etc. — NOTA. Avec, *con*, avant les pronoms possessifs pluriels *miei*, *tuoi*, *suoi*, etc. mes, tes, ses, etc. se lie en Italien avec l'article défini, et on doit dire *coi* ou *co* au m. et *colle* au f. §. 4: frère, *fratello*: sœur, *sorella.*

Le climat le plus doux et le plus sain (*sing. et plur.*) d'Italie.

Climat, *clima*, voyez les exceptions du §. 6: le plus, *il più*, §. 9: doux, *dolce*, §. 7: sain, *sano*: Italie, *Italia.*

Le prophète inspiré (*sing. et plur.*) de (*abl.*) Dieu.

Prophète, *profeta*; exception du §. 6: inspiré, *inspirato*: Dieu, *Dio.*

L'entreprise hardie. *Sing. et plur.*

Entreprise, *impresa*: hardi, *audace*, §. 7.

Le roi puissant, pacifique et pieux; *Sing. et plur.*

Roi, *re*, §. 9: puissant, *potente*: pacifique, *pacifico* pl. *pacifici*: pieux, *pio*, §. 10.

L'homme vertueux (*sing. et plur.*) dans un état pitoyable.

Homme, *uomo*, dont le pluriel est irrégulier, §. 5: vertueux, *virtuoso*: dans un; *voyez le* §. 4 et le §. 5: état, *stato*: pitoyable, *compassionevole.*

La ville peuplée et rebelle. *Sing. et plur.*

Ville, *città*: peuplé, *popolato*: rebelle, *ribelle*, §. 7.

La fleur blanche et odoriférante. *Sing. et plur.*

Fleur, f. *fiore*, m. §. 7: blanc, *bianco*, §. 10: odoriférant, *odoroso.*

Un petit et chetif cheval dans l'écurie.

Petit et chetif s'exprime par l'affixe du §. 12, N°. 4: cheval, *cavallo*: *dans l'*, f. voyez le §. 4: écurie, *stalla.*

Le discours très-long et très-ennuyant. *Sing. et plur.*

Discours, *discorso*, §. 11: long, *lungo*, superl. §. 11: ennuyant, *seccante*, ib.

Le soulier un peu long et un peu large. *Sing. et plur.*

Soulier, m. *scarpa*, f. : long, *lungo* : large, *largo*. — NOTA. Un peu, *un poco*, peut s'exprimer par l'affixe en *etto*, qui convient aux noms terminés en *go* ; savoir, *ghetto*, *ghetta*, etc.

Le bourdonnement continuel, et désagréable. *Sing. et plur.*

Bourdonnement, *ronzío*, §. 10 : voyez-y la règle des mots qui portent l'accent sur l'i de *io* : continuel, *continuo* : désagréable, *spiacente*, § 7.

Le potier fortuné (*sing. et plur.*) dans le commerce.

Potier, *pentolajo* : voyez la formation des pluriels en *ajo*, §. 10 : fortuné, *fortunato* : dans le §. 4 : commerce, *commércio*.

Le fils savant et riche. *Sing. et plur.*

Fils, *figlio*, §. 10 des noms en *io* : savant, *saggio*, ib. : riche, *ricco*, ib. des noms en *co*.

Le bon commencement du prince. *Sing. et plur.*

Bon, *buono* : voyez le §. 15 sur l'élision de ce mot : commencement, *principio* : voyez le §. 10 sur les noms en *io* : prince, *príncipe*. — NOTA. Quoique l'on puisse traduire *commencement* par *cominciamento*, cependant le mot *principio* fait mieux resortir la différence très-remarquable qui se trouve entre *príncipi* et *princípj*.

Quatre guinées, huit schellings, et trois sous.

Quatre, *quatro* : guinée, *ghinea* : huit, *otto* : schelling, *scellino* : trois, *tre* : sou, *soldo*. — NOTA. Pour ne pas se tromper dans la traduction de cet exemple et du suivant, il faut se rappeler ce que j'ai observé au §. 16 ; savoir, que les nombres cardinaux sont indéclinables, à l'exception de *uno* ; et que les nombres ordinaux sont déclinables.

L'huitième chapitre et la troisième scène. *Sing. et plur.*

Huitième, *ottavo* : chapitre, *capítolo* ou *capo* : troisième, *terzo* : scène, *scena*.

De la Conjugaison des Verbes.

J'AI parlé des verbes et de leurs divisions dans les Notions Préliminaires, et il ne me reste qu'à en donner ici la conjugaison. Le bon ordre demande que je commence par les deux auxiliaires, *avere*, avoir ; et *essere*, être. Chacun de ces verbes se conjugue par lui-même, et il ne dépend d'aucune autre conjugaison : au contraire, ces verbes servent à conjuguer, en grande partie, les verbes actifs, les neutres, etc. Les verbes passifs ne sont composés que du verbe *essere* et du participe du verbe ; et c'est précisément ce qui nous est indiqué par le mot auxiliaire, qui vient du Latin AUXILIUM, *aide*, *secours*. Je donnerai ensuite les trois conjugaisons, qui servent de modèle à tous les verbes réguliers, et je finirai par les verbes irréguliers ; lesquels, cependant, à leur irrégularité près, se conjuguent sur celle des trois conjugaisons, qui, à l'infinitif, a la même terminaison que le verbe irrégulier, c'est-à-dire, de *are*, *ere*, ou *ire*.

Pour faciliter l'étude des verbes, qui sont comme l'ame des langues, il est bon d'observer,

1°. Que, quand l'on sait les trois premiers temps de l'indicatif des verbes, soit réguliers soit irréguliers, les deux suivans, savoir, le passé indéfini et le plusque-parfait, ne présentent plus la moindre difficulté ; car le passé indéfini consiste dans la répétition du présent de l'indicatif d'*avere* ou de *essere*, avec le participe du verbe ; et le plusque-parfait ne se forme que par la répétition de l'imparfait de l'indicatif d'un des mêmes auxiliaires qui convient au verbe, avec l'addition du même participe. Il y a aussi les trois premiers temps du subjonctif à étudier ; après quoi, les quatre suivans, y compris le futur composé, ne contiennent que la répétition des trois premiers temps du subjonctif d'un des verbes auxiliaires et du futur simple avec le participe du verbe. Je tâcherai de rendre cela plus sensible par le tableau que je présenterai du verbe. L'impératif est ordinairement un mélange du présent de l'indicatif et de celui du subjonctif.

2°. Ajoutez, que tous les prétérits ou passés imparfaits de l'indicatif se ressemblent dans la terminaison ; car, au singulier, ils finissent en *va*, *vi*, *va*, et, au pluriel, en *vamo*, *vate*, *vano*. Il n'y a que l'imparfait du verbe *essere*, qui, au singulier, fait *ra*, *ri*, *ra*, et, à la troisième personne du pluriel, se termine en *erano*. Tous les futurs simples se terminent en *rò*, *rai*, *rà* ; pl. *remo*, *rete*, *ranno*. Les optatifs présents de tous les verbes se terminent ainsi : sing. *rei*, *resti*, *rebbe*, plur. *remmo*, *reste*, *rebbonno* ou *rebbero*. Les passés imparfaits du subjonctif font, sing. *ssi*, *ssi*, *sse*, plur. *ssimo*, *ste*, *ssero*.

NOTA. — 1°. Les pronoms personnels *je*, *tu*, *il*, etc. *io*, *tu*, *egli*, etc. qui en François sont inséparables des verbes, se suppriment le plus souvent en Italien, et surtout quand la clarté ou l'énergie du discours n'engagent pas à les ajouter. Cependant il est bon de les unir à la conjugaison des verbes jusqu'à ce qu'on en ait contracté l'habitude. — 2°. Les participes, qui sont accompagnés du verbe *avere*, ne changent jamais de genre ni de nombre dans la conjugaison, quoiqu'ils s'accordent quelquefois dans le discours avec le genre et le nombre des noms auxquels ils se rapportent. Le participe même du verbe *avere* ne prend le féminin ou le pluriel *avuto*, *avuti*, *avuta*, *avute*, qu'en certains cas, dont je parlerai dans la seconde partie : mais, toutes les fois qu'un verbe a pour auxiliaire *essere*, (et dans le verbe *essere* même), le participe prend part au genre et au nombre des personnes, soit dans la conjugaison, soit dans le discours.

CONJUGAISON

Du Verbe Auxiliaire AVERE, *Avoir*. Participe Avuto

INDICATIF.

1. Présent.

S. io ho,	j'ai.		
tu hai,	tu as.		
egli *ou* essa ha,	il *ou* elle a.		
P. noi abbiámo,	nous avons.		
voi avéte,	vous avez.		
(1) eglino *ou* esse hanno,	ils *ou* elles ont.		

4. Passé indéfini.

io ho		j'ai eu.
tu ai		tu as eu.
egli ha		il a eu.
noi abbiamo	avuto,	nous avons eu.
voi avete		vous avez eu.
eglino hanno		ils ont eu.

2. Passé Imparfait.

S. io avéva, *famil.* avevo, j'avois.	
tu avevi,	tu avois.
egli aveva,	il avoit.
P. noi avevámo,	nous avions.
voi aveváte,	vous aviez.
eglino avévano,	ils avoient.

5. Plusque-Parfait.

io aveva		j'avois eu.
tu avevi		tu avois eu.
egli aveva		il avoit eu.
noi avevámo	avuto,	nous avions eu.
voi aveváte		vous aviez eu.
eglino avévano		ils avoient eu.

3. Passé Défini.

S. io ébbi,	j'eus.
tu avésti,	tu eus.
egli ebbe,	il eut.
P. noi avémmo,	noûs eûmes.
voi avéste,	vous eûtes.
(2) eglino ébbero,	ils eurent.

6. Futur Simple.

io avró,	j'aurai.
tu avrái,	tu auras.
egli avrá,	il aura.
noi avrémo,	nous aurons.
voi avrete,	vous aurez.
eglino avranno,	ils auront.

IMPÉRATIF.

S. ábbi tu,	aie.
ábbia egli,	qu'il ait.
P. abbiámo noi,	ayons.
abbiáte voi,	ayez.
ábbiano eglino,	qu'ils aient.

(1) Les premières et secondes personnes du singulier et du pluriel de tous les verbes; *savoir*, *io*, *tu*, *noi*, *voi*, conviennent aussi bien au masculin qu'au féminin ; mais les troisièmes doivent s'exprimer par *essa* ou *ella* au singulier, et au pluriel par *esse* ou *elleno*, toutes les fois qu'elles se rapportent à un féminin. Je ne ferai mention dorénavant que des troisièmes personnes du masculin : mais celles du féminin doivent se sous-entendre à chaque troisième personne de chaque temps des verbes personnels.

(2) Je ne donne pas lieu, dans les conjugaisons, au *parfait antérieur* des verbes; comme *io ebbi*

SUBJONCTIF

SUBJONCTIF.

1. PRÉSENT.

che io abbia,	que j'aie.
che tu abbi *ou* abbia,	que tu aies.
che egli abbia,	qu'il ait.
che noi abbiámo,	que nous ayons.
che voi abbiáte,	que vous ayez.
che eglino ábbiano,	qu'ils aient.

2. OPTATIF PRÉSENT.

io avréi,	j'aurois.
tu avrésti,	tu aurois.
egli avrébbe,	il auroit.
noi avrémmo,	nous aurions.
voi avréste,	vous auriez.
eglino avrebbono *ou* avrebbero,	ils auroient.

3. PASSÉ IMPARFAIT.

che io avéssi,	que j'eusse.
che tu avessi,	que tu eusses.
che egli avesse,	qu'il eût.
che noi avéssimo,	que nous eussions.
che voi avéste,	que vous eussiez.
che églino avéssero,	qu'ils eussent.

4. Passé Parfait.

che io abbia			que j'aie eu.
che tu abbia			que tu aies eu.
ch'egli abbia	*avuto,*		qu'il ait eu.
che noi abbiamo			que nous ayons eu.
che voi abbiate			que vous ayez eu.
ch'eglino abbiano			qu'ils aient eu.

5. Optatif Passé.

io avrei			j'aurois eu.
tu avresti			tu aurois eu.
egli avrebbe	*avuto,*		il auroit eu.
noi avremmo			nous aurions eu.
voi avreste			vous auriez eu.
eglino avrebbono			ils auroient eu.

6. Plusque-parfait.

che io avessi			que j'eusse eu.
che tu avessi			que tu eusses eu.
che egli avesse	*avuto,*		qu'il eût eu.
che noi avessimo			que nous eussions eu.
che voi aveste			que vous eussiez eu.
che eglino avessero			qu'ils eussent eu.

Futur Composé.

S. quando io avrò		quand j'aurai eu.
tu avrái		tu auras eu.
egli avrà	*avuto,*	il aura eu.
P. quando noi avrémo		quand nous aurons eu.
voi avréte		vous auriez eu.
eglino avránno		ils auront eu.

INFINITIF.

Présent. Avére, *avoir.*
Passé. Avér avúto, *avoir eu.*
Futur. Esser per avére *ou* aver ad avere, *être près d'avoir* ou *devoir avoir.*
Gérondif Présent. Avendo, in *ou* nell' avere, con *ou* coll' avere, *ayant* ou *en ayant.*
Gérondif Passé. Avendo avuto, *ayant eu.*

...mato, j'eus aimé; etc etc. parce que ce passé ne peut s'employer en Italien que dépendamment des particules qui dénotent le temps : ex. *Quando*, quand: *dopo che*, après que, etc. comme nous le verrons mieux dans la Syntaxe. Cependant ceux qui veulent former ce temps, n'ont qu'à unir aux participes des verbes celui des deux auxiliaires qui convient au verbe, savoir, *ebbi ou ...i*, et ils formeront les *parfaits antérieurs.*

C

NOTA. ━ 1°. Il 'est fort indifférent d'écrire et de prononcer *che io abbia* ou *ch' io abbia*; et l'on dit ESSER *per avere* OU AVER *ad avere*, en retranchant l'*e* du premier infinitif plutôt que ESSERE *per avere*, AVERE *ad avere*; etc. pour éviter la mauvaise consonnance. ━ 2°. Le passé de l'infinitif et du gérondif, étant composés de l'infinitif et du gérondif de *avere* ou de *essere* et du participe du verbe, pour éviter toujours la même répétition, je n'indiquerai dorénavant que leurs présens. Par la même raison je ne répéterai pas les synonymes des gérondifs *con* ou *coll' essere*, *con* ou *coll' amare*; *in amare*, etc. ━ 3°. Les verbes composés *aver a* ou *ad essere*, devoir être, *aver ad avere*, devoir avoir, et *esser per avere*, être près d'avoir; n'ont pas seulement lieu dans le futur de l'infinitif, mais ils ont leur construction en entier; et l'on dit *ho*, *hai*, *ha*, *abbiamo*, *avete*, *hanno*, *aveva*, etc. *ad essere* ou *ad avere*, je dois, tu dois, etc. être *ou* avoir. L'on construit de la même manière *sono*, *sei*, *è*, etc. *per avere*, je suis, tu es, il est, etc. près d'avoir. (Buom. trat. 12, del verbo, cap. 30.) Cela est très-remarquable vis-à-vis de la langue françoise, qui n'a pas ces constructions. ━ 4°. *Avevo* ne pourroit pas se dire à la rigueur grammaticale au lieu de *aveva*, j'avois, non plus que *amavo*, *credevo*, etc. j'aimois, je croyois, etc. mais, comme cette terminaison est fort usitée dans le discours familier, je me permetterai de l'ajouter. ━ 5°. *Averò*, *averai*, etc. au lieu de *avrò*, *avrai*, etc. au futur, aussi bien que *averei*, *averesti*, etc. au lieu de *avrei*, *avresti*, etc. à l'optatif présent, ne sont plus usités. ━ 6°. *Avea*, *aveano* au lieu de *aveva*, *avevano*, peuvent s'employer non-seulement en vers, mais encore en prose.

Exercice sur le Verbe Avere, avoir, *etc.*

Ceux qui veulent se mettre bientôt en état de parler et d'écrire Italien, ne doivent pas se contenter d'avoir étudié ce verbe ou un verbe quelconque d'une manière suivie, mais ils doivent avoir soin de le repasser par le moyen de phrases simples et analogues aux règles des articles, des noms, des comparatifs, des superlatifs, des augmentatifs, etc. énoncées jusqu'ici. ━ 10. On peut commencer, par exemple, en y ajoutant les noms substantifs *freddo*, froid; *caldo*; chaud; *tempo*, temps : et dire, j'ai froid, *io ho freddo*; elle avoit chaud, *essa aveva caldo* ; nous aurons un très-beau temps, *noi avremo un bellissimo tempo* ; etc. etc. ━ 2°. Comme *ne pas* se dit en Italien *non*., et que dans les interrogations on suit la même construction en Italien qu'en François, on peut continuer par ces exemples ou par de semblables : Avez-vous froid ? *avete voi freddo ?* je n'ai pas froid ? *non ho freddo* ; etc. ━ 3°. Pour l'impératif, on peut se servir du mot *cura*, soin ; et dire, ayez soin de vous, de vos pères et mères, *abbiate cura di voi*, *de' vostri genitori*, etc. etc.

En parcourant ainsi les verbes d'un bout à l'autre, et sur-tout les auxiliaires, on parviendra bientôt à son but.

CONJUGAISON

Du Verbe Auxiliaire ESSERE , ETRE. *Part.* stato , *fém.* stata : *Plur.* stati , *fem.* state.

Ce Verbe qui, dans les temps composés, prend en François le verbe *avoir* pour auxiliaire, se conjugue en Italien par lui-même.

INDICATIF.

1. *Présent.*

io sóno,   je suis.
tu sei,   tu es.
egli è,   il est.
noi siámo,   nous sommes.
voi siéte,   vous êtes.
eglino sóno,   ils sont.

4. *Passé Indéfini.*

io sono   } stato { j'ai été.
tu sei   ou { tu as été.
egli è   } stata, { il a été.
noi siamo   } stati { nous avons été.
voi siete   ou { vous avez été.
eglino sono   } state, { ils ont été.

2. *Passé Imparfait.*

io éra, *fam.* ero.   j'étois.
tu eri,   tu étois.
egli era,   il étoit.
noi eravámo, *fam.* éramo, nous étions.
voi eraváte,   vous étiez.
eglino érano :   ils étoient.

5. *Plusque-Parfait.*

io era   } stato { j'avois été.
tu eri   ou { tu avois été.
egli era   } stata, { il avoit été.
noi eravamo   } stati { nous avions été.
voi eravate   ou { vous aviez été.
eglino erano } state, { ils avoient été.

3. *Passé Défini.*

io fui,   je fus.
tu fosti,   tu fus.
egli fù,   il fut.
noi fümmo.   nous fûmes.
voi foste,   vous fûtes.
eglino fúrono,   ils furent.

6. *Futur Simple.*

io sarò,   je serai.
tu sarái,   tu seras.
egli sarà,   il sera.
noi sarémo,   nous serons.
voi saréte,   vous serez.
eglino saránno,   ils seront.

IMPÉRATIF.

S. sii tu,   sois.
    sia egli,   qu'il soit.
P. siamo noi,   soyons.
    siáte voi,   soyez.
    siéno, *fam.* siano, églino,   qu'ils soient.

S U B J O N C T I F.

1. Présent.

S. ch'io sia,   *que je sois.*
che tu sia *ou* sii,   *que tu sois.*
ch'egli sia,   *qu'il soit.*
P. che noi siámo,   *que nous soyons.*
che voi siáte,   *que vous soyez.*
ch'eglino siéno, *fam.*   *qu'ils soient.*
síano,

2. Optatif Présent.

S. io saréi,   *je serois.*
tu sarésti,   *tu serois.*
egli sarébbe,   *il seroit.*
P. noi sarémmo,   *nous serions.*
voi sareste,   *vous seriez.*
eglino sarébbono *ou*   *ils seroient.*
sarrébbero,

3. Passé Imparfait.

S. ch'io fóssi,   *que je fusse.*
che tu fossi,   *que tu fusses.*
ch'egli fosse,   *qu'il fût.*
P. che noi fóssimo,   *que nous fussions.*
che voi foste,   *que vous fussiez*
ch'eglino fossero,   *qu'ils fussent.*

4. Passé Parfait.

che io sia   stato   *que j'aie été.*
che tu sia   ou   *que tu aies été.*
ch'egli sia   stata,   *qu'il ait été.*
che noi siamo   stati   *que nous ayons*
che voi siate   ou   *que vous ayez*
ch'eglino siéno   state,   *qu'il aient été.*

5. Optatif Passé.

io sarei   stato   *j'aurois été.*
tu saresti   ou   *tu aurois été*
egli sarebbe   stata,   *il auroit été.*
noi saremmo   stati   *nous aurions été*
voi sareste   ou   *vous auriez été*
eglino sarebbono   state,   *ils auroient été.*

6. Plusque-parfait.

ch'io fossi   stato   *que j'eusse été.*
che tu fossi   ou   *que tu eusses été*
ch'egli fosse   stata,   *qu'il eût été.*
che noi fossimo   sati   *que nous eussions*
che voi foste   ou   *que vous eussiez*
ch'eglino fossero   state   *qu'ils eussent été*

7. Futur Composé.

S. quando io sarò   stato   *quand j'aurai été.*
tu sarái   ou   *tu auras été.*
egli sarà   stata,   *il aura été.*
P. quando noi sarémo   stati   *quand nous aurons été.*
voi saréte   ou   *vous aurez été.*
eglino saránno   state   *ils auront été.*

I N F I N I T I F.

Présent. Essere, *être.*

Passé. Essere stato, stata; plur. stati, state, *avoir été.*
Gérondif Présent. Essendo, *étant.* Passé. Essendo stato, etc. *ayant été.*
Futur. Esser per essere, *ou* aver a essere, *être près d'être ou devoir être.*

Des trois Conjugaisons Régulières.

IL y a trois conjugaisons qui servent comme de modèle à tous les verbes réguliers, et qui se reconnoissent par la terminaison de leur infinitif. La première a l'infinitif en *are*, comme *amare*, aimer; la seconde en *ere*, comme *credere*, croire, *temere*, craindre; la troisième en *ire*, comme *sentire*, sentir.

La première conjugaison comprend presque les deux tiers des verbes Italiens réguliers, et elle n'a que quatre irréguliers. La seconde et la troisième sont bornées à un petit nombre de réguliers, et contiennent sous elles un grand nombre des verbes irréguliers, lesquels, cependant, à leur irrégularité près, forment la majeure partie de leur conjugaison sur celle des réguliers, qui ont la même terminaison à l'infinitif. Il est donc nécessaire de savoir parfaitement ces trois conjugaisons, non seulement pour avoir le modèle de tous les verbes réguliers, mais encore pour conjuguer plus facilement les verbes irréguliers; car, en donnant les verbes irréguliers, je ne ferai qu'indiquer leur irrégularité, renvoyant pour le reste à celle des trois conjugaisons, dont le verbe irrégulier tire son infinitif.

Pour débuter avec plus de facilité dans la conjugaison de tous les verbes réguliers, il n'y a qu'à changer en o l'*a* de *are*, l'*e* de *ere*, et l'*i* de *ire*; et l'on trouvera tout de suite la première personne du présent de l'indicatif: ex. Am*are*; j'aime, *amo*: cred*ere*; je crois, *credo*: *sentire*; je sens, *sento*. Ces trois lettres, savoir, l'A de *are*, etc. peuvent être regardées, pour ainsi dire, comme le pivôt, sur lequel roulent toutes les conjugaisons des verbes réguliers et de presque tous les irréguliers. Car, l'A de *are*, se change à l'imparfait en *ava*, au passé en *ai*, au futur en *erò*: il borne l'impératif: il se change en I au subjonctif, en *erei* à l'optatif, en *assi* à l'imparfait et en *ato* au participe. Il en est de même, et à proportion de l'E de *ere* et de l'I de *ire*, dans les deuxième et troisième conjugaisons.

Je préviens les lecteurs, que, dans les conjugaisons suivantes, je ne mettrai plus les pronoms personnels *io*, *tu*, *egli*, etc. et qu'au conjonctif je n'indiquerai qu'à la première personne du singulier la particule conjonctive *che*, que; *quando*, quand; laquelle, cependant, doit être sous-entendue, aussi bien que les différens pronoms personnels, à chaque personne du temps.

G 3

PREMIERE CONJUGAISON RÉGULIÈRE.

Des Verbes terminés en are

AMARE, *AIMER*. Participe, Amáto, *Aimé*.

INDICATIF.

Présent.

Sing. ámo,   *j'aime.*
ami,   *tu aimes.*
ama,   *il aime.*
Plur. amiámo,   *nous aimons.*
amáte,   *vous aimez.*
ámano,   *ils aiment.*

Passé Imparfait.

Sing. amáva, *fam.* amavo. *j'aimois,*
amavi,   *tu aimois.*
amava,   *il aimoit.*
Plur. amavámo (1),   *nous aimions.*
amaváte,   *vous aimiez.*
amávano,   *ils aimoient.*

Passé Défini.

Sing. amái,   *j'aimai.*
amasti,   *tu aimas.*
amó,   *il aima.*
Plur. amámmo, *nous aimâmes.*
amáste,   *vous aimâtes.*
amárono,   *ils aimèrent.*

Passé Indéfini.

Sing. ho   *j'ai aimé.*
hai   *tu as aimé.*
ha   *il a aimé.*
Plur. abbiámo } amato, *nous avons aimé.*
avete   *vous avez aimé.*
hanno   *ils ont aimé.*

---

(1) Les premières personnes du pluriel de l'imparfait de l'indicatif se terminent en *vamo*, et ont l'accent sur la pénultième syllabe. Ainsi l'on doit prononcer *avevámo, eravámo, amavámo, credevámo, sentivámo,* etc. et jamais *avévamo,* etc. comme le prouve CINONIO, *Trat. de' Verbi, cap.* 6, et CORTICELLI condamne l'usage contraire de quelques Italiens, *lib. iii. della Ortóg. Tosc. cap.* 12.

Plusque-Parfait.

Sing. avéva		j'avois aimé.
avevi		tu avois aimé.
aveva		il avoit aimé.
Plur. avevámo	amato,	nous avions aimé.
avevate		vous aviez aimé.
avevano		ils avoient aimé.

Futur Simple.

Sing. amerò,	j'aimerai.
amerai,	tu aimeras.
amerà,	il aimera.
Plur. amerémo,	nous aimerons.
ameréte,	vous aimerez.
ameranno,	ils aimeront.

Impératif.

Sing. ama tu,	aime.
ami egli,	qu'il aime.
Plur. amiámo noi,	aimons.
amate voi,	aimez.
ámino eglino;	qu'ils aiment.

SUBJONCTIF.

Présent.

Sing. che io ami,	que j'aime.
ami,	que tu aimes.
ami,	qu'il aime.
Plur. che noi amiamo,	que nous aimions.
amiate,	que vous aimiez.
ámino,	qu'ils aiment.

Optatif Présent.

Sing. ameréi,	j'aimerois.
amerésti,	tu aimerois.
amerebbe,	il aimeroit.
Plur. amerémmo,	nous aimerions.
ameréste,	vous aimeriez.
amerébbono,	ils aimeroient.

G 4

Passé Imparfait.

Sing. che io amássi,   *que j'aimasee.*
          amassi,   *que tu aimasses.*
          amasse,   *qu'il aimât.*
Plur. che noi amassimo,   *que nous aimassians.*
          amáste,   *que vous aimassiez.*
          amassero,   *qu'ils aimassent.*

Passé Parfait.

Sing. che io   abbia   *que j'aie aimé.*
         abbi   *que tu aies aimé.*
         abbia   *qu'il ait aimé.*
Plur. che noi abbiamo ⎰ amato,   *que nous ayons aimé.*
         abbiate   *que vous ayez aimé.*
         abbiano   *qu'ils aient aimé.*

Optatif Passé.

Sing. avréi   *j'aurois aimé.*
      avrésti   *tu aurois aimé.*
      avrebbe   *il auroit aimé.*
Plur. avrémmo ⎰ amato,   *nous aurions aimé.*
      avreste   *vous auriez aimé.*
      avrébbono   *ils auroient aimé.*

Plusque-Parfait.

Sing. che io   avéssi   *que j'eusse aimé.*
         avessi   *que tu eusses aimé.*
         avesse   *qu'il eût aimé.*
Plur. che noi avéssimo ⎰ amato,   *que nous eussions aimé.*
         aveste   *que vous eussiez aimé.*
         avessero   *qu'ils eussent aimé.*

Futur Composé.

Sing. quando avrò   *quand j'aurai aimé.*
         avrái   *tu auras aimé.*
         avrà   *il aura aimé.*
Plur. quando avrémo ⎰ amato,   *quand nous aurons aimé.*
         avrete   *vous aurez aimé.*
         avranno   *ils auront aimé.*

INFINITIF.

Présent. Amáre, *aimer.*
Gérondif. Amando, *aimant, en aimant.*
Participe. Amato, *aimé.*
Futur. Avere ad, dovere amare, *ou* esser per amare, *devoir aimer*
ou être près d'aimer.

Il paroît que l'infinitif de ce verbe est détourné de sa propre inflexion dans le futur simple *amerò,* et dans l'optatif présent *amerei,* et que l'on devroit dire *amarò* et *amarei,* etc. Cependant *amarò* et *amarei,* ne peuvent pas se dire; et cette réflexion intéresse directement la première conjugaison; car les autres suivent la terminaison de leur infinitif dans les deux temps en question; et *credere,* croire, fait au futur simple *crederò,* je croirai; et, à l'optatif présent, *crederei,* je croirois. *Sentire,* sentir, fait aux mêmes temps *sentirò,* je sentirai; *sentirei,* je sentirois.

EXERCICE.

POUR s'exercer sur la plus étendue des conjugaisons régulières, on peut faire usage des verbes suivans.

Ascoltare, écouter.
Ballàre, danser.
Cantare, chanter.
Camminare, marcher.
Cenare, souper.
Chiaccherare, babiller.
Desiderare, desirer.
Disprezzare, mépriser.

Ingannare, tromper.
Lavorare, travailler.
Mangiare, manger.
Parlare, parler.
Pranzare, dîner.
Procurare, tâcher.
Studiare, étudier.
Suonare, jouer *d'un instrument.*

On conjuguera quelques-uns de ces verbes d'une manière suivie, ou (pour mieux se rompre dans la conjugaison) d'une manière discontinuée. Après cela il sera bon de joindre de courtes phrases à quelques-uns des verbes ci-dessus : ex. Je parlerai si vous écoutez, *parlerò se ascoltáte :* à quelle heure soupez-vous ? *a che ora cenate ?* nous soupons à onze heures, *ceniamo a undici ore,* ou bien *alle undici,* etc. — On peut même faire entrer, dans les phrases, les deux auxiliaires que l'on vient d'étudier : ex. Elle chante bien quand elle est seule : elle a peur de chanter quand elle est en compagnie, *essa canta bene quando è sola : ha paura (* ou bien *si perita) di cantare quando è in compagnia.* — Il sera fort utile de faire le même exercice sur les réguliers des deux conjugaisons suivantes et de le continuer sur les verbes irréguliers; car rien ne fraie mieux le chemin à la composition, c'est-à-dire à parler et à écrire une langue. Cependant il faut tâcher que les exemples, que l'on propose à l'étudiant, n'exigent que l'application des règles qui lui sont déja connues; sans quoi, l'on pécheroit contre la bonne méthode. Pour compléter cet exercice, j'ai donné un petit ouvrage qui a pour titre Cours de Thèmes Libres, dont on pourra faire usage lorsque l'on sera rendu à la Syntaxe.

Des Verbes terminés en CARE et en GARE.

LA différence, qui caractérise les verbes terminés en *care* et en *gare*, ne regarde point leur conjugaison, laquelle est tout-à-fait régulière, comme *amare*; mais plutôt la *h*, qui doit prendre place après le *c* ou le *g*, lorsque la conjugaison requiert que ces consonnes soient suivies d'un *e* ou d'un *i*. (*Voyez la page* 75, *N*º 1). Je vais maintenant donner deux exemples, sur lesquels on peut former tous les verbes qui ont l'infinitif en *care* ou en *gare*.

GIUOCARE, *Jouer.*

Indicatif, Présent. *Je joue*, etc. Giuóco, giuochi, giuoca; giuochiámo, giuocáte, giuócano.

Futur Simple, *Je jouerai*; etc. Giuocherò, giuocherái, giuocherà; giuocherémo, giuocheréte, giuocheranno.

Impératif. Giuóca, giuochi; giuochiámo, giuocáte, giuochino.

Subjonctif, Présent. *Que je joue*, etc. Che giuóchi, giuochi, giuochi; giuochiámo, giuochiáte, giuóchino.

Optatif Présent. *Je jouerois*, etc. Giuocheréi, giuocherésti, giuocherebbe; giuocheremmo, giuochereste, giuocherébbono.

On doit en dire précisément de même des verbes terminés en *gare*; exemple :

PAGARE, *Payer.*

Indicatif, Présent. *Je paie*, etc. Págo, paghi, paga; paghiámo, pagate, págano.

Futur Simple. *Je payerai*, etc. Pagherò, etc. Il retient la *h* dans toutes les personnes.

Impératif. Paga, paghi; paghiámo, pagáte, pághino.

Subjonctif, Présent. *Que je paie*; etc. Che paghi, etc. comme au futur.

Optatif Présent. *Je payerois*, etc. Pagherei, etc. comme au futur.

Conjugaison des Verbes Passifs.

Tous les verbes passifs sont composés du verbe *essere* et du participe passé du verbe actif, qui se conjugue en passif. Je ne crois pas nécessaire de répéter ici mot à mot le verbe *essere*, avec l'addition d'un participe quelconque; et il me suffira d'indiquer les différentes termi naisons du participe, lesquelles sont toujours les mêmes dans tous les temps, au singulier et au pluriel, toutes les fois qu'un participe est accompagné du verbe *essere*.

Indicatif, Présent.

Sing.	sono	amato	*je suis aimé* ou *aimée.*
	sei	ou	*tu es aimé* ou *aimée.*
	è	amata,	*il est aimé* ou *elle est aimée.*
Plur.	siamo	amati	*nous sommes aimés* ou *aimées.*
	siete	ou	*vous êtes aimés* ou *aimées.*
	sono	amate.	*ils sont aimés* ou *elles sont aimées.*

Passé Imparfait. Era amato *ou* amata, etc. *J'étois aimé* ou *aimée*, etc. On doit en dire de même de tous les verbes passifs.

SECONDE CONJUGAISON RÉGULIÈRE.

Des Verbes terminés en ere.

Infinitif. Crédere, *croire.* *Participe.* Credúto, *cru.*

INDICTIF.

Présent.

Sing.	crédo,	*je crois.*
	credi,	*tu crois.*
	créde,	*il croit.*
Plur.	crediámo,	*nous croyons.*
	credete,	*vous croyez.*
	crédono,	*ils croient.*

Passé Imparfait.

Sing.	credéva (*), fam. credevo,	*je croyois.*
	credevi,	*tu croyois.*
	credéva,	*il croyoit.*

---

(1) Il faut remarquer que les verbes terminés en *ere* bref ou long, tant réguliers qu'irréguliers, peuvent recevoir, à la première et à la troisième personne du singulier de l'imparfait de l'indicatif, la terminaison en **IVA** et en **EA**; et à la troisième du pluriel (même temps), celle en **EVANO** et en **EANO**. C'est ainsi que l'on peut dire *io credéva* ou *credéa*, je croyois; *egli credeva* ou *credéa*, il croyoit; *eglino credévano* ou *credéano*, ils croyoient. Il en est de même des verbes en *ere* long, comme *temére*, craindre, et des irréguliers en *ere* bref, comme *rìdere*, rire; car on dit *teméva* et *teméa*, *ridéva* et *ridéa*, etc. Cependant on ne pourroit pas dire *noi credeamo* au lieu de *noi credevámo*, nous croyions, ni *temcamo*, etc. BEMBO, *lib. ii. della volgar Lingua*; et CINONIO, *Trat. de' Verbi, cap.* 5 *et* 6.

Plur. credevámo,   *nous croyons.*
     credevare,   *vous croyez.*
     credévano,   *ils croyoient*

Passé défini.

Sing. credéi *ou* credetti,   *je crus.*
     credésti,   *tu crus.*
     credè *ou* credette,   *il crut.*
Plur. credémmo,   *nous crúmes.*
     credeste,   *vous crútes.*
     credérono, *ou* credéttero, *ils crurent.*

Passé Indéfini.

Sing. ho   *j'ai cru.*
     hai   *tu as cru.*
     ha   *il a cru.*
Plur. abbiamo } credúto, *nous avons cru.*
     avete   *vous avez cru.*
     hanno   *ils ont cru.*

Plusque-Parfait.

Sing. aveva   *j'avois cru.*
     avevi   *tu avois cru.*
     aveva   *il avoit cru*
Plur. avevámo } credúto, *nous avions cru.*
     avevate   *vous aviez cru.*
     avevano   *ils avoient cru.*

Futur simple.

Sing. crederò,   *je croirai.*
     crederái,   *tu croiras.*
     crederà,   *il croira.*
Plur. crederémo, *nous croirons.*
     crederete, *vous croirez.*
     crederánno, *ils croiront.*

IMPÉRATIF.

Sing. crédi,   *crois.*
     creda,   *qu'il croie.*
Plur. crediámo,   *croyons.*
     credéte,   *croyez.*
     crédano,   *qu'ils croyent.*

SUBJONCTIF.

Présent.

Sing. che io créda,	*que je croie.*
creda *ou* credi,	*que tu croies.*
creda,	*qu'il croie.*
Plur. che noi crediamo,	*que nous croyions.*
crediate,	*que vous croyiez.*
crèdano,	*qu'ils croient.*

Optatif présent.

Sing. crederéi,	*je croirois*
crederesti,	*tu croirois.*
crederebbe,	*il croiroit.*
Plur. crederémmo,	*nous croirions.*
credereste,	*vous croiriez.*
crederébbono *ou* crederebbero,	*ils croiroient.*

Passé Imparfait.

Sing. che credéssi,	*que je crusse.*
credessi,	*que tn crusses.*
credesse,	*qu'il crût.*
Plur. che credéssimo,	*que nous crussions.*
credéste,	*que vous crussiez.*
credéssero,	*qu'ils crussent.*

Passé Parfait.

Plur. che io abbìa		*que j'aie cru.*
abbi		*que tu aies cru.*
abbia	creduto,	*qu'il ait cru.*
Plur. che noi abbiámo		*que nous ayons cru.*
abbiáte		*que vous ayez cru.*
ábbiano		*qu'ils aient cru.*

Optatif Passé.

Sing. io avréi		*j'aurois cru.*
avresti		*tu aurois cru.*
avrebbe		*il auroit cru.*
Plur. noi avrémmo	creduto,	*nous aurions cru.*
avreste		*vous auriez cru.*
avrébbono *ou* avrebbero		*ils auroient cru.*

Plusque-Parfait.

Sing. che io avéssi   que j'eusse cru.
         avessi   que tu eusses cru.
         avesse   qu'il eût cru.
Plur. che noi avéssimo creduto,   que nous eussions cru.
         aveste   que vous eussiez cru.
         avéssero   qu'ils eussent cru.

Futur Composé.

Sing. quando io avrò   quand j'aurai cru.
         avrai   tu auras cru.
         avrà   il aura cru.
Plur. quando noi avremo creduto,   nous aurons cru.
         avrete   vous aurez cru.
         avranno   ils auront cru.

I N F I N I T I F.

Présent. Crédere, croire.
Gérondif. Credendo, croyant, en croyant.
Participe. Creduto, cru.
Futur. Avere a, dovere *ou* esser per credere, *devoir croire ou être près de croire.*

Les grammairiens distinguent communément les verbes terminés en *ere* bref, comme *credere*, de ceux en *ere* long, comme *temere*, craindre, qui pourtant ne diffèrent point dans la conjugaison, si l'on parle des réguliers. Je suivrai cette distinction en parlant des irréguliers. Auparavant j'indiquerai les réguliers de cette conjugaison, sur lesquels on pourra s'exercer, pour s'affermir dans la conjugaison. Cependant il faut remarquer, que quelques-uns d'entr'eux ont les deux passés définis en *ei* et en *etti*, d'autres n'ont que le passé en *ei*; et qu'au passé en *ei* répond la troisième personne du singulier en *è* et la troisième du pluriel en *erono*; ainsi qu'à *etti* répondent *ette*, *ettero* : ex. *Credei, credè, crederono; credetti, credette, credettero.* Cela est remarquable pour les réguliers qui n'ont que *ei* au passé défini. Voici à-peu-près les réguliers de la seconde.

Infinitif.		*Passé Défini.*	*Participe.*
Bévere, *	boire,	bevetti,	uto.
Báttere,	battre,	battei,	uto.

(1) BERE , boire, est anomal, et il se conjugue comme il suit : Indic. Prés. S. *Beo, bei, bee* : P. *bejamò, beete, beonò.*

Infinitif.		Passé Défini.	Participe.
Cédere,	céder, et ses dérivés,	cedetti,	uto.
Émpiere et rempiere,	emplir, remplir,	ei,	uto.
Frémere,	frémir,	ei, etti,	uto.
Gémere,	gémir,	ei, etti,	uto.
Godére,	jouir,	ei, etti,	uto.
Miétere,	moissonner,	ei,	uto.
Páscere,	paître,	ei,	uto.
Péndere et dipendere,	pendre,	ei,	uto.
Pérdere,	perdre,	ei, etti,	uto. (1)
Prémere,	presser,	ei, etti,	uto.
Réndere,	rendre,	ei, etti,	uto. (2)]
Ricévere,	recevoir,	ei, etti,	uto.
Temére,	craindre,	ei, etti,	uto.
Tóndere,	tondre,	ei,	uto.
Véndere,	vendre,	ei, etti,	uto.

TROISIÈME CONJUGAISON RÉGULIERE.

Des Verbes terminés en ire.

Infinitif. Sentire, *sentir* ou *entendre.* — Participe. Sentito, *senti.*

INDICATIF.

Présent.

Sing. sénto,   *je sens.*
senti.   *tu sens.*
sente,   *il sent.*

Imparf. *Beeva, beevi*, etc. — Passé défini. S. *Bevvi, beesti, bevve* : P. *beemmo, beeste, bevvero.* — Futur. *Berò, berai*, etc.
Impér. S. *Bei, bea* : P. *bejamo, beete, beano.*
Conjonctif présent. S. *Che io bea, bei* ou *bea, bea* : P. *bejamo, bejate, beano.*
— Optatif. *Berei, beresti*, etc. — Imparf. *Beessi, beessi*, etc. — Inf. *Bere.* —
Gér. *Beendo.* — Part. *Bevuto.*
(1) *Perdere* fait aussi *perso* au Part. et son composé *disperdere* appartient à la première classe des irréguliers.
(2) *Rendere* s'emploie aussi de nos jours comme irrégulier de la première classe; savoir, Passé, *resi*; Part. *reso.* Ainsi *arrendersi*, etc. — *Assólvere*, absoudre; *risólvere*, résoudre, appartiennent aux rég. de la deuxième : leur participe est *assoluto* ou *assolto*, etc.

Plur. sentiámo, *nous sentons.*
    sentite, *vous sentez.*
    séntono, *ils sentent.*

Passé Imparfait.

Sing. sentíva, *fam.* sentivo, *je sentois.*
    sentivi,   *tu sentois.*
    sentiva,   *il sentoit.*
Plur. sentivámo,   *nous sentions.*
    sentiváte,   *vous sentiez.*
    sentívano,   *ils sentoient.*

Passé Défini.

Sing. sentíi,   *je sentis.*
    sentisti,   *tu sentis.*
    sentì,   *il sentit.*
Plur. sentímmo, *nous sentímes.*
    sentíste,   *vous sentítes.*
    sentírono, *ils sentirent.*

Passé Indéfini.

Sing. ho   *j'ai senti.*
    hai   *tu as senti.*
    ha   *il a senti.*
Plur. abbiamo } sentito, *nous avons senti.*
    avete   *vous avez senti.*
    hanno   *ils ont senti.*

Plusque-Parfait.

Sing. aveva, *fam.* avevo,   *j'avois senti.*
    avevi   *tu avois senti.*
    aveva   *il avoit senti.*
Plur. avevámo   } sentito, *nous avions senti*
    avevate   *vous aviez senti.*
    avévano   *ils avoient senti.*

Futur simple.

Sing. sentirò,   *je sentirai.*
    sentirai,   *tu sentiras.*
    sentirà,   *il sentira.*
Plur. sentirémo, *nous sentirons.*
    sentirete,   *vous sentirez.*
    sentiranno, *ils sentiront.*

IMPÉRATIF.

IMPÉRATIF.

Sing. sénti,   *fens.*
    senta ,   *qu'il fente.*
Plur. sentiámo, *sentons.*
    sentíte,   *sentez.*
    séntano ,   *qu'ils sentent.*

SUBJONCTIF.

Présent.

Sing. che io sénta ,   *que je sente.*
    senta *ou* senti,   *que tu sentes.*
    senta ,   *qu'il sente.*
Plur. che noi sentiámo ,   *que nous sentions.*
    sentiáte,   *que vous sentiez.*
    séntano,   *qu'ils sentent.*

Optatif Présent.

. sentirei,   *je sentirois.*
sentirésti,   *tu sentirois.*
sentirebbe,   *il sentiroit.*
Plur. sentiremmo ,   *nous sentirions.*
sentiréste,   *vous sentiriez ;*
sentirébbono *ou* }
sentirébbero, } *ils sentiroient.*

Passé Imparfait.

Sing. che io sentissi ;   *que je sentisse.*
    sentissi ,   *que tu sentisses.*
    sentisse ;   *qu'il sentit.*
Pl. che noi sentissimo ,   *que nous sentissions.*
    sentiste ,   *que vous sentissiez.*
    sentissero ,   *qu'ils sentissent.*

Passé Parfait.

Sing. che io àbbia }
    abbi }
    abbia }
Plur. che noi abbiámo } sentito ,
    abbiáte }
    ábbiano }

que j'aie senti.
que tu aies senti.
qu'il ait senti.
que nous ayons senti
que vous ayez senti.
qu'ils aient senti.

H

Optatif Passé.

Sing.	avrei			j'aurois senti,
	avresti			tu aurois senti.
	avrebbe			il auroit senti.
Plur.	avremmo	} sentito,	nous aurions senti.
	avreste			vous auriez senti.
	avrebbono *ou*			
	avrebbero			ils auroient senti.

Plusque-Parfait.

Sing. che io	avéssi		que j'eusse senti.
	avessi		que tu eusses senti.
	avesse	} sentito,	qu'il eût senti.
Plur. che noi	avessimo		que nous eussions senti.
	aveste		que vous eussiez senti.
	avéssero		qu'ils eussent senti.

Futur Composé.

Sing. quando io	avrò		quand j'aurai senti.
	avrai		tu auras senti.
	avrà	} sentito,	il aura senti.
Plur. quando noi	avrémo		nous aurons senti.
	avrete		vous aurez senti.
	avranno		ils auront senti.

INFINITIF.

Présent. Sentire , *sentir.* *Gérondif.* Sentendo , *sentant* , en sentant.
Participe. Sentito , *senti.*
Futur.   Avere a , dovere *ou* esser per sentire , *devoir sentir ou être près*
de sentir.

Il faut conjuger de même les composés de *sentire* , comme *consentire* , consentir ; *dissentire* , n'être point d'accord; *rissentire* , ressentir , etc. — On peut ajouter les verbes suivans et leurs dérivés qui sont réguliers ; savoir ,

Bollire , *bouillir.*	Partire , *partir.*
Convertire , *convertir.*	Pentirsi , *se repentir.*
Cucire , *coudre.*	Seguire , *suivre.*
Dormire , *dormir.*	Servire , *servir.*
Fuggire , *fuir.*	Sortire , *avoir en sort.*
Mentire , *mentir.*	Vestire , *habiller.*

NOTA.— 1º. *Avvertire*, avertir, peut se conjuguer comme régulier de la troisième, savoir, *avverto*, *avverti*, *avverte*, et il peut avoir lieu parmi les verbes en *isco*. (*Cinonio de' Verbi Annot.* 3.) — 20. *Cucire* fait à la première personne du présent de l'indicatif *cucio* et, non *cuco* et au présent du subjonctif *cucia* aux trois personnes du singulier. — 3º. *Eseguire*, exécuter ; *conseguire*, obtenir ; ne suivent point leur primitif *seguire*, mais ils appartiennent aux verbes en *isco*.

Des Verbes Réciproques ou Réfléchis.

AVANT d'exposer les verbes irréguliers, je crois devoir parler ici des verbes réciproques, dont la conjugaison tient ordinairement à une des trois régulières ci-dessus ; car leur réciprocité, qui consiste dans l'addition des pronoms conjoints *mi*, *ti*, *ci*, *si*, *vi*, n'apporte aucun changement à leur conjugaison.

Il y a des verbes naturellement réciproques, comme *ricordarsi*, se souvenir ; *accorgersi*, s'appercevoir ; *pentirsi*, se repentir ; et d'autres (comme tous les verbes actifs) qui deviennent tels, par l'addition des pronoms conjoints, toutes les fois que l'action retombe sur l'agent, comme *amarsi*, s'aimer ; *credersi*, se croire ; *sentirsi*, se sentir. Or, pour bien conjuguer ces verbes, il n'importe de quelle façon ils soient réciproques ; mais il est très-important de savoir à laquelle des trois conjugaisons ils appartiennent. Cela s'obtient facilement en ôtant le *si* de l'infinitif, et en y substituant la lettre *e*. Par ce moyen l'on connoît que l'infinitif de *ricordarsi* est *ricordare*, et que ce verbe est de la première conjugaison ; que celui de *accorgersi* (quoique irrégulier) est *accorgere*, et qu'il a du rapport à la seconde : enfin, que *pentirsi* fait à l'infinitif *pentire*, et qu'il doit se conjuguer comme *sentire*.

Cela supposé, l'union des pronoms conjoints au verbes n'a guère de difficulté ; car elle est la même dans tous les temps de toutes les conjugaisons, de sorte que l'exemple que je vais en donner pour un seul temps, peut servir de modèle à tous les autres. Le voici :

RICORDARSI, *Se Souvenir.*

INDICATIF.

Présent.

Sing. io mi ricordo,   *je me souviens.*
      tu ti ricordi,   *tu te souviens.*
      egli *ou* essa si ricorda,   *il* ou *elle se souvient.*
Plur. noi ci ricordiamo,   *nous nous souvenons.*
      voi vi ricordate,   *vous vous souvenez.*
      eglino *ou* esse si ricordano. *ils* ou *elles se souviennent.*

H 2

Passé Imparfait.

Sing. io mi ricordava, etc. etc. *je me souvenois*, etc. etc.

NOTA. — 1°. Ces verbes reçoivent dans leurs temps composés le verbe *essere* pour auxiliaire; et le participe du verbe doit s'accorder en genre et en nombre avec la personne ou avec les personnes, ainsi que je l'ai observé en parlant du participe du verbe *essere*; savoir, *stato*, *stata*, *stati*, *state*. Par cette raison *je me suis souvenu* se dira *mi sono ricordato*; elle s'est repentie, *essa si è pentita*; nous nous sommes amusés *ou* amusées, *si siamo divertiti* ou *divertite*. — 2°. Dans les verbes réciproques, les pronoms conjoints changent comme la réciprocité de la personne; car on dit, je me rappelle, *io* MI *ricordo*; je te rappelle, *io* TI *ricordo*. Il en est de même des verbes qui ne sont réciproques que par accident : ex. Je vous parle, *vi parlo*; je lui parle, *gli parlo*, etc. — 3°. Il y a cette différence entre les verbes *réfléchis* ou *réciproques* et les *passifs*, que les réfléchis se lient toujours avec un des pronoms conjoints *mi*, *ti*, *si*, etc.; jamais avec *stato*, participe du verbe *essere*: au contraire les passifs reçoivent le participe sur-énoncé dans les temps composés, et ne souffrent jamais aucun pronom conjoint. C'est ainsi que l'on dit, *io mi sono divertito*, je me suis amusé; et *io sono stato divertito*, j'ai été amusé.

Des Verbes Irréguliers.

EN exposant les verbes irréguliers je ne donnerai que les temps sur lesquels l'irrégularité tombe, sans m'arrêter à ceux qui s'accordent avec la conjugaison, de laquelle le verbe irrégulier tire son infinitif.

L'irrégularité des verbes regarde principalement les deux présens, le passé défini, le participe et l'impératif, qui est composé ordinairement des deux présens; savoir, de l'indicatif et du subjonctif. Il faut faire bien attention au participe des irréguliers, à cause du fréquent usage que l'on en fait, de préférence à toute autre partie du verbe.

Des Verbes Irréguliers de la première Conjugaison en are.

IL n'y a que quatre verbes irréguliers terminés en *are*, qui sont *stare*, *dare*, *fare*, *andare*. *Dare* a les mêmes inflexions que *stare*, si l'on en excepte le passé défini.

STARE, *Demeurer* ou *Etre*, *se Porter*, *s'Arrêter*, etc. Participe, *Stato*, *Demeuré*.

Indicatif, Présent. *Je demeure* ou *je me porte*, etc. S. Sto, stai, sta : P. stiamo, state, stanno.

Imparfait. *Je demeurois.* S. Stava, etc. comme *amare.*

Passé Défini. *Je demeurai.* S. Stetti, stesti, stette : *P.* stemmo, steste, stettero.

Passé Indéfini. *J'ai ou je suis demeuré.* Sono stato, etc.

Plusque-parfait. *J'avois demeuré.* Era stato.

Futur Simple. *Je demeurerai.* Staró, etc.

Impératif. *Demeure.* S. Sta, stia : *P.* stiamo, state, stieno.

Subjonctif. Présent. *Que je demeure.* S. Ch'io stia, stia *ou* stii, stia. *P.* stiamo, stiate, stieno.

Optatif Présent. *Je demeurerois.* S. Starei, staresti, etc.

Imparfait. *Que je demeurasse.* S. Stessi, stessi, stesse : *P.* stessimo, steste, stessero.

Infinitif. *Demeurer,* stare. — Gérondif. *Demeurant,* stando. — Participe. *Demeuré,* stato.

☞ Les quatre temps composés suivans, c'est-à-dire le passé parfait, l'optatif passé, le plusque-parfait, et le futur composé, font dans tous les verbes sia, sarei, fossi, sarò, avec l'addition du participe du verbe, toutes les fois que le verbe a pour auxiliaire *essere*; et *abbia*, *avrei*, avessi, avrò, avec le participe propre du verbe, si l'auxiliaire est *avere*. Cela doit suffire pour que je ne fasse plus mention de ces temps composés dans les conjugaisons suivantes. Il faut dire de même à proportion des deux temps composés de l'indicatif sono, era, ou ho, aveva.

NOTA. — 1°. *Soprastare,* être au-dessus; *contrastare,* disputer, s'éloignent de leur primitif, et ils se conjuguent comme *amare.* Cependant *ristare,* ou *ristarsi,* s'arrêter, cesser, suit son primitif. — 2°. Le verbe *stare* s'emploie très-souvent au lieu du verbe *essere*; comme le verbe *avere* au lieu de *dovere*; comme j'ai remarqué au Num. 3. du *nota* du verbe *avere.* Ainsi l'on dit STO per partire, je suis près de partir, au lieu de SONO; STETTI *per dire,* je fus près de dire, au lieu de FUI; STAVA *per ridere,* j'étois près de rire, au lieu de ERA; et ainsi du reste. — 3°. Comme les différentes significations de *stare,* et sur-tout celle de *demeurer* et de *se porter,* sont d'un grand usage, on peut s'exercer sur les phrases suivantes ou autres semblables. Comment vous portez-vous? *come state?* Je me porte bien, *sto bene.* Où demeuriez-vous l'année passée? *Dove stavate* (ou *stavate di casa*) *l'anno passato?* Je demeurois dans la rue du... *stava in via del*....

DARE, *Donner.* Participe, *Dato, Donné.*

Indicatif, Présent. *Je donne,* etc. S. Do, dai, dà : *P.* diamo, date, danno.

Imparfait. *Je donnois,* etc. S. Dava, etc.

Passé Défini. *Je donnai,* etc. S. Diedi *ou* detti, desti, diede, dette, *ou* diè : *P.* demmo, deste, diedero *ou* dettero.

Temps Composés. Ho dato. — Aveva dato.

H 3

Futur Simple. *Je donnerai*, etc. S. Darò, etc.

Impératif. *Donne*, etc. S. Dà, dia : P. diamo, date, dieno.

Subjonctif, Présent. *Que je donne*, etc. S. Che dia, dia *ou* dii, dia : P. diamo, diate, dieno.

Optatif Présent. *Je donnerois*, etc. S. Darei, etc.

Imparfait. *Que je donnasse*, etc. Che dessi, dessi, desse : P. dessimo, deste, dessero ; *vulgair.* dassi, etc.

Infinitif. Dare, *donner.* — Gérondif. Dando, *en donnant.* — Participe. Dato, *donné.*

NOTA. — On conjugue de même son dérivé *ridare*, donner de nouveau ; mais les verbes *circondare*, environner ; *ridondare*, surabonder, etc. apppartiennent à la conjugaison régulière.

FARE, *Faire.* Participe, Fatto , *Fait.*

NOTA. *Fare* se disoit anciennement *facere*. C'est pour cette raison que ce verbe conserve dans les deux imparfaits, les terminaisons en *eva* et en *essi*, qui appartiennent à la deuxième conjugaison.

Indicatif, Présent. *Je fais*, etc. S. Fo. poët. *faccio*, fai, fa : P. facciamo, fate, fanno.

Imparfait. *Je faisois*, etc. S. Faceva, *fam.* facevo, facevi, faceva : P. facevamo, facevate, facevano.

Passé Défini. *Je fis*, etc. S. Fèci, facesti, fece : P. facemmo, faceste, fecero.

Temps Composés. Ho fatto. — Aveva fatto.

Futur Simple. *Je ferai*, etc. S. Farò farai, etc.

Impératif. *Fais*, etc. S. Fa, faccia : P. facciamo, fate, facciano.

Subjonctif, Présent. *Que je fasse*, etc. Che io faccia, faccia *ou* facci, faccia : P. facciamo, facciate, facciano.

Optatif Présent. *Je ferois*, etc. S. Farei, faresti, farebbe : P. faremmo, fareste, farebbono *ou* farebbero.

Imparfait. *Que je fisse*, etc. S. Che facessi, facessi, facesse : P. facessimo, faceste, facessero.

Infinitif. Fare, Gér. Facendo ; Partic. Fatto.

NOTA. — Il faut conjuguer de même ses dérivés *rifare*, refaire ; *disfare*, défaire ; *contraffare*, contre-faire ; *soddisfare*, satisfaire ; *liquefare*, liquéfier, etc.

ANDARE, *Aller.* Participe, Andato, *Allé.*

Indicatif, Présent. *Je vais*, etc. S. Vo *ou* vado, vai, va : P. andiamo, andate, vanno.

Imparfait. *J'allois*, etc. S. Andava, etc. comme *amare.*

Passé Défini. *J'allai*, etc. S. Andai, andasti, etc. comme *amare.*

Temps Composés. Sono andato. — Era andato.

Futur Simple. *J'irai*, etc. S. Andrò, andrai, andrà: *P.* andremo, andrete, andranno : *mieux que* anderò, etc.

Impératif. *Va*, etc. S. Va, vada : *P.* andiamo, andate, vadano.

Subjonctif, Présent. *Que j'aille*, etc. S. Che io vada, vada *ou* vadi, vada : *P.* andiamo, andiate, vadano.

Optatif Présent. *J'irois*, etc. S. Andrei, andresti, andrebbe : *P.* andremmo, andreste, andrebbono : *mieux que* anderei, etc.

Imparfait. *Que j'allasse*, etc. Che andassi, etc. comme *amare*.

Infinitif. Andàre. — Gér. Andando. — Partic. Andato.

NOTA. — 1°. Les dérivés du verbe *andare*, comme *riandare*, examiner, *trasandare*, outre-passer, ne peuvent pas se conjuguer exactement sur leur primitif, comme remarque Bartoli, n. 197. et ibid. Amenta; cependant l'on trouve *rivada*, Dante Inf. cant. 28. *trasvanno*, Dante Convit. pag. 178, etc.

2°. *Gire* et *ire* sont synonymes de *andare*; et quoique ces verbes, par leurs terminaisons en *ire*, appartiennent aux réguliers de la troisième; je crois, cependant, pouvoir en faire mention ici, parce que ces verbes étant défectifs, c'est-à-dire, manquant de plusieurs personnes, doivent être suppléés par le verbe *andare*. Voici les personnes des temps du verbe *gire*.

Indicatif, Présent. *Nous allons*, nòi gimo, *vous allez*, voi gite.

Imparfait. *J'allois*, etc. S. Giva, givi, giva *ou* gia : *P.* givamo, givate, givano.

Passé Défini. S. *Tu allas*, gisti; *il alla*, gì ou giò : *P. nous allâmes*, noi gimmo; *vous allâtes*, voi giste.

Futur Simple. *J'irai*, etc. S. Girò, girai, girà : *P.* giremo, girete, giranno.

Subjonctif, Optatif. *J'irois*, etc. S. Girei, giresti, girebbe : *P.* giremmo, gireste, girebbono.

Imparfait. *Que j'allasse*, che gissi; *qu'il allât*, che gisse: *P.* gissimo, giste, gissero.

Le participe est *gito* dans tous les temps composés; mais ce verbe n'est guère usité qu'en poésie. Il n'en est pas de même du verbe *ire*, aller, qui a lieu dans la prose. Ce verbe, suivant le Vocabulaire de la Crusca, n'a que les personnes suivantes :

Indicatif, Imparfait. S. Iva, il alloit : *P.* ivano, ils alloient.

Futur Simple. *P.* Iremo, *nous irons*; irete, *vous irez*.

Infinitif. Ire, *aller*. — Participe. Ito, *allé*.

L'infinitif et le participe sont fort usités dans le discours familier parmi les Toscans. Et Corticelli remarque que *ito* s'emploie même avec plus de grace que *andato*.

H 4

Des Verbes Irréguliers de la seconde Conjugaison.

LES grammairiens distinguent dans la seconde conjugaison les verbes qui ont la terminaison en *ere* long de ceux qui l'ont en *ere* bref. J'ai cru inutile de faire usage de cette distinction en parlant des verbes réguliers, dans lesquels la longue ou la brève n'apporte aucun changement dans la conjugaison, pas même en prosodie ; car l'on conjugue *credere* comme *temere* ; et, si l'on en excepte deux ou trois, tous les autres ont la pénultième brève. Mais, en exposant les verbes irréguliers, qui sont en si grand nombre et si variés, je pense que cette division devient nécessaire à la clarté du traité. Je parlerai donc, premièrement, des irréguliers terminés en *ere* long ; secondement, de ceux qui ont l'*ere* bref ; et je finirai par l'exposition de quelques verbes défectifs, qui se rapportent à la même conjugaison.

Conjugaison des Verbes Irréguliers en ere long.

LES irréguliers en *ere* long sont les suivans et leurs composés. Sans suivre l'ordre alphabétique, je commencerai par les verbes les plus intéressans, et je ferai mention de leurs dérivés.

Cadere, *tomber.*
Dovere, *devoir.*
Parere, *paroître.*
Piacere, *plaire.*
Persuadere, *persuader.*
Potere, *pouvoir.*
Rimanere, *rester.*
Sapere, *savoir.*

Dolersi, *se plaindre.*
Giacere, *être couché.*
Sedere, *s'asseoir.*
Tacere, *taire.*
Tenere, *tenir.*
Valere, *valoir.*
Vedere, *voir.*
Volere, *vouloir.*

POTERE, *Pouvoir.* Participe, Potuto, *Pu.*

Indicatif, Présent. *Je puis*, etc. S. Posso, puoi, può : P. possiamo, potete, possono.

Imparfait. *Je pouvois*, etc. S. Poteva, potevi, etc. comme *credere.*

Passé Défini. *Je pus*, etc. S. Potei, potesti, potè : P. potemmo, poteste, poterono.

Temps Composés. Ho potuto. — Aveva potuto.

Futur Simple. *Je pourrai*, etc. S. Potrò, potrai, potrà : P. potremo, potrete, potranno.

Point d'Impératif.

Subjonctif, Présent. *Que je puisse*, etc. S. Che io possa, possa ou possi, possa : P. possiamo, possiate, possano.

Optatif Présent. *Je pourrois* etc. S. Potrei, potresti, potrebbe : P. potremmo, etc.

Imparfait. *Que je puisse*, etc. S. Che potessi, potessi, potesse : *P.* potessimo, etc.

Infin. Potere. Gér. Potendo. Partic. Potuto.

NOTA. — On peut dire *puote*. mais jamais *puole* au lieu de *può*, il peut ; ni *potcrò* ou *poterei*, etc. au lieu de *potrò*, *potrei*, etc. Car *poterò*, etc. viennent de *potare*.

VOLERE, *Vouloir.*

Indicatif, Présent. *Je veux*, etc. S. Voglio *ou* vo', vuoi, vuole : *P.* vogliamo, volete, vogliono.

Imparf. *Je voulois*, etc. S. Voleva, etc. comme *credere.*

Passé Défini. *Je voulus*, etc. S. Volli, volesti, volle : *P.* volemmo, voleste, vollero.

Temps Composés. Ho voluto. — Aveva voluto.

Futur Simple. *Je voudrai*, etc. S. Vorrò, vorrai, vorrà : *P.* vorremo, vorrete, vorranno.

Point d'Impératif.

Subjonctif, Présent. *Que je veuille*, etc. Ch'io voglia, voglia *ou* vogli, voglia : *P.* vogliamo, vogliate, vogliano.

Optatif Présent. *Je voudrois*, etc. S. Vorrei, voresti, vorrebbe : *P.* vorremmo, etc.

Imparfait. *Que je voulusse*, etc. S. Che volessi, etc. comme *credere.*

Infin. Volere. Gér. Volendo. Part. Voluto.

NOTA. — *Volsi*, *volse*, *volsero*, appartiennent au verbe *volgere*, tourner ; et ces mots, au lieu de *volli*, etc. sont rejettés de nos jours, quoiqu'ils se trouvent employés par plusieurs anciens écrivains.

DOVERE, *Devoir.*

Indicatif, Présent. *Je dois*, etc.

Sing.	debbo et deggio, *ou* devo.
	dei et debbi,	devi.
	dee et debbe,	deve.
Plur.	dobbiamo,	dobbiamo.
	dovete,	dovete.
	debbono et deggiono,	debbono.

Imparfait. *Je devois*, etc. S. Doveva, etc.

Passé Défini. *Je dus*, etc. S. Dovetti, dovesti, dovette : *P.* dovemmo, doveste, dovettero.

Temps Compoés. Ho dovuto. — Aveva dovuto.

Futur Simple. *Je devrai*, etc. S. Dovrò, etc.

Impératif. *Dois*, etc. S. Debbi, debba : *P.* dobbiamo, dovete, debbano.

Subjonctif, Présent. *Que je doive*, etc. S. Ch'io debba, debba *ou* deb-bi, debba : *P.* dobbiamo, dobbiate, debbano.
Optatif Présent. *Je devrois*, etc. S. Dovrei, etc.
Imparfait. *Que je dusse*, etc. S. Che dovessi, etc. comme *credere*.
Infinitif. Dovere. Gér. Dovendo. Part. Dovuto.

    NOTA. — Les mots *devo, devi, deve*, ne sont pas à refuser ; car ils ont été employés par *Sacchetti, Cl. Tolomei, An. Caro, Salvini* et *Segneri*, et ils sont fort en usage de nos jours en Italie.

S A P E R E, *Savoir.*

Indicatif, Présent. *Je sais*, etc. S. So , sai, sa : *P.* sappiamo, sapete, sanno.
Imparfait. *Je savois*, etc. S. Sapeva, etc. comme *credere*.
Passé Défini. *Je sus*, etc. S. Seppi, sapesti, seppe : *P.* sapemmo, sapeste, seppero.
Temps Composés. Ho saputo. — Aveva saputo.
Futur Simple. *Je saurai*, etc. S. Saprò , etc.
Impératif. *Saches*, etc. S. Sappi, sappia : *P.* sappiamo, sappiate, sappiano.
Subjonctif, Présent. *Que je sache*, etc. S. Che sappia , sappia, sappia : *P.* sappiamo, sappiate, sappiano.
Optatif Présent. *Je saurois*, etc. S. Saprei , etc.
Imparfait. *Que je susse*, etc. Che sapessi, etc. comme *credere*.
Infin. Sapere. Gér. Sapendo. Part. Saputo.
    NOTA. — L'on conjugue de même ses dérivés, comme *risapere*, savoir , par rapport , etc.

V E D E R E, *Voir.*

Indicatif, Présent. *Je vois*, etc. S. Vedo *ou* veggo, vedi, vede : *P.* vediamo *ou* veggiamo, vedete, vedono *ou* veggono.
Imparfait. *Je voyois*, etc. S. Vedeva, etc.
Passé Défini. *Je vis*, etc. S. Vidi, vedesti, vide : *P.* vedemmo , vedeste , videro.
Temps Composés. Ho veduto. — Aveva veduto.
Futur Simple. *Je verrai* , etc. S. Vedrò , etc.
Impératif. *Vois*, etc. S. Vedi, veda *ou* vegga : *P.* vediamo, vedete, vedano *ou* veggano.
Subjonctif, Présent *Que je voie*, etc. Ch'io vegga , vegga, vegga : *P.* veggiamo, veggiate, veggano *ou* vedano, *Vulg.* veda, etc.
Optatif Présent. *Je verrois* , etc. S. Vedrei , etc.
Imparfait. *Que je visse*, etc. Che vedessi , etc. comme *credere*.
Infinitif. Vedere. Gér. Vedendo. Partic. Veduto.

NOTA. — Il en est de même de ses dérivés *prevedere*, prévoir ; *rivedere*, revoir, etc. — J'ajoute que *visto*, *previsto*, au lieu de *veduto*, *preveduto*, etc. au participe, se trouvent employés non-seulement en poésie, mais encore en prose.

TENERE, *Tenir.*

Indicatif, Présent. *Je tiens*, etc. S. Tengo, tieni, tiene : P. tenghiamo *ou* teniamo, tenete, tengono.

Imparfait. *Je tenois*, etc. S. Teneva, etc. comme *credere*.

Passé Défini. *Je tins.* S. Tenni, tenesti, tenne : P. tenemmó, teneste, tennero.

Temps Composés. Ho tenuto. — Aveva tenuto.

Futur Simple. *Je tiendrai.* S. Terrò, terrai, etc.

Impératif. *Tiens.* S. Tieni, tenga : P. tenghiamo *ou* teniamo, tenete, tengano.

Subjonctif, Présent. *Que je tienne.* S. Che tenga, tenga, tenga : P. tenghiamo *ou* teniamo, tenghiate *ou* teniate, tengano.

Optatif Présent. *Je tiendrois.* S. Terrei, terresti, etc.

Imparfait. *Que je tinsse.* Che tenessi, etc. comme *credere*.

Infinitif. Tenere, *tenir.* — Gér. Tenendo. Participe. Tenuto.

Ce verbe a plusieurs dérivés qui se forment sur leur primitif, comme *ottenere*, obtenir; *ritenere*, retenir; *mantenere*, maintenir; *trattenere*, entretenir; *contenere*, contenir; etc. En conjuguant quelques-uns des dérivés, que j'ajoute aux conjugaisons, l'on s'affermira de plus en plus dans la connoissance des verbes.

VALERE, *Valoir.*

Indicatif, Présent *Je vaux*, etc. S. Vaglio, vali, vale : P. vagliamo, valete, vagliono.

Imparfait. *Je valois* Valeva, etc. comme *credere*.

Passé Défini. *Je valus.* S. Valsi, valesti, valse : P. valemmo, valeste, valsero.

Temps Composés. Ho valuto. — Aveva valuto.

Futur Simple. *Je vaudrai.* S. Varrò, varrai, varrà : P. varremo, varrete, varranno.

Impératif. *Vaille.* S. Vali, vaglia : P. vagliamo, valete, vagliano.

Subjonctif, Présent. *Que je vaille.* Che vaglia, vaglia, vaglia : P. vagliamo, vagliate, vagliano.

Optatif Présent. *Je vaudrois.* S. Varrei, varresti, etc.

Imparfait. *Que je valusse,* Che valessi, etc. comme *credere*.

Infinitif. Valere, valendo, valuto.

C'est ainsi que l'on conjugue *prevalere*, prévaloir : mais on dit plutôt *prevalgo*, *prevalgono*, que *prevaglio*, *prevagliono*.

PIACERE, *Plaire* ; TACERE, *Taire* ; GIACERE, *être Couché.*

REGLE. — Les verbes, dont l'*ére* long est précédé d'un *c*, comme ceux ci-dessus et leurs composés, prennent *qu* au lieu du *c* à la première et à la troisième personne du singulier et à la troisième du pluriel du passé défini. Il suffira donc de donner une conjugaison pour modèle de tous ces verbes.

PIACERE, *Plaire.*

Indicatif, Présent. *Je plais* ; etc. Piaccio, piaci, piace : *P.* piacciamo, piacete, piacciono.

Imparfait. *Je plaisois.* Piaceva, etc. comme *credere.*

Passé Défini. *Je plus.* S. Piacqui, piacesti, piacque : *P.* piacemmo, piaceste, piacquero.

Temps Composés. Ho piaciuto. — Aveva piaciuto.

Futur Simple. *Je plairai.* S. Piacerò, piacerai, etc.

Impératif. *Plais.* S. Piaci ; piaccia : *P.* piacciamo, piacete, piacciano.

Subjonctif, Présent. *Que je plaise.* Che piaccia, piaccia, piaccia : *P.* piacciamo, piacciate, piacciano

Optatif. *Je plairois.* S. Piacerei, etc. comme *credere.*

Imparfait. *Que je plusse.* Che piacessi, etc.

Infinitif. Piacere. — Gér. Piacendo. — Part. Piaciuto.

   L'on conjugue de même les composés *compiacere*, complaire ; *dispiacere*, déplaire ; etc. *soggiacere*, être soumis, etc.

CADERE, *Tomber.*

Indicatif, Présent. *Je tombe*, etc. S. Cado, cadi, cade : *P.* cadiamo, cadete, cadono.

Imparfait. *Je tombois.* S. Cadeva, etc. comme *credere.*

Passé Défini. *Je tombai.* S. Caddi, cadesti, cadde : *P.* cademmo, cadeste, caddero *ou* caderono.

Temps Composés. Sono caduto. — Era caduto.

Futur Simple. — *Je tomberai.* S. Cadrò, cadrai, etc. On dit aussi *caderò*, etc.

Impératif. *Tombe.* S. Cadi, cada : *P.* cadiamo, cadete, cadano.

Subjonctif, Présent. *Que je tombe.* S. Che cada ; cada, cada : *P.* cadiamo, cadiate cadano.

Optatif Présent. *Je tomberois.* S. Cadrei *ou* caderei, cadresti, etc.

Imparfait. *Que je tombasse.* Che cadessi, etc.

   Infinitif. Cadere. — Cadendo. — Caduto.

Il en est de même de *ricadére*, retomber, *decadére*, déchcoir, etc.—
NOTA. *Cadere* se disoit anciennement *caggere*. Il ne nous est resté de
ce verbe que quelques personnes, qui sont employées par les poëtes
et même par les prosateurs. Le Vocabulaire de la Crusea n'en cite
que deux; savoir, *cággia*, que je, que tu, qu'il tombe; et *caggendo*,
en tombant. Ainsi l'on trouve *accaggia* au lieu de *accada*.

PERSUADERE, *Persuader*.

Indicatif, Présent. *Je persuade*, etc. S. Persuado, persuadi, etc.
comme *credere*.
Passé Défini. *Je persuadai*. S. Persuasi, persuadesti, persuase : P.
persuademmo, persuadeste, persuasero.
Temps Composés. Ho *ou* sono persuaso. — Aveva *ou* era persuaso —
Futur. *Persuaderò*, etc, etc. comme *credere*.
Infinitif. Persuadere. — G. Persuadendo. — P. Persuaso.
On conjugue de même *dissuadere*, dissuader.

RIMANERE, *Rester*.

Indicatif, Présent. *Je reste*, etc. S. Rimango, rimani, rimane : P.
rimaniamo, rimanete, rimangono.
Imparfait. *Je restois*. S. Rimaneva, etc. comme *credere*.
Passé Défini. *Je restai*. S. Rimasi, rimanesti, rimase : P. rima-
nemmo, rimaneste, rimasero.
Temps Composés. Sono rimasto *ou* rimaso. — Era rimasto, etc.
Futur Simple. *Je resterai*. S. Rimarrò, rimarrai, etc.
Impératif. *Reste*. S. Rimani, rimanga : P. rimanghiamo, rimanete,
rimangano.
Subjonctif, Présent. *Que je reste*. Che rimanga, rimanga, rimanga ;
P. rimanghiamo, rimanghiate, rimangano.
Optatif Présent. *Je resterois*. S. Rimarrei, rimarresti, rimarrebbe :
P. rimarremmo, etc.
Imparfait. *Que je restasse*. Che rimanessi, etc. comme *credere*.
Infinitif. Rimanere. — G. Rimanendo. — P. Rimaso *ou* rimasto.

PARERE, *Paroître* ou *Sembler*.

Indicatif, Présent. *Je parois*, etc. S. Pajo, pari, pare, P. pajamo,
parete, pajono.
Imparfait. *Je paroissois*, etc. S. Pareva, etc. comme *credere*.
Passé Défini. *Je parus*, etc. S. Parvi, paresti, parve : P. paremmo,
pareste, parvero.
Temps Composés. È paruto *ou* parso. — Era paruto *ou* parso.
Futur Simple. *Je paroîtrai*. S. Parrò, parrai, etc.

Impératif. *Parois.* S. Pari, paja : P. pajamo, parete, pajano.

Subjonctif, Présent. *Que je paroisse,* etc. S. Che paja, paja, paja : P. pajamo, pajate, pajano.

Optatif Présent. *Je paroitrois,* etc. S. Parrei, etc.

Imparfait. *Que je parusse,* etc. S. Che paressi, etc. comme *credere.*

Infinitif. Parere. — G. Parendo. — P. Paruto *ou* parso.

NOTA. — 1°. *Parerò,* etc. au futur, et *parerei* à l'optatif, au lieu de *parrò, parrei,* ne sont pas reçus de nos jours.

2°. Ce verbe est souvent usité comme impersonnel, et l'on dit *mi pare,* il me semble ; *ci pare,* par loro, etc. *mi pareva,* etc.

3°. *Parso* peut se dire au lieu de *paruto* au participe. Voyez Salvini Disc. Accad. p. 427.

4°. *Apparoître, disparoître,* etc. dérivés de *paroître,* se disent en Italien *apparere, disparere* et *apparire, disparire.* Sous la première terminaison ils se conjuguent comme *parere :* sous la seconde, ils appartiennent aux verbes en *isco* de la troisième. Cependant ces verbes ne suivent pas leur primitif dans l'alternative du participe ; car ils font *apparso* ou *apparito,* etc. et non *apparuto comparuto.* J'ai fait mention des infinitifs *apparere, disparere,* qui de nos jours se disent plutôt *apparire, disparire,* pour donner l'origine des différentes inflexions de ces verbes.

SEDERE, *s'Asseoir.*

Ce verbe n'est irrégulier qu'aux deux présens et à l'impératif. Le reste se conjugue comme *credere.*

Indicatif, Présent. *Je m'assieds,* etc. S. Seggo, siedi, siede : P. sediamo, sedete, seggono. — Imparfait. Sedeva, etc.

Impératif. *Assieds-toi.* S. Siedi, segga : P. sediamo, sedete, seggano.

Subjonctif, Présent. *Que je m'asseie.* S. Che segga, segga, segga : P. sediamo, sediate, seggano.

Infinitif. Sedere. — Géron. Sedendo. — Part. Seduto.

Il en est de même de ses dérivés *possedére,* posséder ; *risedére,* résider ; *presedére,* présider : cependant *assedére,* s'asseoir à côté, fait au passé défini *assisi,* et au participe *assiso.*

DOLERSI, *se Plaindre.*

J'ai déjà indiqué la marche très-simple des réciproques, qui est la même dans tous les verbes, soit réguliers, soit irréguliers. L'exposition que je dois donner du verbe *dolersi* servira d'exercice pratique de la règle. Il faut remarquer que les seuls pronoms conjonctifs sont nécessaires à la conjugaison des verbes réciproques ; car on peut dire *iò mi dolgo,* je me plains, ou *mi dolgo,* sans *io.*

Indicatif, Présent. *Je me plains*, etc. *S.* Io mi dolgo, tu ti duoli, egli si duole. *P.* noi ci dogliamo, voi vi dolete, eglino si dolgono.

Imparfait. *Je me plaignois.* Io mi doleva, etc. comme *credere*, sauf la réciprocité.

Passé Défini. *Je me plaignis. S.* Mi dolsi, ti dolesti, si dolse : *P.* ci dolemmo, vi doleste, si dolsero.

Temps Composés. Mi sono doluto. — Mi era doluto.

Futur. *Je me plaindrai. S.* Mi dorró, ti dorrai, si dorrà : *P.* ci dorremo, vi dorrete, si dorranno.

Impératif. *Plains-toi. S.* Duolti, dólgasi : *P.* dogliamoci, doletevi, dolgansi.

Subjonctif, Présent. *Que je me plaigne. S.* Che mi dolga, ti dolga, si dolga : *P.* che ci dogliamo, vi dogliate, si dolgano.

Optatif. *Je me plaindrois. S.* Mi dorrei, ti dorresti, si dorrebbe : *P.* ci dorremmo, vi dorreste, si dorrebono.

Imparfait. *Que je me plaignisse.* Che mi dolessi, etc. comme *credere.*

Infinitif. Dolersi, *se plaindre.* G. Dolendosi. P. Dolútosi.

Des Verbes Défectifs en ere long.

ON met au nombre de ces défectifs les verbes *solere*, avoir coutume ; *capere*, contenir ; *calere*, avoir à cœur ; et *licere* ou *lecere*, être permis.

SOLERE, *Avoir Coutume.*

Indicatif, Présent. *J'ai coutume*, etc. *S.* Soglio, suoli, suole : *P.* sogliamo, solete, sogliono.

Imparfait. *J'avois coutume. S.* Soleva *ou* solea, solevi, soleva *ou* solea: *P.* solevamo, solevate, solevano *ou* soleano.

Subjonctif, Présent. *Que j'aie coutume. S.* Che io soglia, soglia *ou* sogli, soglia : *P.* sogliamo, sogliate, sogliano.

Infinitif. Solere. — G. Solendo. — P. Solito.

Les autres temps sont suppléés par l'auxiliaire *essere*, auquel on ajoute *solito* ou *avvezzo* ; et l'on peut même s'en servir d'un bout à l'autre du verbe, et dire *io son solito* ou *avvezzo*, j'ai coutume, etc. etc. Le réciproque *s'accoutumer* se dit *avvezzarsi* ou *accostumarsi*, qui sont réguliers de la première.

Je crois inutile de donner la conjugaison de *capere*, contenir, parce que, comme remarque Salvini, il se dit plus communément de nos jours *capire.* Capire n'a point de participe ; et, si l'on en excepte *cappio* et *cappia*, premières personnes des deux présens, ce verbe se conjugue tout-à-fait comme *credere* ; savoir, *cappio, capi, cape*, etc. — Voyez Buommattei, trat. 12, cap. 39.

Les deux autres verbes *calere* et *licere* sont plutôt impersonnels que défectifs; car *calere* n'a que ces troisièmes personnes du singulier. — Indic. Présent. Cale. — Imparf. Caleva. — Passé Déf. Calse. — Passé Indéf. è Caluto. — Futur. Carrà — Opt. Présent. Carrebbe. — Imparf. du Subj. Calesse.

Licere n'a que la troisième personne du singulier de l'indicatif présent *lice*, au lieu de quoi les poëtes disent aussi *lece*.

Des Verbes Irréguliers de la seconde Conjugaison terminés en ere bref.

LE grand nombre des verbes irréguliers, terminés en *ere* bref, à engagé jusqu'à présent les Grammairiens à chercher le moyen de les réduire sous certaines règles, pour en faciliter la connoissance aux étudians. Quelques-uns les ont partagés en 14 classes, suivant la différente terminaison de leur infinitif; mais il paroît qu'au lieu d'éclaircir la matière, ils l'ont de plus en plus embrouillée; car il arrive souvent que les verbes, qui ont la même terminaison à l'infinitif, diffèrent au passé défini et au participe. (Voyez la Rem. 15.) D'autres, avec plus de solidité, ont tiré la formation du passé et du participe de ces verbes de la première personne du présent de l'indicatif: de sorte que ceux qui se terminent en *ggo* ont *ssi* au passé défini, et *tto* au participe; comme *leggo, affliggo, struggo; lessi, afflissi, strussi; letto, afflitto, strutto,* etc. Ceux qui ont la même première personne terminée en *do*, précédée d'une voyelle, comme *divido, rido, recido,* etc. ont le passé en *si, divisi, risi, recisi,* etc. et le participe en *so, diviso, riso, reciso,* etc. Enfin, ils ont remarqué d'autres combinaisons de lettres pour les autres; et malgré cela, outre que toutes ces théories sont sujettes à des exceptions, ils finissent communément par en donner les conjugaisons, ce qui devient très-long dans l'exposition, et très-fatiguant pour les étudians.

Pour moi, j'observe qu'il ne s'agit ici que de donner une idée claire de la conjugaison, et principalement du passé et du participe de ces verbes, et je pense que cela se peut obtenir en les rédigeant en six classes; qu'en conjuguant un verbe pour chaque classe, on peut y substituer ses similaires; et que par ce moyen, on peut rendre bien plus courte et plus facile la connoissance de ces verbes; et c'est ce que je vais faire. Cependant comme il y a quelques-uns de ces verbes, dont le premier *e* de *ere* ne suit pas la règle générale, en se changeant en *o*, ou dont la terminaison de l'infinitif a quitté son ancienne terminaison en *ere* pour en prendre une nouvelle, comme *trarre, condurre* au lieu de *conducere,* etc. je serai obligé d'indiquer la conjugaison particulière de chacun. Du reste, ces verbes appartiennent toujours à la classe où ils sont placés en ce qui regarde le passé et le participe.

On peut donc réduire les verbes irréguliers en *ere* bref à six classes.

La

La première,	*Passé*,	SI,	*Participe*,	SO.
La seconde,		SI,		SSO.
La troisième,		SSI,		SSO.
La quatrième,		SI,		TO.
La cinquième,		SSI,		TTO.
La sixième,		SI,		STO.

Première Classe. Passé , SI. Participe , so.

RIDERE, *Rire.* Passé , Risi. Part. Riso.

Indicatif, présent. *Je ris*, etc. S. Rido, ridi, ride : P. ridiamo, etc. comme *credere*.

Imparfait. *Je riois.*, etc. Rideva, etc.

Passé défini. *Je ris*, etc, S. Risi, ridesti, rise : P. ridemmo, rideste, risero.

Temps composés. Ho riso. — Aveva riso.

Futur Simple. *Je rirai*, etc. Riderò, etc. comme *credere.*

On conjuguera de la même manière les dérivés de *ridere*, *sorridere*, sourire ; *arridere*, être favorable, etc. *En étudiant les infinitifs des verbes suivans, qui se conjuguent comme* ridere, *on en tirera deux avantages très-remarquables. Le premier et le principal est celui d'apprendre par ce seul moyen toute la conjugaison des verbes qui ont le passé en* SI *et le participe en* SO : ce qui donnera aussi la connoissance de plusieurs verbes, connoissance absolument nécessaire à ceux qui apprennent une langue. Car, lorsque l'on a bien appris une fois le verbe régulier credere, ses irréguliers ne s'en écartent guère qu'au passé et au participe ; et le passé lui-même n'a d'ordinaire que trois personnes irrégulières; savoir, la première du singulier et les deux troisièmes; comme* risi... rise... risero... *et pour les trois autres,* ridesti, ridemmo, rideste, *elles sont aussi régulières que* credesti, credemmo, credeste. — *Pour faciliter l'étude de ces irréguliers, le maître proposera à l'étudiant l'infinitif du verbe françois, par exemple,* allumer, *et l'étudiant répondra en lui récitant l'infinitif du verbe Italien, la première personne du passé et le participe; savoir*; accéndere, accesi, acceso, etc. L'addition de *quelques petites phrases sur ces verbes ne rendroit l'exercice que plus utile. On doit en dire de même des cinq classes suivantes.*

Accéndere, allumer, accesi, acceso ; c'est-à-dire , passé déf. accesi, accendesti, accese : accendemmo, accendeste, accesero. Participe, acceso. Et *raccendere*, rallumer.

Appendere, attacher, appesi, appeso et *sospendere*, suspendre.(1).

Ardere brûler, arsi, arso.

---

(1) Ces deux verbes ne s'accordent pas avec leur primitif *pèndere*, ni avec le composé *dipendere*, dont le passé est régulier ; savoir, pendei, dipendei : Part. penduto, dipenduto. — Cortic.

I

Chiudere, fermer, *chiusi*, *chiuso*; et ses dérivés *conchiudere*, conclure; *racchiudere*, renfermer, etc.

Conquidere, abattre, *conquisi*, *conquiso*.

Correre, courir, *corsi*, *corso*; et ses dérivés *discorrere*, discourir; *concorrere*, *ricorrere*, *accorrere*, *scorrere*, etc.

Deludere, frustrer, tromper, *delusi*, *deluso*.

Dividere, diviser, *divisi*, *diviso*.

Fondere, fondre, *fusi*, *fuso*; et ses dérivés *confondere*, confondre, *rifondere*, refondre; *trasfondere*, transfuser, etc. (1)

Immergere, plonger, *immersi*, *immerso*; et *sommergere*, etc.

Intridere, détremper, *intrisi*, *intriso*.

Intrudere, introduire illégalement, *intrusi*, *intruso*.

Mordere, mordre, *morsi*, *morso*; et *rimordere*.

Offendere, offenser, *offesi*, *offeso*; et *difendere*, défendre (2).

Prendere, prendre, *presi*, *preso*; et *comprendere*, comprendre; *riprendere*, reprendre; *apprendere*, etc.

Radere, raser, *rasi*, *raso*.

Rodere, ronger, *rosi*, *roso*; et *corrodere*.

Scendere ou *discendere*, descendre, *scesi*, *sceso*; *discesi*, *disceso*. Ainsi *ascendere*, monter.

Spargere, répandre, *sparsi*, *sparso*; et ses dérivés *aspergere*, asperger; *dispergere*, disperser; *aspersi*, *asperso*; *dispersi*, *disperso*, etc.

Spendere, dépenser, *spesi*, *speso*.

Tendere, tendre, *tesi*, *teso*; et ses dérivés *intendere*, entendre; *attendere*, attendre; *stendere*, *estendere*, *distendere*, étendre; *contendere*, disputer; etc. *intesi*, *inteso*, etc.

Tergere, essuyer, *tersi*, *terso*.

Uccidere, tuer, *uccisi*, *ucciso*. Ainsi *decidere*, décider; *circoncidere*; circoncire; *incidere*, graver; *recidere* ou *ricidere*, couper, font *decisi*, *deciso*, etc. Tous ces verbes n'ont de primitif que dans la langue Latine, savoir, *cædere*.

On peut ajouter à ces verbes *espellere*, chasser; *impellere*, pousser; qui ne sont connus de nos jours que par leur participe *espulso*, chassé; *impulso*, poussé.

---

(1) Remarquez bien le changement de l'o en u qui se fait au passé, dans les personnes irrégulières, et au participe de *fondere* et de ses dérivés, c'est-à-dire, *fusi*, *fondesti*, *fuse*; *fondemio*, *fondeste*, *fusero*. Part. *fuso*.

(2) Ces deux verbes ne s'accordent point avec leur primitif *fendere*, fendre, dont le passé est *fendei*, quelquefois *fessi*; part. *fesso*. — Cartié.

Seconde Classe. Passé, SI. *Participe*, SSO.

METTERE, *Mettre*. Misi. Messo.

Indicatif, Présent. *Je mets*, etc. Metto, etc. Imp. Metteva ; comme *credere*.

Passé Défini. *Je mis*, etc. P. Misi, mettesti, mise : P. mettemmo, metteste, misero.

Participe. *Messo*, mis.

Ses dérivés *promettére*, promettre ; *commettere*, *permettere*, *rimettere* ; *trasmettère*, etc. appartiennent à la même conjugaison.

Troisième Classe. Passé, SSI. *Participe*, SSO.

ESPRIMERE, *Exprimer*. Espressi. Espresso.

Indicatif, Présent. *J'exprime*, etc. Esprimo. etc. esprimeva, etc.

Passé Défini. *J'exprimai*, etc. S. Espressi, esprimesti, espresse : P. esprimemmo, esprimeste, espressero.

Le participe est *espresso*, et le reste du verbe comme *credere*.

L'on conjugue de même *opprimere*, opprimer ; *reprimere*, *imprimere*, *comprimere*, *sopprimere*, supprimer etc. (1) et les verbes suivans :

Crocifiggere, crucifier. Passé, *crocifissi*. Part. *crocifisso*.

Muovere, mouvoir. Passé, *mossi*. Part. *mosso* : et ses dérivés *commuovere*, *rimuovere*, *smuovere*, etc.

Scuotere, secouer. Passé, *scossi* : et ses dérivés *riscuotere*, *percuotere*, etc.

Connéitere, unir, lier ensemble. Passé, *connessi*. Part. *connesso*.

NOTA. — *Crucifiggere* ou *crocifigère* ne tient pas à son primitif *figgere*, qui appartient à la cinquième classe.

Quatrième Classe. Passé, SI. *Participe*, TO.

VINCERE, *Gagner*. Vinsi. Vinto.

Indicatif, Présent. *Je gagne*. Vinco, vinci, etc. comme *credere*.

---

(1) Ces verbes s'éloignent de leur primitif *premere*, presser, qui est régulier. Il faut remarquer que *reprimere*, réprimer, par un certain goût de la langue, change le *e* de la première syllabe en *i* dans trois personnes du passé défini et dans le participe ; car l'on dit au passé RIpressi, reprimesti ; RIpresse ; reprimemmo, reprimeste, RIpressero ; Part. ripresso.

I 2

Passé Défini. *Je gagnai.* S. Vinsi, vincesti, vinse : *P.* vincemmo, vinceste, vinsero, etc. *Part.* vinto.

Les verbes similaires sont :

		Passé.	Part.
Acccorgersi,	s'appercevoir	accorsi,	accorto.
Cingere *ou* cignere,	ceindre,	cinsi,	cinto.
Distinguere,	distinguer,	distinsi,	distinto.
Ergere,	ériger,	ersi,	erto.
Estinguere,	éteindre,	estinsi,	estinto,
Fingere,	feindre, etc.	finsi,	finto.
Frangere et infrangere,	rompre,	fransi,	franto.
Giugnere *ou* giungere,	arriver,	giunsi	giunto.
Mugnere et mungere,	traire,	munsi,	munto.
Piangere et piagnere,	pleurer,	piansi,	pianto.
et ses dérivés *compiangere,*	plaindre, etc.		
Pignere et pingere,	peindre,	pinsi,	pinto.
Porgere,	apporter,	porsi,	porto.
Pugnere et pungere,	piquer,	punsi,	punto.
Redimere,	racheter,	rédensi	redento.
Scorgere,	{ discerner, } { guider, }	scorsi,	scorto.
Sorgere,	se lever,	sorsi,	sorto.
Spegnere,	éteindre,	spensi,	spento.
Spignere *ou* spingere,	pousser,	spinsi,	spinto.
Svellere,	arracher,	svelsi,	svelto.
Torcere et ritorcere,	tordre,	torsi,	torto.
Tingere *ou* tignere, et intignere,	{ teindre, } { tremper, }	tinsi,	tinto.
Ungere *ou* ugnere,	oindre,	unsi,	unto.
Volgere,	tourner,	volsi,	volto.

Il en est de même de leurs dérivés, par exemple de *giungere* ; savoir, *soggiungere,* ajouter, répliquer ; *raggiungere,* attraper ; *congiungere,* unir ; *disgiungere,* séparer. De ceux de *pungere* : ex. *compungere,* toucher le cœur, etc. De ceux de *spingere* : ex. *sospingere,* pousser en avant ; *respingere,* repousser, etc. De ceux de *volgere,* comme *rivolgere,* retourner, *sconvolgere,* mettre dessus, dessous, etc.

Nota. — 1°. Les verbes terminés en *ngere* ou *gnere* ont la première personne du présent régulièrement en *ngo,* et non en *gno.* Ainsi *spignere* ou *spingere, mugnere* ou *mungere,* font *spingo, mungo.*—2°. Pour dénoter l'infinitif de *consommer,* l'on se sert en Italien de *consummare,* qui est régulier de la première, non de *consumere* : ce dernier fait au passé *consunsi* et et au participe *consunto,* au lieu de *consumsi, consumto.* Le verbe *presumere,* présumer, change, aussi bien que le précédent, l'*m* de l'infinitif en *n* dans trois personnes du passé défini et au participe : car on dit, *presuNsi* : *presumesti*, *presuNse* ; *presumemmo*, *presumeste*, *presuNsero* ; et *consuNsi*, *consuNse*, *consuNsero*. Il en est de même de *assumere*, prendre ou élever, *assunsi*, *assunto*.

Les verbes suivans sont de cette même classe.

		Passé.	*Part.*
Cogliere *ou* corre,	*cueillir*,	colsi,	colto.
et raccogliere *ou* raceorre.			
Scegliere *ou* scerre,	*choisir*,	scelsi,	scelto.
Sciogliere *ou* sciorre,	*délier*,	sciolsi,	sciolto,
et ses dérivés disciogliere *ou* disciorre, etc.			
Togliere *ou* torre,	*enlever*,	tolsi,	tolto,
et distogliere, ritogliere.			

Ces verbes, outre le passé et le participe, qui est commun à tous les verbes de cette classe, ont dans leur conjugaison une inflexion qui leur est particulière. C'est par cette raison que je les ai séparés des autres : et je vais en donner un pour exemple.

Infinitif. Togliere *ou* torre, *enlever*.

Indicatif, Présent. *J'enlève*, etc. S. Tolgo, togli, toglie : P. tolghiamo, togliete, tolgono.

Imparfait. *J'enlevois*, etc. Toglieva, etc. comme *credere*.

Passé Défini. *J'enlevai*, etc. S. Tolsi, togliesti, tolse : P. togliemmo, toglieste, tolsero.

Temps Composés. Ho tolto. — Aveva tolto.

Futur Simple. *J'enlèverai*, etc. S. Torro, torrai, torrà : P. torremo, torrete, torranno.

Impératif. *Enlève*, etc. S. Togli, tolga : P. tolghiamo, togliete, tolgano.

Subjonctif, Présent *Que j'enlève*, etc. Che tolga, tolga, tolga : P. tolghiamo, tolghiate, tolgano.

Optatif Présent. *J'enleverois*, etc. S. Torrei, torresti, torrebbe : P. torremmo, torreste, torrebbono.

Imparfait. *Que j'enlevasse*, etc. Che togliessi, etc. comme *credere*.

Infinitif. Togliere *ou* torre. — Togliendo. — Tolto.

NOTA. — 1°. *Scegliere* choisir, fait au futur simple *sceglierò*, etc. Au pluriel du présent du subj. *scegliamo*, à l'opt. *sceglierei*. — 2°. *Stringere* ou *strignere*, serrer, et ses dérivés *costringere*, *restringere*, font *si*, *tto*, savoir ; *strinsi* ; *stretto*. A cela près ces verbes vont avec *credere*, c'est-à-dire, font *stringo*, *stringi*, *stringe*, etc. — 3°. *Assolvere*, absoudre, fait au passé défini *assolsi*, et au part. *assolto*, ou *assoluto*.

Cinquième Classe. Passé, ssi. *Participe*, tto.

LEGGERE, *Lire*. Passé, Lessi. Part. Letto.

Indicatif, Présent. *Je lis*, etc. S. Leggo, leggi, legge.: P. leggiamo, etc.

Imparfait. *Je lisois*, etc. Leggeva, etc.

Passé Défini. *Je lus*, etc. S. Lessi, leggesti, lesse : P. leggemmo, leggeste, lessero.

Temps Composés. Ho letto. — Aveva letto, etc. comme *credere*.

Les verbes qui se conjuguent comme *leggere*, sont :

		Passé.	Part.
Affliggere,	*affliger*,	afflissi,	afflitto.
Cuocere,	*cuire*,	cossi,	cotto.
Erigere,	*élever*,	eressi,	eretto.
Figgere,	*attacher*,	fissi,	fitto,
et ses dérivés configgere, trafiggere, affiggere.			
Friggere ;	*frire*,	frissi,	fritto.
Reggere, (*et ses dérivés*),	*régir*,	ressi,	retto.
Rilucere,	*reluire*,	rilussi,	*sans Par.*
Scrivere, (*et ses dérivés*);	*écrire*,	scrissi,	scritto.
Struggere,	*fondre*,	strussi,	strutto.
et distruggere.			

Addurre, condurre, dedurre, induire, introdurre, produrre, sedurre, tradurre, etc. appartiennent à la même classe, et ils font au passé *addussi, condussi*, etc. et au participe *addotto, condotto*, etc. Mais, comme ces verbes avoient anciennement la terminaison latine *adducere, conducere*, etc. ils en ont conservé une partie dans leurs inflexions; et c'est ce que je vais indiquer avec la conjugaison d'un de ces verbes.

CONDURRE, *Conduire*. Passé, Condussi. Participe, Condotto.

Indicatif, Présent. *Je conduis*, etc. S. Conduco, conduci, conduce : P. conduciamo, conducete, conducono.

Imparfait. *Je conduisois*, etc. S. Conduceva, etc.

Passé Défini. *Je conduisis*, etc. S. Condussi ; conducesti, condusse : P. conducemmo, conduceste, condussero.

Temps composés. Ho condotto. — Aveva condotto.

Futur Simple. *Je conduirai*, etc. S. Condurrò, etc.

Impératif. *Conduis*, etc. S. Conduci, conduca : P. conduciamo, conducete, conducano.

Subjontif, Présent. *Que je conduise*, etc. S. Che conduca, conduca, conduca : *P*. conduciamo, conduciate, conducano.

Optatif Présent. *Je conduirois*, etc. S. Condurrei, etc.

Imparfait. *Que je conduisisse*, etc. S. Che conducessi, etc.

Infinitif. Condurre. — G. Conducendo. — *P*. Condotto.

Il en est de même à l'égard du verbe *trarre*, anciennement *traere*, et de ses dérivés *contrarre*, *distrarre*, *ritrarre*, etc. dont la conjugaison est :

TRARRE, *Tirer*. Passé, Trassi. Part. Tratto.

Indicatif, Présent. *Je tire*, etc. R. Traggo, trai, trae : *P*. tragghiamo *ou* trajamo, traete, traggono.

Imparfait. *Je tirois*, etc. Traeva, etc.

Passé Défini. *Je tirai*, etc. S. Trassi, traesti, trasse : *P*. traemmo, traeste, trassero.

Temps Composés. Ho tratto. — Aveva tratto.

Futur Simple. *Je tirerai*, etc. S. Trarrò, trarrai, etc.

Impératif. *Tire*, etc. S. Trai, tragga : *P*. tragghiamo, traete, traggano.

Subjonctif, Présent. *Que je tire*, etc. S. Che tragga, tragga, tragga : *P*. tragghiamo *ou* trajamo, tragghiate, traggano.

Optatif Présent. *Je tirerois*, etc. S. Trarrei, etc.

Imparfait. *Que je tirasse*, etc. — Che traessi, etc.

Infin. Trarre. — Gér. Traendo. — Part. Tratto.

NOTA. — *Tirer* se dit aussi *tirare*, régulier de la première.

Sixième Classe. Passé, SI. *Participe*, STO.

CHIEDERE et *richiedere*, demander ; *nascondere*, cacher ; *rispondere* et *corrispondere*, répondre ; se conjuguent dans tous leurs temps comme *credere*, à l'exception du passé défini et du participe, qui souffrent un retranchement considérable de lettres : ainsi qu'il suit.

Passé Défini *Je demandai*, etc. S. Chiesi, chiedesti, chiese : *P*. chiedemmo, chiedeste, chiesero.

Participe. Chiesto.

Ainsi : Nascosi, nascondesti, nascose : nascondemmo, nascondeste, nascosero. — Participe. Nascosto.

Ainsi : Risposi, rispondesti, rispose : rispondemmo, rispondeste, risposero. — Participe. Risposto.

Dans cette classe est aussi compris le verbe *porre*, mettre, poser, et ses dérivés *comporre*, composer ; *disporre*, disposer ; *riporre*, cacher, *preporre*, préposer, etc. qui font *posi*, *posto* ; *composi*, *composto*, etc. Cependant, comme *porre* se disoit anciennement *ponere*, à la manière

4

latine, il a retenu dans sa conjugaison quelques inflexions qui sont particulières à lui et à ses dérivés, comme ci-après.

PORRE, *Mettre.* Passé, Posi. Part. Posto.

Indicatif, Présent. *Je mets*, etc. S. Pongo, poni, pone : P. Poniamo ou ponghiamo, ponete, pongono.

Imparfait. *Je mettois*, etc. S. Poneva, etc.

Passé Défini. *Je mis*, etc. S. Posi, ponesti, pose : P. ponemmo, poneste, posero.

Temps Composés. Ho posto. — Aveva posto.

Futur Simple. *Je mettrai*, etc. S. Porrò, porrai, etc.

Impératif. *Mets*, etc. S. Poni, ponga : P. poniamo ou ponghiamo, ponete, pongano.

Subjonctif, Présent. *Que je mette*, etc. S. Che ponga, ponga, ponga : P. poniamo ou ponghiamo, poniate, pongano.

Optatif Présent. Porrei, etc. — Imparfait. Ponessi, etc.

Infinitif. Porre. — Gér. Ponendo. — Part. Posto.

Enfin les verbes suivans sont tout-à-fait isolés dans leurs irrégularités.

1. CONOSCERE, *Connoître.* Passé, Conobbi, Part. Conosciuto.

Indicatif, Présent. *Je connois*, etc. S. Conosco, conosci, conosce : P. conosciamo, conoscete, conoscono.

Imparfait. *Je connoissois*, etc. S. Conosceva, conoscevi, etc.

Passé Défini. *Je connus*, etc. S. Conobbi, conoscesti, conobbe : P. conoscemmo, conosceste, conobbero.

Temps Composés. Ho conosciuto. — Aveva conosciuto.

Futur Simple. *Je connoîtrai*, etc. S. Conoscerò, etc.

Impératif. *Connois*, etc. S. Conosci, conosca : P. conosciamo, conoscete, conoscano.

Subjonctif, Présent. *Que je connoisse*, etc. S. Che conosca, conosca, conosca : P. conosciamo, conosciate, conoscano.

Optatif Présent. Conoscerei, etc. — Imparfait. Conoscessi, etc.

Infinitif. Conoscere. — G. Conoscendo. P. Conosciuto.

On conjugue de même *riconoscere*, reconnoître.

On peut joindre à *conoscere* le verbe CRESCERE, croître, et ses dérivés, *accrescere*, *ricrescere*, augmenter; l'impersonnel *rincrescere*, être fâché, etc. — Indic. Présent. Cresco, cresci, cresce, etc. comme *credere*. — Passé, Crebbi, crescesti, crebbe : crescemmo, cresceste, crebbero. — Partic. Cresciuto.

3°. ROMPERE, *rompre.* — Passé, Ruppi, rompesti, ruppe : rom-

pemmo, *rompeste*, *ruppero*. — Partic. *Rotto*. Il en est de même de ses dérivés, *corrompere*, corrompre; *interrompere*, interrompre, etc.

4°. VIVERE., vivre. — Passé. *Vissi*, *vivesti*, *visse* : *vivemmo*, *viveste*, *vissero*. = Partic. *Vivuto* ou *vissuto*. Ainsi *sopravvivere*, survivre; *rivivere*, revivre, etc.

5°. NASCERE, naître. — Passé. *Nacqui*, *nascesti*, *nacque* : *nascemmo*, *nasceste*, *nacquero*. — Partic. *Nato*. *Rinàscere*, renaître, se conjugue de même.

6°. NUÒCERE, nuire, se conjugue comme *piacere*, irrég. en *ere* long. Page 124.

7°. MESCERE, mêler *ou* donner à boire, est remarquable par son participe *mesciuto*.

8°. PIÓVERE, pleuvoir, n'est remarquable que par son passé *piovvi* ou *piovei... piovve*. (Cortic.) - Partic. *Piovuto*.

9°. Les verbes *assistere*, assister; *resistere*, *desistere*, *persistere*, *consistere*, etc. sont, au passé défini, réguliers de la deuxième conjugaison; et leur participe tient aux réguliers de la troisième, et il se termine en *ito*, savoir, *assistito*, etc. Le primitif de ces verbes ne se trouve pas dans la langue Italienne, et il ne peut se tirer que du *sistere* des Latins.

Enfin, j'observe que le verbe *empiere* ou *empìre*, emplir, et ses dérivés *còmpiere* ou *compìre*, *adèmpiere* ou *adempìre*, etc. appartiennent, par la double terminaison de leur infinitif, à la seconde ou à la troisième conjugaison; car leur passé est *empiéi* ou *empii*, et leur partic. *empiuto* ou *empito*. On dit par la même raison à l'imparfait *empieva* ou *empiva*; au fut. *empierò* ou *empirò*; à l'optatif *empierei* ou *empirei*, et à l'imparfait du sub. *empiessi* ou *empissi*. Cependant les deux présens et l'impératif n'ont qu'une conjugaison; savoir, Ind. Présent, *Empio*, *empi*, *empie*; *empiamo*, *empite*, *empiono*. Impératif, *Empi*, *empia* : *empiamo*, *empite*, *empiano*. Subj. *Che empia*, etc. pl. *empiamo*, *empiate*, *empiano* : et on ne pourroit pas dire *empo*, etc. au lieu de *empio*, etc.

Des Verbes Irréguliers de la troisième Conjugaison en ire.

IL y a six verbes plus particulièrement irréguliers sous cette conjugaison; savoir, *dire*, dire; *venire*, venir; *uscire*, sortir; *salire*, monter; *udire*, entendre; *morire*, mourir.

Quelques autres verbes ne sont irréguliers qu'au participe, ou parce qu'ils sont susceptibles d'une double terminaison en trois personnes du passé défini.

Enfin, les plus considérables sont les verbes en *isco*; car ils surpassent par leur grand nombre tous les réguliers, et les autres irréguliers de cette conjugaison.

Je vais indiquer par des numéros cette division des verbes irréguliers en *ire*.

1. DIRE, *Dire*. Passé, Dissi. Participe, Detto.

Indicatif, Présent. *Je dis*, etc. S. Dico, dici *ou* dì, dice : *P*. diciamo, dite, dicono.

Imparfait. *Je disois*, etc. S. Diceva, diceyi, diceva, etc.

Passé Défini. *Je dis*, etc. S. Dissi, dicesti, disse : *P*. dicemmo, diceste, dissero.

Temps Composés. Ho detto. — Aveva detto.

Futur simple. *Je dirai*, etc. S. Dirò, dirai, dirà : *P*. diremo, etc.

Impératif. *Dis*, etc. S. Dì, dica : *P*. diciamo, dite, dicano.

Subjonctif, Présent. *Que je dise*, etc. Che dica, dica, dica : *P*. diciamo, diciate, dicano.

Optatif Présent. *Je dirois*, etc. S. Direi, diresti, etc.

Imparfait. *Que je dise*, etc. Che dicessi, etc.

       Infinitif. Dire. — G. Dicendo. — P. Detto.

Ses composés *ridire*, redire; *disdire*, dédire; *predire*, prédire; *contraddire*, contredire; etc. suivent leur primitif.

VENIRE, *Venir*. Passé, Venni, Participe, Venuto.

Indicatif, Présent. *Je viens*, etc. S. Vengo, vieni, viene : *P*. veniamo *ou* venghiamo, venite, vengono.

Imparfait. *Je venois*, etc S. Veniva, etc. comme *sentire*.

Passé Défini. *Je vins*, etc. S. Venni, venisti, venne : *P*. venimmo, veniste, vennero.

Temps Composés. Sono venuto. — Era venuto.

Futur *Je viendrai*, etc. S. Verrò, verrai, etc.

Impératif. *Viens*, etc. S. Vieni, venga : *P*. veniamo, *mieux* venghiamo, venite, vengano.

Subjonctif, Présent. *Que je vienne*, etc. S. Che venga, venga, venga : *P*. veniamo *ou* venghiamo, venghiate, vengano.

Optatif Présent. *Je viendrois*, etc. S. Verrei, etc.

Imparfait. *Que je vinsse*, etc. Che venissi, etc. comme *sentire*.

Infinitif. Venire — G. Venendo. — P. Venuto.

Il en est de même des composés *pervenire*, parvenir; *sovvenire*, secourir; *convenire*, convenir, etc.

USCIRE et ESCIRE, *Sortir*.

L'irrégularité de ce verbe est unique; car elle ne consiste que dans

la première lettre *u*, laquelle, en certaines personnes des deux présens et de l'impératif, se change en *e*, comme il suit.

Indicatif, Présent. *Je sors*, etc. S. Esco, esci, esce : P. usciamo,
uscite, escono.

Imparfait. *Je sortois*, etc. Usciva, etc. — Uscii, etc. — Sono uscito, etc.

Impératif. *Sors*, etc. S. Esci, esca : P. usciamo, uscite, escano.

Subjonctif, Présent. *Que je sorte*, etc. S. Esca, esca, esca : P. usciamo, usciate, escano.

Optatif. *Je sortirois*, etc. Uscirei, etc. — Uscissi, etc.

Infinitif. Uscire. G. Uscendo. P. Uscito.

Son dérivé *riuscire*, réussir, suit les mêmes loix; car on dit *riesco*
je réussis; et non *riusco*.

S A L I R E, *Monter.*

L'irrégularité de *salire* consiste aussi dans les deux présens et dans
l'impératif; et pour le reste il se conjugue comme *sentire.*

Indicatif, Présent. *Je monte*, etc. S. Salgo, sali, sale : P. salghiamo,
salite, salgono. — Imparfait. Saliva, etc. Passé Défini. Salii. — Sono salito, etc.

Impératif. *Monte*, etc. S. Sali, salga : P. salghiamo, salite, salgano.

Subjonctif, Présent. *Que je monte*, etc. S. Che salga, salga, salga :
P. salghiamo, salghiate *ou* sagliate, salgano.

Infinitif. Salire. — G. Salendo. P. Salito.

Risalire, remonter, suit son primitif.

U D I R E, *Entendre*, anciennement *Odire.*

Ce verbe ressemble parfaitement à *uscire* en ce qu'il change l'*u* en *o*
dans les mêmes personnes et dans les mêmes temps où *uscire* change
l'*u* en *e*; et il est régulier dans le reste.

Indicatif, Présent. *J'entends*, etc. S. Odo, odi, ode : P. udiamo,
udite, odono.

Imparfait. Udiva. — Passé Défini. Udii. — Passé indéfini. Ho udito, etc.

Impératif. *Entends*, etc. S. Odi, oda : P. udiamo, udite, odano.

Subjonctif, Présent. *Que j'entende*, etc. S. Che oda, oda, oda : P.
udiamo, udiate, odano.

Optatif. Udirei. — Imparfait. Udissi. — Infinitif. Udire, Gérondif,
Udendo. — Participe. Udito.

MORIRE, *Mourir.*

Indicatif, Présent. *Je meurs*, etc. S. Muojo (*poét.* moro), muori, muore : *P.* muojamo, morite, muojono.

Imparfait. Moriva. — **Passé Défini.** Morii, etc. comme *sentire.*

Temps Composés. Son morto. — Era morto.

Futur. *Je mourrai*, etc. S. Morrò (*mieux que* morirò), morrai, morrà : *P.* morremo, morrete, morranno.

Impératif. *Meurs*, etc. S. Muori, muoja : *P.* muojamo, morite, muojano.

Subjonctif, Présent. *Que je meure*, etc. S. Che muoja, muoja ou muoi, muoja : *P.* muojamo, muojate, muojano.

Optatif. *Je mourrois*, etc. S. Morrei, morresti, morrebbe : *P.* morremo, morreste, morrebbono.

Imparfait. *Que je mourusse*, etc. Che morissi, etc. comme *sentire.*

Infinitif. Morire. = G. Morendo. — P. Morto.

NOTA. — *Morsi, morse, morsero,* appartiennent au verbe *mordere,* mordre ; et ces mots ne peuvent pas s'employer au lieu de *morii ; mori, morirono.*

2°. *Aprire,* ouvrir ; *coprire,* couvrir ; *ricoprire,* recouvrir ; *scoprire,* découvrir, ont, à la première personne du passé défini, la terminaison en *ii* ou en *si* ; et cette alternative s'étend à la troisième personne du singulier et du pluriel du même temps, ainsi qu'il suit : Je couvris, etc. S. Coprii ou copersi, copristi, coprì ou coperse : P. coprimmo, copriste, coprirono ou copersero. Leur participe est en *erto,* et non en *ito ;* savoir, couvert, coperto, etc. Soffrire, souffrir, fait aussi *sofferto* au participe.

3. *Des Verbes en* isco.

Si l'on déduit le petit nombre de réguliers qui sont à la suite de *sentire,* et les irréguliers dont je viens de faire mention, il n'y a guère d'autres verbes terminés en *ire* qui n'appartiennent aux verbes en *isco.*

L'irrégularité de ces verbes ne regarde que les trois personnes du singulier et la troisième du pluriel pour les deux présens, et par conséquent l'impératif. Dans tous les autres temps, ces verbes sont réguliers de la troisième, et ils ont l'infinitif en *ire,* le passé défini en *ii* et le participe en *ito.* C'est par cette raison que ces verbes sont dénotés par la première personne du présent de l'indicatif, qui finit en *isco,* et non pas par leur infinitif, qui est commun à tous les verbes réguliers et irréguliers de la même conjugaison. En voici un exemple.

ARDIRE, *Oser.*

INDICATIF.

Présent.

S. ardisco, *j'ose.*
ardisci, *tu oses.*
ardisce, *il ose.*
P. — *nous osons.*
ardite, *vous osez.*
ardiscono, *ils osent.*

IMPÉRATIF.

S.
ardisci, *ose.*
ardisca, *qu'il ose.*
P. — *osons.*
ardite, *osez.*
ardiscano, *qu'ils osent.*

SUBJONTIF.

Présent.

S. ardisca, *que j'ose.*
ardisca, *que tu oses.*
ardisca, *qu'il ose.*
P. — *que nous osions.*
— *que vous osiez.*
ardiscano, *qu'ils osent.*

Pour mieux faire connoître ces verbes, je vais en donner un catalogue de ceux qui tombent plus souvent dans le discours. Je ne crois pas nécessaire de répéter ici, que tous ces verbes, à l'exception des trois temps ci-dessus, se conjuguent comme *sentire*, et que, par conséquent, ils ont le passé défini en *ii* et le participe en *ito*. J'ajoute seulement que ceux d'entr'eux, qui ont l'infinitif en *ire* et en *are*, peuvent recevoir, et ils reçoivent, de la conjugaison en *are*, les personnes que la conjugaison en *ire* leur refuse.

Abellire, embellir.
Abolire, abolir.
Aborrire, avoir en horreur.
Aggradire et *Aggradare*, agréer.
Apparire et *apparare*, apparoître.
Arricchire, enrichir.
Arrossire et *arrossare*, rougir.
Arrostire, rôtir.
Assorbire, absorber. Son participe est *assorbito* et *assorto*.
Atterrire, faire peur.
Capire, comprendre.
Colorire et *colorare*, colorer.
Colpire, frapper.

Compatire, compâtir, plaindre.
Concepire, concevoir. Le participe de *concepire* est *concepito*, *conceputo*, et *concetto*.
Custodire, garder.
Digerire, digérer.
Diminuire, diminuer.
Eseguire, exécuter.
Favorire, favoriser.
Fallire et *fallare*, manquer.
Ferire, blesser.
Finire, finir.
Florire, fleurir.
Gradire, agréer.

Guarire, guérir.

Impadronirsi, s'emparer.

Impazzire et impazzare, devenir fol.

Incoraggire et incoraggiare, encourager.

Incrudelire, devenir cruel.

Indurire et indurare, endurcir.

Inghiottire, avaler.

Insolentire, devenir insolent.

Instruire; instruire. Part. ito et uto.

Insuperbire, devenir superbe.

Invaghire, donner de l'amour.

Nutrire et nodrire, nourrir.

Offerire et offrire, offrir.

Patire, souffrir.

Perire, périr.

Proferire, proférer.

Proibire, défendre.

Punire, punir.

Rapire, enlever.

Raddolcire, adoucir.

Riferire, rapporter.

Riverire, saluer avec honneur.

Spedire, envoyer.

Starnutire et starnutare, éternuer.

Stordire, étourdir.

Stupire, étonner.

Tradire, trahir.

Ubbidire, obéir.

Unire, unir.

Quelques-uns de ces verbes, comme je l'ai dit, ont la terminaison en ire et en are; tels que aggradire, arrossire, colorire, fallire, impazzire, indurire, starnutire, auxquels on peut ajouter addolcire et quelques autres, qui se disent aussi aggradàre, arrossare; colorare, fallare, impazzare, indurare, starnutare et addolciare; et, sous cette dernière terminaison, ils sont réguliers de la première. Cela est bien remarquable dans ces verbes, parce que les personnes, où le verbe en isco est défectif, peuvent être suppléés par le verbe régulier.

Il y a aussi quelques autres de ces verbes qui manquent d'une autre conjugaison régulière; et cependant on est autorisé de les dire de deux manières en certaines personnes, comme offerisco, offero et offro, offre; proferisco et profero (Cortic.); nutri, nutrisci, tu nourris; et nutre, nutrisce, il nourrit; et même nutriamo, nous nourrissons; forbi, tu nettoies; langue, il languit; rape, il enlève; aussi bien que forbisce, languisce, rapisce (Buom. trat. 12. cap. 42), quoique nutri, nutre, forbi, langue, rape, sont usités, sur-tout en poésie. Finisco a finiamo, comme on peut voir par le mot finiamola, finissons cela, qui a toujours été autorisé par l'usage (Buommat. ibid.). Enfin, seppellisco fait au participe seppellito et sepolto; offerire ou offrire a offerto; proferire, proferito et proferto; car ces verbes se disoient anciennement à l'infinitif offerere et proferere.

Pour ce qui regarde la généralité des autres verbes, comme ambisco, ardisco, avvilisco, chiarisco, colpisco, fiorisco, gioisco, insuperbisco, impallidisco, insuperbisco, marcisco, punisco, proibisco, ubbidisco, etc. etc. lesquels n'ont aucune conjugaison régulière pour suppléer aux personnes défectives; et qui d'ailleurs ne font ni ambischiamo, ardischiamo, colpischiamo; ni ambiamo, ardiamo, colpiamo; ni ambiate, ardiate, colpiate, etc. Il faut chercher un verbe équivalent comme il *gojare* au lieu de *inghioitire*; *rallegrarsi* au lieu de *gioire*; *abbassare* ou *deprimere* au lieu de *avvilire*; *castigare* au lieu de *punire*; *infracidare* au lieu de *marcire*, et autres semblables: et dire, *ingojamo*, *ci rallegriamo*, etc. Ou bien il faut se servir d'une périphrase, et dire, par exemple, *abbiamo ambizione* ou *siamo ambiziosi*, pour le verbe *ambire*; *abbiamo* ou *ci sentiamo ardire*, dans le verbe *ardire*; *facciamo animo* pour *inanimire*; *ci rendiam pallidi* pour *impallidire*; *torniam gagliardi* ou *ripigliam gagliardía* pour *ingagliardire*; *entriamo in superbia* pour *insuperbire*; *diamo nel tisico* pour *intisichire*; etc. Buom. ibid.

Les autres défectifs de la troisième conjugaison sont *gire* ou *ire*; *redire*, verbe ancien, qui signifie retourner; et *olire*, rendre odeur, sentir.

J'ai parlé de *gire* et *ire* sous la conjugaison de *andare*.

Riedi, tu retournes, *riede*, il retourne, sont les seules personnes du verbe *redire*, dont on ne se sert qu'en poésie.

Olire, aujourd'hui *olezzare*, n'a que ces trois personnes, *oliva*, *olivi*, *olivano*.

Des Verbes Neutres.

J'AI observé en parlant du verbe, que le verbe neutre est celui dont l'action ne sort point de son principe et ne passe à aucun autre terme. Pour mieux en connoître la nature, j'ajoute, que les verbes neutres s'accordent avec les actifs, en ce qu'ils ne désignent point une passion ou une action reçue (ce qui ne convient qu'aux passifs), mais simplement une action; et ils en diffèrent, parce que l'action du verbe actif passe hors du sujet, comme *amare*, aimer; *dare*, donner; *perdere*, perdre: en un mot, l'action du verbe neutre reste dans le sujet qui fait l'action, comme *dormire* dormir; *pranzare*, dîner; *saltare*, sauter; *starnutire*, éternuer; *partire*, partir; etc. C'est pour cela que les verbes actifs se nomment aussi *transitifs*, du Latin *transire*, passer; tandis que les neutres reçoivent le nom d'*intransitifs*, qui veut dire ne pas *aller outre*: en effet il désignent toujours une action *intransitive* ou *intransitive imparfaite*. De-là vient que les verbes actifs ne représentent point une idée aussi complète de l'action que les neutres, et l'on peut en voir des exemples ci-dessus rapportés. Il y a deux sortes de neutres. Les uns sont proprement tels ou absolus, et ils ne sont suivis d'aucun nom, comme *dormire*, dormir; *correre*, courir; *morire*, mourir. Les autres reçoivent un cas, comme *dormire un sonno*, dormir un somme; *entrare in casa*, entrer dans la maison, etc. On divise aussi les verbes neutres en actifs et en passifs, sans cependant sortir de la notion du verbe neutre. Les actifs sont assez connus. Les passifs font l'effet du reverbère, pour ainsi dire, dénotant le retour de l'action sur le sujet même. Ce retour est indiqué par les particules *si*, *ti*, *se*, *te*, etc. comme *addormentarsi*, s'endormir; *ammalarsi*, tomber malade; *arrestarsi*, s'arrêter; *rattristarsi*, se chagriner; *accendersi*, s'allumer, etc. La connoissance des verbes neutres intéresse la construction des participes, comme nous verrons dans la seconde partie.

Des Verbes Impersonnels.

A parler proprement, il n'y a que les infinitifs des verbes qui soient de vrais impersonnels, puisqu'ils sont indifférens à toutes sortes des personnes; et il paroît que les verbes, qui n'ont que la troisième personne, devroient plutôt s'appeller défectifs qu'impersonnels. Cependant le mot *impersonnel* est consacré, par tous les grammairiens, pour dénoter les verbes qui n'ont que la troisième personne.

Il y a trois sortes d'impersonnels. Les premiers s'emploient régulièrement sans cas, comme *piove*. il pleut; *tuona*, il tonne; *balena* ou *lampeggia*; il fait des éclairs; *grandina*, il grêle; *nevica*, il neige, etc.

Les seconds s'emploient sans cas, ou avec le cas exprimé ou sous-entendu : ex. *Conviene*, il convient; *disdice*, il ne convient pas; *avviene* ou *accade*, il arrive; *bisogna*, il faut; *basta*, il suffit; *pare*, il paroît; etc. car, on dit, *conviene* et *vi conviene*, *vi disdice* ou *non vi disdice*, etc. Et Guit. let. *come accade ai buoni, così mi pare che accaggia ai cattivi. A lui avvenne.* (Boc). Ces verbes s'appellent aussi *demi-impersonnels*.

Les troisièmes sont formés des verbes personnels de leur nature, lesquels reçoivent la particule SI, *on*, à la façon des passifs, comme *si dice*, on dit; *si crede*, on croit; *si corre*, on court.

Quoique tous ces verbes, en qualité d'impersonnels, ne s'emploient qu'à la troisième personne, ils suivent pourtant dans cette personne les règles générales des conjugaisons. Pour ne pas s'y tromper, il faut les ramener à leur infinitif. Ainsi l'infinitif de *bisogna*, par exemple, est *bisognare*, qui est de la première, et il se conjugue comme *amare*.

Indicatif,	Présent.	bisogna,	il faut.
	Imparfait.	bisognava,	il falloit.
	Passé Déf.	è bisognato,	il a fallu.
	Futur.	bisognerà,	il faudra.
Subjonctif,	Présent.	che bisogni,	qu'il faille.
	Optat.	bisognerebbe,	il faudroit.
	Imparfait,	che bisognasse,	qu'il fallût.

Il en est ainsi de *tuonare*, *balenare*, *grandinare*, etc. Que si le verbe est irrégulier, ou dérivé d'un irrégulier, il suit la conjugaison qui lui est propre. Ainsi *accade*, dérivé de *cadere*, fait *accadeva*, *accadde*, *accaduto*, *accadrà*, etc. *Avviene*, dérivé de *venire*, fait *avveniva*, *avvenne*, è *avvenuto*, *avverrà*, etc. *Disdice*, dérivé de *dire*, *disdiceva*, *disdisse*, etc.

Pour ce qui regarde les impersonnels de la troisième classe, j'observe, que l'on peut mettre la particule avant le verbe, ou la lui incorporer, pour ainsi dire, en la mettant après. Ainsi l'on peut dire *si crede* ou *credesi*, on croit; *si dice*, ou *dicesi*, l'on dit; *si amava* ou *amavasi*, l'on aimoit, etc. et la dernière voyelle du verbe se prononce brève. Cependant si le verbe finit par un accent, comme *si amò*, l'on aima; *si crederà*, l'on croira, l'accent se perd dans la jonction du *si*, et la particule conjonctive double sa première lettre : ainsi l'on dit *amossi*, *crederassi*, etc. C'est la même chose à l'égard des verbes monosyllabes, comme j'ai remarqué ailleurs. Voyez GUIDA, trat. dell'Ac. Je parlerai, dans la seconde partie, de la construction des verbes impersonnels avec les noms.

EXERCICE GÉNÉRAL

Sur les Verbes Réguliers et Irréguliers.

JE vais donner séparément un exercice sur les trois conjugaisons en **ARE, ERE, IRE**, dont chacun contiendra des verbes réguliers, et la majeure partie des irréguliers. Pour rendre plus utile cet exercice, je ne mettrai à côté de la conjugaison Françoise que l'infinitif Italien, avec ce signe *Irr.* quand le verbe est irrégulier, et cela même quand l'irrégularité ne regardera ni cette personne ni ce temps. Je mêlerai quelquefois dans les conjugaisons l'auxiliaire *essere* au verbe *avere*, et je n'oublierai pas les réciproques.

Les irréguliers de la première conjugaison sont bornés aux verbes *stare, dare, fare, andare*; et aux verbes terminés en *care* et en *gare*; mais les irréguliers de la seconde ont plus d'étendue même que ceux de la troisième. Si l'on veut s'exercer particulièrement sur les deux auxiliaires, on peut les unir dans une conjugaison alternativement : par ex. *J'ai; tu es, il a: nous sommes, vous avez, ils sont*, etc.

On peut dire que ceux qui sont en état de répondre aux trois conjugaisons suivantes, savent la partie la plus difficile et la plus intéressante de la Grammaire Italienne.

EXERCICE

Sur la première Conjugaison terminée en are.

INDICATIF.

Pr. S. Je parle; *Parlare*. Tu manques; *ManCARE*, irr. Il fait; *Fare*, irr. P. Nous payons; *PaGARE*; irr. Vous dansez; *Ballare*. Ils vont; *Andare*, irr.

Im. Je blâmois; *Biasimare*. Tu faisois; *Fare*, irr. Il se portoit; *Stare*, irr. Nous faisions; *Fare*, irr. Vous donniez; *Dare*, irr. Ils dînoient; *Pranzare*.

K

P. D. Jé demeurai; *Stare*, irr. Tu fis; *Fare*, irr. Il soupa; *Cenare*. Nous allâmes; *Andare*, irr. Vous vous portâtes; *Stare*, irr. Ils donnèrent; *Dare*, irr.

P. In. Je suis entré; *Entrare*. Tu as fait; *Fare*, irr. Il a donné; *Dare*, irr. Nous avons demeuré, *Stare*, irr. (*Qui a le verbe* ESSERE *pour auxiliaire.*) Vous avez oublié; *Scordarsi.* (*ce verbe est récip. en Italien, et le verbe* ESSERE *lui sert d'auxiliaire*). Ils ont balayé ; *Spazzare.*

Pl.-Par. J'avois renouvellé; *Rinnovare.* Tu avois méprisé; *Disprez-zare.* Il étoit entré; *Entrare.* Nous avions administré; *Amministrare.* Vous aviez fatigué; *Stancare*, irr. Ils avoient donné; *Dare*, irr.

F. S. Je chercherai *Cer*CARE, irr. Tu iras; *Andare*, irr. Il repliquera; *Repli*CARE, irr. Nous allongerons; *Allun*GARE, irr. Vous donnerez; *Dare*, irr. Ils joueront; *Giuo*CARE, irr.

Impér. Mange *Mangiare.* Qu'il aille; *Andare*, irr. Demeurons; *Stare*, irr. Faites ; *Fare*, irr. Qu'ils paient; *Pa*GARE, irr.

SUBJONCTIF.

Pr. Que je mortifie; *Mortificare*, irr. Que tu badines; *Scherzare.* Qu'il demeure; *Stare*, irr. Que nous donnions ; *Dare*, irr. Que vous cherchiez; *Cer*CARE, irr. Qu'ils aillent; *Andare*, irr.

Op. Je mâcherois *Masticare*, irr. Tu irois; *Andare*, irr. Il payeroit; *Pa*GARE, irr. Nous demeurerions ; *Stare*, irr. Vous feriez; *Fare*, irr. Ils chatouilleroient; *Solleci*CARE, irr.

P. Im. Que je demeurasse; *Stare*, irr. Que tu fisses; *Fare*, irr. Qu'il allât; *Andare*, irr. Que nous donnassions; *Dare*, irr. Que vous aimassiez; *Amare.* Qu'ils chargeassent ; *Caricare*, irr.

P. Par. Que j'aie oublié; *Scordarsi* (*récip. comme ci-dessus*). Que tu aies satisfait ; *Soddisfare*, irr. dérivé de *fare.* Qu'il ait trompé; *In-gannare.* Que nous ayons environné ; *Circondare.* Que vous ayez défait; *Disfare*, irr. composé de *fare.* Qu'ils aient demeuré ; *Stare*, irr.

O. P. J'aurois travaillé ; *Lavorare.* Tu aurois contrefait; *Contraffare*, irr. composé de *fare.* Il auroit manié ; *Maneggiare.* Nous serions entrés; *Entrare.* Vous auriez détaché; *Staccare*, irr. Ils auroient soupçonné ; *Sospettare.*

Pl.-Parf. Que j'eusse oublié; *Scordarsi*, récip. comme ci-dessus. Que tu fusses entré; *Entrare.* Qu'il eût volé; *Rubare.* Que nous eussions méprisé ; *Disprezzare.* Que vous fussiez allés; *Andare*, irr. Qu'ils se fussent endormis ; *Addormentarsi*, récip.

F. C. Quand j'aurai demeuré ; *Stare*, irr. Tu auras étudié; *Studiare.* Il aura appris; *Imparare.* Nous serons allés ; *Andare*, irr. Vous aurez cacheté ; *Sigillare.* Ils auront fait; *Fare*, irr.

DES VERBES.

EXERCICE

Sur les Réguliers et les Irréguliers de la seconde Conjugaison terminée en ere bref ou long, ou en rre.

NOTA. — pour faciliter cette conjugaison, qui est la plus difficile, je désignerai les différentes classes des irréguliers.

INDICATIF.

Pr. Je reçois ; *Ricevere.* Tu veux ; *Volere*, irr. Il peut ; *Potere*, irr. Nous nous asseyons ; *Sedere*, irr. et non réciproque en Italien. Vous mettez ; *Porre*, irr. Ils doivent ; *Dovere*, irr.

Im. Je restois ; *Rimanere*, irr. Tu te plaignois ; *Dolersi*, irr. et récip. Il tomboit ; *Cadere*, irr. Nous savions ; *Sapere*, irr. Vous lisiez ; *Leggere*, irr. Ils conduisoient ; *Condurre*, irr.

P. D. Je vis ; *Vedere*, irr. Tu tins ; *Tenere*, irr. Il plut ; *Piacere*, irr. Nous restâmes ; *Rimanere*, irr. Vous tirâtes ; *Trarre*, irr. Ils naquirent ; *Nascere*, irr.

P. In. J'ai ri ; *Ridere*, irr. de la première classe. Tu as mis ; *Mettere*, irr. de la seconde classe. Il a exprimé ; *Esprimere*, irr. de la troisi. Nous avons gagné ; *Vincere*, irr. de la quatri. Vous avez lu ; *Leggere*, irr. de la cinqui. Ils ont demandé ; *Chiedere*, irr. de la sixi.

Pl.-Parf. J'avois connu ; *Conoscere*, irr. Tu étois né ou née ; *Nascere*, irr. Il avoit cassé ; *Rompere*, irr. Nous nous étions plaints ; *Dolersi*, irr. et récip. Vous aviez répondu ; *Rispondere*, irr. de la sixième classe. Ils avoient augmenté ; *Accrescere*, irr. dérivé de *crescere*.

F. S. Je tomberai ; *Cadere*, irr. Tu tireras ; *Trarre*, irr. Il devra ; *Dovere*, irr. Nous pourrons ; *Potere*, irr. Vous verrez ; *Vedere*, irr. Ils voudront ; *Volere*, irr.

Impér. Tiens ; *Tenere*, irr. Qu'il vaille ; *Valere*, irr. Courons ; *Correre*, irr. Conduisez ; *Condurre*, irr. Qu'ils se cachent ; *Nascondersi*, irr. et récip.

CONJONCTIF.

Pr. Que je m'asseye ; *Sedere*, qui n'est pas réciproque en Italien. Que tu retiennes ; *Ritenere*, irr. composé de *tenere*. Qu'il veuille ; *Volere*, irr. Que nous puissions ; *Potere*, irr. Que vous tourniez ; *Volgere*, irr. Qu'ils plaisent ; *Piacere*, irr.

Op. Je nuirois ; *Nuocere*, Tu composerois ; *Comporre*, dérivé de *porre*. Il enleveroit ; *Togliere* ou *torre*, irr. Nous réduirions ; *Ridurre*, irr. Vous tireriez ; *Trarre*, irr. Ils cuiroient ; *Cuocere*, irr.

P. Imp. Que j'écrivisse ; *Scrivere*, irr. Que tu dusses ; *Dovere*, irr. Qu'il tînt ; *Tenere*, irr. Que nous restassiòns ; *Rimanere*, irr. Que vous arrivassiez ; *Giungere*, irr. Qu'ils conduisissent ; *Condurre*, irr.

P. Par. Que j'aie régi ; *Reggere*, irr. de la cinqui. classe. Que tu aies disposé; *Disporre*, irr. de la sixi. Qu'il ait plu ; *Piovere*, irr. Que nous ayons connu; *Conoscere*, irr. Que vous ayez choisi ; *Scegliere*, irr. de la quatri. Qu'ils ayent promis; *Promettere*, irr. de la troisi.

O. P. J'aurois secoué ; *Scuotere*, irr. de la troisi. Tu aurois tué ; *Uccidere*, irr. de la premi. Il auroit racheté; *Redimere*, irr. de la quatri. Nous aurions distingué; *Distinguere*, irr. de la quatri. Vous auriez présumé ; *Presumere*, irr. sous la quatri. Ils auroient réduit ; *Ridurre*, irr. de la cinqui.

Pl.-Par. Que j'eusse déplu ; *Dispiacere*, irr. Que tu eusses attrapé; *Cogliere*, irr. de la quatri. Qu'il eût reprimé ; *Reprimere*, irr. de la troisi. (*Voyez la note* (1) *ib.*) Que nous eussions présumé ; *Presumere*, irr. (*Voyez la note sous la quatrième classe.*) Que vous eussiez commis ; *Commettere*, irr. de la deux. Qu'ils eussent délié; *Sciogliere*, irr. de la quatri.

F. C. Quand j'aurai allumé ; *Accendere*, irr. de la premi. Tu auras composé ; *Comporre*, irr. de la sixi. Il sera crû ; *Crescere*, irr. Nous aurons conduit; *Condurre*, irr. de la cinqui. Vous aurez lu ; *Leggere*, irr. de la cinqui. Ils auront serré ; *Strignere*, irr. (*Voyez la note de la quatrième classe.*)

EXERCICE

Sur les Réguliers et les Irréguliers de la troisième Conjugaison en ire.

NOTA. — *J'accompagnerai du mot* ISCO *les verbes et les personnes qui participent à cette conjugaison.*

INDICATIF.

Pr. Je dis ; *Dire*, irr. Tu digères; *Digerire*, isco. Il sort ; *Uscire*, irr. Nous montons; *Salire*, irr. Vous entendez; *Udire*, irr. Ils ambitionnent; *Ambire*, isco.

Im. Je redisois; *Ridire*, irr. dérivé de *dire*. Tu mourois ; *Morire*, irr. Il osoit; *Ardire*, irr. Nous nous emparions; *Impadronirsi*, Récip. Vous nourrissiez; *Nutrire*. Ils secouroient; *Sovvenire*, dérivé de *venire*, irr.

P. D. Je vins; *Venire*, irr. Tu dis; *Dire*, irr. Il dormit; *Dormire*. Nous remontâmes; *Risalire*, irr. Vous sortîtes; *Uscire*, irr. Ils frappèrent ; *Colpire*.

P. In J' ai salué; *Riverire.* Tu as souffert; *Soffrire*, irr. (*Voyez la note,* N° 1.) Il a dit; *Dire*, irr. Nous sommes morts; *Morire*, irr. Vous avez couvert; *Coprire*, irr. (*Voyez la note ci-dessus.*) Ils sont sortis ou sorties; *Uscire*, irr.

Pl. par. J'avois compris; *Capire.* Tu avois avalé; *Inghiottire.* Il avoit découvert; *Scoprire*, irr. Nous avions dit; *Dire*, irr. Vous étiez remonté; *Risalire*, dérivé de *salire.* Ils avoient réussi; *Riuscire*, dérivé d'*uscire.*

F. S. Je m'amuserai; *Divertirsi*, Récip. Tu mourras; *Morire*, irr. Il viendra; *Venire*, irr. Nous rôtirons; *Arrostire.* Vous parviendrez; *Pervenire*, dérivé de *venire.* Ils garderont; *Custodire.*

Impér. Ose; *Ardire*, isco. Qu'il plaigne; *Compatire*, isco. Sortons; *Uscire*, irr. Dites; *Dire*, irr. Qu'ils rougissent; *Arrossire*, isco.

SUBJONCTIF.

Pr. Que je donne de la crainte; *Intimorire*, isco. Que tu instruises; *Instruire*, isco. Qu'il devienne superbe; *Insuperbire* ou *Insuperbirsi*, isco. Que nous montions; *Salire*, irr. Que vous vous amusiez; *Divertirsi*, Récip. Qu'ils meurent; *Morire*, irr.

Op. Je viendrois; *Venire*, irr. Tu mentirois; *Mentire.* Il parviendroit; *Pervenire*, composé de *venire.* Nous mourrions; *Morire*, irr. Vous consentiriez; *Consentire.* Ils exécuteroient; *Eseguire.*

P. Imp. Que je plaignisse; *Compatire.* Que tu enlevasses; *Rapire.* Qu'il entendît; *Udire*, irr. Que nous nous amusassions; *Divertirsi*, Récip. Que vous disiez; *Dire*, irr. Qu'ils mourussent; *Morire.*

P. Par. Que j'aie souffert; *Soffrire*, irr. Que tu sois parvenu; *Pervenire*, irr. dérivé de *venire.* Qu'il soit mort *ou* qu'elle soit morte; *Morire*, irr. Que nous ayons dit; *Dire*, irr. Que vous soyez monté *ou* montée; montés *ou* montées; *Salire.* Qu'ils aient prédit; *Predire*, irr.

O. P. J'aurois habillé; *Vestire.* Tu aurois suivi; *Seguire.* Il auroit couvert; *Coprire*, irr. Nous serions convenus; *Convenire*, dérivé de *venire.* Vous auriez dit; *Dire*, irr. Ils se seroient repentis; *Pentirsi*, Récip.

Pl.-par. Que j'eusse diminué; *Diminuire.* Que tu fusses péri; *Perire.* Qu'il fût mort; *Morire*, irr. Que nous eussions dit; *Dire*, irr. Que vous eussiez secouru; *Sovvenire.* Qu'ils eussent entendu; *Udire.*

F. C. Quand j'aurai dormi; *Dormire.* Tu seras monté; *Salire.* Il se sera repenti, ou elle se sera repentie; *Pentirsi*, Récip. Quand nous aurons favorisé; *Favorire.* Vous vous serez amusé *ou* amusée; amusés *ou* amusées; *Divertirsi*, Récip. Ils auront obéi; *Ubbidire.*

SECONDE PARTIE
DE LA GRAMMAIRE

DE LA SYNTAXE,
OU DE LA CONSTRUCTION DU DISCOURS.

Ceux qui s'adonnent à la peinture, commencent leur étude à dessiner séparément les parties du corps, et cherchent ensuite à réunir celles-ci en un seul corps. C'est ainsi, qu'après avoir [...] les déclinaisons des articles, des noms, des pronoms, et les conjugaisons des verbes, je crois devoir maintenant m'occuper de la manière de les lier ensemble, afin qu'il en résulte un corps bien proportionné. C'est là précisément l'objet de la Syntaxe, que l'on peut définir [...] arrangement des parties du discours entre elles, suivant le génie d'une langue.

L'ordre naturel demande, que je parle de la syntaxe des neuf parties du discours, suivant la division que l'on a faite dans les notions préliminaires à la grammaire. Cependant, afin que l'on saisisse mieux le génie de notre langue; je parlerai ensuite de la Syntaxe [...] ou particulier de rigueur. En outre, pour obvier aux inconvénients qui naissent [...] Italien de la monotonie de plusieurs [...] François, j'y ajouterai un traité sur le choix des mots; et je finirai [...] première partie [...] l'orthographe Italienne.

§. I.

DE LA CONSTRUCTION DE L'ARTICLE ET DU NOM.

1°. De l'article avec le nom : où l'on parle de l'article partitif; 2° l'article [...]

1°. L'ARTICLE sert, non-seulement à désigner le genre, le nombre et les cas du nom, mais encore, pour ainsi dire, à le particulariser

De là vient le différent usage que l'on fait souvent de l'article défini ou indéfini avec le même nom, lequel sans cela ne représenteroit plus la même idée. Ainsi quand je dis *palazzo di principe*, palais de prince, ces deux noms sont si généraux qu'ils conviennent à tout palais d'un prince quelconque : mais si je dis IL *palazzo* DEL *principe*, le palais du prince, les voilà tous les deux si bien distingués qu'ils ne peuvent s'appliquer qu'à un palais particulier, possédé par un prince déterminé. L'action de l'article vers le nom se montre encore mieux dans ces exemples : *Bere vino*, *bere il vino*, *ber del vino*, ce qui à la lettre se diroit en François, *boire vin*, *boire le vin*, *boire du vin*. Mais la langue Françoise n'a pas cette première manière *boire vin*, et elle se sert à sa place de la troisième, en disant, *boire du vin*. Or, *bere vino* signifie en Italien faire usage de vin : *bere* IL *vino* veut dire boire tout le vin qui est dans un verre ou autre vase : *bere del vino* signifie boire une certaine quantité de vin. *Buom. trat.* 10, *cap.* 3.

L'article défini étant fait pour désigner une chose en particulier, il s'ensuit que les choses qui ont un nom propre, et qui ne peuvent pas se confondre avec les autres, comme *Dio*, *Pietro*, *Roma*, et autres, sont généralement dépourvus de cet article ; et qu'au contraire, celles qui composent une partie d'un tout ou font l'espèce d'un genre, ont régulièrement besoin d'être déterminées par un article défini, comme *il lupo*, le loup ; *il pero*, le poirier ; *l'oro*, l'or, &c. C'est par cette raison que l'on supprime généralement en Italien les articles *du*, *de la*, *des*, (qui cependant ont lieu en François), quand ils se rapportent à un tout générique ; et qu'on les exprime quand ils dénotent une partie du même tout. Ce principe est fort intéressant pour la construction de la langue Italienne. En voici des exemples Mangez-vous *de la* viande ? *Mangiate carne* ? Voulez-vous *du* vin ou *de l'*eau ? *Volete vino o acqua* ? Au contraire, *donnez-moi* DU *rôti*, DU *pain*, DU *vin*, etc. se dit *datemi* DELL' *arrosto*, DEL *pane*, DEL *vino*, etc.

Ce que je viens de dire m'engage à parler de *l'article partitif*, question aussi intéressante que difficile. Il s'agit de savoir quand est-ce qu'il faut exprimer ou supprimer en Italien les particules Françoises *de*, *des*, etc. ; car le génie de notre langue exige que ces particules soient exprimées en certains cas et supprimées en d'autres, quoique dans quelques circonstances elles ne servent qu'à donner un certain agrément au discours. J'ajoute, que ces particules, considérées comme *articles partitifs*, n'ont aucun rapport ni au génitif ni à l'ablatif.

J'observe donc que les particules *de* ou *des* se suppriment en Italien, 1°. lorsque la phrase est absolument négative : ex. Je n'ai point *d'*argent, *non ho denari* ; elle n'a point *d'*enfans, *non ha figliuoli*. 2°. Lorsque ces particules se trouvent en François après une préposition : ex. Il est toujours *avec des* joueurs, *avec des* femmes

K 4

de mauvaise vie , *egli è sempre con giuocatori , con donne di mal affare ;* cette maison est très-bonne *pour des* paysans , *quella casa è buonissima , per contadini ;* ils étoient tous montés *sur des* chevaux blancs , *erano tutti montati sopra cavalli bianchi* , etc. — Mais , lorsque ces mots s'emploient dans les phrases affirmatives , dans un sens partitif , de sorte qu'ils tiennent la place de *quelques , de* ou *des* doivent , et quelquefois peuvent , s'exprimer par l'article défini , qui convient au nom qui les suit : ex. Cette dame a quelquefois *des* caprices , *quella signora ha qualche volta* DEI *capricci ;* et , donnez-moi des fleurs de votre jardin , *dàtemi* DEI *fiori del vostro giardino.* On ne pourroit pas omettre *dei* dans ces deux exemples et autres semblables , parce que ces particules s'y trouvent dans un sens partitif , et elles servent à déterminer la phrase ; et aussi parce que *des* pourroit se rendre par *quelques* , c'est-à-dire *alcuni.* — Il y a aussi des phrases , où ces particules peuvent se prendre dans un sens déterminé ou indéterminé , et par cette raison elles peuvent s'exprimer ou se supprimer : ex. Il y a dans ce monde des choses qui paroissent blanches et sont noires , *vi sono al mondo* COSE ou DELLE *cose che pajon bianche e son nere.*

Enfin , comme il y a chez l'étranger des redacteurs de grammaires Italiennes qui tranchent sur cette matière , en donnant trop aisément l'exclusion à ces particules dans l'Italien , j'obseve avec SALVIATI, *lib. ii. degli Avvert. part.* 9 , que les particules *di* , *dei* , etc. sont souvent employées dans le discours , sans qu'elles y soient absolument nécessaires. Mais alors elles servent à donner plus d'agrément à la phrase et à mettre dans une plus grande évidence les objets dont on parle. Ainsi on lit dans Bocace , *tu ne potresti così riavere un denajo , come avere* DELLE *stelle del cielo* (G. 2 , N. 5) ; il ne seroit pas plus aisé pour toi de tirer un liard de lui , que d'atteindre *des* étoiles du ciel ; et , *oltre a questo io ho* DI *bei giogelli e* DI *cari* (G. 3 , N. 8) outre cela j'ai *des* bijoux beaux et gentils (*introd.*). *E concèdesi tanto la sua vita aisendere , che , per guardar quella , si sono uccisi* DEGLI *uomini* , et il est si légitime de défendre sa vie , qu'il est arrivé que , pour la conserver , on a tué *des* hommes. Voyez CINONIO , tom. i. cap. 81 , N°. 14.

IIº. Les Italiens font usage de l'article *il* , *lo* , *l'* , *dell'* , etc. devant l'infinitif d'un verbe , qui , suivant la qualité des articles , représente le nom dans ses différens cas , et disent , par exemple : *il dormire giova alla salute* , le sommeil est utile à la santé. Cela se fait à l'imitation des Latins. On supprime même quelquefois l'article ; et on lit en Bocace : *umana cosa è* AVER *compassione degli afflitti* , il est naturel à l'homme d'avoir compassion des malheureux : ce que l'on pourroit dire en Latin *humanum est condolere afflictis.* On dit de même *il fare* , *lo sperare* , *dell' amare* , au lieu de la manière d'agir , l'espoir , de l'amour ; et on lit dans Bocace , IL DIRE *le parole* , L DAR *del cioto nel calcagno a Calandrino , fu tutt' uno* (G. 3 , N. 2) , au moment même qu'il dit ces paroles , il donna un coup de pierre à Calandrin dans le talon. Dans ce cas., l'infinitif est même susceptible d'un adjectif: ex. *Il mal fare*, les mauvaises actions ; *il suo fare non mi piace*, sa manière d'agir ne me plaît pas. — L'article se lie aussi avec les adverbes et avec les prépositions, qui alors représentent le nom; et ces manières *il quando*, *del come*, *il perchè*, équivalent à *le temps*, *de la manière*, *la raison*. Pareillement, NEL *partire*, en partant *ou* étant sur son départ; COLLO *studiare*, avec l'étude *ou* en étudiant; et ces dernières expressions tiennent souvent la place des gérondifs, comme nous l'avons vu en parlant des verbes.

N.B. 1°. On se sert ordinairement en Italien de l'article *il*, *lo*, *l'*, avant l'infinitif et lorsque l'infinitif François, étant précédé de la particule *de*, tient la place du nominatif dans le discours: ex. Il me surprend *de* voir, *mi sorprende* IL *vedere* ; il me seroit affreux de vous déplaire, IL *dispiacervi sarebbe per me un tormento* ; c'est une chose plaisante DE ou QUE DE le voir courir, *è un gusto* IL *vederlo córrere*. — 2°. *Il*, *lo*, *l'* étant liés avec un verbe qui n'est pas à l'infinitif, ne sont jamais des articles, mais tiennent la place du pronom *lo* ou *quello* ; car l'article ne peut se joindre qu'à un nom ou à ce qui le représente. Voici un exemple où il se trouve comme article et comme pronom : IL *buon uomo*, *mosso a pietà*, *nel suo letto* IL (*lo* ou *quello*) *mise* (G. 4, Nov. 9), LE bon homme, touché de compassion, LE mit dans son lit.

III. Quoique le nom *Dio*, Dieu, et autres noms propres de villes, de mois, etc. ne reçoivent que l'article indéfini quand ils se trouvent seuls, ou avant leurs adjectifs; cependant, lorsque ces noms sont précédés d'un adjectif, on fait usage de l'article défini; car on dit *Iddio giusto riguardatore degli altrui meriti* (Boc.), Dieu juste appréciateur du mérite des hommes ; et, au contraire, on dit L' *omnipotente Iddio*, (Passav.), le Dieu tout-puissant ; L' *avara Babilónia* (Pétr.), l'avare Babylone, *il primo* DELL' *entrante Giugno*, le premier de Juin prochain, etc. Le nom *Dio*, précédant les mots *mercè*, merci, ou *grázia*, grace, perd l'article du génitif *di*, de, et il se construit ainsi : *La Dio mercè* (Boc.), la Dieu merci ; *la Dio grazia* (Boc.), par la grace de Dieu. Que, si le nom *Dio* se met après *mercè* ou *grazia*, il reçoit l'article : ex. *La mercè* DI *Dio* (Boc.), *per la grazia* DI *Dio*. — J'ajoute que les noms propres de royaumes, de provinces, d'îles, etc. s'emploient tantôt avec l'article défini, tantôt avec l'article indéfini, comme *la Córsica*, la Corse ; *l'Abruzzo*, l'Abruzze ; et *Valenza*, Valence : *Cándia*, Candie ; *Rodi*, Rhodes, etc. Il faut suivre en cela l'usage, d'autant plus facile à observer, qu'il paroît que le François et l'Italien sont d'accord sur ce point.

IV. Le mot *Signore*, Monsieur; et *Signora*, Madame, qui précèdent les noms de baptême, de famille, ou les noms titrés, reçoivent l'article défini dans les deux genres et dans les deux nombres ; et en ce cas l'on retranche l'e de *Signore*, au singulier masculin, toutes les fois que le mot suivant ne commence point par une s impure : ex. *Il Signor Bruni*; Monsieur Bruni. Ce retranchement n'a pas lieu au féminin. —

Monsieur le, uni à un nom de qualité, se dit en Italien, *il Signor*: ex. Monsieur le Comte, *il Signor Conte* ; et jamais *signore il*, etc. Ces phrases, *Monsieur votre Père*, *Mademoiselle votre Sœur*, s'expriment en Italien par *Il vostro Signor Padre*, *la vostra Signora Sorella*. L'addition de l'article, et la transposition des mots, qui se fait en Italien, sont bien remarquables. — Une personne qui parle de son frère, de sa sœur, de son mari, de sa femme, ne pourroit pas faire usage du mot *Signore* ou *signora*, sans afficher de l'affectation, et cela à cause de l'égalité qui se trouve entr'eux. Cependant, si je parle à une personne de condition, de ses frères et sœurs, je dois employer le mot *Signore*, etc. comme je viens de le remarquer. — Quand on parle à quelqu'un d'une personne présente, laquelle n'est désignée que par les mots *Monsieur* ou *Madame*, accompagnés de l'article indéfini, on se sert en Italien des mots *Signore* ou *Signora*, avec l'article défini : ex. Monsieur m'a dit, IL *Signore m'ha detto* ; Madame étoit présente, quand, etc. LA *Signora si trovava presente, quando*. === Les noms de baptême ou de famille, qui ne sont précédés de *Signore*, sont ordinairement employés sans l'article défini. Cependant dans l'usage familier, autorisé par les meilleurs écrivains, les Toscans font usage de l'article défini, en parlant de leurs auteurs ou de leurs amis les plus connus et les plus intimes. Ainsi ils disent, IL *Boccaccio*, IL *Petrarca*, IL *Dante*, IL *Bembo*, etc. et on lit en Bocace LO *Scalza*, IL *Guardastagno*, IL *Rassiglione*, etc. Quoiqu'ils disent *Demóstene*, *Cicerone*, *Virgilio*, *Platone*, et non *il Demostene*, *il Cicerone*, etc. excepté quelquefois pour indiquer le livre composé par ces auteurs. — Enfin l'article du substantif est toujours celui de l'adjectif, excepté en trois cas, dans lesquels l'adjectif prend un article défini qui lui est propre. — 1°. Quand il y a un article défini avant un adjectif, dont le substantif n'est susceptible que de l'article indéfini, comme je viens de remarquer dans les exemples : *l'onnipotente Iddio*, etc. 2°. Quand l'adjectif ajoute une espèce de dénomination à son substantif : ex. *Venere* LA *vaga*. Vénus la jolie ; *Isotta* LA *bionda*, Isotte la blonde ; *Filippo il bornio*, Philippe le borgne ; *la santa donna*, la sainte femme, etc. 3°. Quand le substantif sert de génitif à son adjectif : ex. *Il cattivel* D'*Andreuccio*, (*Boc.*) le petit méchant d'André ; *quel buon uomo* DEL *Coltellini*, ce bon homme de Coltellini. *Salvini*.

V°. On se sert en François de l'article indéfini devant les pronoms possessifs, *mon ton, votre*, etc.; et en Italien, on fait généralement usage de l'article défini, dans le même cas, devant *mio, tuo*, etc. Car on dit en François *ma chambre, de votre cheval, avec notre domestique ; dans son jardin*, etc. ; et en Italien, *la mia càmera ; del vostro cavallo, col nostro servo, nel suo giardino*, etc. Cette règle n'a pas toute son étendue lorsque les pronoms possessifs sont suivis d'un nom de parenté qui est au singulier; car alors on peut faire usage de l'article défini ou de l'indéfini, et dire, par exemple : *Il mio fratello* ou *mio fratello*, mon frère ; *del mio zio* ou *di mio zio*, de mon oncle ; *con mia cugina* ou *colla mia cugina*, avec ma cousine, etc. comme je l'ai prouvé dans la remarque onzième sur Vénéroni. Cependant il y a deux cas où l'on doit faire usage de l'article défini avant les noms de parenté unis à un pronom possessif, 1°, lorsque ces noms sont au pluriel ; 2°, lorsque le pronom possessif se place après le nom de parenté. Ainsi, *de mes cousins*, *avec nos enfans*, *à leurs tantes*, se traduira par *dei* ou *de' miei cugini*, *coi* ou *co' nostri figliuoli*, *alle loro zie*, etc., et on ne pourroit pas dire, DI *miei cugini*, CON *nostri figliuoli*, A *loro zie*, etc. Pareillement, si l'on place le possessif après le nom de parenté, on doit donner au nom l'article défini, même au singulier, et dire *la sorella mia*, ma sœur ; *del padre mio*, de mon père, etc. *Buommattei*, *trat.* 10 *cap.* 6. Cela doit se dire à plus forte raison des autres noms.

NOTA. — 1°. Quoique les noms de *padre* et *madre*, père et mère, puissent recevoir l'article défini avant le pronom possessif qui les précède, ils s'emploient cependant le plus souvent avec l'article indéfini ; 2°. Buommattei observe (loc. cit.) que les pronoms possessifs, quand ils se trouvent avant les noms de choses très-connues ou fort intimes à celui qui les possède, comme *costume*, usage ; *piacere*, plaisir ; *faccende*, affaires, etc., s'emploient souvent sans article défini : ex. C'est son usage de... *è suo costume* DI... Suivant ce principe on retranche même souvent de la composition Italienne les pronoms possessifs *mio*, *tuo*, etc. dont l'usage est si fréquent dans la langue Françoise, et ces pronoms ne s'emploient en Italien qu'autant que la clarté du discours paroît l'exiger. Ainsi, l'on dit en François, il mit *son* chapeau sur *sa* tête ; et en Italien *si pose*, ou *si mise*, *il cappello in capo* ; il tenoit *son* chien dans *ses* bras ; et en Italien *teneva il cane in braccio*. Enfin, ces manières *avoir la chemise sur* SON *dos*, *les souliers dans* SES *pieds*, de l'argent dans SA *poche*, etc., se rendent en Italien *aver la camicia in dosso*, *scarpe in piedi*, *denari in tasca*, etc. ; et l'emploi de tous ces pronoms possessifs ne s'accommoderoit nullement avec le génie de la langue Italienne ; car un homme ne met pas ordinairement son chapeau sur la tête d'un autre, et quand il tient quelque chose, ou, en un mot, quand il fait une action quelconque, personne ne peut supposer qu'il la fasse avec les bras ou avec les mains d'un autre. Mais chaque langue a son génie, et nous verrons de plus en plus, par la suite, que les deux principaux caractères de la langue Italienne sont la simplicité et la vérité : elle tient cela de la langue Latine. 3°. Nos meilleurs anciens écrivains, imitant la gravité des Latins, employoient souvent sans article défini des noms qui d'ailleurs reçoivent cet article, et cela sur-tout dans les manières sentencieuses, et disoient *uomo*, *natura*, etc. au lieu de *l'uomo*, *la natura*, etc. : ex. *Non si dee* UOMO *vergognare d'esser biasimato da' rei* (Amma. degli Ant.) l'homme ne doit pas avoir honte d'être blâmé par des méchans. Dans des cas semblables, l'omission de l'article défini ajoute une certaine énergie à la sentence. 4°. On omet quelquefois l'article défini avant le pronom possessif qui précède un nom, et cela pour un certain agrément de la langue Toscane qu'il est plus facile de sentir que d'assujettir à des règles. (*Bembo*, *lib. ii. della Vol. Lingua*) C'est ainsi que Bocace dit, *Recatosi suo sacco in collo*, plutôt que *il suo sacco*, s'étant mis le sac sur les épaules ; et Pétrarque, *I' (io) dicea* FRA MIO *cuor*, *perchè paventi ?* je disois dans mon cœur, pourquoi crains-tu ? et non *fra 'L mio cuor;* et Gio. Villani. *egli* (Carlo) *fatta* SUA *ragunata di molti baroni e di moneta, per fornire* SUO *viaggio*, etc. ayant rassemblé beaucoup de barons et amassé beaucoup d'argent pour finir son voyage, *etc.* 5°. J'observe que le vocatif n'a point d'article, comme nous l'avons vu ailleurs. Que si l'on rencontre quelquefois dans les bons auteurs le vocatif avec l'article, ex. *Venite via,* IL *mio messer Francesco*, venez-vous-en, mon cher François, ce sont des exceptions si particulières qu'elles ne peuvent changer la règle. *Salviati, Avvert. lib. ii cap. 3.*

VI°. Enfin les pronoms démonstratifs *colui*, *colei*, *costui*, *costei*, *coloro*, *costoro*, *loro*, et le relatif *cui*, sont très-remarquables par leur construction avec l'article et avec le nom qu'ils accompagnent : car quoique l'on puisse dire, par exemple, *In iscambio di colui*, à la place de celui-là ; *al grido di colei*, aux cris de celle-là, etc. néanmoins on supprime plus communément l'article indéfini du pronom, en plaçant, premièrement, l'article défini ou la préposition du nom ; ensuite, le pronom ; et, après, le nom, comme l'on peut voir dans ces exemples : *Acciocchè il potesse mettere alle forche* IN COLUI SCAMBIO, (Nov. Ant. 56,) afin de pouvoir le pendre à sa place ; et Boc. *Per lo colui consiglio*, par son conseil ; *al colei grido*, à ses cris ; *nella costui ebbrezza*, dans son ivresse ; *per lo costoro amore*, pour l'amour d'eux : c'est au lieu de *in iscambio di colui, per lo consiglio di colui, al grido di colei*, etc. On dit de même *il loro podere*, leur terre ; *le loro case*, leurs maisons ; *la loro madre*, mieux que *il podere di loro ; le case di loro*, etc. ; et dans ces cas l'article défini ou la préposition, qui précède le pronom, appartient au nom, et non pas au pronom. — Le relatif *cui* se construit comme les pronoms sus-énoncés, avec cette seule différence, qu'il peut garder ou rejetter l'article indéfini du génitif qui lui est propre, avant le nom ; car on peut dire *il cui grido* ou *il di cui grido*, dont le cri ; et on ne pourroit pas dire *il di costui grido* au lieu de *il costui grido* ou *il grido di costui*. J'ajoute que *onde*, mot indéclinable, se trouve souvent employé au lieu de *di cui*, *del quale*, ou de *con cui* : ex. *L'anima gloriosa* ONDE *si parla*, (Pétr.) l'âme glorieuse dont on parle ; *ogni laccio* ONDE *il mio cuore è avvinto*, (Pétr.) tout lien dont mon cœur est serré.

VII°. *Altrui*, autrui, pronom indéfini de personne, n'a que les cas obliques. Lorsque *altrui* est accompagné d'un nom et représente le génitif, il ne reçoit avant lui que l'article défini ou la préposition qui regarde le nom ; et son article indéfini ne peut pas avoir lieu.

Ex. *Più l'*ALTRUI *fallo che il mio mal mi duole*, (Petr.) je suis plus fâché de la faute des autres que de mon mal : *il fallo altrui*, c'est-à-dire *il fallo degli altri*. Il en est à-peu-près de même de ce pronom, quand il est au datif. Mais *l'altrui* (Lat. *alienum*), signifiant le bien des autres, et dans un sens neutre, s'emploie dans tous les cas du singulier seulement, et avec l'article défini. C'est dans ce sens que l'on dit *Logorare l'altrui*, (Boc.) consommer le bien des autres ; Lat. *alienum consumere*, etc.

§. II.

1°. *De la Construction de l'Adjectif avec son substantif.* 2°. *De la Construction des Adjectifs de mesure.* 3°. *De l'Adjectif mezzo, et de salvo.*

I°. LES adjectifs peuvent, généralement parlant, avoir lieu avant ou après leur substantif. Cependant, en prose, on place après le substantif, 1°. les adjectifs qui désignent le pays : ex. *Un gentiluomo Inglese*, un gentilhomme Anglois ; *una dama Fiorentina*, une dame Florentine ; *cappello Chinese*, chapeau Chinois ; *sciábola Turca*, sabre Turc ; *moda Franeese*, mode Françoise ; *moneta Spagnuola*, monnoie Espagnole ; *can Danese*, chien Danois, etc. 2°. Les adjectifs qui expriment les défauts physiques d'une personne, ou bien la forme, ou la couleur, ou le goût des choses : ex. *Un uomo gobbo*, un homme bossu ; *un giovane losco*, un jeune homme qui a la vue courte : ainsi, *Una tàvola rotonda*, une table ronde ; *uno specchio ovale*, un miroir oval ; *un àbito nero*, un habit noir ; *un fior bianco*, une fleur blanche ; *un vin rosso*, un vin rouge ; *un frutto saporito*, un fruit savoureux. 3°. Les adjectifs qui particularisent les élémens : ex. *Una terra úmida*, un terrein humide ; *un' acqua límpida*, une eau claire ; *un fuoco ardente*, un feu ardent ; *un' aria sana*, un air sain. 4°. Les adjectifs verbaux, comme *pane bollito*, pain bouilli ; *carne cotta*, viande cuite ; *la passióne dominante*, la passion dominante, etc.

NOTA. L'on rencontre souvent en Bocace un substantif entre deux adjectifs, et cette manière de placer les adjectifs, étant employée à propos, ajoute de l'agrément ou de la force à la phrase : ex. *Videvi due cavriòli, forse il dì medesimo nati, i quali parevano la più* DOLCE COSA DEL MONDO E LA PIù VEZZOSA (G. 2, N. 6), elle y vit deux petits chevraux, qui, peut-être, étoient nés le même jour, et qui paroissoient la chose du monde la plus douce et la plus jolie ; et G. 4, N. 6, *a piè d' una* BELLISSIMA FONTANA E CHIARA, sur le bord d'une fontaine très-belle et très-claire ; *un uomo di* SCELLERATA VITA E DI CORROTTA, *il quale fu chiamato Berto della Massa* (ib. N. 2), un homme scélérat et de mœurs corrompues, qui étoit appelé Berto della Massa. (G. 7, N. 8), *Era Arriguccio, con tutto che fosse mercatante*, UN FIERO UOMO E UN FORTE , Ariguccio, tout marchand qu'il étoit , étoit un homme résolu et courageux.

II°. Les adjectifs de mesure , qui, en François , sont suivis de la préposition *de*, ne le sont pas de même en Italien, où la préposition se perd. Car ces manières ; *une échelle haute* DE *vingt pieds* ; *un fossé profond* DE *dix pieds , et large* DE *cinq*; ces manières, dis-je, se rendent en Italien; *una scala alta venti piedi* ; *un fosso profondo* ou *alto dieci piedi e largo cinque*. Pareillement cet exemple : *le jardin a un mille* DE *long , et un demi mille* DE *large*, se traduit *il giardino è lungo un miglio e largo un mezzo miglio* , ou bien *il giardino ha un miglio di lunghezza e un mezzo miglio di larghezza*.

III°. La manière dont *mezzo*, demi, doit s'accorder, dans la construction régulière, avec son substantif, est très-remarquable. Car *mezzo* s'accorde avec le genre de son nom, quand il n'est pas précédé d'une autre quantité; et l'on dit *una mezza libbra* , une demi-livre : mais , si *mezzo* est précédé d'une autre quantité, il ne change point et on dira *una libbra e mezzo* une livre et demie ; *due ore e mezzo*, deux heures et demie. Ainsi Gio.Villani, lib. 12, cap. 96, dit : *della lega di once undici e* MEZZO *per libbra* , de l'alliage de onze onces et demie par livre; et Burchiello : *togli una libbra e* MEZZO *di castrone*, prends une livre et demie de mouton. — *Salvo* , lorsqu'il est adjectif, comme dans les ablatifs absolus, reçoit les deux genres et les deux nombres : ex. *salva la mia onestà* Boc. , sauf mon honnêteté; et Villani : *i Cristiani s'arrenderono, salve le persone* , les Chrétiens se rendirent à condition d'avoir la vie sauvée. Mais , *salvo* étant employé comme adverbe, conserve toujours sa désinence masculine. ex. *rendegli la Signoria di Lombardia ,* SALVO *la Marca Trevigiana*. Gio. Villani , lib. 3 , cap. 5.

§. III.

1°. *De la Construction du Comparatif.* 2°. *Du Comparatif d'égalité.*

I°. LE comparatif augmente ou diminue la signification de l'adjectif, en le comparant entre deux sujets différens : ex. *Vous êtes plus* GRAND *que moi* ; ou bien, en comparant deux adjectifs à l'égard du même sujet, comme *il est plus* RICHE *que* SAVANT. Les adverbes plus, *più* , ou moins , *meno*, servent à former la comparaison, et le *que* en est comme le véhicule. Or , comme il n'est pas permis de rendre indifféremment le *que* par *che*, toute la question consiste à savoir quand est-ce qu'il faut rendre ce *que* par *che* ou par *di* , *del* , etc.

REGLE 1re- Si la qualité ou les qualités en comparaison se rapportent à un seul substantif ou au même sujet, le *que* se rend par *che* : mais si elles se rapportent à deux substantifs ou à deux sujets diffé-rens, le *que* se rend par l'article *di, del, della, dei,* etc., suivant la règle générale des articles. Exemples : Il est plus riche *que* savant, *egli è più ricco* CHE *dotto* ; ce cheval est plus beau *que* bon, *quel cavallo è più bello* CHE *buono* ; et vous êtes plus riche *que* moi, *voi siete più ricco* DI *me* ; ce cheval est plus beau *que* le vôtre, *quel cavallo è più bello* DEL *vostro*. Il est évident que dans les deux premiers exemples, le *que* n'a du rapport qu'à un seul substantif, et que dans les suivans il se rapporte à deux, et cela, soit que le sujet ou les sujets soient des substantifs ou des pronoms ; car les pronoms sont les représentans des substantifs. Ce que je viens de dire de l'adverbe *più*, plus, doit se dire de *meno*, moins : ex. Il n'est pas *moins* paresseux *que* gourmand, *egli è non* MEN *pigro* CHE *ghiotto* : et, *Londra è* PIÙ *grande* DI *Parigi e* MEN *grande* DI *Costantinopoli,* Londres est *plus* grand que Paris et *moins* grand que Constantinoples.

NOTA. Il est vrai que l'on trouve dans les bons auteurs quelques exemples qui paroissent déroger à la généralité de la règle que je viens de donner : car Bocace dit, *Più rara* CHE *la fenice,* plus rare *que* le phénix ; et Pétrarque, *Una donna più bella assai* CHE *il sole,* une femme beaucoup plus belle *que* le soleil : mais, pour ne pas se tromper, il vaut mieux se tenir à la règle ci-dessus ; et ces exemples prouvent que l'on peut, en certains cas que je ne saurois spécifier, faire usage des deux manières. En effet on pourroit aussi dire, *Più rara* DELLA *fenice,* et *una donna più bella assai* DEL *sole.*

RÈGLE 2me. — Si la comparaison contient plusieurs noms qui se rapportent à un seul substantif qui fait le sujet principal du discours, ou bien si elle se fait entre les verbes ou entre les adverbes, alors *que* se rend en Italien par *che* : ex. *Io ti farò fare una certa bevanda stillata.... e rimarrai più sano* CHE *pesce,* je te ferai faire une certaine boisson distillée... ; et tu te porteras mieux qu'un poisson dans l'eau. Boc. G. 9. N. 3 ; et Firenzuola, Nov. 7 : *Spigolistre, a cui pesano più le parole* CHE *i fatti,* hypocrites, qui font plus de cas des paroles que des actions. — Exemples des verbes et des adverbes : *È meglio fare* CHE *dire,* il vaut mieux faire *que* dire ; *è meglio tardi* CHE *mai, oggi* CHE *domani,* etc. il vaut mieux tard *que* jamais, aujourd'hui *que* demain, etc.

NOTA. — 1°. Les comparatifs *superiore,* supérieur, *inferiore,* infé-rieur ; *priore,* précédent ; *posteriore,* postérieur, ne se lient guères d'eux-mêmes avec le *que*. — Quoique *migliore,* meilleur, soit syno-nyme de *più buono,* plus bon, et *peggiore,* pire, soit synonyme de *più cattivo,* plus méchant, néanmoins on ne pourroit pas faire usage indifféremment de ces comparatifs, en les comparant avec des adjectifs accompagnés de *più*, et dire *egli è peggiore che dotto*, au lieu de *egli è più cattivo che dotto*, il est plus méchant que savant. Dans ces cas et autres semblables, il faut substituer *più buono* à *migliore*; et *più cattivo* à *peggiore*. Cependant *migliore* et *peggiore* ont lieu dans la comparaison de deux substantifs : ex. *Voi siete migliore di me*, vous êtes meilleur que moi ; *il mio cugino è peggiore del vostro fratello*, mon cousin est pire que votre frère.

II°. DU COMPARATIF D'ÉGALITÉ: — *Aussi*, étant suivi d'un *que*, avec l'interposition d'un adjectif, et formant une comparaison entre deux sujets, s'appelle *comparatif d'égalité*, et se rend en Italien par *quanto* : le *que* se perd, et l'adjectif se place avant *quanto* : ex. Il est *aussi* bon *que* vous, *egli è buono* QUANTO *voi* ; vous n'êtes pas *aussi* grand *que* votre frère ; *non siete grande* QUANTO *il vostro fratello* ; elle n'est pas *aussi* jolie *que* sa sœur, *essa non è bella* QUANTO *la sua sorella*, etc. On doit dire de même de *si ... que*, dans le sens de *aussi ... que* : ex. L'Afrique n'est pas *si* peuplée *que* l'Europe, *l'Africa non è popolata* QUANTO *l'Europa*. — Que si la comparaison se fait d'une manière affirmative, et des qualités qui sont dans le même sujet ou individu, alors *aussi* se rend par *non meno* ou *altrettanto*, et le *que* par *che* : ex. Il est *aussi* sage *que* riche, *egli è* NON MENO ou ALTRETTANTO *savio* CHE *ricco* ; une flamme *aussi* pure *que* constante, *una fiamma* NON MENO ou ALTRETTANTO *pura* CHE *costante*.

Enfin, j'observe, 1°. que, quand la comparaison se fait entre deux verbes, on tourne souvent la phrase comme dans les exemples ci-après. Il n'écrit pas aussi bien qu'il parle, *parla meglio di quello che scrive* ; il se porte plus mal qu'on ne le dit, *sta peggio di quel che si dice*. — 2°. *Aussi bien que*, *autant que*, signifiant *comme*, appartiennent au comparatif d'égalité, et se rendent en Italien par *come* ou *quanto*, ou *non meno di* : ex. Je souhaite *aussi bien que* vous que l'affaire réussisse, *desidero* COME *voi*, ou QUANTO *voi*, ou bien NON MENO DI *voi*, *che l'affare riesca* ; je sais faire cela, *aussi bien que* vous, *so far questo* NON MENO DI *voi*, ou, etc. — 3°. Lorsque *si* signifie *tellement*, quoiqu'il soit suivi du *que*, il n'exprime nullement un comparatif, et se rend par *si* ou *così* : ex. Il est *si* orgueilleux *qu'*il n'estime personne, *egli è sì orgoglioso che non fa stima d'alcuno*.

§. IV.

§. IV.

1°. *De la construction des pronoms* moi, toi, *etc. : les possessifs* mio, tuo, suo, *sont quelquefois employés comme substantifs.* 2°. *Construction du pronom* loro. 3°. *Des pronoms adjectifs* ogni *et* qualche. 4°. *De l'usage que l'on doit faire des personnels* io, tu, *etc.* 5°. *De la manière de remplacer* tu *et* voi, *lorsque l'on parle à la troisième personne.* 6°. *De la construction du relatif François* qui.

La construction des pronoms est, sans contredit, une des parties les plus difficiles de la Grammaire Italienne. Les supplémens que j'ai été obligé de faire à ce sujet, à la première édition de cette Grammaire, prouvent que cette matière n'est pas moins étendue que compliquée. Je vais tâcher de la développer et de lui donner le plus grand jour qu'il me sera possible. Je distinguerai, pour cet effet, les pronoms qui se lient et s'incorporent, pour ainsi dire, avec les verbes, tels que *mi* en *amarmi*, m'aimer; *ti* en *darti*, te donner, etc.; et que l'on appelle *conjoints* ou *conjonctifs*, de ceux qui ne se lient pas de même avec les verbes, comme *io*, je *ou* moi; *che*, que *ou* qui, etc. Je parlerai donc premièrement de ces derniers, et je ferai ensuite un paragraphe à part des *pronoms conjoints*. Avant que de commencer, je dois avertir le lecteur que je donnerai lieu, parmi les *conjoints*, au pronom démonstratif et possessif *loro*, leur; quoique ce pronom suive toujours le verbe, sans jamais se lier avec lui, et cela, pour ne pas m'écarter de l'énumération usitée des pronoms conjoints.

1°. *Moi* et *toi*, pronoms nominatifs, se rendent toujours en Italien par *io*, *tu*; et jamais par *me*, *te*, qui ne peuvent pas avoir lieu au nominatif; et les datifs de personnes *à moi*, *à toi*, *à lui*, *à nous*, *à vous*, *à eux*, doivent se rendre par les possessifs *mio*, *tuo*, *suo*, *nostro*, *vostro*, *loro*, toutes les fois que les pronoms François énoncés ci-dessus expriment la possession d'une chose, et non pas la personne. En ce cas, le possessif Italien doit s'accorder avec son substantif. Voici un exemple pour les deux régles: « On dit que l'abbé Plachète prêche les » sermons d'autrui: *moi*, qui sait qu'il les achète, je soutiens qu'il » sont *à lui*, » si dice, che l'*Abate* Plachète *récita le prédiche altrui*: io *che so, ch'egli le compra, sostengo, che son* SUE. Ce *moi* nominatif, étant rendu par *me*; et *à lui* possessif, par *a lui*, datif de *egli*, seroient deux solécismes grossiers. Il faut en dire de même de *toi* quand il est au nominatif, et qui doit se rendre par *tu*. Pareillement *ce livre est* A MOI se dira *questo libro è* MIO, et non *a me*; cette maison est *à nous*, *questa casa è* NOSTRA; ces chevaux sont *à vous*, *quei cavalli son* VOSTRI, etc. — Suivant la même règle des pronoms nominatifs, on tourne ces expressions *c'est* moi, *c'est* toi, *c'est* lui ou elle, *c'est* nous, *c'est* vous, *c'est* eux, par son *io* qu io sono, *tu sei, egli* ou *essa è, siam noi, voi*

L

siete, eglino sono. Dans ces manières, ainsi que dans les précédentes, la langue Italienne ne fait que suivre la noble simplicité de la langue Latine ; et la traduction littérale de *c'est moi* , savoir, *questo è io*, seroit insupportable.

NOTA. — 1°. Pour bien traduire en Italien ces phrases *un de mes amis* , *une de mes sœurs*, et autres semblables, il faut voir si elles contiennent un rapport général ou particulier à quelques individus, comme en désignant une séparation. Dans le dernier cas, la traduction est régulière : ex. Un de mes amis est sorti, l'autre est entré, *uno de' miei amici è uscito, l'altro è entrato* ; et, elle donna une bague à une de ses cousines et un collier de perles aux autres, *essa diede un anello a una delle sue cugine e un vezzo di perle all' altre*. Que si la phrase s'annonce d'une manière vague et générale , c'est-à-dire, sans aucun rapport particulier , alors le *de* se perd et le possessif se lie avec son substantif : ex. J'ai été voir *un de mes amis* qui part demain pour l'Italie, *sono stato à vedere* UN MIO AMICO *che parte domani per l'Italia*. — 2°. Les pronoms possessifs, *mio, tuo, suo*, etc., expriment *le bien, l'avoir*, lorsqu'ils sont employés tout seuls avec l'article défini au singulier : ex. *Vieni, e domanda* IL TUO , Boc. viens et demande *ton bien* ; et G. 1. 7, *or mangi* DEL SUO , *s'egli ne ha, che* DEL NOSTRO *non ne mangerà egli oggi*, eh bien ! qu'il mange *son pain* s'il en a, parce qu'il ne touchera pas *au nôtre* aujourd'hui. Il en est de même de *loro*, leur : ex. *Nel detto anno fallirono i maggiori mercanti d'Italia, e la cagione fu, ch' eglino aveano messo* IL LORO *nel re Adoardo d'Inghilterra* , Boc. Fiam. lib. viii. l'année susdite les plus riches négocians d'Italie firent faillite, et cela parce qu'ils avoient placé *leurs fonds* sur la tête d'Edouard, roi d'Angleterre.

II°. *Loro* ne va jamais au nominatif : il se lie avec les noms comme pronom possessif, et avec les verbes comme personnel. Ce pronom étant employé avec un nom, sans son article indéfini, il aime à précéder le nom. En ce cas l'article défini qui se trouve devant *loro*, n'appartient qu'au nom, comme nous l'avons vu au § I, n°. 6 ; et nous verrons au § suivant, comment ce pronom se lie avec les verbes. — *Loro*, quoique pluriel de sa nature, se joint à un substantif singulier ou pluriel, pour dénoter la pluralité des personnes qui sont en possession du substantif. Car on dit d'une personne, homme ou femme, n'importe, *il suo cavallo* son cheval , ou *i suoi cavalli*. Au contraire, si plusieurs personnes sont en possession du cheval ou des chevaux, on doit dire *il loro cavallo* ou *i loro cavalli* , et non *il suo*, ni *i suoi*. Cinonio *osserv. sulla lingua Ital.* , Tom. 1. Cap. 159.

III°. Les pronoms adjectifs *ogni*, chaque, tout, et *qualche*, quelqu'un, ne se lient jamais avec un nom au pluriel, de sorte que si l'on veut employer *ogni* et *qualche*, par exemple, dans la traduction de *tous les hommes* et de *quelques femmes*, il faut transporter les substantifs pluriels au singulier, les faire accorder avec leurs adjectifs, et dire *ogni uomo, qualche donna* ; et *ogni uomini, qualche donne* , seroient des fautes. C'est là une de ces exceptions grammaticales uniques, où le substantif doit suivre le nombre de son adjectif. Que si l'on veut mettre au pluriel les substantifs en question, l'on fera usage de *tutto* synonyme de *ogni*, et des synonymes de *qualche*, savoir de *alcuno*, ou de *parecchi*, qui n'a que le pluriel ; et l'on dira *tutti gli uomini* et *alcune donne* ou *parecchie donne*. — Quoique *ogni* et *tutto* soient souvent des synonymes, on doit cependant remarquer que *ogni* ne se lie point avec un nom qui a l'article, et qu'en ce cas l'on emploie *tutto*. Ex. *Tutto il popolo*, tout le peuple ; *tutta l'aria*, tout l'air ; et *ogni uomo*, tout homme ; *ogni animale* tout animal.

NOTA, 1°. *Tutto* s'emploie non-seulement comme adjectif, mais encore comme substantif neutre, avec l'article indéfini ; et alors il signifie *ogni cosa*, toute chose, et il ne s'emploie pas au pluriel. Ex. *tutto è finito*, tout est fini. 2°. *Tutto quanto* veut dire *tout entièrement*, *tout-à-fait* : il a les deux genres et les deux nombres. Ex. *Tutti quanti perirono*, Boc., ils périrent tous tant qu'ils étoient. 3°. *Ogni* se lie, même de nos jours, avec le pluriel *santi*, et l'on dit *Ognissanti*, la Toussaint. 4°. Les adjectif *alcuno*, *alcuna*, tous seuls, représentent souvent les substantifs *uomo*, *donna*. Ex. *Nocque ad alcuna già l'esser sì bella*, Petr. La grande beauté a été autrefois préjudiciable à quelques femmes. J'ajoute, que l'on se sert quelquefois de *tale*, tel, au lieu de *alcuno*, Ex. *Tali furono*, *che per difetto di*, etc., Boc. Il y en eut quelques-uns, qui, faute de, etc.

IV°. J'ai observé ailleurs que l'on supprime très-souvent dans le discours les pronoms personnels *io*, *tu*, *egli*, etc. et que l'on ne s'en sert ordinairement que pour faire ressortir la personne, ou pour donner plus de force au discours ; car ces pronoms sont contenus dans le verbe de même qu'en Latin. J'ajoute, que la répétition de ces pronoms devient insipide toutes les fois qu'elle n'apporte pas au discours l'avantage de la clarté ou de l'énergie, comme on peut le voir dans cet exemple : Ovide a dit, que l'étude adoucit les mœurs, et *qu'elle* efface ce qui se trouve en nous de grossier et de barbare, *Ovidio ha detto*, *che lo studio ingentilisce i costumi*, *ed allontana da noi la salvatichezza*. En voilà assez pour la traduction Italienne. Que si l'on vouloit répéter *e che esso*, et qu'elle, la répétition du pronom seroit ici puérile et dégoûtante.

V°. Les Italiéns, dans la société polie, font usage de la troisième personne au singulier, en parlant à un seul, et de la troisième du pluriel, en parlant à plusieurs. Il n'y a, que je sache, que les Napolitains qui s'éloignent de l'usage reçu ; car, si l'on parle du bas peuple, ils tutoient tout le monde, et même leur roi. Les personnes les plus polies se servent de *voi*, vous, en parlant à une personne ou à plusieurs. L'usage de tutoyer, quand on s'adresse à un seul, tient à la vérité de la chose ; et ce n'est qu'un reste de goût de la langue Latine. Je ne connois aucune autre nation qui en ait conservé la simplicité et la justesse sur ce point; car, après la décadence de la langue Latine, on a commencé à multiplier les êtres dans un seul sujet, en donnant plus ou moins d'étendue aux pronoms personnels. Les François, les Anglois, les Italiens: etc. disent, en parlant à un seul individu, *vous, you, voi*, quoique ce pronom, étant pluriel, ne puisse convenir qu'à plusieurs personnes. Mais les Italiens ont substitué à cela la troisième personne, comme je viens de remarquer. Cette troisième personne est fondée sur le titre de *vostra signoria*, votre seigneurie, qui se dit en un seul mot *vossignoria*; et l'on s'en sert aussi bien à l'égard des messieurs que des dames. Le mot *vossignoria* se raccourcit ordinairement par ces deux lettres, *V. S.* en écrivant: il prend l'article indéfini au singulier; savoir, *di, a, da, vossignoria*, et l'article défini au pluriel; c'est-à-dire, *le delle, alle, dalle, signorie loro*: et, comme la répétition trop fréquente, et d'ailleurs nécessaire, de ce long mot, qui tient la place du pronom personnel, deviendroit fatiguante, sur-tout en parlant, on y a substitué les pronoms *essa* ou *ella*, qui, par abréviation, se dit *la* dans le discours familier. Tous ces pronoms féminins ne s'emploient pas moins à l'égard des hommes que des femmes, sans crainte de discordance, puisqu'ils se rapportent à *signoria*, seigneurie, qui est féminin. C'est ainsi que l'on dit, aussi bien à un monsieur qu'à une dame, *come sta* ELLA? comment vous portez-vous? *che fa* ELLA? que faites-vous? *che dic'*ELLA? que dites-vous? LA *mi dica di grazia*, dites-moi s'il vous plaît. Ces pronoms féminins contiennent le titre de *monsieur* ou de *madame* des François; et c'est là la manière très-propre et très-reçue de parler en Toscane. On fait usage de la troisième personne, en parlant aux personnes de quelque considération, ou avec des personnes que l'on veut honorer; mais jamais avec ses domestiques, ou autres d'une condition décidément basse ou dépendante, lesquels croiroient que l'on se moque d'eux, si on leur parloit à la troisième personne. On se sert du *voi* avec les inférieurs. Cependant les personnes intimément unies par les liens du sang ou de l'amitié, de quelque rang qu'elles soient, font indifféremment usage du *voi* ou du *tu*; et ce dernier sert souvent, comme en François, au langage de l'amitié, aussi bien qu'à celui de la colère et du mépris.

NOTA. 1°. Quoique l'on emploie les féminins *Vossignoria* ou *ella* à l'égard des hommes, néanmoins il n'y a pas de discordance, si, dans la suite du discours on leur fait rapporter des pronoms masculins, comme *egli, lui*, ou des participes masculins, comme *stato, andato, venuto*, etc.; car, alors ces masculins s'accordent avec le subtantif principal *uomo*, homme. *Casa* et *An. Caro* nous fournissent des exemples de ce que je viens de dire, dans leurs lettres familières; ce qui est encore maintenant confirmé par l'usage. Suivant le même principe, lorsque le discours s'adresse à un homme, *Vossignoria* peut se lier non-seulement avec un adjectif féminin, mais encore avec un masculin, et on peut dire au singulier *Vossignoria è molto* GARBATO, vous êtes fort poli : à *garbato* on sous-entend *uomo*. Cela n'est pas permis au pluriel, où il faudroit dire *le Signorie loro son molto garbate*, et non *garbati*. Cependant, en parlant à une dame, on doit garder rigoureusement la concordance des pronoms, et des participes, avec le genre féminin. 2°. *La*, sing. *le*, plur. au nominatif, au lieu de *ella*, *elle*, ou *élleno*, ne peuvent s'employer qu'en parlant ; et quoique l'on rencontre, en Bocace, quelques exemples de *la*, *le* pour *ella*, *elle*, qui paroissent déroger à cette exception, néamoins *Salviati* observe, que ce n'est là qu'une faute de l'édition de *Giunti*, 1527, et que cette faute n'existe point dans les meilleures éditions. — 3°. Ayant les titres d'honneur, *Signoría*, Seigneurie ; *Eccellenza*, Excellence ; *Altezza*, Altesse, etc. on fait usage de l'article indéfini au singulier, quand le pronom précède le titre ; car l'on dit *di vostra Excellenza*, de votre Excellence ; *a vostra Altezza*, à votre Altesse, etc. : mais, si le titre précède le pronom, on emploie l'article défini : ex. *Dell' Eccellenza vostra, all' Altezza vostra*, etc. Les pluriels des noms titrés reçoivent toujours l'article défini, et l'on dit également *l'Eccellenze loro* ou *le loro Eccellenze*, *delle vostre Altezze* ou *dell' Altezze vostre*, etc. Il faut bien remarquer l'emploi différent que l'on fait des pronoms *sua* ou *vostra* lorsqu'ils accompagnent les titres dont je viens de faire mention : car sur l'adresse d'une lettre ou en parlant d'une personne ainsi qualifiée, on se sert de *sua* ; et de *vostra* lorsque l'on parle à la personne elle-même. Ainsi, en parlant au roi, je dirai *questo è un cavallo di* VOSTRA *Maestà*, c'est un cheval de votre Majesté, et à une autre personne, je dirai *questo è un cavallo di* SUA *Maestà*, c'est un cheval de sa Majesté.

VI°. *Qui* s'emploie en François comme pronom relatif ou comme absolu. *Qui* relatif doit se rendre en Italien par *che*, et non par *chi* : ex. Le Monsieur *qui* étoit ici, *il Signore* CHE *era qui* ; et moi QUI sais comment l'affaire s'est passée, *io* CHE *so come la cosa è andata*. Si le *qui* est absolu, comme dans les interrogations, il s'exprime en Italien par *chi*. Voici une phrase qui contient le *qui* absolu et le relatif : QUI êtes-vous QUI parlez ainsi ? CHI *siete voi* CHE *parlate così ?*

§ V.

De quelques pronoms, qui, à cause de l'étendue de leur construction, demandent de l'éclaircissement, tels que altri, che, chi, la, niuno, veruno, niente, uno, tanto.

IL me reste maintenant à parler de quelques pronoms qui, à cause de l'étendue de leurs acceptions ou d'une construction qui leur est particulière, causent de la difficulté aux étudians.

1°. ALTRI, sing. nominatif, étant employé substantivement, signifie, 1°. *altr' uomo*, autre personne : ex. *Nè voi, nè* ALTRI *con ragione mi potrà più dire*, etc. Boc. ni vous, ni personne ne pourra plus

L 3

me dire avec raison , etc. — 2º. UNO , ALCUNO , *quelqu'un* , *on* , Lat.
aliquis : ex. ALTRI *cangia il pelo, ançi che il vezzo*, Pétr. l'homme
change plutôt de visage que d'habitudes ; et Bocace , *egli* (il vino) *si*
vuole innacquare quando ALTRI *il bee* , il faut tremper le vin que l'on
boit. — 3º. ALTRI , étant répété plusieurs fois dans la même période,
tient lieu de *gli uni... gli altri*, les uns... les autres : ex. « *Altri dis-*
» *perso sen vada errando* , *altri rimanga ucciso* ; *altri in cure d'amor*
» *lascivo immerso* , *idol si faccia un dolce sguardo, un riso.* TAS. »
═ 4º. Il s'emploie aussi pour *io* , *je* ; et ce changement de la première
personne dans la troisième , se fait suivant un goût tout particulier à
la langue Toscane ; et cela pour marquer d'une manière plus polie
notre opposition à l'avis d'un autre, ou pour adoucir les menaces que
l'on voudroit faire. Les *Deputati* en donnent pour exemple cette manière de parler : *Io ve lo dico a fin d'bene* ; *perchè* ALTRI *non vorrebbe poi*
aver cagione di adirarsi , je vous le dis pour votre bien ; car il peut se
faire que quelqu'un s'en fâchât. — J'ajoute, que *altri* , pluriel masc.
de *altro* , autres, dont le féminin est *altra* , pl. *altre* , Lat. *alius* , *alia* ,
n'est qu'un adjectif très-connu ; et que *altro* , lorsqu'il n'est pas joint
à un nom, n'est qu'un neutre qui signifie *altra cosa*, Lat. *aliud* : ex.
*Sembiante facendo di rider d'*ALTRO, g. 3 , n. 7 , faisant semblant de
rire d'une autre chose. Enfin , c'est l'avis commun de nos grammairiens , qu'il n'est pas permis d'employer *altro* pour *altri* (*altr' uomo*) ,
au nominatif ; et on ne pourroit pas dire , par exemple , *Non è venuto*
ALTRO *che il Signor N.* au lieu de ALTRI , personne n'est venu que
Monsieur N. *Cortic. lib. i. cap.* 25.

2º. CHE. Quoique ce pronom se trouve quelquefois employé par
les poëtes dans les cas obliques, comme relatif de personne , et accompagné de l'article indéfini, ou même sans cet article ; il est cependant plus sûr de s'en rapporter à la déclinaison que j'en ai donnée.
— *Che* s'emploie quelquefois tout seul , et il faut sous-entendre la préposition où l'article : ex. *Io ho trovato modo* CHE *noi avremo del pane* ,
Boc. j'ai trouvé la manière de nous procurer du pain, c'est-à-dire
modo COL QUALE ; et Pétrarque , son. 78 : *questa vita terrena è quasi*
un prato, che' l serpente tra fiori e l'erba giace , dans ce monde , la vie
est l'image d'un pré, où sous l'herbe et la fleur , le serpent est caché,
Un prato che ; savoir , *un prato nel quale*, etc. — CHE , au lieu de *per-*
chè , pourquoi : ex. CHE *non rispondi, o reo uomo?* CHE *non di qualche*
cosa? Boc. G. 3 , N. 6 , pourquoi ne réponds-tu pas , méchant homme?
pourquoi ne dis-tu pas quelque chose ? — CHE pour *imperocchè* , car :
ex. *Dillo sicuramente* ; CHE *io ti prometto di pregare Iddio per te*, N. 1 ,
n'aie pas peur de le dire ; car je te promets de prier Dieu pour toi.
— CHE pour *finchè* : jusqu'à ce que : ex. *E non riposò mai* CH'*egli ebbe*
trovato Biondello, G. 9 , N. 8 , et il ne fut pas tranquille *jusqu'à ce*
que il n'eût trouvé Biondello. — CHE pour *acciochè*, afin que : ex.
Cominciò a riguardare , se intorno alcun ricetto si vedesse, dove la notte

potesse stare, CHE *non si morisse di freddo*, G. 2, N. 2, il commença
à regarder autour de lui, pour voir s'il ne trouveroit pas un gîte pour
passer la nuit, *pour ne pas mourir de froid*. --- CHE, étant répété dans
le discours, exprime *parte*, partie : ex. *Donolle*, CHE *in gioje*, *e*
CHE *in vasellamenti d'oro e d'ariento* (argento); *e* CHE *in dènari*,
quello che valse meglio d'altre dieci mila dobbre (doppie). G. 2, N. 9,
il lui donna, *partie* en bijoux, *partie* en vaisselle d'or et d'argent;
et *partie* en numéraire, ce qui pouvoit valoir plus de dix mille autres
pistoles. --- CHE, dans les phrases où l'on souhaite du bien ou du
mal à quelqu'un, vaut *Dio voglia che*, plût à Dieu que : ex. CHE
maledetta sia l'ora ch'ella nel mondo venne, G. 5, N. 10, maudite soit
l'heure où elle naquit. --- CHE quelquefois se supprime : ex. *Quest'*
ultima novella voglio ve ne renda ammaestrate, G. 1, N. 10, je veux
que cette dernière nouvelle vous en instruise; d'autres fois il est
remplacé par la particule *non* : ex. *Cominciò a sospicar per quel segno*,
NON *costui desso fosse*, G. 2 N. 7; il commença à soupçonner à cette
marque, *que* c'étoit lui-même. --- Quelquefois *che* ne se trouve dans
le discours que pour *ripieno*. Voyez *Cinónio*, tom. i. cap. 44, *Num*. 37 et
38. --- Enfin CHE a quelques autres acceptions qu'il ne sera pas difficile
de reconnoître par le sens du discours et par ce que je viens de dire.

3°. CHI s'emploie quelquefois au lieu de *alcuno che*, quelqu'un
qui ; ou de *se alcuno*, si quelqu'un ; ou bien de *chiunque*, quiconque :
ex. *Non credi tu, trovar qui*, CHI *il battesimo ti dea* (dia)? Boc. ne crois-
tu pas trouver ici *quelqu'un qui* te donne le baptême ? et Dante, *quinci*
si va CHI *vuole andar con pace*, Purg. c. 24, *si quelqu'un* veut y aller
à son aise, il doit passer par ici ; et, *parli* CHI *vuole in contrario*, Boc.
qui voudra, dise le contraire. *Chi* tient ici la place de *chiunque*, quiconque. --- CHI, étant répété plusieurs fois dans la phrase, équivaut
à *gli uni* ... *gli altri*, les uns ... les autres : ex. CHI *mangia*, CHI *beve*,
CHI *canta*, etc. *les uns* mangent, *les autres* boivent, *les autres* chantent, etc. --- Dans les phrases sentencieuses, CHI équivaut à *celui qui*,
savoir à *colui che* ou à *colui il quale* : ex. CHI *difende il malfattore*, *se*
medesimo incolpa.

4°. LA s'emploie non-seulement comme article du nom féminin, mais encore comme pronom, au lieu de *ella*, *lei*, *quella*, elle;
et sur-tout à l'accusatif : ex. *Fattosi più presso alla giovane*, *pianamente*
LA *cominciò a confortare ed a pregar* LA *che non piangesse*, G. 1, N. 4,
s'étant rapproché de la jeune personne, il commença à *la* consoler et
à *la* prier de ne pas pleurer. --- 2°. Ce pronom se trouve aussi employé pour *ripieno*. --- 3°. C'est une tournure fort usitée de la langue
Italienne, de placer le pronom *la* dans le discours, sans que son
substantif s'y trouve : alors l'on sous-entend *cosa*, comme les Latins
sous-entendoient *negotium*, à *triste lupus stabulis*. Quelquefois même
ce pronom a un sens plus étendu, mais toujours fort expressif,
comme on peut le voir dans ces exemples : *Io te* LA *do per vinta*,

L 4

Sacchetti, Nov. 27, je te le donne pour gagné. *S'uscì fuor di camera prestamente, e LA dettè a gambe*, Lasca, Nov. 9, il s'échappa au plutôt de la chambre, et il se mit à courir à toutes jambes. *Mi domandò come Silvio se LA facese*, Firenzuola, Apul. il me demanda comment se portoit Silvio. *Ciascuno gli dicea la sua*, Nov. Ant. N. 54, chacun lui disoit son mot.

V°. Les pronoms indéfinis NIUNO ou NESSUNO, *nul, personne, personne ne, pas un*, fém. *niuna, nessuna*, ne s'emploient qu'au singulier, avec l'article indéfini. Ces pronoms, étant accompagnés de la particule négative *non*, deviennent affirmatifs, et signifient *alcuno*, quelqu'un. Il en est de même, lorsque le discours contient une interrogation, ou même un doute, sans la particule négative : ex. *C'è nessuno in casa?* y a-t-il quelqu'un dans la maison? et Boc. g. 9, n. 6. SE NIUN conoscimento rimane ai corpi, ricevi benignamente questo ultimo dono, si la dépouille mortelle peut être encore sensible, reçois favorablement cette dernière marque de ma tendresse.

VI°. VERUNO, se trouvant seul dans le discours, signifie *niuno*, et il n'a que le singulier : ex. *Nel mese di Maggio, in VERUN modo si tocchino le granora (i grani) imperocchè fioriscono in otto dì*, Crescenzi, lib. iii. cap. 7, on ne doit pas toucher aux bleds dans le mois de Mai, parce qu'ils fleurissent en huit jours. Mais, si *veruno* est accompagné de la négation *non* ou de *senza*, ou bien s'il est employé avec l'interrogation ou le doute, alors il signifie *alcuno* : ex. *Anzi non fa egli caldo VERUNO*, Boc. au contraire, il ne fait pas du tout chaud; et, g. 16, n. 9, *fareste danno a noi, senza fare a voi pro VERUNO*, vous nous nuiriez sans en tirer aucun avantage.

VII°. NIENTE ou NULLA, *rien*, peuvent se placer parmi les pronoms, parce qu'ils reçoivent l'article indéfini et les prépositions. Or, quand ces particules sont jointes à la demande, au doute, ou à la négation, elles prennent le sens affirmatif : ex. *Il domandò se egli si sentisse niente*, g. 9, n. 3. il lui demanda s'il ne se sentoit pas quelque mal : *niente*, savoir, *qualche cosa*; et ib. n. 5, *senza dir nulla*, sans dire mot, ou sans rien dire : *nulla*, c'est-à-dire *cosa alcuna*.

VIII°. UNO, UNA, *un, une*, reçoivent l'article indéfini, et n'ont point de pluriel lorsqu'ils signifient un principe de quantité séparée : mais, si *uno* se rapporte à *altro*, autre, il reçoit l'article défini et le pluriel; et c'est ainsi que l'on dit *gli uni... gli altri*, les uns... les autres. — *Uno* s'emploie quelquefois au lieu de *ciascuno*, chacun : ex. *Un poco per uno*, un peu pour chacun : d'autres fois il signifie *lo stesso* ou *il medésimo*; Lat. *unum* : ex. *Amore e il cuor gentil sono UNA cosa*, Pétr., l'amour et un cœur sensible sont la même chose.

IX°. La construction des pronoms indéfinis TANTO ou COTANTO, *tant*, et des relatifs ALTRETTANTO, *autant*, et de ALQUANTO, *quelque* ou *un peu*, appartient à la syntaxe de l'adverbe, et cela, à cause de la tournure, dont ces pronons sont susceptibles en Italien; et je me borne à observer que *tanto* s'emploie en Italien dans le sens de *si grand* ; Lat. *tantus* : ex. *Nel cospetto di* TANTO *giudice*, Boc, n. 1 en présence d'un *si grand* juge.

§. VI.

De la Construction des Pronoms Conjoints.

POUR mettre de l'ordre dans ce que je vais dire des pronoms conjoints, qui forment un des points les plus difficiles de la grammaire Italienne, je traiterai, 1°. de leur nature, de leur nombre, et de leur signification. — 2°. Je parlerai de l'ordre dans lequel il faut les placer avec les verbes, lorsqu'il n'y a qu'un pronom conjoint. — 3°. De la manière de les placer lorsqu'il y en a plusieurs. — 4°. Des variations, dont quelques-unes sont susceptibles lorsque l'on parle à la troisième personne.

Le pronom conjoint est un mot indéclinable, qui, en s'unissant au verbe, représente le pronom en différens cas et sans aucune marque du cas. *Ci* et *vi* (y) sont des adverbes relatifs de lieu, auxquels je ne donne lieu parmi ces pronoms qu'à cause de la liaison particulière qu'ils ont avec les verbes et avec les pronoms conjoints.

1°. MI, *me*, s'emploie pour les deux genres du singulier, au datif et à l'accusatif, au lieu de *a me* et de *me* : exemple du datif, MI *pare* ou *parmi*, c'est-à-dire *pare a me*, il me semble : ex. de l'accusatif, *Dio* MI *vede*, savoir, *Dio vede me*, Dieu me voit.

2°. Il en est de même de TI, *te*, pour *a te*, datif, et *te*, accusatif : ex. TI *dirò*, savoir, *dirò* A TE ; et, *se non ti muovono le lácrime*, c'est-à-dire *se le lacrime non muovono* TE, si les larmes ne te touchent point.

3°. SI, *se*, représente le datif *a se* et l'accusatif *se*, dans les deux nombres et les deux genres : ex. *Si fece venir davanti*, savoir, *fece venir davanti* A SE, il fit venir devant lui ; et, *si danno in preda al vizio*, savoir, *danno* SE *in preda al vizio*, ils se livrent au vice.

4°. CI ou NE, *nous*, pronoms de personne, représentent *a noi*, datif, et *noi*, accusatif : ex. *Ci parla*, c'est-à-dire *parla a noi*, il nous parle ; et, *egli ci ama*, savoir, *egli ama noi*, il nous aime. — *Ne*, datif : *Ne sarebbe gran biásimo*, Boc., savoir, *sarebbe gran biasimo a noi*, il nous occasionneroit un grand blâme. *Ne*, accusatif : *Iddio colla sua pietà ne va sollevando*, Boc., savoir, *va sollevando noi*, la miséricorde de Dieu nous soutient sans cesse.

5°. VI, *vous*, pronom personnel, sert au datif et à l'accusatif du pluriel pour les deux genres : ex. datif VI *dico*, c'est-à-dire *dico a voi*, je vous dis. Accusatif, *Essa* VI *sgrida*, savoir *sgrida voi*, elle vous gronde.

NOTA. — *On voit par ces exemples, que ce n'est que par le régime du verbe, et par le sens du discours, que l'on peut reconnoître le cas des pronoms conjoints.*

6°. GLI ou LI, *lui*, datif du singulier masculin, tient lieu de *a lui*:
ex. GLI *diede una pensione*, savoir, *diede a lui*, il lui donna une
pension. Il faut remarquer, que, si le pronom François *lui* se rapporte à un féminin, il doit s'exprimer en Italien par *le*. En ce cas,
on traduira l'exemple ci-dessus par LE *diede una pensione*, et non par
gli diede, etc. — De nos jours on se sert plus communément de *gli*
que de *li*, dit *Cinonio tom. i. cap.* 155, N. 2.

7°. Les mêmes pronoms GLI ou LI servent à l'accusatif pluriel du
masculin, au lieu de *loro*, et s'expriment en François par *les*. *Avea tre*
figliuoli, e tutti e tre parimente GLI *amava*, Boc., il avoit trois enfans
et il *les* aimoit tous également.

8°. LORO, *leur*, sert non seulement au datif pluriel, mais encore
à l'accusatif : ex. *Diede* LORO, c'est-à-dire *a loro*, il leur donna.
Accusatif : LORO *con preziosissimi vini e ottimi confetti riconfortò*, g. 5,
Introd. il *les* rafraîchit avec d'excellent vin et de très-bonnes confi-
tures. *Loro* se place souvent après le verbe, sans jamais s'y joindre.

9°. LA, *la*, abrégé de *quella* ou de *ella*, et synonyme de *lei* ou de
colei, (Lat. *illam*,) exprime l'accusatif du singulier féminin; et LE,
les désigne l'accusatif de *la* au pluriel, ainsi que l'on peut voir dans
*consolar*LA, la consoler, et *consolar*LE, les consoler.— Il faut prendre
garde de ne pas confondre ce *le*, accusatif pluriel, avec *le*, datif singulier, pronom du féminin, dont je viens de parler au n. 6°.

10°. LO, *le*, L', avant les voyelles, sert à exprimer l'accusatif du
singulier masculin *quello* ou *lui*; Lat. *illum*. Le pronom IL sert souvent
de synonyme à *lo*, comme nous l'avons vu ailleurs : ex. LO *dis-*
prezza, savoir, *disprezza quello*, il le méprise; *l'òdia*, il le hait;
et, *ella* IL *pianse assai, ed assai volte in vano* IL *chiamò*, c'est-à-dire
lo pianse... lo chiamò, Boc., elle le pleura beaucoup, et l'appela
souvent en vain.

11°. CI et VI (y) sont deux adverbes de lieu; et il ne faut pas
les confondre avec *ci*, nous, n. 4, ni avec *vi*, vous, n. 5. *Ci* désigne
communément *qui*, ici, c'est-à-dire le lieu où l'on parle; et quelquefois, avec les verbes de mouvement, il désigne même le lieu où
l'on n'est pas : ex. *Questi è un povero uomo... il quale un dì questi dì* CI
venne per limosina, g. 3, n. 1, c'est un pauvre homme qui vint, il
y a quelques jours, dans ces lieux, pour demander l'aumône; et
Nov. Ant. 85, *in molte terre è statuto, chi consiglia di guerra, che* CI
abbia andare, il y a une loi dans plusieurs pays, qui ordonne à ceux
qui conseillent la guerre, d'y aller eux-mêmes. — VI, syncopé de
ivi ou *quivi*, signifie *y* ou *là*; Lat. *ibi* ex. *Se egli avviene, che tu mai*
VI *torni*, Boc., s'il arrive que tu y retournes jamais.

12°. NE, pronom indéclinable, se lie avec les verbes pour exprimer
le pronom relatif *en*, c'est-à-dire, *de ce, de cette, de ces, di quello, di*
quella, etc.; et ayant du rapport à un lieu, désigne l'ablatif : ex. Avez-
vous de l'argent? Je n'*en* ai pas, *avete denaro? non* NE *ho*; et avez-vous

été dans l'église? Oui, j'en sort, *siete stato in chiesa? Si, N'esco.*
NOTA. — 1°. *En* s'exprime en Italien par *in*, lorsqu'il accompagne les noms : ex. *En* ville, IN *città* : il se rend par *ne* lorsqu'il se trouve avec un verbe : ex. J'*en* ai, NE *ho*, et le plus souvent il se supprime lorsqu'il accompagne un gérondif, et quelquefois il se rend par *in*, *nel*, etc. — 2.° Nous verrons, en parlant de la syntaxe figurée, que les pronoms conjoints, pour la plupart, n'ont souvent lieu dans le discours que comme des particules de *ripieno*, et ne servent qu'à l'ornement de la phrase, suivant le génie de notre langue.

REGLE. 1ʳᵉ.—Les pronoms conjoints se placent après le verbe, et s'y joignent lorsque le verbe est à l'infinitif, à l'impératif, au gérondif, et au participe absolu. Dans cette conjonction, l'infinitif perd sa lettre finale, c'est-à-dire, l'E, et les autres temps la conservent. Ainsi, l'on dira à l'infinitif *amarmi* au lieu de *amaremi*, m'aimer; *avérne* et non *averene*, en avoir : mais on doit dire à l'impératif *credétemi*, croyez-moi; au gérondif *pregándolo*, en le priant; et au participe passé *svegliátosi*, s'étant éveillé, etc. — Si l'on en excepte les temps ci-dessus mentionnés on place généralement, et sur-tout dans le discours familier, les pronoms conjoints avant le verbe. Il est vrai qu'en parlant on place quelquefois, quoique rarement, le pronom avant ou après le verbe, comme dans ces mots, *mi pare* ou *parmi*; mais quelqu'un qui voudroit donner plus d'étendue qu'il n'est nécessaire à ces constructions, et dire, par exemple, *amovi* au lieu de *v'amo*, je vous aime; *parlerógli domani* au lieu de *gli parlerò domani*, je lui parlerai demain; *avránnolo a caro* pour *l'avranno a caro*, ils en seront bien aise, etc.; afficheroit un purisme dégoûtant. Cependant, en écrivant, on est plus libre de faire usage de pareilles transpositions.

NOTA. 1°. En tutoyant à l'impératif et avec une négation, on emploie élégamment l'infinitif au lieu de l'impératif, et alors le pronom peut se placer avant le verbe : ex. Ne me parle pas de cela, *non mi parlare* ou *non parlami di questo*. La même alternative (du pronom seulement) peut avoir lieu dans les autres personnes de l'impératif, lorsqu'elles sont accompagnées de la particule négative : ex. *Non mi parlate* ou *non parlatemi di questo*; et ne nous décourageons pas peut se rendre par *non perdiamoci d'animo*, et par *non ci perdiamo d'animo*. La négation n'a pas la même influence, et ne donne pas la même liberté à l'égard des infinitifs et des gérondifs. Quoiqu'on lise dans les bons écrivains, *per non si bagnare i piedi* Firenz. Apul. lib. 7, pour ne pas se baigner les pieds; *se non avessi temenza di vi rincrescere* (id), si je ne craignois pas de vous ennuyer; *i compagni, non lo ritrovando, parevano smarriti*; Lasca N. 6. ses compagnons, ne le retrouvant pas, paroissoient inquiets, et cela, au lieu de *non bagnarsi, rincrescervi*, et *non ritrovandolo* : cependant cela se fait fort rarement, et demande beaucoup de discernement pour en user à propos ; de sorte qu'il est plus sûr de se tenir à la règle générale. Lorsque l'on parle à la troisième personne, le pronom précède l'impératif, sur-tout dans le discours familier : ex. Habillez-vous, *si vesta* au sing., et *si vestano* au pluriel, comme nous allons bientôt le voir ; mais, *habillez-vous*, en parlant à la deuxième personne, ne peut se rendre que par *vestitevi*.

R e g l e 2me. — Quand le pronom conjoint se lie avec un monosyllabe, ou bien avec une personne du verbe, qui finit par une voyelle accentuée, alors la première lettre du pronom se redouble. Exemples des monosyllabes : D*i*MMI, dis-moi ; *fa*LLO, fais-le ; *da*CCI, donne-nous ; VANNE, va-t-en : etc. Exemples des mots accentués : *Saro*VVI *fedele*, pour *vi sarò fedele*, je vous serai fidèle ; *amo*MMI, pour *mi amò*, il m'aima ; *senti*LLO, pour *lo senti*, il l'entendit, etc. Tous les pronoms conjoints sont sujets à cette règle, si l'on en excepte *gli*, qui ne double point le G ; car on dit *fagli*, fais-lui ; *parlerógli*, je lui (masc.) parlerai, etc. = *Nota.* Je ne parle ici que des verbes qui sont naturellement monosyllabes ; car ceux qui deviennent tels par abréviation, comme *dirmi*, me dire, *farlo*, le faire, n'ont aucun rapport à cette règle.

R e g l e 3me. Les pronoms *mi, ti, si, ci, vi*, changent l'I final en E, lorsqu'ils sont suivis d'un de ces pronoms *lo, la, gli* ou *li*, *le* ou bien *ne*, soit que les pronoms se trouvent avant ou après le verbe : ex. Me le donner, *da*́MELO ; il te le dit, TE LO *dice* ; ils s'en moquent, SE NE *búrlano*, etc. Mais si les pronoms *le, la*, etc. précèdent *mi, ti, ci, si, vi* (ce qui n'est guère d'usage de nos jours), alors les pronoms n'éprouvent aucun changement dans leur lettre finale : ex. *Basti questo... l'avér*LOMI *fatto conóscere*, au lieu de *l'avér*MELO *fatto conoscere*, G. 3, N. 3, me l'avoir fait connoître ; et G. 8, N. 7, *se io vendicar mi volessi... la tua vita non mi basterebbe, togliéndo*LATI, au lieu de *togliéndo*TELA, si je voulois me venger, il ne me suffiroit pas de t'ôter la vie. — Le pronom du datif *gli* a une inflexion toute particulière, lorsqu'il est suivi d'un de ces pronoms *lo, la, le, li* (accus. plur.) et de *ne* ; car alors non-seulement il conserve son I final, mais il reçoit de plus l'affixe de la lettre E, et il fait GLIE. Dans ce cas, *glie* sert de pronom conjoint au datif du masculin *a lui*, et même à celui du féminin *a lei* : ex. Il la lui (pronom du datif masculin ou du féminin) donna. GLIE*la diede* ; nous lui en porterons, GLIE*ne porteremo*, etc. — On rencontre quelquefois *gnene* au lieu de *gliene* : ex. GNENE *rincresceva insino al cuore*, Firenz. N. 6, il en étoit pénétré de douleur. Nos anciens écrivains, et sur-tout Bocace, employoient souvent *gliele* d'une manière indéclinable, et ce mot servoit pour exprimer *glielo, gliela, glieli*, etc. Cinonio, tom. i. cap. 119, blâme Bocace, pour en avoir fait un usage trop fréquent, et il assure que cette monotonie s'oppose à la clarté du discours. Pour moi, s'il m'étoit permis de donner mon avis là-dessus, je dirois que je regarde plutôt cette manière comme une propriété de la langue Toscane, et je n'oserois la condamner, parce que dans les exemples de Bocace, qu'apporte Cinonio à ce sujet, *gliele* se trouve si près des substantifs représentés par ce pronom indéclinable, qu'il n'est pas possible de s'y méprendre, quand on connoît toute la force de ce pronom. Mais *gliele* n'est plus d'usage de nos jours. — L'on rencontre, quoique rarement, en Bocace, les pronoms transposés, et on lit *noi la ti diamo*, pour *noi te la diamo*, nous te la donnons; *il vi menò*, pour *ve lo menò*, il l'y conduisit; *io il ti prometto*, au lieu de *te lo prometto*, je te le promets. Mais il est plus facile de connoître ces manières que de les imiter à propos. — Les anciens disoient aussi *gli lo*, *li lo*, *gli la*, etc. au lieu de *glie lo*, *glie la*, etc. et ces manières sont aussi surannées.

REGLE 4me. — Les pronoms *mi*, *ti*, *si*, *ci*, *vi*, ne changent point leur lettre finale, lorsque deux d'entre eux se suivent immédiatement, soit que les pronoms *ci*, *vi*, représentent *nous*, *vous*, ou bien l'y Grec, pronom de lieu. Il en est de même de *gli* (dont je viens de parler), qui n'éprouve aucun changement toutes les fois qu'il précède *si* : ex. *Io* MI TI *do in preda*, je me livre à toi; *ella* TI SI *fece innanzi*, elle se présenta à toi; *le acque* MI VI *pajon dolci*, Bembo, il me paroît que les eaux y sont douces; GLI SI *è detto più volte*, on lui a dit plusieurs fois. On doit dire de même lorsque les pronoms se placent après le verbe auquel il se lient : ex. *Avvezzarcisi*, s'y accoutumer, etc.

NOTA. — 1°. *Si*, particule verbale, qui sert à rendre le verbe passif et qui répond à *on*, pronom indéfini en François, suit la même règle des pronoms ci-dessus, quoiqu'il ne soit pas un pronom : ex. On me dit, MI SI *dice*; on nous parle, CI SI *parla*, etc. — 2°. Il n'est pas toujours permis de placer les pronoms dans le même ordre qu'ils se trouvent en François, mais on doit les transposer quelquefois. Ainsi cette transposition se fait en *trovar*CISI, s'y trouver, parce que *si ci* ne sonne pas bien dans notre langue. Il en est de même de GLIE L'*ho detto*, je le lui ai dit; de MI SI *parla*, on me parle, etc. Cependant la transposition n'a pas lieu dans je m'y trouve MI CI *trovo*, et en d'autres phrases semblables. Il faut donc suivre en cela le génie de la langue; et Bembo observe que l'on ne pourroit pas dire *dármi* au lieu de *dármiti*, te donner à moi; ni *fársimi*, pour *fármisi*, se faire à moi. — 3°. Comme *nous*, pronom, se rend par *ci*, *vous* par *vi*, et l'y Grec pareillement par *ci* ou par *vi*, s'il arrive que ces deux pronoms se rencontrent dans la même phrase, il faut en éviter soigneusement la répétition; et *nous nous y trouverons* doit se rendre par *noi vi ci troveremo*, et non par *ci ci troveremo*, quand même l'endroit désigné par l'y seroit dans la même chambre où l'on parle. Il en est de même de cet exemple *je vous y accompagnerai*, que l'on rendra toujours par *vi ci accompagnerò*, jamais par *vi vi*, etc. — 4°. Si, après deux pronoms conjoints terminés en I, il s'en trouve un troisième, comme *ne*, *en*, (ce qui arrive rarement,) alors il n'y a que l'I du second qui se change en E, comme dans cet exemple : *avendo forse per male, che* MI VE NE *sia doluta*, Boc. étant peut-être fâché de ce que je vous en ait fait des plaintes.

Enfin, pour bien remplacer les secondes personnes du pluriel des verbes par la troisième personne, suivant le ton de la bonne société, il faut se rappeler d'une des loix primitives du discours, selon laquelle on devroit faire constamment usage de la deuxième personne du singulier, *tu*, en parlant à une personne, et l'on ne pourroit se servir de la deuxième du pluriel *voi*, vous, qu'en s'adressant à plusieurs ; et quoique les Italiens s'écartent de cette loi lorsqu'ils parlent en deuxième personne, ils s'en rapprochent pourtant toutes les fois qu'ils font usage de la troisième ; car alors ils transposent la deuxième personne du pluriel François à la troisième du singulier, en parlant à un seul, et à la troisième du pluriel, en parlant à plusieurs. Ainsi, si je dis à une dame ou à un monsieur *ayez la complaisance de vous asseoir*, je traduirai *ayez*, deuxième personne du pluriel de l'impératif, par la troisième du singulier, faisant usage du même temps, savoir, FAVORRISCA *di sedere* ; et, si je parle à plusieurs, je ferai usage de la troisième personne du pluriel, et je dirai FAVORISCANO *di sedere*. Pareillement *Irez-vous ce soir à la comédie ?* se dira, en parlant à une personne (homme ou femme, n'importe), ANDR'A *questa sera alla commédia ?* et à plusieurs, ANDRANNO, etc. On peut voir, par ces exemples, que la transposition, qui se fait dans les personnes des verbes, est très-simple, et qu'elle ne présente aucune difficulté. — Il faut cependant observer, que, en parlant à la troisième personne, les pronoms se placent plutôt avant qu'après le verbe, même à l'impératif. Ainsi *laissez-moi voir ce portrait ; de grace, laissez-le moi voir*, se dira, MI LASCI *vendere quel ritratto ; di grazia*, ME LO LASCI *vedere* ; ou bien, si le discours s'adresse à plusieurs personnes, MI LASCINO *vedere quel ritratto ; di grazia*, ME LO LASCINO *vedere* ; et, si l'on parloit à la deuxième personne, il faudroit dire *lasciátemi... lasciátemelo*.

Le changement qui se fait dans les pronoms *vous*, *votre*, etc. lorsqu'on parle en troisième personne, demande un peu plus de réflexion : car *vous*, pronom nominatif, se change en *Vossignoría* ou en *ella* quand on parle à une personne, et en *le Signorie loro*, en parlant à plusieurs. Cependant, comme l'on supprime ordinairement, en Italien, les pronoms nominatifs *io*, *tu*, *egli*, etc. on supprime de même les pronoms sur-énoncés, qui tiennent la place de *tu* au singulier, et de *voi* au pluriel ; et qui sont suppléés, le plus souvent par *Signore*, *Signora*, au singulier ; et par *Signori*, *Signore*, au pluriel. Il n'y a que les domestiques et les inférieurs qui font un usage fréquent des titres d'honneur, en parlant à leurs maîtres ou à des personnes d'un rang élevé : ex. *Vous m'avez dit que vous partiriez demain* (à une personne) *Vossignoría*, ou *ella*, ou bien tout simplement *mi ha detto che partirebbe domani*. Le même exemple, en parlant à plusieurs personnes, se rend par *le Signorie loro*, ou (sans ce nominatif) *mi hanno detto, che partirebbono domani* ; et, *voulez-vous* venir dîner avec moi (à une personne) ? VUOL *ella venir a pranzo con me ?* à plusieurs : VOGLIONO *venir a pranzo con me ?* etc. *De vous*, *à vous*, *de vous*, en parlant à une personne, se rendent par les pronoms de la troisième personne féminine, même quand le discours s'adresse à un homme ; savoir, par *di Vossignoría* ou *di lei*, *a V. S.* ou *a lei*, etc. : ex. *Ce matin j'ai parlé de vous* (sing.), *questa mattina ho parlato di V. S.* ou *di lei* ; *j'ai reçu une lettre de vous*, *ho ricevuto una lettera da V. S.* ou *da lei*, etc. — Comme le pluriel de *di Vossignoría* et celui de *di lei* est *delle Signorie loro* ou *di loro*, etc. etc. en parlant à plusieurs personnes, on traduira les exemples ci-dessus par *questa mattina ho parlato delle Signorie loro* ; et *ho ricevuto una lettera* DA LORO, etc. — Les pronoms possessifs *vostro*, *vostra*, votre ; et leur pluriel *vostri*, *vostre*, vos, vôtres, se changent en *suo*, *sua*, au sing. et en *suoi*, *sue*, au plur. lorsqu'on parle à une personne : ex. J'ai vu *votre* maison de campagne, *ho veduto la* SUA *villa* ; ainsi, votre domestique *il* SUO *servo* ; vos chevaux, *i* SUOI *cavalli* ; vos chemises, *le* SUE *camicie*, etc. Les mêmes pronoms se rendent par *loro* quand on parle à plusieurs personnes, c'est-à-dire, vos domestiques, *i loro servi* ; vos chevaux, *i loro cavalli* ; vos chemises, *le loro camicie*. Voyez la page 142 N°. 2. — *Vous*, étant regardé comme pronom conjoint, peut s'employer de deux manières ; savoir, comme datif ou accusatif, soit au masculin, soit au féminin, au singulier ou au pluriel, ou bien comme particule qui sert à exprimer la réciprocité des verbes. Dans le premier cas, *vous* se rend au datif du sing. par *le*, et au pluriel par *loro*, dans les deux genres : ex. Je *vous* enverrai la lettre, LE (datif sing. au masculin et au fém.) *manderò la léttera* ; et, parlant à plusieurs, *manderò* LORO *la léttera*. *Vous* se rend, à l'accusatif masculin du singulier, par *lo* ou par *la* (pronom de *Signoría*) et par *la* au féminin : ex. Je *vous* prierai tant que... LO ou LA au masculin, et au féminin LA *pregherò tanto che*, etc. Comme *vous* accusatif du pluriel se rend au masculin par *gli* ou *li*, ou par *le* (relatif de *Signorie*), et au féminin par *le*, ainsi l'on traduira le même exemple, au pluriel, par GLI (au masc.) et par LE (au fém.) *pregherò tanto che*, etc. Pareillement, je *vous* Y accompagnerai se dira à la 3me peronne du singulier masculin ; *ve* L' (*lo*) *accompagnerò* ; au féminin, *ve* L' (*la*) *accompa-*

gnerò ; et au pluriel, *ve gli* ou *ve le accompagnerò.* Enfin, lorsque *vous* sert de conjoint aux verbes réfléchis, il se rend invariablement par *si*, pour les deux genres et pour les deux nombres : ex. Je souhaite que *vous vous* rétablissiez en bonne santé, *desidero che* SI (à un homme ou à une femme) *ristabilisca in buona salute.* Le même *si* sert au pluriel pour le masculin et le féminin ; savoir ; *desidero che* SI *ristabiliscano in buona salute.*

DE LA SYNTAXE DES VERBES.

§. I.

1°. *Des verbes qui annoncent de l'incertitude.* 2°. *De l'imparfait de l'indicatif, auquel répond un optatif ; et du différent usage que l'on fait de quelques temps en Italien et en François.* 3°. *De la manière de reconnoître les personnes qui en François sont les mêmes au présent de l'indicatif et à celui du subjonctif.* 4°. *Construction irrégulière du verbe avec le nom, employée quelquefois par nos anciens.*

QUOIQUE la langue Italienne et la Françoise soient d'accord dans la conjugaison des verbes, si l'on en excepte les temps composés du verbe *essere* et le futur des infinitifs ; il n'en est pas toujours de même dans l'usage que l'on fait de certains temps.

Io. Les verbes *credere,* croire, *parere* ou *sembrare,* paroître, et autres semblables, qui souvent sont suivis en François du *que* et d'un temps de l'indicatif, regissent le subjonctif en Italien, lorsque ces verbes n'annoncent qu'une simple opinion de l'esprit, sans une adhésion positive à ce que l'on dit : ex. Il paroît qu'il fait beau, *pare che* FACCIA *bel tempo,* et non *che fa* ; je crois que mon frère est arrivé, *credo che il mio fratello* SIA *arrivato,* etc. Au contraire, si j'emploie dans la phrase un verbe qui affirme, et qui en exclut toute sorte de doute ou d'opinion, le verbe qui suit le *que* se met à l'indicatif, aussi bien en Italien qu'en François : ex. Je sais qu'il fait beau, *so che* FA *bel tempo* ; et *so che faccia* seroit une faute. La raison de cette règle est, que les temps de l'indicatif affirment toujours en Italien, et que, pour dénoter l'incertitude de l'esprit, il faut avoir recours aux temps du subjonctif. (*Voyez la page* 44 *des Parties du Discours.*) Cela est si vrai, que le même verbe *credere* régit l'indicatif lorsqu'il désigne une ferme adhésion de l'esprit, comme l'on peut voir dans nos actes de foi, où l'on dit *credo che vi è un Dio solo,* etc. je crois qu'il y a un seul Dieu, etc. ; et quelqu'un qui diroit *credo che vi sia un Dio,* par cette manière de s'exprimer, il afficheroit un espèce de doute dans sa croyance.

II. J'ai observé (*page* 45), que la notion de l'optatif est le moyen le plus sûr pour distinguer l'imparfait de l'indicatif de celui du subjonctif.

jonctif. Car ces deux imparfaits, qui assez souvent ne font pas sentir leur différence en François, la font, et doivent la faire, sentir en Italien. Or, si le discours ne contient point de désir, on se sert en Italien de l'imparfait de l'indicatif; mais si le discours contient un désir, on doit en Italien employer l'imparfait du subjonctif. En un mot, si un des membres de la phrase renferme l'imparfait de l'indicatif, et l'autre membre l'optatif (que les François appellent communément *temps conditionel*), on doit rendre en Italien cet imparfait de l'indicatif par l'imparfait du subjonctif. Voici des exemples de cette règle : Si je PARLOIS, on ne m'ÉCOUTOIT pas, *se* PARLAVA, *non mi* ASCOLTAVANO ; et, si je PARLOIS, je POURROIS obtenir cette charge, *se* PARLASSI, POTREI *ottenere quell' impiego*. S'il AVOIT de l'argent, il le *donnoit* aux pauvres, *se* AVEVA *denaro*, *lo* DAVA *a' póveri* ; et, s'il AVOIT de l'argent, il le DONNEROIT aux pauvres, *se* AVESSE *denaro*, *lo* DAREBBE *a' poveri*. Pareillement : *vous auriez vu le roi si vous ÉTIEZ venu avec moi : étiez* doit se rendre par *foste*, comme s'il y avoit *fussiez*, et non par *eravate* ; savoir : *se foste venuto meco*, *avreste veduto il re*.

Il y aussi d'autres temps, dont on fait un différent usage en Italien et en François. 1°. Les François se servent quelquefois du présent, pour exprimer un temps futur qui est précédé de la particule conditionelle *si*, et disent, par exemple : *j'irai le voir*, *si j'en ai le temps* ; *s'il y est, je le verrai* ; *les soldats feront bien leur devoir*, *s'ils sont bien commandés*. Les Italiens, au contraire, rendent ces présents par un futur et disent : *andrò a vederlo*, *se avrò tempo* ; *se ci sarà*, *lo vedrò* ; *i soldati faranno bene il loro dovere*, *se avranno un buon comando*. En effet, les temps en question ne sont que des futurs. — 2°. On trouve aussi quelque différence parmi les temps du subjonctif, comme dans ces exemples : *quand cela seroit*, *vous ne seriez jamais pauvre*. *Seroit* se traduit comme *fût*, savoir *se ciò fosse*, *non sareste mai povero* ; et, *sarebbe* au lieu de *fosse*, seroit une faute. Il en est de même de : *il m'eût fait un grand plaisir de rester chez lui : j'eusse eu tort de lui répondre :* vous eussiez été loué, si, etc. où tous ces imparfaits ou plusque-parfaits doivent se rendre en Italien par l'optatif, comme s'il y avoit *il m'auroit* au lieu de *il m'eût* ; *j'aurois eu tort*, *vous auriez été loué*, etc. C'est à dire : *m'avrebbe fatto un gran piacere di starsene a casa sua* ; *avrei avuto torto di rispondergli* ; *sareste stato lodato*, etc. Il est bien vrai que dans ces trois dernières phrases, on pourroit se servir en François de l'optatif et dire : *il m'auroit fait*, etc. mais on n'a pas la même liberté en Italien pour cette alternative.

III. Les trois premières personnes du singulier et la troisième du pluriel du présent de l'indicatif, sont en François les mêmes que celles du présent subjonctif, dans les verbes de la première conjugaison ; et le *que* qui accompagne ces personnes en François, n'est pas toujours une marque suffisante du subjonctif ; car il n'est souvent qu'un pronom relatif, comme dans cet exemple, la

M

personne que j'aime, *la persona che amo*, et autres. Il s'ensuit de là, que, pour ne pas errer dans la composition Italienne, où ces personnes sont et doivent être distinguées, il est nécessaire d'avoir une règle qui nous fasse connoître la différence de ces deux modes.

RÈGLE. — Lorsque le verbe qui précède le *que*, n'annonce qu'une *probabilité* ou *possibilité* (N°. 1), ou bien il prive le second verbe de la fonction d'affirmer (pag. 44), par une interrogation, par une négation, par le doute, ou par la crainte, ou même il contient un désir, un ordre, ou une défense; alors le second verbe, qui suit le *que*, appartient généralement au subjonctif : ex. Comment voulez-vous *que* j'aime cette personne ? *come volete* CH' IO AMI *quella persona* ? il n'est pas possible qu'ils dînent à cette heure, *non è possibile* CHE PRÁNZINO *a quest'. ora*; je veux *qu'il* s'applique à son devoir, *voglio che s'applichi al suo dovere*; je crains *qu'il* ne tombe de la croisée, *temo che cada dalla finestra*; je souhaite *qu'il* se marie, *desidero che prenda moglie*, etc. — Enfin, on peut voir par un exemple très-simple, comment la négation le doute, etc. du premier verbe, privent le second de l'office d'affirmer, et par conséquent, l'obligent à se placer au conjonctif. Car si je dis, *il y a dans cette ville un homme qui parle Chinois*, le premier verbe étant affirmatif, je rendrai le second par l'indicatif, savoir, *c'è in questa città un uomo che* PARLA *Chinese*. Au contraire, je traduirai *il n'y a pas dans cette ville un seul homme qui parle Chinois*, par *non c'è in questa città un sol uomo che* PARLI *Chinese*.

NOTA. — Il y a en Italien, ainsi qu'en François, un futur qui équivaut à un présent, accompagné de l'adverbe *forse*, peut-être; et que l'on peut appeler, *temps conjectural*. Car, si l'on demande, par exemple, *où est-il M. N. ?* et je réponds, il SERA dans sa chambre, SARÀ *nella sua cámera*, ce futur *sera* et *sarà* n'est autre chose que *il est peut-être*. — Parcillement, l'optatif, étant employé tout seul et d'une manière isolée, tient la place du futur simple : ex. M. N. a dit *qu'il viendroit*, il *Signor N. ha detto che* VERREBBE; *qu'il viendroit*, c'est-à-dire *qu'il viendra*, *che verrà*. — Il est bon de connoître l'usage irrégulier que l'on fait de ces temps : mais, comme leur irrégularité n'apporte aucune difficulté à la composition Italienne, je ne m'y arrêterai pas davantage. — 2°. Le futur de l'infinitif *esser*, *per*, etc. nous présente une construction différente de la Françoise; car on dit, par exemple en François, *je suis près de partir, tu es près de*, etc. et en Italien *io sono* ou *sto per partire, tu sei* ou *stai per*, etc. Cette construction, qui répond au participe en *rus*, *ra*, *rum*, des Latins, se fait par la conjugaison des verbes *essere* ou *stare*, suivis de la préposition *per*, à laquelle on ajoute l'infinitif du verbe principal.

IV. Il arrive quelquefois que nos meilleurs écrivains, ayant plutôt égard à la signification et à l'étendue du nom qu'à son nombre, ils font accorder un verbe pluriel avec un *collectif* singulier. Ainsi, on lit en Gio. Villani, lib. i. c. 26, IL COMUNE POPOLO ERANO IGNORANTI *del vero Iddio*, le bas peuple n'avoit pas connoissance du vrai Dieu; et Bocace dit, *Come* OGNI UOMO *desinato* EBBERO, lorsque chacun eut dîné; et Dante Purg. c. 32, *Nè quaggiù si canta l'inno che quella* GENTE *allor* CANTARO (cantarono), et ici bas on ne chante pas l'hymne que ces gens-là chantèrent alors. — Suivant le même principe l'on trouve, quoique plus rarement, dans les bons écrivains, un pronom relatif masculin qui s'accorde avec un antécédent féminin, lorsque cet antécédent féminin est surnom donné à un homme, et alors la concordance se fait non pas avec le nom qui est énoncé dans le discours, mais avec le genre du substantif principal qui est sous-entendu: ex. *C'è alcuna* PERSONA IL QUALE *l'altr' jeri mi servì di cinquecento fiorini*, Boc. G. 8. N. 10, il y a une personne qui m'a prêté cinq cents florins avant-hier; et Nov. Ant. 92, *Io sono acconcio di mostrare a quella* BESTIA LO QUALE (il quale) *si mostra sì rigoglioso ch' io son nato da quella schiatta che gittò la schiera de' Galli giù dalla rocca del Campidoglio*, je suis en état de prouver à cette bête, qui montre tant d'audace, que je suis né de la race qui a poussé les Gaulois de la roche du Capitole. — Il n'est pas difficile de s'appercevoir que la construction, dans ces deux cas, est irrégulière; mais il faut la connoître, sans quoi l'on accuseroit trop légèrement nos meilleurs écrivains de discordance. Le lecteur peut suivre dans le premier cas la construction régulière, sans crainte d'errer; et, dans le second, il peut substituer *che* à *il quale* ou à *la quale*.

§. II.

De la Construction des Verbes Impersonnels, accompagnés du Pronom Indéfini ON.

POUR mieux développer un des points les plus difficiles de la construction Italienne, j'observe, 1°. Que *on* se dit en Italien *si*; et que *si*, étant ordinairement la marque du passif, diffère du même mot qui sert à qualifier les verbes réfléchis. Cette différence devient sensible dans ces deux exemples: *On loue la vertu*, *si loda la virtù*; c'est-à-dire, *la virtù è lodata*, la vertu est louée: et, il *se loue*, *egli* SI *loda*; savoir, il *loue soi*, *egli loda* SE. — 2°. Qu'il est souvent fort indifférent d'employer la troisième personne du pluriel du même temps, en supprimant *si*, et de dire *dicono*, au lieu de *si dice*; *parlavano* au lieu de *si parlava*; et dans ce cas le verbe cesse d'être impersonnel en Italien, car il y a un nominatif sous-entendu, savoir, *gli uomini*, les hommes. Cela se fait à l'imitation des Latins, qui, par la figure ellipse, disoient, *ajunt*, *ferunt*, *dicunt*, en sous-entendant *homines* : au lieu de quoi, les Anglois disent *they*. — 3°. La négation précède toujours en Italien la particule *si*, et *on ne*, se dit *non si* : ex. On *ne* parle, NON SI *parla*, et jamais *si non*. Cela établi, je dis,

1°. Quand le verbe impersonnel n'est pas gouverné d'un nom, et qu'il n'est pas impliqué avec un pronom conjonctif de personne, comme *me*, *te*, *nous*, etc. *mi*, *ti*, *ci*, ou avec l'auxiliaire *avoir*, alors là construction Italienne est facile, régulière et simple; exemples :

On dit,	*si dice* ou *diçono*.
On parle,	*si parla* ou *parlano*.
On rioit,	*si rideva* ou *ridevano*.
On chante,	*si canta* ou *cantano*.
On croira,	*si crederà* ou *crederanno*.

NOTA. — 1°. Quand *on* ne peut se rapporter qu'aux personnes qui font le sujet du discours, *on* doit s'expliquer par *si*, ou par la première personne du pluriel du même temps, jamais par la troisième du pluriel. Ainsi, par exemple, si des convives disent, *à quelle heure dînera-t-on?* ou si des personnes, intéressées dans la même affaire, disent *on verra cela demain*, ou bien si l'on dit *on voit la mer d'ici*, il faudra dire en Italien, *a che ora si pranzerà*, ou *pranzeremo? si vedrà questo domani*, ou *vedremo; si vede il mare di qui*, ou *vediamo*, et non *pranzeranno*, *vedranno*, *vedono*. — 2°. Le pronom relatif de chose *le*, *lo*, accusatif, ne s'exprime point en Italien, ou il se rend comme *cela* par *questo* : ex. On *le* dit, *si dice*, ou *questo si dice*, et non pas *si LO dice*. Les pronoms *le*, *la*, *les*, ne s'expriment point du tout, quand on emploie la voie passive en Italien : On *le* ou *la* connoîtra, *sarà conosciuto* ou *conosciuta*; on les a envoyés, *sono stati mandati*. — 3°. Quand l'impersonnel est gouverné par un nom, il doit s'accorder en Italien avec le nombre du nom, de sorte que le verbe se met à la troisième personne du singulier, si le nom est singulier, et à la troisième du pluriel, si le nom est pluriel : ex.

On sonne la cloche,	*si suona la campana*.
On sonne les cloches,	*si suonano le campane*.
On voit une étoile,	*si vede una stella*.
On voit les étoiles,	*si vedono le stelle*.
On lit un roman,	*si legge un romanzo*.
On lit les gazettes,	*si leggono le gazzette*.

Cette construction va dans tous les temps des verbes. Que, si l'impersonnel n'est gouverné par aucun nom, et s'il est suivi des particules *que*, *de*, etc. il garde toujours le singulier comme en François. Cette règle est commune à tous les impersonnels, même à ceux qui ne sont point accompagnés de la particule *on* : ex. On parle de la guerre, *si parla della guerra*; on parle de bagatelles, *si parla di bagatelle*; il s'agit d'une affaire sérieuse, *si tratta d'un affare serioso* ; il s'agit de vos intérêts, *si tratta de' vostri interessi* ; on dit que les faux amis sont plus à craindre que les ennemis déclarés, *si dice che i falsi amici son più da temersi, che i nemici scoperti*. — 4°. Lorsque la particule *on* est suivie d'un pronom conjonctif *me, te, nous*, etc. *mi, ti, ci*, etc. le pronom conjonctif, qui est accusatif, se tourne en pronom personnel, et il devient nominatif ; et le verbe se construit dans le même temps, mais en passif, par le verbe *essere*, et il en suit les règles ; et, par conséquent, *me* devient *io* ; *te, tu* ; *le* ou *la, egli* ou *essa* : ainsi, nous, *noi* ; vous, *voi* ; les, *eglino* ; et au féminin, *esse* : ex.

Sing. on *me* loue, *io sono lodato* ou *lodata*.

  on *te* loue, *tu sei lodato*, etc.

  on *le* ou *la* loue, *egli* ou *essa è lodato, lodata*.

Plur. on *nous* loue, *noi siamo lodati* ou *lodate*.

  on *vous* loue, *voi siete lodati*, etc.

  on *les* loue, *eglino*, ou *esse sono lodati, lodate*.

Imparf. On *me* louoit, *io era lodato*, etc.

P. D. On *me* loua, *io fui lodato*, etc.

P. In. On *m'a* loué, *io sono stato lodato*, etc.

Pl.-par. On *m'avoit* loué, *io era stato lodato*, etc.

Fut. On *me* louera, *io sarò lodato*, et ainsi du reste du verbe. — Il faut en dire de même quand le verbe impersonnel se trouve uni à un nom, qui, dans la phrase Françoise, est accusatif. Ce nom devient nominatif en Italien, et le verbe se rend d'une manière passive : ex. Quand on aura pris la ville, *quando la città sarà presa* ; si on avoit écrit les lettres, *se si fossero scritte le lettere* ; si l'on eût cherché l'enfant, *se si fosse cercato il bambino* ; on entendit des cris de douleur, *furono sentite grida dolorose*. Toutes ces phrases Italiennes peuvent se rendre aussi bien activement par la figure ellipse, et on pourroit dire, *quando avranno presa la città* ; *se avessero scritto le lettere* ; *se avessero cercato il bambino*, etc. — Cependant il faut bien remarquer que, quand le pronom conjonctif représente un datif et non un accusatif, alors la construction Italienne ne peut plus se faire par la première ou deuxième personne, mais elle doit se faire comme il suit : On me dit, *mi si dice* ; on m'a dit, *mi è stato detto* ; on vous avoit parlé, *vi era stato parlato* ; on nous auroit répondu, *ci sarebbe stato risposto* ; on lui a écrit deux lettres, *gli sono state scritte due lettere*. — On peut aussi rendre ces phrases activement par l'ellipse, et dire, *Mi dicono* ; *mi hanno detto* ; *vi avevano parlato* ; *ci avrebbono risposto* ; *gli hanno scritto due lettere*. — Il n'est pas difficile de distinguer le datif des pronoms conjonctifs de leur accusatif ; car, *on m'a dit, on vous avoit parlé*, se réduit à *on a dit* à MOI ; *on avoit parlé* à VOUS ; et, au contraire, *on me loue*, se résout en *on loue* MOI, et non pas à MOI, etc. — Tous ces tours de phrase tiennent beaucoup au génie de la langue Latine. — 4°. Dans les manières sentencieuses *on* se rend souvent, et quelquefois il ne peut se rendre mieux que par *uno*, et alors la construction est régulière : ex. Quelquefois on est obligé de punir les enfans, *qualche volta* UNO *è obbligato di gastigare i figliuoli ;* on se défait mal-aisément des défauts contractés dans l'enfance, UNO *si corregge difficilmente dei difetti contratti nell' infanzia.* — *Uno* est fort lié avec le *quis* ou l'*aliquis* des Latins, comme l'on peut voir par cette phrase et autres semblables : Si l'on vous donnoit mille guinées, *se* UNO *vi desse mille ghince.* Il en est de même quand *on* est suivi de *se ;* car deux *si* feroient un mauvais son en Italien : ex. On s'accoutume facilement à la fainéantise, UNO *s'avvezza facilmente alla vità oziosa.* Si *si* ne seroit pas supportable.

NOTA. — 1°. On emploie quelquefois élégamment le verbe *venire* au lieu de *si* ou du verbe *essere : Mi vien detto,* on me dit, au lieu de *mi si dice ; mi viene scritto,* on m'écrit, etc. 2°. Quand la particule *en, ne,* se trouve unie aux impersonnels, elle suit sa construction ordinaire : ex. On vous en parlera, *ve* NE *sarà parlato ;* on en saura des nouvelles, *se* NE *sapranno nuove.*

§. III.

De la Construction du Verbe Avoir, employé comme Impersonnel, avec l'y.

LE verbe *avoir,* employé comme impersonnel, étant accompagné du pronom indéclinable de lieu ou de temps *y,* se rend en Italien, non par le verbe *avere,* mais par le verbe *essere.* L'*y,* considéré comme pronom de lieu, s'exprime par *ci* ou *vi. Ci* se dit plus particulièrement du lieu où l'on est ou par où l'on passe : *vi* s'emploie dans le même sens, mais en parlant d'un lieu plus éloigné. Cela établi, je dis :

RÈGLE 1re. — L'impersonnel *il y a,* se dit en Italien *c'è* ou *ci sono, v'è* ou *vi sono,* suivant la règle générale de la concordance des impersonnels avec leur nominatif : ex.

Pr. { Il y a un homme, *c'è* ou *v'è un uomo.*
{ Il y a deux hommes, *ci sono* ou *vi sono due uomini.*

Im. { Il y avoit une dame, *c'era una signora.*
{ Il y avoit plusieurs dames, *c'erano parecchie signore.*

P. D. Il y eut, *ci fu,* ou *ci furono.*

P. In. Il y a eu, *c'è stato,* ou *stata, ci sono stati,* ou *state,* etc.

Ainsi, il y en aura une, *ve ne sarà una ;* il y en aura deux, *ve ne saranno due.*

NOTA. L'impersonnel change de nombre lorsqu'il a un nominatif pl. qui le gouverne ; mais, quand il n'en a point, il se tient au singulier, nonobstant qu'il régisse un autre cas. Ainsi, en parlant, par exemple, des personnes qui se succèdent pour faire une action quelconque, on dit, C'est à ces dames à chanter, *tocca ou sta a quelle signore a cantare*; c'est à nous à jouer, *tocca a noi giuocare*.

RÈGLE 2me. — Lorsque l'*y* grec uni au verbe *avoir*, désigne la mesure d'un temps quelconque, on supprime en Italien le *ci* ou le *vi* qui lui répond, sans rien changer à la concordance du verbe *essere* avec le nom singulier ou pluriel : ex. Il y a un jour, un mois, un an, que je ne l'ai pas vu, *è un giorno, un mese, un anno, che non l'ho veduto*; il y a quinze jours, deux semaines, trois ans, que je l'ai vu, *sono quindici giorni, due settimane, tre anni, che l'ho veduto*.

NOTA. La construction que je viens de proposer, est la plus simple et la plus sûre : cependant il y en a une autre qui est fort usitée et qu'il est bon de connoître, quoiqu'elle soit sujette à quelques difficultés. Car, *il y a*.... *que* ou *depuis* se rend aussi très-souvent par ces mots indéclinables *da*.... *in quà*, ou bien par *fa* qui équivaut à *è* ou *sono*, etc. Lorsque l'on fait usage de *da* ... *in quà*, on place toujours la quantité du temps entre ces mots, mais si l'on emploie *fa*, ce monosyllabe ne peut avoir régulièrement lieu qu'au bout de la phrase. C'est ainsi que l'on dit, par exemple DA *quindici giorni* IN QUA, et *quindici giorni* FA. Cependant on ne peut pas toujours se servir indifféremment de ces deux manières, dont l'usage dépend souvent de l'affirmation ou de la négation et quelquefois du temps du verbe, qui entrent dans la composition de la phrase. Car, dans cette phrase négative *il y a quinze jours* ou *un mois que je ne l'ai vu*, je dirai *non l'ho veduto* DA *quindici giorni* ou DA *un mese in* QUA. Au contraire, la même phrase étant affirmative, savoir, *je l'ai vu il y a quinze jours, il y a un mois*, je la rendrai par *l'ho veduto quindici giorni* ou *un mese* FA. — J'ai dit que *fa* se place régulièrement au bout de la phrase, parce que, si *fa* se trouve dans le premier membre de la phrase, il prend sa place avant la quantité du temps : ex. *jeri* ou *domani* FA *un anno, andai a vedere*, etc. Il y a quelques variations moins remarquables à l'égard des autres temps, si l'on en excepte l'optatif, lequel est susceptible des deux manières ci-dessus mentionnées, parce que l'optatif, ainsi que nos désirs, peut se rapporter à tous les temps : ex. Il y a quinze jours que je serois arrivé ou je serois arrivé depuis quinze jours, *sarei arrivato* DA *quindici giorni* IN QUA ou *quindici giorni* FA. J'ajoute que lorsque l'on n'est pas bien sûr de l'emploi que l'on doit faire de ces deux expressions, il vaut mieux s'en rapporter à la règle générale.

de *è* ou *sono* etc. — Enfin j'observe, que cette manière adverbiale *depuis quelque temps*, se rend par *da qualche tempo in quà* : ex. il se porte mieux, depuis quelque temps, *sta meglio da qualche tempo in quà* ; depuis quelque temps nous allons à la campagne tous les samedis, *da qualche tempo in quà andiamo*, etc. et *dopo qualche tempo* ne seroit pas Italien.

III. Quand l'*y* grec accompagne le verbe *avoir* qui se trouve dans le discours, non pas comme impersonnel, mais comme auxiliaire d'un verbe, alors la construction ne souffre aucun changement : ex. Il y avoit dormi, *ci aveva dormito* ; je n'y ai pas pensé, *non c'ho pensato.*

Enfin, j'observe, avec Bembo, que le verbe *avere* * a été employé impersonnellement par nos meilleurs écrivains au lieu du verbe *essere*, pour exprimer le verbe *avoir* impersonnel, accompagné de l'*y* : ex. V'AVEVA *un lignaggio di nobili e possenti*, Gio Villani, lib. viij. cap. 37. IL Y AVOIT une famille noble et puissante ; *quante miglia c'*HA *?* Boc. G. 8, N. 3. combien de milles Y A-T-IL ? et, ibid. N. 9. HAVVI *dei letti, che,* etc. IL Y A des lits, qui, etc. Quoique ces manières soient propres à la langue Toscane, on emploie cependant plus communément de nos jours le verbe *essere*, ainsi que je viens de le dire ; et il est plus sûr de faire usage de cette dernière construction, jusqu'à ce que l'on n'ait appris à se servir à-propos du verbe *avere.*

§. IV.

De la Construction particulière à quelques Verbes.

OUTRE les impersonnels et le verbe *avoir*, il y en a quelques autres, dont la Syntaxe demande une explication à part. Je ne regarde ici que les différentes constructions de ces verbes ; je parlerai dans la suite, des verbes synonymes en François, non synonymes en Italien.

1°. Il y a des verbes non réfléchis en Italien, et réfléchis en François. Tels sont, *fuggire*, s'enfuire ; *passeggiare*, se promener ; *sedere*, s'asseoir ; *stare*, quand ce verbe signifie se porter ; *tacere*, se taire. Ainsi, *il se promène, nous nous asseyerons, taisez-vous* ; doivent se rendre par *passeggia, sederemo, tacete*, et non par SI *passeggia*, etc. Que si l'on rencontre dans les auteurs quelques-uns des verbes non réfléchis accompagnés des pronoms conjonctifs, comme *fug-*

---

(1) Et quelquefois même le verbe *essere* : ex. ERA *in questi tempi certi piacevoli uomini*, (Sacchetti, Nov. 175), il y avoit dans ce temps certains hommes plaisans ; et, (Nov. 151), V'ERA *certi Genovesi*, il y avoit certains Génois.

girsi, *sedersi*, j'observe, qu'alors on peut regarder *si*, etc. comme de simples particules de *ripieno*.

2°. Les verbes *andare*, aller, *venire*, venir, *mandare*, envoyer, quand ils désignent un mouvement à un lieu, ou vers un lieu, doivent être suivis en Italien de la préposition *a* ou *ad*, laquelle cependant n'a jamais lieu dans la construction Françoise avant un verbe : ex. Je vais voir un de mes amis, *vo* A *vedere un mio amico* ; elle vient vous faire une visite, *essa viene* A *farvi una visita* ; envoyez chercher le médecin, *mandate* A *cercare il medico*. L'omission de la préposition *a*, seroit une faute essentielle de langue.

Mais les François font usage des verbes *aller* et *venir*, même quand il n'y a point de mouvement, et seulement pour dénoter le temps de l'action, et ils disent, *je vais vous dire*, au lieu de *je vous dirai* ; *je viens de lui parler*, au lieu de *je lui ai parlé tout-à-l'heure*, etc. Or ces manières de s'exprimer ne se lient pas du tout avec la langue Italienne ; et il faut rendre ces phrases et autres semblables par le temps qui leur convient, ajoutant quelques adverbes si le sens l'exige : ex. Je vais vous dire, *vi dirò* ; je viens de lui parler, *gli ho parlato ora* ; vous allez m'entendre mieux, *voi m'intenderete meglio* ; je vais venir, *vengo subito* ; il venoit de lui faire une bonne réprimande, *gli aveva fatto allora una buona riprensione* ; il alloit partir, il alloit souper, *stava in punto di*, ou *era per partire*, *per cenare*, etc.

NOTA. — 1°. Quand il se présente une de ces phrases, qui en François ont un double sens, telle que, *Je viens de voir un de mes amis* ; pour bien la rendre en Italien, il faut examiner si la personne a fait ou n'a pas fait du mouvement, pour voir cet ami, et dire, dans le premier cas, *vengo da vedere* ou *sono stato a vedere un mio amico* : dans le second, *ho veduto dianzi*, ou *poco fa un mio amico* : et, si c'étoit dans le moment, *ho veduto ora un mio amico*. — 2°. Quand on parle à quelqu'un d'aller le voir chez lui, on se sert en italien du verbe *venire* et non de *andare* : ex. J'irai demain chez vous, *verrò domani da voi* ; ou *a casa vostra*, et non *andrò*. Que si l'on parloit d'une troisième personne, on se serviroit de *andare*, avec la construction Françoise.

3°. *Etre bien aise* se rend par *aver caro* ou *aver a caro* ; et alors le verbe *avere* désigne le temps et la personne qui répondent au verbe *être* en françois, et *caro* ou *a caro* sont invariables : ex. Je suis bien aise, *ho caro* ; j'étois bien aise, *aveva a caro* ; ils seroient bien aises, *avrebbono a caro*, etc. Quand cette phrase est accompagnée de *en*, ce conjonctif s'exprime par *lo* ou *l'* : J'en suis bien aise, *L'ho a caro* : mais, si elle est suivie d'un nom substantif, elle se rend comme dans l'exemple suivant : Je suis bien aise de cette nouvelle, *questa nuova mi dà piacere* ou *gusto*.

4°. *Etre fâché*, etc. Cette expression se rend en Italien par *esser disgustato*, *disgustata*, etc. soit que l'action ou la passion reste dans la personne qui est fâchée, soit qu'elle se rapporte à une autre personne ; ce qui se dit en François *être fâché contre quelqu'un*, et en Italien *esser disgustato con uno.* Que si la personne est fâchée de quelqu'évènement, traitement, et, en un mot, d'une chose, et non contre une personne, alors le verbe *être fâché* se rend impersonnellement dans tous les temps par le verbe *dispiacere* ou *saper male*, et d'une manière réciproque, c'est-à-dire avec les conjonctifs *mi*, *ti*, *gli*, ou *le*, etc. Si le démonstratif *en*, a lieu dans la phrase, il faut le rendre comme à l'ordinaire par *ne* : ex. Je suis fâché *ou* fâchée, *mi dispiace* ou *mi sa male*; elle en est fâchée, *glie ne dispiace* : nous sommes fâchés *ou* fâchées, *ci dispiace*; vous en êtes fâchés, *ve ne dispiace*; etc. etc.

NOTA. — 1°. *Etre fâché*, signifiant *se repentir*, s'exprime par *pentirsi*. — 2°. L'infinitif *être fâché* se dit *disgustarsi* ou *aversi per male*, et non pas *dispiacere*. — 3°. Du verbe *aversi per male* est dérivé l'adjectif *permaloso*, *permalosa*, qui signifie une personne qui se fâche aisément.

5°. *S'approcher*, verbe réciproque, est suivi en François de l'article du génitif *de*, *de la*, etc. lequel se tourne en Italien par l'article du datif : ex. Approchez-vous *de moi*, *accostatevi* A *me*; approchez-vous *du feu*, *de la* table, etc. *accostatevi* AL *fuoco*, ALLA *tavola*, etc. La même construction accompagne les noms et les prépositions d'approchement.

6°. CRAINDRE, *temere*. Quand ce verbe est employé avec *que*, il est suivi constamment de la particule négative *ne* en François, soit que la crainte soit réelle, soit qu'elle tienne du désir; et l'on dit, par exemple, *je crains que cet enfant* NE *tombe dans l'eau*; et *je crains que mon frère* N'*obtienne pas cette charge*. En Italien, dans la construction régulière (1), on ne se sert de la négative que dans le second cas, et non pas dans le premier, où la vraie crainte seroit détruite par la négation; et l'on dit, *Temo che quel bambino cada nell'acqua; temo che il mio fratello non ottenga quella carica.* En Latin, on emploie *ne* dans le premier cas, et *ut* ou *ne non* dans le second.

7°. Quand on rencontre des verbes qui sont suivis de l'affirmation *qu'oui*, ou de la négation *que non*, le *que* s'exprime en Italien par *di*, jamais par *che* : ex. Je crois *qu'oui*, je crois *que* non; *credo* DI *sì*, *credo* DI *nò*. Je pense *qu'oui*, je gage *que* non; *penso* DI *sì*, *scommetto* DI *nò*. Il disoit tantôt *qu'oui*, tantôt *que* non, *diceva ora* DI *sì*, *ora* DI *nò*.

_____

(1) Je dis dans *la construction régulière*; car si nos meilleurs auteurs ont employé la négation après les verbes *temere* ou *dubitare*, comme le font les François, cela n'a été que par des raisons, qui appartiennent à la Syntaxe irrégulière; savoir, 1°. Parce que après les verbes de crainte, de doute, ou de soupçon, le *non* tient souvent la place du *che* : ex. *Forte temea* NON *forse di questo alcun s'accorgesse*; Boc. G. 5, N. 6; et Ibid. N. 1, *Temendo* NON *gli avvenisse quello che gli avvenne* : et N. 1, *dubitavan forse* NON *ser Ciapelletto gl'ingannasse* : et G. 5, N. 7, *Comminciò a sospicar* NON *costui desso fosse*. — 2°. Parce que le *non* après le *che*, dans le cas d'une crainte positive, n'y est que comme simple particule de *ripieno*, et non pas comme particule négative.

8°. IL FAUT, IL FALLOIT, etc. — 1°. Cet impersonnel s'exprime par *bisogna bisognava*, etc. et il ne présente aucune difficulté dans sa construction, lorsque, sans être accompagné d'un pronom conjoint, il précède un infinitif : ex. Il faut marcher, *bisogna camminare* ; il falloit partir de bonne heure, *bisognava partir per tempo*. En ce cas, on peut substituer élégamment les verbes *convenire*, ou *esser d'uopo*, au verbe *bisognare*, et dire, *convien camminare*, *era d'uopo partir per tempo*. Que, si *il faut* est accompagné d'un pronom conjoint, ce pronom se change en pronom nominatif du verbe suivant, comme dans ces exemples : Il *nous* faut marcher, *bisogna che camminiamo* ; il *vous* falloit partir de bonne heure, *bisognava che* VOI *partiste per tempo*, etc. On peut aussi tourner la phrase par le verbe *dovere*, et dire *dobbiamo camminare dovevate partir per tempo*. — 2°. Si cet impersonnel se trouve avant un nom, sans être accompagné d'un pronom personnel, alors il doit se rendre par le verbe *volere*, précédé de *ci* (y) : ex. Il faut de l'argent, *ci vuol denaro* ; il faut de la patience, *ci vuol pazienza* : et l'article défini du François, se supprime le plus souvent en Italien. J'ajoute, qu'en ce cas le verbe *volere* doit s'accorder avec le nombre du nom qui le suit : ex. Il faut des chevaux, *ci vogliono cavalli* ; il falloit des faits et non pas des paroles, *ci volevano fatti e non parole*. Mais, l'impersonnel étant uni à un pronom conjoint, on exprime *falloir* par *avere bisogno di* ; et l'on transpose le pronom au nominatif, comme ci-dessus. Ainsi, *il* ME *faut de l'argent* se dira *ho bisogno di denaro* ; il *vous* faudra des chevaux, *avrete bisogno di cavalli* ; comme s'il y avoit *j'ai besoin d'argent, vous aurez besoin de chevaux*, etc.

9°. PAROITRE, ainsi que SEMBLER, reçoivent souvent en Italien la même construction, que dans les exemples suivans : vous me paroissez malade, *mi pare che siate ammalato* ; elle paroît n'avoir que vingt-cinq ans, *pare che essa non abbia più di venti cinqu'anni* ; il mangeoit avec tant d'avidité, qu'il sembloit n'avoir mangé de trois jours, *mangiava con tanta avidità, che pareva* (che) *non avesse mangiato da tre giorni*.

10°. JOUER D'un instrument de musique, par exemple, du violon, de la flûte, etc. se dit *suonare* IL *violino*, IL *flauto*, et non DEL.

11°. AIDER, *ajutare*, régit quelquefois le datif en François, comme *aidez à ce pauvre homme* ; (DICTION. AC.) *un peu de vin aide à la digestion* : mais *ajutare*, en Italien, demande l'accusatif ; et l'on rend ces phrases par *ajutate quel poverino* ; *un po di vino ajuta la digestione*.

12°. TOUCHER, *toccare*. On dit aussi en François *toucher à une chose* ; et, en Italien, *toccare una cosa*, accusatif ; et, en ce cas, l'y, pronom de la chose touchée, se rend par *lo, la*, etc. ex. Ce fer est trop chaud, n'Y touchez pas, *quel ferro è troppo caldo, non* LO *toccate*.

13°. Les verbes qui dénotent séparation ou éloignement, gouvernent l'ablatif, comme partir, *partire* ; sortir, *uscire* ; retourner, *tornare* ou *ritornare*; ôter, *levare*; éloigner, *allontanare*; recevoir, *ricevere*; obtenir, *ottenere*; venir, *venire*. Quand ce verbe annonce séparation d'un lieu, alors on se sert de la préposition *di* ou *da*, avec les noms qui reçoivent l'article indéfini, et de l'article *dal*, *dallo*, *dalla*, etc. avec ceux qui prennent l'article défini: ex. Je sors de Londres, *esco di Londra*; il est parti de Rome *è partito* DA *Roma*; il retourne de son pays, *ritorna* DAL *suo paese*; il a ôté le tableau de sa chambre, *ha levato il quadro* DALLA *sua camera*. Cela demande un peu d'attention, parce qu'en François l'article du génitif se confond avec celui de l'ablatif.

A D D I T I O N

De quelques Verbes qui ont le plus d'étendue dans la Langue Italienne, et dont la Connoissance contribue à la propriété et à l'élégance du Discours.

J'AI parlé en plusieurs endroits de cette Grammaire des différentes significations des verbes suivans. Ils en ont d'autres fort usitées, qu'il est bon de connoitre. Les voici.

ANDARE, aller. *Andar* PER *una persona o per una cosa* signifie aller la prendre. *Andar in rovina in conquasso*, *in malora*, signifie réussir mal dans ses affaires, ou périr. *Andar in buon ora* signifie aller en paix. *Andar in collera*, se mettre en colère. *Andarne* signifie une peine qui s'ensuit d'une action: ex. *Ne va la vita* ou *il capo*, il y va de la vie. *Andarsene in* signifie se réduire ou se résoudre en: ex. *Andarsene in fumo*, *in acqua*, se résoudre en fumée, en eau, etc. *Andar avanti*, s'avancer, est le contraire, savoir, *andar addietro*, reculer. *Andar dietro a una cosa* signifie suivre une chose, ou avoir du goût pour quelque chose. Cette expression s'emploie au propre et au figuré. *Lasciar andare uno schiaffo*, *un pugno*, etc. signifie appliquer un bon soufflet, un coup de poing. *A lungo andare*, avec le laps du temps. *Andar del corpo*, faire ses affaires. Cette phrase exprime honnêtement cette action.

AVERE, avoir. *Avere* donne quelquefois la signification du verbe à un nom, auquel il se lie ordinairement par le moyen d'une préposition ou d'une particule: ex. *Avere in odio*, au lieu d'*odiare*, haïr; *avere in pregio*, au lieu d'*apprezzare*, estimer. Ces autres phrases sont aussi remarquables: *aver del galant uomo*, *del savio*, être honnête homme, prudent; *averla con uno*, en vouloir à quelqu'un. *Aver a*, tient souvent la place de *dovere*, devoir: ex. *Egli mi* HA A *dare cinquanta lire sterline*, il me doit cinquante livres sterlings; et *io* HO A *uscire colla mia sorella*, je dois sortir avec ma sœur.

CERCARE, *chercher*, DIMANDARE, où DOMANDARE, *demander*, outre l'accusatif, reçoivent quelquefois le génitif: ex. *Domandò l'uno de l nome dell' altro* (Nov. Ant. 42), l'un demanda le nom de l'autre ; et, Nov. 54, *Molti domandavano della condizione del cavallo*, plusieurs s'informoient de l'état du cheval.

DARE, donner. Ce verbe, étant suivi de la particule *del*, *dello*, *della*, signifie *traiter de*, dans le sens de *appeler* : ex. *Dar del signore*, *del pazzo*, *del ladro*, *del furfante*, etc. traiter de monsieur, de fol, de voleur, de coquin, etc. *Dar del tu* signifie *tutoyer* ; *dar nel* signifie tomber en, se mettre en, et cette manière s'emploie au figuré : ex. *Dar nel matto*, tomber en folie ; *dar nelle furie*, tomber en fureur. *Dar da* signifie donner à, ou prêter à : ex. *Dar da mangiare*, *da bere*, donner à manger, à boire ; prêter à rire, *dar da ridere*. *Darsi a far una cosa* signifie entreprendre une chose ; *dar addosso a uno*, se jeter sur quelqu'un ; *dar ad intendere*, faire accroire ; *dar noja* ou *briga a uno*, ennuyer ou inquiéter quelqu'un ; *il vino gli dà al capo*, les fumées du vin lui montent à la tête.

ENTRARE s'emploie dans le style familier pour AVER AFFARE, *avoir à faire à*, ou se mêler d'une chose : ex. *Voi non entrate in questo*, ceci ne vous regarde pas ; et, *vuol sempre entrare ne' fatti altrui*, il veut toujours se mêler des affaires des autres.

ESSERE, être. Quand *essere* est suivi de la particule *da*, cette particule exprime *bon à* : ex. *Esser da qualche cosa*, être bon à quelque chose ; *esser da poco*, être bon à peu de chose ; *esser da niente*, n'être bon à rien. On pourroit dire aussi, *esser buono a qualche cosa*, etc. *Non esser da tanto* signifie n'être pas capable ; *esser da più*, surpasser.

FARE, faire. *Far animo*, donner courage ; *farsi animo*, prendre courage ; *far testa*, tenir tête. *Da fare* signifie de la besogne, ou à faire : ex. *Ha molto da fare*, il a beaucoup de besogne. *Far dimora* signifie *dimorare*, demeurer ; *farsi a credere*, être d'avis ; *farsi beffe di*, se mocquer de. *Il far del giorno*, le point du jour ; *sul far della notte*, sur la brune ; *farsi avanti*, s'avancer ; *farsi addietro*, se reculer. Voyez *Andare*. *Far un brindisi a uno*, boire à la santé de quelqu'un.

MANDARE, envoyer. *Mandare per uno*, ou *per una cosa*, signifie envoyer chercher quelqu'un ou quelque chose : ex. *Fu mandato per lui*, on l'envoya chercher. *Sacchetti*.

SAPERE, savoir. *Sapere* s'emploie quelquefois pour *avoir le goût* ou *l'odeur* ; et dans ce sens on dit, *saper di terra*, *di vino*, avoir l'odeur ou le goût de la terre, du vin ; *saper di niente*, n'avoir aucun goût, aucune odeur. *Saper grado di checchessia* signifie avoir des obligations de quelque chose.

STARE, étant suivi de la particule *a*, n'ajoute rien à la signification du verbe, mais il lui donne de la grace. Ainsi, l'on dit *star ad ascoltare*, écouter ; *star a sedere*, être assis ; *star a vedere*, regarder. — *Stare*, signifiant se porter, est précédé dans les interrogations de l'adverbe *come*, comment ; et, dans le sens de *demeurer*, il est accompagné de l'adverbe *dove*, où ; et ainsi des différentes prépositions ou adverbes qui qualifient ses autres significations : ex. Comment vous portez-vous? *come state ?* Où demeurez-vous? *dove state?* etc.—*Stare* ou *esser per* signifie *être près de*, comme je l'ai observé ailleurs. *Stare* s'emploie pour *rester* : ex. *State qui*, restez ici. — Pour *se tenir ferme* ou pour *rester tranquille* : ex. *State sodo*, tenez-vous ferme *ou* restez tranquille ; et *lasciátemi stare* répond à laissez-moi tranquille. Pour se tenir à son devoir : ex. *Vi farò star a dovere*, je vous ferai tenir à votre devoir. *Stare in orecchi* signifie *écouter attentivement*. *Stare*, en parlant de tour, est synonyme de *toccare* : ex. *Sta* ou *tocca a voi*, c'est à vous. *Star a pigione* signifie *être locataire*. *Star in forse* ou *tra 'l si e 'l no* signifie *être indécis*. Il tient aussi la place du verbe *essere*, d'*aspettare*, de *consistere* : ex. *Stare zitto*, se taire; *star alla porta*, attendre à la porte; *qui sta la difficoltà*, ci gît la difficulté. *Se tenir en garde* s'exprime par *star sulle sue*. Enfin, ce verbe étant employé avec un nom précédé de la préposition *in*, ajoute de la grace à la phrase, et il marque la permanence de l'action : ex. *Star in timore*, craindre; *star in festa*, *in allegria*, se divertir, etc.

TENERE, tenir. *Tener per*, suivi d'un adjectif, signifie *estimer*, *juger*, tenir pour : ex. *Tener uno per savio*, *per matto*, *per nemico*, etc. juger ou croire un homme sage, fou, son ennemi, etc. *Tener a bada*, amuser de paroles; *tener le risa*, s'empêcher de rire; *tener carrozza*, *servitori*, etc. avoir *ou* faire rouler voiture, avoir des domestiques, etc. *Tener dietro a uno*, suivre quelqu'un. *Tener in istima* signifie *estimer*. *Tener a mente una cosa* (acc.) se souvenir d'une chose.

VENIRE, venir. Quelquefois ce verbe n'ajoute que de l'agrément à la phrase : ex. *Se ei* VERRÀ *a sapere come la cosa è passata*, s'il sait comment la chose s'est passée. — *Venire* s'emploie aussi élégamment avec les mots *bene* ou *fatto*, avec le datif de personne, et il signifie *réussir* ; mais si l'on ajoute à ce verbe *fallito*, alors il signifie *manquer*, ne pas réussir : ex. *Tutto quello ch'io fo*, *mi* VIEN BENE, tout ce que je fais me réussit bien ; *parévati mill' anni ch' io morissi*, *ma non t' è* VE-NUTO FATTO, Sacchetti, Nov. 106, il te tardoit furieusement de me voir mourir, mais tu n'as pas eu ce plaisir-là ; *il re di Francia ordinò di far eleggere Messer Carlo di Valois imperadore*, *ma* VENNEGLI FALLITO, Gio. Villani, lib. viii. cap. 101, le roi de France ordonna d'élire Charles de Valois empereur, mais il n'y réussit pas. — *Venir a dire* s'emploie pour *significare*, signifier : ex. *Che viene a dir questo?* qu'est-ce que cela signifie ? — *Venire* pour *costare* ou *valere*, coûter ou valoir : ex. *Quanto vi* VIENE *quest' abito?* combien vous coûte cet habit ? — VOLER BENE s'emploie très-souvent au familier pour *amare*, aimer, ainsi que *voler male* pour *odiare*, haïr.

§. V.

De la Construction du Participe.

LE participe *est un mot qui, étant né du verbe, est susceptible des accidens de l'adjectif.* Il y a trois sortes de participes, savoir : l'*actif*, le *passif* et le participe *commun*, qui comprend les passés absolus. Le participe actif exprime une action, et se termine en *ante* à la première conjugaison, comme *amante*, qui aime *ou* aimant ; en *ente* à la deuxième et à la troisième conjugaison, comme *credente*, qui croit et *dormiente*, qui dort *ou* dormant. Je n'ai pas cru devoir faire mention des participes actifs dans les conjugaisons des verbes, 1°. parce qu'ils tiennent plutôt du nom adjectif que du verbe, ainsi que les participes passifs, comme *amábile*, aimable ; *commendábile*, louable ; *reverendo*, révérend ; *stupendo*, étonnant (1), etc. — 2°. Parce qu'aucun de nos grammairiens ne leur a donné lieu dans les conjugaisons. Voyez *Buommattei*, trat. 12 *del Verbo* ; *Cinonio*, tom. i. ; *Corticelli*, lib. i. Le participe commun est celui qui reçoit la signification active, quand il a le verbe *avere*, avoir, pour auxiliaire : ex. *Ho amato*, j'ai aimé ; et la signification passive, lorsque le verbe *essere*, être, lui sert d'auxiliaire : ex. *Sono amato* ou *sono stato amato*, je suis aimé *ou* j'ai été aimé. Mais il arrive souvent en Italien que le participe commun se trouve seul dans le discours, c'est-à-dire, sans être accompagné d'aucun auxiliaire et à la manière des ablatifs absolus des Latins, et alors il faut sous-entendre celui des auxiliaires qui convient au sens de la phrase, comme l'on peut voir dans ces exemples : *Egli,* TROVATO *un cavallo, andóssene,* ayant trouvé un cheval, il s'en alla. Ici *trovato* est participe actif. Au contraire, si je dis, *egli,* TROVATO *in fallo, fu punito,* ayant été trouvé en faute, il fut puni ; il est évident que le même participe *trovato* est passif. Pareillement, SENTITO *il romore s' affacciò alla finestra,* ayant entendu le bruit, il se mit à la fenêtre ; et, SENTITO, *mentre passava, fu arrestato,* ayant été entendu lorsqu'il passoit, il fut arrêté. — Les participes communs s'emploient aussi avec les noms, comme de

_____

(1) Si quelqu'un trouvoit extraordinaire la division que je viens de donner du participe ; et sur-tout, que j'aie placé parmi les participes passifs les mots *amábile*, *reverendo*, etc. je réponds, que la division du participe, en actif, passif, et commun, est tirée mot-à-mot de Buom. Trat. 13 *del Partic.* cap. 5 ; et qu'on lit en Corticelli : « i participi sono di tre sorte, attivi, passivi, e comuni. Attivi sono » quelli che significano operazione, come *amante*, *vegnente*, etc. passivi quelli » che accennano passione, come *amábile*, *reverendo*, etc. Comuni che possono » adoperarsi e in attiva e in passiva significazione ». Lib. i. cap. 41. — En effet, les mots *reverendo*, *onorando*, (et l'on doit dire de même des mots *amábile*, *onorabile*, etc.) signifient *digne d'être respecté*, *honoré*, etc. ce qui répond précisément au participe en *dus*, *da*, *dum*, des Latins ; savoir, *reverendus*, *honorandus*, etc. Se si dicesse : *il tale è onorando, reverendo, e ammirando, cioè degno* d' *essere onorato, riverito, o ammirato, sarebbe participio senz' alcun fallo.* Buom. trat. 14 del Gerundio, cap. 1.

simples adjectifs : ex. *La donna amata*, la femme aimée ; *il fine deside-*
rato, la fin desirée, etc. et alors ils suivent tout simplement les règles
des adjectifs dont j'ai parlé.

Or, tous ces participes sont susceptibles des deux nombres, des
deux genres et de tous les cas. (Buom. loc. cit. cap. 4). Je n'ai rien
à dire du participe passif, parce qu'il ne s'emploie que comme un
simple adjectif. Il en est à peu-près de même du participe actif, lequel
cependant sert quelquefois aussi à l'ablatif absolu : ex. *Dio concedente,*
(Dante), *Dio permettente* (Pétr.), si Dieu le permet. Il s'emploie
aussi quelquefois dans le même sens au lieu du gérondif, comme *veg-*
gente lui. (Boc.) sous ses yeux ; *vivente il re*, (id.) du vivant du roi ;
durante la guerra, (id.) pendant la guerre. Il ne me reste donc à parler que de la construction du participe commun, considéré, non pas
comme simple adjectif, mais comme faisant partie de l'action ou de
la passion du verbe.

RÈGLE Ire. — Lorsque les participes communs
ont le verbe *essere*, être, pour auxiliaire, ils doivent
s'accorder en genre et en nombre avec leur nominatif :
ex. *La virtù è* LODATA *da tutti e* PRATICATA *da pochi*, la vertu est
louée de tout le monde et suivie de peu de personnes : *i poveri sono*
disprezzati, *le ricchezze sono stimate* ; les pauvres sont méprisés, les
richesses sont estimées.

La construction des participes est plus difficile quand ils ont le verbe
avere pour auxiliaire. Pour en éclaircir la difficulté, j'observe, 1°. Les
participes, gouvernés par le verbe *avere*, s'accordent quelquefois avec
le nominatif, d'autres fois avec le cas qui dépend du verbe : ex. *Lisi-*
maco, *ogni cosa opportuna avendo* APPRESTATA, Boc. G. 5, N. 1. Lysi-
maque, ayant préparé tout-à-propos ; et, G. 2, N. 3, *Come io avrò*
loro ogni cosa DATO, quand je leur aurai tout donné. *Aveva la luna*
PERDUTI *i raggi suoi*, G. 6, *in Princ.*, la lune avoit perdu sa lumière ;
et, Nov. Ant. 83, *Si richiamò un villano d'un suo vicino che gli aveva*
IMBOLATO *le ciriege*, un paysan se plaignit d'un de ses voisins, qui
lui avoit volé des cerises.

2°. Quoique les participes des verbes passifs, étant précédés d'un
nom, reçoivent souvent la terminaison en *o* ; cependant ils doivent
dans la suite du même discours s'accorder avec le pronom dans les
deux genres et nombres, seulement LORSQUE LE PRONOM TIENT LA
PLACE DE L'ACCUSATIF : ex. HO VEDUTO *vostra madre*, *l'ho* RIVERITA,
le ho DETTO *che*... j'ai vu votre mère, je l'ai saluée, et lui ai dit que...
Ici le premier pronom *l'*, est accusatif ; le second *le* est datif, et l'on
ne pourroit pas dire *l'ho riverito*, comme l'on dit, *le ho detto* : pareillement, *avete* CONOSCIUTO *quella signora ? Non l'ho* CONOSCIUTA. *Le*
avete PARLATO *? Non le ho* PARLATO. Avez-vous connu cette dame ?
Je ne l'ai pas connue. Lui avez-vous parlé ? Je ne lui ai pas parlé.

go.

3°. Le participe conserve la terminaison en *o*, 1°. Quand le verbe est neutre, et qu'il n'a pas le verbe *essere* pour auxiliaire. Ainsi, on dit, *La mia sorella ha* DORMITO *dodici ore continue*, ma sœur a dormi douze heures de suite, et non *dormita* ni *dormite*: *le signore hanno* RISO *a tal nuova*, les dames ont ri de cette nouvelle, et non *rise* ou *risa*: *i nipoti hanno* DEGENERATO *dai loro maggiori*, les descendans ont dégénéré de leurs ancêtres, et non *degeneratti*. — 2°. Quand il se trouve devant un infinitif: ex. *Aveva* DESIDERATO *di avere cotali insalatuzze d'erbucce* (Boc. N. 1), j'avois souhaité d'avoir une salade de petites herbes; car il est plus raisonnable que le participe se lie comme neutre avec l'infinitif. — 3°. Quand le participe *fatto* tient la place du verbe précédent: ex. *Ed ecco venire in camicia il Fortarrigo il quale per torre i panni*, *come aveva* FATTO *i denari, veniva* (Boc.), et voilà Fortarrigo, qui arrive pour enlever les habits, comme il avoit fait l'argent. Ici *fatto* tient la place de *tolto*, participe de *torre*.

RÈGLE 2ᵉᵐᵉ. — Quand il y a dans le discours plusieurs nominatif dont un est masculin, et l'autre ou les autres sont féminins, le participe ainsi que l'adjectif doivent se mettre au pluriel, et s'accorder avec le masculin *lorsqu'il est question de personnes*: ex. CONVITATI *le donne e gli uomini alle tavole*, G. 2, N. 6 les dames et les messieurs ayant été invités de se mettre à table; et G. 10, N. 7; *il padre e la madre della Lisa, ed ella altresi*, CONTENTI, *grandissima festa fecero*; le père et la mère de la Lise, et elle aussi, témoignèrent tous leur satisfaction par de grandes démonstrations de joie. Mais s'il n'est pas question de personnes, il est permis de faire accorder le participe ou l'adjectif avec le nom masculin ou avec le féminin qui se trouvent dans le discours: ex. *Se così gridato aveste, ella* (la gru) *avrebbe così l'altra coscia e l'altro piè fuor* MANDATA, *come hanno fatto queste*, G. 6, N. 4, si vous eussiez fait le même cri, elle (*la gru*) auroit mis bas l'autre pied, comme ont fait celles-ci.

J'observe que dans les deux premiers exemples on ne pourroit pas dire *convitate* ni *contente* au lieu de *convitati* et de *contenti*, parce qu'il est question de personnes: au contraire, il seroit permis dans le troisième exemple de dire *mandata* ou *mandato*, en faisant accorder ce participe avec *coscia*, fém. ou avec *piè* masc., parce qu'il n'est plus question de personnes. *Cortic. lib. ii. della Cost. Tosc. reg. 5.*

Il est évident de ce que je viens de dire, que, lorsqu'il se trouve dans le discours un nom pluriel, ou plusieurs noms singuliers suivis ou unis par la copulative *e* et, le participe, l'adjectif, et le verbe, qui en dépendent, doivent se mettre au pluriel. Cependant, si, à un substantif singulier, se trouvent liés quelques autres noms par le moyen de la préposition *con*, avec, alors il

N

est libre de mettre au singulier ou au pluriel le participe, l'adjectif, ou ses adjoints, comme on peut le voir par ces deux exemples.: *Essendosi Dionéo con gli altri gióvani* MESSO *a giuocare*, (G.
6, in fine,) Dionée et ses compagnons s'étant mis à jouer ; et,
il rè, co' suoi compagni RIMONTATI *a cavallo, al real ostiere se
ne tornarono*, (G. 10, N. 6,) le roi, étant remonté à cheval
avec sa suite, ils s'en retournèrent au palais.

NOTA. — 1°. Le participe commun demande une attention particulière, surtout pour l'intelligence des auteurs Italiens ; car il se
rencontre souvent tout isolé au commencement ou au milieu de
la période, sans l'appui d'un auxiliaire ou d'un substantif, comme
je viens de le remarquer. Pour donner plus de jour à cette construction, qui n'a pas lieu dans la langue Françoise, j'ajoute les
exemples suivants à ceux que j'ai apportés ci-dessus. *Ciò* DETTO,
si tacque, ayant dit cela, il se tut ; et, GIUNTO *il famigliare a
Génova*, DATE *le lettere*, *e* FATTA *l'imbasciata*, *fu dalla donna con
gran festa ricevuto* ; Boc. G. 2, N. 9. le domestique *étant arrivé à*
Gênes, et *ayant remis* la lettre et *fait* sa commission, fut reçu de
la femme avec une grande joie. — 2°. L'on se sert aussi en Italien
du même participe, pour exprimer *après que* ou *quand* ; et cela se
fait en plaçant le participe en tête ; en second lieu un *che* ; et troisièmement celui des deux auxiliaires qui répond au temps de la
phrase Françoise : ex. *Après que* ou *quand* il eut soupé, *cenato che
ebbe* (soupé qu'il eut) ; *après que* ou *quand* j'aurai fini, *finito che avrò*, etc.
Il n'y auroit pas de faute à dire *dopo che* ou *quando ebbe cenato* ; *dopo
che* ou *quando avrò finito*, etc. — 3°. De l'union du participe commun, au passé défini de l'un des deux auxiliaires, se forme le temps
que l'on appelle *passé antérieur*. Cependant les passés antérieurs ne
peuvent s'employer dans le discours que dépendamment des particules qui dénotent le temps, comme *quando, prima che, dopo che*, etc.
ou bien ils doivent être placés après d'autres phrases, dont ils dépendent, et sans lesquelles ils ne peuvent avoir lieu dans le discours. Ainsi il ne seroit pas permis de dire *Giovanni ebbe detto* ou
ebbe fatto, comme l'on dit *Giovanni disse* ou *ha detto, fece* ou *ha
fatto* ; mais on diroit, *quando Giovanni ebbe detto* ou *ebbe fatto*.
Suivant cette règle on lit dans Bocace, *poichè la donna s'*EBBE *assai* FATTA *pregare*, après que la femme se fut fait bien prier ; et,
Nè PRIMA *veduto l'ebbe che*... et il ne l'eut pas plutôt vu que...
Enfin le passé antérieur se trouve à la suite des phrases précédentes
dans cet exemple : *E questo detto, alzata un poco la lanterna* EBBER
VEDUTO *il cattivel d'Andreuccio*, après ces paroles, ayant levé un
peu la lanterne, ils virent le petit méchant d'André.

§. VI.

De la Syntaxe du Gérondif.

Le gérondif est un mot indéclinable qui, étant né du verbe exprime une action passagère, dont le temps est déterminé par le verbe, qui fait le sentiment principal de la phrase. Les Latins avoient trois gérondifs terminés en *di*, *do*, *dum*. Les Italiens ont conservé la terminaison en *do*, comme *amando*, *leggendo*, etc. et représentent les deux autres par le moyen de l'infinitif, précédé de quelques particules. Le gérondif en *do*, lui-même est quelquefois exprimé avec beaucoup de grâce par une préposition et l'infinitif; car on dit *nell' amare*, *nel leggere*, *col fare*, *coll' andare*, etc. au lieu de *amando*, *leggendo*, etc. et on lit en Bocace : *esso mi credette spaventare col gittare non so che nel pozzo*, il crut me faire peur, en jetant, je ne sais quoi, dans le puits. Il est facile de voir par cet exemple, que l'on ne peut pas employer indifféremment les prépositions *in* et *con* avec l'infinitif, pour désigner ce gérondif; car *in* ou *nel*, n'exprime que le temps de l'action; et *con*, *col* en désignent aussi le moyen; et dans l'exemple ci-dessus, *nel gittare* au lieu de *col gittare*, n'auroit ni la même force, ni la même grace. Or, les Toscans, pour annoncer les gérondifs en *di* et en *dum*, font usage de l'infinitif des verbes, modifié par quelques particules. C'est ainsi que Bocace exprime le gérondif en *di* : *tempo parve alla Reina d'andare a dormire*, la Reine crut qu'il étoit temps d'aller se coucher; et le gérondif en *dum*, lorsqu'il dit Nov. ult. *metti in ordine quello che da fare ci è*, mets en ordre ce qu'il faut faire.

Le gérondif étant un mode déterminé du verbe, qui appartient à l'infinitif, il a besoin d'un verbe qui le régisse dans le discours et qui en fasse connoître le mode et le temps. Cependant, il tient quelquefois la place de l'ablatif absolu, autrefois celle du participe présent : ex. *avea già i capelli in mano avvolti, e tratti glie n' avea più d'una ciocca*, latrando lui *cogli occhi in giù raccolti*; et Boc. G. 4. N. 10 : *trovato Ruggieri* dormendo, *lo incominciò a tentare, e a dire con sommessa voce che su si levasse*, ayant trouvé Roger qui dormoit, il commença à le pousser et à lui dire tout bas de se lever.

Il est libre, généralement parlant, de mettre en Italien le nominatif avant ou après le gérondif, ce qui n'est pas permis en François. Cependant, j'observe, 1°. que le nominatif doit précéder le gérondif, lorsque le gérondif est suivi d'un accusatif, qui, sans donner la première place au nominatif, pourroit se confondre avec son nominatif. Ainsi je dirai : *i Cartaginesi temendo i Romani*, les Carthaginois craignant les Romains; et non *temendo i Cartaginesi i Romani*. 2°. Si le nominatif du gérondif, est aussi celui du verbe principal

du discours, le nominatif se place avant le gérondif : ex. CALAN-
DRINO VEGGENDO *che il prete non lasciava pagare, si diede in sul bere*,
G. 8, N. 6. Calandrin voyant que le prêtre ne laissoit payer personne,
se mit à boire sans ménagement. 3°. Les pronoms nominatifs *io*,
tu, etc. se placent généralement après le gérondif, lorsqu'ils ne se
rapportent qu'au gérondif, et l'on dit : *potendo io raccontare, essendo
tu quegli*, etc. *Cinonio trat. de' verbi, cap.* 44.

Enfin, j'observe, que le gérondif tient la place de l'infinitif,
lorsqu'il suit le verbe *mandare* : ex. MANDOLLA PREGANDO, *che le
dovesse piacere di venir a far lieti i gentiluomini della sua presenza*. Boc.
G. 10, N. 4, il l'envoya prier qu'elle voulût bien venir réjouir ces
messieurs de sa présence, c'est-à-dire *la mandò a pregare*, etc. C'est
ainsi que *mandar dicendo, mandar cercando*, etc. tiennent la place de
mandar a dire, mandar a cercare, etc. — L'on exprime aussi élégamment la fréquence ou la répétition de la même action, en joignant le
gérondif aux verbes *andare* et *venire* : ex. il dit par-tout, *va dicendo*;
que cherchez-vous ? *che andate cercando ?* et Boc. 98, N. 3, dit : *su
per lo Mugnone il vennero lapidando*, ils lui jettèrent de temps en temps
des pierres le long du Mugnone. — On exprime de même la perma-
nance dans la même action, par le verbe *stare* et le gérondif d'un
verbe : ex. ils dînent, *stanno pranzando*; il écrivoit, *stava scrivendo*;
ils causoient, *stavano chiaccherando*, au lieu de *pranzano, scriveva,
chiaccheravano*. Ces tours se lient avec tous les temps.

§. VII.

De la Syntaxe de l'Infinitif.

L'INFINITIF est un mode, qui, sans avoir ni personnes ni nombres, ne fait qu'annoncer le verbe d'une manière vague, en trois
temps, savoir au présent, au passé et au futur. Son état d'indéter-
mination ne lui permettroit pas d'avoir lieu dans le discours, s'il ne
venoit à son secours un verbe fini, une préposition ou quelque particule qui le déterminât. C'est par ce moyen que l'infinitif entre non-
seulement dans le discours, mais il tient une place même étendue
dans la Syntaxe. Nous allons le voir dans ses principales modifications.

1°. L'infinitif est déterminé le plus souvent par un verbe fini :
ex. *assai manifestamente* posso comprendere, *quello esser vero che sogliono i savj dire; che la sola miseria è senza invidia*, Boc.　2°. Il
prend quelquefois l'accusatif à la manière des Latins. Les accusatifs
les plus usités, sont les pronoms *se, lui, egli* et semblables : ex. *s'ac-
corsero se avere all' isola di Rodi afferrato*, G. 5, N. 1, ils s'apperçurent qu'ils s'étoient sauvés dans l'île de Rhodes; et ibid. N. 5 : *si ri-
corò lei dover avere una margine... sopra l'orecchia sinistra*, il se sou-

vint qu'elle devoit avoir une cicatrice sur l'oreille gauche. — Il se rencontre même quelquefois avec le nominatif : ex. *la madre adirata, non del non* voler egli andare *a Parigi, ma del suo innamoramento, gli disse una gran villanía,* Boc. sa mère s'étant fâchée, non pas de ce qu'il ne vouloit pas aller à Paris, mais de son amour, lui dit une grande injure. — 3°. L'infinitif s'emploie à la place d'un nom, avec l'article, non-seulement au singulier, comme nous l'avons vu, mais encore au pluriel et avec un adjectif. C'est ainsi que Bocace dit, *con isconci parlari,* avec des discours sales ; Passavanti : *alcuni si gloriano di avere...* PREZIOSI VESTIRI ; et Salvini : *gli esseri dotati di anima,* les êtres doués d'âme. — 4°. L'infinitif qui suit les pronoms *chi, cui, che,* ou bien les adverbes *dove, ove, donde,* équivaut à un subjonctif : ex. *qui è questa cena, e non saría* (sarebbe) CHI MANGIARLA, G. 2, N. 2 ; savoir *chi la mangiasse ;* et G. 5, N. 3, *io non so che farmi,* c'est-à-dire *che io mi faccia ;* et G. 6, N. 5: *non sappiendo dove andarsi,* pour *dove s'andasse.* — 5°. Nous avons vu, comment, par le moyen de différentes propositions qui précèdent l'infinitif, se forme quelquefois le gérondif ; et que par l'addition du verbe *essere* et de la préposition *per,* qui se fait à l'infinitif, se forme le futur du même mode ; qui sert à exprimer l'action prochaine d'un verbe quelconque, comme *esser per amare, per leggere, per partire ;* être près d'aimer, de lire, de partir : j'ajoute à présent, que la préposition *per* avant l'infinitif, tient quelquefois la place de *quantunque,* quoique : ex. *veggendo* (la donna), *che* PER NEGARE ELLA *ogni cosa da lui domandatale, esso perciò d'amarla, nè di sollecitarla si rimaneva,* etc. G. 10, N. 5, savoir *quantunque ella negasse.* — 6°. Enfin, si l'on rencontre l'infinitif tout seul, sans aucun appui dans l'oraison, cela arrive dans le discours d'une personne agitée de quelques passions. En ce cas, une sage inexactitude a bien plus de grace et de force, qu'une minucieuse construction grammaticale. C'est ainsi que la femme du docteur Simon, gronde son mari, G. 8, N. 9: *ecco medico onorato,* aver *moglie,* e andar *la notte girando attorno,* voilà un médecin bien honorable : être marié, et rouler ainsi, pendant la nuit.

De la Syntaxe de la Préposition.

COMME l'office de la préposition est d'annoncer la figure, que le nom, le pronom, et, quelquefois, le verbe, font dans le discours, elle doit par conséquent, précéder la partie de l'oraison qu'elle dirige. La préposition, quoiqu'indéclinable, a quelque ressemblance avec l'article, parce qu'elle sert, aussi bien que l'article, à indiquer le cas des noms ; mais elle fait cela d'une manière plus vague ; car, il arrive que la même préposition se lie avec différens cas, lesquels cependant sont presque toujours déterminés par les articles qui suivent la préposition ; comme nous allons le voir.

DE, *di*. Quoique DI, considéré comme article indéfini, serve radicalement à désigner, dans les deux genres et nombres, le génitif des noms qui ne reçoivent point d'article défini, (page 41,) comme *Parmeno, famigliare* DI *Dioneo*, (Boc.) Parmène, domestique *de Dionée*, (Lat. *servus Dionæi ;*) néanmoins il tient quelquefois la place d'un autre article, (1) et très-souvent celle de différentes prépositions. — DI, pour DA : ex *Sopravvenuta cagione a Pietro di partirsi* DI *Palermo*, (Boc. G. 2, N. 5,) une raison de quitter Palerme étant survenue à Pierre. — DI, pour CON : ex. DI *molte lacrime gli bagnai il morto viso*, G. 7, N. 7, je lui baignai le visage de plusieurs larmes après sa mort. — DI, pour *per*, Lat. *præ* ou *propter* : ex. *Oscurissimo* DI *nuvoli e* DI *buja notte era il cielo*, G. 2, N. 7, le ciel étoit très-obscurci par les nuages et par les ténèbres de la nuit. — *Di* tient aussi la place de quelques autres prépositions, que l'on pourra connoître facilement par le sens du discours.

AVEC, *con*. Cette préposition est tirée du *cum* des Latins. Elle gouverne l'ablatif, et se lie aussi avec l'article défini, ainsi que nous l'avons vu page 62, etc.

NOTA. — 1°. CON se lie, en un mot, avec *me* et *te* dans les deux genres, et avec *se* dans les deux genres et les deux nombres. Ainsi l'on dit, *meco* et *con me*, avec moi ; *teco* et *con te*, avec toi, au masculin et au féminin ; et *seco*, ou *con se*, pour exprimer *avec lui, avec elle, avec eux, avec elles ;* car la déclinaison du pronom *se* est la même au singulier et au pluriel (page 91). *Nosco* et *vosco*, au lieu de *con noi*, avec nous, *con voi*, avec vous, ne sont employés qu'en poésie. Ces mots sont dérivés du Latin *mecum, tecum, secum ;* et *nosco* et *vosco* sont abrégés de *nobiscum, vobiscum*. *Con meco, con esso meco*, avec moi-même ; *con teco, con esso teco ; seco medesimo, con esso seco, seco medesimi*, etc. sont des pléonasmes très-reçus dans notre Langue. Lat. *una mecum*.

CHEZ, se dit en Italien *a casa*, et quelquefois *da*, quand il s'agit d'un mouvement à un lieu ; et *in casa*, quand on parle du lieu où l'on est : ex. Venez chez moi, *venite a casa mia* ou *da me ;* vous ne ferez pas cela chez moi, *voi non farete questo in casa mia*, et non *da me ;* entrez chez moi, *entrate in casa mia*, et non *a casa mia*, moins encore *da me*. J'ajoute que, lorsque *chez moi* est accompagné d'un verbe qui

(1) Les articles définis s'emploient aussi quelquefois pour désigner un cas différent de celui qui leur est propre : ex. *Di questo parleremo più distesamente quando tratteremo* DELLA *contrizione*. (Passavanti, D. 2, C. 6.) *Della* n'annonce ici que l'ablatif, qui répond au *de* des Latins. *Cinonio*, lib. i. c. 80.

dénote l'existence ou la demeure dans le lieu, on ne peut pas faire usage de *da me*, au lieu de *in casa* ou *a casa* : ex. Je resterai tout le jour chez moi, *starò tutto il giorno in casa* ou *a casa*, et non *da me*; vous me trouverez chez moi, *mi troverete in casa*, et non *da me*. En ce cas, il vaut mieux supprimer le possessif *mia*, qui se sous-entend, lorsque l'on parle de sa maison. Pareillement, *il va chez lui*, *ils vont chez eux*, etc. se dira *va a casa*, ou *a casa sua*, *vanno a casa loro*, et jamais *da lui*, *da lei*, *da loro*. Mais, si je dis à quelqu'un *allez chez lui*, *chez elle*, je puis employer l'une ou l'autre expression, savoir *andate da lui* ou *a casa sua*, etc. On peut voir par là, que *da me*, *da te*, etc. ne sont pas toujours synonymes de *a casa mia*, etc. On peut dire sous les exceptions que je viens de faire remarquer :

Chez moi, *a casa mia* ou *da me*,
Chez toi, *a casa tua* ou *da te*,
Chez lui, *a casa sua*, ou *da lui*,
Chez elle, *a casa sua* ou *da lei*,   } ou bien *in casa mia*, etc.
Chez nous, *a casa nostra* ou *da noi*,
Chez vous, *a casa vostra* ou *da voi*,
Chez eux, *a casa loro* ou *da loro*,
Chez elles, *a casa loro* ou *da esse*,

Quand *chez* est suivi du nom au lieu du pronom, on dit *a casa di*, *del*, etc. : ex. Chez mon frère, *a casa di mio fratello* ou *da mio fratello*; chez Monsieur N. *dal Signor N.* ou *a casa del Signor N.*

NOTA. — 1°. La propriété de la langue Toscane exige qu'à la place de *di*, *del*, etc. on mette l'article *il* ou *questo*, quand le génitif, qui dépend de *casa* est un nom appellatif; et on lit dans Boccace, *a casa il padre*, chez le père; *in casa il medico*, chez le médecin; *in casa questi usurai*, chez ces usuriers; au lieu de, *a casa del padre*, *del medico*, *di questi usurai*. Est-ce là une ellipse ou autre figure grammaticale? c'en est assez de savoir que cette manière est propre à la langue. — 2°. De chez se rend par *di*, *da*, ou *dalla*, *casa* : ex. Il est sorti de chez moi à sept heures, *è uscito di casa mia a sett'ore*. — 3°. Quand le verbe qui accompagne la préposition denote possession, il vaut mieux supprimer en Italien les pronoms personnels : ex. J'ai chez moi un serin, *ho un canario in casa*; il tient deux chiens chez lui, *tiene due cani in casa*. — 4°. Quand *chez* ne signifie pas une maison, mais une boutique, il doit se rendre par *bottega* ou par *da* : ex. Nous irons chez un marchand de bas, *andremo alla bottega d'un mercante di calze* ou *da un mercante di calze* à moins que l'on n'allât à la maison et non à la boutique. Enfin *chez*, dénotant des nations, se rend par *presso* ou *appresso* : ex. Chez les Romains, chez les nations policées, *presso i Romani*, *presso le nazioni colte*. Dans ces phrases les mots *casa* ou *da* seroient tout-à-fait déplacés.

N 4

EN. Ce mot sert tantôt de pronom relatif, tantôt de préposition ;
comme l'on peut voir dans ces deux vers : « Cherche à suivre
» *en* tout point la sage tempérance : un corps robuste et sain *en*
» est la récompence. » Où le premier *en*, est préposition le second
est un pronom, relatif à *tempérance*. J'ai assez parlé de *en* pronom.
J'ai aussi observé, que le mot *en* se rend régulièrement par *in*,
quand il accompagne les noms ; par *ne* quand il se trouve avec les
verbes ; et qu'il ne s'exprime que très-rarement avec les gérondifs.
J'ajoute à présent 1°. Que dans ces exemples, *je vous parle* EN
honnête homme ; *elle est habillée* EN *paysanne* ; *j'ai été traité* EN *prince*,
EN se rend en Italien par *da*, jamais par *in*, et l'on dit : *vi parlo* DA
galant'uomo, *è vestita* DA *contadina* ; *sono stato trattato* DA *principe* —
2°. Qu'en *le, la*, etc. se rend par *nel, nella*, etc.: ex. En l'absence,
nell' assenza.

DANS ou EN. CES prépositions, lorsqu'elles servent de mesure
au temps, s'expriment en Italien par *in*, si elles accompagnent un
temps passé ; et par *fra* ou *tra* si elles se lient avec un futur : ex.
Il alla à Richemond dans une heure, *andò a Richemond* IN *un' ora*,
et non pas FRA *un ora*. Il arrivera à Londres dans deux jours, *arriverà a Londra* FRA ou TRA *due giorni*. Que si, dans le second cas,
il n'étoit question que de la rapidité de la marche, l'on se serviroit
aussi de la préposition *in* : ex. Je parie qu'il arrivera à Londres dans
deux heures, *scommetto che arriverà a Londra in due ore*. Hors de ce
cas on doit employer *fra* ou *tra* avec le futur.

VIS-A-VIS, *dirimpetto, a fronte, a petto*, gouverne le datif. Cependant il faut remarquer, que, *a petto* sert aux comparaisons des personnes, et *dirimpetto* aux positions des choses. Ainsi Bocace, en
parlant d'un médecin ignorant, dit ; G. 8, N. 9 : *egli non ha in
questa terra medico che s' intenda d'orina d'asino*, A PETTO *a costui*, il n'y
a pas dans cet endroit un medecin qui se connoisse en urine d'âne,
comme celui-ci. Au contraire, le même écrivain, parlant de la position des choses, dit, N. 7 : *dirimpetto all' uscio della camera*, vis-à-vis
la porte de la chambre —Les prépositions *allo 'ncontro, di contra* et
di contro, sont synonymes de *dirimpetto*, et s'emploient quelquefois
avec le datif ; d'autres fois adverbialement sans cas, etc. *Vede di contra
levarsene un altro* (monte) *più scosceso* Nicolai pag. 127, il voit en
face s'élever une montagne plus escarpée. Enfin j'observe, 1°. que
les prépositions *fra* ou *tra* entre ; *contro* ou *contra* ; *dopo* après ; *avanti*,
avant ; *senza*, sans ; *sopra*, sur ; aiment à être suivies de la particule *di*, lorsqu'elles précèdent un de ces pronoms ; *me, te, se, noi,
voi, lui, lei, loro*. Ex. *Sino ad ora non è stata* FRA DI NOI
una torta parola, Firenzuola, jusqu'à présent il n'y a pas eu entre
nous un mot de travers. Ainsi *contra di te*, Petr., *dopo di te, avanti di lui*. Boc. Cela n'empêche pas que ces prépositions ne gouvernent
aussi d'autres cas, comme nous allons le voir—2°. *su* synonyme de

sopra sur, se trouve quelquefois précédé de la préposition *in*, pour un certain agrément de la langue Toscane. Ex. *In sulle spalle*, Firenz. sur les épaules; *in su quelle pile*, Lasca, N. 6, sur ces pilastres; et N. 7, *egli non seppe, in su quel subito, pigliare schermo niuno*, il ne sut, dans une telle surprise, prendre aucune mesure.

§ II.

De quelques autres Prépositions, qui intéressent la Composition Italienne et l'intelligence de nos meilleurs Ecrivains.

À CAUSE DE, *a rispetto* ou *per rispetto*, gouverne le génitif: ex. *Certo la dottrina di qualunque altro è tarda*, A RISPETTO DELLA *tua*, Boc. G. 7, N. 4, certes la doctrine de tout autre est peu de chose auprès de la tienne; et, G. 2, N. 8, *per rispetto* DELLA *madre di lui*, à cause de sa mère.

À CÔTÉ DE, *accanto, accosto, allato*. La préposition *accanto* reçoit ordinairement le datif, et quelquefois le génitif: ex. *Un tempio accanto* AL *mare*, Bembo, un temple à côté de la mer; *volagli intorno* E GLI *sta sempre* ACCOSTO, Ariosto, il vole autour de lui et reste toujours à ses côtés; ALLATO ALLE *camere*, Boc. à côté des chambres; et avec le génitif, G. 9, N. 6, *la quale*, ALLATO DEL *letto ove dormiva, pose la culla*, laquelle mit le berceau à côté du lit où elle dormoit.

APRÈS, *dopo*. Accusatif et datif, et, quelquefois, génitif: ex. *Dopo alquanti di*, Boc. après quelques jours; DOPO *a questo*, Boc. après cela; *prego che io dopo* DI *te non rimanga*, s. Greg. L. 1, N. 18, je souhaite de ne te pas survivre.

AVANT, DEVANT, *avanti, davanti, innanzi*, etc. accusatif, datif; quelquefois le génitif: ex. *Avanti ora di mangiare*, Boc. N. 7, avant l'heure du repas; et, G. 2, N. 3, *camminando ora avanti, ora appresso*, ALLA *sua famiglia*, marchant tantôt avant, tantôt après sa famille; et Filoc. lib. 7, *andò al diserto, ove Giovanni avanti* DI *lui era venuto per annunziarlo*.—AVANTI, DAVANTI, signifiant *en présence*, datif et accusatif: ex. *Davanti* AL *papa*, Boc. en présence du pape; et, ibid. N. 3, *passando un giorno davanti* LA *casa*, en passant un jour devant la maison.

AU BAS, *appiè*, génitif. *Appiè* DELLA *scala*, au bas de l'escalier.

AU MILIEU DE, *in mezzo*, génitif plus communément, et l'accusatif: ex. *In mezzo* DI *loro fattala sedere*, Boc. G. 2, N. 7, l'ayant faite asseoir au milieu d'eux; et, Pétr. Son. 272, *con rifrigerio in mezzo* 'L *fuoco vissi*, j'ai vécu au milieu du feu avec quelque plaisir.

AUTANT QUE, AUSSI QUE, *quanto*. *Autant que* sont en François un adverbe et une conjonction, auxquels répond en Italien *quanto*, qui gouverne l'accusatif : ex. QUANTO *me, puote essere alcun dolente, ma più no*, Boc. Fiam. L. 1, N. 51, on peut être aussi triste que moi, mais pas davantage.—*Quanto* s'emploie aussi pour, exprimer *pour ce qui appartient* ou *regarde* ; et alors il est suivi du verbe *essere* : ex. QUANTO *è al nostro giudicio*, G. 4, N. 7, pour ce qui regarde notre avis ; et, G. 4, in princ. QUANTO *è a me, non m'è ancora paruto vedere alcuna così bella*, pour ce qui me regarde, je ne crois pas en avoir vu aucune aussi belle.

AUTOUR, *attorno, dattorno, intorno, d'intorno*. Dat. : ex. A LEI *d'intorno si misero*, Boc. G. 2, ils se mirent autour d'elle ; et, Ib. *Dattorno* A *costoro*, autour de ceux-ci.

EN DEÇA, DEÇA, *di quà* ; AU DE LA, *di là*, l'ablatif, avec l'article *da, dal*, etc. : ex. *Il qual motto passato di quà* DA *mare, dura ancora*, Boc. G. 3, N. 10, ce proverbe, étant passé au-deça de la mer, dure encore ; et, Pétr. canz. 22, *e già di là* DAL *rio passato è il merlo*, et le merle est déja passé au-delà du ruisseau.

DEDANS, *dentro* ou *entro*, plus souvent avec le datif, et il s'emploie aussi avec l'accusatif : ex. *Dentro* A *'delicati petti*, Boc. Intr. dans les cœurs sensibles ; et, Dante Purg. c. 30, *dentro* UNA NUBE, dans une nuée. *Entro* s'emploie plus communément avec l'accusatif : *Entro* IL *mio letto*, Boc. dans mon lit. Quelquefois avec le datif. *Entro* ALLE *mura*, Pét. en dedans des murs.

DEHORS, *fuori* et *fuora*. Génitif : ex. *Fuor* DELLE *mani di coloro*, Boc. hors de leurs mains.

DERRIÈRE, *dietro* ; PAR DERRIÈRE, *di dietro*. Datif : ex. *Dietro* A *lei vide venire*, Boc. il vit venir derrière elle.

DESSUS LE, *di sopra* ; DESSOUS LE, *di sotto*. Datif : ex. *Parvemi vedere di sopra* ALLE *montagne un lume*, Laber. N. 352, il me parut voir une lumière sur les montagnes ; et, G. 10, N. 2, *in una corte che di sotto* A *quella* (sala) *era*, dans une cour qui étoit au-dessous de la salle. Ces prépositions s'emploient quelquefois avec le génitif : ex. *Il delfino salta sopra* DELL' *acqua*, Tesor. Brun. liv. 4, c. 5, le dauphin saute au-dessus de l'eau ; et, Pier. Crescen. liv. 2, c. 16, *quando il calore del sole leva in alto l'umore di sotto* DELLA *terra*, quand la chaleur du soleil attire à lui les vapeurs de la terre.

ENTRE, PARMI ; *fra* et *tra*, accusatif : ex. *Tra* LA *più folta erba*, Boc. Fiam. L. 1, entre l'herbe la plus épaisse ; et, Amet. *tra'l si e'l no*, entre l'oui et le non ; et, Filoc. l. 3, *io lasciai la pecorella tra rapaci lupi*, j'ai laissé la brebis parmi des loups ravissans. — NOTA. Ces mots *fra me*, en moi-même ; *fra se*, en lui-même, annoncent la disposition de l'esprit.

ENVIRON, AUTOUR, PRÈS, *circa*. Quoique Bocaçe ne se soit jamais servi de cette préposition, au lieu de laquelle il emploie *forse, intorno*, etc. malgré cela, d'autres auteurs du bon siècle en ont fait usage avec le génitif, le datif, ou l'accusatif : ex. *Una puntata che* è *circa* DI *tre braccia*. Pier. Cresc. liv. 1, c. 8, une encoignure qui a près de trois brasses ; et, Mat. Vil. liv. 11, c. 4, *circa* A *dieci mila fiorini d'oro*, environ dix mille florins d'or ; et, Dante Parad. c. 12, *volgonsi circa* NOI *le due ghirlande*, les deux couronnes se tournent autour de nous.

EXCEPTÉ ou HORMIS, *eccetto*, *salvo*, *fuori*, *in fuori*. Eccetto et *salvo* reçoivent l'ablatif ou, pour mieux dire, le cas qui répond à l'ablatif absolu des latins, où bien la particule *se* : ex. *Eccetto aliquanti Italiani*, Filip. Vil. l. 11, c. 4, excepté quelques Italiens ; et, Gio. Vil. l. 3, c. 5, *rendegli la signoria di Lombardia*, SALVO LA *Marca Trevigiana*, il lui rendit la seigneurie de Lombardie, excepté la Marche Trévisane ; et, Boc. nov. ult. *salvo se egli nol ti comandasse*, excepté qu'il ne te le commandât pas. — *Fuori* reçoit après, *che* ou *solamente* : ex. *Niuno segnale il vide*, FUORCHE *uno*, etc. Boc. G. 2, n. 9, il ne vit aucun signal, excepté un ; et, G. 5, N. 5, *quella* (casa) *trovò abbandonata* FUOR SOLAMENTE *da questa fanciulla*, il trouva cette maison abandonnée de tout le monde, hormis de cette enfant. *In fuori* se construit, en lui faisant précéder la chose exceptée, avec la préposition DA : ex. *Maestro alcuno non si trovò*, DA DIO IN FUORI *che ogni cosa faccia bene*, Boc. Conc. il n'y a point de personne qui fasse tout bien dans sa perfection, excepté Dieu.

JOIGNANT LE, *rasente*. Cette préposition sert d'ordinaire avec l'accusatif, et quelquefois avec le datif : ex. *S'innestano in pedale rasente* LA *terra*, Cresc. l. 5, c. 10, s'entent dans le tronc à rase terre ; et, Franco Sacchetti, nov. 129, *rasente* A *quella pentola*, joignant le pot.

JUSQUE, *fino*, *infino* ou *sino*. Ces prépositions s'emploient avec l'article du datif *a*, *al*, etc. : ex. *Fino* ALLA *cosa illuminata*, Dante, jusqu'à la chose éclairée ; et, Boc. *sino* ALLE *stelle*, jusqu'aux étoiles. Ces prépositions se trouvent quelquefois suivies d'une autre préposition : ex. *Il corpo si serbò* FINO NEL *dì seguente*, Mat. Vil. l. 9, c. 43, le corps fut gardé jusqu'au jour suivant ; Boc. G. 10, N. 9, *infin* VICIN DI *Pavia*, jusque près de Pavie.

LE LONG DE, *lungo*, accus. dat. : ex. *Lungo* S. MARIA *della Scala*, Boc. G. 8 : N. 9, le long de Ste Marie de la Scala ; et, G. 7, N. 3, *conciofossecosachè la sua camera fosse lungo* LA *via*, étant sa chambre le long de la rue ; et, ib. *lungo* AL *pelaghetto talvolta postisi*, s'étant mis quelquefois le long du petit lac.

LOIN DE, *lungi*, *lontano*, *discosto*, communément l'ablatif, rarement le datif : ex. *Il tuo celliere dee essere, lungi* DA *bagno, e* DA *stalla, e* DA *forno*, Brunet. Tesor. l. 3, c. 6, ton cellier doit être loin du bain, de l'écurie, et du four ; et, Bembo, asol. *poco* DA *lui discosto*, étant un peu éloigné d'elle ; et, Dante, *non molto lungi* AL *percuoter dell'onde*, tout près du bord de l'eau.

OUTRE, AU-DELA, *oltre*, datif, accusatif : ex. *Oltre* A *ciò*, Boc. et Pétr. *oltre* LE *belle bella*, la plus belle des belles.

PRÈS, PROCHE, *presso*, *di presso*, *vicino*, reçoivent ordinairement le datif comme *accanto*, à côté ; et quelquefois le génitif ou l'accusatif : ex. *Assai presso* A *Salerno*, Boc. G. 2, N. 4, fort près de Salerne ; et, Gio. Vill. *di presso* A *quella terra*, près de cette terre ; *assai presso* DELLA *torricella*, Boc. G. 8, N. 7, fort près de la tourelle ; et, G. 8, N. 9, *infin presso* LE *donne di Ripole il condusse*, il le conduisit jusque près des femmes de Ripole. — *Vicino* gouverne le datif et le génitif : ex. *Vicino stava* ALLA *torricella*, il étoit près de la tourelle, G. 8, N. 7 ; et G. 3, N. 4, *Vicino* DI *S. Brancazio*.

SANS, *senza*. Cette préposition gouverne l'accusatif, ou le cas qui répond au *sine* des Latins ; quelquefois l'infinitif ou la préposition *di* : ex. *Di questa vita senza* TESTIMONIO *trapassavano*, Boc. Intr. ils passoient de cette vie sans l'assistance de personne ; et, G. 4, N. 6, *senza dal nostro proposito* DEVIARE, sans nous détourner de notre propos ; et, Amet. *io vaglio molto meno senza* DI *te*, je vaux bien moins sans toi.

SUIVANT, *giusta*, *giusto*, *secondo*, accusatif : ex. *Giusta* IL *suo parere*, Boc. suivant son avis ; *giusto* IL *poter nostro*, Mat. Vill. liv. 1, c. 34, suivant nos forces. — *Giusto* a aussi le datif : ex. *Facendo a lui*, *giusto* AL *potere*, *onore*, Teseid. l. 6, n. 34, l'honorant de toutes ses forces. — *Secondo*, signifiant ce que comportent les forces ou les qualités d'une personne ou bien d'une chose, reçoit l'accusatif sans article : ex. *Era ben vestita*, *e* SECONDO SUA PARI *ben costumata*, Boc. G. 9, N. 5, elle étoit bien habillée, et sa manière d'agir répondoit à son rang ; et, G. 3, N. 1, *secondo uom di villa*, en homme de campagne ; et, G. 10, N. 9, *e quivi* SECONDO CENA SPROVVEDUTA *furono assai bene e ordinatamente serviti*, et ils y furent très-bien et très-régulièrement servis pour un souper imprévu.

SUR, *sopra* ou *su*, accusatif, génitif. — NOTA. *Su* se lie avec l'article, et il en double la consonne. Que si *su* est suivi d'une voyelle, il se dit bien souvent *sur* : ex. *Gli parve in* SULLA *mezza notte sentire d'in* SUL *tetto della casa*, *scendere nella casa persone*. Boc. G. 3, N. 7, il lui parut vers minuit entendre descendre dans la maison des personnes de dessus le toît de la maison ; et, Pier. Cresc. l. 10, c. 33, SUR *un bastoncello piccolo*, sur un petit bâton.

TOUCHANT LE, *in riguardo* ou *intorno*, avec l'article du datif *a*, *al*, etc. Cette préposition s'exprime aussi par *quànto*, avec l'article du datif, pour dénoter *pour ce qui regarde* : ex. *Io sono assomigliato al loto* QUANTO ALLA *concezione e* AL *nascimento* ; *e alla favilla del fuoco* QUANTO ALLA *vita* ; *e alla cenere* QUANTO ALLA *morte* ; Passav. f. 181 : je tiens à la boue quant à la conception et à la naissance ; à l'étincelle du feu quant à la vie ; et à la cendre quant à la mort.

VERS, *verso*, *inverso*. Quand cette préposition se rapporte au temps ou au lieu, elle prend l'accusatif: ex. *Verso* LA *sera*, Gio. Vill. — Quand elle sert à une comparaison, elle gouverne le génitif: ex. *Inverso* D'*ella ogni dimostrazion mi pare ottusa*, Dante Parad. c. 24, à son égard toute démonstration ne me paroît pas frappante.

De la Syntaxe des Adverbes.

L'ADVERBE, quoique partie indéclinable du discours, est susceptible de quelques variations, sur-tout lorsqu'on le compare avec l'adverbe François. L'office de l'adverbe est de particulariser la signification du verbe, comme celui de l'adjectif d'exprimer les qualités du substantif. Et comme du positif *dotto*, savant, se forme le comparatif *più dotto*, plus savant, et le superlatif *dottissimo*, très-savant, ainsi de l'adverbe positif *dottamente* savamment, est formé l'adverbe comparatif *più* ou *meno dottamente*, plus ou moins savamment; et le superlatif *dottissimamente*, très-savamment. Pareillement de l'adjectif *felice*, heureux, viennent les trois degrés de l'adverbe *felicemente*, heureusement; *più felicemente*, plus heureusement; et *felicissimamente*, très-heureusement; etc. Cependant les adverbes, qui ne sont pas dérivés d'un adjectif, ne sont ordinairement susceptibles ni du comparatif, ni du superlatif. Tels sont les adverbes de temps, de lieu, de mesure d'ordre, et les adverbes affirmatifs ou négatifs; comme *oggi*, aujourd'hui; *domani*, demain; *qui*, ici; *meno*, moins; *troppo*, trop; *abbastanza*, assez; *a vicenda*, mutuellement; *si*, oui; *mai* ou *giammai*, jamais, etc. Mais *assai*, beaucoup, a le superlatif *assaissimo*.

NOTA.—1°. Les abverbes *bene*, bien, et *male*, mal, ont leurs comparatifs et superlatifs propres; car, *bene* fait au comparatif *meglio*, et au superlatif *ottimamente* ou *benissimo*, très-bien. *Male*, mal, fait *peggio* au comparatif, et *pessimamente*, très-mal. J'ajoute que, *de mon mieux*, *de son*, *de ton*, *de leur*, etc. mieux, se dit invariablement *alla meglio*, ainsi que *au pire* se dit *alla peggio*. *De mieux en mieux* se dit en Italien DI BENE IN MEGLIO; et *de pis en pis*, DI MALE IN PEGGIO, jamais *di meglio in meglio*, etc. 2°. Il y a des mots qui tantôt sont employés comme adverbes, tantôt comme prépositions. Pour les bien distinguer, il faut observer si ces mots ont un cas; car, s'ils ont un cas, ils sont des prépositions; s'ils n'en ont pas, ils sont des adverbes. Ainsi on lit, G. 2. N. 5. Or *via mettiti avanti*, io ti *verò* APPRESSO, allons va en avant, je te suivrai. Ici *appresso* est une préposition, parcequ'il est accompagné du cas *ti*. Le même mot *appresso*, n'ayant aucun cas, est placé comme adverbe. Ibid. nov. 5. *Dalla madre della giovane prima*, e AP-PRSESSO *da Currado soprapresi furono*, ils furent surpris premièrement par la mère de Currado, et après par Currado. Il en est de même de *allato*, avant; et à proportion, de *poco*, *molto*, *solo*, *forte*, *presto*, etc. Enfin, il arrive quelquefois que le même mot, comme *bene*, est susceptible de trois différentes significations ; car , si je dis *avete fatto* BENE , vous avez bien fait, ce mot est un adverbe. Dans cet exemple, *di su* , *alto* , BENE , *escine* , Firenz. *Trinuz* , allons , parle , prends courage, tire-toi d'affaire : *bene* est une interjection qui répond à le *eja* des Latins. Le même mot n'est qu'une particule ou un *ripieno* qui affirme et ajoute de l'évidence au discours, dans cette phrase, *vide venire* BEN *venti lupi.* Boc. G. 3. N. 3. — Ces remarques sont nécessaires, non seulement pour éviter les équivoques, mais encore pour ne rien perdre de la force et des beautés de la langue ; car, en parlant du dernier exemple, je ne saurois trouver aucune expression qui réponde à cette particule d'évidence BEN.

Je vais maintenant parler de quelques adverbes, dont la construction est très-remarquable, en la comparant avec la construction Françoise : car, *beaucoup* se dit en Italien *molto* ; combien , *quanto* ; trop, *troppo* ; tant, *tanto* ; peu, *poco* : et ces mots , étant considérés d'une manière isolée , ne sont que des adverbes dans les deux langues. Mais, lorsque ces adverbes sont suivis en François de la particule *de* , et d'un substantif, l'adverbe Italien se change en un vrai adjectif, qui doit s'accorder avec son substantif en genre et en nombre , et la particule *de* se perd comme dans ces exemples :

Beaucoup de plaisir, *molto piacere.*	Trop d'amis, *troppi amici.*
Beaucoup de peine , *molta pena.*	Trop de fois , *troppe volte.*
Beaucoup de messieurs , *molti signori.*	Tant de pain , *tanto pane.*
	Tant de fatigue , *tanta fatica.*
Beaucoup de dames, *molte signore.*	Tant de chevaux, *tanti cavalli.*
Combien de temps , *quanto tempo.*	Tant de personnes , *tante persone.*
Combien de papier , *quanta carta.*	Peu d'argent , *poco denaro.*
Combien d'écoliers, *quanti scolari.*	Peu de patience , *poca pazienza.*
Combien de visites , *quante visite.*	Peu de soldats , *pochi soldati.*
Trop de vin, *troppo vino.*	Peu de lettres , *poche lettere.*
Trop de liberté, *troppa libertà.*	

Cependant, si les adverbes s'emploient substantivement, la particule Françoise *de* s'exprime par *di.* Ainsi *poco* , peu , *tantino* , tant soit peu , sont regardés comme des substantifs, lorsqu'ils sont précédés de l'adjectif *uno* , un ; et l'on dit *un poco* DI *pane* , un peu de pain ; *un tantino* DI *sale* , un tant soit peu de sel. Il y a d'autres adverbes qui s'emploient substantivement, sans avoir aucune autre marque de substantif que la particule *di* qui les suit : ex. *Assai* DI *bene e* DI *lode ne dissero,* Boc. ils en dirent beaucoup de bien , et ils en firent beaucoup d'éloges ; *assai più* DI *conoscimento hanno che i giovani,* (ibid.) ils ont plus de-

connoissance que les jeunes gens; et, Bembo, è il vero, che, comunque *noi ricevendolo* (l'amore) *nell' animo, gli lasciamo aver piè, e nella nostra volontà far radici, egli* TANTO *prende* DI *vigore da se stesso, che poi, nostro malgrado vi rimane, con tante e si pungenti spine affliggendoci,* Asol. lib. i.

NOTA. — 1°. *Bien de* s'exprime aussi comme *beaucoup de*, savoir, par *molto*, etc. *Pas de*, ou *point de*, s'expriment par la négation qui les précède : ex. Je n'ai pas d'argent, *non ho denari*; il n'a point de maison, *non ha casa*. Il en est de même de ces expressions, *moins* DE *paroles*; il y avoit *plus* D'*hommes que* DE *femmes*, etc. où le DE qui dépend des adverbes de comparaison *plus* ou *moins*, se supprime quelquefois en Italien, ainsi que l'on supprime les mêmes particules *de*, *des*, lorsqu'elles se trouvent après une préposition (page 152); et l'on traduira les exemples ci-dessus par *meno parole*; v' erano più uomini, che donne, et non *più d' uomini* etc.

2°. ALQUANTO, *un peu*, s'emploie, 1°. comme adverbe de temps, de lieu, de qualité diminutive : ex. *Ella stata* ALQUANTO, Boc., s'étant arrêté un peu; ALQUANTO *lontano*, un peu éloigné; *essendosi la tempesta* ALQUANTO *acchetata*, la tempête s'étant un peu calmée. 2°. Comme substantif du masculin ou du féminin, et en ce cas il ne s'emploie qu'au pluriel; ce que les Latins exprimoient par *aliquot* : ex. *Alquanti*, quelques-uns; *alquante*, quelques-unes. 3°. Comme substantif neutre (Lat. *aliquantum*), et alors il ne s'emploie qu'au singulier, et il est suivi de la particule *di* : ex. *Chi alquanto non prende* DI *tempo avanti*, etc. Boc. G. 1., celui qui ne prend pas un peu de temps avant de... Enfin, *alquanto* prend toutes les inflexions des adjectifs comme dans les exemples ci-dessus; car on lit *alquanto spazio*, un peu d'espace; *alquanta compassione*, un peu de compassion; *alquanti uomini*, quelques hommes; *alquante lagrime*, quelques larmes. — Je vais joindre à ces observations, quelques-unes sur les adverbes, dont la construction ou l'emploi demande des éclaircissemens.

NON et NO, *non*, *ne pas*. Quoique *non* et *no* soient des synonymes, il n'est pas permis de s'en servir indifféremment; car *non* s'emploie avec les verbes : ex. NON *voglio*, je ne veux pas; *voi* NON *sapete*, vous ne savez pas, etc. et NO *voglio*, NO *sapete*, seroient des solécismes. Pour que l'on fasse usage de *non*, il n'est pas nécessaire que le verbe suive immédiatement chaque substantif dans la phrase : ex. NON *i grandi palagi*, NON *le ampie possessioni*, NON *la porpora*, NON *l'oro*, FANNO *l'uomo onorare*, ce ne sont ni les grands palais, ni les vastes possessions, ni la pourpre, ni l'or, qui rendent l'homme respectable. Lorsque la négation n'accompagne pas le verbe, on fait généralement usage de *no* : ex. *No certo*, non certainement; *come no?* comment non? *perchè no?* pourquoi non? *signor, no*, non, monsieur, etc. — Cependant il faut remarquer que l'on emploie la négative *no*, 1°. lorsqu'elle se trouve en opposition avec la particule affirmative *si*, exprimée ou sous-entendue: ex. *Ripondi si o no*, répond oui ou non ; *o volessero o no*, Boc., qu'ils voulussent ou non. — 2°. Quand il y a deux négations répétées dans la même phrase : ex. NON *scese* NO, *precipitò di sella*, TASSO, il ne descendit pas, mais il se précipita de la selle. — 3°. Lorsque la négative est précédé de l'article IL, ou de la particule DI : ex. *Il si, il no*, le oui, le non ; *dir di no, scommetter di no*, etc. dire que non, parier que non , etc. — J'ajoute que NOL, au lieu de *non lo* (*lo*, pronom abrégé de *quello*), est fort usité par les prosateurs et par les poëtes : ex. *Quantunque la gióvane, sua campagnía rifiutasse, mai partir* NOL *potè*, Boc. G. 5, N. 1, quoique la jeune personne refusât sa compagnie , elle ne put jamais l'éloigner d'elle.

NÈ, *ni*, adverbe négatif, s'emploie quelquefois, 1°. au lieu de la conjonction E, *et* : ex. *Voi non siete la prima, nè sarete l'ultima, la quale è ingannata ;* N'E *io non v'ho ingannata per torvi il vostro*, etc. Boc. G. 3, N. 8 , vous n'êtes pas la première qui ait été trompée , et vous ne serez pas la dernière ; et ce n'est pas pour avoir votre bien que je vous ai trompée, etc. — 2°. Pour la conjonction alternative O, *ou* ; Lat. *aut* : ex. *Io mai non mi sono accorto, che in parola* NE *in fatto dal mio piacer partita ti sii*, G. 10, N. 10, je ne me suis jamais apperçu que tu m'aies désobligé en faits ou en paroles.

NON CHE, *non seulement*, etc. Lat. *non solum.* — A *non che* répond ordinairement la particule MA, *mais*, exprimée ou sous-entendue. Cet adverbe sert le plus souvent à la gradation directe du discours, de sorte que le membre de la période, qui tient à *non che*, annonce le moins, et le membre suivant exprime le plus. Pour bien entendre l'exemple que je vais donner de la construction de cet adverbe , il faut savoir que les Florentins, voyant se former deux puissantes factions parmi les premiers citoyens de Pistoie, et craignant que cela pût avoir des suites fâcheuses , rappellèrent les chefs des deux partis à Florence, et ils les distribuèrent dans leurs familles. Cela, loin de produire l'effet desiré, c'est-à-dire , de calmer les factieux , ne fut qu'un germe d'une nouvelle discorde parmi les Florentins eux-mêmes , qui prirent part aux mêmes contestations. L'issue de cet événement est exprimé par Gio. *Villani* en ces termes : *Per la qual cosa e gara cominciata,* NON CHE *i Cancielieri per i Fiorentini si riconciliassero insieme,* MA *i Fiorentini per i Cancielieri furono divisi e partiti.* Lib. viii. c. 37. Voyez *La Guida alla Pronunzia*, etc. prosa 5. — La gradation de *non che* est souvent inverse dans les phrases négatives ; car l'on commence ordinairement par ce qui est plus , et on finit par ce qui est moins , comme dans cet exemple: *Ne' quali, nè perdita di amici , nè paura di se medesimi, avea potuto amor,* NON CHE *spegnere,* MA *raffreddare*, dans lesquels ni la perte de leurs amis , ni la crainte pour eux-mêmes, n'avoit pu je ne dis pas éteindre, mais même refroidir l'amour. — *Non che* tient quelquefois la place de *quoique*: ex. *Ma che diremo noi di coloro, che mi consigliano, che io procuri del pane ? Cáccianmi via questi cotali,*

qualora

qualora io ne demando loro, NON CHE, *la Dio mercè ! ancora non mi biso-gna*, G. 4, Proem. mais que dirons-nous de ceux que me conseillent de chercher du pain ? Ils me renvoient lorsque je leur en demande, *quoique*, Dieu merci ! je n'en aie pas besoin. — Le même adverbe s'emploie pour *loin de*, sans se rapporter à aucun autre adverbe : ex. *Subitamente svegliata e la vanità del mio sogno conoscendo, quasi contenta d'aver sognato, ringraziava Dio*, NON CHE *io turbata ne rimanessi*, Fiam. lib. iii. m'étant réveillée tout-à-coup, ayant reconnu la vanité de mon songe, loin d'en être troublée, je remerciai Dieu de ce que ce n'étoit qu'un songe.

QUANDO, *quand*, lorsqu'il est répété dans le discours, signifie *tantôt.... tantôt* : ex. *Quando a piè, quando a cavallo*, Boc. tantôt à pied, tantôt à cheval.

DOVE et OVE, *où*, adverbes de lieu fort connus, s'emploient de différentes manières. — *Dove*, au lieu de la conjonction PURCHE, *pourvu que* : ex. *Son presto di farlo*, DOVE *voi una grazia m'impetriate*, G. 5, N. 8, je suis prêt de faire cela, pourvu que vous m'obteniez une grace. — Pour *tandis que* : ex. *Oimè, marito mio ! perchè fai tu tener me rea femmina*, DOVE *io non sono ?* G. 7, N. 8, ah, mon mari ! pourquoi me fais-tu passer pour une mauvaise femme, tandis que je ne le suis pas ? — Lorsque *dove* se lie avec un article ou avec un adjectif, il signifie *luogo*, lieu : ex. IL DOVE *in niuna maniera ricordar si poteva*, G. 2, N. 7, il ne pouvoit se souvenir aucunement de l'endroit ; et, *per ogni dove*, en tout lieu. — Cet adverbe, ainsi que LADDOVE, s'emploient aussi comme particules adversatives : ex. *Per Ser Ciappelletto era cono-sciuto per tutto*, LADDOVE *pochi per Ser Ciapperello il conoscieno* (co-noscévano), N. 1, il étoit connu par-tout sous le nom de *Ser Ciap-perello*. — *Dove* a quelques autres significations, qu'il ne sera pas difficile de connoître par le sens et par ce que je viens de dire.

VOILA et VOICI, *ecco*. Cet adverbe, étant accompagné des pro-noms, ne forme avec eux qu'un seul mot, et il en est toujours suivi : ex. Me voilà *ou* me voici, *eccomi* ; te voilà, *eccoti* ; le voilà, le voici, *eccolo* ; la voilà, la voici, *eccola* ; nous voilà, *eccoci* ; vous voilà, *ec-covi* ; les voilà, masc. *eccoli*, fém. *eccole*.

QUI et QUA, *ici*, c'est-à-dire, dans le lieu où la personne parle. Il y a cette différence entre ces deux adverbes, que *qui* marque avec circonspection l'endroit où l'on est, comme une chambre, une mai-son, une église, une ville ; *qua* désigne le même lieu, en lui donnant plus d'étendue, et même le mouvement vers le lieu où l'on est. Voyez Buom, trat. 16, cap. 7. Ainsi, Pampinée (Boc. Introd.), étant dans l'église de S. Maria Novella, au temps de la peste de Florence ; et, par-lant aux dames de sa compagnie, leur dit ainsi : *Noi dimoriamo* QUI *non altrimenti che se esser volessimo testimone di quanti corpi morti ci sieno alla sepoltura recati, o d'ascoltare, se i frati di* QUA *entro, alle debite ore cantino i loro uffizi ;* il me semble que nous demeurons ici comme

O

si nous voulions être témoins du nombre des corps que l'on porte à la sépulture, ou observer si les moines de la maison, chantent leurs offices aux heures prescrites. J'observe que Pampinée se sert de *qui* en parlant de l'église où elle étoit, et que, pour désigner le logement des moines attachés à l'église, elle fait usage de *quà*.

Costì et *costà*, dans ce lieu, en Latin *isthic*. Ces adverbes déterminent le lieu à proportion de *qui* et *quà* ; car *costì* annonce un lieu avec précision, *costà* désigne le même lieu dans un sens moins déterminé, et il convient aussi au mouvement vers le lieu.

Là, *colà*, dans celieu-là, Lat. *illic*.

NOTA. Dans les mots composés on se sert de *quà* et de *costà*, et non pas de *qui* ou de *costì*, et l'on dit *quassù costassù*, *quaggiù*, *costaggiù*, et jamais *quissù*, etc.

De la Syntaxe de la Conjonction.

LES conjonctions servent à unir les périodes, les phrases et les mots, et pour cela elles se placent aussi bien au commencement qu'au milieu de la période. Il n'est pas ici question des cas gouvernés par les conjonctions, car elles n'en gouvernent aucun; mais il s'agit des temps et des modes qu'elles régissent, et des différens sens dans lesquelles la même conjonction peut s'employer.

SE, *si*, s'unit à l'indicatif et au conjonctif : ex. *Se tu vuoi*, Boc. si tu veux ; *se voi il faceste* (id.), si vous fassiez cela.

QUANDO, *quand*, signifiant SE, *si*, ou PURCHE, *pourvu que*, reçoit le subjonctif : ex. *Pensossi costui avere da poterlo servire* QUANDO *volesse*, Boc. N. 3, celui-ci crut avoir de quoi le servir en cas qu'il voulût ; et, G. 2, N. 6, *Io voglio alle tue angoscie*, QUANDO *tu medesimo vogli, porre fine*, je veux mettre fin à tes peines, si tu le veux bien.

QUANTUNQUE, *quoique*, gouverne le subjonctif : ex. *Quantunque di Luglio* SIA, Boc. G. 8, N. 7, quoique ce soit en juillet. — BENCHE, *quoique*, communément le subjonctif, plus rarement l'indicatif : ex. *Benchè a me non* PARVE *che voi giudice foste*, G. 2, N. 10, quoiqu'il ne me parut pas que vous fussiez juge. — SEBBENE, *quoique*, le subj. et l'indic. Vocab. de Tur. — COME CH'E, *quoique*, le subjonctif, rarement l'indicatif, Boc. G. 4, N. 10. — Il en est de même de AVVEGNACH'E, *quoique*.

NOTA. *Abbenchè*, au lieu de *benchè*, est un mot barbare, quoiqu'employé par quelques modernes, et il n'est autorisé d'aucun écrivain de poids.

Les conjonctions qui ôtent l'opposition des adversatives sont, *nondimeno*, *contuttociò*, *tuttavia*, *pure*, etc. cependant, néanmoins, toutefois. Elles s'emploient avec l'indicatif.

MA, *mais*, ANZI, *au contraire*, bornent et corrigent le discours, quoique ces conjonctions ne soient précédées d'aucune autre, et pour cela elles se placent parmi les adversatives.

ACCIOCH'E ou AFFINCH'E, *afin*; subj.: ex. *Acciocchè egli niuna sospezion* PRENDESSE, Boc. G. 2, N. 2, afin qu'il ne prît aucun soupçon. — PERCH'E, *pourquoi* ou *parce que*; PERCIÒ, *pour cela*; IMPEROCCH'E, *car*, et autres motivales, s'accordent également aux deux modes.

E, *et*, qui, pour éviter le choc des voyelles, prend quelquefois un *d*, et s'écrit *ed*. Cette conjonction se répète quelquefois avant chacun des mots énumérés, quand on veut ajouter de la force au discours; d'autres fois on l'omet tout-à-fait, quand on veut se tenir à une énumération paisible. En voici deux exemples:

> *L'acque parlan d'amore, e l'ora, e i rami,*
> *E gli augelletti, e i fiori, e i pesci, e l'erba.* Petr. Son. 239.

Les eaux parlent d'amour, et l'air, et les rameaux, et les petits oiseaux, et les poissons, et les fleurs, et l'herbe; et, Son. 262.

> *Fior, frondi, erbe, ombre, antri, onde, aure soavi;*
> *Valli chiuse, alti colli, e piagge apriche.*

ANCHE, ANCORA, EZIANDIO, ALTRESI, *aussi*; DI PIU, INNOLTRE, *en outre*; PARIMENTI, *pareillement*, sont des copulatives qui servent aussi à la continuation du discours.

Les disjonctives O, OVVERO O PURE, O VERAMENTE, *ou*, séparent les parties du discours entre elles. NE, *ni*, quoique naturellement négative, s'emploie quelquefois comme disjonctive; et, dans le fond, cette conjonction est composée de la copulative E, *et*, et de la négative *non*.

Les conjonctions électives désignent le choix d'une chose à préférence d'une autre, ainsi que PIUTTOSTO, *plutôt*. Più presto, anzi, prima où pria, meglio, sont souvent employés dans le sens de *piuttosto*: ex.

> *Ma pria fia verno la stagion de' fiori,*
> *Ch' amor fiorisca in quella nobil alma.* Petr. Mais l'hiver

sera plutôt la saison des fleurs que l'amour ne se fera sentir dans cette grande âme; et, Gio. Vill. l. xii c. 8, *Piccoletto di persona, e brutto e barbucino, parea* MEGLIO *Greco che Francesco*, petit de stature, laid, et presque sans barbe, il paroissoit plutôt Grec que François.

Les conjonctions conclusives servent à tirer une conséquence du discours précédent; comme DUNQUE, ADUNQUE, *donc*, ONDE (quand il n'a point de rapport au lieu); QUINDI, PERTANTO, *c'est pour cela que*; ORA, *ainsi*; IN SOMMA, *enfin*, s'emploient aussi comme conclusives: ex. *Savj pochi si trovano;* ONDE *ne' partiti che si fanno ne' consigli, sempre perdono;* e QUINDI *è che*, etc. il se trouve peu de savans; c'est pour cela qu'ils ont toujours le dessous dans les votes des conseils, et que, etc. Albertan. lib. ii. c. 29.

COME s'emploie quelquefois au lieu de la conjonction transitive *poichè*, après que : ex. COME *a sedere si furon posti, cominciò Messer Riccardo a dire*, G. 2, N. 10, dès qu'ils furent assis, Mons. Richard commença dire. Enfin, j'observe que, lorsqu'une partie du discours s'emploie pour une autre, comme une conjonction dans le sens d'une préposition ou d'un adverbe, alors il faut la nommer suivant l'office qu'elle a. En voici un exemple : *Iddio mi ha fatto tanta grazia, che io, ANZI la mia morte, ho veduto alcuno de' miei fratelli*, G. 2, N. 5, Dieu m'a fait la grace, avant de mourir, de voir quelques-uns de mes frères. Ici *anzi* est préposition, parce qu'il a un cas. — *Attempatetta era e ANZI superba che no*, G. 6, in Princ. elle étoit un peu âgée et tant soit peu orgueilleuse. Dans cette phrase, *anzi che no* (*più tosto che altro*, plutôt qu'autre chose) est un adverbe, parce qu'il modifie le verbe ; et, G. 3, N. 1. *Io era ben così, ma non per natura, ANZI per una infermità*, j'étois ainsi, plutôt par une infirmité que par ma nature. Dans cet exemple *anzi* est une conjonction, parce qu'il unit le discours.

De l'Interjection.

DE toutes les parties du discours, même indéclinables, l'interjection est la plus isolée ; car elle ne se lie avec aucune autre partie du discours, et par conséquent elle ne peut pas avoir, pour ainsi dire, lieu dans la Syntaxe. Il appartient à sa nature de parler le langage des passions et des mouvemens subits de l'âme. Or, l'on ne pourroit guère concilier des mouvemens subits avec un discours suivi. Les interjections varient comme les passions elles-mêmes, et il y en a de plusieurs espèces, comme,

De gaieté et d'approbation, *viva*, vive ; *bene*, bien ; *buono* bon, *bravo* (1).

De douleur, *ah ! ahi ! oimè !* hélas !

De surprise, *oh ! o ! oh !*

De mépris, *puh ! oibò ! via via !* fi !

Pour avertir, *badate*, où *la badi, a voi*, gare gare ; *olà*, hola ; *bel bello, pian pianino*, tout beau, etc.

De prière, *deh ! ah ! di grazia*, s'il vous plait ; *mercè*, ayez pitié.

(1) Comme le mot *bravo* paroît être adopté dans plusieurs pays étrangers pour donner des marques d'approbation, je crois devoir observer que ce mot, quoiqu'il soit employé comme interjection, n'est pas indéclinable, et qu'il faut dire *brava* à une femme ; et à plusieurs, au masculin, *bravi* ; féminin *brave*. On se sert aussi des superlatifs de *bravo* et de *brava* ; savoir, *bravissimo, bravissimi*, au masc. *bravissima, bravissime*, au fém.

Il en est de même de *zitto*, pour demander silence, et de *da bravo*, qui sert pour encourager, comme si l'on disoit, *agissez en habile personne*. Ces trois mots s'emploient suivant leur genre et leur nombre ; savoir, *zitto, zitta, zitti, zitte*, et *da bravo, da brava*, etc. Mais il n'y a que *bravo* ; qui, étant employé comme interjection, reçoive le superlatif.

Pour donner du courage, *su via, da bravo, animo, coraggio*, allons, courage.

Pour demander du secours, *ajuto, ajuto!* à l'aide, à l'aide!

Pour imposer silence, *silenzio, piano*, ou *zitto*, silence.

L'on peut voir, par ces exemples, que l'on emploie quelquefois des adverbes et des noms dans le sens des interjections, comme *bene, buono, silenzio*, etc. Ce que je dirai au sujet des particules de *ripieno* éclaircira de plus en plus cette matière.

DE LA SYNTAXE FIGURÉE.

La langue Italienne, toute simple qu'elle est, est cependant très-riche en figures. Les plus usitées sont au nombre de cinq; savoir, l'ELLIPSE, par laquelle l'on omet quelque partie du discours qui doit se sous-entendre; le PLÉONASME, qui ajoute quelque mot qui pourroit paroître superflu; la SYLLEPSE, qui porte une certaine discordance parmi les parties du discours; l'ENALLAGE, par laquelle on emploie une partie du discours au lieu de l'autre; l'HYPERBATE, qui renverse l'ordre naturel du discours.

De l'Ellipse.

Ellipse du nom substantif: ex. *Io ci tornerò e daròttene* TANTE *che io ti farò tristo per tutto il tempo che tu ci viverai*, Boc. G. 4. N. 2, j'y reviendrai et t'en donnerai tant que tu t'en souviendras toute ta vie. Après *tante*, on sous-entend BUSSE, *coups*. Ainsi on dit, *Cader da alto*, tomber d'en haut, en supprimant LUOGO, *lieu*. LEVARSI, *se lever*; et on sous-entend DEL LETTO, *du lit*, etc.

Ellipse de l'adjectif. On supprime élégamment les adjectifs BUONO, ABILE, CAPACE, *bon, habile, capable*, comme dans ces phrases: *Sempre poi da* MOLTO *l'ebbe*, G. 6. N. 2, et, dans la suite, il en fit grand cas; et, N. 6. *Nol conosceva da* TANTO, il ne l'en connoissoit pas capable.

Du verbe fini: G. 8. N. 6. *Maraviglia, che sei stato una volta savio?* bon! quoi, tu es une fois sage? Ici il faut sous-entendre le verbe *è*, savoir, *Maraviglia è*, il est étonnant.

La suppression des deux auxiliaires *essere*, être, et *avere*, avoir, ajoute une élégance toute particulière à la réponse qu'un aubergiste fit à une personne respectable qui l'interrogeoit sur son état. *l'assavanti*, fol. 48. *io ricco*, dit-il, *io sano, io bella donna, assai figliuoli, grande famiglia; nè ingiuria, onta o danno ricevetti mai da persona: riverito, onorato, careggiato da tutta gente: io non seppi mai che male si fosse o tristizia, ma sempre lieto e contento son vivuto e vivo*. Quoiqu'il ne soit pas possible de rendre cette figure en François, j'en rendrai la pensée: savoir. J'ai richesses, santé, belle femme, beaucoup d'enfans et de domestiques;

O 3

je n'ai jamais reçu d'injures, d'affronts, de tort, de qui que ce soit; je suis respecté, honoré, caressé, de tout le monde; je n'ai jamais connu ni les maux, ni les chagrins; mais j'ai toujours vécu, et je vis gai et content.

De l'infinitif : ex. *Quivi spesse volte insiemo si favellavano, ma più avanti, per la solenne guardia del geloso, non* SI POTEVA, Boc. ils s'y parloient souvent ensemble, mais ils n'en pouvoient pas faire davantage à cause de la vigilance rigoureuse du jaloux. Il faut sous-entendre *fare* à *non si poteva*. C'est aussi à l'ellipse de l'infinitif que se rapportent ces expressions si familières aux Toscans, et autorisées par les bons auteurs, *andar per una persona* ou *per una cosa*; quand ils veulent envoyer quelqu'un chercher une personne ou prendre une chose; et NON LO POSSO, je ne le puis pas, c'est-à-dire, *fare*, faire; *alzare*, relever; *portare*, porter, etc. Boc. G. 5. N. 3.

Du participe : ex, O, *se essi mi cacciassero gli occhi, o facessermi alcune altro così fatto giuoco, a che sarei io?* suppléez *ridotto*, réduit; oh! s'ils m'arrachoient les yeux, ou s'ils me faisoient quelque autre tour semblable, à quoi en serois-je?

L'ellipse DE LA PREPOSITION n'est pas si fréquente que les autres; cependant elle est remarquable dans ces expressions *vostra mercè*, *sua mercè*, par votre grace, par sa grace; où l'on supprime la préposition *per*, par; et dans ces autres, *dar bere*, *dar mangiare*, donner à boire, donner à manger; et autres que l'on rencontre dans Bocace, auxquelles manque la préposition *a*. — On peut observer l'ellipse du pronom dans la suppression des personnels *io*, *tu*, etc. Les adverbes, les conjonctions, les interjections, ont les leurs; mais elles sont moins fréquentes et peu remarquables.

Du Pléonasme.

Cette figure est fort usitée dans la langue Italienne. Les particules ou le *ripieno*, dont je vais parler dans le chapitre suivant, lui appartiennent; et j'en ai déjà indiqué quelques-uns dans le cours de cette Grammaire; comme CON MECO, avec moi, etc. *Voyez la page* 198.

Les pléonasmes les plus fréquents regardent la répétition des pronoms personnels, et la manière d'employer les verbes *dovere, venire, andare*. Mais ceux, qui n'en sentiront point la délicatesse dans les exemples suivans, ne seront pas en état d'en faire usage à-propos : ex. *Comechè ogni altro uomo molto di lui si lodi*, IO me ne posso poco lodare IO, Boc. G. 10. N. 3, quoique tout autre s'en loue beaucoup, je ne puis m'en louer moi; et, G. 3, N. 1, ELLE *non sanno delle sette volte le sei che* ELLE *si vogliono* ELLENO STESSE, elles ne savent de sept fois six ce qu'elles veulent elles-mêmes; et, G. 7, N. 1, *bene.*, *sta*, TU *di*, *tue parole*, TU, IO PER ME, etc. c'est bon, dis tes paroles, et moi, etc.

Les tours, qui regardent les verbes ci-dessus, sont fort en usage parmi les Toscans, même dans le discours familier, et ils ont bien plus de grace, et expriment bien davantage, en les employant en deux verbes qu'en un seul: ex. *Richiese i cherici di là entro, che ad Abramo, DOVESSERO dare il battesimo,* Boc. G. 1, N. 2, il pria les prêtres de l'endroit de donner le baptême à Abraham. *Dovessero dare,* c'est-à-dire, *dessero.* Et g. 5. n. 5. *Pregandolo, che a* DOVERE *il suo desiderio OTTENERE, gli fosse favorevole,* en le priant d'être favorable à ses desirs. *A dover ottenere* est au lieu de *ad ottenere.* — *Venire, venir,* se lie avec les Infinitifs, les Gérondifs, et les Participes. Ex. *Il che, quando VENNI A PRENDER moglie, gran paura ebbi, che non m'intervenisse,* Boc. Nov. Ult. ce que je craignis beaucoup qu'il ne m'arrivât quand je me mariai; et g. 8. n. 5. *tutto il* VENNE CONSIDERANDO, il le considéra de la tête aux pieds; et g. 1. n. 6. *gli* VENNE TROVATO *un buon uomo,* il trouva un bon homme; c'est-à-dire, *presi, considerò, trovò.* Voyez page 190. *Andare* se lie avec les Gérondifs. Boc. Intr. VANNO FUGGENDO *quello che noi cerchiamo di fuggire,* ils fuient ce que nous cherchons à éviter; et Ibid. *a me medesimo increse* ANDARMI *tanto tra' tante miserie* RAVVOLGENDO, je suis même fâché de m'occuper de tant de misères; savoir, *fuggono, ravvolgermi.* Voyez la page 196.

De la Syllepse.

Quoique nous ayons quelques exemples de cette figure dans les bons auteurs, comme, FU *in Firenze tagliate le teste a più,* etc. Matt. Vill. l. 2. c. 62. on trancha la tête à plusieurs personnes à Florence; où *fu* est au lieu de *furono;* et Boc. Fiam. n. 123. CORSEVI *le sorelle,* au lieu de *corservi,* les sœurs y accoururent; et Pier. Cresc. lib. 3. c. 2. SI CORROMPE *le biade,* les grains se gâtent, au lieu de *si corrompono.* Cependant, il est bon de savoir que cette figure n'est plus en usage de nos jours, et qu'il faut suivre sur ce point la construction régulière.

De l'Enallage.

L'enallage, qui, suivant M. Wailly, *n'est point fondée, et s'explique par l'ellipse* dans la langue Françoise, est d'une très-grande étendue dans la langue Italienne, où la propriété de la langue exige que l'on mette, en certains cas, une partie du discours pour une autre. En voici différentes espèces.

L'infin. au lieu du Nom. Ex. Boc. g. 8. n. 9. *Da questo viene il nostro* VIVER *lieto che voi vedete. Il nostro viver lieto,* savoir *la nostra vita lieta.* Voyez les pages 152 et 197. — *L'Adjectif au lieu de l'Adverbe.* Ex. *Ora tutto* APERTO *ti dico,* Boc. à-présent je te dis tout ouvertement, *Aperto,* savoir, *apertamente.* Et g. 2. n. 5. *assai* CHIARO *conosco,* je connois très-clairement. *Chiaro* au lieu de *chiaramente.* Et Petr. Son. 126.

Q 4

Chi non sa come DOLCE *ella sospira,*
   E come DOLCE *parla e* DOLCE *ride ;*

ceux qui ne connoissent pas la douceur de ses soùpirs , les charmes de son entretien , et l'aménité de son ris. *Dolce,* savoir, *dolcemente.* — *Le Participe au lieu de l'Infinitif.* Ex. Boc. Nov. Ult. *Fece* VEDUTO *a' suoi suddïti,* au lieu de *fece* VEDERE, il fit voir à ses sujets. — *L'Infinitif au lieu de l'Imparfait du Subjonctif.* Ex. Fr. Giord. *Se fosse un palagio, e non fosse chi l'*ABITARE*,* savoir, *chi l'abitasse;* s'il y avoit un palais , et personne pour l'habiter. — *L'Imparfait au lieu du Plusque-Parfait du Subjonctif,* Ex. Nov. Ant. 94. *Alzò la spada e ferito l'avrebbe , se non* FOSSE *uno che, etc.,* savoir, *se non fosse stato uno che,* etc. il leva l'épée , et il l'eût frappée, s'il ne se fût trouvé quelqu'un qui , etc.

Par cette figure on emploie aussi *le Passé Défini* au lieu de *l'Indéfini, le Présent du Subjonctif* à la place de celui de *l'Indicatif,* ect. Mais l'usage que l'on fait souvent d'un verbe ou d'un nom pour un autre, rend cette figure de plus en plus remarquable. J'en proposerai quelques exemples des plus usités. — *Avere* au lieu de *riputare,* estimer, ou *ritenere,* garder. Ex. AVENDOLO *per santissimo uomo,* Boc. n. 1. le croyant un très-saint homme ; et g. 2. n. 4. *che un sacco gli donasse e* AVESSESI *quella* (cassa), qu'elle lui donnât un sac, et qu'elle gardât la caisse.

Fare (comme j'ai remarqué ailleurs) s'emploie à la place du verbe précédent. Ex. *Così lei* (la capra) *poppavano come la madre avrebber* FATTO, les enfans tettoient la chèvre, comme ils auroient fait leur mère, g. 2. n. 6. — Le verbe *fare* s'emploie aussi au lieu de *terminare* quand il est question de temps. Ex. *Hai tu a memoria ch'or* FAN *sedici anni ch'e' mi fu tolto!* te souviens-tu qu'il y a au juste seize ans qu'il me fut enlevé? Cecchi , Stiava, atto 5. sce. 6. — *Farsi con dio,* au lieu de *andarsene,* est fort usité. Ex. FATTI CON DIO, *ch'io non posso più stare teco,* va-t-en en paix, je ne puis plus rester avec toi. Boc. g. 7. n. 10. C'est là une manière de prendre congé d'une personne.

PECCATO, *péché,* au lieu de dommage, savoir, d'une chose qui ne convient pas. Ex. *Gran* PECCATO *fu che a costui ben avvenisse,* c'est grand dommage qu'il ait eu du bien , Boc. n. ult. Cette tournure est fort usitée dans le familier.

Solenne s'emploie souvent au lieu de *grande, eccellente,* et cet adjectif est appliqué à *uomo,* homme ; *giuocatore,* joueur ; *bevitore,* buveur ; *vino,* vin ; *dono,* présent ; *convito,* repas ; etc. Boc.

Fatto, au lieu d'homme, personne. Ex. *Qualche gran* FATTO *deve esser costui che ribaldo mi pare,* Boc. n. 7. cet homme, que je prends pour un mauvais sujet, peut être un homme de mérite.

Pezzo, qui à la lettre signifie *morceau,* s'emploie souvent pour dénoter une certaine quantité de temps, Boc. g. 3. princ. et g. 8. n. 2. Il en est de même de *pezza,* pièce, qui s'emploie pour signifier quelque espace de temps.

Nota. Ce que je dirai en parlant du choix des mots, n'a point de rapport à cette figure.

De l'Hiperbate.

Par cette figure l'on fait une transposition de mots, qui, étant bien employée, ajoute un certain agrément au discours. Ex. *è ella tanto da ridere che io* LA *pur dirò*, il (ce conte) est si plaisant, que je veux bien le dire; Boc. g. 8. n. 5. *io* LA *pur dirò*, au lieu de *io pur la dirò*, et, g. 2. n. 6. *videvi due cavrioli, forse il dì medesimo nati, i quali le parevano la più* DOLCE COSA *del mondo, e la più* VEZZOSA, elle y vit deux chevraux nés peut-être le même jour, qui lui parurent la chose du monde la plus agréable et la plus charmante. Ici le substantif est placé au milieu des adjectifs. Voyez pag. 157.

DES PARTICULES
OU DU RIPIENO.

J'ai remarqué dans la première partie, que le *Ripieno est une particule, qui, quoique non nécessaire au tissu grammatical du discours, sert cependant à orner la phrase et à la netteté du discours*. Ces particules tiennent aux prépositions et au pléonasme; mais elles s'éloignent généralement de leur signification primitive quand elles servent au *ripieno*. Elles sont tout-à-fait propres à la langue Italienne, et, sans les connoître, on ne pourroit jamais saisir le vrai génie et la force de cette langue. Parmi ces particules il y en a qui servent à l'énergie et à l'évidence; d'autres font l'ornement du style, et le rendent, pour ainsi dire, plus nerveux : quelques-unes accompagnent les verbes, d'autres les noms.

Particules d'Evidence.

Ecco, bene, bello, pure, già, mai, mica, et punto, tutto, via, servent à l'évidence, et quelquefois à l'énergie du discours. Ces mots, aussi bien que tous ceux qui sont employés pour *ripieno*, étant détournés de leur signification naturelle, n'ont pas toujours un mot équivalent en François.

ECCO. Ex. ECCO *io non so ora dir di nò, per tal donna me n'hai pregato?* Boc. g. 8. n. 7. comment pourrois - je dire non, quand tu m'en pries de la part d'une telle dame? et, g. n. 2. ECCO, *Giannotto, a te piace ch'io divenga Cristiano ed io son disposto a farlo*, eh bien, Giannotto, tu veux que je divienne Chrétien; moi aussi, je le veux bien.

BENE. Ex. BENE, *Belcolore, dimi (mi dei) tu far sempre morire a questo molo?* Boc. g. 8. n. 2. quoi, Belcolore, me feras-tu toujours mourir ainsi? et, g. 2. n. 1. *egli è quà un malvagio uomo, chè m'ha tagliata la borsa con* BEN, *cento fiorini d'oro*, il y a ici un coquin qui m'a coupé

la bourse qui contenoit bien cent florins d'or ; et , g. 7. n. 3. *questi son*
vermini che ucciderebbonlo troppo BENE, ce sont des vers qui le condui-
roient très-certainement à la mort. Quelquefois ce mot sert d'affirmation tout seul ou accompagné de *si*. Ex. Boc. g. 2. n. 9. *La donna disse,*
BENE, *io il farò* ; la femme dit , eh bien, je le ferai ; et , Ib. n. 5. *disse*
Calandrino, sì BENE; Calandrin dit, oui-dà. D'autrefois il s'accompagne avec *ora*, et ajoute de la force, g. 3. n. 1. OR BENE, *come fa-*
remo ? eh bien, comment ferons-nous?

BELLO ajoute de la force. Boc. g. 2. n. 9. *Per* BELLE *scritte di lor mano*
s'obbligarono l'uno all'altro, ils s'obligèrent l'un l'autre par de beaux et
bons contrats ; et, Ib. n. 3 , *chi facesse le macini* BELL' *e fatte, legare in*
anella, etc. celui qui feroit enchasser des meules toutes entières dans
des bagues, etc.

PUNTO, adv. signifie , 1. NIENTE, *rien*, point du tout. Ex. *Ella nè*
allora nè poi il conobbe PUNTO, g. 2. n. 8. elle ne reconnut point du tout
ni avant, ni après. — 2. QUALCHE POCO, *quelque peu*. Ex. *Molto da*
dolersene è, e da piangerne, chi ha PUNTO *di sentimento o di conoscimento*,
Passav. f. 226. celui qui a du sentiment ou des lumières en conçoit
beaucoup de douleur et de tristesse. — 3. MICA, *pas* ou *point*. Ex. *Ma-*
dama, Tedaldo non è MICA *morto , ma è vivo e sano*, Boc. g. 3. n. 7.
Madame, Tedalde n'est point mort, mais plein de vie et de santé.
Mica, aussi bien que *punto*, ajoute de la force à la négation.

PURE: Cet adverbe ajoute à l'évidence, à la force, à l'affirmation , etc. du discours ; car il signifie , 1. *Certamente*, certainement ,
ou le *quidem* des Latins. Ex. *La cosa andò* PUR *così*, Boc. g. 2. n. 5. la
chose alla certainement ainsi. — 2. *Almeno*, au moins. Ex. *Tutti i*
panni gli furono indosso stracciati , tenendosi beato chi PUR *un poco di quelli*
potesse avere, on déchira par morceaux les habits qu'il portoit, et on se
trouvoit heureux d'en emporter *au moins* quelque lambeau , Boc. n. 1.
— 3. *Pure*, uni à un adverbe de temps, vaut précisément *appunto*.
Ex. *Perciocchè* PUR *allora smontati n'erano*, g. 5. n. 2. car ils venoient
précisément d'en descendre. — 4. *Solamente*, seulement. Ex. *La varietà*
delle cose che si diranno non meno graziosa ne fia, che l'aver PURE *d'una*
parlato, g. 8. in fin. la variété des choses que nous dirons ne nous flat-
tera pas moins que si nous n'étions occupés que d'une. — 5. *Final-*
mente, enfin. Ex. *Si sforzò di rilevarsi , ed ora in quà ora in là ricadendo*
PUR *ne uscì fuori*, Boc. g. 8. n. 9. il fit des efforts pour se relever , et
tout en trébuchant de côté et d'autre, *à la fin* il en sortit.

Già sert souvent à adoucir la négation , et à rendre le discours plus
coulant. Ex. *Le quali,* NON GIÀ *da alcun proponimento tirato*, Boc. Intr.
lesquelles, n'y étant pas allé à dessein etc. *Già* incorporé à *mai* signifie
jamais. Ex. *A chiesa non usava* GIAMMAI, Boc. n. 1. il n'alloit jamais
à l'église.

MAI, étant précédé ou suivi de SEMPRE, *toujours*, lui donne de la
force, et dans ce sens on dit *mai sempre* ou *sempre mai*. Il ajoute pareil-

lement de la force à la particule affirmative *si* et à la négative *nò*, et
alors ces particules se lient régulièrement en un seul mot *maisi* et
mainò. Ex. *Come, disse Ferondo, sono io morto? Disse il monaco, MAISI,*
g. 3. n. 8. Comment, dit Ferondo, suis-je mort? Le moine lui répondit, *mais oui*.

TUTTO ajoute de l'énergie. Ex. *Il famiglio trovò la gentil giovane*
TUTTA *timida star nascosta*. Boc. g. 2. n. 7. Le domestique trouva la
jeune femme cachée et toute effrayée.

VIA, étant uni au verbe *portare*, répond au verbe François *empor-*
ter; mais avec les verbes *torre* ou *togliere*, ôter, et *gettare*, jeter, il
ajoute plus de force à la signification du verbe qu'en François : ainsi,
on dit *gettar* VIA, jetter. Ex. *E così questa seccaggine torrò*, VIA, et
ainsi je me débarrasserai de cet ennui, Boc. g. 9. n. 9.

Particules d'Agrément.

On emploie souvent, pour simple agrément du discours, les particules suivantes, *egli, ella, esso, ora, si, di, non altrimenti*. EGLI est une
particule invariable qui sert à orner la phrase et à la remplir. Ex. EGLI
è vero che ho amato ed amo Guiscardo, Boc. g. 4. n. 1. il est vrai que
j'ai aimé et que j'aime Guiscardo; et, g. 8. n. 7. EGLI *non sono an-*
cora molti anni passati che, il n'y a pas encore beaucoup d'années que,
etc. — *Nota*. Il faut se garder de confondre *egli* particule avec le pronom personnel. J'ai déjà remarqué la même chose à l'égard des particules en général.

ELLA. Ex. ELLA *non andrà così ch'io non te ne paghi*; tu ne l'échap-
peras pas, tu me le payeras. Boc. g. 9. n. 5. — ESSO, particule invariable qui se place après la préposition CON, *avec*. Ex. *Ella volèva con*
ESSO *lui digiunare*, Boc. g. 3. n. 4. elle vouloit jeûner avec lui. Cette
particule est presque toujours suivie des pronoms. Ainsi, on lit dans
Boccace *con esso lei*. — ORA s'emploie pour reprendre ou continuer le discours. Ex. ORA *le parole furono assai ed il rammarichio*
della donna grande. Boc. g. 3. n. 6. Quelquefois cette particule donne
une certaine énergie à l'interrogation. Ex. ORA *che vorrà dire questo?*
Domine, ajutaci, g. 7. n. 8. eh bien! qu'est-ce que c'est? Seigneur,
aidez-nous. — SI ne tient quelquefois qu'à un certain agrément de la
langue. Ex. *La prima cosa ch'io farò domattina, io anderò per esso, e sì*
il ti recherò, g. 5. n. 9. la première chose que je ferai demain matin;
j'irai le chercher, et je te l'apporterai; et, *se ti piace, sì ti piaccia; se*
non sì, te ne sta, s'il te plaît, à la bonne heure; si non, reste tranquille. — DI n'est quelquefois qu'une particule d'ornement propre à
la langue. Ex. *Per queste contrade* DI *dì e* DI *notte, e d' amici e di*
nemici vanno DI *male brigate assai, le quali molte volte ne fanno* DI *gran*
dispiacere e DI *gran danni*, g. 5. n. 3. dans ces contrées de jour et de nuit
il y a des compagnies d'amis et d'ennemis, lesquels bien souvent nous

inquiètent et nous nuisent. — NON se place souvent sans aucun rapport à la négation et pour un certain goût de la langue. Ex. *Io temo forte chè Lidia con consiglio, e voler di lui questo* NON *faccia, per dovermi tentare*; je crains beaucoup que Lydie, par ses conseils et par ses suggestions, ne cherche à me tenter, g. 7. n. 9. Voyez p. 186.— ALTRIMENTI ne sert quelquefois que pour faire ressortir le génie de la langue. Ex. *Le sue cose, e se parimente, senza saper* ALTRIMENTI *chi egli si fosse, rimise nelle sue mani*, g. 2. n. 5. il lui remit entre les mains ses affaires et sa personne, sans savoir d'ailleurs qui il étoit.

DES PARTICULES
Qui accompagnent les Noms ou les Verbes.

1. *Uno* et *una*, qui sont de leur nature noms numéraux, s'emploient souvent avec les noms, pour leur donner de la grâce, ou quelque autre nuance. Ex. *Era Arriguccio, con tuttochè fosse mercatante,* UN *fiero uomo e* UN *forte,* Arriguccio, tout marchand qu'il étoit, étoit un homme de tête et robuste, g. 7, n. 8. — Quelquefois *uno* signifie *un certain*, comme g. 1. n. 1. *Gli venne a mente* UN *Ser Ciapperello da Prato*, il se souvint d'un certain Sieur Ciapperello de Prato. — Il s'emploie aussi avec *certo che*, et on dit, *Un certo che di*, qui répond à *une espèce de*, ou bien au *quidam, quædam, quoddam*, des Latins. Ex. *Più per* UN CERTO CHE *di riputazione, che, perchè e' ne sperasse o temesse molto,* Giambul. Stor. Eur. lib. 7. p. 160, plus par un certain sentiment d'honneur, que par quelque motif d'espérance ou de crainte. — D'autres fois il se prend dans le sens d'*environ*, adv. Ex. *Quando noi vogliamo* UN *mille o ou* UN *dumilia fiorini da loro, non gli abbiamo prestamente,* Boc. g. 8, n. 9, quand nous voulons d'eux un ou deux mille florins, nous ne les avons pas si tôt. — *Nota. Tutt' une* signifie *la même chose*. Ex. *Cortesia e onestade è* TUTT' UNO, Dant. Conv. f. 93, la courtoisie et l'honnêteté sont une seule et même chose.

MI et CI accompagnent quelquefois les premières personnes des verbes; *ti, vi*, les secondes; *si*, les troisièmes; et *ne* s'unit aussi aux verbes; et cela non pas comme particules qui désignent la réciprocité, ou comme pronoms conjoints, mais seulement pour servir à l'agrément de la langue. Ex. *Io* MI *credo che le suore sien tutte a dormire,* Boc. G. 3, N. 1, je crois que les religieuses sont toutes à dormir. — CI. Ex. *La donna e Pirro dicevano, noi* CI *seggiamo,* la femme et Pyrrus disoient, nous nous asseyons, Ib. Pour l'intelligence de cet exemple, il faut remarquer que s'asseoir n'est pas réciproque en Italien comme en François, et qu'il se dit *sedere* et non *sedersi*. — TI. Ex. *Che tu con noi* TI *rimanga per questa sera, n' è caro,* G. 5, N. 3, nous sommes bien aises que tu restes avec nous ce soir. — Vi. ex. *Non so se voi* VI *conosceste Talano*, je ne sais pas si vous avez connu Talano, G. 9, N. 7, et G. 8, N. 7, *Voi* VE *ne potete scendere, e tornar* VEne *a casa*, vous pouvez descendre, et vous en retourner chez vous. — Si. Ex. *del palagio s' usci e fuggissi a casa sua*; il sortit du palais, et s'enfuit chez lui; G. 2, N. 8, — Ne. ex. *Andian* NE *là e laveren* lo *spacciatamente*, allons là, et nous le laverons bientôt; G. 2, N. 5.

Nota. 1. On voit par ces exemples que les particules *mi*, *ti*, *ci*, *si*, suivent la règle dont j'ai parlé ailleurs, touchant le changement de l'*i* en *e*, quand elles sont suivies d'une conjonction. — 2. C'est à ces particules qu'il faut rapporter les *ti*, *ci*, *si*, de ces expressions si communes et si familières; *Vien* TEne *meco*, viens avec moi; *voglian*-CEne *andare*, *andian* CEne, allons-nous-en; que l'on rencontre aussi dans Boccace.

Du Choix des Mots,

Ou des Mots Synonymes en François, non Synonymes en Italien; et des tournures qui y ont du rapport.

Ce n'est pas assez d'avoir une idée des mots et de la construction de la langue Italienne, si l'on n'est pas en même temps prévenu contre plusieurs mots, et contre certaines tournures propres à la langue Françoise, dont l'expression et l'arrangement sont faits pour détourner de la vraie signification des mots et du génie de la phrase Italienne. Il y a en François plusieurs noms et verbes monotones, savoir, qui d'un même mot désignent des choses tout-à-fait différentes, lesquelles cependant ont leur propre en Italien. Il en est de même de plusieurs expressions, dont la traduction littérale présenteroit à l'idée des mots Italiens vides de sens, si on ne leur donnoit la tournure qui convient à la langue. Ce que j'ai dit à ce sujet dans le cours de la grammaire, ne pouvant pas contrebalancer l'importance de cette matière, je crois devoir parler particulièrement dans ce chapitre des principaux noms, verbes, etc. non synonymes, et des Gallicismes et des manières tout-à-fait éloignées de l'expression Italienne.

Des Noms.

ACTION, *azione*. L'action de l'orateur, ou de celui qui récite en public, se dit *gesto*.

ADRESSE. dextérité, *destrezza*. Le dessus d'une lettre, *il ricàpito*.

AFFAIRE, *affare*, *faccenda*. En fait de guerre, affaire se dit, *fatto d'armi*. Avoir affaire à quelqu'un, *aver a far con uno*.

AIR, chanson, physionomie, *aria*. Un homme de grand air, savoir, qui vit à la manière des grands, *uno che vive alla grande*; il a l'air d'attendre, *pare che stia aspettando*; ce monsieur a beaucoup de votre air, *quel signore vi rassomiglia assai*; un petit air à boire, *una canzonetta da tavola*; faire des châteaux en Espagne, *far de' castelli in aria*.

AMATEUR de la vertu, des nouveautés, *amante della virtù, della novità*, etc. Amateur de musique, de peinture, etc. *dilettante di musica, di pittura* etc.

AME, *animo*, et *anima*, f. Quoique ces deux mots soient synonymes en Italien, on emploie cependant *anima* en parlant des morts ou du rapport que l'âme a avec Dieu; et on dit, *l' anima di mio padre*, et non pas *l' animo*.

AMITIÉ s'explique par *amicizia*, quand ce mot signifie la vertu de l'amitié; par *affetto*, quand il s'emploie pour *affection*: et il se dit *favore* ou *finezza* pour une civilité obligeante. Ex. Faites-moi l'amitié de m'accompagner, *fatemi la* FINEZZA ou il FAVORE, *di accompagnarmi*.

ARGENT, en métal, *argento*. Argent, or, ou cuivre monnoïé, *denaro*.

BAS, subs. *calza*. Bas, adv. quand on parle, que l'on chante, ou que l'on joue de quelque instrument, se dit *sottovoce*. Au bas de la montagne, de l'escalier, *a piè della montagna, della scala*.

BOIS, lieu planté d'arbres, *bosco*. Bois à brûler, *legno*, pl. *legna*. Bois de cerf, de daim, etc. *corno*, pl. *corna*.

BOITE, avec un couvercle, *scatola*. Boite à poudre, à fusil, *mortaletto*.

BORD, extrémité de quelque chose, de la mer, *spiaggia* ou *lido del mare*. Le bord d'un vase, d'un fossé, d'un précipice, *l'orlo d'un vaso d'un fosso, d'un precipizio*. D'un chapeau, d'un vaisseau, *il bordo*. Avoir le cœur sur le bord des lèvres, *aver il cuor sulle labbra*.

BOTTE, chaussure, *stivale*. D'oignons, etc. *mazzo di cipolle*, etc. De fil, soie, etc. *una matassa di filo, di seta*, etc.

BOUILLON, potage liquide, *brodo*. Bouillir à gros bouillons, *bollire a ricorsojo*.

BOUT, de l'année, du mois, de la semaine, *fine dell' anno, del mese, della settimana*. Des doigts, du nez, *la punta delle dita, del naso*, etc. Les deux bouts de la table, d'un bâton, *i due capi della tavola, d'un bastone*. Cependant le haut bout de la table se dit *capo*, et le bas bout *fondo*. D'un bout à l'autre du monde, *da un capo all' altro del mondo*. Bout de chandelle, *moccolo*. Un bout d'homme, c'est-à-dire un petit homme, *un omaccino*.

CADENCE, mesure du son, en jouant ou en dansant, *il tempo* ou *la cadenza*. Pour le tremblement de voix soutenu, qui se fait en chantant, *il trillo*.

CONNOISSANCE d'une personne, *conoscenza*; d'une science ou de l'intérieur d'une chose, *cognizione*. Ainsi quand on dit de quelqu'un qu'il a beaucoup de connoissances, c'est-à-dire, qu'il est beaucoup répandu dans le monde, on dira, *che ha molte conoscenze*; si l'on veut dire qu'il est versé dans les sciences, on dira, *che ha molte cognizioni*.

COUP DE.... Coup de bâton, *bastonata*; coup de pied *pedata* ou *calcio*; coup de fouet, *frustata*; coup de pierre, *sassata*; coup de fusil, *schioppettata* ou *archibusata*, et quelques autres mots semblables; car on ne peut pas appliquer exactement cette désinence à tous les noms précédés de *coup de*. Quand *coup* s'emploie à la place de *fois*, il se traduit par *volta*. Ex. Pour le coup, *per questa volta*; boire un coup, *bere una volta*; après coup, *dopo il fatto*; tout-à-coup, adv. se dit, *in un tratto* ou *subito*.

DESSERT, *le frutta*, et non *i frutti*.

EGAL, *eguale*. Uni, non raboteux, *piano*, sur-tout en parlant de chemin. Cette phrase, *cela m'est égal*, ne peut pas se rendre par *eguale*, mais, par *questo è tuttuno* ou *è lo stesso per me*.

ENVIE, *voglia*. Pour déplaisir du bien d'autrui, *invidia*; pour une petite peau qui vient à la racine des ongles, *pipita*.

ENSEIGNE, marque pour distinguer une boutique, *insegna*; pour titre d'officier, *alfiere*.

ESPECE, sorte, *specie*; Pour monnoie, *moneta*.

FAÇON, pour le temps et la peine que l'artisan emploie à faire quelque chose, comme un habit, etc. *fattura*; pour mode, *moda*; pour cérémonies, *cerimonie*; mine d'une personne, *figura*, *presenza*, *aspetto*; mine d'une chose, *apparenza*; *de façon que* se dit *di modo* ou *di maniera che*.

FAUTE, morale *ou* d'inconduite, *colpa*, *mancamento*; de réflexion, *sbaglio* ou *inavvertenza*; dans la manière d'écrire ou de parler, *errore* ou *sproposito*; faute de, *per mancanza di*. Ex Faute d'argent, *per mancanza di denaro*; sans faute, assurément, *senz' altro* ou *sicuramente*.

FEMME, en général, *donna*. Quand ce mot a du rapport au mari, on se sert communément de *moglie* ou *consorte*. Le mot *consorte* signifie aussi bien l'homme que la femme, et il n'est distingué que par l'article masculin ou féminin.

FEUILLE, des plantes, *foglia*, fem. De papier, *foglio*, masc.

GENS, sub. plur. *genti*. Ce nom, qui n'a pas de singulier en François, l'a en Italien; et *gente* signifie une certaine quantité de personnes, ce qui s'explique en François par le mot *monde*. Ex. Il y avoit beaucoup de monde, *c'era molta gente*; le monde parle sur son compte, *la gente parla de' fatti suoi*: *gente* pour exprimer *monde* s'emploie toujours au singulier. Quand *gens* signifie *personne*, il se rend par le pluriel de *persona*, savoir, *persone*. Ex. Les gens de bien, *le persone dabbene*; les gens honnêtes n'en agissent pas ainsi, *le persone onorate non trattano così*, ou *non fanno così*.

GLACE, eau gelée, *ghiaccio*. Miroir, *specchio*. Glace d'un carosse, *cristallo*. Glaces, liqueurs glacées ou fruits glacés, *sorbetti*,
sing. *sorbetto*.

GORGE, le fond de la bouche qui tient au gosier, *gola*. Sein de la
femme, *seno*. De montagne, de rivière, *imboccatura*.

HONNETE, adj. vertueux, juste, *onesto*. De famille ou état qui n'a
rien de bas ou de relevé, *onorato*. Qui a de la civilité, *garbato*. Pour
le contraire de ce dernier sens, on dit, *sgarbato*, malhonnête; honnêteté, *garbatezza*; malhonnêteté; *sgarbatezza*, etc. Ces mots sont
fort usités, quoiqu'on se serve aussi de *civile*, *incivile*, *civiltà*, *inci-
viltà*.

JEU, *giuoco*. Jeu de la nature, *scherzo*, et non *giuoco della
natura*.

INTRIGUE, affaire, négociation, commerce de la galanterie, *in-
trigo*. Incidens qui forment le nœud d'une comédie, etc. *intreccio*.

JOUR, espace de 24 heures, *giorno*. Lumière, clarté, *lume*, etc.
Ne m'ôtez pas le jour, *non mi togliete il* LUME. Se faire jour à travers
les ennemis, *farsi strada* ou *aprirsi la strada in mezzo a'*, ou *fra i' nemici*. Le jour en peinture, *il chiaro*. Ex. Il faut donner les jours et les
ombres, *bisogna dare il chiaroscuro*. Pour MOYEN on dit *mezzo*, *modo*.
Ex. Je vois jour à le servir, *veggo il* MODO *di servirlo*. Mettre au jour
un livre, *dar un libro alle stampe*; mettre au jour un enfant, *dar alla
luce un bambino*; mettre un ordre au jour, *pubblicare un ordine*.

LIVRE, à lire, *libro*. Sorte de poids, *libbra*. Monnoie de 20 sols,
lira.

MAITRE, qui enseigne, *maestro*: qui a des personnes dépendantes
de lui, *padrone*. Leur féminin est *maestra* et *padrona*. Petit-maître, *damerino*, *zerbinotto*.

MALHEUR, *disgrazia*, etc. Au jeu se dit plus proprement *disdetta*.
Malheur à (imprécation), *guai a* . . .

MILLE, dix fois cent, *mille*; pour espace de chemin d'environ mille
pas géométriques, *miglio*, pl. *miglia*.

MONDE, globe de la terre, et au figuré, *mondo*. Assemblée ou con-
cours de personnes, *gente*, fem. Voyez gens. *Tout le monde*, dans le
sens de *chacun*, *ognuno* ou *tutti*. Ex. Tout le monde dit, *ognuno dice*
ou *tutti dicono*.

MOUCHE, insecte fort connu, *mosca*. Mouche de taffetas, que les
femmes mettent sur le visage, *neo*, pl. *nei*.

OUVRAGE, production de l'esprit, etc. *opera*. Pour un travail quelconque qui n'a pas eu son complément, *lavoro*.

PARTIE, portion de quelque chose, *parte*. Amusement que l'on
prend en jouant ou en allant à la campagne, *partita*.

PERSONNE, *persona*. Ce mot étant accompagné de la particule négative, se rend assez communément par *non*, *alcuno*, ou bien *niuno*,
ou *nessuno*. Ex. Il n'y a personne, *non c'è alcuno* ou *nessuno*.

PLACE.

PLACE, grand espace de terrein environné de bâtimens dans une ville, *piazza*. Pour forteresse, *fortezza* ou *cittadella*. Lieu pour se placer, ou placer quelque chose, *luogo* ou *posto*. Pour l'état d'un autre, se rend par la préposition *in* suivie d'un pronom *me*, *voi*, etc. ou bien par *ne' panni*, avec le pronom possessif. Ex. Si j'étois à votre place, je voudrois, etc. *se fossi* IN VOI, *vorrei*, etc. Et, si vous étiez à ma place, vous ne parleriez pas ainsi, *se foste* NE' MIEI PANNI *non parlereste così*. PANNI, *habits*, s'emploie alors au figuré pour exprimer le plus souvent les circonstances fâcheuses, etc. Place, place, adv. *largo*.

POÉLE, ustensile de cuisine, *padella*. Grand fourneau qui sert à échauffer les appartemens, *stufa*.

PRESSE, foule du monde, *calca* ou *folla*. Pour instrument d'imprimerie, *torchio*.

QUANTIEME, mot dont on se sert pour demander les jours du mois, *quanti*. Ex. Quel quantième du mois avons-nous? QUANTI *né abbiamo del mese*? Pour demander l'ordre dans lequel une personne ou une chose est placée, *luogo* ou *posto*. Ex. Le quantième est-il dans sa classe? *che posto tiene nella sua classe?*

QUARTIER, partie d'une chose, comme de mouton, etc. *quarto*. Quartier de soldats, d'une ville, etc. *quartiere*.

QUELQUE, *qualche*. J'ai déjà parlé de cet adj. J'ajoute que *quelque*, au lieu d'*environ*, s'exprime par *circa* ou *a un dipresso*. Ex. Il y a quelque trente ans que, *sono circa trent' anni che*, etc.

QUELQUE... QUE signifie à-peu-près la même chose que *quoique*, et il peut se rendre par *quantunque*. Ex. *Quelque* riche *que* vous soyez, *quantunque siate ricco*. Mais la force de *quelque... que* s'exprime bien mieux par *per*, en disant, PER *ricco che siate*. Cette particule aime tellement l'évidence de la phrase, que, quand il n'y a en François qu'un substantif, très-souvent on y ajoute en Italien un adjectif, qui lui donne sa juste valeur. Ex. *Quelques* richesses *que vous ayez*, vous ne serez point heureux, si vous ne savez réprimer vos passions, *per grandi che siano le vostre ricchezze*, (mieux que, *per ricchezze che abbiate*) *non sarete mai felice, se non siete in grado di moderare le vostre passioni*. Pareillement, en parlant d'un grand nombre d'enfans, l'on dit en François, *quelques enfans que vous ayez*; mais la phrase ne seroit point assez exprimée en disant, *quantunque abbiate figliuoli*; et il faudroit dire, PER *numerosi che sieno i vostri figliuoli*. Cela regarde les substantifs; car les adjectifs déterminent assez leur substantif. Ex. Quelque méchant qu'il soit, PER *cattivo che sia*. Comme cette expression tient à celle des Latins *quantuscumque*, on l'exprime quelquefois par *qualunque*. Ex. A quelque pauvreté qu'il soit réduit, *qualunque sia la povertà a cui è ridotto*; à quelque prix que ce soit, se dit, *a qualsivoglia*, ou *a qualunque prezzo* ou *costo*.

P.

Rame, instr. dont on se sert pour faire aller un bateàu, etc. *remo*, masc. De papier, *risma*, f.

Société, de commerce, de négoce, *società*. Société d'amusement, *conversazione*.

Soufflet, instrument qui sert à allumer le feu, *soffietto*. Pour coup de la main étendue sur la joue, *schiaffo*.

Spirituel, qui a de l'esprit, *spiritoso*. En matière de dévotion, *spirituale*.

Sujet, sub. vassal, *suddito*. Homme bon ou mauvais, *buono o cattivo soggetto*. Pour occasion, *motivo*. Ex. Vous n'avez aucun sujet de vous plaindre, *non avete alcun* MOTIVO *di lagnarvi*. Sujet, adj. se dit *soggetto*.

Train, sub. allure ou pas du cheval, *passo*. Train d'artillerie, etc. *tiro*. Mettre en train, *dar moto*, *mettere in moto*. Quand il s'agit de voyage, se mettre en train se dit, *mettersi in via*, ou *avviarsi*. Etre en train, pour avoir du goût ou de la disposition à faire une chose, *esser in vena*. Ex. Aujourd'hui je ne suis pas en train de parler Italien, *oggi non sono in vena di parlare Italiano*.

Treve, *tregua*. Pour *relâche*, c'est *respiro*, *riposo*. Ex. Son mal lui donne quelque trève, *il male gli dà un po. di respiro*. Trève de cérémonie, de complimens, de raillerie, se dit *da parte*, comme si l'on disoit en François *de côté*. *Tregua*, *respiro*, ne peuvent pas avoir lieu dans ce sens, et l'on dit, *le cerimonie da parte, i complimenti, le burle, da parte*. On pourroit aussi dire, *lasciamo le cerimonie, i complimenti*, etc.

Tour, sub. bâtiment élevé et isolé, *torre*. Promenade, *giro*. Machine pour tourner le bois, *tornio*. Le tour du visage, *il contorno del viso*. De perles, etc. *filo di perle*, etc. Jouer ou faire un tour à quelqu'un insidieusement, *far un tiro*; et en plaisantant, *fare uno scherzo*. On dit aussi, en parlant sérieusement, il lui a fait un mauvais tour, *gli ha fatto un brutto scherzo*. Le tour de parler ou de faire autre chose, *la volta*. Le tour du monastère, *la ruota*. *Un tour* de reins, *uno sforzo di rene*.

Tout. Ce mot s'emploie tantôt comme nom, et il signifie *tutto* ou *ogni*, et tantôt comme adverbe. *Tutto* et *ogni* n'ont rien à faire dans les expressions suivantes. Allez TOUT beau, *andate bel bello* ou *adagino*; *toute* considération faite, *dopo matura riflessione*; elle est *tout* comme les autres, *essa è come, l'altre*, ou *ne più nè meno dell' altre*. *Tout… que* s'exprime comme *quelque… que*, savoir, PER. Ex. *Toute* belle qu'elle est, je ne l'aime pas, *per bella che sia, non l'amo*. Tout froid, tout chaud, etc. se disent *freddo freddo, caldo caldo*, et participent aux deux genres et aux deux nombres. Ex. Vous avez les mains toutes froides, *avete le mani* FREDDE FREDDE.

DES VERBES.

ACCOUCHER, *partorire*, gouverne l'Accus. en Italien; et accoucher d'un garçon, d'une fille, se dit *partorire* UN *bambino*, etc., et non D'UN.

AJOUTER, joindre une chose à une autre, *aggiungere*, etc. Quand *ajouter* se rapporte au discours, il se rend mieux par *soggiungere*. Ajouter foi, *prestare* ou *dar fede*.

APPARTENIR, avoir quelque relation, *appartenere*. Quand ce verbe désigne la propriété d'une chose, il s'exprime (comme j'ai dit ailleurs) par le verbe *essere*, et le pronom possessif *mio*, *tuo*, etc. Ex. Cette maison vous appartient, *questa casa è vostra*, mieux que *vi appartiene*.

APPERCEVOIR, découvrir, *vedere*, *scoprire*. S'appercevoir, *avvedersi* ou *accorgersi*.

APPRENDRE, enseigner, *insegnare*. Apprendre de, *imparare* ou *apprendere da*, *dal*, etc. Pour *entendre dire*, c'est *intendere*. Ex. J'ai appris avec plaisir que... *ho inteso con piacere*, *che*, etc.

ARRIVER; v. act. *arrivare*, *giungere*. Ce verbe, étant employé impersonnellement, s'exprime par *accadere* ou *avvenire*. Ex. Il arrive quelquefois que... *Accade alle volte che*, s'il vous arrive de faire cela, vous serez puni, se rend par *se MAI fate questo*, *sarete punito*.

S'ASSEOIR se dit *sedere*, en construction régulière, et non *sedersi*.

AVORTER, *abortire*. Avorter, au figuré, s'exprime par *andar a male* ou *riuscir male*. Ex. Cette entreprise est avortée, *quell' intrapresa è andata a male* ou *non è riuscita*.

BLESSER, faire plaie, *ferire*. Quand *blesser* signifie simplement causer quelque incommodité, il se rend par *far male*. Ex. Ces souliers me blessent, *queste scarpe mi fanno male*. Au figuré, *blesser* s'exprime par *offendere*. Ex. Ces paroles blessent la pudeur, *queste parole offendono il pudore*; ce son blesse les oreilles, *quel suono offende le orecchie*.

CASSER, briser, *rompere*. Annuller, *annullare*. Ex. Casser un décret, *annullare un decreto*, jamais *rompere*.

CAUSER, être cause de, *cagionare*. Parler ensemble, babiller, *discorrere*, *chiaccherare*.

CHARMER, *incantare*. Etre charmé, être touché de plaisir, s'exprime comme *être bien aise*, par *aver a caro* ou *aver caro*.

COMPTER, nombrer, *contare*. Compter sur quelqu'un, *far capitale d'uno*.

CONNOÎTRE, *conoscere*. Se connoître ou connoître soi-même, *conoscersi*. Se connoître, pour avoir des lumières sur quelque chose, *intendersi* : de là vient *intendente*, qui signifie *connoisseur*.

COUPER, *tagliare*. Mais couper la parole se dit *troncar la parola* ou *interrompere*; couper les cartes, *alzare le carte*, et non *tagliare*, etc.

DISPUTER, *disputare*. Se disputer, se quereller, *bisticciarsi*. Ex. Ils se disputent pour un rien, *si bisticciano per un nulla*.

Défendre, garder, conserver, etc. *difendere*; faire défense, *proibire*. Voyez *empêcher*.

Dresser, lever simplement, *rizzare*. Ex. Ce cheval dresse ses oreilles, *quel cavallo rizza le orecchie*. Pour élever, *alzare*, *innalzare*. Ex. Dresser une statue, *alzare una statua*; pour former, *instruire*, *ammaestrare*; pour diriger, *indirizzare*. Ex. Dresser son intention, *indirizzare l'intenzione*.

Éclairer, illuminer, *illuminare*. Ex. Le soleil éclaire le monde, *il sole illumina il mondo*; éclairer à quelqu'un, *far lume a uno*. Ex. Éclairez à monsieur, *fate lume al signore*. Nota. Quoique *lume* et *luce* soient souvent synonymes, on ne pourroit pas dans le dernier exemple dire *fate luce* au lieu de *lume*.

Écouter, ouïr, *udire* ou *ascoltare*. Signifiant suivre un conseil, une impression, etc. *dar retta*, avec le Dat. *a*, *al*, etc. Ex. N'écoutez pas ses conseils ou votre colère, *non date retta ai suoi consigli ou alla vostra collera*.

Emanciper, *emancipare*. Cependant s'émanciper, se donner trop de liberté, se dit *pigliarsi troppa libertà*. Ce petit monsieur s'émancipe un peu trop, *quel signorino si piglia un po troppa libertà*.

Empêcher, *impedire*. S'empêcher, pour faire moins que de, se dit *far a meno*. Ex. Je ne puis pas m'empêcher, ou me défendre, de, *non posso far a meno di*.

Emprunter de l'argent A quelqu'un, se rend par *pigliare*, *torre* ou *prendere denaro ad imprestito* DA *qualcheduno*.

Enfoncer, *rompere*, *abbattere*. Ex. Enfoncer une porte, *abbattere una porta*; enfoncer un poignard, une épée, dans la poitrine, *cacciare un pugnale*, *una spada*, *nel petto*. S'enfoncer, pénétrer, avancer, *innoltrarsi*. Ex. S'enfoncer dans un bois, *innoltrarsi*, ou *internarsi*, *in un bosco*. S'enfoncer, couler au fond, *affondarsi* ou *andar a fondo*. Ex. La barque s'enfonça, *la barca andò a fondo*.

Enlever, v. act. lever en haut, *alzare*. Ex. Enlever un poids, *alzare un peso*. Pour ôter, *portar via*. Ex. Ils lui enlevèrent son manteau, *gli portarono via il mantello*. Pour ravir, *rapire*. Ex. Enlever une femme, *rapire una donna*. De là vient le mot *ratto*, qui signifie enlèvement.

Ennuyer, *annojare*. On se sert très-souvent dans le discours familier de *seccare*, sécher, au lieu de *annojare*; de *seccaggine*, *seccatore*, *seccatrice*, pour dénoter une chose, une personne ennuyante.

Étonner, v. Act. *far maraviglia*. S'étonner, verbe récip. *maravigliarsi*. Ex. Cela m'étonne, *questo mi fa maraviglia*; je suis étonné de cela, *mi maraviglio di questo*.

Falloir. J'ai parlé ailleurs de cet impersonnel. J'observe ici, 1. que ce verbe, étant précédé de *s'en*, se rend par le verbe *volere*. Ex. Il

s'en faut, *ci vuol altro*. 2. *Peu s'en faut* se rend par le verbe *mancare*.
Ex. Peu s'en est fallu que, *poco è mancato che*, etc. Voyez *penser*.

FENDRE, ouvrir en fendant, *fendere*. Au figuré, troubler, *stordire*.
Ex. Ce bruit me fend la tête, *quel rumore mi stordisce*. *Fendre le cœur* se
rend par *scoppiare*, ainsi que dans cet exemple : cette nouvelle me
fend le cœur, *mi scoppia il cuore a tal nuova*.

FLATTER, louer trop, *adulare*. Pour caresser, *accarezzare*. Ex. Flatter un chien, *accarezzare un cane*.

JOUER, s'exercer à un jeu quelconque de dames, cartes, etc.
giuocare. Dans ce sens on rend la phrase *jouer de malheur* par *essere in
disdetta* ou *aver la disdetta*. Jouer d'un instrument quelconque de musique se dit, *suonare*, avec l'Accus. Jouer, pour badiner, *scherzare*. Jouer
le rôle de, en style de comédie, *far la parte di*, et *jouer la comédie*, *far la
commedia*. Jouer, en parlant des amusemens des enfans, *baloccarsi*, *far
balocchi*, *divertirsi*. *Se jouer de*, pour *se moquer*, *burlarsi di*.

LOUER, donner des louanges, *lodare*. Donner à louage, *appigionare*
ou *affittare*.

MANDER, donner ordre, *ordinare*: écrire à quelqu'un, *far sapere*
ou *far assapere*.

SE MARIER. Ce verbe, qui, en François, convient à l'homme et à
la femme, s'exprime en Italien plus proprement par *maritarsi*, ou *pigliar marito* à l'égard de la femme ; et par *prender* ou *pigliar moglie*, *am-
mogliarsi*, ou bien *accasarsi*, en parlant de l'homme.

PASSER, *passare*. Se passer de, *star senza* ou *far senza una cosa*, ou
bien *farne a meno*. Ex. Je me passe de cela, *fo* ou *sto senza questo*, ou
bien *ne fo a meno*.

PENSER, faire réflexion, *pensare*. *Penser*, suivi d'un Infinitif, signifie *être près de*, et il se rend en Italien par le verbe *mancare*, précédé
de l'adverbe *poco* et suivi de *che*. Dans ce cas *mancare* s'emploie impersonnellement au sing. et au même temps que *penser* ; et l'Infinitif se
met au Conjonctif. Ex. Je pensai tomber du haut de la maison, *poco
mancò che cadessi dal tetto della casa* ; elle a pensé mourir de frayeur,
poco è mancato che morisse dalla paura. *J'ai manqué de tomber*, et autres
maniéres semblables, s'expriment avec la même construction, *poco è
mancato che cadessi*.

PIQUER, Percer légérement, *pungere* : larder, *lardare*, *lardellare* :
piquer une couverture, un habit, *trapuntare* : *se piquer*, faire profession
d'exceller en quelque chose, *piccarsi*.

PLAINDRE, *compaire uno* ou *aver compassione d'uno* : se plaindre de,
lagnarsi ou *lamentarsi di* . . .

PLAIRE, *piacere*. Se plaire à . . . *aver del gusto a* . . . Dat. ou *far volentieri una cosa*, accus. ex. je me plais à la campagne. *sto volentieri
alla campagna*. Le verbe *piacere* n'a pas lieu dans ces phrases ; cependant on se sert quelquefois de *compiacersi*.

PRENDRE, *prendere* ou *pigliare*. Se prendre, pour s'attacher, *attac-*

P 3

carsi, *aggrapparsi*. Au fig. se prendre de paroles, *venire alle parole* : se prendre à rire, *darsi a ridere* : s'en prendre à quelqu'un, *prendersela con uno* ou *contro di uno*.

PRESSER, *incalzare*, *spingere* : presser quelque chose pour en faire sortir le suc, *premere* : au fig. presser une affaire, *sollecitare un affare* : être pressé par la douleur, par la faim, etc. *esser oppresso*, ou *abbattuto*, *dal dolore*, *dalla fame*, etc.

PRÊTER, *imprestare*. — Prêter l'oreille, *ascoltare* ou *dar orecchio* ; et figur. suivre l'avis de, etc. *dar retta a*, etc.— Prêter silence, *far silenzio*. — *Prêter*, en parlant d'étoffes, etc. s'exprime par *cedere* ou par *esser arrendevole*. — Prêter le flanc à l'ennemi, *presentare il fianco al nemico*.

PROMENER, v. act. aider à marcher, *menare* ou *condurre a spasso*. Ex. Promenez cet enfant, *menate a spasso questo ragazzo*. Se promener, *passeggiare*, et non *passeggiarsi*, en syntaxe régul.

RAPPELLER, *richiamare*. Se rappeller, *ricordarsi*.

REPONDRE, faire une réponse, *rispondere*. Se montrer digne des graces, des faveurs, etc. *corrispondere*.

RESSEMBLER, *rassomigliare*. On dit d'un peintre, d'un musicien, etc. qui ne met point de variété dans ses ouvrages ou dans son chant, qu'il ressemble à lui-même, ce qui se dit en Italien *far sempre lo stesso*. Cette autre phrase, *cette demande ne ressemble à rien*, se rend par *questa domanda non sa di nulla*, c'est-à-dire, qu'elle ne signifie rien.

ROULER, pousser une chose en la faisant tourner, comme un tonneau, etc. *rotolare*. Rouler le monde, les yeux, *girare il mondo*, *gli occhi*. Faire rouler l'argent, *far circolare il denaro*. Rouler voiture, *menar carrozza* ; au fig. rouler de grands desseins dans sa tête, *aver vasti progetti in capo*.

SAVOIR, *sapere*. Je ne saurois s'emploie pour *je ne puis*, et alors il doit se rendre par le Présent de l'Indicatif du verbe *potere*, et non pas par *sapere*. Ex. Je ne saurois boire le vin à jeun, *non posso bere il vino a digiuno* : et, cet enfant ne sauroit rester un quart d'heure assis, *quel ragazzo non può star a sedere un quarto d'ora*. Voyez l'addition sur le verbe *sapere*.

SOIGNER, medicamenter, *medicare* ou *curare*. Hors de ce cas, et au fig. soigner ses affaires, etc. se dit, *aver cura DE' suoi affari* etc.

SOUHAITER, *desiderare*, quand le souhait ne s'adresse pas à la personne ; mais quand on souhaite à quelqu'un le bon jour, la bonne nuit, le bon voyage, la bonne année, etc. il faut employer le verbe *augurare*, et non pas *desiderare*. Ex. Je vous souhaite bon appétit, *vi AUGURO buon appetito*.

TARDER, différer, *tardare*, *indugiare*, *differire*. Ce verbe dans le sens impersonnel ne peut pas se rendre par *tardare*, etc. et l'on peut choisir un des différens tours de l'exemple suivant, qui sont tous éga-

lement élégans. Ex: *Il me tarde* ou *il me tarde furieusement* de la voir,
NON VEGGO L'ORA, ou MI STRUGGO DALLA VOGLIA, ou bien MI
PAR MILL' ANNI *di vederla.*

TENIR, *tenere.* Le verbe *tenere* n'a pas lieu dans les phrases suivantes : il ne tient qu'à vous de faire cela, *da voi solo dipende il far questo ;*
cela lui tient à cœur, *questo gli sta a cuore.* Voyez *tenere*, pag. 190.

TIRER, *tirare.* Se *tirer*, au figuré, s'exprime proprement par *uscire,*
sortir. Ex. Se tirer d'un mauvais pas, *uscire da un cattivo passo :* se tirer
d'inquiétude, d'embarras, etc. *uscir d'inquietudine, d'imbarazzo*, etc.
s'en tirer avec honneur, *uscirne con onore.*

TOURNER, aller en rond, *girare.* Changer de chemin, *voltare, svoltare.* Au figuré, tourner ses pensées à Dieu, *volgere i suoi pensieri a
Dio*, et non *voltare*, ni *girare ;* tourner en ridicule, *mettere in ridicolo ;*
les affaires tournent mal, *gli affari prendono cattiva piega ;* cela ne peut
tourner qu'à votre louange, *questo non può ridondare che in vostra lode.*

Nota. Voilà six différens verbes, dont on ne pourroit pas employer
l'un pour l'autre sans en changer absolument la signification. Il en est
assez généralement de même des différens mots, dont je parle dans ce
chapitre.

TRAITER, *trattare ;* panser, *medicare.* Traiter quelqu'un, traiter en,
voyez *dare*, pag. 189.

TROUVER, *trovare.* Trouver bon, *approvare* ou *esser contento :*
trouver mauvais, *disapprovare ;* et plus élégamment il se rend par
saper male, accompagné des pronoms *mi, ti, ci*, etc. impersonnellement, et toujours au singulier. Ex.

Je trouve mauvais,	*mi sa male.*
Tu trouves mauvais,	*ti sa male.*
Il trouve mauvais,	*gli sa male.*
Nous trouvons mauvais,	*ci sa male,* etc.

Ainsi je trouvois mauvais, *mi sapeva male*, etc. Voyez la construction des impersonnels, où j'ai remarqué que *saper male* signifie aussi
être fâché.

VALOIR, quand il s'agit du prix de quelque chose, *valere.* Pour
être plus à propos, *essere.* Ex. Il vaut mieux tard que jamais, *è meglio
tardi che mai.* Vaille que vaille, à tout hasard, se dit, *costi quel che può*
ou *vuole*, ou bien *a qualunque costo.*

VOLER, propre des oiseaux, *volare :* voler le bien d'autrui,
rubare.

DES PRÉPOSITIONS, DES PARTICULES, DES PRONOMS, etc.

A. Cette préposition a souvent en Italien une construction différente de la Françoise. *A*, après les verbes *aimer, demander, chercher,*
se rend par DI. Ex. je n'aime pas à écrire, à jouer, etc. *non amo DI*

scrivere, DI *giuocare* : et, il demanda *à* la voir, *domandò* DI *vederla.* *A*, après le verbe *toccare*, toucher, se perd; car le verbe *toccare*, signifiant mettre le doigt, la main, etc. sur quelque chose, veut l'Accusatif en Italien; même au figuré. Ex. Ne touchez pas *à* cela, *non toccatte questo* : je n'ai pas touché *à* cette somme, *non ho toccato quella somma.* Il en est de même de l'*à* suivi de *qui*, et du verbe *être*, signifiant *appartenir.* Ex. *A* qui est ce chapeau? DI *chi è questo cappello.* Quand *à*, *à la*, *au*, etc. se trouvent avant les noms de temps, et tiennent la place de *dans*, ils se rendent par *in*, *nel*, etc. Ex. il arriva AU moment que, *arrivò* NEL *momento in cui.*

ASSEZ, *abbastanza.* Cet adverbe ne s'emploie guère que dans le sens qui répond à la nature de la chose. Hors de ce cas il prend différens tours, suivant qu'ils s'accommodent le plus au goût de la langue. Ex. *Assez* bien, *benino* : et, il est *assez* stupide pour ne pas voir, etc. *è tanto stupido*, *che non vede*, etc. La raison dans le premier cas est, qu'une chose ne peut jamais être trop bien; dans le second, que la stupidité est toujours de trop.

AU, employé comme particule, s'exprime quelquefois par *di*, d'autrefois par *a.* Ex. Potage *au* ris, *aux* herbes, *minestra* DI *riso*, D'*erbe*, etc. *Au* nom de notre amitié, A *nome della nostra amicizia.* *Au* premier jour, dans un sens adverbial, se dit *quanto prima*; jamais *al primo giorno.*

AUSSI.... QUE, *aussi bien que.* Voyez p. 160.

CE. Quand ce mot est employé comme pronom démonstratif en François, et qu'il en conserve la force, il s'exprime en Italien par *questo* ou *quello.* Ex. C'est le livre dont je vous ai parlé, QUESTO *è il libro di cui vi ho parlato.* *Ce*, étant employé comme démonstratif d'un nom, doit s'accorder avec ce nom en genre et en nombre. Ex. Quelle comédie est-ce? *che commedia è questa*? et non *questo.* *Ce que* ou *ce qui*, ayant un rapport particulier à une chose qui suit, s'explique par *cio che* ou *quello che.* Ex. *Ce que* vous dites est vrai, CIÒ CHE *dite è vero* : mais s'il sert à former une conclusion de ce qui précède, il se rend par *il che.* Ainsi, par exemple, si, après avoir parlé d'un évènement arrivé, ou de choses faites à une personne, j'ajoute CE QUI *le mit de mauvaise humeur*, et je termine la phrase, je dirai IL CHE *lo mise di cattivo umore*, et non *ciò che.* Quand *ce* s'emploie au lieu d'un pronom personnel, il doit être exprimé en Italien par le pronom, dont il tient la place. Si vous voulez vous former à l'éloquence, lisez Démosthène et Cicéron : *ce* sont les deux plus grands orateurs de l'antiquité; *se volete avanzare nell'* *eloquenza*, *leggete Demóstene e Cicerone*; *sono* ESSI *i due più eccellenti oratori dell'* *antichità.* Quand *ce* ne s'emploie en François que comme une particule de *ripieno*, il se supprime en Italien. Ex. CE me semble, *mi pare.* Il en est de même de ces trois mots, C'EST... QUE, vrais Gallicismes; car alors il faut simplifier la phrase en Italien en les supprimant.

Ex. C'est en Dieu QUE nous devons mettre notre espérance, *dobbia-mo riporre la nostra speranza in Dio* : comme s'il y avoit, *nous devons mettre notre espérance en Dieu* : et, C'est de la bonne éducation qu'il a reçue, que vient son bonheur ; *il suo ben essere viene dalla buona educa-zione, che ha avuto*; savoir, *son bonheur vient de la bonne éducation qu'il a reçue*. Pareillement, C'EST pour rire QU'il vous dit cela, *vi dice questo per ridere*; c'est-à-dire, *il vous dit cela pour rire*. Ces tours et autres semblables sont très-remarquables; et, pour en faciliter le dé-veloppement, j'ajoute les phrases suivantes: Heureux l'homme qui peut, ne fût-CE QUE dans sa vieillesse, parvenir à être sage et à pen-ser sainement! M. d'Olivet; *o beato colui che può, almeno nella sua vecchiezza, fare acquisto della saviezza e della prudenza*. La nouvelle en parvint à la mère : c'étoit au moment où, etc. *ne giunse la nuova alla madre, nel momento appunto, in cui, ou nel punto stesso in cui*, etc. N'est-ce pas? s'exprime par *non è vero? ou non è così?*

CELA se dit *questo* ou *quello* au neutre, suivant le différent rapport de proximité qu'il a à un objet, *Comme cela*, adv. se dit *così*. Ex. Faites comme cela, *fate così*.

DE. Cette particule, qui en François dispose à prendre en sens d'extrait ce qui la suit, se supprime quelquefois en Italien; d'autres fois elle s'exprime par la préposition ou par l'article qui s'accommode le mieux au génie de la langue. Ex. Il y eut quatre hommes *de* blessés et deux *de* tués, *vi furono quattro feriti e due morti*. Elle se rend aussi par la préposition *con* ou *in*, ou bien par un article. Ex. Il mange *de* bon appétit, *mangia* CON *buon appetito*; il lui dit *d'*un air content, *gli disse* CON *un viso contento*; un homme qui dit *d'*une façon et pense *de* l'autre, *un uomo che parla* IN *un modo e pensa* IN *un altro*; vous me flattez *de* bonne grace, *voi m'adulate* CON *buona grazia*; dépêchez-vous *de* chercher, *spicciatevi* A *cercare*; je ne le ferai *de* ma vie, *non lo farò giammai*. Mourir *d'*envie, *de* faim, *de* soif, *de* rire, se dit *mo-rir* DALLA *voglia*, DALLA *fame*, DALLA *sete*, DALLE *risa*, etc. Quand *de* s'emploie pour dénoter l'usage d'une chose, il s'exprime par *da*. Ex. Boucle *de* soulier, *fibbia* DA *scarpa*; bonnet *de* nuit, *berrettino* DA *notte*; chien *de* chasse, *cane* DA *caccia*, etc.

DEPUIS se dit *dopo* avec les noms qui ne désignent pas le temps. Ex. Depuis la guerre, *dopo la guerra*; depuis son départ, *dopo la sua partenza*. Mais si *jusque* répond à *depuis*, ce dernier se rend par *da*, *dal*, etc. Ex. *Depuis* Octobre *jusqu'*à Novembre, DAL *mese d'Ottobre sino a Novembre*; depuis Rome *jusqu'*à Paris, DA *Roma a Parigi*, ou *sino a Parigi*.

Dès. Cette préposition étant suivie d'un article défini, s'exprime en Italien par *fin dal*, *dalla*, etc. Ex. Dès le commencement de l'année, FIN DAL *principio dell' anno*; dès l'origine du monde, FIN DALL'*ori-gine del mondo*. Dès que, fixant le temps, s'exprime par *quando* ou par *subito che*. Ex. *Dès que* vous aurez fait, QUANDO *avrete fatto*. Dans les autres cas, et dans le sens de *puisque*, il se dit *poichè*. Ex. *Dès que vous ne voulez pas*, POICHÈ *non volete*.

DONT. Ce mot, qui est invariable en François, se rend en Italien par *cui*, *quale*, et quelquefois par *che*, avec les articles qui leur conviennent; ou bien par la préposition, qui répond le mieux au sens du discours. Ex. L'homme *dont* vous me parlez, *l'uomo* DI CUI *mi parlate*; la personne *dont* j'ai reçue la lettre, *la persona* DA CUI *ho ricevuto la lettera*; à la manière *dont* vous me parlez, *alla maniera* CON CUI *mi parlate*; le château *dont* il a hérité de son père, *il castello* CHE *ha ereditato da suo padre*.

HEUREUSEMENT. Cet adverbe s'exprime en Italien par *felicemente*, quand on parle d'une action ou d'un évènement ordinaire. Ex. Il a fini *heureusement* son voyage, *ha terminato* FELICEMENTE *il suo viaggio*; elle est accouchée *heureusement*, *essa ha partorito* FELICEMENTE. Que si cet adverbe s'emploie en vue de quelque affaire particulière, comme d'un danger auquel on a échappé, etc. l'adverbe se rend par *buona sorte*. Ex. *Heureusement* je ne suis pas tombée, PER BUONA SORTE *non sono caduta*; *heureusement* vous avez affaire à un honnête homme, PER BUONA SORTE *avete a fare con un galantuomo*. Pour mieux faire connoître cette différence d'ailleurs si nécessaire, j'observe que, dans le premier cas, l'adverbe suit le verbe en François, dans le second il en est précédè. — *Malheureusement* se dit *infelicemente*, ou *per mala sorte*, avec la même distinction. *Heureusement pour moi*, *pour toi*, *pour lui*, ou *pour elle*, *pour nous*, *pour vous*, *pour eux*, se dit *per mia*, *per tua*, *per sua*, *per nostra*, *per vostra*, *per loro* BUONA SORTE; et on supprime souvent le pronom possessif. Il en est de même de *malheureusement pour moi*, etc. *per mia mala sorte*, etc.

LE, ne servant que de particule, ou de *ripieno* en François, se supprime en Italien, ou bien il se rend par le mot qui lui répond en syntaxe régulière. Ex. Il se tourna vers *l'un d'eux*, *si volse verso uno di essi*; ah! *les* jolis petits pieds! *ah!* CHE *bei piedini*!

MALGRÉ. Cette préposition, se trouvant avant un nom, s'exprime par *non ostante*, nonobstant. Ex. Il a été repoussé malgré sa bravoure, *è stato respinto* NON OSTANTE *la sua bravura*. Avant les pronoms de personne, comme *malgré moi*, *malgré vous*, etc. le pronom de personne se change en possessif, qui, en Italien, doit se placer avant *malgrado*, et l'on dit *mio malgrado*, *vostro malgrado*, *suo malgrado*, *malgré moi*, *lui* ou *elle*; *loro malgrado*, *malgré eux*, etc. Quelquefois *malgré*, avec son pronom, s'exprime par *colle cattive*; et alors il répond ordinairement à *colle buone*, qui signifie *bon gré*. Ex. S'il ne veut pas faire cela de bon gré, il le fera malgré lui; *se non vuole far questo* COLLE BUONE, *lo farà* COLLE CATTIVE. Il faut sous-entendre; *manière* aux mots *buone* et *cattive*.

Nota. — *En dépit de moi*, etc. se dit *a mio dispetto*, etc. et, pour donner plus de force à la phrase, on y ajoute *marcio*. Ex. En dépit de nous, *a nostro marcio dispetto*.

Même, adverbe, se dit *anche* ou *ancora*. Ex. Je veux vous en céder *même* les intérêts, *voglio cedervene* ANCHE *gl'interessi*. *Quand même* se dit *quand anche*. Ex. Quand même vous seriez plus savant, *quand anche foste più dotto*. Le changement, qui se fait dans cette phrase de l'Optatif en Imparfait, est très-remarquable. *Pas même, ne pas même*, se disent *ne anche*, ou *neppure*. Ex. Il ne veut pas même secourir ses père et mère, *non vuol soccorrere neppure i suoi genitori*. *De même* se dit *lo stesso*. Ex. Dites *de même* du reste, *dite* LO STESSO *del resto*.

Nota. Ces phrases *être à même, laisser à même, mettre à même*, doivent se tourner en Italien comme s'il y avoit, *être en liberté de faire, mettre en état*, et, *au pouvoir*, etc. savoir, *mettere in libertà, mettere in istato*; et pareillement, *être à même, essere in istato* ou *in grado*.

Mieux, *meglio*. Cet adverbe, étant précédé de la particule *de* et du pronom possessif *mon; ton*, etc. se rend invariablement par *alla meglio*, sans exprimer la particule, ni le pronom. Ex. J'ai fait cela *de mon mieux, ho fatto questo* ALLA MEGLIO. Ainsi *au pire* se dit *alla peggio*; mais, *au pis aller*, se dit *a peggio andare*. J'ajoute que *de mieux en mieux* se dit *di bene in meglio*, jamais *di meglio in meglio*.

A moins de, *a meno di*. *A moins que* . . . *ne* se dit *se non* ou *se pur non*. Ex. *A moins que* vous ne veuilliez, SE POUR NON *voleste*; et, je ne vous donnerai point mon cheval *à moins que* vous ne me cédiez votre bague, *non vi darò il mio cavallo* SE NON *mi cedete il vostro anello*.

Où, adverbe de lieu, se dit *dove, ove*. Ce mot, étant employé comme adverbe de temps, doit se rendre par *in cui*. Ex. Le temps *où* nous vivons, *il tempo* IN CUI *viviamo*, et non *dove*, qui ne convient qu'au lieu.

Oui, *si*. Cet adverbe, aussi bien que *non*, NO ou NON, précède toujours en François les mots *monsieur, madame*, en Italien il est indifférent que ces adverbes précèdent ou suivent le mot *signore, signora*. On dit, cependant, très-communément, *signor, si; signor, no*; oui, monsieur; non, monsieur. Il paroît que *si, signore; no, signora*, ajoutent tant-soit-peu plus de force à l'affirmation ou à la négation. Il est très-reçu en Toscane, de syncoper les mots *signore*, et *signora*, unis à l'affirmative ou à la négative, et de dire, *gnor, si; gnor, no; gnora, si; gnora, no*, au lieu de *signor, si*, etc. Cela appartient au discours familier, quoiqu'on en trouve des exemples dans les comédies de *Fagiuoli*.

Pendant, *mentre*, pendant que, ou tandis que, *mentre, mentre che*. Cette préposition ou conjonction se dit *per* avant les nombres de temps, et quelquefois *in, nel*, etc. quand le discours désigne un espace de temps. Ex. *Pendant* une heure, PER *un ora*; *pendant* deux ans,

PER *due anni.* Avant les noms précédés d'un article, *pendant* s'exprime par *durante*, ou bien par la préposition *il, nel,* etc. ou *nel tempo di del,* etc. Ex. *Pendant* la guerre, DURANTE *la guerra* ; *pendant* le souper on fit de la musique, NEL TEMPO *della cena si fece della musica.* [Pendant s'exprime quelquefois par un Gérondif. Ex, *Pendant* le chemin, *strada facendo.*

PLUS, étant précédé d'un nom ou d'un pronom et de la négation, s'exprime par *neppure* ou *ne anche.* Ex. Moi non plus, *neppur io,* ou *ne anch'io.*

POINT ou PAS. Ces adverbes ne s'expriment point en Italien quand ils ne font que remplir la négation. Ex. Je ne dis *pas* cela, NON *dico questo. Point* se dit *affatto* ou *punto* quand il signifie *nullement. Pas* tout seul se rend par *non. Pas un* se dit *neppur uno* ou *ne anch'uno. Ne.. point de fois* s'exprime par *non una volta.* Ex. Il ne vient *point de fois* qu'il ne dise quelque sottise, NON *viene* UNA *volta, senza dire qualche impertinenza. Pas* se rend quelquefois par *già* particule de *ripieno.* Ex. Ce n'est *pas* que, *non è* GIÀ *che. Pas encore* se dit *non ancora.*

QUAND. Cet adverbe, étant suivi d'un Optatif dans un sens incertain, s'exprime par *quand anche* ou *quantunque.* Ex. Quand vous feriez le diable à quatre, vous n'en seriez pas plus avancé, *quand anche,* ou *quantunque faceste il diavolo e peggio, la cosa non andrebbe meglio.*

QUE. Ce mot fait en François l'office de conjonction, de particule, etc. et il prend souvent en Italien un tour bien différent. *Quel* particule d'admiration ou d'exclamation, se rend invariablement par *quanto.* Ex. QUE vous êtes bon! QUANTO *siete buono! Que ?* interrogatif, se rend communément par *perchè.* Ex. *Que* n'êtes-vous venu ? PERCHÈ *non siete venuto ? — Que,* devant un infinitif et entre *avant... de,* ne s'exprime point. Ex. Réfléchissez *avant que de* parler, *riflettete* PRIMA *di parlare. — Que,* dubitatif, se supprime quelquefois; d'autrefois il s'exprime, mais d'une manière conforme au génie de la langue. Ex. Qu'il vienne ou non, nous dînerons à l'heure ordinaire, *venga o non venga, noi pranzeremo all'ora solita* ; et, QUE vous soyez riche ou pauvre, vous n'êtes pas moins obligé d'être vertueux, *ricco o povero che siate, siete sempre tenuto a praticar la virtù. — Quand que* se trouve au commencement de la période et annonce un devoir, il peut se supprimer ou bien se rendre par le verbe *dovere.* Ex. *Que* l'homme respecte ses semblables, s'il veut être respecté, *rispetti l'uomo gli altri uomini, se vuol essere rispettato,* ou bien, DEE *l'uomo rispettare,* etc. — *Que,* précédé de *ne,* et mettant une certaine condition au discours, s'exprime par *se non* ou *se prima non.* Ex. je n'irai pas le voir *qu'il ne* m'en ait invité, *non andrò a vederlo, se non m'invita,* ou *se prima non ne sono invitato* ; et, vous *ne* me quitterez pas *que* vous n'ayez déjeûné, *non vè n'andrete* PRIMA DI *far colezione,* ou *se prima non fate colezione. — Que,* étant suivi de *ne,* et accompagné du comparatif *plus* ou *mieux,* s'exprime élégament par *di quello che.* Ex. J'entends *mieux que je ne parle*, *intendo meglio* DI QUELLO CHE *parlo*. — *Que de*, étant suivi d'un infinitif, se rend par l'article *il*, *l'*, *lo*. Ex. C'est un grand malheur pour un honnête homme *que* d'avoir une femme méchante, *è una gran disgrazia per un galantuomo L'avere una cattiva moglie*. — *Que*, après *peut-être*, se perd tout-à-fait. Ex. Peut-être *qu'oui*, peut-être *que non*, *forse si*, *forse no*; et, peut-être que je ne sortirai pas, *forse non uscirò*. — *Est-ce que?* interrogatif, s'exprime par *forse*. Ex. *Est-ce que* vous êtes malade? *siete forse ammalato?* — *Qu'est-ce que?* ou *qu'est-ce que c'est que?* se disent en Italien *che* ou *cosa*; et les Italiens suivent en cela la concision des Latins. Ex. *Qu'est-ce que* vous dites? CHE *dite?* qu'est-ce que c'est que ce bruit? *cos'è questo strepito?* Pareillement, *qui est-ce qui?* se rend par *chi*. Ex. *Qui est-ce qui* frappe? CHI *batte?* ou CHI *picchia?*

RIEN MOINS QUE. Cette tournure, qui en François est toujours précédé de la négative *ne*, se rend en Italien par *tutt'altro che*. Ex. Il n'est *rien moins que* fol, *egli è* TUTT' ALTRO CHE *pazzo*; et, elle n'est *rien moins que* silencieuse, *essa è* TUTT' ALTRO CHE *taciturna*.

SI, particule conditionnelle ou dubitative, *se*. — *Si... que*, employé dans le sens de *quelque... que* ou de *tout... que* s'exprime par *per*. Ex. *Si* cher *qu'il* soit, vous l'aurez; PER *caro che sia, voi l'avrete*. *Si*, au lieu de *tellement*, se dit *sì* ou *così*. Ex. Il y alla *si* vîte, qu'il en fut malade; *v'andò sì presto, che s'ammalò*.

TANT. Cet adverbe, étant suivi de *que*, dénote en François la quantité d'une chose, et s'exprime en Italien par *quanto*, qui s'accorde en genre et en nombre avec le nom. Ex. Je vous donnerai de l'argent *tant que* vous en voudrez, *vi darò denaro* QUANTO *ne vorrete*. Le *tant*, qui marque simplement l'extension d'une qualité dont il est suivi, se rend adverbialement par *tanto*, et le *que* par *quanto*; ou bien les deux mots *tant... que* s'expriment par *quanto*. Ex. Les livres d'Aristote ne sont plus *tant* estimés *qu'ils* l'étoient autrefois, *i libri d'Aristotile non sono più stimati* QUANTO *lo erano altre volte*. — *Tant que*, au lieu de *tandis que* ou pour *aussi long-temps que*, *finchè*. Ex. *Tant que* vous êtes jeunes, FINCHÈ *siete giovane*.

TANTÔT. Si cet adverbe regarde le Passé, il s'exprime en Italien par *poco fà*, ou par *dianzi*. Ex. Je l'ai vu *tantôt*, *l'ho veduto dianzi*, ou *poco fà*. S'il se rapporte au Futur, il se rend par *fra poco*, *tra poco* ou *ben presto*. Ex. Je le verrai *tantôt*, *lo vedrò fra poco* ou *ben presto*, et non pas *dianzi* ni *poco fà*. *Tantôt*, redoublé, se rend par *ora... ora* entier ou sincopé. Ex. *Tantôt* l'un, *tantôt* l'autre, OR *l'uno*, OR *l'altro*; il est *tantôt* gai, *tantôt* triste, ORA *è allegro*, ORA *è tristo*. Dans le style élevé on se sert souvent de *quando... quando* au lieu de *ora*.

TOUT à-L'HEURE a beaucoup de rapport avec *tantôt* excepté à l'égard de certains temps; car il s'exprime par *dianzi* ou *poco fà* quand il accompagne un Imparfait ou un Parfait. Ex. Il étoit ici *tout-à-l'heure*, *egli era qui* POCO FÀ ; je viens de le voir *tout-à-l'heure*, *l'ho veduto* DIANZI. Que s'il a du rapport à un Présent, à un Futur, ou à un Impératif, il se rend par *ora* ou *subito*. Ex. Je viens *tout-à-l'heure*, ORA *vengo* ; je l'enverrai *tout-à-l'heure*, *lo manderò* SUBITO ; allez-y *tout-à-l'heure*, *andateci* SUBITO.

DE L'ORTHOGRAPHE.

ON peut s'énoncer dans une langue de deux manières, savoir, en parlant ou en écrivant. Chacune de ces deux manières a des règles qu'il faut observer. J'ai parlé au commencement de cette grammaire des règles de la prononciation ; il me reste à présent à parler de l'orthographe, ou de la manière d'écrire correctement. — Les accens, l'apostrophe, le retranchement des syllabes ou des mots et leur augmentation, les lettres capitales et les différentes marques de ponctuation, font le sujet de l'orthographe. Je n'ai rien à ajouter à ce que j'ai dit à l'égard de l'accent, pag. 54 : ainsi je passe aux autres parties de l'ortographe.

De l'Apostrophe.

L'apostrophe (') marque la suppression d'une voyelle ou d'une syllabe, Ex. *Grand'uomo* ; *e'disse* ; *lo 'mperadore* ; au lieu de *grand*E *uomo*, E*GLI disse*, *lo* I*mperadore*. L'apostrophe n'étoit point en usage dans le bon siècle, et elle n'a eu lieu que depuis le seizième siècle. — Il y a des mots qui s'emploient retranchés devant les consonnes aussi bien que devant les voyelles, (quoiqu'ils s'écrivent aussi tous entiers,) comme *cuor*, cœur ; *pensier*, pensée ; *veder*, voir ; et plusieurs autres. Or ces mots ne souffrent point d'apostrophe. Vocab. della Crusca, Pref. §. 8. Pareillement, on écrit *un uomo*, un homme ; comme *un diamante*, un diamant. Mais la concordance ne souffriroit pas que l'on écrivît UN *tavola*, au lieu d'UNA *tavola*, une table ; car, avec les féminins, l'A doit se montrer au moins par la marque de l'apostrophe, et, par cette raison, on écrit UN'*anima*, une âme ; UN'*essenza*, une essence, etc.

De l'Augmentation des Syllabes.

1. Une consonne, ne pouvant jamais se trouver dans le discours avant une *s* impure, il faut par conséquent faire sortir une voyelle du mot précédent, s'il en est susceptible. Ainsi, au lieu d'écrire UN *scolare*, GRAN *strepito*, on doit écrire UNO *scolare*, un écolier ;

GRÀNDE *strepito*, grand bruit. Que si le mot, qui précède l'*s* impure, ne peut pas donner une voyelle, comme *non*, *in*, *per*, *con*, alors il faut mettre un *i* avant l'*s* impure, et cette voyelle reste, pour ainsi dire, incorporée aux mots qui commencent par une *s* impure et sont précédés d'une consonne. Ainsi l'on doit écrire *con* istento avec peine, et non *con stento*; et on lit dans Boc. g. 3. n. 6. *di scoglio in* iscoglio *andando*, allant d'un écueil à l'autre; et, g. 8. n. 6. *per non* ismarrire, etc. pour ne pas perdre, etc. Faute de cette règle, plusieurs personnes cherchent inutilement dans les vocabulaires Italiens *istento*, *iscoglio*, *ismarrire*, *istudio*, etc. au lieu de *stento*, *scoglio*, *smarrire*, *studio*, etc. — J'observe, que les poëtes négligent souvent cette règle; mais c'est là une des licences poëtiques qu'il n'est jamais permis d'imiter en prose.

2. On ajoute quelquefois un *d* aux particules *a*, à; *e*, et; *o*, ou; quand elles sont suivies d'une voyelle; et un *r* à la préposition *su*; sur. Ex. *Vi cominciarono le genti* AD *andare*, *e* AD *accender lumi*, *e* AD *adorarlo*, Boc. n. 1. et, g. 8. n. 3. ED *ivi presso*, et là près; et, g. 3. n. 7. *senza far motto* AD *amico* OD *a parente*: et, SUR *un muletto*, sur un mulet, Tesor. Brun. SUR *una piazza*, sur une place; Segni. Stor. l. 10, c. 38. On trouve aussi *ned* avant un *e*, au lieu de *nè*, ni.

De l'abbréviation des Mots, ou de la Suppression des Lettres.

Il ne s'agit pas ici des mots contractés, comme le sont plusieurs participes de la première conjugaison, par exemple, *avvezzo* pour *avvezzato*, accoutumé; *concio* pour *conciato*, accommodé; *cerco* pour *cercato*, cherché; *desto* pour *destato*, éveillé, *guasto* pour *guastato*, gâté, *trovo* pour *trovato*, trouvé, *tocco* pour *toccato*, touché, etc. Mais il est question du retranchement qui se fait dans certains mots, de leurs lettres initiales on finales, et cela, suivant les mots dont ils sont précédés ou suivis. On n'abrège que les lettres initiales des mots qui, commençant par un *i*, sont suivis d'une de ces lettres liquides *l*, *m*, *n*, comme *lo'mperadore*, *lo'ngannatore*, etc. Mais comme ces règles sont sujettes à plusieurs exceptions, et qu'il est assez reçu de nos jours d'écrire *l'imperatore*, *l'ingannatore*, je n'y insisterai pas davantage. Je vais donc parler de l'abbréviation qui se fait à la fin des mots, par une apostrophe avant les voyelles, ou de la suppression des lettres avant les consonnes, sans la marque de l'apostrophe.

1. On n'abrège point les mots sur lesquels on fait la pause du discours; et on ne dit pas, *hò un gran* DOLOR *ou* timor au lieu de *dolore*, *timore*, etc. quand on fait la pause sur ces mots. Cependant les poëtes font quelquefois le contraire; même avec grace. Ex.

« Misera vergine !
« Sue membra nobili
« Belva divennero :
« Ah! gran DOLOR !». *Chiabrera.*

2. On n'abrège pas non plus les mots qui se terminent par un accent, comme *andò*, *farò*, etc. Il faut en excepter les mots composés de *che*, qui ont l'accent sur la dernière lettre, comme *perchè*, *benchè*, etc. qui sont susceptibles d'abréviation.

3. Il faut en dire généralement de même des mots qui se terminent par deux voyelles, comme *empio*, *granchio*, *nebbia*, etc.

4. Les mots terminés en *a* peuvent s'abréger, quand ils précèdent une voyelle, mais non pas avant une consonne. Ex. *Rob' unta*, *all' erba*, etc. au lieu de *roba unta*, *alla erba*. Mais on ne peut pas dire *alcun gente*, non plus qu'*una* SOL *volta*, au lieu d'*alcuna gente*, *una sola volta*. Plusieurs Italiens font assez ordinairement cette dernière faute. *Cortic*. Il faut excepter les mots *ora*, adv. à présent; et *suora*, sœur, employé comme adjectif.

5. On abrège souvent par une apostrophe l'*e* qui se trouve avant les voyelles. Ex. *Oltr' ai*, *s' io*, *l'ore*, au lieu de *oltre ai*, *se io*, *le ore*.

L'*e* qui est précédé d'une des trois liquides *l*, *n*, *r*, peut se retrancher avant les consonnes, sans être remplacé par une apostrophe. Ex. PAN *lavato*. Boc. TIEN *del*, Pétr. *si* VUOL *dire*; *se vi* CAL *di me*, BOC. *nè* SAL *nè olio*, Buonar. au lieu de *pane*, *tiene*, *vuole*, *cale*, *sale*, etc. Cette règle a une très-grande étendue, sur-tout dans les Infinitifs des verbes, dont l'*e* final est toujours précédé d'un *r*; et l'on dit *amar* et *amare*, *andar* et *andare*, *veder* et *vedere*, etc. etc. Que si l'Infinitif est suivi d'une *s* impure, alors, comme j'ai remarqué, l'*e* ne peut aucunement se retrancher; et l'on ne pourroit pas écrire *dover stare*, devoir rester, au lieu de *dovere stare*.

Nota 1. Il n'est pas permis de supprimer l'*e* des noms pluriels, comme on le fait à l'égard de leurs articles; et on dira *donne altiere*, *canne leggiere*, et non *donn' altiere*, *cann' leggiere*.—2. Les *e* de *come*, adv. et de *nome* ne peuvent pas non plus se retrancher; et, quoique Pétrarque l'ait fait, Son. 229 COM' *perde*, etc. c'est-là une de ces licences poétiques que l'on ne peut pas imiter, au moins en prose.

6. Les *i* à la fin des mots se retranchent régulièrement quand ils sont suivis d'un autre *i*: hors de ce cas ils se suppriment quelquefois et souvent ils peuvent rester. Ex. *Gl' intagli*. *Gli* devant *a, e, o, u*, doit s'écrire tout entier, sans quoi il perdroit le son mouillé qui lui est propre; et on doit écrire *gli avi*, *gli errori*, *gli onori*, *gli uccelli*, et non *gl' avi*, etc. Par la même raison, c'est-à-dire, afin que l'orthographe réponde à la vraie prononciation, on conserve l'*i* des mots terminés en *ci*, *gi*. Ex. *Dolci amplessi*, *pregi onorati*, et non *dolc' amplessi*, *preg' onorati*. On peut aussi écrire *se'*, tu es, au lieu de *sei*. — Enfin j'observe que l'on peut retrancher l'*i* final dans les personnes des verbes terminées en *ai*, lorsque ces *i* sont suivis d'un pronom conjoint, et dire par ex. *deliberámi* au lieu de *deliberaimi* ou *mi deliberai*;

je

je me déterminaì ; *e cotali altre voci* , *senza rispármio* , *si dícono Tosca-namente*. Bembo , *lib. 2. della volgar lingua.*

7. Les *o* peuvent se retrancher avant une voyelle. Ex. *Quant' ogni altro ; pass' io ; tropp' altiero* , etc. au lieu de *quanto , passo , troppo*. Les *o* se suppriment très-souvent avant les consonnes, comme avant les voyelles sans la marque de l'apostrophe; et on lit dans les bons auteurs *soglion , vorrebbon , andiam , primier , uom , sol , son* , etc. au lieu de *sogliono , vorrebbono , andiamo , primiero , uomo : sole* , ou *solo* adv. *sono* , etc. J'ajoute que l'on peut retrancher l'*o* final des troisièmes personnes des pluriels des verbes qui sont terminés en *RO* , comme *videro , sedettero , lessero , stimássero , tenessero , credessero , coprissero , stimerebbero* , etc. et dire : *vider , sedétter , coprisser , stimerébber* , etc. Il en est de même de ces personnes , qui ne se terminent en *RO* que par l'effet de la syncope , ainsi que *amar* au lieu de *amáro* , syncope de *amarono ; poter* au lieu de *potero* , syncope de *poterono* , etc. Mais ces derniers retranchemens sont plutôt usités en poésie qu'en prose. Voyez *Salviati Avvert. lib. 3. cap. 2. partic. 37.* Le défaut de la connoissance de cette régle arrête bien des personnes dans l'intelligence des auteurs Italiens. Cependant les *o* des premières personnes du présent de l'Indicatif, qui ont l'accent sur la pénultième, comme *amo , ragiono , confesso , perdono* , ne peuvent jamais se retrancher. L'inobservance de cette régle a donné lieu à la critique du fameux vers du Tasse :

Amico , hai vinto : io ti PERDÒN ; perdona !

savoir ; mon ami , tu as vaincu ; je te pardonne ; pardonne-moi.

8. Enfin , il faut observer que l'on retranche non-seulement une lettre , mais que l'on supprime souvent une syllabe entière en certains mots. J'ai cru devoir indiquer quelques-uns de ces derniers mots les plus usités , comme *santo , bello , grande , buono , quello* , en parlant des noms ; et cela pour obvier , dès le commencement , à une difficulté de la plus grande importance. J'ajoute à présent à ces mots les suivans : *frate* , moine; *fratello* , frère ; *cavallo* , cheval ; *hanno* , ils ont ; *fanno* , ils font ; et plusieurs autres mots , dont l'*o* final est précédé de deux *ll* ou de deux *nn* , lesquels en poésie et en prose souffrent le retranchement de la dernière syllabe , comme *fra , fratel , caval , han , fan* , etc.

Nota 1. Ces cinq mots : *corallo* , corail; *cristallo* , cristal ; *ballo* , bal ; *fallo* , faute ; *snello* , agile ; ne peuvent pas s'abréger. Buon.——2. *Egli* , il ; *meglio* , mieux ; et *voglio* , je veux , s'abrègent souvent , et s'écrivent *e' , me' , vo'*. Il en est de même de *to'* (Petr.) au lieu de *togli* , prends ; de *ve'* (Dante) pour *vedi* , vois ; et des pluriels *belli* , beaux ; *fratelli* , frères , qui perdent quelquefois plus que la syllabe , et s'écrivent *be' , frate'* : et pareillement les prépositions composées , *pelli* , par les ; *nelli* , dans les ; *colli* , avec les ; etc. s'écrivent aujourd'hui plus communément *pe' , ne'* , etc.

Q

Des Lettres Capitales.

Les Italiens appellent *majuscole* les lettres capitales. Salviati propose plusieurs règles à ce sujet. *Avvert*, 1. p. cap. 4, part. 22, etc. En voici les plus intéressantes.

1. Les lettres capitales ne reçoivent aucune marque, ni d'accent ni d'apostrophe.

2. Au commencement des périodes la première lettre est toujours capitale.

3. La première lettre des noms propres d'hommes, de lieux, de sciences, des parties de l'année, des mois, des jours, des fêtes, est capitale. Ex. *Pietro*, *Bruni*, *Toscana*, *Londra*, *Matematica*, *Primavera*, *Gennajo*, *Domenica*, *Pasqua*.

De la Ponctuation.

L'écriture est l'image du discours : et comme en parlant, on fait des pauses plus longues ou plus courtes, pour distinguer les membres du discours ; et que l'on élève plus ou moins la voix pour la faire servir aux différens mouvemens de l'ame ; ainsi on a trouvé pour l'écriture des marques qui répondent, autant qu'il est possible, à ces différentes nuances. Ces marques sont au nombre de six.

1. Le point (.) se met à la fin d'une période, et il dénote qu'une des pensées qui composent le discours, ou le discours même a eu son complément.

2. Les deux points (:), qui répondent à une pause médiocre, se mettent après une phrase finie, mais suivie d'une autre, qui sert à l'étendre ou à l'éclaircir. Les deux points se mettent assez communément avant le rapport des mots précis que quelqu'un a dit.

3. Le point avec la virgule (;) s'emploie pour détacher les phrases, qui sont un peu plus liées que celles qui sont bornées pas les deux points.

4. La virgule (,) sert à marquer la pause ou l'interruption la plus courte que l'on fait dans le discours.

5. Le point interrogatif (?) se met après les phrases qui expriment une interrogation. Ex. *Che dite ?* Que dites-vous ?

6. Le point admiratif (!) se met après les phrases qui expriment une admiration ou une exclamation. Ex. *Oh tempi ! oh costumi !*

Voici une période qui contient les quatre premières marques, et qui est tirée du *Galateo de Mons. della Casa*, n. 23.

Quando si favella con alcuno, non se gli dee l'uomo avvicinare sì, che se gli diti nel viso : perciocchè molti troverai, che non amano di sentire il fiato altrui ; quantunque cattivo odore non ne uscisse. Quand on parle avec quelqu'un, on ne doit point en approcher si près, qu'on lui souffle au visage : car il est bien des personnes qui n'aiment pas à sentir l'haleine des autres, quelque pure qu'elle soit.

Pour ce qui regarde la virgule, qui est la marque la plus fréquente, j'observe qu'elle sert à distinguer les substantifs, les adjectifs, les verbes, les adverbes, qui ne se qualifient point l'un l'autre. Ex. *La virtù, le grazie, i talenti : un amor tenero, sincero, costante : mangiare, bere, dormire,* etc. Mais la virgule n'a pas lieu quand un adjectif ne fait que modifier son substantif, ou un verbe un autre verbe. Ex. *Un talento raro ; andar a dormire.* Les Italiens mettent la virgule avant le *che,* pronom relatif ; et non pas quand *che* signifie *ce que,* et il répond au *quid* ou *id quod* des Latins. Ex. *Essendo tutta la gente attenta a vedere* CHE *di lui avvenisse.* Boc. g. 2. n. 1. La raison en est, que, dans le premier cas, il y a une petite pause ; dans le second il n'y en a point.

On peut ajouter au six marques ci-dessus *les trois points* et *la parenthèse.*

Les trois points (. . .) annoncent l'interruption du discours.

La parenthèse est une addition qui se fait au discours entre ces deux signes ( ). Quoique cette addition ait du rapport au discours, elle n'a cependant rien à faire avec le reste de la période. Quand l'interruption est très-courte, il est bien, comme remarque Salviati, de substituer deux virgules à la parenthèse. Ex. *Io opposi le forze mie ; come Iddio sa, quanto potei.* Boc. Fiam. cap. 4. n. 28.

F I N D E L A G R A M M A I R E.

Q 2

AU LECTEUR.

~~~~~~~~~~

C'EST un usage assez généralement reçu par ceux qui écrivent des Grammaires pour les étrangers, d'y ajouter une liste des mots les plus nécessaires à être sus par cœur, et quelques morceaux de prose et même de poésie, afin que les étudians se familiarisent petit-à-petit avec la langue qu'ils veulent apprendre. Cela me paroît assez raisonnable, toutes les fois qu'une pareille addition est regardée comme un accessoire qui peut être de quelque utilité, et non pas comme une partie de la Grammaire. Cependant si l'on fait attention à quelques éditeurs qui annoncent au public une grammaire dans sa dernière perfection (1), l'on verra, que s'ils attribuent une qualité si extraordinaire à leur ouvrage, ce n'est pas parce qu'ils ont travaillé à perfectionner la partie des noms et des verbes ou à donner du jour aux points les plus intéressans et les plus difficiles de la syntaxe (ce qui requiert trop de temps et trop d'étude); mais plutôt parce qu'ils ont grossi leur grammaire de pièces qui lui sont étrangères et qui ne demandent que la main d'un copiste; et que par ce moyen ils ont formé un volume, qui, par son extérieur, ne peut en imposer qu'aux personnes peu réfléchies.

Pour moi, je laisse à la sagesse du lecteur de porter son jugement sur ma grammaire; et en me conformant à l'usage, j'y ajouterai, 1°. un recueil de noms des choses qui tombent le plus souvent dans le discours et qu'il est bon de savoir par cœur; 2°. sept dialogues François et Italiens, qui sont suivis de quelques petits contes d'un style très-simple. 3°. Trois Apologues composés par des écrivains célèbres; et enfin un petit essai sur la poésie Italienne. Il m'a paru plus convenable d'éclaircir par des notes, les morceaux de prose et de poésie, tirés des bons auteurs, que d'en donner la traduction; car il est difficile, qu'ils ne perdent, au moins une partie de leur beauté naturelle, lorsqu'ils sont traduits : ainsi que les plantes les plus précieuses sont sujettes à dégénérer dans un terrein étranger.

_____

(1) Voyez l'édition de Véneroni par Placardi. Paris, 1787.

RECUEIL DE NOMS.

~~~~~~~~~

Du Monde en général.

Dieu, Dio ou Iddio.
un Ange, un Angelo.
le Diable, il Diavolo.
le Ciel, il Cielo.
le soleil, il sole.
la lune, la luna.
le croissant, la mezza luna.
l'air, m. l'aria, f.
la terre, la terra.
l'eau, l'acqua.
le feu, il fuoco.
la mer, f. il mare, m.
le vent, il vento.
la pluie, la pioggia.
le brouillard, m. la nebbia, f.

Del Mondo in generale.

la neige, la neve.
la glace, il ghiaccio.
le climat, il clima, pl. i climi.
le monde, il mondo.
l'Europe, l'Európa.
l'Asie, l'Asia.
l'Afrique, l'Africa.
l'Amérique, l'América.
est ou orient, levante.
ouest ou occident, ponente ou occidente.
sud ou midi, mezzogiorno.
nord ou septentrion, settentrione ou tramontana.

Du Temps et de ses Parties.

un an, un anno.
le mois, il mese.
la semaine, la settimana.
le jour, il giorno.
la nuit, la notte.
l'heure, l'ora.
une demi-heure, una mezz' ora.

Del Tempo e delle sue Parti.

un quart d'heure, un quarto d'ora.
la minute, f. il minuto, m.
le matin, m. la mattina, f.
le soir, m. la sera, f.
le jour de fête, il giorno di festa.
le jour ouvrier, il giorno di lavoro.

Les Saisons.

le printemps, m. la primavera, f.
l'été, m. la state, f. ou l'estate, f.

Le Stagioni.

l'automne, l'autunno.
l'hiver, l'inverno ou il verno.

Q 3

Jours de la Semaine.

(1) *Dimanche*, m. Domenica, *f.*
Lundi, Lunedì.
Mardi, Martedì.
Mercredi, Mercoledì.

Giorni della Settimana.

Jeudi, Giovedì.
Vendredi, Venerdì.
Samedi, Sabato.

Les Mois.

Janvier, Gennajo.
Février, Febbrajo.
Mars, Marzo.
Avril, Aprile.
Mai, Maggio.
Juin, Giugno.

I Mesi.

Juillet, Luglio.
Août, Agosto.
Septembre, Settembre.
Octobre, Ottobre.
Novembre, Novembre.
Décembre, Dicembre.

De l'Homme, de ses Facultés, etc.

l'ame, l'anima *ou* l'animo.
l'entendement, l'intelletto.
la mémoire, la memoria.
la volonté, la volontà.
le corps, il corpo.
la tête, il capo *ou* la testa.
le front, m. la fronte, *f.*
l'œil, l'occhio, *pl.* gli occhi.
le sourcil, il ciglio, *pl.* le ciglia.
l'oreille, l'orecchio *ou* l'orecchia.
le visage, il viso *ou* il volto.
la joue, la guancia *ou* la gota.
le nez, il naso.
la bouche, la bocca.

Dell'Uomo, delle sue Facoltà, etc.

la lèvre, f. il labbro, *m. pl.* le labbra, *f.*
la dent, f. il dente, *m.*
la langue, la lingua.
le menton, il mento.
le cou, il collo.
la poitrine, il petto.
le bras, il braccio, *pl.* le braccia, *f.*
la main, la mano.
l'estomac, lo stomaco, *pl.* gli stomachi.
le pied, il piede.
la taille, la statura.
la démarche, l'andatura.

---

(1) Je place le Dimanche le premier ; car si le Samedi est le septième et le dernier jour de la semaine, parce que dans ce jour Dieu finit l'ouvrage de la création, il paroît bien simple, qu'en recommençant les sept jours, le Dimanche, qui s'ensuit, doit être le premier de la création et de la semaine. L'Ecriture appelle aussi le jour de la Résurrection, ou du Dimanche, *le premier jour de la semaine.* Matt. xxviij. 1. Marc. xvj. 2. Luc. xxiv 1. Jean xx. 1. Cette remarque ne regarde que les Grammairiens, qui déplacent l'ordre des jours.

Degrés de Parenté.

le père, il padre.
la mère, la madre.
   Que les enfans appellent,
papa, babbo.
maman, mamma.
le père et la mère, i genitori.
le grand-père, il nonno ou l'avolo.
la grand' mère, la nonna ou l'avola.
le fils, il figliuòlo ou figlio.
la fille, la figliuóla ou figlia.
le frère, il fratello.
la sœur, la sorella.
l'aîné, il maggiore ou primogenito.
le cadet, il minore.
l'oncle, il zio.

Gradi di Parentado.

la tante, la zia.
le mari, il marito, ou il consorte.
la femme, la moglie ou la consorte.
le neveu, il nipote.
la nièce, la nipote.
le cousin, il cugino.
la cousine, la cugina.
le beau-frère, il cognato.
la belle-sœur, la cognata.
la bru, la nuora.
le gendre, il genero.
le beau-père, il suocero.
la belle-mère, la suocera.
le parent, il parente.
la parente, la parente.

Adjectifs de l'Homme et de la Femme.

un enfant du premier âge, un bambino.
au-dessus de cet âge, un fanciullo ou ragazzo, una ragazza ou fanciulla, f.
un jeune homme, un giovane.
une jeune femme, una giovane.
un garçon non marié, uno scapolo.
un homme d'un certain âge, un uomo attempato.
un vieillard, un vecchio.
honnête (mœurs), onesto.
honnête (civil), garbato.
coquin, briccone, birbone, ou furfante.
malhonnête (incivil), sgarbato.
élégant, attillato.
mal-propre, súdicio.
beau, bello.
joli,   { vago, leggiadro, vez-
charmant, { zoso.
qui a une jolie figure, vistoso.

Aggettivi dell'Uomo e della Donna.

qui a une figure intéressante, avvenente.
laid, brutto.
grossier, rozzo ou zotico, pron. dz.
petit-maître,   { damerino,
damoiseau,   { cicisbéo, zerbino, zerbinotto, pron. dz.
qui a de la vivacité, brioso.
bourru, búrbero.
intrigant, faccendone.
lourd, grullo.
engourdi, melenso.
imbécille, scimunito.
capricieux, { capriccioso,
fantasque, { bisbetico, fantastico,
polisson, monello.
gourmand, ghiottone.
petit gourmand, ghiottoncello.
grimacier, smorfioso.

Q 4

qui a des manières degoûtantes, svenevole, sguajato.
bavard chiaccherone.
sans-souci, spensierato.
désœuvré, sfaccendato.
une femme ménagère, una donna casalinga.
un coquette, una civetta.

déguenillé, cencioso, pezzente.
réduit à la besace, spiantato. *
marqué de petite vérole, butterato.
boiteux, zoppo.
bossu, gobbo.
menteur, bugiardo.
filou, borsajuolo.
voleur, ladro.

Repas, Boissons, Alimens. Pasti, Bevande, Alimenti.

le dejeûné, m. la colezione.
le diner, il pranzo.
le goûter, m. la merenda, f.
le soupé, m. la cena, f.
le lait, il latte.
l'eau, l'acqua.
le café, il caffé.
le thé, il tè.
le chocolat, la cioccolata.
une rôtie, un crostino.
le vin, il vino.
la bière, la birra.
le cidre, il sidro.
une tasse, una tazza *ou* chicchera.
de pain, il pane.
la bonne chère, il companatico.
la viande, la carne.
le bouillon, il brodo.
la soupe, la zuppa.
le potage, m. la minestra. f.
le bouilli, il lesso.
le rôti, l'arrosto.
une tranche, una fetta.
le bœuf, il bue.
du veau, del vitello *ou* della vitella.
le mouton, il castrato.
l'agneau, l'agnello.
un ragoût, un intingolo.
du jambon, del prosciutto *ou* presciutto.

l'œuf, l'uovo, *pl.* l'uova, f.
— *le jaune*, il torlo.
— *le blanc*, la chiara.
l'omelette, la frittata.
des œufs à la coque, dell' uova a bere.
Des œufs au beurre, dell' uova al tegame.
des œufs frits, dell'uova affrittellate.
le poisson, il pesce.
le riz, il riso.
le fromage, il cacio *ou* formaggio.
la salade, l'insalata.
le dessert, le frutte.
le sel, il sale.
le poivre, il pepe.
l'huile, f. l'olio, m.
le vinaigre, l'aceto.
le beurre, il burro *ou* butiro.
l'ail, l'aglio.
une gousse d'ail, uno spicchio d'aglio.
l'oignon, m. la cipolla, f.
du lard, del lardo.
les épiceries, le spezie.
le sucre, lo zúcchero.
la moutarde, la sénapa.
du vin cuit, della mostarda.

---

(1) *Spiantato* se dit d'un homme qui n'a pas le sol. La similitude est tirée d'une plante déracinée, et qui ne tient aucunement à la terre.

De l'Habillement.

le chapeau, il cappello.
le bonnet de nuit, il berettino da notte.
la chemise, la camicia.
l'habit, l'abito ou la giubba.
la veste, la sottoveste.
la culotte, i calzoni, sans sing.
la manche, la manica.
le caleçon, le mutande ou i sotto-calzoni, sans sing.
le bas, m. la calza, f.
le soulier, m. la scarpa, f.

Del Vestire.

l'empeigne, f. il tomajo, m.
la semelle, f. il suolo, m.
la botte, f. lo stivale, m.
les bottes légères avec lesquelles on se promène, gli stivaletti.
les pantoufles, le pianelle.
la boucle, la fibbia.
le mouchoir à moucher, la pezzuola ou il fazzoletto.
la tabatière, la scatola.
les gants, i guanti.
la montre, l'oriuolo.

L'habillement des Dames.

le bonnet, la cresta ou la cuffia.
une cornette, una cuffia da notte.
le corps de jupe, il busto.
le lacet, m. la stringa. f.
la jupe, la gonnella.
la robe, la veste ou l'abito.
le fichu, il veletto.
le tablier, il grembiule ou grembiale.
un ruban, un nastro, ou una fettuccia.

Il Vestire delle Signore.

les pendans d'oreille, gli orecchini.
les bracelets, gli smanigli.
un colier de perles, un vezzo di perle.
l'éventail, il ventaglio.
la bague, f. l'anello, m.
la frisure, la pettinatura, l'acconciatura, ou l'assetto del capo.
la boucle, f. il riccio, m.
eaux de senteur, acque d'odore.
une épingle de tête, uno spillone.

Pour coudre, etc.

une aiguille, f. un ago, m.
une épingle, f. uno spillo, m.
l'étui, l'astuccio.
les ciseaux, le forbici ou le cesoje.

Per cucire, etc.

le dé, il ditale ou l'anello da cucire.
le fil (simple), il filo.
le fil (double), il refe.
la soie, la seta.

Différens Degrés dans l'Eglise.

le pape ou le souverain pontife, il papa ou il sommo pontefice.
le cardinal, il cardinale.
un patriarche, un patriarca.
un archevéque, un arcivescovo.

Diversi Gradi nella Chiesa.

un évêque, un vescovo.
un vicaire général, un vicario generale.
un abbé, un abate.
un curé, un parroco ou curato.

un chanoine, un canonico.
un prêtre, un prete ou sacerdote.
un chapelain, un cappellano.
un reilgieux, ou un moine, un reli-

gioso, ou un frate, ou mónaco.
une religieuse, una monaca.
le clergé, il clero.

Dignités Temporelles.

l'empereur, l'imperatore.
l'impératrice, l'imperatrice.
le roi, il re.
la reine, la regina.
le doge d'une république, il doge
　d'una repubblica.
un archiduc, un arciduca.
une archiduchesse, un' arciduchessa.
un prince, un principe.
une princesse, una principessa.
un duc, un duca.
une duchesse, una duchessa.
un marquis, un marchese.
une marquise, una marchesa.

Dignità Temporali.

un comte, un conte.
une comtesse, una contessa.
un baron, un barone.
une baronne, una baronessa.
un chevalier, un cavaliere.
un ambassadeur, un ambasciatore.
une ambassadrice, en'ambasciatrice.
un envoyé, un inviato.
un résident, un residente.
un consul, un console.
un président, un presidente.
un juge, un giudice.
un bailli, un podestà.

Professions, etc.

un avocat, un avvocato.
un notaire, un notajo.
un procureur, un procuratore.
un médecin, un médico.
un chirurgien, un cerusico ou chi-
　rurgo.
un apothicaire, uno speziale.
un boulanger, un panatiere.
un boucher, un macellajo.
un charcutier, un pizzicagnolo.
un cabaretier, un oste.
un marchand, un mercante.
un barbier, un barbiére.
un perruquier, un parrucchiere.
un tailleur, un sarto.

Professioni, etc.

un cordonnier, un calzolajo.
un chapelier, un cappellajo.
un horloger, un oriuolajo.
un orfèvre, un orefice.
le cuisinier, il cuoco, cuoca, f.
le domestique, il servo.
un paysan, un contadino.
une blanchisseuse, una lavandaja.
un maçon, un muratore.
un porte-faix, un facchino.
un fruitier, un fruttajuolo.
sbire ou archer, sbirro.
chef des sbires, il bargello.
le bourreau, il boja ou carnefice.

D'une Ville, etc.

le fauxbourg, il borgo ou sobborgo.
l'entrée, l'entrata.
la rue, la via, strada, ou contrada.
petite rue étroite, un vico ou vicolo;
　chiasso, chiassuolo.

D'una Città, etc.

le coin d'une rue, il canto d'una
　strada.
le bout d'une rue, il capo d'una
　strada.
le trottoir, il marciapiedi.

un pavé à larges pierres, una strada lastricata.

un chemin ferré, una selciata.

un pavé à cailloux, una strada ciottolata.

une place, una piazza. *

le ruisseau des rues, il rigagnolo.

le petit pont qui sert à passer les ruisseaux, etc. il passatojo.

la douane, la dogana.

l'hôtel de ville, il palazzo della città.

une paroisse: una parrocchia.

une église, una chiesa.

le clocher, il campanile.

la cloche, la campana.

le dôme, la cupola,

la façade, la facciata.

la chaire, il púlpito.

l'Hôtel-Dieu, lo Spedale.

l'hôtel des monnoies, la zecca.

la salle des spectacles, il teatro,

un palais, un palazzo.

le marché, il mercato.

l'hôtel garni, m. la locanda, f.

une auberge, f. un albergo, m.

un cabaret, m. un' osteria, f.

un collége, un collégio.

une boutique, una bottéga.

les arcades, i portici ou le loggie.

un égoût, una fogna ou chiávica.

De la Maison, ses Parties, Meubles, etc.

Della Casa, sue Parti, Mobili, etc.

la porte, la porta ou l'uscio.

la clef, la chiave.

la sonnette, il campanello.

la serrure, la serratura.

la porte-cochère, f. il portone, m.

la cour, f. il cortile, m.

l'écurie, la stalla.

la remise, la rimessa.

le puits, il pozzo.

l'escalier, m. la scala, f.

les degrés, gli scalini ou i gradini.

escalier derobé, scala secreta.

l'allée, l'andito.

le rez-de-chaussée, il piano terreno.

l'entresol, il mezzanino.

une cloison, f. un assito, m.

le premier, le second, etc. étage; il primo, il secondo, etc. piano.

le galetas, m. la soffitta, f.

la terrasse, f. il terrazzo, m.

le balcon, il terrazzino, ou ballatojo.

la croisée, la finestra ou il balcone,

plancher, palco.

plafond, volta.

le carreau, il mattonato,

un tableau, un quadro.

le quadre, m. la cornice. f.

la chaise, la seggiola ou sedia.

le fauteuil, la sedia a bracciuoli,

le miroir, lo specchio.

le tapis, il tapéto.

la chambre, la cámera.

le lit, il letto.

le drap, il lenzuolo.

le matelas, il materasso et la materassa, f.

la paillasse, il saccone ou paglie-riccio.

le traversin, il capezzale.

(1) A Naples, on appelle la place, il largo, pour la distinguer de certains édifices publics qui se nomment piazza, et qui contiennent des regîtres qui qualifient la noblesse du pays.

l'oreiller, il guanciale.
la taie, la fédera.
la couverture, la coperta.
le rideau, la cortina.
le pot-de-chambre, il vaso da notte.
la chaise percée, la seggetta.
les lieux, il luogo comune.
le chandelier, il candelliere.
la chandelle, la candela.
la vergette, la spazzola.
LA CUISINE, LA CUCINA.
la cheminée, il cammino.
le charbon, il carbone.
le bois, m. le legna, f. pl.
une bûche, un pezzo di legno.
un fagot, m. una fascina. f.
le soufflet, il soffietto.
la pelle, la paletta.
les pincettes, le molle.
les chenets, gli alari.
le balai, la granata.
le balai de bouleau, la scopa.
le pot, la pentola.

la marmitte, la pignatta.
la chaudière, la caldaja.
la poële, la padella.
la cruche, la brocca ou mezzina.
l'essuie-main, lo sciugatojo.
le buffet, la credenza.
le marteau, il martello.
les tenailles, le tanaglie.
le forêt, il succhiello.
LE CABINET, IL CABINETTO.
la bibliothèque, la libreria.
le papier, m. la carta, f.
une feuille de papier, un foglio di carta.
la plume, la penna. *
l'écritoire, f. il calamajo, m.
l'encre, f. l'inchiostro, m.
la poudre, la polvere.
le poudrier, il polverino.
le crayon, il toccalapis.
le cachet, il sigillo.
la cire d'Espagne, la ceralacca.
pain-à-cacheter, ostia da lettere.

Campagne. Campagna.

le chemin, m. la strada, f.
le grand chemin, la strada maestra.
la crotte, f. il fango, m.
la poussière, la polvere.
un sentier, un sentiero.
la plaine, la pianura.
la montagne, la montagna, il monte, m.
la colline, f. il poggio, m. il colle, m.

un marais, m. una palude ou chiana, f.
une vallée, una valle.
le champ, il campo.
le bled, il grano.
le fossé, il fosso.
une haie, una siepe.
un bois, un bosco.
une rivière, f. un fiume, m.
le canal, la gora.

Especes, Métaux. Monete, Metalli.

monnoie, moneta.
argent (monnoie), denaro ou contante.

un liard, un quattrino.
un sol, un soldo,

---

(1) Quoique penna et piuma soient synonymes, on ne dit pourtant pas piuma da scrivere, mais penna da scrivere.

une pièce de 10 sols, un paolo (à Rome et à Florence); un carlino (à Naples).

une pièce de 30 sols, un testone.

une livre, una lira.

un écu, uno scudo.

un sequin, uno zecchino. (1)

une pistole, una doppia.

un schelling, uno scellino.

une livre sterling, una lira sterlina.

une guinée, una ghinea.

l'or, l'oro.

l'argent, l'argento.

le fer, il ferro.

l'acier, l'acciajo.

le cuivre, il bronzo.

l'airain, il rame.

le laiton, l'ottone.

le fer blanc, la latta.

Pour Voyager.

un carosse, m. una carrozza, f.

une route pour les voitures, una strada carrozzabile.

la calèche, f. il calesso, m.

la malle, f. il baule, m.

un bon cheval, un buon cavallo.

une rosse, una brenna.

le porte-manteau, la valigia.

le foin, il fieno.

l'avoine, la biada.

Per Viaggiare.

la paille, la paglia.

l'abbreuvoir, l'abbeveratojo.

la selle, la sella.

la bride, la briglia.

l'étrier, m. la staffa, f.

le fouet, m. la frusta, f.

le licou, m. la cavezza, f.

la charrette, la carretta.

la pièce pour boire, la benandata.

le garçon, il cameriere.

Les Armes.

le canon, il cannone.

le fusil, lo schioppo ou l'archibuso.

le pistolet, m. la pistola, f.

l'épée, la spada.

L'Arme.

le sabre, m. la sciábola, f.

le poignard, il pugnale ou lo stiletto.

la bayonnette, la bajonetta.

le couteau, il coltello.

Pays et Nations.

Danemarc, m. Danimarca, f. — Danois, Danese.

Suède, Svezia. — Suédois, Svezzese.

Angleterre, Inghilterra. — Anglois, Inglese.

Londres, Londra, f.

Ecosse, Scozia. — Ecossois, Scozzese.

Irlande, Irlanda. — Irlandois, Irlandese.

Hollande, Olanda. — Hollandois, Olandese.

Paesi e Nazioni.

---

(1) Monnoie d'or qui a un grand cours en Italie et au Levant, et qui vaut à peu-près une demi-guinée. Il y a des sequins de Venise, de Rome, d'Hongrie, de Hollande, etc.

Flandre, Fiandra. — *Flammand*, Fiammingo.
Allemagne, Germania. — *Allemand*, Tedesco.
Vienne, Vienna.
Prusse, Prussia. — *Prussien*, Prussiano.
Russie, ou *Moscovie*, Russia ou Moscovia. — *Russe* ou *Moscovite*, Russo ou Moscovita, m.
France, Francia. — *François*, Francese.
Paris, Parigi.
Espagne, Spagna. — *Espagnol*, Spagnuolo.
Madrid, Madrid.
Portugal, Portogallo. — *Portugais*, Portoghese.
Lisbonne, Lisbóna.
Suisse, Svizzera. — *Suisse*, Svizzero.
Genève, Ginevra. — *Genevois*, Ginevrino.
Savoie, Savoja. — *Savoyard*, Savojardo.
Piémont, Piemonte. — *Piémontois*, Piemontese.
Turin, Torino. — *Turinois*, Torinese.
Gênes, Génova. — *Génois*, Genovese.
Milan, Milano. — *Milanois*, Milanese.
Vénise, Venezia. — *Vénitien*, Veneziano.
Toscane, Toscana. — *Toscan*, Toscano.
Florence, Firenze ou Fiorenza. — *Florentin*, Fiorentino.
Sienne, Siena. — *Siennois*, Sanese.
Rome, Roma. — *Romain*, Romano.
Naples, Napoli. — *Napolitain*, Napolitano.
Sicile, Sicilia. — *Sicilien*, Siciliano.
Sardaigne, Sardegna. — *Sarde*, Sardo.
Corse, Corsica. — *Corse*, Corso.
Le Levant, il Levante. — *Levantin*, Levantino.
Grèce, Grecia. — *Grec*, Greco.
Turquie, Turchía. — *Turc*, Turco.
Européen, Européo. — *Asiatique*, Asiático. — *Africain*, Affricano.
— *Américain*, Americano.

Du Théâtre, etc.   Del Teatro, etc

La salle de spectacle, il teatro.
Le théâtre, il palco.
L'avant-scène, il proscenio.
Les décorations, le scène.
L'opéra, m. l'ópera, f.
La tragédie, la tragédia.
La comédie, la commédia.
L'opéra bouffon, l'ópera buffa.
Intermède, intermezzo, pron. dz.

L'intrigue d'une pièce, f. l'intreccio, *m.*

L'acteur, l'attore. — *L'actrice*, l'attrice; *ou* virtuoso, virtuosa (1).

Le premier, le second, etc. acteur; il primo, il secondo, etc. uomo, *dans la tragédie*: et il primo, il secondo, etc. buffo, *dans l'opéra bouffon.*

La première, etc. actrice, la prima, etc. donna, *dans la tragédie*; et la prima, etc. buffa, *dans l'opéra-bouffon.*

Danseur, ballerino; *danseuse*, ballerina.

Le souffleur, il rammentatore.

L'entrepreneur, l'impresario.

L'abonnement, l'appalto.

Abonné, appaltato, *adj.*

L'orchestre, l'orchestra.

Le pupitre, il leggío.

L'épinette, la spinetta.

Le clavessin, il cémbalo.

Le piano-forte, ou le forte-piano, il forte-piano, etc.

Le violon, il violino.

La flûte, f. il flauto, *m.*

Le haut-bois, l'oboë.

La clarinette, f. il clarinetto, *m.*

Le basson, il fagotto.

La mandoline, f. il mandolino, *m.*

La guitarre, la chitarra.

La harpe, l'arpa.

L'alto, la quinte, la viola.

Le violoncel, il violoncello.

La basse, f. il basso, *m.*

La contre-basse, f. il contrabbasso, *m.*

Le cor de chasse, il corno da caccia, pl. *i corni*, *et non le corna*, en parlant de cet instrument de musique.

Les timbales, i timpani,

Le parterre, m. la platéa, f.

L'allée-du parterre, la corsia.

La loge, f. il palchetto, *m.*

---

(1) Comme le nom de *virtuoso* et de *virtuosa*, que l'on emploie pour dénoter un *acteur* ou une *actrice*, pourroit choquer les oreilles de quelques Socrates; j'observe, que les Italiens se servent du nom de *virtù* et de *virtuoso* pour indiquer la qualité d'une personne qui excelle dans un art ou dans une profession quelconque. En effet, on voit dans quelques villes d'Italie l'inscription de *Albergo delle Virtù* au-dessus de l'entrée d'un grand édifice destiné a instruire les pauvres enfans dans les arts méchaniques. C'est dans le même sens que *Firenzuola* dit d'une jeune paysanne : *fra le altre virtù che* (la Tonia.) *aveva . . . ella era la più bella ballerina che fosse in quei contorni. Nov* 4.

Une loge du premier , etc. rang , un palchetto del primo etc. ordine.
Le paradis , m. la pigionaja *, f.*

Explication des Mots Italiens que l'on emploie le plus communément dans la Musique.

Allegro , *gai.*

Allegro assai *ou* molto , *très-gai.*

Allegrissimo , *du plus grand gai.*

Allegro non tanto ,
Allegro non troppo , } *gai avec modération.*
Allegro moderato ,

Allegretto , *avec un mouvement au-dessous d'*allegro *et au-dessus d'*andante.

Presto , *vîte.*

Prestissimo , *très-vîte.*

Fuga , *fugue.*

Andante , *mouvement ni gai , ni lent.*

Andante con moto , *le même avec un peu de mouvement.*

Andantino *tient à l'*andante con moto, *et il approche de l'*allegro moderato.

Largo *signifie ce qui occupe beaucoup d'espace ; ainsi , en soutenant plus long-temps la note , elle prend plus de temps dans la mesure. Largo, c'est-à-dire d'un mouvement fort lent.*

Larghetto *est diminutif de* largo, *et il s'exécute avec plus de mouvemens que le* largo.

Adagio , *lentement.*

Con espressione , *en donnant de l'expression au morceau.*

Affettuoso , { *un peu lent , en donnant de l'âme à l'exécution du morceau ,*
Amoroso , { *comme font ceux qui parlent , étant touchés de la passion de l'amour.*

Cantabile *tient d'*l'affettuoso *et d'*l'amoroso.

Sostenuto , *soutenu.*

Tempo giusto , *temps juste ; et il tient un peu de l'*adagio.

Vivace ,
Con brio , } *avec de la vivacité dans le mouvement.*
Brioso ,

Aria con recitativo obbligato , *air qui est précédé ou accompagné d'un récitatif, où tous les instrumens jouent.*

Forte , *fort.*

Piano , *doucement , ou en modérant la force de la voix ou des instrumens.*

Sottovoce , *tout-bas.*

Rinforzato, Rinf. *en renforçant la voix ou le jeu.*

Staccato , *en détachant chaque note : ce qui est le contraire de* colato , *lié.*

Morendo ,

Morendo, { c'est-à-dire que la voix ou le son doivent aller en diminution
Perdendosi, { par degrés, jusqu'à l'extinction : comme si l'on disoit ; en
mourant, en se perdant.

Picchettato, en détachant avec netteté les notes, dont (en parlant du violon) on fait plusieurs du même coup d'archet.

Pizzicato, pincé des doigts.

Il ritornello, la reprise ou ritournelle.

Da capo, ou D. C. recommencez.

Da capo sino al segno ☙, recommencez et allez jusqu'à cette marque ☙.

Il soprano, la voix la plus élevée du chant.

Il contralto, haute-contre, la voix qui approche le plus du soprano.

Il tenore, la taille, voix qui est entre le soprano et la basse.

DIALOGUES FAMILIERS.

PREMIER DIALOGUE.	DIALOGO PRIMO.
Pour s'informer de la san- té de quelqu'un.	Per informarsi della Sa- lute di qualcheduno.

Monsieur, votre serviteur.	Servo di vossignoria, ou servo suo.
J'ai l'honneur de vous saluer.	La riverisco.
Comment vous portez-vous ?	Come sta ella ?
Très-bien à vous rendre mes devoirs.	Benissimo per obbedirla.
Je m'en réjouis infiniment.	Me ne rallegro infinitamente.
Ayez la complaisance de vous asseoir.	Favorisca, di sedere.
Le désir d'apprendre de vos nou- velles m'a amené ici.	Il desiderio di sapere delle sue nuo- ve, m'hà qui condotto.
Je reçois votre visite comme une faveur toute particulière.	Ricevo la sua visita come un fa- vore singolarissimo.
Comment se porte madame votre épouse ?	Come sta la sua signora consorte ?
Depuis quelques jours elle ne se porte pas trop bien, et elle garde la chambre à cause d'un rhume.	Da qualche giorno in quà non istà troppo bene; e non esce di camera per conto d'una infreddatura.
J'en suis bien fâché. Nous avons un hiver si rigoureux, qu'il y a peu de personnes qui n'aient éprouvé quelque indisposition. Et comment	Me ne dispiace assai. Abbiamo un inverno si rigido, che pochissimi sono quelli che vadano esenti da qualche in- comodo. E come stanno le sue signo-

R

se portent vos demoiselles ? sont-elles bien contentes de leur pension ?

rine ? sono contente della loro pensione ?

Elles en sont très-contentes. Il leur en a coûté un peu de quitter la maison : mais à présent elles ne changeroient par leur demeure contre le plus beau séjour du monde, *si ce n'étoit* pour venir à la maison. Elles ont aussi à faire à Madame N. qui a un talent tout particulier pour se faire aimer, et pour bien élever les demoiselles.

Contentissime. Costò loro un poco l'allontanarsi da casa ; ma ora non cangerebbono la loro dimora col più bel soggiorno del mondo, se pur non fosse per venir a casa. Hanno anche a fare colla Signora N. che ha un talento raro per farsi amare, e per ben educare le ragazze.

Messieurs vos enfans se portent certainement bien ?

I signorini, stanno certamente bene ?

Dieu merci, ils se portent tous bien.

La Dio grazia, stanno tutti bene.

Et que fait le cadet, M. N. ? avance-t-il dans ses études ?

E che fa il minore, il Sig. N ? s'avanza negli studi ?

Ses maîtres ne se plaignent pas de lui : mais il aime quelquefois un peu trop à jouer.

I maestri non si lagnano di lui : ma qualche volta ama un po troppo di baloccarsi.

Que voulez-vous, monsieur, d'un enfant de huit à neuf ans, en qui la raison ne fait qu'éclorre ? cependant il a *beaucoup d'esprit*, et il réussira très-bien avec vous.

Che vuol ella da un ragazzo di otto o nov' anni, in cui è appena spuntata la ragione ? per altro egli ha molto spirito, e farà un' ottima riuscita sotto la sua direzione.

Je l'espère. Comment se porte Monsieur votre frère depuis son voyage ?

Lo spero. Come sta il suo Signor fratello dopo il suo viaggio ?

Il se porte à merveille : les eaux lui ont fait beaucoup de bien : et il y a trouvé une compagnie charmante.

Sta a maraviglia : le acque gli hanno fatto un gran giovamento : ed ha trovato una bellissima compagnia.

J'en suis ravi : je ne manquerai pas de *lui* faire une visite un de ces jours.

L'ho molto a caro : non mancherò di fargli una visita un giorno o l'altro.

Vous lui faites bien de l'honneur. En attendant, je suis charmé de vous trouver en bonne santé ; et j'ai l'honneur de vous souhaiter le bon jour.

V. S. gli fa molto onore. In tanto godo di trovarla in buona salute ; ed ho l'onore di augurarle il buon giorno.

Vous êtes bien pressé : *est-ce que* vous ne resterez pas à dîner avec moi ?

Ella ha molta fretta : forse non resterà a desinar meco ?

Je ne saurois m'arrêter davantage : j'ai un rendez-vous pour deux heures ; et je vois deux heures et demie à ma montre.

Non posso *trattenermi di più : ho un appuntamento per le due ; e sono le due e mezzo al mio oriuolo.*

En ce cas, je vous remercie de votre bon souvenir.

In tal caso, la ringrazio della sua buona memoria.

Faites-moi la grace de saluer madame de ma part.

Mi favorisca di salutar la signora da parte mia.

Je n'y manquerai pas.

Le presenterò i suoi onori (1).

SECOND DIALOGUE.

DIALOGO SECONDO.

Visite du Matin à un Ami.

Visita d'un Amico, la Mattina.

Votre maître est-il *chez lui ?*

Il padrone è in casa ?

Oüi, monsieur.

Signor, sì.

Est-il levé ?

E egli alzato ?

Non, monsieur, il est encore au lit.

Signor, no, è ancora in letto.

Je le ferai bien lever.

Lo farò ben alzar io.

Peut-on entrer, Monsieur N—?

Si può entrare ? Che vuol dire, che siete ancor in letto alle undici ?

Quoi ! vous êtes encore au lit à onze heures ?

Comment, onze heures ? Il n'est pas encore dix heures.

Come, le undici ? Non sono ancora le dieci.

Vous vous êtes donc couché *bien tard,* puisque vous n'êtes pas encore bien éveillé *à l'heure qu'il est.* A quelle heure vous êtes-vous donc couché ?

Siete adunque andato a letto molto tardi, poichè non siete ancor ben desto a quest' ora. E a che ora siete andato a letto ?

Vers trois heures, trois heures et *demie* du matin.

Verso le tre, le tre e mezzo dopo mezza notte.

Où avez-vous été hier au soir ?

Dove siete stato jeri sera ?

J'ai passé ma soirée *chez* Madame N ; j'ai trouvé une compagnie charmante, et je m'y suis bien amusé.

Ho passato la serata dalla Signora N ; c'ho trovato una bellissima compagnia, e mi ci sono divertito assai.

Y avoit-il Mesdemoiselles N, Monsieur N ?

C'erano le Signore N. il Signor N ?

Oui certainement : nous étions

Sì, certamente : eravamo da venti-

---

(1) Les Toscans se servent ordinairement de cette phrase au lieu de *non mancherò,* quand il est question d'une personne qui leur appartient.

près de vingt-cinq personnes: c'é-
toit la fête de madame.

J'en étois informé. Je voulois
aller *lui* faire mes complimens;
mais une affaire indispensable m'en
a empêché. Que fit-on avant le
souper?

On débuta par un petit concert.
Mademoiselle N. exécuta un air
avec *beaucoup de grace;* elle étoit
accompagnée par Messieurs N,
qui jouent très bien *du* violon;
Madame étoit au forte-piano; M.
N, nous fit entendre une sonate
de flûte; et je vous assure qu'il la
joua en maître.

S'il y avoit Messieurs N. et
Mesdemoiselles N. je suis persuadé
que *l'on n'a pu s'empêcher* de faire
quatre contredanses.

Oh! ils en mouroient d'envie;
et on s'apperçut que les pieds leur
en brûloient. On dansa plusieurs
contredanses. Après onze heures
on dressa les tables de jeu, et on
arrangea les parties.

Monsieur N. y a-t-il joué?

Qu'il est plaisant ce monsieur
avec sa définition du jeu! Il dit
que le jeu est une guerre civile qui
se fait entre amis. Il s'amusoit à
regarder tantôt à une table, tantôt à l'autre.

Avez-vous joué?

Madame me fit l'honneur de
m'inviter à sa table.

Avez-vous gagné ou perdu?

J'ai gagné un louis avec un
grand bonheur, car on faisoit un
petit jeu.

C'est le mieux. Vous avez donc
soupé *bien* tard?

Nous nous sommes mis à table
à une heure après minuit.

cinque persone: era la festa del nome
della signora.

Ne ero informato. Voleva andare à
farle i miei complimenti; ma un affare
indispensabile me n'ha impedito. Che
si fece prima della cena?

Si cominciò con un concertino. La
Signora N. eseguì un' aria con molta
grazia; era accompagnata dai Signori
N., i quali suonano benissimo il violino; la Signora stava al forte-piano;
il Signor N. ci fece sentire una suonata
di flauto; e vi assicuro che la suonò da
maestro.

Se c'erano i Signori N. e le Signore N., son persuaso che non si è
potuto far a meno di ballar quattro
contraddanze.

Oh! se ne struggevano dalla voglia;
e si vedeva che non potevano stare alle
mosse. Si fecero varie contraddanze.
Dopo l'undici si posero i tavolini,
si distribuirono le partite.

Ha giuocato il Signor N.?

Quanto è egli curioso colla sua
definizione del giuoco! Dice che
il giuoco è una guerra civile che si
fa tra amici. Si tratteneva a vedere
or a un tavolino or all' altro.

Avete giuocato?

La Signora mi ha fatto l'onore
d'invitarmi al suo tavolino.

Avete vinto o perduto?

Ho vinto un luigi con una gran
sorte, perchè si faceva un piccolo
giuoco.

E meglio così. Avete dunque cenato molto tardi?

Siamo entrati a tavola al tocco
dopo la mezza notte.

Il n'est pas étonnant que je vous trouve encore au lit.

Ce n'est pas tant l'heure qui m'a obligé, de rester si tard au lit, car je ne dors régulièrement que sept heures; mais j'ai été engagé à boire tant de santés que j'en étois un peu gris.

Adieu, mon cher, je vous laisse. Si je puis vous voir à six heures chez notre traiteur, nous y dînerons ensemble.

Je le veux bien. Au revoir.

Non è maraviglia se vi trovo ancora a letto.

Non è assolutamente l'ora che mi abbia fatto stare così tardi a letto, perchè non dormo regolarmente più di sett'ore; ma sono stato impegnato a far tanti brindisi che n'era un po brillo.

Addio, caro, vi lascio. Se posso vedervi alle sei, dal nostro trattore, pranzeremo insieme.

Volontieri. A rivederci.

TROISIEME DIALOGUE.

Pour se lever le Matin.

Hola! Etienne.

Que souhaitez-vous, monsieur?

Ouvrez la croisée. Quel temps fait-il?

Le tems est à la pluie.

Quelle heure est-il?

Huit heures *viennent de sonner.*

Voyez à ma montre quelle heure il est.

Elle avance; il est huit heures et demie.

Le feu est-il allumé?

Oui, monsieur.

Où est ma robe de chambre?

La voici; et vos pantoufles aussi.

Apportez-moi une chemise blanche et une cravate.

Que souhaitez-vous pour votre déjeûner ce matin, le thé ou le chocolat?

J'ai soupé un peu tard hier au soir; j'aime mieux le café. Dépêchez-vous, parce que je dois sortir à neuf heures.

Monsieur, le déjeûner est prêt.

DIALOGO TERZO.

La Levata della Mattina.

Olà! Stefano.

Che comanda, Signore?

Aprite la finestra. Che tempo fa egli?

Vuol piovere.

Che ora è?

Son suonate le otto.

Vedete al mio oriuolo che ora è.

Va avanti; sono le otto e mezzo.

È acceso il fuoco?

Signor sì.

Dov'è la mia veste da camera?

Eccola; ed anche le sue pianelle.

Portatemi una camicia bianca e una cravatta.

Che vuol ella per colezione questa mattina, il tè o la cioccolata?

Ho cenato jer sera un po tardi; amo meglio il caffè. Spicciatevi, perchè debbo uscire alle nove.

Signore, la colezione è pronta.

R 3

Commencez à verser le café; je viens dans l'instant. — Quel quantième du mois avons-nous?

C'est aujourdhui le onze.

Est-il venu quelqu'un ce matin?

Personne que le cordonnier, qui a laissé une paire de souliers; je les ai mis dans l'armoire.

C'est bien. Aujourd'hui il fait un temps humide, je mettrai mes bottes.

Cominciate a versare il caffè; ora vengo. — Quanti ne abbiamo del mese?

Ne abbiamo undici.

È venuto qualcheduno questa mattina?

Non altri che il calzolajo, il quale ha lasciato un pajo di scarpe; le ho messe nell' armadio.

Sta bene. Oggi il tempo è umido, metterò gli stivaletti.

QUATRIEME DIALOGUE.

DIOLOGO QUARTO.

Entre plusieurs Amis qui sont près de voyager.

Tra parecchi Amici che stanno per viaggiare.

Messieurs, si nous voulons partir, il n'y a pas de temps à perdre. Voilà une belle journée. Aujourd'hui il fera chaud; et il vaut mieux marcher au frais, et se mettre au couvert dans les heures brûlantes du jour.

Cela est bien vrai; mais il nous faut manger un morceau avant de monter à cheval.

Holà, garçon, donnez-nous à déjeûner; et faites donner l'avoine aux chevaux.

Qu'est-ce que vous souhaitez, Messieurs, pour votre déjeûner; du thé, ou bien du jambon, de la saucisse de Boulogne, des petits pâtés, et un verre de vin de Bourgogne?

Pour moi, je pense qu'il faut quelque chose de solide, sur-tout quand on est en voyage; et je préfère une tranche de jambon et un bon verre de vin au thé que boit l'Empereur de la Chine. Qu'en dites-vous, Messieurs?

Signori, se vogliamo partire, non c'è tempo da perdere. Ecco una bella giornata. Oggi farà caldo; ed è meglio camminare sul fresco, e star ritirati nell'ore più calde del giorno.

Questo è verissimo; ma bisogna che mangiamo quattro bocconi prima di montar a cavallo.

Olà, cameriere, dateci da colezione; e fate dare la biada ai cavalli.

Che comandano signori, per colezione; del tè, oppure del prosciutto, della salsiccia di Bologna, dei pasticcini, e un bicchiere di vino di Borgogna?

Per me, penso che ci voglia qualche cosa di sodo, massime quando uno è in viaggio; e preferisco una fetta di prosciutto e un buon bicchiere di vino, al tè che beve l'Imperator della China. Che ne dite, signori?

Nous sommes de votre avis. Apprêtez donc la table, et donnez-nous à déjeûner.

Siamo del vostro sentimento. Apparecchiate adunque la tavola, e dateci da colezione.

Cette saucisse n'a pas mauvaise mine, en voulez-vous une tranche ?

Questa salsiccia non ha cattiva apparenza, ne volete una fetta ?

Je la goûterai avec beaucoup de plaisir.

L'assaggerò con molto piacere.

Messieurs, ne laissons pas refroidir ces petits pâtés, mangeons-les *tout chauds.*

Signori, non lasciamo raffreddare questi pasticcini, mangiamoli caldi caldi.

Monsieur a raison : quand ils sont froids, ils ne valent rien.

Il signore ha ragione : quando son freddi, non son buoni a nulla.

Messieurs, à votre santé, et à notre bon voyage.

Signori, alla vostra salute, (et non sanità), e al nostro buon viaggio.

Allons, choquons à la santé de Monsieur N.

E viva il signor N.

Messieurs, si vous voulez partir, les chevaux sont prêts.

Signori, se vogliono partire, i cavalli sono all' ordine.

Nous avons fini. Cependant il faut boire *un coup* avant de nous mettre en voyage.

Abbiamo finito. Per altro bisogna bere una volta prima di metterci in viaggio.

CINQUIEME DIALOGUE.

DIALOGO QUINTO.

Continuation du même sujet.

Continuazione dello stesso Soggetto.

Messieurs, il ne faut pas trop lambiner dans le voyage, si l'on ne veut pas être surpris de la nuit.

Signori, conviene esser sollecito nel viaggio, se uno non vuol essere colto dalla notte.

Combien de lieues y a-t-il d'ici à N. ?

Quante leghe ci sono di qui a N ?

Il n'y en a que douze ; mais il y a à monter et à descendre, ce qui peut ralentir notre marche.

Non più di dodici ; ma c'è da salire e scendere, e questo potrebbe ritardare il nostro cammino.

Parle-t-on de voleurs sur ces routes ?

Si parla, egli di assassini per queste strade ?

Je ne crois pas qu'il y ait du danger ; cependant on dit que, il y a six jours, quatre personnes ont été attaquées vers la brune par une bande de voleurs au bas d'une colline, par où nous allons passer.

Non credo che ci sia del pericolo ; per altro si dice che sei giorni fa, quattro persone sono state assalite sul far della notte a piè d'un colle, dove abbiamo a passare.

R 4

Il faudra donc que nous soyons sur nos gardes.

N'ayez pas peur ; nous sommes six personnes. Quand nous serons dans des chemins tortueux, il n'y a qu'à nous séparer une demi-portée de fusil les uns des autres, sans nous perdre de vue. Les brigands n'attaquent jamais une personne qui est suivie de plusieurs autres à une certaine distance.

Laquelle des deux routes faut-il prendre, la droite ou la gauche ?

Celle qui est à main droite est la plus courte.

Votre cheval est déferré, prenez-y garde.

Par bonheur nous sommes arrivés à l'auberge.

Soyez les bien-venus, messieurs : voulez-vous descendre ? Vous trouverez ici un bon souper et de bons lits.

Ayez soin de nos chevaux. Mettez nos porte-manteaux dans nos chambres. Nous voulons des draps blancs de lessive et un bon souper, car nous sommes fatigués.

Vous aurez exactement ce que vous souhaitez. Donnez-vous la peine d'entrer dans la salle, et vous y trouverez un bon feu.

Aidez-moi à tirer mes bottes. Pendant que l'on prépare le souper, apportez-nous une bouteille de vin, et de l'eau-de-vie avec des verres.

Messieurs, on a servi.

J'ai mangé de bon appétit, et je pense que nous avons besoin de repos. — Messieurs, je vous souhaite la bonne nuit.

Ci converrà dunque badare a noi.

Non abbiate paura ; siamo sei. Quando ci troveremo per vie tortuose, non abbiamo a far altro che separarci un mezzo tiro di schioppo gli uni dagli altri, senza perderci di vista. I malviventi non assalgono mai una persona che è seguita da più altre a una certa distanza.

Qual delle due strade abbiamo a pigliare, la diritta o la manca ou sinistra ?

Quella che è a mano diritta è la la più breve, ou corta.

Il vostro cavallo è sferrato, badateci.

Per buona sorte siamo giunti all' albergo.

Ben venuti, signori : vogliono smontare ? Troveranno qui buona cena e buoni letti.

Abbiate cura de' nostri cavalli. Mettete le valigie nelle nostre camere. Vogliamo lenzuoli di bucato e una buona cena, perché siamo stanchi.

Saranno serviti appuntino. Favoriscano d'entrare nella sala, e vi troveranno un buon fuoco.

Ajutatemi a cavarmi gli stivali. Mentre si prepara la cena, portateci una bottiglia di vino, dell' acquavita, e dei bicchieri.

Signori, è in tavola.

Ho mangiato con buon appetito, e penso che abbiamo bisogno di riposo. — Felicissima notte, miei signori.

Nous vous en souhaitons autant ; et nous ne ferons pas mal d'aller tous nous coucher pour nous lever de bonne heure.

V'auguriamo altrettanto ; e sarà bene che andiamo tutti a letto per alzarci per tempo.

SIXIEME DIALOGUE.

Sur la Langue Italienne, entre deux Demoiselles.

Bon jour, mademoiselle, vous voilà toujours occupée. Des livres d'un côté, de la broderie de l'autre ; des crayons, des pinceaux, la harpe ...

Oh ! c'est que j'aime à m'amuser. Ma bonne m'a toujours dit, que si je n'apprends pas lorsque je suis jeune, je serai une sotte dans l'âge plus avancé ; et puis il ne coûte pas beaucoup d'apprendre quand on y a du goût.

Cela est bien vrai. Mais je vois ici un cahier de traduction : apprenez-vous aussi l'Italien ?

Il y a quatre mois que je m'y applique avec beaucoup de plaisir.

Est-ce que vous ne traduisez pas de l'Italien en François.

J'ai fait cet exercice *pendant quelques jours* : mais mon maître m'a dit que, pour apprendre la composition, il faut traduire dans la langue que l'on étudie.

Je ne désapprouve pas cette méthode. J'imagine que vous êtes déjà bien avancée dans l'Italien ?

Pas trop. Après les noms, et quelque chose des pronoms, j'ai étudié les auxiliaires *avoir* et *être*, les trois conjugaisons régulières, et quelques verbes irréguliers. Mon maître m'a toujours donné de petites phrases, à mesure que

DIALOGO SESTO.

Sulla Lingua Italiana, tra due Signorine.

Buon giorno, signorina, éccovi sempre occupata. Dei libri da una parte, del ricamo dall' altra ; toccalapis, pennelli, l'arpa ...

Oh ! amo di trattenermi. La mia aja m'ha sempre detto, che, se non imparo mentre son giovane, sarò una sciocca nell' età più avanzata ; e poi non costa l'imparare quando uno c'ha del gusto.

Questo è verissimo. Ma veggo qui un quaderno di traduzione : imparate anche l'Italiano ?

Sono quattro mesi che mi ci applico con molto piacere.

Forse non traducete dall' Italiano in Francese ?

Ho fatto quest' esercizio per qualche giorno ; ma il mio maestro m'ha detto, che, per imparare la composizione, bisogna tradurre nella lingua che uno studia.

Questo metodo non mi dispiace. Penso che siate già ben avanzata nell' Italiano.

Non troppo. Dopo i nomi, e qualche cosa de' pronomi, ho studiato gli ausiliari *avere* e *essere*, le tre conjugazioni regolari, e qualche verbo irregolare. Il mio maestro mi ha sempre dato delle piccole frasi, a misura che studiavo i verbi ; e

j'étudiois les verbes; et, par ce moyen, je commence à bégayer dans cette langue.

Je serois bien aise de vous entendre parler, parce que j'aime beaucoup cette langue.

Vous ne pouvez pas attendre beaucoup d'une personne qui n'a que quatre mois de leçons. Je commence bien à parler un peu avec le maître, mais je n'ose pas le faire avec des étrangers.

Est-ce que vous appellez étrangère une de vos amies?

Non: mais vous en savez bien plus que moi.

Oh! il ne faut pas être trop timide; et, quand on a de bons principes dans une langue, ce n'est qu'en parlant que l'on s'y perfectionne.

Cela est bien vrai; et c'est ce que je ferai la première fois que j'aurai le plaisir de vous voir.

così comincio a balbettare in questa lingua.

Avrei a caro di sentirvi a parlare, perchè amo assai questa lingua.

Non potete aspettarvi gran cosa da una che non ha che quattro mesi di lezioni. Comincio a parlare col maestro, ma non ardisco di fare lo stesso con forestieri.

Forse chiamate forestiera una vostra amica?

No: ma voi ne sapete assai più di me.

Oh! non bisogna peritarsi di troppo; e quando uno ha de' buoni principj in una lingua, non ci si perfeziona che parlandola.

Questo è verissimo; e così appunto farò la prima volta che avrò il piacere di vedervi.

SEPTIEME DIALOGUE.

Sur le Voyage d'Italie.

DIALOGO SETTIMO.

Sul Viaggio d'Italia.

Monsieur, j'ai déterminé de faire un voyage en Italie. Je sais que vous y avez été pendant trois ou quatre ans, et je viens vous prier de vouloir bien me donner quelques renseignemens sur la manière d'y voyager.

Je le ferai avec beaucoup de plaisir. Partirez-vous bientôt?

Dans quinze jours au plus tard. Monsieur N. sera mon compagnon de voyage: c'est un bon vivant; et il ne peut pas partir avant ce temps.

Vous avez raison. Le voyage le plus agréable devient souvent

Signore, ho risoluto di fare un viaggio in Italia. So che V. S. c'è stata per tre o quattr' anni; e vengo a pregarla di volermi dare qualche notizia intorno alla maniera di farvi il mio viaggio.

Con molto piacere. Partirà ella ben presto?

Fra quindici giorni, al più tardi. Il Signor N. sarà il mio compagno di viaggio: egli è un buon giovane; e non può partire prima di tal tempo.

Ha ragione. Il viaggio il più dilettevole riesce spesse volte insi-

insipide quand on est seul. Vous irez sans doute par terre ?

Oui, monsieur. Sont-elles bien longues les lieues d'Italie ?

En Italie, on calcule par milles, et non par lieues; et le mille est plus long ou plus court, suivant les différens pays par où l'on passe. Voilà pourquoi plusieurs géographes se sont trompés, et se trompent encore de nos jours, en calculant deux milles d'Italie sur une lieue commune de France.

Quelqu'un m'a dit qu'il y a aussi de la différence dans la manière de compter les heures.

Il est vrai que les Italiens suivent le soleil d'un coucher à l'autre ; et que, par cette raison, ils commencent à compter une heure de nuit après le soleil couché, et ils vont jusqu'aux vingt-quatre heures du lendemain. Cet usage est très-ancien. Cependant on trouve assez souvent des horloges à la Françoise: mais vous ne devez pas vous étonner d'entendre parler quelquefois de treize heure, de dix-sept, de vingt-deux , etc.

Y a-t-il des diligences comme en France ?

Très-peu. On appelle PROCACCIO en Italie la voiture que l'on appelle DILIGENCE en France. Les procacci ressemblent beaucoup à la diligence de Marseille ; car ils sont souvent chargés de marchandises en dehors. Ils servent à la sûreté et à l'économie du voyage, jamais à la célérité. Les principaux PROCACCI que je connois sont celui de Florence à Rome et celui de Rome à Naples, et vice versa.

pido, quando uno è solo. Andrà senz'altro per terra ?

Signor sì. Son molto lunghe le leghe d'Italia ?

In Italia si calcola per miglia , e non per leghe ; e il miglio è più lungo o più corto , secondo i differenti paesi dove si passa. In questo appunto hanno sbagliato , e sbagliano ancora in oggi varj geografi, i quali calcolano due miglia d'Italia sur una lega comune di Francia.

M'è stato detto, che c'è anche della differenza nel modo di contar l'ore.

Egli è vero che gl'Italiani seguono il sole da un tramontare all'altro ; e per questa ragione cominciano a contare un'ora di notte dopo il tramontar del sole, e vanno sino alle venti quattro dell'indomani. Questa maniera di calcolare è antichissima. Per altro si vedono molto spesso degli orologi alla Francese : ma non dee restar sorpresa, se tal volta sentirà a parlare di tredici ore, di diciassette, di venti-due, etc.

Vi sono delle diligenze come in Francia ?

Pochissime. Si chiamano PROCACCIO in Italia le vetture che sono chiamate DILIGENZA in Francia. I procacci rassomigliano assai alla diligenza di Marsiglia ; perchè sono sovente carichi di mercanzie al di fuori. Servono alla sicurezza e all'economia, piuttosto che alla prestezza del viaggio. I principali procacci ch'io conosco sono quelli di Firenze a Roma e di Roma a Napoli, e vice-versa.

Je pense que, dans un chemin si battu que celui d'Italie, il doit y avoir des voitures à choisir.

Certainement. Vous trouverez dans toutes les villes des chaises de poste. Si vous préférez de voyager en voiture ordinaire, il y a par-tout des calèches et des carrosses; et, si vous voulez épargner presque la moitié des frais, il n'est pas bien difficile d'y trouver des voitures de retour. Ceux qui veulent faire un voyage forcé, peuvent, sans beaucoup de difficulté, trouver une place dans les chaises de poste des couriers qui vont et viennent continuellement. En ce cas, il n'est permis de s'arrêter ni jour ni nuit, et il faut voyager comme des malles.

A vous dire vrai, je ne me sers de la poste que quand je suis pressé : mais, quand il ne s'agit que de voir un pays, je préfère la voiture ordinaire. Cependant on m'a dit que les voituriers, comme les aubergistes, ne sont jamais contents. Pour moi, je n'aime pas à disputer contre ces gens-là.

Cela n'est pas difficile à éviter, pourvu que vous fixiez le prix auparavant. Et c'est ce qui m'a inquiété un peu dans le commencement de mon voyage d'Italie. Les porte-faix *même*, qui au nombre de dix à douze, se disputoient pour porter ma malle quand j'arrivois dans un hôtel garni, n'étoient jamais satisfaits de ce que je leur donnois ; et, quelquefois, il me falloit en payer trois et quatre. Mais je trouvai le moyen d'y remédier, Je ne leur laissois

Penso che in una strada sì battuta come è quella d'Italia, c'abbiano a essere delle vetture a scelta.

Sicuramente. Troverà in tutte le città delle sedie di posta. Che se ama meglio di far viaggio in vettura ordinaria, vi sono da per tutto calessi e carrozze ; e se vuol risparmiare quasi la metà della spesa, non è difficile il trovare calessi di ritorno. Coloro che vogliono fare un viaggio forzato, possono senza gran difficoltà trovare un posto nei calessi di posta de' corrieri, che vanno e vengono continuamente. In tal caso, non può uno fermarsi nè di giorno nè di notte, e bisogna viaggiare come un baule.

A dir vero, non mi servo della posta che quando ho fretta : ma, quando non si tratta che di vedere un paese, preferisco la vettura ordinaria. Per altro m'è stato detto che i vetturini e gli osti non sono mai contenti. Io per me non amo di questionare con simil gente.

Questo si scansa facilmente con fissar il prezzo avanti. Questa cosa m'ha annojato alquanto nel principio del mio viaggio d'Italia. Per sino i facchini i quali, in numero di dieci o dodici, contendevano, per aversi il mio baule, quando arrivava in una locanda, non erano mai soddisfatti di ciò che dava loro ; e qualche volta mi conveniva pagarne tre e quattro. Ma trovai il modo di rimediarvi. Non lasciava toccar loro il baule prima di aver fatto il prezzo

pas toucher à ma malle avant d'avoir fait le prix du port. Pour ce qui regarde les voitures ordinaires, vous ferez bien de déterminer non-seulement le prix de la voiture, mais encore le pour boire, quand le voyage est un peu long. Vous ferez de même avec les aubergistes, soit à table d'hôte, soit à table de compte. Dans ce cas, le pour boire est une chose de peu d'importance. Je suis bien sûr que vous vous épargnerez ainsi bien des inquiétudes.

Monsieur, je vous suis infiniment obligé des avis que vous avez la complaisance de me donner, et j'en profiterai. Mais est-il vrai qu'il est dangereux de voyager dans la campagne de Rome dans les mois de Juillet et d'Août, et que l'air n'y est pas trop sain?

Cela est très-vrai; et c'est par cette raison que ces campagnes, toutes fertiles qu'elles sont, sont presque désertes; car les fièvres tierces y sont fréquentes dans ces deux mois, à cause des marais. Les voyageurs, qui veulent aller de Florence ou de Naples à Rome, attendent ordinairement après les premières pluies de Septembre.

Je me garderai de m'y exposer.

Monsieur, j'aurai l'honneur de vous voir un de ces jours, pour vous souhaiter le bon voyage.

Monsieur, ne vous donnez pas cette peine: je suis si occupé, qu'il sera difficile que vous me trouviez chez moi.

En ce cas, je vous le souhaite dès à présent; et j'espère que vous voudrez bien me donner de vos nouvelles.

pel porto. In quanto alle vetture ordinarie, farà bene di fissare non solamente il prezzo della vettura, ma ancora la benandata quando il viaggio è lunghetto. Può fare lo stesso coi locandieri, tanto a tavola rotonda che a tavola da conto. In questo caso la mancia è cosa di poco momento. Son ben sicuro che in questa maniera V. S. si risparmierà di molte inquietudini.

Le sono infinitamente obligato delle notizie di cui mi favorisce. Ma è egli vero, che è cosa pericolosa il viaggiare nella campagna di Roma nei mesi di Luglio e d'Agosto; e che l'aria non v' è troppo sana?

È verissimo; e questa è la ragione, per cui, quelle campagne, quantunque fertilissime, sono quasi deserte: in fatti le febbri terzane vi sono frequenti in que' due mesi, per conto delle paludi. I viaggiatori che vogliono andare da Firenze o da Napoli a Roma, aspettano per lo più, dopo le prime pioggie di Settembre.

Mi guarderò dall' espormici.

Avrò l'onore di vederla un giorno o l'altro, per augurarle il buon viaggio.

Non occorre che V. S. s'incomodi: mi trovo sì occupato, che sarà difficile che mi trovi in casa.

Se questo è, gliel' auguro fin d'ora; e spero che mi favorirà delle sue nuove.

C'est mon devoir; et je n'y manquerai certainement pas.

Questo è un dovere, al quale non mancherò sicuramente.

CONTES.

Commissions sans argent.

LE Piovano Arlotto, célèbre par ses facéties et ses réponses spirituelles, un jour qu'il devoit s'embarquer pour un long voyage, fut prié par plusieurs de ses amis de leur acheter diverses marchandises. Ils lui donnèrent tous des mémoires par écrit; mais un seul y ajouta l'argent. Le Piovano employa fidellement l'argent qui lui avoit été confié. A son retour ses amis furent le visiter; et, quand ils lui eurent demandé chacun ses marchandises, il leur répondit : "Vous saurez, messieurs, que lorsque je me trouvois en mer, je mis un jour tous vos mémoires sur le bord du vaisseau, pour les mettre en ordre; mais il s'éleva un vent impétueux qui les jetta tous dans la mer, à la reserve de celui qui contenoit l'argent, que le poids préserva de la fureur du vent."

Maniere adroite de faire connoître ses sentimens.

Une reine d'Angleterre fit entendre un jour à un grand de sa cour, qu'elle désireroit voir le portrait de la dame qu'il aimoit le plus. Le courtisan obéit, et lui envoya dans une jolie boîte un miroir. La reine,

Commissioni senza denari.

IL Piovano Arlotto, célèbre per le sue facezie e piacevoli risposte, dovendosi imbarcare per un lungo viaggio, fu pregato da parecchi suoi amici, di comprar loro varie mercanzie. Ognuno di essi glie ne diede memoria per iscritto; ma uno solamente v'acchiuse il denaro. Il Piovano impiegò fedelmente il denaro consegnatogli. Al suo ritorno furono gli amici a visitarlo : e, addomandandogli ciascuno di essi delle cose sue, rispose il Piovano : "Signori miei, dovete sapere, che trovandomi per mare, posi un giorno tutti i vostri ricordi sul bordo del vascello, per mettergli in ordine; ma, levatosi un impetuoso vento gli gettò tutti in mare, a riserva di quello che conteneva i dénari, i quali col loro peso sostennero il foglio contro la furia del vento."

Ritrovato ingegnoso per manifestare il proprio sentimento.

Una Regina d'Inghilterra fece intendere un giorno a un grande della sua corte, che aveva a caro di vedere il ritratto della donna che egli amava di più. Obbedì il Cortigiano; e

piquée par la curiosité, n'eut pas plutôt ouvert la caisse, qu'elle fut surprise de se voir elle-même.

mandolle in un gentile involto uno specchio. Il quale scoprendo la regina con molta curiosità, fu sorpresa, nel mirare se stessa.

Celui qui a de l'esprit, pourvoit à ses intérêts.

L'uomo di spirito provve-de a' suoi bisogni.

Un gentilhomme, grand voyageur, se trouvoit un jour chez Monsieur le Prince, à Chantilly. Il lui parla d'un Prince Persan qui, à l'âge de trente ans, avoit fait les plus grandes actions dont jamais on eût entendu parler dans le monde. Dans cet intervalle le dîner fut servi, et chacun se mit à table. Le Prince, sensible au récit d'actions si extraordinaires, lui dit: "La vie du prince, dont vous m'avez parlé, a eu des commencemens si beaux, que je brûle d'envie d'en entendre la suite." "Hélas! monseigneur," répondit le gentilhomme, qui s'apperçut qu'on alloit changer de service, "il eut le malheur, de mourir subitement;" et, ainsi délivré de son engagement, il se mit à manger comme les autres.

Un gentiluomo e gran viaggiatore, trovandosi in casa del Principe di Chantilli, gli parlò d'un Principe Persiano, il quale all'età di trent' anni avea fatto le migliori imprese che giammai altri al mondo facesse. Fra questo tempo fu messo in tavola, ed ognuno si pose a sedere. Il principe tocco dal racconto di opere cotanto straordinarie, disse: "La vita del principe, di cui m'avete parlato, ha avuto principj si belli che mi struggo dalla voglia d'intenderne la continuazione." "Oimè, Monsignore," rispose il gentiluomo, quando s'accorse che stavano per cangiare il servito, "il poverino morì in un tratto;" e, così sciolto dal suo impegno, diedesi a mangiare come gli altri.

L'insolent puni.

Un insolente punito.

Un jeune sot, demandoit à un vieillard, pour se moquer de lui, quel âge il avoit. "Je ne le sais pas au juste," répondit le vieillard, "mais j'ai toujours entendu dire, qu'un âne est plus vieux à vingt ans, qu'un homme à soixante."

Un giovane sciocco domandò per ischerno a un vecchio, che età si avesse. "Non lo so per l'appunto," rispose il vecchio; "ma ho sempre inteso a dire che un asino è più vecchio a vent' anni che un uomo a sessanta."

L'imposteur trompé.

L'impostore deluso.

Un chymiste avoit dédié à Léon X un livre, où il se vantoit d'ap-

Un chimico avendo dedicato a Leon Decimo un libro, in cui

prendre la manière de faire de l'or. — Il s'attendoit, à recevoir un présent magnifique, mais le Pape ne lui envoya, qu'une grande bourse vide, et lui fit dire, que, puisqu'il savoit faire de l'or, il lui suffisoit d'avoir, où le serrer.

si vantava d'insegnare il modo di far l'oro, si lusingava di riceverne un magnifico regalo. Ma il Papa non gli mandò altro, che una gran borsa vuota ; e gli fece dire ; che, sapendo egli far l'oro, d'altro non abbisognava, che di avere ; ove riporlo.

APOLOGUES.

Les deux premiers Apologues suivans sont tirés des discorsi degli animali *de* FIRENZUOLA ; *et le troisième, de la préface du poëme* il Riciardetto, *par* FORTEGUERRI. *Ces morceaux, dans la simplicité du style qui convient au sujet, renferment toutes les beautés dont la langue est susceptible, dans ce genre de compositions ; et ceux qui voudront en analyser les expressions et les tours, découvriront presqu'à chaque ligne, des règles, des figures, etc. propres à notre langue et dont j'ai parlé dans le cours de cette Grammaire.*

LA CAILLE ET L'ÉPERVIER.

La Prudence est mère de la Sûreté.

AVEVA un uccellatore [1] preso una Quaglia, e, perciocchè [2] ella, secondo l'usanza loro, cantava assai dolcemente, egli l'aveva messa in una di quelle gabbie [3], che sono coperte di rete, perchè [4] gli sventurati uccelli di nuovo [5] incarcerati, percuotendovi il capo, non se lo guastino ; e avévala attaccata a piè [6] d'una finestra, che riusciva sopra l'orto della casa sua. Della qual cosa avvedutosi uno sparviere, subito vi fece su disegno [7] ; e andátosene una mattina da lei, con voce assai mansueta le disse : Sorella mia dolcissima, perchè io tenni sempre coll' àvola [8] tua una buona amicizia, anzi [9] la ebbi del continovo in luogo di madre. (Uh! [10] quando io me ne ricordo, appena posso contener le lagrime) ; súbito che io seppi, che tu eri condótta in questo travaglio, io non potei mancare a' molti obblighi che mi pareva avere con tutta la casa vostra, e però, per la

---

[1] *Uccellatore*, oiseleur. — [2] *Perciocchè, perchè,* parce que. — [3] *Gabbie coperte di rete,* cages couvertes de filets. — [4] *Perchè, acciocchè,* afin que. — [5] *Di nuovo,* depuis peu. — [6] *A piè d'una,* etc. au bas d'une croisée qui donnoit, etc. — [7] *Vi fece su disegno,* il forma le projet de s'en saisir. — [8] *Avola,* grand'mère. — [9] *Anzi la ebbi... in luogo,* etc. qui plus est, je l'aimois comme une mère. — [10] *Uh!* interjection qui exprime la douleur.

tia

tùa liberazione son venuto a profferirti ogni mio potere, quando [11] tu voglia uscir di questo càrcere, e mi basta [12] l'animo di cavártene senza molta fatica; perchè e coll'ùnghie e col becco stracciando questa rete, tu tene potrai andar poi dove ti piacerà.

La Quaglia, che, come voi potete pensare, non aveva il maggiore stimolo che di recuperare la sua perduta libertà, udendo sì larghe profferte, gli volle dire, senza più pensarvi, che eseguisse quanto prometteva: ma, guardandolo fiso nel volto, per vedere se egli diceva da vero, le venner veduti [13] quegli occhi spaventati, e quel superciglio crudele, con que' piedi strani, e quelle unghie adunche, e più atte alla rapina che alla misericordia; e stette sopra se [14], e dubitò d'inganno, e però disse: potrebbe essere, che la pietà degli affanni ne' quali io mi ritrovo ti avesse mosso a venire alla volta mia [15], ma tu non mi hài aria di pietoso; e però sarà bene, che tu la vada a spèndere [16] altrove. E così, senz'altro dire, la buona Quaglia, starnazzando [17] l'ali per la gabbia con più émpito [18] che poteva, fece tanto romore, che 'l padrone sentì; e fattosi alla finestra, [19] cacciò via lo Sparviere: il quale, veduto che la simulata misericórdia non gli era giovata, fuggendo, si scontrò in una allodoletta [20]; e usando la forza, poichè l'arte non gli era valuta, ne saziò la sua famélica crudeltà. Il che vedendo la valente [21] Quaglia, disse fra se: vedi pure [22], che il tristo aspetto dimostrava di fuori, chente [23] fosse dentro la crudeltà del cuore.

---

[11] *Quando*, en cas. Lat. *Si quidem.* — [12] *Mi basta l'animo*, je puis. — [13] *Le venner veduti*, voilà qu'elle apperçoit. — Voyez la pag. 190. — [14] *Stette sopra se*, elle demeura en suspens. Lat. *Hærere.* — [15] *Alla volta mia*, vers moi, à mon secours. — [16] *Spendere* signifie ici en faire usage. — [17] *Starnazzando l'ali*, se débattant avec ses ailes. — [18] *Empito, impeto*, force. — [19] *Fattosi alla finestra*, étant venu à la croisée. — [20] *Allodoletta*, une petite alouette. — [21] *Valente*, prudente. — [22] *Vedi pure*, vois-tu bien? — [23] *Chente, quale*, quelle.

LA TORTUE ET LES OISEAUX.

La langue est la cause de bien des malheurs.

SULL'orlo [1] d'un laghetto che era vicino a certe balze [2], soprà le coste d'Agnano, stavano una Testùggine e due uccelli pur [3] d'acqua; e avvenne per lor mala sorte, che in quel paese, in tutto

---

[1] *Sull'orlo*, etc. sur le bord d'un petit lac. — [2] *Balza*, rocher. — [3] *Pure anche*, aussi; *pur d'acqua*, qui vivòient aussi sur les eaux.

quell' anno, non vi piovve mai : sicchè [4] il lago rimase senza gócciola d'acqua.

Veggendo gli uccelli il gran secco [5]; per non si morir di sete, deliberarono di buscar [6] luogo, dove fosse dell'acqua; e, per la stretta amicizia che e' [7] tenevan colla Testuggine, anzi che [8] e' partissero, le andaron a far motto. La poveretta veggendosi rimaner sola e senza ordine [9] di poter bere, cogli occhi pieni di lagrime disse loro : amici miei dilettissimi, a voi non può mancar l'acqua; che con un volo potete in breve spazio arrivar in luogo, dove ne sia a vostro diletto : ma, lasciate dire [10] a me poverina, che senza, non posso fare; e trovarne non mi basta l'animo; che ben vedete comme io son graviccìuola [11] e male atta al camminare. Gran disgrazia è la mia nel vero [12], che dove io vo, mi convien portar la casa addosso : e però amici miei dolcissimi, se in voi ha luogo pietà o misericordia (che [13] so ve l' hanno), se nulla [14] vi cal della nostra amicizia e antica conversazione, abbiate compassione alla mia miseria, e fate che io vi sia raccomandata. Che se fosse possibile, io desidererei venirmene con esso voi [15].

Mòssero le parole della poco avventurata [16], i due Uccelli ad una vera pietà; e sì [17] le dissero : sorella cara, noi non potremmo aver maggior contento, che compiacerti: ma non ci si offerisce modo alcuno di poter mettere questa cosa ad effetto, salvo che se tu pigliassi un buon pezzo di palo [18], e vi ti attaccassi co' denti; e noi due poi col becco, uno da una banda [19] e l'altro dall' altra, pigliando il detto palo e volàndocene a bell' àgio, ti portassimo dove fosse da bere. Ma [20], a cagione che di questo nostro partito non t' intervenisse scàndalo alcuno, egli sarebbe necessàrio, che tu ti guardassi da una cosa; e questa sì è, che, se nessuno [21] di quelli che ti vedessero andare per aria in così nuova forma, e per questo si ridessero, o si burlassero del fatto tuo [22] o ti domandassero di cosa alcuna, che tu per niente non rispondessi, ma sempre facessi vista di non gli vedere e non gli udire, ma,

<hr />

4 *Sicchè*, *per la qual cosa*, par cette raison. — 5 *Secco*, subst. *Siccità*, sécheresse. — 6 *Buscare* proprement est *acquistar cercando*, se procurer. Lat. *sibi comparare*.—7 *E' eglino*, ils. Voyez la décl. de *egli*, p. 90. — 8 *Anzi che, prima che*, avant que de. — 9 *Senza ordine*, *senza modo*, sans aucun moyen.—10 *Lasciate dire a me*, permettez-moi de vous observer. — 11 *Graviccìuola*, *alquanto grave*, un peu lourde. — 12 *Nel vero*, *in verità*. Lat. *equidem*. — 13 *Che so ve l'hanno*, car je sais que vous avez ces sentimens. — 14 *Calere*, avoir à cœur. *Se nulla vi cale*, etc. Si vous voulez prendre en quelque considération notre ancienne amitié, etc. et *nulla* est ici pour *qualche poco*, quelque peu.—15 *Con esso voi*, con voi, avec vous. Voyez p. 198. — 16 *Poco avventurata*, pauvre infortunée.—17 *Sì, così*, ainsi. — 18 *Palo* est ici pour bât... — 19 *Banda*, *parte*, côté. — 20 *Ma a cagione*, etc. savoir ma, acciocchè da questa nostra determinazione, non ti avvenisse danno alcuno.— 21 *Nessuno* est ici pour *alcuno*. — 22 *Del fatto tuo*, di te, de toi.

lasciandoli gracchiare [23], badassi a ir pel fatto tuo. [24] Ed ella, senza molta replica, disse che farebbe ciò che essi volessero.

E così, senza dir altro, ritrovato il palo, e attaccatavisi [25] la Testuggine co' denti e gli Uccelli col becco, ne la menavan, non senza [26] una fatica al mondo. Ed era il più bello spettacolo che mai si vedesse; e ognun diceva: che può esser questo? E ognun se ne faceva maraviglia, e ognun se ne rideva. E tra gli altri, certi uccelli, per darle la baja [27] come fanno i fanciulli quando veggono le maschere [28], gridando, dicevano: *Or, chi vide volar testuggine? Oh! oh! la testuggine volà! Dalle la baja [29]*, ell' è la testuggine; e cotali altre ciance.

Il che udendo la Testuggine, e volendo far del superbo, anzi del pazzo, senza ricordarsi delle ammonizioni datole [30], piena di vanagloria disse, o volle dire, per parlar più corretto: *io volo sì, orbè [31], che ne vuoi tu dire?* E a mala pena ebbe aperta la bocca, che, lasciato il palo dov' ella stava attaccata co' denti, cadde in terra, e morissi. [32]

---

[23] *Gracchiare*, jaser, Lat. *garrire*. — [24] *Badassi a ir pel fatto tuo*, tu ne t'occupasse que de ton chemin. — [25] *Attaccatavisi*, savoir, la Testuggine essendosi attaccata. vi, a quel palo. — [26] *Non senza*, etc. Non, sans la plus grande peine. — [27] *Dar la baja a*, se moquer de. — [28] *Le maschere*, es masques. — [29] *Dalle la baja*, haro sur elle. — [30] *Datole*, c'est-à-dire che gli uccelli le avevano dato; l'on pourroit dire aussi *datele*, pour che le erano state date dagli uccelli. — [31] *Orbè* syncope de or bene. Io volo, sì, orbè, je vole, oui, eh bien, qu'en veux-tu dire? — [32] *Morissi*, si morì. Le si y est pour ripieno.

JUGEMENT DE L'ANE,

Sur le chant entre le Rossignol et le Coucou.

VENNERO un giorno a lite fra di loro, a cagione del canto, il Rusignuolo e il Cuculo, stimandosi l'uno all' altro d'essere superior di gran lunga [1]. Diceva il Cuculo, che il suo canto era continuato, naturale, con misura. Il Rusignuolo asseriva, aver egli assai più armonia di quella [2], che qualunque altro uccello s'avesse. Quindi, per non venire alle brutte [3], si conchiuse tra di loro di rimetter

---

[1] *Di gran lunga*, de beaucoup. — [2] *Di quella che … s'avesse*. Ce tour tient au génie de la langue Italienne. — [3] *Per non venir alle brutte*, pour ne pas venir à des extrémités fâcheuses.

il loro litigio al giudizio d'un terzo, qualunque si [4] fosse; e preso [5] il volo, nel passare sopra un verde prato, vi scorsero [6] un sollennissimo Asino, con un pajo d'orecchi, che erano poco meno di mezzo braccio l'uno. Onde tutto lieto il Cuculo, non andiamo più innanzi, disse al Rusignuolo; che i pietosi Dei c'hanno fatto dare [7] nel giudice; perchè [8] consistendo tutta la scienza di questa materia nell'udito, chi, meglio di lui, potrà dare una giusta, e ben proporzionata sentenza? E, detto fatto [9], se ne volarono sopra un basso arboscello di pere, e sopra i suoi rami, stretti sull'ale si stettero; e quindi umilmente pregarono l'Asino che dar volesse un incorrotto giudizio sopra la loro questione. L'Asino, che aveva più voglia di mangiare, che di far da giudice [10], appena alzò la grave testa da terra, e ritornolla ad abbassare; e, dato un pajo [11] di strepitose crollate d'orecchi, fece capire ai due litiganti, che per quel giorno non teneva giustizia. Ma essi lo pregarono tanto, ch'egli per fine levatosi dal pascolare, tenendo alta la testa, e gli orecchioni ritti ritti [12], a maniera di lepre quando cammina, cantate voi, disse, e spicciatevi; che come [13] ascoltati vi avrò, vi dirò subito il mio debole sentimento. Il Cuculo si mise il primo in assetto [14], e disse: attendete bene, Signor Giudice, alla bellezza del canto mio, che in questo punto udirete; e soprattutto badate all'artifizio, con cui lo compongo. E quindi fatto otto o dieci volte cu cu, gonfiatosi alquanto [15], e, scosse tutte le sue penne, si tacque. L'Usignuolo allora, senza usare verun proemio, incominciò il suo graziosissimo gorgheggiare [16], e tanta varietà, bellezza, armonia risultava da' suoi soavissimi versi, che non vi era fiera in que' boschi, che, tratta dall'incredibile dolcezza che da loro pioveva [17], a lui non corresse; e mentre s'andava [18] vieppiù nel suo canto ingolfando, il Giudice annojato della lunga prova, mandò fuora un villanissimo raglio [19]: egli può essere, disse al Rusignuolo, che il tuo canto abbia più grazia di quello del Cuculo, ma quel del Cuculo ha più metodo.

---

[4] Qualunque si fosse, quel qu'il fût. Le si n'y est que comme particule de ripieno. — [5] Preso il volo, savoir ayant pris le vol. Voyez p. 191. — [6] Vi scorsero un sollennissimo, etc. y apperçurent un âne remarquable par la longueur de ses oreilles. — [7] Dare nel giudice, rencontrer le juge. — [8] Perchè car. — [9] Detto fatto, aussitôt dit, aussitôt fait. — [10] Far da giudice, faire le rôle de juge. — [11] Dato un pajo di strepitose crollate d'orecchi, ayant par deux fois secoué avec quelque bruit ses oreilles.—[12] Gli orecchioni ritti ritti a maniera di lepre, etc. ses grandes oreilles toutes droites, comme le lièvre quand il marche. — [13] Come au lieu de quando, quand. — [14] Si mise in assetto, se mit en disposition. — [15] Gonfiatosi alquanto, s'étant un peu rengorgé. — [16] Il suo graziosissimo gorgheggiare, ses mélodieuses cadences. — [17] Che da loro pioveva, qu'il en résultoit. — [18] Mentre s'andava vieppiù nel suo canto ingolfando, pendant qu'il s'échauffoit de plus en plus dans son chant. — [19] Raglio, braiement; savoir, après avoir fait entendre un de ses cris les plus désagréables.

ESSAI

SUR LA POESIE ITALIENNE.

~~~~~~

La poésie Italienne, comme l'on peut s'en convaincre par la lecture de nos meilleurs poètes, est suceptible de toute la force et de toute la beauté de la langue Latine; et elle n'est pas non plus étrangère aux agrémens, aux graces et aux richesses de la langue Grecque. Pour être à même d'en porter un vrai jugement, il faudroit avoir étudié à fond les écrivains du *bon siècle* et les différentes manières, dont le même mot ou la même particule peuvent être employés avec grace, sous différents rapports. Faute de ces connoissances, d'ailleurs si nécessaires, plusieurs écrivains parmi les étrangers, s'étant mépris dans l'intelligence de ces mots ou particules, ont attribué à nos poètes de faux raisonnemens qui n'existoient que dans leur esprit. Le célèbre *Boileau* est de ce nombre, comme je vais le montrer dans l'annotation à l'extrait suivant de la Jérusalem délivrée du Tasse. *Addison* en a fait de même dans son excellent ouvrage qui a pour titre *Spectator*. Ce n'est pas là la première fois, que des écrivains distingués, en voulant assujettir à leur tribunal des personnes ou des choses qui n'étoient pas de leur ressort, ont échoué dans leur sentence. Lorsqu'un auteur a pris de l'empire sur l'esprit de ses lecteurs, par l'élégance et la délicatesse de son style, par le raffinement et le goût de ses conceptions, il peut bien, sans craindre la censure, risquer quelque paradoxe, touchant des choses qui lui sont peu connues. J'ai prouvé dans la préface à mon vocabulaire poétique, que M. *Moutonnet de Clairfond*, dans la traduction qu'il a fait de l'Enfer de Dante, est tombé dans la même faute, quoiqu'il n'ait rien à redire contre son Auteur.

Mais, comme ce n'est pas ici mon but de venger nos poètes des imputations qu'on leur a faites, mais plutôt de diriger en quelque façon, les étudians à l'intelligence de la poésie Italienne, en leur présentant quelques morceaux tirés des meilleurs écrivains; je me borne à leur observer, que la difficulté de l'intelligence des poètes peut venir 1°. de la construction du discours; 2°. des mots poétiques; 3°. de l'ignorance de l'histoire du temps où le poète écrivoit, de la géographie des endroits dont il fait mention, de la chronologie de ses héros, de la fable, etc. qu'il ne fait bien souvent que toucher, même, en faisant usage de circonlocutions. Il est évident, que ceux qui voudroient des explications sur ce dernier point, doivent avoir recours aux commentateurs; et que je ne parle ici que de la construction et des mots poétiques. Pour obvier à la difficulté qui naît de la construction, j'observe, qu'il faut suivre la lecture des vers, jusqu'au point, ou, au moins, jusqu'aux deux points; car, nos poètes, suivant la manière des Latins, transposent souvent le régime au second, au troisième vers, etc. mais on ne doit faire la véritable pause de la voix, que lorsque le sens est complet. — Les mots poétiques apportent un obstacle bien plus considérable que la construction elle-même. Presque tous nos meilleurs poëtes se sont donné des libertés particulières à ce sujet. Dante les a tous surpassés; et c'est un reproche que lui fait Bembo avec raison *lib. 2 della volgar lingua*. Ces licences n'ont pas été toutes également adoptées. Ce n'est pas dans un petit nombre de pages que l'on peut traiter suffisamment d'une matière si étendue. J'ai composé pour cet effet le *Vocabolario poetico* (Londres 1800) tout en Italien, qui peut-être utile à ceux qui sont à même d'entendre la prose Italienne.

Les pièces suivantes vont servir d'exemple à ce que je viens de dire. Pour en faciliter l'intelligence, j'en exposerai l'argument et j'éclaircirai par des annotations, les constructions et les mots les plus difficiles.

DESCRIPTION

De la mort du Comte Ugolin, et de ses quatre fils qui périrent de faim en prison. — Elle est tirée de l'enfer du Dante, *Chant 33*, etc.

Pour bien entendre l'extrait suivant, il est bon de savoir que Roger Ubaldini, seigneur puissant, voulant se venger de la mort de son neveu massacré par un des parens du comte Ugolini, et ne pouvant se saisir du coupable, résolut de faire tomber sa vengeance sur le comte et ses fils. Il y réussit. Il les fit mettre en prison, où quelques mois après on les laissa mourir de faim. Le poète suppose se trouver dans un des cercles de l'enfer, où le comte rongeoit avec fureur la tête de Roger. Il lui demande la cause de tant d'acharnement : alors

LA bocca sollevò dal fiero pasto
Quel [1] peccator, forbéndola [2] a' capelli
Del capo ch'egli avea diretro guasto [3].

Poi cominciò : tu vuoi, ch' io rinnovelli
Disperáto dolor, che il cuor mi preme,
Già pur pensando, pria [4] ch' i' ne favelli [5].

[1] La construction est : *Quel peccatore* [Ugolin] *sollevò la bocca dal fiero pasto.* [2] *Forbendola*, en la nettoyant. — [3] *Guasto* au lieu de *guastato*; savoir, en nettoyant sa bouche aux cheveux de la tête, qu'il avoit entamée par derrière. — [4] *Pria* au lieu de *prima*. — [5] *Favellare* et *parlare* sont synonymes.

Ma se le mie paróle esser den [6] seme
Che frutti infamia al traditór ch' i' rodo,
Parláre e lagrimár mi vedrai insieme.

Il lui donne ensuite connoissance de sa personne, et de celui dont il ron-
geoit la tête ; et après avoir fait mention du songe que lui et ses fils firent
dans la prison, la nuit qui précéda l'ordre de les faire mourir de faim,
et qui présageoit leur malheur, il ajoute :

Quándo fui desto [7] innánzi la dimane [8],
Piánger senti' [9] fra 'l sónno i miei figliuoli,
Ch' eran con méco, e domandar del pane.

Ben se' [10] crudél, se tu già non ti duoli,
Pensándo ciò che al mio cuor s'annunziava;
E se non piángi, di che pianger suoli?

Già eran désti [11], e l' ora s'appressava,
Che il cibo ne [12] solea esser adotto [13];
E per suo sógno ciascun dubitava :

Ed io senti' [14] chiavár l' uscio di sotto
All' orríbile tórre : ond' io guardai
Nel viso a' miei figliuoi, senza far motto.

I' [15] non piangéva, sì [16] dentro impetrai [17] :
Piangévan elli [18]; ed Anselmúccio mio
Disse : tu guardi sì [19], padre, che hai?

Però non lagrimái, nè ripos' io
Tutto quel giórno, nè la notte appresso,
Infin che l'áltro sol nel mondo uscio [20].

Come un póco di raggio si fu messo
Nel doloróso cárcere, ed io scorsi
Per quáttro visi il mio aspetto stesso :

---

[6] *Den, denno,* ou *debbono.* — [7] *Desto* au lieu de *destato,* éveillé. — [8] *Di-*
mane, signifie ici le point du jour. — [9] *Senti'* au lieu de *sentii,* j'entendis. —
[10] *Se'* pour *Sei, tu es.* — [11] *Desti* au lieu de *destati,* éveillés. — [12] *Ne, ci* ou
a noi. — [13] *Addotto,* part. d'*addurre,* porter. — [14] *Senti'* au lieu de *sentii.* —
[15] *I'* par syncope, au lieu d'*io.* — [16] *Sì, così.* — [17] *Impetrai* vient d'*impetrare,*
qui se dit aussi *impietrire;* et il signifie *devenir pierre* ou *pétrifier.* — [18] *Elli* au
lieu d'*essi* ou *eglino.* — [19] *Sì, così.* — [20] *Uscio* au lieu d'*uscì, il* sortit.

S 4

Ambo [21] le máni per dolór mi morsi :
E quei pensándo , che il fessi [22] per voglia
Di manicár [23], di súbito levorsi [24],

E disser [25] : Pádre , assai ci fía [26] men doglia
Se tu mángi di nói : tu ne vestisti
Queste misere cárni , e tu le spoglia.

Quetámi [27] allor , per non fárgli più tristi :
Quel dì e l' altro stémmo tutti muti :
Ah dúra terra , perchè non t' apristi !

Posciachè fúmmo al quarto dì venúti,
Gaddo mi si getiò distéso a' piedi ,
Dicéndo : Padre mio, che non m'ajuti?

Quívi morì : e , cóme tu mi vedi ,
Vid' io cascár li tre ad uno ad uno.
Tra 'l quínto dì e 'l sesto : ond' io mi diedi

Già ciéco a brancolar [28] sóvra ciascuno ;
E tre dì gli chiamai poich' [29] e' [30] fur [31] mor
Póscia , più che il dolór potè il digiuno [32].

Quand' ébbe detto ciò , con gli ócchi torti
Riprese 'l téschio mísero co' dénti ,
Che fúro all' osso cóme d' un can forti [33].

---

[21] *Ambo*, *ambe* ou *ambedue*. — [22] *Fessi* au lieu de *facessi*. — [23] *Manicar* ou *manicare*, *mangiare*. — [24] *Levorsi*, *si levarono*. — [25] *Disser* au lieu de *dissero*, ils dirent. — [26] *Fia* pour *sarà*. — [27] *Quetámi* de *quetare*, au lieu de *mi quetai*, recip. s'appaiser ou *rester tranquille*. Voyez pag. 240. — [28] *Brancolare* signifie *chercher à tâtons*. — [29] *Poich*', syncope de *poiche*, qui dans ce lieu tien la place de *dopoché*, après que. — [30] *E'* pour *eglino* — [31] *Fur* au lieu de *furo* ou *furono*. [32] La construction est : *Il digiuno potè più che il dolore* : c'est-à-dire , le jeûne ou la faim eut plus de force que ma douleur. — [33] La construction : .... *co' denti che furono forti all' osso* , come [*i denti*] *d'un cane*.

EXTRAIT

De la Jérusalem Délivrée du Tasse (1) Chant VII.

Erminie, habillée en guerrier, et poursuivie par Poliferne et autres, se sauve dans une forêt, où, après s'être égarée, elle trouve dans un lieu solitaire quelques bergers auprès de leurs troupeaux. Un bon vieillard lui fait l'éloge de la vie champêtre.

Intánto Ermínia, infra l'ombróse piante
D' antíca selva, dal cavállo è scorta;

---

(1) En parlant du mérite du Tasse, on m'a quelquefois opposé les vers suivans de Boileau :

> *Tous les jours à la cour, un sot de qualité*
> *Peut juger de travers avec impunité :*
> *A Malherbe, à Racan préferer Théophile,*
> *Et LE CLINQUANT DU TASSE à tout l'or de Virgile.*
>
> SAT. IX.

J'observe, que les grands hommes seroient bien à plaindre, s'il ne falloit qu'un trait de plume pour flétrir leur réputation. Parmi les critiques qui *peuvent juger de travers avec impunité*, je n'en connois de plus dangereux qu'un poète qui sait joindre l'art à l'élégance du style, et qui, en amusant ses lecteurs, est presque sûr de leur persuader tout ce qui lui plaît. — Les défauts que l'on remarque dans le Tasse, ainsi que ceux que l'on rencontre dans Homère, sont tels, qu'ils peuvent s'allier avec un ouvrage parfait dans son genre. Ces défauts ont été remarqués par nos critiques les plus judicieux, même du vivant du Tasse, et entr'autres par *Camillo Pellegrini*. Le Tasse lui-même les avoua. Mais dire que la *Jérusalem délivrée* du Tasse ne contient que *du clinquant*, c'est-à-dire *du faux brillant*, c'est vouloir narguer l'opinion, que l'Italie, la France et l'Europe entière ont eu, pendant trois siècles, de ce poème. — Cependant, rien ne prouve mieux combien Boileau a tort dans le jugement qu'il porte du Tasse, que les raisons dont il cherche à l'étayer. Il trouve un contre-sens dans les mots *intesser fregi al vero*, qu'il explique par *corrompre la vérité*, tandis que ces expressions signifient *orner la vérité*, et non pas *la corrompre*. Canto 1. Ot. 2. Un semblable contre-sens lui fait trouver hors de vraisemblance la comparaison de l'octave suivante : *Così all' egro fanciul porgiamo aspersi*, etc. J. J. Rousseau, qui entendoit l'Italien mieux que Boileau, cite cette même comparaison avec éloge. — Enfin l'on est tout étonné de trouver, dans l'*Art de bien penser* du P. Bouhours, ce jugement de Boileau, suivi même par le célèbre Addison, dans son ouvrage qui a pour titre *Spectator*. C'est ainsi que l'on voit souvent consacrer les erreurs mêmes des hommes illustres. Ceux qui voudroient se convaincre encore mieux de ce que je viens de dire, n'ont qu'à lire le chapitre 11 et le 13e. du Liv. 2 de la *Perfetta Poesia* de Muratori.

Nè più le régge il fren la man tremante [1] ;
E mézza quasi par tra viva e morta.
Per tánte strade si raggira e tante
Il corridór che in sua balìa la porta [2] ;
Che al fin dagli ócchi altrui pur si dilegua [3] ,
Ed è soverchio omái ch' altri la segua.

Qual [4] dópo lunga e faticósa caccia
Tórnansi mesti , ed anelánti i cani,
Che la féra [5] perdúta abbian di traccia
Nascósa in selva dagli apérti piani :
Tal pieni d' íra , e di vergógna in faccia
Riedono [6] stanchi i cavaliér Cristiani.
Ella pur [7] fúgge ; e tímida e smarrita
Non si volge a mirár , s' anco [8] è seguita.

Fuggì tutta la nótte , e tútto il giorno
Errò senza consíglio e senza guida ,
Non udéndo o vedéndo altro d' intorno ,
Che le lágrime sue , che le sue strida. *
Ma nell' óra che il sol dal cárro adorno
Scioglie i corsiéri , e in grembo al mar s'annida [9] ,
Giúnse del bel Giordáno alla chiare acque [10] ,
E scése in riva al fiúme , e quì si giacque.

Cibo non prende già ; che [11] de' suoi mali
Solo si pásce , e sol [12] di piánto ha sete :
Ma il sonno che de' miseri mortali
E col suo dolce oblío [13] pósa e quiete ,
Sopì co' sensi i suoi dolori , e l' ali
Dispiegò sovra lei plácide e chete [14] :

---

[1] La construction : *Intanto Erminia è scorta* [part. de *scorgere*], ou *portata*, portée, *dal cavallo, infra*, ou *tra le piante ombrose di selva antica ; nè la mano tremante governa*, ou *regge*, *più il freno*. — [2] *Il corridor*, ou *il cavallo*, que la porta in sua balìa, ou à son gré, si raggira par *tante strade e tante, che*, etc.— [3] *Si delegua. Dileguarsi* signifie *s'évanouir*, *s'évaporer*; ici, *être perdu de vue*. — [4] *Qual ... tal* signifient *siccome ... così* — [5] *Fera* ou *fiera*, bête. — [6] *Riedono*, *ritornano*. — [7] *Pur*, pure, pour *nondimeno*, néanmoins. — [8] *Anco*, ancora. — * *Strida*, pl. de *strido*, cri. — [9] Description du soleil couchant. *Corsiere* et *cavallo* sont synonymes. — [10] Construction : *Giunse alle chiare acque del bel Giordano ; et scese*, etc. — [11] *Che* est à la place d' *imperocchè*, car. — [12] *Sol* ci-dessus signifie *il sole*, le soleil : ici tient la place de l'adverbe *solo* ou *solamente*, seulement. — [13] *Oblio*, *dimenticanza*, oubli. — [14] Description du sommeil. *Sovra* est au lieu de *sopra*, sur.

Nè però cessa amor con várie forme
La sua páce turbar, mentr' ella dorme.

Non si destò fin che garrír gli augelli
Non sentì héti, e salutár gli albóri [15],
E mormoráre il fiume, e gli arboscelli,
E con l' onda scherzar l' aura, e co' fiori [16].
Apre i languidi lúmi [*], e guarda quelli
Albérghi solitárj di pastori;
E párle [17] voce uscir tra l' ácque, e i rami,
Ch' a' sospíri, ed al pianto la richiami.

Ma son, mentre ella piánge, i suoi lamentî
Rotti da un chiáro suon ch' a lei ne viene,
Che sémbra, ed è di pastoráli accenti [18]
Misto, e di boscherécce incúlte avéne.
Risórge, e là s' indrízza [19] a passi lenti:
E vede un uom canúto all' ombre amene
Tésser fiscélle [20] alla sua gréggia accanto,
Ed ascoltár di tre fanciúlli il canto.

Vedéndo quivi comparir repente
Le insólite arme, sbigottir costoro [21]:
Ma gli salúta Erminia, e dolcemente
Gli affida; e gli occhi scópre, e i bei crin [22] d' oro.
Seguíte, dice, avventurósa gente
Al ciel diletta, il bel vostro lavoro;
Che [23] non portano già guérra quest' armi
All' ópre [24] vostre, ai vostri dolci carmi [25].

Soggiúnse poscia: o pádre, or che d' intorno
D' alto incéndio di guerra arde il paese,
Cóme quì státe in placido soggiorno,
Senza temer le militári offese?
Figlio, ei [26] rispóse, d' ogni oltrággio e scorno
La mia famíglia, e la mia greggia illese

---

[15] Construction: *Non si destò*, ou *si svegliò*, *finchè non sentì garrir gli augelli lieti*, etc. *Albóri*, l'aurore. — [16] *E con l'onda*, etc. et les zéphirs se jouer avec les ondes et les fleurs. — [*] *Lumi*, occhi. — [17] *Parle*, *le pare*, il lui semble. — [18] *Accenti*, au lieu de *voci* ou *canti*. — [19] *S' indrizza*, syncope de *s'indirizza*, elle s'achemine. — [20] *Fiscelle*, des paniers. — [21] Construction: *Costoro vedendo comparir quivi repente*, c'est-à-dire *all' improvviso l'arme insolite*, *si sbigottirono*, s'effrayèrent. — [22] *Crin* ou *Crini*; savoir, *capelli*. — [23] *Che imperocchè*, car. — [24] *Opre*, syncopé de *opere*, ouvrages. — [25] *Carmi*, *versi*; ici, *canti*. — [26] *Ei* au lieu d'*egli*.

Sémpre quì fur [27]; nè strépito di Márte
Ancor turbò questa remóta parte.

O sia grázia del ciél che l' umilitade [28]
D'innocénte pastor sálvi e sublime [29];
O che, siccóme il fólgore non cade
In básso pian, ma sull' eccélse cime;
Così il furór di peregríne spade
Sol de' gran ré l' altére téste opprime;
Nè gli avidi soldáti a préda alletta
La nóstra povertà vile a neglettà.

Altrui [30] vile e neglétta, a me sì cara,
Che non brámo tesor, nè regal verga [31];
Nè cúra o vóglia ambiziosa, o avara
Mai nel tranquillo del mio pétto alberga.
Spengo la séte mia nell' acqua chiara,
Che non tem' io che di venén [32] s' asperga;
E questa gréggia, e l' orticél dispensa
Cibi non cómpri [33] alla mia parca mensa;

Che [34] póco è il désidério e poco è il nostro
Bisógno, ónde la vita si conservi.
Son figli miei questi, che addito e mostro,
Custódi della mandra, [35] e non ho servi.
Così men vivo in solitario chiostro, [36]
Saltar veggéndo i cápri snélli, e i cervi;
Ed i pésci guizzar [37] di quésto fiume,
E spiegar gli augellétti al ciel le piume.

Témpo già fu, quando più l'uòm vaneggia,
Nell' età prima ch' ebbi altro desio; [38]
E disdegnai di pasturár la greggia,
E fuggi' dal paése a me natío;
E vissi in Menfi un témpo, e nella reggia.
Fra i ministri del rè fui pósto anch' io;
E benchè fóssi guardian degli orti,
Vidi, e conobbi pur l' iníque Corti.

---

[27] *Fur*, syncopé de *furo*; savoir, *furono*, furent. — [28] *Umiltade*, pour *umiltà*. [29] *Sublime*, au lieu de *sublimi*, du verbe *sublimare*, ou *innalzare*, élever. — [30] *Altrui*, *agli altri*, aux autres hommes. — [31] *Regal verga*, *scettro*, sceptre. — [32] *Venèn*, veleno, poison. — [33] *Compri*, syncopé de *comprati*, achetés. — [34] *Che imperocchè*, car. — [35] *Mandra*, synonyme de *greggia*, troupeau. — [36] *Chiostro*, lieu retiré. — [37] *Guizzare*. Ce mot exprime le mouvement que le poisson fait dans l'eau. — [38] *Desio*, *desiderio*, desir.

E lusingáto da speránza ardita
Soffri' lunga stagion ciò che più spiace.
Ma poichè insiéme con l' età fiorita
Mancò la spéme, e la baldanza audace,
Piansi i ripósi di quest' úmil vita,
E sospirai la mia perdúta pace ;
E dissi : o Córte , addío. Così agli amici
Boschi tornándo , ho tratto [39] i dì felici.

---

[39] *Tratto*, part. de *trarre*, *ho tratto i dì felici*, j'ai passé des jours heureux.

SONNET DE PÉTRARQUE.

Tout ce que le poète voit, après le décès de Madonna Laura, la lui rappelle : l'étude ne peut pas la lui faire oublier. Il suppose qu'elle l'exhorte à se consoler, parce qu'elle jouit d'un bonheur éternel.

Se [1] lamentár augélli , o vérdi fronde
Mover soavemênte all' áura estiva ,
O róco mormorár di lúcid' onde
S' ode d' una fioríta e frésca riva ;

Là [2] v' io ségga d'amor pensóso , e scriva,
Lei che il ciel ne mostrò , terra n'asconde,
Véggio , ed ódo , ed inténdo , che ancor viva
Di sì lontáno a' sospir miei risponde.

Deh perchè innanzi témpo ti consùme , [3]
Mi dice con pietáte : a che pur versi
Dagli ócchi tristi un doloróso fiume ?

Di me non piánger tù ; che i miei dì fersi , [4]
Morèndo , etérni ; e [5] nell' etérno lume ,
Quando mostrai di chiúder gli occhi , apersi.

---

[1] La construction : *Se s'ode* ; ou mieux, *se odo lamentar augelli*, etc. Si j'entends le chant plaintif des oiseaux, etc. — [2] La construction : *Se seggo in quelche luogo , pensoso d'amore , o scrivendo , veggio , ed odo , ed intendo lei , che il cielo ci mostrò*, etc. — [3] *Ti consume*, au lieu de *ti consumi*. — [4] *Fersi*, *si fero* ou *si fecero*. — [5] La construction : *Ed apersi gli occhi nell' eterno lume , quando mostrai di chiudergli* ; c'est-à-dire , et tout en paroissant fermer les yeux , je les ouvrois à la lumière éternelle.

SONNET DE ZAPPI.

Deux sœurs égales en beauté. Leur beauté est sans pareille.

Due ninfe emule al vólto , e alla favella
Muóvon del pari il piè , muóvono il canto;
Vághe così , che l'úna all' áltra accanto
Rosa con rósa par , stélla con stella.

Non sai se quella a quésta , o quésta a quella
Tóglia o non tóglia di beltáte [1] il vanto ;
E puòi ben dir : [2] null' áltra è bella tanto ;
Ma non puoi dir di lor : *questa è più bella.*

Se innánzi al Pastorello [3] in Ida assiso
Simil copia giungéa , Vener non fora [4]
La vincitríce al paragon del viso.

Ma qual di quéste avrebbe vinto allora ?
[5] Nol so : Paride il pómo avría [6] diviso ;
O la gran líte penderebbe ancora.

---

[1] *Beltate , beltè.* — [2] *Null' , niuna.* — [3] *Páris.* — [4] *Fora , sarebbe.* — [5] *Nol so*
au lieu de *non lo so,* je ne sais pas. — [6] *Avria , avrebbe.*

MADRIGAL DE FRANCESCO DI LEMENE.

La beauté est passagère.

Di se stéssa invaghíta, e del suo bello [1]
Si specchiáva la rosa
In un límpido e rápido ruscello ,
Quándo d' ogni sua foglia
Un' áura impetuosa
La bella rosa spóglia.
Cascár [2] nel rio [3] le spoglie : il rio fuggendo
Se le pórta correndo :

---

[1] *Bello ,* au lieu de *bellezza.* — [2] *Cascar ,* au lieu de *cascarono,* du verbe *casca-*
re, tomber — [3] *Rio* et *ruscello* signifient la même chose, c'est-à-dire, *ruisseau.*

E così la beltà
Rapid*issimamente*, óh Dio ! sen [4] va.

---

[4] *Sen* pour *se ne*, *s'en*.

DU MÊME.

Le poëte compare la beauté de la rose à celle des jeunes filles. La rose se regarde comme la reine des fleurs, et comme l'ornement de la belle saison; mais, venant à penser à son peu de durée, elle s'abandonneroit à la tristesse, si la Ste. Vierge, en adoptant le nom de Rose, n'en rendoit pas le nom immortel.

Deh mirate, o Verginelle,
Come pura ne [1] innamora
Fresca rosa in sull'aurora,
E imparate ad esser belle.

Vuol [2] di spine esser armata
La beltà che è don del Cielo;
E modesta sul suo stelo, [3]
Men veduta è più pregiata.

Di qual gioja empie le spiagge
Del giardin tutte fiorite !
Par che parli: or voi l'udite,
E imparate ad esser sagge.

Quanto godo, ella ragiona,
Nel veder che ognun m'inchina:
E per farmi lor regina
Tutti i fior mi fan corona.

Gelsomin, ligustro, e giglio
Gareggiar [5] con me non vuole;
Più dell'alba [6] è bello il sole,
Più del bianco [7] il mio vermiglio.

Al [8] vermiglio mio sembiante
(Che il credea del sole un raggio)

---

[1] *Ne, ci*, nous. — [2] *Vuol, vuole*, est ici pour *deve*, doit. — [3] *Stele, tige*. — [4] *Le spiagge*, les bords. — [5] *Gareggiare*, disputer. — [6] *Alba* aube, et *aurora* aurore, sont synonymes. — [7] *Bianco*, blanc, et *vermiglio* vermeil, sont pris ici substantivement; et dans le vers suivant, *vermiglio* n'est qu'un adjectif. — [8] La construction de cette stance est, *un mattino del primo maggio*, savoir, *nel principio di maggio, Clizia*, le tournesol, *volse il guardo amante al mio sembiante*, vers moi; *che* ou *perchè*, car *essa io credea un raggio del sole*.

Un mattin del primo maggio
Volse Clizia il guardo amante.

Tutti i fior del regno mio
Osservar⁹ l'amante fiore;
E, scoprendo il vago errore,
Riser¹⁰ tutti, e risi anch'io.

Allor fu che fatta altera
S' adornò del nostro riso,
E mostrò più lieto il viso
La ridente Primavera.

Sul mattin dolce cantando
Mi salutan gli augelletti,
E si senton ruscelletti
Che mi lodan mormorando.

Venticelli innamorati
De' lor fiati fan sospiri:
Io, coi grati miei respiri,
Fo poi dolci i loro fiati.

Ma che parlo (ahi folle, ¹¹ ahi lassa!)
D' un gioir che è sì fugace?
Il mio bel ¹² che tanto piàce
E balen ¹³ che splende e passa.

Tramontar col sole il miro ¹⁴
Se col sol ¹⁵ nascendo ei sorge;
E sparire il ciel lo scorge
Del grand Occhio ¹⁶ ad un sol ¹⁷ giro.

So ben io quanto sia frale
La bellezza onde ¹ mi fregio:
Ma god' io d'un più bel pregio.
Glorioso ed immortale.

---

⁹ *Osservar*, osservarono. — ¹⁰ *Riser*, risero. — ¹¹ *Ahi folle, ahi lassa!* sotte que je suis, et malheureuse! — ¹² *Bel, bello* est ici substantif pour *bellezza*, beauté; et il faut bien remarquer, que les mots *il* ou *lo* accus. *ei, egli*, nomin. et *lo* accus. dans la stance suivante, se rapportent tous au substantif masc. *bello*. — ¹³ *Balen, baleno*, éclair. — ¹⁴ *Tramontar*, etc. Je la [la beauté] vois éclipser avec le soleil. — ¹⁵ *Sol, sole*. — ¹⁶ *grand occhio*, grand œil, n'est qu'une périphrase pour exprimer le soleil. — ¹⁷ *Sol, solo*, adj. — ¹⁸ *Onde, di cui*, dont.

Qual gioir più grande, e come
Spererò sorte [19] più rara?
A Maria son tanto cara,
Che Maria [20] prende il mio nome.

E se il mondo, allor che brama
Da Maria pietosa aita,
Con più nomi a se l' invita.
Col mio nome ancor la chiama.

Ella poi che così degna,
Umil regna in tanta gloria,
D' esser *Rosa* in ciel si gloria;
E il mio nome non isdegna.

Or, [21] morir se in terra io scerno
Tosto il fral delle mie foglie,
Per Maria che in se lo toglie
E il mio nome in cielo eterno.

Verginelle, al vostro orecchio
Bei pensieri il fior consiglia.
Or, [22] a voi, se a voi somiglia,
Sia la Rosa immago e specchio.

E tu Vergine pietosa
A' mortali il guardo piega,
E consola chi ti prega
Col bel nome della Rosa.

---

[19] *Sorte più rara*, un sort plus brillant. — [20] *Che Maria* etc. Le poète fait ici allusion à *Rosa mystica ora pro nobis*, Rose mystérieuse, priez pour nous. — [21] *Or morir* etc. La construction de cette stance, est ora, *se io* [rosa] *scerno* où *vedo morir tosto* dépérir bientôt, *il fral delle mie foglie*, savoir le mie foglie fragili ou caduches; *il mio nome è eterno in cielo*, *per Maria che lo toglie in se*, c'est à-dire, par Marie qui prend mon nom. NOTA Jusqu'ici c'est la rose qui parle, et dans les deux stances suivantes c'est le Poète. — [22] *Or a voi*, etc. savoir, *si la rose est votre image qu'elle soit aussi votre modèle*.

F I N.

T A B L E　S U C C I N T E

De ce qu'il y a de plus remarquable dans la Grammaire.

Fin de la Table.

Ceux qui veulent éviter l'embarras qui vient des fautes d'impression, surtout dans une grammaire, sont priés de retoucher les fautes suivantes, avant que d'en faire la lecture :

ERRATA,		CORRIGE.
page	lig.	
7	25	remark . . . . . remarked.
ibid.	45	demostrarle . . dimostrarle.
10	*penult.*	representano . . . rappresentano.
ibid.	*ult.*	legitima . . . legittima . . . .
25	27	cassa . . . . casà.
20	35	Fançois . . . . . . François.
ibid.	*ult.*	vérite . . . ' . . . . . vérité.
24	19	pronon . . . . pronom.
ibid.	32	sit . . . . fit.
29	20	datis . . . . datif.
31	20	flagarre . . . . . . flagrare.
48	3	Európa . . . . Euròpa.
52	42	exprime . . . . . . esprime.
54	21	au 5.ᵉ mot de la ligne, calamítà . . . . . calamità.
71	26	après un E . . après un C.
74	26	cappellacio . cappellaccio.
75	20	carname . . . . . . carname.
84	3	maais . . . . mais.

ERRATA,		CORRIGE.
page	lig.	
85	40	out . . . . tout.
88	17	sigulier . . . . . . singulier.
109	25	plur . . . . sing.
121	37	compoés . . . . composés.
124	17	piacciamo . . . . piàcciano.
130	37	fondemio . . . fondemmo.
ibid.	*ult.*	cartic . . . . cortic.
132	*penult.*	et et . . . . et.
145	31	enare . . . . *en are.*
157	17	franeese . . . . . . francese.
168	4	facese . . . . facesse.
200	33	allo . . . . *allo.*
208	9	campagnia . . compagnia.
212	34	qhe . . . . que.
217	34	dispoto . . . . . . disposto.
ibid.	37	molo . . . . modo.
232	5	toccatte . . . . . . toccate.
250	11	en' . . . . un'.
259	*penult.*	onsieur . . . Monsieur.

Autres ouvrages publiés par V. PERETTI.

TRADUCTION ITALIENNE des lettres du Marquis de Roselle. Napoli, 1783.

COURS DE THÈMES, imprimé à Londres en 1796 et réimprimé en 1799.

GUIDA ALLA PRONUNZIA E ALL' INTELLIGENZA DELL' ITALIANO. Londres 1798.

VOCABOLARIO POETICO. Londres 1800.

————

A V I S.

L'Auteur de cette Grammaire cède en entier l'amende pécuniaire qui sera prononcée par la loi, et promet de la solliciter en faveur de quiconque décelera et convaincra tout contrefacteur ou tout autre qui aura imprimé ou introduit sans autorisation le présent ouvrage.

————

JUGEMENT

PORTÉ sur la Grammaire Italienne de
VINCENT PERETTI, réimprimée à Paris
en 1803, an XI, troisième édition.

*Ceux qui souhaitent voir ce que les Journaux
Littéraires de Londres et autres en ont dit avant
cette époque, n'ont qu'à lire l'annotation qui se
trouve aux pages 4 et 5 de l'édition sus-énoncée. —
Ce qui suit, est tiré du* MONITEUR, *N°. 56, 26 Bru-
maire an 12 de la République (18 Novembre 1803)
page 223.*

L'extrait d'une Grammaire est toujours trop long
pour les lecteurs qui n'en veulent connoître que l'énoncé;
trop court pour ceux qui ont besoin du développement
des principes de la langue particulière qu'elle concerne.
Nous nous bornerons donc à quelques généralités sur
la Grammaire publiée par *Vincent Peretti* : goûtée et
accréditée par les Italiens, les meilleurs juges en ce
genre ; parfaitement accueillie des autres nations de
l'Europe, elle laisse loin derrière elle celle de Veneroni, dont la priorité ne suffit pas pour soutenir la con-
currence, parce que la méthode et l'exactitude triom-
phent tôt ou tard de la routine et de l'erreur.

La Grammaire de Veneroni fourmille de barbarismes,
de gallicismes, d'erreurs en tout genre : elle fronde
particulièrement le génie et les règles de la langue italienne : dans les nombreuses éditions qu'on en a faites,
on n'en a point corrigé les fautes ; et les additions y ont
été multipliées sans goût, et, le plus souvent, sans
rapport avec le but de l'ouvrage. Celle de *Vincent
Peretti* a du moins pour garans le suffrage de ceux
qui parlent le mieux l'italien, et l'autorité des grammairiens et des excellens écrivains qu'offre l'Italie. Dans
la première, c'est un Français qui enseigne une langue
étrangère à la sienne ; dans la seconde, c'est un Italien
connoissant à fond sa propre langue, et possédant bien

les principes de la nôtre. Aussi les rapprochemens faits par ce dernier, entre les deux idiômes, sont-ils curieux et appartiennent à la philosophie du langage. Par exemple, cet auteur, parlant des deux manières dont s'articule le S, tant en français qu'en italien, reproche à Veneroni et à ses éditeurs d'avoir ignoré la vraie différence entre la prononciation douce et la prononciation dure de cette même consonne chez les deux peuples. En effet, les Français disent que le S se prononce durement dans *sage*, *son*, etc. et doucement dans *paysage*, *usage*, *Basile*, etc. Les Italiens, au contraire, appellent articulation douce celle qui est en effet la plus simple et la plus aisée, et articulation dure celle qui paraît plus pénible et plus compliquée : ainsi le S dans *signore*, *soave*, est doux ; il est dur dans *abuso*, qu'on prononce *abuzo* ; le S ainsi que le Z dans *abuso*, approche davantage de la prononciation du TS des Allemands. Buomattei, cité par *Peretti*, remarque dans le même sens, qu'il faut prononcer, dans le mot *disusata, la prima S molle, la seconda dura.*

Citons maintenant quelques-unes des règles de cette Grammaire sur la syntaxe des verbes : « Lorsque le » verbe qui précède le *que*, n'annonce qu'une proba- » bilité ou possibilité, ou bien il prive le second verbe » de la fonction d'affirmer par une interrogation, par » le doute, par la crainte, ou même il contient un » désir, un ordre, une défense : alors le second verbe » qui suit le *que* appartient généralement au subjonc- » tif. Exemple : comment voulez-vous que j'aime cette » personne ? *Come volete ch'io ami quella persona...* » Si je dis : *il y a dans cette ville un homme qui parle* » *chinois*, le premier verbe étant affirmatif, je rendrai » le second par l'indicatif, savoir : *c' è in questa città* » *un uomo che* parla *chinese.* Au contraire, je tra- » duirai : *il n'y a pas dans cette ville un seul homme* » *qui parle chinois*, par *non c' è in questa città un* » *sol uomo che* parli *chinese*........................... » Quand il se présente une de ces phrases qui en fran- » çais ont un double sens, telle que *je viens de voir*

» *un de mes amis*, il faut examiner si la personne a
» fait ou n'a pas fait de mouvement pour voir cet ami,
» et dire dans le premier cas : *vengo da vedere*, ou
» *sono stato a vedere un mio amico* : dans le second,
» *ho veduto dianzi*, ou *poco fa un mio amico......* »

En parlant d'autres exemples où la différence entre
les deux langues se fait sensiblement remarquer, l'auteur cite ces phrases : *je crains que cet enfant ne
tombe dans l'eau, et je crains que mon frère n'obtienne pas cette charge.* « En italien, dit-il, dans
» la construction régulière, on ne se sert de la négative que dans le second cas, et non dans le premier,
» où la vraie crainte seroit détruite par la négation, et
» l'on dit : *temo che quel bambino cada nell'aqua;
» temo che il mio fratello non ottenga quella carica.*
» En latin, on employe *ne* dans le premier cas, et *ut*
» ou *ne non* dans le second. »

C'est ainsi que *Vincent Peretti* a raisonné les principes de sa langue. Les règles qu'il donne sont bien
précises, et l'ordre avec lequel il les présente en fait
disparoître la complication. Toutes les parties du discours sont bien analysées, et sa Grammaire est une des
plus philosophiques qui ait paru. L'impression a le mérite de la netteté de la correction qui convient aux
ouvrages élémentaires.

TOURLET.

Le Journal *de Jurisprudence de la Cour de Cassation* (12.ᵉ Cahier, Tome 3.ᵉ an **XII**) vient à l'appui
du jugement rendu par le *Moniteur*.

*La Grammaire ainsi que les Thèmes, se trouvent chez l'Auteur, rue
des Filles St. Thomas, N°. 975, à l'Imprimerie des Petites-Affiches,
rue Neuve-St.-Augustin, N°. 585, et chez les principaux Libraires. —
Prix de la Grammaire brochée, 5 fr. Prix des Thèmes, brochés, 3 fr.*